LA SAISON DE LA CHASSE

DU MÊME AUTEUR

L'Été assassin, Belfond, 2004 ; Pocket, 2006

LIZ RIGBEY

LA SAISON
DE LA CHASSE

Traduit de l'anglais
par Dorothée Zumstein

belfond
12, avenue d'Italie
75013 Paris

Titre original :
THE HUNTING SEASON
publié par Michael Joseph, Londres.

Si vous souhaitez recevoir notre catalogue
et être tenu au courant de nos publications,
vous pouvez consulter notre site internet,
www.belfond.fr
ou envoyer vos nom et adresse,
en citant ce livre,
aux Éditions Belfond,
12, avenue d'Italie, 75013 Paris.
Et, pour le Canada,
à Interforum Canada Inc.,
1055, bd René-Lévesque-Est,
Bureau 1100, Montréal, Québec, H2L 4S5.

Prologue

Il fait nuit, mais il est encore assez tôt pour que les piétons se sentent en sécurité dans les rues. Bien sûr, ils ne le sont pas tant que ça, si la nuit est noire et si les rues sont dépourvues de trottoirs. En de telles circonstances, un piéton est exposé à une foule de dangers.

Peut-être rentrez-vous chez vous au volant de votre véhicule ? Votre journée de travail vous trotte encore dans la tête, à moins que vous ne songiez au foyer qui vous attend... Qui sait si ce court laps de temps entre le bureau et votre domicile, ces deux pans de votre existence, ne constitue pas une sorte de parenthèse intime, le seul moment de la journée où vous êtes seul ? Votre corps s'ajuste aux courbes de votre siège. Vous vous détendez, conduisez d'une seule main, les muscles relâchés.

Ou bien vous n'êtes pas familier des lieux que vous traversez. Malgré tout, vous êtes confiant. Vous suivez les indications que l'on vous a données et, de toute façon, vous avez bien le temps de vous égarer et de retrouver votre route. Vous vous détendez. Vous conduisez d'une seule main, les muscles relâchés. Vous allumez la radio. De temps à autre, des paroles ou une mélodie s'immiscent dans vos pensées, les orientant dans telle ou telle direction.

Peut-être êtes-vous déjà perdu et commencez-vous à éprouver un certain malaise ? Sous l'effet de l'anxiété, votre cuir chevelu vous démange et vous vous grattez la tête. Votre corps s'est raidi, vos épaules sont contractées. Vous tenez le volant à deux mains, les avant-bras crispés. Vous êtes aux aguets, cherchez des yeux un panneau ou un repère quelconque qui vous permettra de vous situer – et vous sentirez alors votre inquiétude se dissiper, telle une nappe de brouillard.

Il se peut aussi que vous ne soyez pas perdu, que vous ne rentriez pas chez vous et que vous ne suiviez pas d'indications. Que vous ayez emprunté cette portion de route forestière, en lisière de cette ville et dans cet État, pour une tout autre raison. Que vous êtes peut-être seul à connaître, nul ne sachant que vous êtes ici.

La route n'a rien de menaçant. Elle est arborée, et une grille par-ci, par-là mène à une demeure isolée. Vous connaissez bien cette voie, vous l'empruntez tous les jours, ou juste de temps en temps. Ou bien vous en avez emprunté de semblables.

Peut-être prenez-vous le virage trop large ou roulez-vous trop près du bas-côté herbeux, à moins que le piéton ne s'en soit trop éloigné ? Par la suite, vous aurez des jours, des semaines, des mois, des années, pour analyser sans fin l'enchaînement précis des événements. Toujours est-il qu'au sortir d'un virage, au lieu d'une route plongée dans l'ombre, c'est un piéton que vous voyez. Là, juste devant votre voiture.

Un homme qui court. Surpris par l'éclairage spectral de vos phares, il surgit avec la rapidité glaçante des fantômes. Il porte un short et des chaussures de jogging. Sans doute courait-il déjà quand votre véhicule était arrêté aux feux rouges du centre-ville, le moteur au point mort ; et lorsque vous avez senti la densité de la ville faiblir et céder la place aux banlieues et à la pénombre. Sans doute courait-il déjà lorsque vous vous êtes engagé sur cette route forestière. Il court toujours. Pour s'écarter, à présent, de votre trajectoire.

L'homme, comme pris au piège par la lueur des phares, fait quelques brèves foulées qui, bizarrement, semblent le rapprocher et non l'éloigner de l'aile de votre voiture. Vous remarquez alors ses coudes, travaillant comme de grands pistons pour mettre son corps hors de portée de vos roues. Vous distinguez sa mâchoire saillante, rendue plus saillante encore parce que l'homme serre les dents et pointe le menton vers le bord de la route, vers sa survie. Mais il ne peut vous éviter et vous non plus n'en avez pas le temps. Votre jambe gauche se braque, comme un cheval fou qui s'emballe, sur le frein qui résiste. Vous savez qu'il est trop tard. Il va y avoir collision. Pendant une fraction de seconde, vous avez le sentiment que cette collision désormais inéluctable vous guettait depuis toujours. Toute votre vie, vous avez foncé sans le savoir vers cette collision. Maintenant, elle est là, vous le savez.

Vous agrippez des deux mains le volant et vous vous calez fortement contre le dossier.

Le corps de l'homme est projeté sur le capot, tête la première, si bien qu'un bref instant son visage plonge vers le vôtre. Et dans ce moment terrible vos regards se croisent. Dans ses yeux, écarquillés par l'horreur, vous lisez la conscience de sa mort imminente. Vous comprenez aussi que vous êtes sur le point de tuer cet homme. Il va mourir, par votre faute. Et vous échangez un même regard épouvanté.

Peut-être est-ce à cause de cet homme que vous êtes venu dans cette forêt ? Peut-être saviez-vous qu'il y serait et aviez-vous déjà décidé de ce qui se passerait ? Même si c'est le cas, vous éprouvez un effroi semblable à celui du chauffeur pris au dépourvu. La terreur est la même pour tous – coupables ou innocents.

C'est alors que la tête de l'homme heurte le capot, juste devant le pare-brise. Derrière lui, ses jambes s'envolent comme un lambeau de tissu emporté par le vent. Un peu comme un cerf-volant ou un vêtement pendu sur une corde à linge.

La gymnastique et la poésie se conjuguent brièvement lorsque l'homme semble tenir en équilibre sur la tête devant vous sur le capot. Pendant tout ce temps, vous n'avez pas cessé de freiner. Un hurlement vous déchire les oreilles, associant le grincement des freins, le cri de l'homme, vos propres cris, le beuglement de la radio… Par la suite, vous aurez la vie entière pour vous demander d'où venait tout ce bruit.

Puis, comme la voiture ne s'est toujours pas arrêtée mais paraît sur le point de le faire, le corps de l'homme est projeté loin devant vous. Vous savez qu'il doit se déplacer rapidement, mais on dirait qu'il vole au ralenti. Les pieds et les jambes sont toujours bien au-dessus du sol, comme si un vent magique les maintenait ainsi. Car comment expliquer que l'homme garde les pieds en l'air tandis que son corps retombe gracieusement, la tête la première, vers le sol ?

Le corps atterrit-il au moment où la voiture s'arrête ? Ce serait une conclusion parfaite à cet échange effroyable mais curieusement harmonieux entre le conducteur et sa victime. En tout cas, il n'y a plus le moindre bruit. Un silence de mort règne à présent.

Vous pourriez sortir de la voiture afin d'examiner l'homme, appeler les secours, bref, vous comporter en bon citoyen. Vous savez que cette action et le comportement exemplaire dont vous ferez preuve ensuite ne changeront rien à ce qui s'est passé ce soir sur cette route sombre, en l'espace de quelques secondes... N'empêche, vous pourriez le faire.

Ou alors ne pas sortir de la voiture, choisir de rester assis bien au chaud dans votre bulle, réduisant ainsi les preuves de votre implication dans l'accident. Vous les réduiriez encore en allant faire nettoyer votre voiture. Vous jetez un coup d'œil au capot : pas une égratignure ou, du moins, rien de visible à travers le pare-brise. Si la voiture est intacte et si vous n'empruntez jamais plus cette route, quelles chances aura la police de remonter jusqu'à vous ? Vous n'avez qu'à poursuivre votre chemin et nul ne saura jamais rien de tout cela.

Vous vous préparez à redémarrer lorsque vous constatez que le moteur tourne toujours et que la radio est encore allumée. Vous contournez prudemment le corps. Vous lui lancez un bref regard mais n'allez pas jusqu'à baisser votre vitre ou vous arrêter... L'homme gît, la tête lovée dans l'épaule. Il ressemble tellement à un pantin désarticulé que sa mort ne fait aucun doute. Vous voudriez le regarder un peu mieux, vous assurer qu'il ne respire plus, mais vous n'avez plus de temps à perdre.

Tremblant, le souffle court, le cerveau engourdi, vous regagnez la ville en faisant un grand détour par les routes forestières. Votre véhicule est happé par le système de lavage automatique sur un tapis roulant qui vous semble défiler au ralenti. Des rouleaux aussi puissants que des dinosaures s'acharnent sur la carrosserie. Vous avez la possibilité de payer au guichet depuis votre voiture, mais vous choisissez d'ouvrir la portière et de faire quelques pas sur l'asphalte. Vos jambes vous paraissent désynchronisées. Vous tentez vainement de lever le bon pied quand il le faut. Y a-t-il un moment où les deux pieds touchent terre ? Vous avez marché pendant des années sans vous en soucier, mais vous ne savez plus comment on s'y prend. Vous trébuchez à deux reprises avant de parvenir à la caisse. En sortant votre argent vous sentez des tiraillements au niveau des côtes. Et vous ne parvenez pas à faire la distinction entre les pièces, comme si vos yeux en avaient trop vu, refusaient de faire le point et devaient lutter pour s'accorder l'un à l'autre. En attendant le ticket de caisse, vous risquez un œil sur l'aile de la voiture. Votre cœur se serre. Rendue brillante par l'eau, elle est lisse comme un miroir. Intacte.

Vous rentrez chez vous en faisant un tas de détours, le plus loin possible de la forêt. Vous vous engouffrez dans le garage de votre maison, la porte se referme derrière vous. Vous regardez autour de vous : les bûches empilées contre le mur du fond, les câbles électriques qui pendent, le râteau à feuilles, la pelle à neige. Autant d'objets inanimés placés ici par vous et à présent complices comme de vieux amis. Vous allumez le plafonnier. Le garage vous semble un lieu intime. C'est le cousin pauvre des pièces de la maison, mais son obscurité, sa fraîcheur, son silence et son absence de fenêtres lui confèrent un statut particulier : il partage désormais votre secret.

À l'abri de ses murs, vous examinez chaque centimètre de l'aile et du capot. Pas une trace ! Si ce n'est une rayure quasi imperceptible, qui pourrait s'expliquer de mille façons, toutes plus vraisemblables que la vérité. Incroyable qu'un tel événement n'ait laissé aucune trace ! Pourtant, votre examen confirme vos premières constatations : vous êtes intacts, le véhicule et vous.

Le coup de grâce

1

C'était le printemps, la terre se réchauffait. Comme chaque année, l'administration de l'hôpital mettait toujours du temps à réagir. Dans les services et les bureaux les plus anciens le chauffage n'avait pas encore été éteint. Étant donné qu'on ne pouvait pas en régler le thermostat, on n'avait guère le choix : éteindre le chauffage et avoir froid, ou le laisser allumé et avoir chaud.

— J'ai chaud, souffla le patient de Matt quand ce dernier se pencha au-dessus de son lit et lui demanda comment il se portait.

L'hôpital était presque totalement plongé dans le silence et l'obscurité. On distinguait faiblement le son d'une télévision allumée dans une autre chambre. Une émission comique où des acteurs criaient leurs répliques par-dessus les rires du public. Plus loin, le cliquètement métallique d'un chariot qu'on pousse à l'heure de la ronde.

— On a tous chaud dans cette partie de l'hôpital, monsieur Zoy, expliqua Matt.

Il savait que c'était pire, bien pire pour M. Zoy, qui ne pouvait ni prendre une douche, ni avaler un thé glacé, à moins qu'on ne le lui apporte et qu'on ne l'aide à boire. Il ne pouvait ouvrir la porte du frigo et sentir l'air frais lui monter au visage alors qu'il refermait ses doigts autour d'une cannette de bière humide.

— J'ai tellement chaud que je me suis demandé si je n'étais pas déjà mort, dit M. Zoy d'une voix rauque.

Avant que Matt ait su quoi lui répondre, il ajouta :

— C'est ce que je voudrais. Être mort. Je veux mourir à présent, docteur.

Matt demeura silencieux. Il aurait très bien pu quitter la pièce sans un mot. Le vieil homme n'aurait pu l'arrêter, ni se plaindre de quoi que ce soit. C'est précisément cette impuissance qui le retenait à son chevet. Il ne supportait pas l'idée d'abuser du pouvoir que lui donnaient sa position, sa santé et sa force. Ce soir, il avait été appelé auprès d'un autre patient et regrettait l'impulsion qui l'avait poussé à passer voir M. Zoy avant de quitter l'hôpital. Un mois avait dû s'écouler depuis que M. et Mme Zoy avaient poliment sollicité l'aide de Matt pour que M. Zoy puisse mourir au moment approprié. Ils lui avaient expliqué, en termes simples et concrets, qu'ils souhaitaient tous deux éviter les humiliations finales dues à la dégradation de son état de santé.

« Vous ne pouvez pas me demander ça ! avait protesté Matt Après, il me faudra vivre avec.

— Nous n'exigeons rien d'immoral. Nous vous prions simplement d'abréger ses souffrances, avait précisé Mme Zoy sur un ton d'institutrice. Si Anthony ne veut pas que vous le fassiez, s'il choisit d'attendre la mort, il ne vous demandera rien. Mais si la douleur et le désespoir deviennent insupportables, nous espérons que vous saurez réagir humainement à son appel à l'aide. »

Matt avait répondu sans s'engager. Il s'était senti déconcerté lorsque les Zoy étaient partis en le remerciant, comme s'il leur avait donné son accord.

— Je suis prêt, maintenant, dit M. Zoy.

Venait-il lui aussi de se remémorer cette conversation dans le bureau de Matt ?

Matt alluma l'une des petites lampes au pied du lit et lut les observations sur la feuille de soins.

— Je veux mourir, insista M. Zoy. Le moment est venu.

Matt examina les notes. Les courbes annonçaient la fin. À ses yeux, l'homme en avait encore pour une semaine de souffrances.

— Je vous en prie, dit M. Zoy. Tant qu'il me reste un peu de dignité…

M. Zoy avait été directeur d'école primaire. Matt se rappelait celui qu'il avait eu, à l'époque de sa jeunesse : un géant qui arpentait la cour de récréation dans ses moindres recoins, surveillait les élèves, leur parlait, s'intéressait à eux. On aurait dit qu'il tirait sa grande taille et sa maturité du contact avec les enfants, de leur développement.

M. Zoy attendait que Matt le regarde. Matt préférait scruter la pénombre de la chambre au-delà de la lueur de la lampe, comme pour y trouver un signe. Par la fenêtre, on apercevait les lumières rougeoyantes de la ville. Matt devinait, non loin de là, la sombre silhouette des montagnes, invisible dans l'obscurité. Là-haut vivait son père. Sans avoir besoin de s'en assurer, il sentait que l'homme le fixait comme son père le faisait parfois. D'un regard paisible et lucide, aiguisé par le temps, où les actes de Matt étaient inscrits par avance.

Il cligna des yeux et, regardant vers la fenêtre et le ciel, chercha des étoiles. Il n'en vit aucune. L'univers semblait plongé dans les ténèbres. Matt savait que les étoiles étaient là, masquées par les lumières vives comme le passé l'est par le présent. Autour de lui, dans la chambre du patient, il parvenait à discerner les contours des meubles. La télévision, le placard, les chaises aux longs pieds fins alignées contre le mur du fond (au cas où plusieurs visiteurs se présenteraient à la fois) lui parurent ridiculement prosaïques.

Se tournant enfin vers le patient, il constata que les yeux du vieil homme étaient toujours rivés sur lui. La similitude entre M. Zoy et son père devenait troublante. Comment ne s'en était-il pas rendu compte plus tôt ? Certes, M. Zoy avait beaucoup maigri… Mais sous son visage émacié on sentait sa force, tout comme on décelait celle de Hirsh dans son visage ridé. Le regard de M. Zoy était aussi plein de dignité que celui de Hirsh. Il ne suppliait pas, n'exigeait pas, mais était animé d'une lueur exprimant du désir. Le désir de mourir, certes, mais du désir tout de même.

— Vos yeux sont vifs, fit remarquer Matt d'une voix douce.

— Trop vifs pour que je meure ? murmura M. Zoy. C'est ça ? C'est ce que vous voulez dire ?

Pendant les années qu'il avait passées à travailler dans les hôpitaux de brousse africains, Matt avait vu beaucoup de gens mourir. S'il arrivait que la mort prenne tout son temps, qu'elle s'attarde, elle ne semblait jamais rendre visite aux patients dont les yeux brillaient autant que ceux de M. Zoy. Le vautour décrivait ses cercles, mais s'éloignait dès qu'il voyait un regard vif.

— Épargnez-nous davantage de souffrances, à moi et à ma femme. J'ai fait ce que je devais faire et dit ce que je devais dire. Aidez-moi à partir discrètement, insista M. Zoy d'une voix basse et si chantante que Matt se demanda s'il ne citait pas les paroles d'un poème ou d'une chanson.

Il examina encore une fois la fiche du patient.

— Vous souffrez en ce moment ? demanda-t-il.

— Oh oui, soupira M. Zoy en fermant les yeux.

Lorsqu'il les rouvrit, Matt eut le sentiment que leur éclat s'était terni. Il songea à appeler Mike Salinski, le cancérologue du patient. Bien que toujours membre de l'équipe soignante chargée du cas de M. Zoy, Matt avait, en tant que chirurgien, laissé Salinski se charger des contrôles quotidiens. Matt consulta sa montre. Mike Salinski était un bon spécialiste mais, Matt le savait, il risquait fort d'être ivre après huit heures du soir.

— Nous allons augmenter votre antalgique, dit Matt.

Il appela une infirmière et patienta avec l'homme silencieux dans la chambre silencieuse.

— Souhaitez-vous que je demande à votre femme de venir ? proposa Matt.

— Non, répondit M. Zoy.

Le patient qui regardait la télé avait dû l'éteindre. Le bruit du chariot s'était tu, lui aussi. M. Zoy respirait fort, les yeux clos. Il paraissait endormi. Les divers bruits de l'hôpital semblaient s'être interrompus. Matt avait l'impression d'être seul dans le bâtiment avec l'homme agonisant. Comme aucune infirmière ne répondait à l'appel, il prit la clé de la pharmacie.

À son retour, il examina le bras rachitique de son patient et eut du mal à trouver un endroit où piquer. Ses veines ressemblaient à des traits de crayon. Matt finit par insérer l'aiguille dans l'une d'entre elles. Il aspira l'air avec la seringue, jusqu'à ce que le tube soit noirci de sang, puis injecta à son patient deux cents milligrammes de Zornitol.

M. Zoy ne réagit pas immédiatement. Il paraissait toujours endormi. Mais lorsque Matt retira l'aiguille, il rouvrit les yeux, et une espèce de sourire éclaira son visage mal rasé.

— Merci, docteur, dit-il d'une voix traînante. Votre humanité l'a emporté. Je n'aurais pu demander ça à aucun autre médecin.

Matt resta un moment près de lui à le regarder sombrer dans le sommeil. Il vit les traits de l'homme se relâcher, son souffle redevenir régulier. Puis songea une nouvelle fois à son père. Celui-ci n'aurait jamais fait ce que lui-même venait de faire. Autrefois, Hirsh avait été l'un des généralistes les plus appréciés de la ville. Sans doute des patients l'avaient-ils supplié de les aider à en finir. Mais Hirsh s'en était certainement tenu à ses principes, avec douceur et fermeté. Non, il n'aurait jamais tué un homme.

Cette désagréable certitude poussa Matt à s'éloigner du chevet de M. Zoy.

— Bonne nuit, murmura-t-il.

Il éteignit la lampe, ne retira pas la fiche du patient de son support et ne sortit pas son stylo de sa poche. Il referma la porte de la chambre. Dans le couloir désert, ses pas résonnaient bruyamment.

Il tourna dans le couloir. Un agent d'entretien était là, vêtu de vert et ganté de plastique, un masque sur le visage. Lorsque Matt passa, il leva les yeux de son chariot et le dévisagea. Désarçonné, le médecin lui adressa un signe de tête. L'homme n'y répondit pas mais, derrière son bidon de liquide vert, il ne le quitta pas des yeux. Matt crut lire une accusation dans son regard sombre.

Plus tard, en roulant vers chez lui, il se dit qu'il avait oublié de signaler l'injection et d'apposer sa signature sur le registre pour le retrait du Zornitol à la pharmacie. Il le ferait dès son retour le lendemain à l'hôpital.

Il s'efforça de songer à la matinée qui l'attendait, aux patients qu'il lui faudrait voir, aux petits problèmes administratifs à régler. Mais ses pensées revenaient sans cesse à son patient et à la chambre d'hôpital plongée dans l'obscurité, comme si elles étaient un ballon dansant que M. Zoy, agitait d'une main amaigrie mais ferme.

« Votre humanité l'a emporté. » Matt avait beau se remémorer ces paroles, elles n'apaisaient pas le malaise qui s'était emparé de lui. Les zones d'ombre entre les réverbères et autour des boutiques fermées des allées marchandes semblaient plus denses et plus sombres qu'à l'ordinaire. Les voitures d'occasion rangées sur le parking d'un concessionnaire perdaient toute forme reconnaissable dans l'atmosphère nocturne.

Il revoyait la chambre de M. Zoy plongée dans l'obscurité. Une telle chose était en réalité impossible, à l'hôpital. Et au lieu d'injecter délicatement une drogue puissante dans le bras du vieil homme, il avait l'impression d'avoir bombardé de coups de poing son oreiller, voire M. Zoy lui-même. Ses mains sur le volant lui faisaient l'effet d'être trop grosses, comme s'il avait de nouveaux doigts ou que les anciens avaient enflé de façon monstrueuse et inexplicable. L'odeur même de la voiture paraissait différente. Elle sentait la décomposition végétale, le sous-bois humide. Cette portion de route, si calme, constituait une parenthèse dans le flux bruyant et agité de la ville. Matt avait une impression de solitude absolue.

En arrivant devant son garage, il aurait voulu faire demi-tour et retourner à l'hôpital voir où en était son patient. Une dose plus légère de Zornitol aurait dissipé les angoisses de M. Zoy et lui aurait permis de passer une bonne nuit. Pourquoi avait-il si facilement cédé à ses exigences ? En consultant le Codex, peut-être parviendrait-il à confectionner un antidote qui annulerait les effets du Zornitol ? Mais il était sans doute trop tard.

Une fois à l'intérieur, il frôla maladroitement la pelle à neige et le râteau à feuilles pendus au mur du garage. La cuisine était allumée, le reste de la maison plongé dans l'obscurité. Il se figea, se pénétra du silence de la demeure, puis se glissa dans la chambre à coucher. Denise dormait, les bras et les jambes soigneusement disposés, tout comme les mèches de ses cheveux étalées sur l'oreiller. Elle était belle. La lumière nocturne soulignait la finesse de ses traits, telle une esquisse au crayon réalisée d'une main précise.

Près de Denise était étendu Austin. Il avait commencé à marcher six mois plus tôt. Le mois dernier, il était parvenu à s'extirper seul de son lit. À présent, à dix-huit mois, il associait ces deux aptitudes presque chaque nuit pour se rendre dans la chambre de ses parents. Il dormait couché en travers du lit, les couvertures enroulées autour des jambes et les bras docilement relevés sur l'oreiller, comme si quelqu'un lui avait dit dans son rêve : « Haut les mains ! Vous êtes en état d'arrestation ! »

Matt souleva délicatement le petit garçon et le ramena dans son lit. Austin renifla, émit un léger gémissement et, sans se réveiller, reprit sa position.

« Votre humanité l'a emporté », murmurait M. Zoy, dont la voix rauque s'insinuait dans les pensées de Matt. « Je n'aurais pu demander ça à aucun autre médecin. »

Matt se sentait à la fois fatigué et incapable de dormir. Il ouvrit le réfrigérateur ; l'air glacé lui souffla sur le visage. Il tendit la main à l'intérieur, sans regarder, et ses doigts se crispèrent autour d'une cannette de bière. Il resta un moment assis à la table de la cuisine, buvant lentement, presque sans bouger, attentif à ne pas troubler l'air autour de lui.

Il ferma les yeux, se prit la tête dans les mains et se frotta les tempes. Quand Denise le faisait, ça le soulageait. Sans elle, ça ne marchait pas. Un homme allait mourir cette nuit et lui, son propre médecin, serait responsable de sa mort. À l'instant où il en prit conscience, une odeur humide et boisée lui parvint aux narines, mélange d'effluves végétaux et de décomposition qu'il connaissait presque de façon intime. C'était l'odeur de la forêt où il avait passé ses étés, enfant, et où son père habitait maintenant, là-haut, dans les montagnes. Ses tempes battaient. Il eut la sensation de plonger le regard dans un puits sombre et profond et de s'y voir, petit garçon. Il le savait, car les troncs qui l'entouraient étaient larges, comme boursouflés... Il jetait un coup d'œil entre les arbres et apercevait distinctement une voiture. Elle était rouge. Il avait du mal à contrôler sa jambe droite, endolorie comme s'il venait de prendre un coup. Les yeux lui piquaient à cause de l'effort qu'il faisait pour les garder grands ouverts. À l'intérieur de la voiture il discernait une vague silhouette. Il attendait qu'elle bouge, qu'elle sorte, qu'elle appelle, ou même, chose absurde, qu'elle laisse échapper un rire tonitruant. La silhouette ne bougeait pas et, au fond, ça ne l'étonnait pas. La personne était morte. Quelqu'un était mort, c'était la faute de Matt et il avait désormais un secret, un secret qu'il ne pourrait jamais révéler.

Matt rouvrit les yeux. Son cœur battait à tout rompre, comme s'il avait couru – alors qu'il n'avait pas bougé de son siège. Et il était un adulte, pas un petit garçon. Ici, c'était la cuisine de la maison où il vivait avec sa femme et son fils. La pièce baignait dans une lumière vive, clinique. Il ne referma pas les yeux avant d'être certain que la voiture ne reparaîtrait pas. Cependant, en dépit des années et de la distance qui l'en séparaient, il conservait l'impression que quelque chose de grave et d'irrémédiable venait de se produire. M. Zoy. Il se pouvait que M. Zoy soit mort, à présent. Il voulait appeler l'hôpital, demander des nouvelles du patient. Il décrocha le téléphone. Raccrocha aussitôt.

Il se glissa dans le lit, à côté de Denise, sans déranger les couvertures. Si seulement elle avait été réveillée il aurait pu se confier à elle. Il discutait de tout avec Denise. Puis, tandis qu'il était sur le point de s'endormir, il se sentit soulagé de ne pas lui avoir parlé. Ce qui avait eu lieu ce soir, c'était le genre de chose qu'on ne raconte à personne, sauf, peut-être, à un autre médecin, à condition d'avoir suffisamment confiance en lui.

2

Le lendemain matin, après avoir écouté la météo, Denise rappela à Matt de prendre un manteau car Salt Lake City avait beau se réchauffer de jour en jour les montagnes étaient toujours enneigées. Pendant un instant, Matt la fixa sans comprendre, puis se rappela qu'il ne rentrerait pas ce soir. Il devait se rendre chez son père directement après sa journée de travail.

— J'aurais voulu que vous veniez avec moi, Austin et toi, dit-il.

Denise sourit et secoua la tête.

— On va attendre que le temps s'améliore. C'est trop fatigant, là-haut, de devoir se tenir au chaud et de faire attention à tout.

Maintenant qu'Austin était assez grand pour crapahuter aux quatre coins de la vieille demeure, lui et sa mère accompagnaient de moins en moins souvent Matt lorsqu'il rendait visite à Hirsh. La dernière fois, l'enfant avait tiré sur des fils électriques qui pendaient, failli laisser un doigt dans un piège à souris et trouvé du beurre de cacahuètes assaisonné de mort aux rats oublié là des années plus tôt et destiné aux rongeurs. Et puis, il était impossible de chauffer le salon sans faire de feu de cheminée, ce qui était dangereux avec un enfant.

— OK, approuva Matt à contrecœur.

Quand il allait seul à la montagne ces derniers temps, il éprouvait le besoin absurde de sentir qu'il leur manquait. Denise avait beau lui assurer que c'était le cas, Matt ne pouvait s'empêcher de penser qu'ils souffraient aussi peu de ses absences que lorsqu'il partait chaque jour pour l'hôpital. Pourtant, quand

Denise s'en allait diriger un week-end de musicothérapie, Austin et lui étaient en proie à une sorte de déchirement. Pendant la semaine, Matt songeait avec impatience au week-end et aux activités auxquelles il pourrait se livrer avec son fils. Mais le besoin que le petit garçon avait de sa mère était si fort et si manifeste que, une fois arrivé le samedi matin, on aurait dit qu'il ne leur restait plus rien à faire, si ce n'était attendre le retour de Denise. Un jour, Matt avait entrepris de compter combien de fois Austin avait réclamé sa mère, et s'était arrêté à trente.

— De toute façon, dit Denise, passer le week-end à te reposer chez Hirsh ne te fera pas de mal. Tu as l'air épuisé.

— Je croyais que j'allais là-haut parce que mon père est vieux, et pour l'aider à accomplir certaines tâches et le convaincre d'aller vivre dans un endroit plus commode, répliqua Matt en fouillant parmi les manteaux du placard.

Il cherchait sa grosse veste de montagne.

— Bien sûr, acquiesça Denise, ouvrant un autre placard et en sortant la veste qui sembla se glisser d'elle-même dans sa main. Mais quand tu reviens, tu es reposé et décontracté.

Matt lui jeta un regard de reproche.

— Mais vous me manquez, Austin et toi.

Denise l'enlaça. Elle était grande, mince et jouait de la flûte. Matt avait l'impression, en la regardant se déplacer, qu'elle était la musique même. Lorsqu'elle demeurait immobile, sa longue silhouette avait l'élégance et le mystère d'une partition musicale. Voilà plus de deux ans qu'ils étaient mariés, et Matt n'avait jamais rencontré de femme aussi attirante.

— Je n'ai pas envie que tu t'en ailles, lui souffla-t-elle à l'oreille. Ne va pas t'imaginer ça !

Ses paroles et sa douceur l'attendrirent. Il sentit son propre corps devenir aussi malléable que la pâte à modeler d'Austin.

À son arrivée à l'hôpital, il fut tenté de foncer dans la chambre de M. Zoy. Réfrénant cette impulsion, il alla voir le patient qu'il avait opéré la veille, puis se rendit à la pharmacie en passant devant la chambre de M. Zoy. La porte était fermée et un agent d'entretien en uniforme vert foncé se tenait à l'extérieur. À la pharmacie, Matt indiqua avoir retiré deux cents milligrammes de Zornitol. Vu qu'il n'y avait que des doses de cent milligrammes en réserve, il précisa qu'il en avait administré cent cinquante au patient et avait jeté les cinquante restants. Un interne contresigna la note sans se donner la peine de la lire.

Dans son bureau, Matt trouva sa secrétaire agenouillée sur sa chaise pivotante. Elle lui tournait le dos, un tournevis à la main.

— Je suis désolée, dit-elle sans le regarder. Vous comprenez… Je viens de l'État de Washington et là-bas il nous arrive parfois d'ouvrir les fenêtres !

— Ici aussi, dans l'Utah, on ouvrait les fenêtres, autrefois, répliqua Matt. Et puis on a découvert la climatisation !

— Une belle invention, la climatisation ! approuva la secrétaire. À condition que quelqu'un la mette en marche. Pour le moment, dans la partie ancienne des bâtiments, nous n'avons droit qu'au chauffage. Et je peux vous dire que ça chauffe !

Elle se mit à dévisser la fenêtre. Matt retira sa veste et remonta les manches de son uniforme bleu pâle. Il faisait trop chaud pour enfiler tout de suite la blouse blanche. Il ramassa les dossiers empilés sur son bureau et les passa en revue debout, pendant que la silhouette massive de sa secrétaire oscillait sur la chaise pivotante à chaque tour de vis effectué.

— Vous voulez que je m'en charge ? proposa Matt.

— Non. Je me réserve le droit de contrarier ce crétin chauve qui travaille à la maintenance.

Parmi les dossiers des patients, Matt trouva celui d'Anthony Zoy. Il le sortit du tas. Toujours sans le regarder, sa secrétaire lança :

— Mauvaise nouvelle : M. Zoy est mort cette nuit.

Matt sentit son cœur se serrer. Il aspira une grande bouffée d'air.

— Ne me dites pas que ça vous surprend ! s'exclama la femme, qui avait plaisir à parcourir les dossiers des patients et à les commenter quelquefois avec lui.

— Eh bien, non…, répondit Matt d'un ton prudent. Ça me fait de la peine, c'est tout. Je l'aimais bien.

Il examina l'écriture impeccable de l'infirmière, au dos de la fiche de M. Zoy. Insuffisance respiratoire. Heure du décès : 0 h 25, soit environ quarante minutes après que Matt l'eut quitté. Le cœur de Matt battait à tout rompre. Il s'efforça d'en ralentir le rythme en inspirant profondément.

— La famille de M. Zoy souhaite vous rencontrer, dit la secrétaire.

— Sa femme, vous voulez dire ?

— Sa femme et son fils. Le fils se demande pourquoi son père est mort si soudainement. C'est pas croyable ! Comme si le pauvre vieux avait encore des années à vivre… alors que n'importe qui pouvait voir que c'était une question d'heures…

— Vous avez fixé un rendez-vous ?

— Je leur ai dit onze heures. Je sais que vous n'avez guère de temps, mais j'ai pensé que vous trouveriez un moment. Ça va, Matt ?

Elle le dévisageait, à présent. Ses cheveux blonds étaient décoiffés et ses grosses joues rougies par l'effort fourni lors de son combat avec le tournevis.

— Ça n'a pas l'air d'aller ? demanda Matt.

Il se rappela que Denise, le matin même, lui avait dit qu'il avait besoin de se reposer.

— Vous avez l'air vraiment fatigué. Un peu comme les gars de Washington, quand il faut absolument qu'on leur ouvre une fenêtre. À quelle heure vous avez été appelé, hier soir ?

— À neuf heures. Un lycéen qui avait pris un coup de couteau dans la rate au cours d'une bagarre.

— Je viens de lire son dossier. Incisions profondes, un couteau dans la rate. Vous connaissez la meilleure ? Marjory dit que quand le gosse s'est réveillé il y avait deux agents de police qui voulaient le questionner, et ce crétin a refusé de parler. C'est incroyable !

Elle réussit à retirer la fenêtre de son châssis. Matt s'empressa de la prendre et de la poser contre le mur. Un souffle d'air frais pénétra dans la pièce. La secrétaire sortit d'un pas triomphant après avoir glissé le tournevis dans son sac et s'être frotté les mains avec ostentation.

Le dossier de M. Zoy était posé sur son bureau. Matt hésitait : devait-il donner des détails sur l'injection pratiquée sur le patient juste avant sa mort ? Le dossier serait vérifié et contresigné par un second médecin, qui le regarderait à peine. À moins qu'une autopsie ne soit exigée. La forte concentration de Zornitol dans le sang du défunt pourrait s'expliquer, même avec une injection de cent cinquante milligrammes. Le fait que le patient soit mort quarante minutes après l'injection était plus ennuyeux.

Il demeura quelques instants penché au-dessus du dossier, indécis, savourant la fraîcheur de l'air sur son visage.

La secrétaire reparut sur le seuil.

— Je suis désolée, mais l'heure n'est passée que de cinq minutes et vous avez déjà trois patients qui attendent. Qu'est-ce qu'ils ont ce matin ? Ils sont tombés du lit ?

— Très bien, dit Matt. Il saisit sa blouse blanche et s'engagea dans le couloir miteux menant aux cabinets de consultation.

Le premier voulait simplement le résultat de la biopsie d'un ganglion lymphatique. La deuxième avait été traitée pour un cancer des intestins, mais on venait de lui découvrir une tumeur secondaire au foie. Matt prit des notes et assura que les opérations auraient lieu dès que possible. Avant que le troisième patient ait pu entrer, la secrétaire de Matt déboula dans la pièce, une tasse de café dans une main et un dossier dans l'autre. Du pied, elle referma la porte derrière elle.

— C'est le fils, dit-elle. Le rendez-vous était à onze heures, mais il exige de vous voir tout de suite.

Matt savait de quel fils il s'agissait, mais jugea bon de paraître déconcerté.

— Le fils de M. Zoy. Le patient qui est mort dans la nuit, précisa-t-elle en tapotant le dossier.

— Mme Zoy est avec lui ?

— Non. Des tas d'autres gens attendent. Et son rendez-vous est à onze heures. Et puis, si je peux me permettre... les patients qui se trouvent dehors sont vivants, alors que son père est mort. Il me semble, par conséquent, qu'il n'est pas à deux heures près.

La porte s'était ouverte : un homme qui rappelait M. Zoy en plus massif et plus joufflu se tenait entre la secrétaire et un vigile.

— Je vous ai dit d'attendre, lui fit remarquer la secrétaire d'un ton sévère.

— Mais…, bafouilla-t-il, mon père vient de mourir.

Il avait l'air d'un enfant perdu. Ses joues tremblotaient comme s'il allait éclater en sanglots. Matt se demandait ce qu'il allait pouvoir lui dire. Il avait une étrange sensation de picotements aux yeux. Pendant une fraction de seconde, l'odeur de la forêt lui chatouilla les narines et il eut l'impression d'être entouré d'arbres. Il s'était déjà levé et contournait son bureau, habitué à réagir face au malheur des familles.

— Entrez, je vous en prie, dit-il, le prenant par le bras et le menant à une chaise. Je suis vraiment navré, au sujet de votre père. Je sais que c'était un homme exceptionnel.

La secrétaire et le vigile se retirèrent, laissant derrière eux une odeur de café. Matt songea à la façon dont M. Zoy lui avait fait part de son désir de mourir. Sans doute aurait-il préféré lutter contre la mort, mais sa volonté d'épargner sa famille avait pris le dessus. Oui, c'était sûrement un homme exceptionnel.

Le fils pleurait, maintenant. Sa présence était imposante. Ses sanglots ébranlaient la pièce. Matt lui passa une poignée de mouchoirs en papier et ouvrit une nouvelle boîte.

— C'est arrivé si brusquement ! dit le fils lorsqu'il fut à nouveau en mesure de parler, levant vers Matt un visage baigné de larmes. Il n'aurait pas dû mourir si vite. Nous avions encore tellement de choses à nous dire et nous n'avons pas eu le temps de le faire.

— C'est ce que ressentent la plupart des gens quand meurt un proche. Même si la mort était imminente, comme dans le cas de votre père.

Éprouverait-il cela à la mort du sien ? Matt savait qu'il aurait dû dire certaines choses à Hirsh. Or, curieusement, le moment ne semblait jamais approprié. Chaque fois qu'il en avait eu l'intention, quelque chose l'en avait empêché. Il décida à cet instant précis qu'il saurait, la prochaine fois, trouver les mots et poser les questions qu'il n'avait jamais osé poser. Oui, ce week-end, il le ferait.

L'homme s'était remis à pleurer.

— Je ne lui ai pas dit à quel point je l'aimais ! siffla-t-il d'une voix entrecoupée de sanglots.

Matt s'imagina en train de dire à Hirsh qu'il l'aimait, mais ce n'était pas évident. Comment parler d'amour à son père ?

Lorsqu'il ouvrit la bouche pour lui répondre, Matt fut surpris par le son de sa voix, étrangement pâteuse. Sa langue lui fit l'effet d'une tranche de pain trop épaisse.

— Vous ne le lui avez pas dit, mais peut-être votre père le savait-il déjà ?

L'homme s'essuya le visage avec les mouchoirs en papier, jusqu'à ce que ceux-ci forment une boulette humide. Il la tendit à Matt dans un geste d'impuissance. Ce dernier la prit, la jeta et lui offrit d'autres mouchoirs.

— Et… et…, haleta l'homme, lui non plus ne me l'a pas dit. Il en a sûrement eu l'intention, mais il n'a pas eu le temps de me dire qu'il m'aimait.

— Peut-être faisait-il partie de ces gens qui pensent que certaines choses n'ont pas besoin d'être dites.

— Non, non, il est mort trop brusquement. Il n'a pas eu le temps de finir ce qu'il avait entrepris.

— Il était prêt à mourir.

Comme si l'on avait appuyé sur un bouton, le visage de l'homme se transforma. Il devint plus anguleux. Ses petits yeux brillèrent d'un éclat nouveau. Matt revit le regard de M. Zoy au moment où celui-ci lui avait demandé de l'aider à mourir. Il lui avait paru trop vif pour la mort. La mort était tout de même venue.

— C'est lui qui vous a dit ça, docteur Seleckis ? interrogea l'homme.

Pour la première fois, sa voix cessait de trahir son désespoir. Il rejeta la tête en arrière.

— Docteur Seleckis, mon père vous a-t-il dit qu'il était prêt à mourir ?

Matt sentit une vague de chaleur l'envahir. Il pria pour que sa secrétaire entre, avec ses bonnes joues rondes et son sac fourre-tout, qu'elle en sorte un tournevis et dévisse immédiatement la fenêtre du cabinet de consultation.

— Votre père savait qu'il allait mourir, monsieur Zoy.

— Il le savait, bien sûr. Mais est-ce qu'il était prêt ? Il ne m'a même pas dit au revoir, nom de Dieu !

— Il y a des gens pour qui c'est trop dur. La plupart des gens...

— Il n'était pas prêt ! On allait tenter un nouveau traitement. C'est ce qu'a dit le Dr Salinski. D'après lui, mon père aurait pu vivre encore quelques mois. Voire beaucoup plus longtemps.

Matt était stupéfait.

— Rien n'indique, dans le dossier de votre père, qu'un nouveau traitement ait été envisagé.

Il espérait qu'il avait bien examiné les notes. Il aurait voulu consulter le dossier sur-le-champ. Or l'homme s'était remis à le bombarder de questions.

— Vous a-t-il dit qu'il était prêt ? Quand avez-vous discuté avec lui pour la dernière fois ?

— Hier soir, reconnut Matt.

— Et que vous a-t-il dit ?

Matt hésita.

— Qu'il souffrait.

— Qu'avez-vous fait, alors ?

— J'ai légèrement modifié le dosage de son analgésique, vu que la quantité administrée ne lui faisait quasiment aucun effet.

Le fils plissa les yeux.

— À quel point l'avez-vous modifié ? demanda-t-il.

Matt se sentait comme un gosse qui s'accroche à son jouet favori, qu'un gamin plus fort et plus brutal cherche à lui arracher des mains.

— Je peux vous donner tous les détails relatifs au suivi thérapeutique de votre père et au protocole que nous avons adopté, mais pas immédiatement. Il serait préférable que votre mère soit également présente, si vous souhaitez discuter plus en détail de tout ça.

Matt se rappela, dans un élan d'affection, la voix calme et claire de Mme Zoy : « Si Anthony ne veut pas que vous le fassiez, s'il choisit d'attendre la mort, il ne vous demandera rien. Mais si la douleur et le désespoir deviennent insupportables, nous espérons que vous saurez répondre humainement à son appel à l'aide », avait-elle dit. Si elle était capable de parler ainsi, Matt pourrait compter sur elle, malgré sa douleur, pour le protéger de la fureur de son fils.

— Quel genre de médecin êtes-vous ? demanda le fils de M. Zoy.

Son visage se crispa et il bomba le torse, ce qui rendit sa présence plus menaçante.

Matt eut un mouvement de recul. Cette façon d'augmenter sa masse corporelle à volonté lui rappelait les petits caïds de la cour de récré. Matt avait éprouvé ce même sentiment à l'école et ailleurs, il y avait bien longtemps de cela. Il avait connu un homme à la carrure imposante, aux yeux et aux cheveux noirs, qui bombait le torse lui aussi, et lorsqu'il le faisait vous vous armiez de courage, car cela signifiait qu'il allait vous dire quelque chose de méchant ou d'humiliant.

Matt fut pris d'une envie de vomir. Il ne saisissait pas bien la question du fils de M. Zoy. Au lieu de demeurer bien raide sur sa chaise, il baissa les yeux comme pour regarder ses pieds cachés par le bureau.

— Euh... un bon médecin, j'espère, finit-il enfin par répliquer.

— Vous êtes spécialiste du traitement de la douleur, à ce que j'ai cru comprendre ?

— Oh, dit Matt, confus de sa méprise. Oh, je vois ce que vous voulez dire. Je suis chirurgien généraliste, mais mes spécialités sont le système endocrinien et la chirurgie des cancers. En d'autres termes...

— Et vous exercez la chirurgie depuis combien de temps ?

— Eh bien, j'ai commencé lors de mon internat... il y a environ neuf ans.

L'homme se passa une nouvelle fois la main dans les cheveux et jeta à Matt un regard furieux, comme s'il attendait autre chose de lui. Matt poursuivit donc :

— Ensuite, je me suis orienté vers la chirurgie gastro-intestinale, mais j'ai réalisé que je m'étais fourvoyé. Puis j'ai passé trois ans en Afrique, à travailler dans des hôpitaux de brousse, ce qui m'a permis d'acquérir une grande expérience de la chirurgie. Depuis mon retour, je me suis dirigé vers la chirurgie endocrinienne et oncologique. Mon parcours est des plus atypiques.

— J'attends que vous me disiez qu'à un moment de votre carrière vous vous êtes spécialisé dans le traitement de la douleur, répliqua l'homme d'un ton hostile. J'attends de découvrir comment un gars qui a passé des années à découper et à recoudre les gens sait quelle substance injecter dans le bras d'un vieil homme qui souffre et à qui l'on avait donné toutes les raisons d'espérer qu'un nouveau traitement pourrait lui prolonger la vie…

Matt se cala dans son fauteuil. Il se rappela avoir songé à appeler Mike Salinski la veille au soir, avant d'y renoncer, du fait de l'alcoolisme du cancérologue. Il tenta de conserver un ton calme et raisonnable.

— Il se trouve que j'ai une expérience approfondie du soulagement de la douleur, ayant passé des années en Afrique. Mais, dans ce cas précis, n'oubliez pas que j'ai opéré votre père à deux reprises et que je faisais partie de l'équipe thérapeutique. Dans cet hôpital, nous sommes tous formés pour soulager la douleur, bien que nous envoyions à Maison Rouge les patients nécessitant des soins palliatifs à long terme. Pour ce qui est de votre père, nous avons décidé de le garder ici et votre mère était d'accord. Elle n'a jamais remis en question les choix de l'équipe soignante.

L'homme se leva brusquement et Matt réalisa à quel point il était imposant. Il portait une chemisette à manches courtes et avait les bras potelés des gens trop bien nourris. Quel était cet autre homme baraqué qui, dans les souvenirs de Matt, réussissait à exercer une certaine terreur rien qu'en se balançant d'un pied sur l'autre ? Son nom lui échappait. Cependant, le seul fait de penser à lui le mettait mal à l'aise.

Le fils de M. Zoy avait haussé la voix, mais c'était surtout son ton menaçant qui était frappant.

— Ma mère est choquée et très surprise par la soudaineté de la mort de mon père. Nous ne pensions ni l'un ni l'autre que son heure était venue, et le Dr Salinski non plus. Nous allons exiger une autopsie détaillée. Je veux être certain que la légère modification du dosage de son analgésique n'a pas abrégé la vie de mon père. Ne serait-ce que d'une minute, docteur Seleckis. Et ma mère va tout faire pour s'en assurer, elle aussi.

Lorsque l'homme ouvrit la porte, Matt aperçut la salle d'attente commune à tous les cabinets de consultation. Elle était pleine ; toutes les têtes se tournèrent en entendant la porte ou, plus probablement, la voix en colère accompagnant le bruit de la porte. Dans sa fureur, le fils de M. Zoy ne l'avait pas refermée. Matt eut le sentiment d'être exposé aux regards, tel un acteur sur la scène d'un théâtre surpris par le rideau levé trop tôt.

Le cabinet était équipé d'un interphone servant à inviter le patient suivant à entrer, mais il préféra se ressaisir en se dirigeant vers la salle d'attente et en appelant lui-même le patient. Il ne reconnut pas la femme entre deux âges qui sursauta quand il prononça son nom. Elle ne le salua pas, mais fonça droit vers le cabinet de consultation et souleva son chemisier pour lui montrer la plaie sur son ventre avant même d'être entrée dans la pièce. Puis les mots jaillirent de sa bouche, semblables au suintement de sa cicatrice.

Matt l'observa tandis qu'elle parlait. Il s'assit à côté d'elle et, examinant la thyroïde de la femme, ses yeux exorbités, les expressions de son visage et ses mains qui s'agitaient dans tous les sens, il en oublia la famille Zoy. Il ouvrit son dossier médical et le parcourut pendant que la femme ne cessait de déblatérer. Ses antécédents suggéraient pas mal de négligence en matière de santé ainsi qu'une bonne dose de violence conjugale. Elle était incapable de séparer sa condition physique actuelle de ses problèmes personnels. Ce qu'elle lui demandait, en fait, c'était de traiter son désespoir. Avec un nouveau patient, Matt savait qu'il devait enregistrer rapidement et simultanément trois types d'informations : celles que contenait le dossier médical, celles qu'on pouvait déduire des propos du patient, et celles qui relevaient de ses propres observations. Il devait ensuite les synthétiser de manière cohérente et proposer un traitement approprié, tout en faisant preuve de douceur et de compassion.

Absorbé par la quantité de problèmes auxquels il fut soumis les heures suivantes, il crut avoir chassé l'affaire Zoy de son esprit. Mais, quelques minutes avant onze heures, il se surprit à consulter sa montre. Il appela sa secrétaire et lui demanda si Mme Zoy était dans les parages.

Sa secrétaire émit une sorte de sifflement.

— Un seul Zoy ne vous suffit pas ? Parce que enfin... le fils a appelé trois fois. Il veut une autopsie. Comme la mère est le plus proche parent, il a fallu que j'obtienne une confirmation de sa part. Ensuite, elle a téléphoné pour savoir quand ils auraient les résultats. Et puis, elle a dû contacter les laboratoires, parce qu'on vient de m'appeler pour demander le dossier du patient.

— Je m'en occuperai pendant ma pause-déjeuner. J'ai besoin de respirer l'air vivifiant du printemps.

— Il y a plein d'air vivifiant dans le bureau ! répliqua gaiement la secrétaire.

— Qui est l'anatomopathologiste qui pratique l'autopsie ? demanda Matt.

Il avait sympathisé avec l'un d'entre eux et déjeunait de temps en temps avec lui.

— R.R. Ringling. On dirait le nom d'une compagnie de téléphone. Vous le connaissez ?

— Non.

Matt tenta de joindre le Dr Salinski, mais celui-ci n'était pas disponible. Il étudia le dossier Zoy pour s'assurer que le cancérologue n'avait rien mentionné au sujet d'un nouveau traitement.

La sonnerie de son téléphone retentit. Il décrocha. Une femme se présenta d'une voix sèche : Rachel Ringling.

— J'attends que vous me fassiez parvenir le dossier d'un patient. J'en ai déjà fait la demande ce matin.

— Vous comptez procéder aujourd'hui même à l'autopsie de M. Zoy ?

En général, les corps s'alignaient sur des chariots en attendant l'autopsie, et cela demandait quelques jours.

— Dès qu'on m'aura transmis le dossier, rétorqua-t-elle sèchement.

— J'avais l'intention de vous l'apporter moi-même, après mes consultations de la matinée. J'aimerais en discuter avec vous.

— Ce ne sera pas nécessaire. J'en ai besoin immédiatement. Je vous envoie quelqu'un.

Matt consulta une dernière fois le dossier, et fut rassuré de n'y trouver aucune allusion à un nouveau traitement. Il griffonna au verso, au-dessus de la note de l'infirmière signalant le décès du patient, une note presque inintelligible où il confirmait avoir administré à ce dernier cent cinquante milligrammes de Zornitol à vingt-trois heures quarante-cinq. Un interne avait déjà signé le document établissant, comme cause première du décès, une insuffisance respiratoire due à un cancer de la thyroïde et à sa métastase dans les poumons.

Matt sentit ses paupières s'alourdir. Il ferma les yeux. Aussitôt, l'odeur de la forêt l'envahit. Le battement de son cœur s'accéléra, sa respiration devint haletante. Il était entouré d'arbres. Il distinguait le bruissement des feuilles sous ses pieds, tandis qu'il cherchait la voiture des yeux. Tout cela lui paraissait familier, comme si, depuis des années, chaque nuit, il rêvait qu'il partait en quête de cette silhouette, dans la voiture rouge. Cette fois-ci, cependant, il ne parvenait pas à voir le véhicule, même si l'odeur de décomposition végétale, la présence de la mort et la certitude d'avoir joué un rôle dans le drame le submergeaient à nouveau. Cette certitude était un fardeau, un fardeau presque trop lourd pour ses épaules. Il allait entre les arbres d'un pas vacillant, trébuchant parfois, comme si quelque chose pesait sur son bras droit et donnait de méchants coups sur sa jambe droite. Il parvenait à une clairière, au beau milieu des bois. Au-dessous de lui, un lac reflétant les rayons du soleil dessinait un cercle de lumière éclatante. Ses parents étaient là. Assis sur une sorte de banc ou de rondins empilés, ils lui apparaissaient de dos. Sans doute Matt était-il surpris, car il se figeait. Ses parents l'entendaient et se tournaient vers lui. L'espace d'un instant, il entrevoyait le visage de sa mère. Avant qu'il s'efface, comme toujours. Matt n'arrivait pas à savoir s'il s'agissait d'un rêve ou d'un souvenir.

— Tu as un moment ? demanda une voix, depuis le seuil.

Matt repoussa le dossier Zoy d'un geste vif, comme s'il lui brûlait les doigts.

— Salut, Jon, dit-il.

Jon Espersen, le directeur du service de chirurgie, était un homme sympathique qui avait décidé de réintégrer Matt après ses années passées en Afrique.

— La réunion M & M de la semaine prochaine, on aimerait la remettre à lundi. C'est possible pour toi ou ça te pose des problèmes d'emploi du temps ?

Matt prit son agenda. Les deux hommes se connaissaient depuis de longues années. Matt avait débuté son internat l'année où Jon finissait le sien. Comme lui, il s'était spécialisé en chirurgie générale, puis en chirurgie endocrinienne et oncologique. Mais quand Jon avait commencé à participer à la gestion du département et cherché à asseoir sa réputation, il avait entraîné Matt et les autres vers la chirurgie gastro-intestinale. Les gastroplasties étaient arrivées et Jon avait fondé le service obésité, au détriment des autres départements. Matt se revoyait à cette époque : maladroit comme si son corps prenait trop de place ou trahissait son mal-être. Ses collègues s'en étaient rendu compte et y avaient décelé un refus des compromis qui les avait embarrassés. Matt s'était fait quelques ennemis, notamment parmi ceux qui l'avaient approuvé lorsqu'il s'était énergiquement opposé à la création du service obésité. Et puis, après avoir, pour la première fois, tranché dans la graisse sous-cutanée d'une femme aussi lourde qu'un gros poney, il avait annoncé son intention de partir pour l'Afrique.

— Allez, tu prends tout ça trop à cœur ! lui avait rétorqué Jon. Les Africains ont besoin d'aide parce qu'ils manquent de nourriture. Les Américains ont besoin d'aide parce qu'ils croulent sous la nourriture. Mais eux aussi sont dans le besoin.

Matt approuva, mais il était hors de question pour lui de passer le reste de sa vie à pratiquer des gastroplasties.

— Je n'ai pas envie de m'engraisser sur le dos des gros ! avait-il dit.

Jon, qui n'était pas un mauvais homme, avait souri et fini par accepter la décision de Matt.

— La réunion M & M, ce serait à quelle heure, lundi ? demanda Matt.

Ces réunions mortalité/morbidité consistaient en des séances hebdomadaires à huis clos au cours desquelles les chirurgiens étaient censés reconnaître leurs erreurs devant leurs collègues et se faire part de leurs soucis respectifs.

— Le matin, c'est bon ?

— Tôt, alors.

— Huit heures, ça te va ? Les autres sont d'accord pour huit heures.

— Parfait.

— Il y a quelque chose dont tu auras envie de parler en particulier ? demanda John.

— C'est possible, reconnut Matt.

— Très bien. On appellera ta secrétaire pour confirmer l'heure et le jour. Comment va Denise ? Christine me dit que ça fait un bail qu'elles ne se sont pas vues.

Les deux femmes étaient amies depuis le premier mariage de Denise, bien avant qu'elle ait commencé à fréquenter Matt.

— Elle va bien. Sauf qu'elle est un peu débordée, entre Austin et les ateliers. Mais je lui dirai d'appeler Christine, promit Matt.

Jon lui adressa un signe de la main et disparut. On frappa faiblement à la porte et un très jeune homme entra. Matt crut qu'il s'agissait du patient suivant. Trop timide pour regarder Matt dans les yeux, le garçon bredouilla :

— C'est le Dr Ringling qui m'envoie…

— Oh oui, bien sûr, j'ai ce qu'elle désire, dit Matt en lui tendant le dossier Zoy avant d'appuyer sur l'interphone pour appeler le patient suivant.

3

Dès le lendemain, Matt éprouva de nouveau cet étrange picotement derrière les yeux. Il regardait son père s'efforcer de soulever une bûche, dans la remise à bois, quand cela se produisit. On aurait dit qu'un nuage d'insectes bourdonnait dans sa tête et venait se cogner aux fenêtres qu'étaient ses yeux. Il lui fallut quelques instants pour comprendre, stupéfait, ce qui lui arrivait : il était au bord des larmes.

Il sortit de la remise. Le temps était radieux. Respirant profondément, il embrassa du regard les arbres au loin et, au-delà, la crête dentelée des montagnes.

Il fit volte-face et se remit à observer son père. Le Dr Hirsh Seleckis, âgé de soixante-quinze ans, avait les hanches gagnées par la raideur (la droite, surtout), de légers problèmes de mémoire et une chevelure encore abondante, désormais d'un blanc de neige. Pourtant, on devinait toujours en lui l'homme fort et fiable que Matt avait connu toute sa vie... et qu'il voyait à présent se battre avec une bûche. Alors qu'il assistait à la scène, les yeux recommencèrent à lui piquer. Et, sans qu'il ait pu exercer le moindre contrôle, les larmes se mirent à jaillir sur ses joues.

Matt ne se rappelait pas quand il avait pleuré pour la dernière fois. Il devait faire face à tant de souffrances dans son métier qu'il se croyait immunisé contre les larmes, les siennes ou celles des autres. Lorsque des gens pleuraient devant lui, il ressentait le même détachement qu'un employé de banque comptant des billets. Or, Matt réalisait que la mort de M. Zoy, dont il était responsable, lui avait donné des raisons d'être triste. Il avait peine à y croire. Il était si peu habitué à verser des larmes. Même à l'enterrement de sa mère, il ne se souvenait pas d'avoir pleuré. Les rayons de soleil pénétraient dans la remise par un trou dans la toiture. Son père, penché sur la bûche, s'épuisait en vain à tenter de la soulever. Une déchirure dans sa chemise de bûcheron laissait voir la pâleur et la fragilité d'un corps vieillissant. Le père et le fils inhalaient l'air rance et boisé de la remise... Et Matt fut incapable de retenir ses larmes.

Il aurait voulu donner un coup de main à son père, mais il redoutait par-dessus tout que Hirsh ne le voie pleurer. D'un pas vacillant, il s'engagea sur le sentier coupant à travers bois. Au lieu de se diriger vers la maison, il descendit la colline très pentue qui menait à la route et au lac. Une fois qu'il se fut suffisamment éloigné, il s'appuya contre un arbre et éclata en sanglots. L'odeur de terre et d'humidité de la forêt l'enveloppait.

Beaucoup plus bas, entre les arbres dépourvus de feuilles, on distinguait vaguement le lac. Immobile comme un animal embusqué prêt à bondir sur sa proie. L'eau était de ce bleu vif propre aux eaux de montagne très profondes. Matt se remémora ses sensations quand il allait y nager. La fraîcheur vous glaçait jusqu'aux os tandis que le soleil vous tapait dans le dos, brûlait vos joues et transformait votre chevelure en bonnet de laine. Enfant, il passait tous ses étés à camper dans ces bois et à nager dans ce lac.

Frissonnant encore, mais conscient que la crise était passée, Matt quitta son arbre pour aller se réfugier sous un autre, comme s'il craignait de recommencer en restant au même endroit. Tout près de lui, entre deux arbres, il aperçut une espèce de toile d'araignée géante, en bois. Quelqu'un avait cloué des planches et des branches noueuses à celles des arbres encore jeunes, des années auparavant, si bien que maintenant bois mort et bois vivant se confondaient. Çà et là, un rayon de soleil les traversait. Il reconnut dans cet assemblage les restes d'une sculpture de sa mère. Lorsqu'elle avait renoncé à sa véritable passion, la musique, Hilly avait reporté son enthousiasme sur une autre forme d'art, puis sur une autre. Cette œuvre appartenait à une série. Comme presque toutes les autres tentatives de sa mère, cette œuvre était demeurée inachevée. Dans ce cas, c'est la maladie de Hilly, plus que son habituelle perte d'intérêt, qui en était la cause.

C'est alors que Matt le vit... Un banc en rondins, que Hirsh avait fabriqué des décennies plus tôt. Matt l'avait déjà vu des milliers de fois, et pourtant, ce jour-là, il avait l'impression de le découvrir. C'est sur ce banc que ses parents étaient assis dans son rêve. . non... dans son souvenir. Car sa pénible course à travers bois, écrasé par un terrible fardeau, alors qu'il cherchait ses parents, lui semblait désormais appartenir à l'univers des souvenirs.

Il eut le sentiment excitant de mettre un pied dans sa propre mémoire. C'est là qu'il se tenait autrefois, lorsqu'il était tombé sur eux. À cet endroit précis. En ce temps-là, les arbres étaient moins hauts et l'on voyait très bien l'immense disque lumineux du lac ensoleillé sur lequel se détachait la silhouette de ses parents.

Il avait d'abord été soulagé, voire surpris, en les apercevant. Assis côte à côte, ils étaient tendrement enlacés. Matt n'avait pas voulu les déranger, bien qu'il ait quelque chose de très important à leur dire, qui ne pouvait attendre. Son cœur bondissait dans sa poitrine comme un oiseau se projetant contre les barreaux d'une cage. Dans sa main, un objet lourd lui tiraillait l'épaule et avait éraflé sa jambe droite. Il l'avait reposé. À son contact, le terreau constitué de générations de feuilles en décomposition avait dégagé une odeur forte et piquante. Bien qu'il ait reposé l'objet, son poids ne l'avait pas quitté. Matt avait dû se rendre à l'évidence : ce qui lui pesait était intérieur. Quelqu'un était mort, il avait conscience d'en être responsable et il était assez grand pour comprendre ça ; tous les regrets ne pouvaient retirer à cet événement son caractère irréversible, définitif.

Il avait prononcé quelques mots – peut-être avait-il appelé ses parents. Ils s'étaient retournés et, lorsqu'il avait vu leurs visages, il... il... La scène reprenait alors l'aspect d'un rêve. Ses parents étaient blêmes, le visage de sa mère baigné de larmes.

Il avait voulu traquer ce vestige du passé comme un chien traque un lapin jusqu'à son terrier et l'en extirpe. Mais, comme toujours, le souvenir de sa mère était insaisissable et s'était évaporé une nouvelle fois, le laissant seul avec son fardeau.

Il s'assit sur le banc de rondins, ferma les yeux et laissa son émotion l'entraîner vers ses jeunes années. Il n'était plus assis sur les rondins, il se tenait entre les arbres, non loin de la voiture rouge. Il aurait voulu s'en approcher, mais quelque chose l'en empêchait. Il s'était donc figé et s'efforçait de discerner, par-delà les arbres, une vague silhouette assise au volant. Il attendait que la forme bouge et souhaitait qu'elle ouvre la portière, qu'elle crie, qu'elle éclate d'un grand rire rassurant. Mais la silhouette demeurait inerte.

Une forte envie de vomir le contraignit à rouvrir les yeux. Il avait dans la bouche un goût métallique. Il examina le banc. Les étranges motifs gravés sur sa surface ne devaient rien au talent de Hilly ou de Hirsh, mais au travail de millions d'insectes, au fil des ans. Non loin de là, ce qui subsistait des sculptures de Hilly évoquait des vestiges archéologiques. À sa mort, Matt et Hirsh lui avaient rendu hommage à leur façon en tentant d'achever certaines de ses ébauches : les sculptures, les mosaïques, les collages, les décorations de Noël, la couture. Ils avaient même envisagé d'embaucher quelqu'un pour donner une suite aux trois premiers chapitres du roman qu'elle avait entrepris. Mais, peu à peu, une impression de futilité avait eu raison de leurs efforts. Non sans mauvaise conscience, ils avaient tacitement abandonné. D'abord Matt, puis Hirsh.

De ce banc on était censé avoir vue sur le lac et sur la série de sculptures. Depuis, les arbres avaient poussé et tout envahi, les sculptures s'étaient détériorées et le petit Matt était devenu un homme. Au-dessous de lui, un vrombissement de moteur se fit entendre, comme une voiture dépassait le lac et s'engageait sur la route de montagne. Matt soupira. Maintenant qu'il avait un fils, il éprouvait souvent le besoin de songer à sa mère. Il s'efforçait d'en capturer quelque chose de plus consistant que ces vagues réminiscences. Mais elle lui échappait toujours sans rien laisser derrière elle.

Il se leva lentement et rassembla les bouts de bois détachés des sculptures. Ils n'étaient désormais bons qu'à alimenter les feux de cheminée. Certes, Matt hésitait à brûler les œuvres de sa mère. Hirsh avait sûrement vu le bois et décidé de ne pas le prendre. Malgré cela, Matt coinça les planches humides sous son bras et commença à remonter le sentier.

S'il avait reconnu le bois, Hirsh se garda de tout commentaire. Il n'en fit pas non plus au sujet de l'absence de Matt. Il scruta néanmoins le visage de son fils, sans doute pour y lire une explication. Matt, qui s'y attendait, avait pris soin de se placer dans l'ombre. Sur la chemise de Hirsh, la déchirure bâillait tandis qu'il coupait le bois. Matt tenta de ne pas remarquer la ressemblance entre ce bras mince et livide et celui de M. Zoy. Il se dit que Hirsh avait vieilli depuis la dernière fois, à peine un mois plus tôt. Ses yeux étaient plus enfoncés. Ou peut-être son visage s'était-il aminci. Il est difficile de définir le vieillissement, d'isoler un changement presque imperceptible parmi des milliers d'autres.

Jetant un coup d'œil autour de lui, Matt constata que le combat de son père avec la bûche s'était soldé par une défaite. Ses yeux s'embuèrent de nouveau : Hirsh, une fois seul, avait porté un rondin plus léger jusqu'à la souche.

Matt se dirigea vers la grosse bûche et joua le rôle d'un homme aux prises avec un morceau de bois particulièrement lourd. Il la souleva en haletant sous l'effort et s'avança vers la souche d'un pas chancelant. Puis il posa la bûche à terre et s'appuya dessus. Son père l'observait depuis la cabane plongée dans la pénombre. Peut-être haussa-t-il légèrement les sourcils. Matt n'aurait su le dire car, à présent, il se sentait réellement à bout de souffle. La bûche n'était pas bien lourde, mais ce simulacre l'avait épuisé.

Il s'essuya les mains. Hirsh ajouta au tas de bois l'une des planches pourrissantes. Elle se brisa avec un bruit sourd.

— Papa, j'ai tué un homme, dit Matt, étonné de s'entendre dire cela.

C'est à peine si Hirsh s'interrompit dans sa tâche. Il se figea une fraction de seconde, puis se remit à ranger les planches, les ajoutant soigneusement au tas de bois. Lorsqu'il eut fini, il se redressa en se contorsionnant légèrement au niveau de la hanche droite. Il fixa Matt droit dans les yeux.

— Je sais, dit-il enfin.

Matt, s'appuyant aux vieux murs de la remise, se sentit défaillir – à croire que le mur cédait. Comment Hirsh pouvait-il avoir deviné : le visage amaigri et hirsute de M. Zoy sur l'oreiller d'hôpital, sa voix exigeant dans un murmure qu'on hâte sa mort ? Matt comprit alors que Hirsh s'était trouvé confronté, autrefois, à des situations semblables. En tant que médecin de famille, son père avait dû faire face aux requêtes des mourants plus souvent que Matt. Il en est auxquelles il n'aurait jamais cédé. Sa réponse montrait bien qu'il savait qu'il n'en était pas allé de même pour Matt.

Matt raconta tout. Lorsqu'il eut fini, Hirsh resta un moment silencieux avant de demander :

— Tu lui as donné combien de milligrammes de Zornitol ?

— Deux cents.

— La dernière administration remontait à quand ?

— Deux heures plus tôt. On lui injectait cent milligrammes toutes les quatre heures, mais ça ne lui faisait plus d'effet. Ou du moins pas assez pour lui donner envie de vivre un peu plus longtemps.

Hirsh hocha la tête. Son visage demeurait impassible.

— Si l'infirmière était venue quand tu l'as appelée, lui aurais-tu demandé d'administrer deux cents milligrammes ?

Avant d'avoir eu le temps d'y songer, Matt esquissa un sourire : pour les hommes de la génération de Hirsh, il ne pouvait s'agir que d'une infirmière, une femme, forcément. Puis, choisissant ses mots avec soin, il répondit :

— Je lui aurais certainement demandé de lui en donner cent cinquante.

Il y eut un silence, qui se prolongea tellement que Matt commença à se sentir mal à l'aise. Il s'assit sur une bûche et attendit que Hirsh se remette à parler. Ce qui ne semblait pas près d'arriver.

— J'ai eu tort, alors ? finit par lâcher Matt.

Hirsh soupira.

— Aux yeux de la majorité des gens, non. Mais la loi peut te demander des comptes. Tu devais être conscient du risque que tu prenais. Parce que enfin… avec cent cinquante milligrammes, on peut encore parler d'antalgique. Mais deux cents…, dit Hirsh en grimaçant. Pourquoi as-tu fait ça ?

— Je ne sais pas pourquoi j'ai accepté.

Il se rappelait que le fils de M. Zoy l'avait regardé comme s'il le connaissait et savait de quoi il avait été (et était toujours) capable. Hirsh, à cet instant, le regardait de cette manière.

— Pourquoi Mme Zoy ne m'enlève-t-elle pas son horrible fils des pattes ? fit-il d'un ton agacé. Pourquoi appelle-t-elle les labos pour réclamer une autopsie, quand c'est elle qui m'a prié de faire preuve d'humanité si son mari l'exigeait ?

— Parce qu'il est mort et qu'elle a mauvaise conscience, répondit Hirsh. Sans doute n'était-elle pas prête, si lui l'était… Et qui sait s'il ne lui avait pas dit qu'elle pourrait l'assister dans ses derniers instants. Peut-être, aussi, préfère-t-elle laisser son fils manifester librement sa colère.

— Et si le comité de contrôle de l'hôpital commence à poser des questions ?

— Ne leur dis que le strict nécessaire. Et tu devrais révéler que l'un des cancérologues employé de longue date par l'hôpital est un ivrogne qu'on ne peut pas consulter, le soir, par téléphone.

— Je ne pourrai jamais dire ça ! protesta Matt.

— Il a besoin d'aide s'il boit tous les soirs.

— Il a le droit de faire ce qu'il veut quand il n'est pas de garde.

— Et quand il est de garde il ne lui arrive jamais de boire ?

À deux reprises récemment, Matt avait reçu, en soirée, les appels embarrassés de deux patients qui auraient dû s'adresser à Salinski. Matt en avait facilement saisi la raison.

— C'est vraiment un bon médecin. Et un type sympa. Pas un des grands manitous, insista Matt.

— J'ai trop souvent vu des médecins serrer les rangs autour d'un collègue ayant commis une faute, dit Hirsh.

Matt haussa les épaules car il ne se voyait pas faire partie des « rangs » de l'hôpital Sainte-Claudia. Il aurait juré que ses confrères le considéraient eux aussi comme un outsider, du fait de sa carrière peu conventionnelle et de son décourageant manque d'intérêt pour le golf.

— Ça pourrait aller au-delà du comité de contrôle de l'hôpital. Je verrais bien Rachel Ringling, qui travaille pour les labos d'autopsie, contourner la procédure de l'hôpital pour aller remettre le dossier au procureur, à peine son travail terminé.

Hirsh réfléchit quelques instants. Quand il parla enfin, ce fut d'un ton si grave que Matt sentit grandir son inquiétude.

— Oui. C'est possible, malheureusement.

— Je vais avoir besoin d'un avocat ? demanda Matt d'une voix à peine perceptible, dans le silence de la remise à bois.

— Pas cette fois-ci. Ou en tout cas, pas encore.

Matt regarda Hirsh.

— Tu as déjà tué quelqu'un ?

— Oh oui.

Matt l'étudia avec attention. Hirsh était très sévère dans ses définitions. Sans doute négligeait-il de préciser que, loin de le tuer, il avait simplement échoué à sauver la vie d'un patient. Matt attendit, dans l'espoir que Hirsh lui donnerait davantage de détails. Son père se remit à empiler les bûches d'un air décidé, et Matt renonça à le questionner.

Cette nuit-là, malgré la fatigue, Matt dormit d'un sommeil léger. Il était enfin parvenu à s'assoupir lorsqu'un coup de feu retentit.

Il se réveilla aussitôt. Son sang se glaça. Il avait la chair de poule. Il se mit à transpirer et à frissonner tout à la fois ; il lutta contre une envie de vomir. Le coup de feu était déjà inquiétant en soi. Mais, surtout, il avait interrompu un rêve où il était question de la voiture, la voiture rouge entourée d'arbres. En réalité, le désespoir et la nausée qu'il éprouvait étaient liés à la voiture, au même titre que la mauvaise odeur qui paraissait lui arriver aux narines.

Il tenta de se redresser. Son rêve lui avait laissé un poids sur la poitrine, un poids trop lourd pour s'en débarrasser, trop douloureux à porter. Un homme était mort et c'était la faute de Matt. M. Zoy lui revint à l'esprit. Il roula sur le côté du lit et enfouit son visage dans l'oreiller.

Conscient qu'il ne pouvait laisser passer le coup de feu sans chercher à en connaître la provenance, Matt se remit sur le dos, se hissa sur les coudes au prix d'un effort soutenu et, dressant l'oreille dans le silence de la nuit, guetta le moindre son. Le coup de feu lui avait semblé d'une intensité extraordinaire. La détonation avait résonné comme si quelqu'un avait tiré au fusil juste devant la maison, assourdissant ses habitants et déchirant violemment le silence.

Après être demeuré un bon moment immobile et attentif, Matt alluma une lampe et se traîna jusqu'à la chambre de Hirsh. Il avait un goût métallique sur la langue, et une odeur d'arbres humides et de feuilles pourrissantes l'assaillit soudain.

Il frappa à la porte.

— Papa ! Papa !

Pas de réponse. Juste le silence, plus angoissant encore que le coup de feu. Tel Austin cherchant le réconfort en pleine nuit, Matt poussa la porte et entra dans la chambre de son père.

— Papa ! s'écria-t-il.

Hirsh sursauta et Matt l'entendit hoqueter de surprise. On alluma la lumière. Hirsh s'était redressé sur son lit et fixait Matt.

— Matt ? C'est toi ? Que se passe-t-il ?

Hirsh palpa la table de nuit, à la recherche de ses lunettes.

— Tu as entendu ? demanda Matt.

— Entendu quoi ?

— Le coup de feu ! Quelqu'un a tiré au fusil, juste à côté de la maison.

Hirsh mit ses lunettes et cligna un peu des yeux. Il paraissait vieux, les rides creusaient sur son visage des sillons profonds.

— Juste à côté ?

— En tout cas, ça a fait un bruit terrible.

— Oh... la nuit, le bruit résonne toujours davantage. Ce doit être Stewart qui tire sur des ratons laveurs. Depuis qu'il a son fusil à vision nocturne, il décime la population de ces bestioles.

— Ça m'avait l'air trop proche pour venir de la maison de Stewart.

— Eh bien, il a dû suivre le raton laveur jusqu'ici. Ne te fais pas de souci pour ça.

— Un coup de feu isolé, en pleine nuit et au milieu de nulle part, et tu trouves qu'on ne devrait pas s'inquiéter ? demanda Matt.

Il commençait cependant à se sentir moins sûr de lui.

— Ça se produit plus souvent que tu ne l'imagines. Et, crois-moi si ça te chante, nous n'avons pas l'impression, ici, de vivre au milieu de nulle part. Il est à peine minuit, ce n'est pas si tard que ça. Qui sait... tu as peut-être rêvé.

— Je ne rêve pas d'armes à feu ! rétorqua Matt, énervé.

— Allez, ne t'inquiète pas ! Va te recoucher ! dit Hirsh.

Il éteignit la lampe avant même que Matt ait refermé la porte.

Matt retourna à sa chambre, conscient qu'il passerait une nuit blanche. Il ouvrit la fenêtre. L'air frais de la montagne lui sauta au visage. Il avança la tête au-dehors, cou tendu. Il n'y avait rien. Toujours rien. Un mouvement, parfois, agitant la cime des arbres. Ou le vent secouant les branches.

Il attendit, aux aguets. Le froid anesthésiait peu à peu son corps et ses craintes. Il avait vécu presque toute sa vie dans l'Utah – région de chasseurs s'il en est – et avait subi, lors de ses années passées à l'étranger, le vacarme des champs de bataille et des échanges de tirs. Néanmoins, les coups de feu isolés l'avaient toujours angoissé. Un seul coup tiré indiquait que la cible visée avait été atteinte, suggérant une mort aussi rapide que soudaine.

Matt remonta dans son lit. Les draps lui parurent froids et inhospitaliers. Le coup de feu résonnait dans son esprit comme si l'on avait tiré dans un puits – le puits où dorment tous les souvenirs. La voiture rouge, oubliée depuis des années, n'avait désormais qu'à surgir un instant pour susciter en lui des heures de désespoir. Comme un contact furtif qui pouvait laisser des marques pendant des mois, voire des années. Il avait commis un acte terrible envers cette personne, dans la voiture rouge. Cette certitude était changeante et pouvait se manifester de mille manières différentes. Sans doute serait-il moins douloureux de connaître la vérité que de vivre avec les craintes qu'elle générait. À présent, il lui semblait inconcevable d'affronter son passé – mais comment, sans cela, découvrir le fin mot de l'histoire ?

— Ce n'était pas Stewart, c'était John-Jack Perry, lui annonça Hirsh le lendemain matin, au petit déjeuner. Je viens de l'appeler. Il m'a dit qu'il avait chassé un raton laveur la nuit dernière.

— Juste devant notre maison ?

— Non. En bas, près du lac, sur la route à côté de chez Stewart.

Hirsh faisait du porridge. Il en surveillait la cuisson, le remuant avec une cuillère de bois qui heurtait délicatement les parois de la casserole. Il avait placé un bol de fruits coupés au milieu de la table. Matt s'assit et prit un morceau de pomme.

— Le bruit m'a paru assourdissant, dit-il.

— Ça fait toujours cet effet-là, la nuit. Les sons résonnent, dans la montagne. John-Jack a reconnu que c'est pas sympa pour les voisins de tirer après minuit. Mais il a besoin de tuer des animaux en dehors des périodes de chasse, sinon il devient nerveux. Il est comme ça depuis qu'Anita l'a quitté.

Au fil des ans et depuis que la maison était devenue sa résidence principale, Hirsh avait fini par se lier à tous les habitants du coin. Il connaissait leur vie comme s'il avait toujours habité là.

— Il l'a tué, j'imagine, dit Matt. Il n'a tiré qu'une fois.

— Non, il l'a raté. Un coup, on n'a pas droit à plus avec la plupart des animaux. Ça suffit soit à les tuer, soit à les faire fuir. Tu devrais au moins te souvenir de ça, à propos de la chasse.

— Je ne me souviens pas de grand-chose, avoua Matt. Tuer les animaux sauvages, c'était pas mon truc.

— Nous avons tous l'instinct du prédateur, dit Hirsh en répartissant le porridge dans les bols.

— L'instinct du prédateur, c'est bon pour les hommes des cavernes, protesta Matt. On en a été libéré Dieu sait quand, entre l'ère glaciaire et le jour où a été inventé le premier biscuit fourré à la crème.

Hirsh secoua la tête.

— Nous avons tous l'instinct du prédateur, et si tu t'imagines le contraire c'est que je t'ai mal éduqué. On a chassé une seule fois et ç'a été un fiasco.

— Je n'en ai conservé quasiment aucun souvenir.

— Il doit quand même t'en rester quelque chose, non ?

Après un petit effort, Matt finit par se remémorer une foule de chasseurs (sans doute y en avait-il moins, en réalité). Il fallait se déplacer silencieusement dans les sous-bois en cherchant des signes témoignant du passage des cerfs, empreintes de pas ou traces laissées par les bois sur les troncs d'arbres. Chaque fois que vous écrasiez une brindille, vous déclenchiez l'hostilité des autres chasseurs mais, vu qu'ils ne pouvaient pas parler, ils se bornaient à vous fusiller du regard. Matt avait souffert de l'humidité et du froid, et cela s'était conclu par une détonation écœurante, assourdissante – la même que la nuit dernière.

— On avait tué quelque chose ? demanda Matt.

— Non, répondit Hirsh d'un ton calme.

Matt savait que l'expédition avait été une expérience déplaisante et qu'il avait préféré l'oublier. Les souvenirs sont semblables à ces petits rongeurs qu'on garde en cage. De temps en temps, il faut ouvrir la porte, sortir l'animal, le caresser, le nourrir. Si vous ne le faites pas, il meurt de négligence. Si Matt n'avait pas ouvert la cage « partie de chasse » depuis des années, c'est qu'il souhaitait que son contenu dépérisse et meure.

— Je sais ce qui pourrait te rafraîchir la mémoire, dit Hirsh. Je suis quasiment sûr que j'ai fait un film de famille à ce propos.

Matt eut un pincement au cœur. Il n'avait rien contre le mot « film » et moins encore contre le mot « famille ». Mais, associés, ces deux mots, lui étaient particulièrement pénibles.

— Ça m'étonnerait, papa. Le matériel de l'époque était tellement lourd. Tu n'aurais pas pu transporter et ta caméra et ton fusil…

— J'ai peut-être filmé les préparatifs. Le moment où l'on s'est mis en route, ou les exercices d'entraînement. Je suis sûr qu'il y a quelque chose dans ce goût-là. On devrait jeter un coup d'œil.

Matt se rappela, avec déplaisir, le rituel préludant aux projections des films de famille. Retrouver les bobines de film dans leurs boîtes de métal prenait des heures. Puis il fallait encore un temps fou pour installer l'écran et, ensuite, pour positionner et repositionner le projecteur afin de caler l'image, si on ne voulait pas qu'elle déborde sur les tableaux accrochés au mur du fond. Enfin, on devait convaincre le projecteur capricieux de se mettre en marche, sans le faire chauffer, si l'on ne souhaitait pas qu'il brûle la pellicule. Lorsqu'il ronronnait régulièrement en émettant une chaleur inquiétante, une lumière vive envahissait l'écran, avant que ne débute la projection des images. En général, Matt et sa mère – seuls spectateurs de la séance – en profitaient pour tendre les mains et réaliser des ombres chinoises. Ils contribuaient par cette petite attraction aux réjouissances de la soirée. Il se souvenait de sa mère agitant les doigts pour faire remuer les oreilles d'un lapin sur l'écran. Matt avait au fil des ans et pendant ces quelques secondes dérobées à la projection mis au point avec ses deux mains un canard parfait. Puis les chiffres se mettaient à défiler, et lui et sa mère laissaient retomber leurs mains, tandis que la projection commençait.

Ce qui s'ensuivait n'était que gêne et humiliation. Hirsh mettait généralement si longtemps à développer et à monter les films qu'entre-temps Matt avait grandi et ne supportait pas de voir ses comportements à l'écran. Au bout de quelques minutes, il mettait les mains devant son visage et écartait les doigts pour voir le film. Il apercevait un gamin maigre et souffreteux vêtu d'un pantalon trop court ou trop étroit, aux cheveux trop longs ou trop courts. Matt ne se sentait pas plus lié à ce gosse que s'il avait été son cousin germain. Le jeune Matt bondissait aux quatre coins de l'image comme un animal enragé. Il paraissait désireux de capter l'objectif. Lorsqu'il y était enfin parvenu grâce à ses singeries, il se retrouvait à court d'imagination face à la caméra et battait en retraite avec force grimaces.

—Je pourrais tout préparer pour ta prochaine visite. Faut que je retrouve le projecteur et…, commença Hirsh.

Matt ne l'écoutait pas. La dernière fois qu'il avait regardé les films de Hirsh, c'était pendant la période d'hébétude qui avait suivi la mort de Hilly. Une chape de silence s'était abattue sur eux pendant plusieurs mois. Sans doute sentaient-ils déjà que le souvenir de Hilly commençait à perdre de sa précision et Hirsh avait eu l'idée de sortir les vieux films de famille. Mais leur valeur thérapeutique s'était soldée par un échec.

Hirsh avala sa dernière cuillerée de porridge et dit, sur le ton de quelqu'un qui pense à voix haute :

— Ça ne t'embêterait pas d'aller jeter un coup d'œil au grenier ? Les bobines sont là-haut.

— Pas de problème, répondit Matt, espérant que ça n'irait pas plus loin.

Or, à peine avait-il fini de prendre son petit déjeuner qu'il entendit le son de l'échelle que l'on déplie et de la trappe du plafond que l'on soulève. Il soupira et alla dans le vestibule.

— Sinon, je peux le faire moi-même…, lança Hirsh en constatant le manque d'enthousiasme de Matt. L'année dernière, je montais encore là-haut…

— Dis-moi juste ce que je suis censé retrouver, l'interrompit Matt en prenant la lampe torche que lui tendait son père.

Il se faufila par la trappe.

— Eh bien… j'ai construit une sorte de placard, quelque part, sur la gauche… répondit Hirsh.

— Quand tu dis « sur la gauche »…

— … il faut comprendre « au sud ». Juste au-dessus du salon.

Matt ne pouvait atteindre le placard sans se baisser presque à angle droit. Il lui fallut aussi prendre garde, pour ne pas risquer de traverser le plafond du salon, à ne poser les pieds qu'aux endroits où Hirsh avait renforcé le parquet. Il retira les toiles d'araignées qui lui collaient aux cheveux et poussa du pied le cadavre rigidifié d'une souris.

— Tout va bien ?

Hirsh avait un pied sur l'échelle et criait en direction de la trappe. Mais l'air, là-haut, semblait aspirer les mots comme un trou noir pendant que Hirsh décrivait le grand sac noir contenant de vieilles bobines dans leurs boîtes métalliques.

— Ça va me prendre un petit moment. Va donc refaire du café !

Il jeta un coup d'œil sur l'amoncellement de vieux objets autour de lui. Il y avait surtout des meubles cassés, mais également calés contre la cheminée, quelques tableaux et mosaïques de Hilly. Matt remarqua aussi un lit d'enfant à l'intérieur décoré d'un lapin. Le lit lui avait probablement appartenu. Durant une lointaine période de sa vie, il avait dû voir ce lapin tous les jours. De cela, il ne gardait aucun souvenir. Juste à côté était entreposée une petite chaise d'enfant, elle aussi décorée d'un lapin blanc. Matt détourna la tête. Le souvenir de ces objets avait existé quelque part dans sa mémoire. Mais il s'était affaibli puis désintégré, tandis que les meubles, eux, étaient demeurés intacts.

Il trouva le placard puis, ayant ouvert la porte, le sac en plastique noir. Il le souleva, et les boîtes métalliques s'entrechoquèrent bruyamment. Il s'apprêtait à refermer la porte quand une grande enveloppe, sous le sac, attira son regard. Il posa les bobines et s'en empara. Volumineuse, elle portait le nom et l'adresse de son père.

Après coup, il se demanda pourquoi il n'avait pas hésité une seconde à ouvrir un pli qui ne lui était pas destiné. Et s'était dit qu'il devait y avoir un rapport entre son contenu et les films qui étaient posés dessus.

Il en retira un tas de feuilles cartonnées : c'étaient des photos datant de l'époque où tout cliché était précieux. Des photos de studio, en noir et blanc, imprimées sur l'épais papier d'autrefois. Matt orienta le faisceau de la lampe torche vers celle du dessus. Sa mère. Le battement de son cœur s'accéléra. Il passait son temps à chercher Hilly et voilà qu'il la trouvait cachée dans un placard du grenier au moment où il s'y attendait le moins. Il approcha le cliché et eut un mouvement de recul.

Sur la photo, sa mère était quasiment nue, vêtue en tout et pour tout d'un foulard qui lui recouvrait la moitié d'un sein, laissant deviner le mamelon. Penchée en avant, elle exhibait sa généreuse poitrine dans un geste provocant. Son sourire exprimait un mélange de désir, d'excitation et de tentation. Le cœur de Matt battait à tout rompre. Il eut l'impression qu'il portait un terrible poids : une grosse pierre, ou la totalité de la toiture, au-dessus de lui. Il examina la photo. La granulosité mélancolique du noir et blanc suggérait des prétentions artistiques chez son auteur. Mais la pose de sa mère lui donnait l'air d'une vulgaire pin-up dans un magazine de charme.

Luttant pour ne pas faire tomber la lampe de poche et les autres clichés, Matt reposa l'image à l'envers sur l'étagère dont elle provenait. L'espace d'un instant, il eut la crainte absurde que le verso ne lui révèle le séant de sa mère en train de se trémousser. Mais il n'y avait que le blanc du papier et sa texture rendue presque soyeuse par le temps.

La photo suivante était du même tonneau. Bien qu'il se soit agi de toute évidence d'un cliché de studio, on s'était efforcé de recréer le sol d'une forêt. La peau de Hilly brillait sous le feu des projecteurs (s'était-elle passé de l'huile sur le corps ?). Cette fois-ci, elle était étendue sur le dos et des feuilles avaient été répandues sur sa peau, comme si elle s'était endormie dans une forêt à l'automne et que les feuilles l'avaient peu à peu recouverte. Matt jeta un coup d'œil à sa main ; elle portait son alliance. Ainsi qu'une autre bague, que Matt pensait reconnaître, à la main droite. Un solitaire monté sur une fleur, dont les pétales enserraient le diamant. Toute une histoire était liée à cette bague. Elle avait été perdue et retrouvée, ou quelque chose dans ce goût-là. En tout cas, elle avait été la cause d'un petit drame. La lumière émanant du corps de Hilly, capturée par le photographe, était identique à celle du diamant.

Matt regarda une autre photo, puis encore une autre. Rapidement, sans vouloir trop en voir. Malgré le ridicule de la mise en scène – feuilles, foulards et autres accessoires –, Matt y chercha et y découvrit quelque chose qui allait au-delà de la naïveté. Hilly avait le front haut et intelligent, et son sourire était un brin ironique. Peut-être se moquait-elle d'elle-même ? Matt devait reconnaître qu'elle était belle, pas seulement son visage et ses seins, mais aussi sa chute de reins, ses courbes démodées et sensuelles. Difficile de lui donner un âge. Elle était en pleine maturité sexuelle, de toute évidence, et sans doute avait-elle entre trente et quarante ans. Hilly avait toujours été différente des autres femmes : elle se souciait étonnamment peu de sa santé ou de son allure, cuisinait de façon fantaisiste et ignorait l'existence des bas nylon. Si elle avait été une étrangère, Matt aurait pu admirer ces images. Mais il aspirait à découvrir sa mère, non cette femme impudique, voire exhibitionniste...

— Tu les a trouvés ? cria Hirsh depuis la trappe.

— Ouais, je redescends tout de suite, répondit Matt en fourrant précipitamment les photos dans l'enveloppe, qu'il remit dans le placard.

— Tu regardais quoi ? demanda Hirsh d'un ton inquiet.

Matt ne tenait pas à ce que son père soupçonne sa découverte. Aussi, à peine l'enveloppe rangée, il s'empara du premier tableau inachevé qui lui tomba sous la main.

— Je vais te montrer, répondit-il d'une voix forte.

Il se glissa hors de la trappe et tendit à Hirsh le sac contenant les bobines. Son père, supposait-il, était l'auteur des photos. Hirsh était un amateur doué, bien que Matt n'ait jamais su qu'il avait pris des photos en noir et blanc, ou en studio. Après tout, son père et sa mère avaient bien le droit de se faire plaisir comme bon leur semblait. Il était même plutôt agréable de songer qu'ils avaient continué à s'amuser après des années et des années de mariage.

Hirsh prit le sac et le tableau.

— Où est-ce que ça se trouve ? demanda Matt en regardant la toile comme s'il avait passé un bon moment à l'étudier, dans le grenier.

Il représentait un ruisseau encaissé et, au-delà, de hautes montagnes serrées les unes contre les autres sur un fond de ciel bleu. Dans un coin était esquissée une petite cabane en bois. Selon son habitude, Hilly ne s'était pas donné la peine d'achever la peinture, et la cabane, tout juste ébauchée au crayon, avait un aspect défraîchi et fantomatique.

— Eh bien, dit Hirsh, je dirais que c'est la Bouche de nulle part.

Matt entreprit de ranger l'échelle et d'essuyer la poussière sur ses vêtements.

— Quand maman est-elle allée là-bas ?

— Un peu avant sa mort, c'est pourquoi elle n'a jamais terminé le tableau. On a fait cette grande balade à pied. Ç'a été sublime. Je ne sais pas comment elle a trouvé la force... sauf qu'elle avait vraiment envie d'y aller et quand ta mère voulait quelque chose…

— La Bouche de nulle part, répéta Matt – le nom ne lui était pas inconnu. C'est où ?

Hirsh leva le bras en direction des montagnes.

— En altitude. Très, très haut. Une sacrée randonnée. Hilly avait lu un article à propos d'un village fantôme qui se trouve là-haut. C'est un des plus beaux endroits que j'aie jamais vus. Ta mère a été émerveillée, elle aussi.

— Et moi, j'étais où ? demanda Matt. Vous l'avez faite quand, cette expédition ?

— Tu avais préféré rester en ville, je crois.

— Je n'ai pas voulu partir en randonnée ? Avec maman et toi ?

Matt était choqué. Cette balade lui aurait sûrement laissé des souvenirs de sa mère. Et il avait choisi de ne pas la faire !

— Une fois la maladie de ta mère déclarée, tu as évité sa compagnie. Tu n'aimais pas la voir si fatiguée, si silencieuse. Tu ne voulais pas t'avouer qu'elle était en train de mourir.

Matt était interloqué par un tel manque de compassion.

— C'est normal, dit Hirsh. C'est humain. Elle comprenait. Il valait mieux que tu te détaches d'elle avant qu'elle parte pour toujours. De toute façon, tu étais déjà ado, il était naturel que tu prennes tes distances.

— Alors… Que s'est-il passé ? Pendant cette expédition ?

— Nous avons campé quelques jours dans cet endroit. Et nous y avons nagé, mangé, parlé. C'est pourquoi ta mère l'appelait la Bouche de nulle part. Parce que nous avons parlé, parlé, parlé. On avait tellement de choses à se dire. Puis on s'est remis en marche et on est rentrés. En voyant de quoi elle était capable, je me suis dit qu'elle trouverait peut-être la force de survivre. Mais elle est morte quelques mois plus tard.

Matt aurait voulu demander à Hirsh de quoi ils avaient parlé, mais il ne pouvait pas poser ce genre de question à son père. Pas plus qu'il ne pouvait l'interroger sur la voiture rouge. C'était impensable, tout au plus pouvait-on l'envisager au beau milieu de la nuit.

Plus tard dans la matinée, Matt marcha jusqu'au banc en rondins. L'endroit, cette fois-ci, ne lui évoqua rien. On eût dit que la fraîcheur et la clarté printanières de cette journée pénétraient dans les recoins de son esprit et en balayaient les zones d'ombres. Il se rappelait avoir couru à travers bois pour trouver ses parents là, sur ce banc. Mais il ignorait toujours pour quelle raison.

Il fit le tour de la colline. Peut-être reconnaîtrait-il l'endroit où était garée la voiture rouge ? Le jardin de Hirsh était trop raide pour qu'un véhicule puisse s'y arrêter, à l'exception de l'allée menant à la maison, tout en haut.

Il dévala la pente jusqu'à la route. C'était une bande de bitume grisâtre et très peu fréquentée. Le silence y était tel que les pas de Matt résonnaient d'un écho métallique.

En longeant un peu le lac, sur la droite, on passait devant la maison des Minelli. Les quatre frères et leurs parents, qui y passaient autrefois leurs vacances en même temps que Matt, figuraient dans tous ses souvenirs d'enfance. M. Minelli était un homme costaud et plein d'énergie, il jouait à des jeux de ballon avec ses fils et les élevait à la dure. Le cadet des garçons, né la même année que Matt, était petit pour son âge. C'est pourquoi il préférait sa compagnie à celle de ses frères. Tous deux s'étaient liés d'amitié jusqu'à devenir inséparables. Nager, monter à cheval, jouer en forêt ou au Monopoly, construire des cabanes dans les arbres, se balancer au bout d'une corde : Steve et Matt avaient fait tout cela ensemble. Matt n'avait jamais eu un tel ami dans la ville où il allait à l'école. Steve non plus, probablement. En hiver, Steve devait traîner avec ses rustauds de frères et assister à des matchs de hockey avec son père – oui, c'était lui, en effet, la grande brute que le fils de M. Zoy lui avait rappelée. Il se souvenait d'avoir voué à M. Minelli une haine secrète et tenace.

Il chercha, à travers les arbres, la maison des Minelli. Elle était invisible. Peut-être était-elle de la couleur des troncs ? Matt trouvait à présent étrange que Steve et lui, si liés en vacances, n'aient jamais cherché à se contacter pendant l'année, alors qu'ils vivaient tous deux à Salt Lake City. Même s'ils n'habitaient pas dans le même quartier, ils auraient pu se voir de temps à autre : cette possibilité ne les avait jamais effleurés.

Et puis, un été, les Minelli n'étaient pas venus au lac Arrow. Matt avait passé des journées entières à attendre Steve devant chez lui, redoutant à tout moment de voir surgir M. Minelli. Mais la maison demeurait silencieuse. Les fourrés avaient gagné du terrain, puis des inconnus avaient investi les lieux. M. Minelli était mort, Matt avait fini par l'apprendre, et la maison avait été vendue. Depuis, il n'avait jamais revu Steve, ni aucun des frères Minelli.

Tournant le dos à leur maison, Matt préféra prendre à gauche. Il ne souhaitait pas songer à eux. Au lac Arrow, les étés avaient perdu tout leur charme après leur départ. Tout s'était effondré. Il n'y avait pas eu de nouveaux amis pour leur succéder et le cancer de Hilly s'était déclaré. La maladie de sa mère avait acquis une place centrale dans l'univers de Matt, un peu comme si la famille comptait un nouveau membre, lequel se cramponnait à Hilly et l'accompagnait silencieusement d'une pièce à l'autre. À sa mort, Matt ressentit doublement son absence ; sa maladie était partie en même temps qu'elle.

Il entreprit de contourner le lac d'un pas ferme, tournant le dos à la maison des Minelli. À côté de chez Stewart, une vieille piste menait au lac. Il traversa la route et grimpa à flanc de colline, songeant alors que la voiture aurait pu se trouver quelque part par là, entre les arbres. Cette hypothèse ne suscita pas de nouvelles réminiscences. Au contraire, la voiture rouge s'effaça de son esprit. Plus il s'en approchait, plus elle s'éloignait, tel un arc-en-ciel.

Lorsque Matt retourna en ville, dans l'après-midi, il commença par emprunter la route qui menait au lac. Là, il s'engagea en marche arrière sur la piste près de chez Stewart. Puis il sortit de la voiture, gravit la colline et, se retournant, la regarda à travers les arbres. Ce fut une révélation : il venait de retrouver l'endroit où la voiture rouge était garée tant d'années auparavant et, par conséquent, où la mort avait eu lieu. Mais s'il l'avait retrouvée c'était par déduction. Et il ne parvenait toujours pas à se rappeler qui était mort, ou comment, lui, Matt, avait tué cette personne. S'il voulait le découvrir, il lui faudrait poser des questions et lire de vieux articles de journaux. Mieux valait ne pas savoir, après tout.

4

En arrivant chez lui, à Salt Lake City, Matt aperçut une voiture garée devant sa maison. Les allées étaient si larges et si commodes qu'il était rare que les gens se garent en pleine rue – et encore moins devant chez lui – à moins d'être venus rendre visite à quelqu'un.

La voiture était rouge. C'est sa couleur, il le savait, qui rendait sa présence si alarmante. Garé n'importe comment, le véhicule semblait tout droit sorti de son inconscient. L'espace d'un instant, il se demanda s'il ne rêvait pas, puis s'efforça de rire de lui-même. C'était absurde, ce télescopage entre passé et présent. La voiture, bien entendu, était réelle. Tandis que la porte du garage se soulevait lentement, il ne la quitta pas des yeux. Quelqu'un était assis au volant. Matt l'observa, attendit, comme par réflexe et pour s'assurer que la personne, à l'intérieur, bougeait encore... Mais la lumière du crépuscule dansait sur le pare-brise, réduisant la silhouette à une ombre sans vie, bien plus effrayante que si l'on avait pu distinguer ses traits.

Une fois sa voiture à l'abri dans le garage, Matt fit quelques pas dans l'obscurité et scruta la voiture rouge garée sur le trottoir. Il percevait mieux la silhouette. Il s'agissait très probablement d'un homme. Ce dernier leva le bras, se toucha la tête – pas de doute possible, il était vivant. Il fixait la maison, peut-être même fixait-il Matt. Il avait quelque chose de familier. Matt crut reconnaître la carrure massive et menaçante de l'un de ses patients ou de quelqu'un de l'hôpital.

Dans la cuisine, il n'appela pas Denise ou Austin, mais se dirigea à pas feutrés vers la fenêtre. Comme il n'avait perçu aucun bruit de moteur, il fut surpris de voir s'éloigner le véhicule. Il demeura un instant planté là, mais la voiture ne revint pas.

Dans le salon, Denise et Austin étaient étendus à plat ventre sur le plancher. Ils ne l'avaient pas entendu entrer et étaient respectivement occupés à construire (Denise) et à détruire (Austin) quelque chose à l'aide de pièces de bois et de plastique. Il les regarda, le cœur débordant d'amour. Leurs visages étaient encadrés par les mêmes cheveux châtain roux et, à la lueur du crépuscule, leurs joues prenaient une si merveilleuse teinte rosée que Matt en poussa un soupir qui attira l'attention d'Austin.

Le petit garçon se précipita vers lui en poussant des cris de joie. Son père le souleva dans ses bras, comme il le faisait tous les soirs. Leurs retrouvailles étaient toujours joyeuses.

Quand Matt songeait au temps où il n'avait pas encore rencontré Denise, il revoyait une succession de jours ternes et tristes. Désormais, il était non seulement conscient de son bonheur, mais aussi du fait qu'il rendait les autres heureux.

Denise l'embrassa.

— Il ne fera pas aussi froid la prochaine fois. On viendra avec toi, c'est promis.

À ces mots, il sentit son corps se réchauffer comme après une gorgée de whisky. Mais lorsqu'il repensa à la projection des films de famille qui devait avoir lieu, il se rembrunit. Il était hors de question que Denise y assiste !

— Il y avait une voiture devant la maison, dit-il. Tu sais à qui elle était ?

Denise secoua la tête.

— Personne n'a sonné, répondit-elle.

Matt ne put s'empêcher de retourner à la fenêtre, Austin courant derrière lui. Aucune voiture rouge en vue.

Après avoir demandé des nouvelles de Hirsh, Denise dit :

— On est allés voir grand-papa Clem. Tu sais, Austin commence vraiment à lui ressembler.

Matt n'aimait pas qu'elle utilise le mot « grand-papa », qu'il trouvait trop vulgaire. Et c'est à lui-même qu'il voulait qu'Austin ressemble, non à son grand-père maternel. Mais il se sentait suffisamment heureux pour laisser glisser.

— Comment va Clem ?

Denis fronça les sourcils. Austin grimpa sur les épaules de son père.

— Je crois que je ferais mieux d'y retourner ce soir après avoir couché Austin, dit-elle en pesant ses mots.

— Pourquoi ? s'enquit Matt d'un ton irrité.

Il se préparait à passer la soirée avec sa douce, et Clem, une fois de plus, dérangeait ses plans. Le vieil homme jouissait d'une assistance médicale de tout premier ordre, à Mason House. Pourquoi appelait-il donc sans cesse sa fille pour qu'elle lui remette ses oreillers en place ? En général, elle rentrait épuisée, et Matt soupçonnait Clem de chantage affectif – quoiqu'il ait du mal à s'en figurer la nature. Denise était une personne ouverte et généreuse, mais elle aussi possédait ses zones d'ombre. Dès le début de leur liaison, il avait préféré éviter de lui poser trop de questions sur certains sujets : sur son père, notamment. Ou sur son premier mari.

— Papa est un peu agité, en ce moment. Je me contente de m'asseoir à son chevet et de lui parler jusqu'à ce qu'il se calme.

— Qu'est-ce qui le tourmente ?

— Il n'arrête pas de penser au passé. Quitte à le retoucher un peu, comme on le fait tous. Quand on est sur le point de mourir, on ressasse. Ce n'est pas toujours facile.

— Il y a des psychiatres formés pour ce genre de chose, non ? Je parie que Mason House…

— Je ne crois pas que papa ait besoin d'un psy, répliqua Denise d'une voix douce. C'est un processus psychique tout à fait normal et naturel, et Clem s'en tire très bien.

Matt songea à son propre père. Hirsh ne lui avait pas donné l'impression qu'il sentait la mort approcher. Mais peut-être lui arrivait-il d'éprouver les mêmes angoisses que le père de Denise ? Pourquoi n'appelait-il pas Matt, alors, comme Clem appelait sa fille dès que l'anxiété venait ? Comparé à Hirsh, Clem avait su gérer l'arrivée de la vieillesse. Désireux d'éviter toute inquiétude à ses filles, il avait choisi d'entrer à Mason

House parce que les repas, les soins et l'assistance médicale passaient pour y être excellents. Il y avait même une salle de gym, une piscine, un salon de coiffure et plusieurs restaurants.

— En fait, j'ai eu une idée, avoua Denise avec timidité, levant sur lui des yeux brillants d'excitation.

Matt lui sourit.

— J'ai pensé que ça ferait du bien à papa de prendre des vacances.

Matt avait toujours connu Clem malade et guère capable d'aller plus loin que le salon de coiffure, situé au deuxième étage de Mason House. Ces derniers temps, c'était plutôt le coiffeur qui venait à lui. Il ouvrit la bouche pour poser les questions auxquelles Denise s'attendait, mais elle l'interrompit d'un geste de la main.

— Épargne-moi tes objections, mon chéri. Je les connais déjà. Attends d'écouter mes raisons, qui l'emportent sur toute protestation...

Elle se mit à les énumérer, en comptant sur ses doigts. Des mèches de cheveux échappées de sa barrette retombaient de part et d'autre de son visage, prenant des reflets dorés dans la lumière du soir.

— Primo, il ne sort jamais ces jours-ci, et je pense qu'il a besoin d'être stimulé. Secundo, il n'arrête pas de se faire du mouron. Des vacances lui permettraient peut-être de se relaxer un peu. Tertio, il parle beaucoup de maman, et le mieux serait de l'emmener à un endroit où ils sont allés tous les deux. J'ai pensé que l'idéal était le lieu où ils ont passé leur lune de miel. Il y a des plages tout près, sans parler de la chaleur et du soleil... et la nourriture sera saine et délicieuse, c'est certain !

— C'est près de quelle plage ? demanda Matt.

Dans quelle partie de l'Amérique Clem avait-il donc passé sa lune de miel ? Si c'était en Californie, il y aurait déjà un sacré trajet à faire. Quant à la Floride ou la Caroline du Sud, mieux valait ne pas y songer...

— C'est en Ligurie, dit-elle.

Matt n'avait pas la moindre idée de l'endroit où se situait la Ligurie dans ce vaste monde. Mais la façon dont Denise avait prononcé le mot – accentuant le « u » et roulant le « r » – lui donnait la désagréable impression que la Ligurie ne se trouvait pas en Amérique du Nord. « C'est peut-être au Mexique », se dit-il, plein d'espoir. Mais, alors, Denise précisa :

— La Ligurie, en Italie.

— La Ligurie, en Italie ! s'écria Austin, assez doué pour imiter les adultes. La Ligurie, en Italie !

— Tu veux dire… en Europe ? bredouilla Matt.

Denise hocha la tête.

— Écoute, je sais que ça paraît dingue. Mais de nos jours les compagnies aériennes sont équipées pour répondre aux besoins des personnes infirmes ou invalides, surtout lorsqu'elles sont accompagnées d'un médecin.

Matt déglutit péniblement.

— Est-ce que ça signifie que moi aussi je suis censé aller en Ligurie ?

Denise parut froissée.

— Rien ne t'y oblige, répliqua-t-elle aussitôt. C'est une idée qui m'est venue comme ça.

— Mais tu irais, toi ? demanda-t-il.

— Évidemment ! fit-elle dans un éclat de rire. Austin et moi. Ce serait un voyage en famille. On engagerait une infirmière pour papa, de façon à pouvoir profiter des vacances nous aussi. Tu n'aurais pas à jouer les docteurs, à moins d'un gros problème.

— Tu sais…, commença Matt, d'une voix prudente.

L'idée d'être en vacances tout en devant prendre soin d'un homme malade ne l'enchantait guère. Sa vie professionnelle lui faisait passer suffisamment de temps à s'occuper des malades. Mais il ne tenait pas à blesser Denise en se montrant réticent. Elle lui avait apporté la tranquillité, la musique et la joie. À sa manière discrète, elle donnait tout sans jamais rien demander…

— Tu sais qu'ils n'ont pas l'air conditionné en Italie ?

Il gardait de nombreux souvenirs d'un lointain voyage à Venise. Le plus prosaïque étant qu'il y avait beaucoup transpiré.

— Tu ne me feras pas croire qu'il n'y a pas un seul hôtel climatisé dans toute la Ligurie ! s'exclama-t-elle vivement.

À l'entendre, on aurait dit que la Ligurie était une région immense, plus grande que le Texas.

— Peut-être que l'hôtel où Clem a passé sa lune de miel ne l'est pas.

Denise lui sourit.

— Je vais me renseigner à ce sujet. Mais seulement si tu acceptes de venir et de faire en sorte que nous passions de belles vacances.

Il passa un bras autour des épaules d'Austin pour l'empêcher de tomber et, de l'autre, enlaça Denise.

— Je veux aller en Europe, en Italie, en Ligurie. Et je ferai de mon mieux pour que nous passions de bonnes vacances, assura-t-il.

Elle était consciente de beaucoup lui demander. Sans doute n'aurait-elle jamais exigé autant pour elle-même. Mais Matt savait à quel point elle était dévouée à son père.

Plus tard, une fois Austin couché, Denise regarda Matt.

— Il faut que je retourne voir papa, je suis désolée. On ne passe pas assez de temps ensemble, toi et moi. Nos pères nous en empêchent. Et puis je donne un cours le week-end prochain…

Denise était musicothérapeute. Elle travaillait avec des épileptiques, des dépressifs et un échantillon impressionnant de personnes souffrant de troubles neurologiques et psychiatriques. Elle jouissait d'une telle réputation qu'elle passait désormais des week-ends entiers à former d'autres thérapeutes. Depuis la naissance d'Austin, elle avait peu à peu cessé de s'occuper de patients pour donner de plus en plus de cours de formation. Matt avait un jour assisté à l'un d'entre eux et admiré son aptitude à diriger les ateliers, sa façon d'encourager les participants à s'exprimer tout en conservant sa fermeté de ton, sa précision.

Lorsqu'elle revint, il était couché mais ne dormait pas. Il sentit à quel point elle était fatiguée à la manière dont elle se laissa tomber sur le lit et s'engouffra sous les couvertures, tel un paquebot qui sombre.

— Salut, dit-il dans l'obscurité.

Elle étendit une jambe par-dessus les siennes.

— Papa trouve que c'est une idée géniale, la Ligurie, annonça-t-elle d'une voix douce. À présent, dis-moi ce qui s'est passé avec Hirsh, ce week-end.

— Pas grand-chose, fit Matt.

— Si, il s'est passé quelque chose. Je l'ai lu sur ton visage à ton retour. Est-ce que tu as essayé de le convaincre de déménager ?

Matt poussa un léger grognement. Comment avait-il pu oublier la raison de sa visite à Hirsh ? Il devait lui faire accepter d'aller vivre ailleurs, d'adopter un mode de vie plus en adéquation avec son âge – un mode de vie avec garage à ouverture automatique, air conditionné en été, chauffage fiable en hiver et hot line téléphonique. Or il n'avait même pas abordé la question du déménagement.

— J'arrive chez lui avec l'intention de lui parler de telle ou telle chose et j'en suis incapable, reconnut-il.

Bien sûr, ils avaient discuté de l'affaire Zoy. Et cela avait ouvert la porte à des discussions plus intimes, même si Matt se rendait compte que ni lui ni Hirsh n'avaient réellement franchi le seuil.

— Alors, vous avez parlé de quoi ? insista Denise.

— Tu es trop fatiguée pour l'entendre.

— Non. Je veux savoir.

— Eh bien… j'ai pleuré.

Il cessa de distinguer le souffle de Denise. Puis, au bout d'un moment, elle demanda :

— Tu as pleuré ? Pour de bon ? Tu as versé des larmes ?

D'une voix hésitante, Matt lui raconta comment il avait regardé Hirsh batailler avec la bûche, puis s'était surpris à sangloter. Elle l'écouta en silence, un instant il crut même qu'elle s'était endormie. Leur fils respirait dans la chambre voisine. Quelque chose, dans les entrailles de la maison – cet enchevêtrement de canalisations, de conduits de ventilation, de tuyaux et de câbles –, émettait un ronron réconfortant. Matt eut à nouveau la sensation que des insectes s'agitaient derrière ses yeux, comme si une hausse brutale de température les avait réveillés.

Elle lui prit la main et se pressa contre lui.

— Tu as peut-être réalisé, alors que tu sciais du bois pour l'hiver, que tu te comportais comme si tu étais sûr que ton père serait encore là l'hiver prochain. Et tout à coup tu as pris conscience qu'il n'était pas éternel. Qu'il ne serait peut-être plus là l'année prochaine et toutes celles qui lui succéderaient...

— Peut-être, concéda Matt, bien qu'il ne songe presque jamais à la mort de Hirsh.

Que son père puisse cesser d'exister relevait du domaine de l'impensable.

— Ou bien c'est beaucoup plus prosaïque, poursuivit Denise. Tu sciais du bois pour l'hiver prochain, alors que tu voudrais le voir déménager avant.

Mais, au fond de lui, Matt en était certain : il ne voulait pas que Hirsh aille vivre ailleurs. Jusqu'au jour où son père avait pris sa retraite, la maison n'avait été qu'une résidence secondaire. Pourtant, pour Matt, il s'agissait de sa vraie demeure, la demeure de son enfance. Tous ces étés, tous ces week-ends, lui et ses parents avaient quitté la ville pour les montagnes... Une fois arrivés à destination, Hirsh et Hilly patientaient dans la voiture tiède et ronronnante, le temps que leur fils bondisse hors du véhicule, coure et se batte avec la targette rouillée du garage, jusqu'à ce que le pêne se déplace et que les portes s'ouvrent toutes grandes. Matt sentait l'atmosphère se modifier tandis qu'il pénétrait dans l'obscurité du garage. L'air stagnait, ses molécules étaient ensommeillées... Et voilà qu'il se réveillait, redevenait l'air des vacances. Matt s'écartait et tenait fièrement la porte, tandis que ses parents s'engouffraient lentement dans la pénombre soudain ranimée du garage.

Le reste de l'été, Matt et Hilly le passaient avec les Minelli. Les deux familles partageaient tout : repas, disputes, jeux... Hirsh abandonnait la grisaille de la ville pour venir les rejoindre quelques semaines, et sa présence, au début, venait tout désorganiser, avant qu'un nouvel équilibre se mette en place. Après son départ, les rapports étaient changés, mais les Minelli et les Seleckis toujours aussi liés.

Et puis, en septembre, ils remballaient. Matt avait coutume de faire des adieux hâtifs et embarrassés aux Minelli.

Les deux familles empruntaient la même route pour partir mais ce n'était jamais au même moment. Matt avait coutume de chercher des yeux, en vain, la voiture des Minelli au cours de ces trajets de retour. Puis l'école reprenait et tous retrouvaient leurs vies de citadins. Et pourtant, quand Matt se penchait sur son enfance, c'étaient les vacances d'été, ces vacances passées avec les Minelli, qui lui revenaient en premier à l'esprit. Ainsi, la maison en bois lui semblait receler toute une période de sa vie. Matt craignait, si Hirsh la quittait, de perdre une partie de lui-même. Quant à Hilly, il ne resterait plus rien d'elle. Matt eut l'intuition, en sombrant dans le sommeil, qu'il la retrouverait peut-être à la Bouche de nulle part. Il l'imagina assise sur un rocher, au bord d'un ruisseau, sous l'un des sommets exagérément imposants qu'elle avait peints. Elle parlait, parlait sans s'arrêter. Si Hirsh vendait la vieille maison, Matt serait forcé de gravir les montagnes pour tenter de retrouver l'écho de sa voix.

5

Matt cessa de s'inquiéter au sujet du véhicule aperçu devant chez lui. Il était absurde qu'il ait les mains moites chaque fois qu'une voiture rouge frôlait le périmètre de son existence. Sans doute la personne au volant s'était-elle simplement arrêtée afin d'appeler de son portable.

Mais, alors qu'il sortait du garage le lundi matin en songeant à la journée qui s'annonçait et en se demandant s'il allait trouver sur son bureau le dossier Zoy accompagné d'une lettre des laboratoires ayant pratiqué l'autopsie – ou, pire, d'un responsable du comité de contrôle –, une voiture rouge passa avec une lenteur suspecte. Aussitôt, les vieilles craintes de Matt réapparurent. Son cœur battait à tout rompre. Ses mains étaient moites. L'auto avançait si lentement qu'on aurait pu croire qu'elle était garée depuis un moment devant la maison et que son chauffeur venait tout juste de démarrer. Matt réussit à déchiffrer trois lettres sur la plaque d'immatriculation : MMV.

Il hésita. Devait-il suivre le véhicule, qui roulait vers le sud, bien que l'hôpital fût dans la direction opposée ? Lorsqu'il se décida enfin, quitte à être en retard à son travail, la voiture n'était plus visible. Il accéléra au niveau du long virage, mais elle avait bel et bien disparu. Il avait déjà roulé – trop vite – jusqu'au bout de la rue lorsqu'il comprit que son conducteur avait dû s'engager dans une allée latérale. Il effectua un demi-tour des plus imprudents et fonça en sens inverse, ralentissant pour vérifier toutes les allées de chaque côté. Le chauffeur qui se trouvait derrière lui commençait à s'impatienter.

Quand Matt repéra, sur la droite, une tache rouge au bout d'une longue allée régulière et qu'il opéra un brusque virage, le chauffeur qui le suivait klaxonna avec colère.

Matt roulait à vivre allure dans la rue calme et résidentielle, dépassant les automobilistes matinaux, beaucoup moins pressés. Mais, cette fois encore, il ne fut pas assez rapide. La voiture rouge avait tourné à l'extrémité de la rue avant de se fondre dans la circulation de plus en plus dense aux abords du centre-ville. Impossible de la repérer dans cet enchevêtrement de véhicules.

Il s'engagea dans le flot automobile, puis effectua une série de zigzags à travers la ville. À l'approche de l'hôpital, les rues devenaient plus larges, la circulation plus fluide. Or, comme il atteignait le parking de l'hôpital, une voiture vint se placer juste derrière lui. Il jeta un coup d'œil agacé au rétroviseur, parce qu'il y avait deux voies à la disposition des autres véhicules. Il entrevit un éclair rouge, consulta à nouveau le rétroviseur. La voiture le suivait sans respecter la distance de sécurité et était si proche qu'il aurait dû distinguer le visage de l'homme au volant. Mais un écran sombre et opaque semblait tenir lieu de pare-brise.

Matt ralentit pour contraindre l'autre conducteur à le dépasser. Celui-ci ralentit également. Derrière eux, un mini-embouteillage s'était formé. Plusieurs automobilistes quittèrent la file, exprimant leur emportement par des coups de klaxon ou des regards furibonds. Matt n'accéléra pas. Il s'efforça, en vain, d'identifier la marque de la voiture, ou de déchiffrer le numéro de la plaque. La voiture était trop près.

Ils approchèrent d'un feu orange, et elle laissa une certaine distance entre eux, puis le dépassa. À cet instant, Matt regarda la vitre et comprit qu'elle était en verre teinté. On apercevait tout de même une vague silhouette. Le gabarit évoquait le fils de M. Zoy. Le feu passa au rouge, obligeant Matt à s'arrêter tandis que la voiture disparaissait au loin. Il eut tout juste le temps de s'assurer que les lettres MMV figuraient bien sur la plaque.

La voiture devait être loin, à présent. Toutefois après s'être garé devant l'hôpital, Matt se surprit à jeter des regards inquiets autour de lui avant d'oser ouvrir la portière. Constatant qu'il n'y avait rien d'anormal, il se moqua de lui-même. Son inconscient était-il à ce point hanté par une voiture rouge qu'il en devenait paranoïaque et croyait que le premier chauffard venu lui en voulait personnellement ?

Il pénétra dans le bâtiment d'un pas plus résolu qu'à l'ordinaire, la tête haute. Il parcourut des yeux une dernière fois le parking.

Le nom de M. Zoy n'apparaissait pas parmi les dossiers et lettres déposés sur son bureau. Mais la réunion morbidité/mortalité avait déjà commencé et sa secrétaire le chassa immédiatement du bureau. Matt savait qu'il lui faudrait probablement dire un mot sur le cas Zoy lors de la réunion.

Du temps de son internat, Matt accordait beaucoup d'importance à ce rituel. Désormais, après des années de pratique, il lui semblait que les médecins s'en servaient davantage pour booster leur carrière ou saper celle de leurs collègues que pour reconnaître leurs erreurs, qu'ils préféraient taire, sauf dans un but stratégique.

Aujourd'hui, l'atmosphère était amicale, des internes imprudents admettaient les difficultés auxquelles ils étaient confrontés lors de l'insertion d'un cathéter central. Un chirurgien expérimenté leur adressa un sourire bienveillant et avoua avoir piqué le poumon d'un patient célèbre lors d'une intervention de ce genre. Tous le regardèrent avec stupéfaction.

— C'était il y a trente-deux ans, précisa-t-il aussitôt.

— Eh bien, dit Matt. J'ai fait pire la semaine dernière. Un patient en phase terminale m'a supplié d'augmenter sa dose d'antalgique. On lui administrait cent milligrammes de Zornitol toutes les quatre heures. J'ai estimé que le patient n'avait que quelques jours à vivre, une semaine au plus. Je n'ai pas souhaité déranger le cancérologue en chef, Mike Salinski, pour confirmer mon diagnostic... Après tout, il était plus de minuit.

Plusieurs personnes hochèrent la tête. Presque tous savaient que Mike buvait.

— J'ai jugé nécessaire d'augmenter la dose d'antalgique et j'ai donc administré au patient cent cinquante milligrammes de Zornitol. Cela deux heures environ après sa dernière dose.

69

Matt s'interrompit quelques secondes.

— J'ai signalé avoir pris le Zornitol. Mais comme il se présente en ampoules de cent milligrammes, j'ai dû en retirer deux. J'ai inscrit sur le registre que je m'étais débarrassé des cinquante restants.

Comment convaincre les autres quand lui-même se sentait si peu persuasif ? Or nul n'avait besoin d'être convaincu. Tous avaient compris. Il le devinait au silence et à l'immobilité de ses collègues.

— Le patient est décédé quarante minutes après. La famille a exigé une autopsie. Le fils du patient est furieux et se comporte de façon menaçante.

Il aurait voulu pouvoir affirmer que l'individu au volant de la voiture rouge était le fils de M. Zoy. S'il avait pu accuser l'homme de le filer, cela lui aurait permis de gagner la sympathie de ses collègues. Mais il continuait de penser que la voiture rouge était peut-être le fruit de son imagination, de sa culpabilité.

Il jeta un coup d'œil autour de lui. Tous demeuraient figés. Matt se sentit rougir. Il espérait entendre une voix, une voix qui le rassure. Il remarqua que les chirurgiens mormons, assis comme toujours les uns à côté des autres, le regardaient fixement.

Jon Espersen prit enfin la parole d'un ton bienveillant et décontracté :

— Matt, tu peux être certain que l'hôpital te soutiendra à fond dans cette affaire. La plupart d'entre nous auraient sans doute décidé d'augmenter la dose d'antalgique du patient.

Il y eut des murmures d'approbation. Matt devina qu'à un moment ou à un autre la majorité d'entre eux avaient cédé aux supplications d'un malade à l'agonie et mis un terme à son existence en même temps qu'à ses souffrances.

— Quoi qu'il en soit, puisque le dossier est déjà sur mon bureau, poursuivit Jon sur le même ton, je sais qu'un point risque de poser problème : ta certitude que le patient n'avait plus que quelques jours à vivre.

— Tu crois qu'il aurait pu vivre plus longtemps ? demanda Matt, surpris.

— Le cancérologue a dit au malade et à sa famille qu'il songeait à l'inclure dans un groupe de patients soumis à un nouveau traitement à l'iode radioactif, visant directement les cellules cancéreuses. Des essais cliniques préliminaires indiquaient qu'il pouvait prolonger de six mois la durée de vie. Bien sûr, M. Zoy aurait pu faire partie du groupe recevant le placebo et non le traitement réel.

Matt exhala une longue bouffée d'air. Parmi les chirurgiens, certains protestèrent. Jon Espersen leva la main.

— Les notes de Mike Salinski sont connues pour leur manque de clarté. Vu qu'il s'est contenté de griffonner « Essayer le 782 ? » au bas d'une page, nul ne peut en vouloir à Matt de ne pas l'avoir vu. Mike a omis de transcrire la discussion qu'il a eue avec la famille au sujet du nouveau traitement – bien que l'infirmière et lui-même en gardent le souvenir. Il a précisé que le patient ne pouvait être assuré de faire partie du groupe d'essai. Et, bien sûr, qu'il pouvait ne pas réagir du tout au traitement. C'est l'une des raisons pour lesquelles la famille fait tout ce foin autour de sa mort.

Tous plaidèrent en faveur de Matt. Ce n'était pas la première fois qu'il reconnaissait, au cours de l'une de ces réunions, avoir mal géré une situation. Pourtant, il était stupéfait du soutien que lui témoignaient ses confrères et du réconfort que cela lui procurait. Certes, on était censé pouvoir tout dire au cours des réunions morbidité/mortalité. Mais, comme le service comportait une majorité de mormons, on ne pouvait pas se permettre de dire que l'on avait délibérément abrégé l'existence d'un malade en phase terminale. Le groupe des mormons ne se prononça pas durant le débat.

— Si j'ai bien compris, votre acte risque d'avoir des conséquences importantes, dit l'un d'eux à Matt alors que la réunion touchait à sa fin. Au-delà des problèmes de conscience qu'il pourrait vous causer, docteur.

Il n'appela pas Matt par son nom ; celui-ci n'avait d'ailleurs guère entendu parler cet homme avant ce jour.

71

— J'ai un cousin au service des autopsies…, continua-t-il. (Matt réprima un grognement. Les mormons avaient des cousins partout.) On va sûrement vous poser des questions très précises au sujet de la dose de Zornitol administrée.

Matt eut l'impression que son corps entier – visage compris – était en train de s'affaisser.

— Nous savons qu'il y aura une forte concentration de Zornitol dans le sang du patient, dit Jon d'un ton paisible. Matt nous a prévenus. Quant à la dose exacte, elle ne pourra pas être déterminée par l'autopsie. Matt nous a confié avoir utilisé cent cinquante milligrammes et s'être débarrassé du reste. Je pense que nous n'avons aucune raison de mettre en doute ses paroles.

Nouveaux murmures d'approbation.

— Il est clair que le patient a exercé une énorme pression sur Matt pour qu'il le soulage de ses souffrances, lança une femme. Il faut en tenir compte.

— Tout comme il faut tenir compte du fait que le cancérologue était indisponible, intervint quelqu'un d'autre.

Acquiescement silencieux. Au moment de quitter la salle, plusieurs de ses collègues se dirigèrent vers Matt afin de lui assurer leur soutien. Pour la première fois, il se sentait intégré au service et reconnu par ses pairs. Il n'avait pas eu à mentionner l'alcoolisme de Mike Salinski ; tous avaient saisi son dilemme et s'étaient sentis solidaires. En sortant de la pièce, il fut frappé par la pensée qu'il avait dû tuer un patient pour obtenir l'appui de ses collègues. Il se rappela la réflexion que Hirsh avait faite au sujet des praticiens serrant les rangs autour d'un des leurs pris en faute.

— Ne te fais pas de souci, dit Jon Espersen lorsqu'il vint trouver Matt dans son bureau, un peu plus tard.

Il se tenait devant la fenêtre et souriait en respirant l'air frais qui s'engouffrait dans la pièce où le châssis avait été retiré.

— Il va y avoir une réunion au sujet de la mort de M. Zoy. Elle doit avoir lieu d'ici deux semaines. La famille n'y assistera pas.

Matt fut soulagé d'apprendre que les Zoy n'y seraient pas. Jon s'en rendit compte et lui sourit. En dépit de leurs divergences, ils avaient de l'affection l'un pour l'autre. Quand Matt était revenu d'Afrique, Jon lui avait proposé de travailler en chirurgie gastro-intestinale. Matt avait refusé. Il attendait que se libère un poste en chirurgie endocrinienne ou oncologique et c'est pourquoi il n'avait pas accepté les propositions de St. Louis et de Boston. Puis Jon avait été nommé chef de l'ensemble du service de chirurgie et lui avait offert le premier poste disponible dans sa spécialité.

— Qui sera présent à la réunion ? demanda Matt.

— Toi, moi, Mike Salinski, deux membres du comité de contrôle et deux membres de la direction de l'hôpital. Il s'agit juste de passer en revue les éléments dont on dispose, pour décider comment l'hôpital doit se comporter face à la famille Zoy. Le fils est un sacré enquiquineur.

Matt acquiesça. Il avait la gorge nouée et la bouche pâteuse.

— Ce n'est pas une chasse aux sorcières, souligna Jon.

Autrefois, du temps de leur internat, Jon passait pour un très bel homme. Désormais, il était totalement chauve et, son emploi du temps ne lui permettant guère de faire du sport, il s'était empâté et avait des bajoues. À croire qu'il avait été relié à une sorte de pompe et gonflé à bloc.

— Tu as entendu parler du scoop du jour, aux urgences ? Un gars a été admis après avoir mangé du poisson qui se trouvait dans son congélo. Il n'arrêtait pas de répéter que, vu qu'il avait pêché le poisson lui-même et qu'il l'avait aussitôt congelé, il ne pensait pas que ça poserait problème. Mais il l'a pêché quand, ce poisson, d'après toi ? Il y a vingt-cinq ans ! C'est pas dément ?

Jon s'éloigna dans le couloir en ricanant tout seul. Matt rit, lui aussi. Il faudrait qu'il songe à raconter à Hirsh cette histoire de poisson congelé pendant un quart de siècle, lui qui avait la manie de conserver les aliments au congélateur trois fois plus longtemps qu'il n'aurait dû. Et cette viande surgelée que Denise gardait depuis une éternité… À elle aussi il la raconterait ! Cependant, si cela réjouissait tant Matt, c'est qu'il avait l'habitude d'entendre les autres échanger ce genre d'anecdotes dans les couloirs ou à la cafétéria, mais qu'on les lui racontait rarement.

Sans doute parce que ses collègues ignoraient comment il réagirait. Or, ce jour-là et pour la première fois de sa carrière, Matt eut le sentiment d'être populaire. Il se disait que Denise y était pour quelque chose. Grâce à elle, il avait changé, il s'était adouci.

Matt et Denise avaient pris des places pour un récital de piano, le soir au centre-ville – ils le faisaient couramment, la musique étant partie intégrante de la vie de Denise. D'après Matt, elle jouait de la flûte aussi bien qu'une professionnelle, bien qu'elle lui affirme le contraire.

— La viande qui est au fond du congélateur…, dit-il pendant qu'ils se préparaient.

Matt se rasait, distinguant vaguement le reflet de Denise dans le miroir de la salle de bains, à sa droite. Sans avoir à la regarder, il devinait ses gestes lents et précis.

— Oh mince ! s'exclama-t-elle avant de se frotter vigoureusement le visage.

— C'est de la viande de cerf ou je me fais des idées ? demanda-t-il.

— Mmmm…, fit-elle, se dessinant le contour des lèvres au crayon.

— Ça fait combien de temps qu'elle y est ?

— Mince, mince ! dit-elle encore, essuyant à nouveau son maquillage.

Elle s'était déjà habillée pour le concert, superposant les formes amples et longues qu'elle aimait. Elle avait choisi des couleurs déclinant les nuances de l'automne. Ses cheveux, dans la chaude lumière de la salle de bains, avaient des reflets dorés.

— Arrête ! Tu me déconcentres ! ordonna-t-elle. C'est tout un art de se maquiller. Et personne n'a jamais rien fait de grand en songeant au contenu d'un congélateur.

Matt éclata de rire. La beauté de Denise n'exigeait le secours d'aucun art. Mais il décida de remettre à plus tard l'histoire du poisson congelé.

La baby-sitter arriva et reprit, là où elle l'avait laissée, son amitié avec Austin. En attendant que Denise le rejoigne dans la cuisine, Matt se mit à fouiller dans le congélateur. L'appareil appartenait à Denise et les épaisses tranches de viande en tapissaient déjà le fond lorsqu'ils s'étaient rencontrés. Il en extirpa une et constata qu'il s'agissait bien de viande de cerf. La date sur l'étiquette indiquait qu'elle avait été congelée trois ans plus tôt. Cela datait donc du précédent mariage de Denise. C'est pourquoi elle n'avait pas répondu à ses questions. Tout ce qui touchait à Weslake, son premier époux, était traité comme une relique sacrée. La viande ne faisait pas exception.

Il refermait le congélateur quand Denise entra dans la cuisine, précédée par le bruissement de sa robe. Elle souriait. Son visage rayonnait de joie et d'impatience.

Les soirs de concert, de retour de l'hôpital, Matt, épuisé, redoutait les heures à venir : se raser et se doucher pour la seconde fois de la journée, enfiler des vêtements inconfortables, dîner avec un lance-pierre et trop tôt, abandonner Austin à la baby-sitter et voir son fils les bouder lorsqu'ils lui disaient au revoir. Mais à peine avaient-ils pris place dans la salle de spectacles que Denise s'agitait comme si elle avait un rendez-vous amoureux avec la musique. Elle arrangeait et rajustait ses vêtements, et Matt reconnaissait alors le parfum qu'elle avait porté lors de leurs tout premiers rendez-vous. L'odeur des longs cheveux châtain doré de Denise lui caressait les narines et Matt sentait un brusque désir l'envahir. Quand le concert commençait, Matt lui prenait la main, enchanté d'être là.

L'interprète – un célèbre pianiste russe en tournée aux États-Unis – jouait depuis un quart d'heure lorsque Matt réalisa, stupéfait, que son visage était tiède et humide. Incrédule, il se toucha la joue. Elle était mouillée de larmes. Denise n'avait rien remarqué. La vieille femme assise à sa gauche non plus.

En restant immobile et en évitant de renifler il pourrait faire en sorte que nul ne s'en rende compte. Mais il n'arrivait pas à retenir ses larmes. Il savait d'instinct que, s'il laissait vagabonder ses pensées, elles le conduiraient au petit garçon paniqué qui, tant d'années plus tôt, s'était tenu sur une colline boisée d'où il avait regardé ses parents, leur tristesse, leur affection. Ou à ce même petit garçon qui avait observé une voiture rouge garée

près du lac, dans l'espoir d'apercevoir un mouvement à l'intérieur du véhicule, tout en étant certain qu'il n'y en aurait pas.

Matt croisa les bras sur la poitrine et fixa le piano et son interprète. Vus de loin ils ressemblaient à des jouets. Sans bouger, il
parcourut des yeux les centaines d'autres têtes. La plupart
étaient grisonnantes et trahissaient le sommeil de leurs propriétaires en retombant en avant ou sur le côté. Ses sens étaient
aiguisés. Il sentait l'odeur de la moquette neuve et celle de la
laque dans les chevelures. À côté de lui, la robe de la vieille
dame avait l'odeur des vêtements qui dorment au fond d'un placard et qu'on sort une fois l'an. Tout autour de lui lui paraissait
trivial. À l'exception de la musique, qui semblait à présent
s'écouler dans ses veines.

Sans un regard et avec un mouvement imperceptible, Denise
lui tendit un mouchoir en papier. Il le prit avec reconnaissance,
s'essuya le nez et les yeux.

— Ça alors ! Qu'est-ce qui m'a pris ? demanda-t-il plus tard
dans la voiture dans la longue file de véhicules qui s'apprêtaient
à quitter le parking après le concert. Ça m'est tombé dessus sans
crier gare !

— C'est toujours comme ça avec la musique, répondit simplement Denise. Surtout avec Chopin.

— C'était du Chopin ?

— Le *Second Concerto pour piano*. Tu n'as pas reconnu la
marche funèbre du troisième mouvement ? Ce morceau doit
avoir une signification particulière pour toi. Tu ne te souviens
pas d'avoir entendu ce concerto quelque part ? C'est peut-être
lié à ta mère ?

Il fut tout de suite convaincu qu'elle disait vrai. Comme toujours. Elle ne se contentait pas de vérités approximatives.
Quand elle avait raison, elle touchait dans le mille – une balle
silencieuse qui vous atteignait en plein cœur.

— Ma mère a joué ce morceau, s'entendit dire Matt.

Sa voix tremblait. Il sentit que les larmes revenaient et en
éprouva une telle fureur qu'il fit une queue-de-poisson à une
voiture venue rejoindre sa file, détournant la tête pour ne pas
voir les visages surpris et indignés de ses occupants.

— Je n'ai même pas pleuré à son enterrement et regarde-moi ! C'est insensé. Je passe mon temps à pleurer pour des raisons qui m'échappent complètement.

Des images se superposèrent dans son esprit, telles des photos ayant glissé de différents albums sans rapport les uns avec les autres. Le bras maigre et livide de M. Zoy. La seringue et la façon dont elle avait fini par s'enfoncer dans la chair. La chemise déchirée de Hirsh, laissant voir la peau blanchâtre du bras. Une voiture rouge perdue entre les arbres. Une femme nue sur une photo en noir et blanc. Un tableau représentant un paysage montagneux que sa mère appelait la Bouche de nulle part.

Roulant toujours au pas, ils atteignirent enfin la rue. Le sommet du Walker Building jetait des éclairs bleutés, tandis que l'immeuble Rosebay baignait dans une lumière rosée. Lorsque Matt était revenu à Salt Lake City, ce petit détail réconfortant l'avait amusé : les bâtiments du centre-ville n'avaient pas changé de nom ni d'éclairage.

— Matt, dit Denise. Je sais que ta mère était pianiste, mais tu m'avais dit qu'elle n'avait plus jamais joué de piano après son mariage. Même quand tu as commencé à prendre des cours.

— C'est vrai ! s'exclama Matt. C'est ce que je croyais. Mais je me souviens de l'avoir entendue jouer. Une seule fois. Ce concerto de Chopin.

Denise le dévisagea et parut sur le point de parler. Matt avait besoin de silence. Sans doute le sentit-elle, car elle se ravisa et ne dit rien. Ils n'échangèrent pas un mot durant le trajet jusque chez eux. À un moment, il sursauta à la vue d'une voiture rouge. Elle roulait juste derrière lui, et le conducteur freina au tout dernier moment. Matt crut reconnaître à nouveau la silhouette imposante du fils Zoy. Comme pour confirmer ses craintes, il lui sembla distinguer, derrière le pare-brise, un mouvement suggérant que l'homme se passait la main dans les cheveux – le même geste qu'il lui avait vu faire lors de leur rencontre. Matt se souvint alors que les lampes à sodium du centre-ville modifiaient la couleur des véhicules et constata, l'éclairage ayant changé, que la voiture n'était pas rouge et que sa plaque ne comportait pas les lettres MMV. Une fois de plus, il se surprit à douter de sa santé mentale. Peut-être son inconscient faisait-il surgir une voiture rouge lorsqu'il se sentait troublé ou vulnérable ? Celle-ci lui faisait passer de sales moments, mais finissait par disparaître, emportant avec elle tout ce qui le perturbait. Devrait-il en parler à un psy ?

Ils allèrent se coucher sans avoir rompu le silence. On aurait dit qu'il était étendu entre eux dans le lit. Matt revoyait Hilly en train de jouer du piano. Ce devait être en été, car elle portait une robe sans manches. Matt se rappelait la beauté et la finesse de ses bras, l'élégance de ses mouvements. Ses doigts se déplaçaient rapidement sur les touches et donnaient une extraordinaire impression de fluidité. En jetant un coup d'œil au visage de sa mère, il avait été frappé par la gamme d'expressions qu'il découvrait ce jour-là. Ses gestes, bien que maîtrisés, trahissaient un tempérament passionné et violent que Matt ne soupçonnait pas et qui lui avait fait un peu peur.

— C'est à ce moment que tu as décidé d'arrêter le piano ? Après avoir entendu ta mère jouer le concerto de Chopin ? demanda soudain Denise, comme si elle avait lu dans ses pensées.

Elle lui prit la main et serra ses doigts inertes

— Je n'en suis pas certain.

Denise avait probablement raison. Il avait passé des années à s'arracher les cheveux avec ses cours de piano et sa mère refusait de l'aider un tant soit peu, même au début.

« Maman, il y a combien de temps dans une croche, quand il y a un point juste après ? »

Hilly s'était tournée vers lui sans sourire. Parfois, il lui arrivait de s'incliner un peu pour lui parler, afin qu'il ne se sente pas trop petit. Mais, cette fois-là, elle s'en était bien gardée.

« Je ne m'en souviens pas, avait-elle sèchement répliqué. Arrête de me poser des questions !

— Mais j'ai un examen mercredi avec Mme Moran.

— Eh bien, si tu ne connais pas les réponses, tu le rateras ! » avait rétorqué sa mère d'un ton qui sous-entendait que c'était le cadet de ses soucis.

Elle désapprouvait sa décision de prendre des cours de piano et l'avait manifesté de toutes les manières possibles et imaginables – sans les lui interdire franchement. Il devait parcourir seul, à l'aller et au retour, les deux pâtés de maisons qui séparaient leur habitation de celle de Mme Moran. Il devait se débrouiller par lui-même pour travailler ses gammes et retrouver ses livres d'exercices avant chaque leçon. Hilly avait refusé qu'ils aient un piano à la maison. Hirsh avait donc acheté un petit orgue électrique à Matt, qui pouvait en jouer dans sa chambre en réglant le son au minimum. Lorsque Matt eut fait des progrès, Hirsh lui fournit un casque qu'il relia à l'orgue et le pria de l'utiliser pour que Hilly ne soit pas forcée de l'entendre faire ses exercices, même de loin.

« C'est difficile pour ta mère d'écouter travailler un débutant… pour quelqu'un qui a joué à son niveau », avait expliqué Hirsh sur un ton désolé.

Matt savait – et il avait le sentiment de l'avoir toujours su – que Hilly avait été une concertiste reconnue. Une gloire du piano. On l'avait invitée à jouer à Carnegie Hall, où se produisaient les plus grands musiciens du monde. On lui avait proposé d'étudier avec un Letton qui ne prenait que les meilleurs élèves – lesquels finissaient toujours par devenir célèbres. Elle avait remporté des prix, reçu des récompenses. Et avait tout abandonné pour s'installer à Salt Lake City, épouser Hirsh et mettre au monde Matt. À la connaissance de celui-ci, elle n'avait plus jamais touché un clavier. Excepté cette fois-là.

— Alors, pourquoi elle t'a joué le concerto de Chopin ? demanda Denise.

Matt haussa les épaules dans l'obscurité. Ce n'était pas pour lui que Hilly avait joué, il en était certain.

— Il y avait avec nous des amis que nous fréquentions pendant les vacances. Ils possédaient une maison à côté de la nôtre dans les montagnes ; la leur était plus près du lac. Je crois que ce sont eux qui un soir ont essayé de convaincre maman de jouer. Elle a répondu : « Pas question ! » Et puis, je n'en ai pas cru mes oreilles, elle a fini par céder.

Il se remit à songer aux Minelli. Il les revit dans le lac, leurs torses émergeant de l'eau, hâlés par le soleil d'un long été. M. Minelli et ses quatre fils disputaient un jeu de ballon. Ils poussaient de hauts cris et s'éclaboussaient. Hilly y participait aussi, car elle adorait ce genre de jeu et, constatant qu'il n'en allait pas de même pour son fils, elle ne cachait pas sa déception. Dans son souvenir, Matt était assis sur la rive en compagnie de Mme Minelli, une petite femme brune et rondouillarde, et tous deux assistaient à la partie de ballon. Matt attendait que Steve soit attaqué et entraîné sous l'eau par son père ou ses frères pour qu'il abandonne la partie et vienne jouer avec lui. Il croyait que Mme Minelli était aussi peu fascinée que lui par le spectacle. Or il se trompait, car de temps à autre et de manière on ne peut plus inattendue elle hurlait des encouragements à l'un ou l'autre de ses fils :

« Vas-y, Steve ! Bravo Jo-Jo ! »

Et Hirsh, où était-il à ce moment-là ? Encore en ville, sans doute, à travailler. Il n'avait que quelques semaines de vacances et non des mois, comme eux. Mais il les rejoignait dès qu'il le pouvait, le vendredi soir pour repartir le lundi matin.

— Vous étiez très bons amis ? demanda Denise.

— Il me semble. Les Minelli faisaient toujours des trucs marrants. Le père inventait des jeux et en général on se joignait à eux.

— Toute la famille ? Tes parents aussi, je veux dire ?

— Eh bien... papa, pas trop. Il n'était pas souvent là.

Soudain, il entendit M. Minelli lui chuchoter quelque chose à l'oreille et sentit une odeur de cigarette et de vêtements empestant le tabac froid. « N'en parle pas à ton père ! » avait-il dit. Matt éprouvait une violente aversion envers lui mais, par habitude, il gardait pour lui ce sentiment.

— Alors, comme ça, vos parents étaient amis ?

— Toute la famille. Il y avait quatre garçons et le cadet avait mon âge. Steve. Steve Minelli. On était les meilleurs amis du monde, on ne se quittait pas de tout l'été.

Ils étaient plus que de simples camarades de jeu. Ils se protégeaient de l'hostilité des frères aînés ou de M. Minelli, se téléphonaient dès qu'ils se réveillaient ou débarquaient l'un chez l'autre sans prévenir. Ils avaient nagé dans le lac, fait leur première descente en rafting, failli se tordre le cou en grimpant changer les planches d'une cabane haut perchée, pourrie et abandonnée ; ils étaient restés des heures durant cachés dans des refuges de forêt afin d'échapper aux grands frères de Steve et, surtout, à son terrible père... Et puis, Matt s'en souvenait à présent, un jour ils étaient même partis chasser.

— Tu n'as gardé aucun contact avec lui ? s'enquit Denise.

— Son père est mort... dit Matt.

Sa voix était rauque, sa gorge lui faisait mal, comme si une main invisible lui serrait le cou dans les ténèbres. Parler lui coûtait énormément et, une fois formulés, les mots paraissaient venir de loin. La mort de M. Minelli avait divisé son enfance en deux périodes distinctes : les étés avec Steve avant son départ du lac Arrow, et les étés qui avaient suivi, plus calmes, moins surprenants, moins mémorables, comme les jours qui avaient succédé à cette fameuse soirée.

— ... Et les Minelli ne sont plus revenus à la montagne, après ça.

— Mais vos deux familles étaient amies ! Ce sont eux qui ont pu persuader ta mère de se remettre à jouer, non ? J'imagine que vous aviez un piano, en ce temps-là, au lac Arrow ?

Matt éclata de rire tant l'idée était absurde.

— Pas de piano là-bas. Pas de piano en ville. Les pianos étaient rigoureusement interdits.

Où donc, alors, Hilly avait-elle étendu ses longs bras souples et hâlés pour se lancer à corps perdu dans l'interprétation de Chopin ? Au lac Arrow, forcément, puisqu'ils ne voyaient jamais les Minelli ailleurs. Et puis leur présence était indissociable de ce souvenir. Matt revoyait trois des fils Minelli formant sur le canapé un groupe compact et immobile ; le dos de Steve appuyé contre le petit fauteuil marron dans lequel Matt était assis ; la silhouette imposante de M. Minelli, étonnamment silencieux et figé comme une statue de sel pendant que Hilly jouait du piano.

Il se rappela que la musique l'avait cloué sur place. Au départ, elle avait commencé par rebondir sur les murs, et peu à peu elle avait généré sa propre chaleur, laquelle avait donné à la pièce et à tous les objets une sorte d'élasticité. Sa mère et la musique étaient alors les seuls éléments consistants. Tout le reste – le

81

fauteuil, les murs, les Minelli – avait fondu comme du beurre. Mais puisqu'il était impensable qu'il y ait eu un piano dans leur maison, la mémoire de Matt devait lui jouer des tours. Peut-être avait-il rêvé ou imaginé cette scène ? Non. Les larmes qu'il avait versées ce soir lui prouvaient le contraire.

6

Peu de temps après que Matt eut fondu en larmes chez son père puis au concert, un autre événement en rapport avec les précédents se produisit. Deux semaines s'étaient écoulées. Cela se passa à l'hôpital.

La journée avait bien commencé avec l'examen de l'affaire Zoy. Matt, qui se sentait nerveux au début de la réunion, se rendit compte que tous ses confrères étaient cordiaux et prenaient fait et cause pour lui – y compris l'agent du comité de contrôle. Bien entendu, il ne leur révéla pas que M. Zoy désirait mourir, se contentant d'affirmer que le patient avait exigé une plus forte dose d'antalgique. Matt répéta ce qu'il avait déjà dit : il n'avait injecté que cent cinquante milligrammes de Zornitol dans les veines de M. Zoy et avait jeté les cinquante restants.

Mike Salinski confirma avoir évoqué la possibilité d'un traitement à l'iode radioactif et regretta de ne pas l'avoir exprimé plus clairement dans le dossier médical. Il déclara avoir beaucoup douté, sur le moment, de l'aptitude du patient à réagir au traitement, et assura que celui-ci lui avait confié qu'il ne souhaitait pas voir son existence prolongée si le traitement ne soulageait pas ses souffrances.

Au terme de la réunion, Matt jouissait d'un soutien général. L'agent de la commission d'enquête s'engagea à écrire une lettre à Mme Zoy et à son fils pour corroborer la version de Matt et préciser que l'hôpital jugeait inutile de poursuivre les investigations.

Lorsqu'ils sortirent de la pièce, Jon donna à Matt une tape dans le dos.

— Je crois que tu peux oublier tout ça ! lança-t-il d'un ton joyeux.

— Les Zoy peuvent-ils encore entreprendre quelque chose ?

Le matin même, Matt avait revu la voiture rouge. Sur le parking de l'hôpital, cette fois. Il n'y avait personne à l'intérieur, et elle lui avait ainsi paru plus menaçante encore. Matt avait tourné autour du véhicule, craignant de voir son propriétaire surgir derrière les vitres teintées. Puis il avait parcouru tout le parking, cherchant des yeux le fils de M. Zoy. Mais le parking était désert. Ce qui l'inquiétait particulièrement, c'est l'endroit où elle était stationnée. En général, Matt arrivait assez tôt pour choisir sa place. Il avait coutume de le faire dans la section C, entre les rangées 9 et 10. Il n'avait alors qu'à descendre un escalier et à pénétrer dans l'hôpital par l'entrée la plus proche de son bureau. Or la voiture rouge était garée dans la section C, au bout de la rangée 9, juste à côté de l'escalier. Ne pouvant avoir la certitude que nul ne se cachait derrière les vitres teintées, Matt avait vérifié la marque de la voiture et mémorisé son numéro d'immatriculation avant de prendre l'ascenseur, l'estomac noué.

— Eh bien, répondit Jon. J'imagine qu'ils peuvent continuer les poursuites, mais sans l'appui de l'agent du comité de contrôle ils n'iront pas loin.

Bien qu'il soit à peu près sûr que le fils Zoy ne lâcherait pas le morceau, Matt remercia son confrère pour son soutien. Il se demandait s'il devait ou non mentionner la voiture rouge, lorsque Jon lui dit :

— Je suis content que Denise et Christine se soient enfin revues, l'autre jour.

Les Espersen avaient connu Denise par le biais de son premier époux. Jon et Weslake avaient été amis – du moins autant que pouvaient l'être un mormon zélé comme Weslake et un protestant convaincu comme Jon. Ils avaient fait quelques parties de golf et peut-être même quelques parties de chasse ensemble. Les Espersen habitaient une maison située dans une zone boisée en lisière de la ville, tout près de Yellow Creek Forest, l'endroit où Weslake était mort.

— Elles se sont vues ? Denise a oublié de m'en parler, répliqua Matt.

— Christine lui a trouvé très bonne mine.

— Oui, elle va bien. À force de faire du yoga, j'imagine.

— Ah bon ! Elle a repris le yoga ? demanda Jon, surpris. Je croyais qu'elle avait laissé tomber. Ça ne lui avait pas causé des soucis, à une époque ?

Matt secoua la tête.

— Ça m'étonnerait. Elle est incroyablement souple.

— Denise a fréquenté le cours de yoga de Christine, mais elle a dû abandonner à cause de douleurs dans les articulations, ou un truc dans ce goût-là.

Matt secoua de nouveau la tête.

— Elle ne m'en a jamais parlé.

— J'espère que le scandale ne la bouleverse pas trop, fit Jon, s'arrêtant dans l'entrée et baissant la voix.

Matt fut choqué que Jon puisse voir un « scandale » dans la mort de M. Zoy. Il s'apprêtait à protester, quand son collègue précisa :

— Je fais allusion à Slimtime, le programme amincissant du Dr Smith. Christine n'a pas osé aborder le sujet.

Matt se figea. Slimtime avait été la société de Weslake, qui était également connu sous le nom de « Dr Smith », et sa compagnie distribuait des produits amincissants dont lui-même avait élaboré la formule.

Matt ignorait tout du scandale auquel son confrère faisait allusion. Sans doute s'agissait-il d'une affaire de détournements de fonds. Mais il n'avait aucun moyen de le savoir, car Denise ne parlait presque jamais de Weslake et encore moins de Slimtime. Matt avait le sentiment qu'elle voulait conserver intacte la mémoire de son premier mari et que le fait de l'évoquer avec le second risquait d'entacher la pureté du souvenir. Préférant éluder la question, il se contenta de répondre sur un ton évasif :

— Non, ça ne semble pas la troubler plus que ça.

— Si Weslake était encore là, il serait parvenu à remettre les choses en ordre en moins de temps qu'il n'en faut pour le dire, fit remarquer Jon avant de regagner son bureau.

L'évocation de Weslake et de l'amitié qui le liait autrefois à Jon empoisonnait l'esprit de Matt. Christine et Denise étaient un jour allées ensemble sur la tombe de Weslake. Matt l'avait appris par Jon, et non par sa femme. Sans doute le faisaient-elles souvent, et c'était pour cela que Denise avait préféré taire sa rencontre avec Christine. Chaque fois qu'il trouvait du papier fleuriste dans la voiture, Matt s'imaginait qu'il provenait de bouquets déposés au cimetière. Il en était blessé et jaloux, comme si Denise était allée retrouver un amant vivant et non un époux décédé. Il espérait qu'Austin ne l'accompagnait pas dans ces expéditions. Il aurait été regrettable qu'il nourrisse un sentiment de deuil à l'égard d'un homme auquel il n'était pas lié et que son père haïssait en secret.

Matt passa l'après-midi au bloc opératoire, à effectuer des interventions bénignes – sauf une, qui lui causa un choc. Après avoir incisé le patient il constata qu'il n'était pas seulement atteint d'une tumeur au foie, mais que des métastases s'étaient développées sur son abdomen.

—Nom de Dieu, on peut encore faire quelque chose ? s'enquit l'assistant de Matt.

—Non. À part le recoudre…

—À votre avis, il lui reste combien de temps à vivre ?

—Et à nous…, répliqua calmement Matt en recousant le patient, tandis que s'imposait à son esprit l'image de M. Zoy le suppliant de mettre un terme à ses souffrances. Et à nous, il nous reste combien de temps ?

Il ne souhaitait pas parler de la mort imminente du patient alors qu'une partie de son cerveau anesthésié pouvait peut-être entendre et comprendre leurs paroles. Parfois il avait même tendance à croire qu'il fallait également être vigilant avec les personnes récemment décédées. Quelques années plus tôt, une infirmière érythréenne lui avait demandé de demeurer silencieux et immobile après la mort d'un homme. Il en avait conclu qu'elle était croyante. Mais elle lui avait expliqué par la suite qu'elle pensait que les patients non seulement entendaient mais aussi enregistraient tout ce qui se passait autour d'eux après qu'on les eut déclarés cliniquement morts.

« Le corps humain ne s'éteint pas aussi rapidement que les ordinateurs, avait-elle dit. Il prend son temps pour venir au monde et pour le quitter. Les sens se retirent peu à peu et l'ouïe est la dernière à s'en aller. »

Matt avait songé à son ordinateur : il fallait au moins trois opérations avant que l'image, sur l'écran, n'entame sa disparition. Il n'y avait pas moyen de savoir si l'infirmière disait vrai, mais sa théorie lui avait paru assez vraisemblable pour le persuader de ne plus jamais traiter les patients qui venaient de mourir comme des fichiers informatiques à peine refermés.

Une fois sorti du bloc, alors qu'il allait se laver et se changer, Matt se rappela qu'il avait oublié ses notes. Revenu sur ses pas, il se trouva face à un employé occupé à nettoyer. Comme tout le personnel d'entretien, il était vêtu d'un uniforme vert un peu flottant. Matt allait repartir quand, ayant à peine regardé l'homme, il eut soudain l'impression de le connaître. Où l'avait-il vu ? Était-ce un de ses anciens patients ? Le conducteur de la voiture rouge ? L'homme l'interpella :

— Eh, Matt, tu ne me remets pas ?

Toujours vêtu de son uniforme bleu, Matt se figea, stupéfait. Cet homme en vert venait de le tutoyer et de l'appeler par son prénom ? À l'hôpital, les verts et les bleus ne se mêlaient pas. Qu'ils se tutoient était quasi inconcevable. Le premier mouvement de surprise passé, Matt fut choqué de constater qu'il avait fini par intégrer malgré lui cette hiérarchie des couleurs. Les autres médecins n'attachaient pas la moindre attention aux techniciens de surface. Matt était de retour dans son pays natal depuis trois ans – période au cours de laquelle il s'était efforcé de conserver l'expérience et les valeurs qu'il avait acquises à l'étranger –, et il se comportait déjà comme ses collègues.

Songeant à tout cela avant même de se demander comment le garçon de salle pouvait le connaître, il avança d'un pas et lui tendit une main encore gainée de latex. L'employé portait, lui aussi, des gants, plus clairs et moins bien ajustés. Le contact de leurs mains produisit des crissements. Le visage de l'homme était en partie dissimulé par le masque de protection qu'il avait enfilé pour nettoyer le bloc.

Matt remarqua la mollesse de sa poignée de main et son froncement de sourcils. Il avait de grands yeux marron cernés de noir et comme bloqués dans une sorte de stupeur que Matt avait appris à associer aux anciens toxicomanes. L'homme devait avoir son âge.

— Tu ne me reconnais pas ? Je m'en doutais.

Cela semblait le désoler. Il retira son masque et Matt scruta le visage hâve et émacié creusé de rides profondes entre le nez et la bouche. Sur les joues, on distinguait de vagues cicatrices – la varicelle ?

L'homme esquissa un sourire. Matt superposa à ce visage anémique diverses images d'un passé lointain jusqu'à ce que la stupéfiante évidence le frappe enfin : c'était l'un des frères Minelli.

— Oh ! s'exclama Matt. Oh, je pensais justement à vous l'autre jour. C'est incroyable, non ?

Il y avait tant d'années qu'il n'avait pas accordé la moindre pensée aux Minelli qu'il ne pouvait lutter contre une impression absurde : à force de les évoquer au cours des dernières semaines il avait fini par en faire apparaître un !

— Steve ! dit-il. Tu es Steve Minelli !

Devant lui se tenait le spectre de son meilleur, de son plus vieil ami, pâle et les traits tirés. Matt se surprit à désirer qu'il retire cet autre masque pour révéler le Steve d'autrefois, avec ses bonnes joues roses.

Steve sourit alors, et son sourire était semblable à celui qu'il avait, enfant. Matt réalisa que son ami devait se faire les mêmes réflexions à son sujet. De l'eau avait coulé sous les ponts depuis les étés au lac Arrow. Mais à présent ils se faisaient face, et à l'intensité des regards qu'ils échangeaient chacun savait que l'autre détenait une partie de son passé, de l'enfant qu'il avait été. Matt éprouva soudain une grande exaltation.

Ils se serrèrent à nouveau la main, sans leurs gants cette fois, et leurs paumes tièdes se rencontrèrent.

— Steve ! s'exclama Matt d'un ton enthousiaste. Je suis tellement heureux de te revoir !

— Je travaille ici depuis un bon bout de temps, fit Steve. Et je t'ai souvent croisé. Mais je n'étais pas sûr de pouvoir... enfin, vu que tu es médecin... je ne savais pas si tu...

— Il fallait me prévenir ! J'ai horreur de ces histoires de hiérarchie, assura Matt, tout en étant conscient que s'il n'avait pas remarqué Steve plus tôt c'était justement à cause de ces « histoires de hiérarchie ».

— Comment vas-tu, Matt ? demanda Steve d'une voix chaleureuse.

— Eh bien, ça fait combien d'années, au juste… ? commença Matt.

— Vingt-six, dit Steve. J'ai compté vingt-six ans.

— Vingt-six ans !

— Il y a vingt-six ans que mon père est mort. Et que ma mère a vendu la maison du lac Arrow.

— Pourquoi l'a-t-elle vendue ?

Il parlait comme un petit garçon de onze ans, comme s'il se plaignait de l'injustice des adultes, et comprit que ce mouvement de protestation était en lui depuis vingt-six ans.

— Je veux dire… vous ne pouviez pas continuer à passer l'été dans les montagnes sans votre père ?

Steve le fixa, écarquillant ses yeux sombres et brillants.

— On ne pouvait pas retourner au lac Arrow alors que papa était mort là-bas. On ne pouvait pas…

Matt sentit son cœur bondir dans sa poitrine. Une terrible angoisse l'oppressa – celle-là même qu'il avait éprouvée en dévalant la colline le jour où il avait trouvé ses parents assis sur le banc en rondins. Quelqu'un était mort. Il courait le leur annoncer, le cœur lourd et la gorge serrée, et avait été pris d'une telle envie de vomir que les arbres s'étaient mis à tanguer autour de lui…

— Oh, dit Matt. Bien sûr. Il est mort là-bas. Au lac Arrow.

Il eut besoin de reprendre son souffle, comme s'il venait de faire dix fois le tour du bloc opératoire en courant. La peur et la mauvaise conscience empêchaient l'air de pénétrer dans ses poumons. L'homme de la voiture rouge était le père de Steve, M. Minelli – la grande brute que détestait Matt. Il était assis au volant, les gestes, les pensées et le souffle interrompus par la mort.

Steve lui jeta un regard dubitatif.

— Tu ne t'en souvenais pas ? demanda-t-il avec douceur.

— Si si si ! Comment aurais-je pu oublier une chose pareille ?

Il avait choisi de ne pas y penser depuis vingt-six ans. Mais des bribes de souvenirs avaient continué de s'insinuer en lui. M. Minelli était assis, mort, dans la voiture rouge. Et Matt avait ressenti un mélange de soulagement et d'horreur à la pensée de ce qu'il avait fait.

Steve bombardait de questions son ami d'enfance, qui avait autant de mal à trouver les réponses qu'à se réveiller pour aller travailler quand il avait passé la nuit à l'hôpital.

— Ma mère est morte quand j'étais au lycée, s'entendit-il répondre. Un cancer du sein. Papa vit là-haut, désormais, dans les montagnes. Ce n'est plus une résidence secondaire. Il a vendu sa maison en ville pour s'installer là-bas.

— Dans la même maison ? demanda Steve. La petite maison en bois ? Et les autres gars, qu'est-ce qu'ils sont devenus ? Le shérif Turner, il est toujours dans le coin ? Et ce grand type très maigre, qui vivait près du lac ? Je crois qu'il s'appelait Stewart…

— On a des tas de choses à se raconter. À quelle heure tu finis ?

— Dans une heure environ. Je ne fais pas le service de nuit, cette semaine.

— Allons boire une bière.

Steve rougit, visiblement ravi.

— Oh, bien sûr, dit-il. Ça me ferait drôlement plaisir. Si tu as le temps.

— Je n'en ai pas pour longtemps. Faut juste que je passe voir quelques patients et que je fasse quelques rapports.

Une fois dans son bureau, Matt fut incapable de se concentrer sur les bilans d'évaluation annuelle des internes qu'il était censé remplir pour le lendemain.

M. Minelli était mort au lac Arrow. Il se trouvait dans sa voiture en retrait de la route et Matt l'avait aperçu à travers les arbres. Il s'était presque attendu à le voir sortir de son véhicule et gesticuler pour le traiter de fouineur ou de poule mouillée – ou lui réserver toute autre insulte destinée aux garçons pas assez bruyants ou enthousiastes pour les jeux virils. Mais M. Minelli n'avait ni bougé, ni parlé, ni surgi du véhicule, car il était mort.

Il avait été abattu d'une balle. Tous ceux qui avaient fréquenté le lac Arrow à l'époque devaient se le rappeler. Matt lui-même s'en souvenait désormais avec précision : l'homme avait été retrouvé mort dans sa voiture, tué par une arme à feu. Ce n'était évidemment pas Matt qui avait appuyé sur la détente, et tous en avaient sans doute conclu qu'il était innocent. Lui seul savait qu'il n'en était pas moins responsable de cette mort.

Steve avait proposé un rendez-vous dans un bar d'étudiants. Matt, en arrivant, trouva le lieu sombre et plein à craquer. Son ami l'attendait près de la porte et l'entraîna aussitôt dans un coin. Lorsqu'ils s'assirent avec leur bière, Steve sourit, et, dans la pénombre, Matt eut alors l'impression que son compagnon n'avait pas changé du tout. Il était frêle, on aurait dit qu'il ne s'était guère développé depuis ses onze ans – comme si le temps s'était figé pour lui après ce drame au lac Arrow. Matt, en revanche, semblait avoir dévoré la vie et avait poussé jusqu'à devenir exagérément grand. Même assis, il devait se voûter pour entendre les paroles de Steve.

— J'apprécie vraiment ce que tu as fait, dit Steve en baissant timidement les yeux sur sa bière. Je sais à quel point vous êtes occupés, les toubibs.

Matt se demanda si Steve n'était pas malade, il était d'une pâleur anormale, mais il paraissait peu désireux de parler de lui. Après que Matt eut insisté, Steve finit par expliquer qu'il avait fréquenté la fac mais avait raté ses examens à cause de problèmes de drogue. Il avait ensuite parcouru le pays, travaillant par intermittence. Puis il s'était installé à Seattle, où il avait fini par se faire désintoxiquer, par prendre des cours d'arts plastiques et s'illustrer en tant qu'artiste. Il avait alors décidé de rentrer chez lui, à Salt Lake City.

— Il pleuvait tout le temps à Seattle, dit-il. Parfois pendant des semaines d'affilée. J'ai commencé à regretter Salt Lake, son climat sec et le soleil sur mon visage. Alors je suis revenu, il y a environ un an. Il m'a fallu tout reprendre à zéro. Nouveaux critiques, nouveaux galeristes. Ça n'a pas été simple. On peut cesser de croire en soi, et se mettre à se poser des questions qui ne vous ont jamais effleuré l'esprit auparavant.

— Je vois de quoi tu parles, répliqua Matt. Moi aussi je suis revenu. Il y a environ trois ans. Et moi aussi il m'a fallu prendre un nouveau départ. J'étais déjà chirurgien quand je suis parti. Mais je voulais changer de spécialisation. En Afrique, je m'occupais un peu de tout et, à mon retour, je savais exactement quel type de chirurgie je voulais pratiquer. Mais il m'a fallu du temps pour convaincre les autres. Les gens n'ont pas tellement envie de vous voir changer.

— Tu faisais quoi, au juste, en Afrique ?

Rares étaient les gens qui interrogeaient Matt là-dessus. Au mieux, ses interlocuteurs considéraient son séjour à l'étranger comme un trou noir dans son existence. Au pire, ils évitaient d'en parler, comme s'il avait passé ces quatre années en prison. Aussi Matt était-il reconnaissant à Steve de l'intérêt qu'il lui témoignait. Il lui parla de l'Afrique, de son travail auprès des mourants, des malades, des victimes de la famine. Tout en s'épanchant il se rendit compte qu'il avait fini par juger ses expériences africaines de la même manière que ses collègues : comme une parenthèse dans sa carrière. Et c'était un soulagement, un véritable plaisir de pouvoir s'exprimer librement à ce sujet.

Steve l'écouta avec admiration.

— Je m'estimerais heureux d'avoir pu soulager ne serait-ce qu'une infime partie des gens auxquels tu es venu en aide, dit-il avec une expression de tristesse. Tu as su donner un sens à ta vie.

— C'est un sentiment qui m'a quitté à mon retour.

Il expliqua à quel point il lui avait été difficile de retrouver l'opulence de son pays natal, combien la surconsommation et l'accumulation des biens l'avaient rendu furieux, et de quelle manière sa colère avait dissuadé d'autres médecins de l'employer. Mais aussi dans quelle mesure il avait été démoralisant pour lui de travailler comme suppléant pendant presque un an en attendant qu'un poste se libère en chirurgie oncologique et endocrinienne, et en étudiant et en proposant ses services aux projets de recherches des départements spécialisés, histoire de se tenir informé des progrès médicaux.

— Ta femme, tu l'as rencontrée à l'hôpital ? Elle est médecin, elle aussi ? demanda Steve.

— Elle est musicothérapeute. Quand je bossais comme suppléant, juste après mon retour d'Afrique, j'ai été appelé à Mason House, une maison de retraite pour mormons. Le père de Denise est mormon, c'est un vrai de vrai. J'ai rencontré Denise à son chevet. J'étais vraiment déprimé à ce moment-là. Les États-Unis me paraissaient insensés, obsédés en tout et pour tout par la possession et la consommation. Elle est entrée dans la pièce, et… on aurait dit qu'elle irradiait. En faisant sa connaissance, j'ai compris qu'elle était différente de la plupart des gens : amasser des biens matériels ne l'intéressait pas particulièrement. Elle m'a fait énormément de bien.

— C'est une femme merveilleuse, à ce qu'on dirait.

Steve sourit franchement, et Matt entrevit encore une fois le petit garçon qu'il avait été.

— Tu te souviens de la vitre brisée ? demanda Matt.

Il n'y avait pas pensé depuis des années, mais il revit la grande porte-fenêtre de la véranda de ses parents comme une toile d'araignée prête à tomber en morceaux.

— On avait l'habitude de jouer au ballon près de la véranda, même si ma mère nous l'interdisait. Alors quand on a vu que la vitre était lézardée, on était sûrs d'être accusés. Et puis on a fini par penser que c'était vraiment notre faute.

— On est allés bouder dans les bois tellement on en était convaincus, ajouta Steve en riant.

— Dans notre maison perchée.

— Et quand nos pères nous ont demandé qui avait cassé la vitre, on avait de telles mines de coupables…

— … qu'ils en ont forcément conclu que c'était nous.

— Et le pire, c'est que nous aussi !

Ils en riaient, désormais. Mais, à l'époque, ça leur avait paru très sérieux. La vitre avait été brisée par un impact violent, imputable à un ballon. Aujourd'hui encore, Matt se demandait comment il aurait pu en être autrement.

— Et tu te souviens quand on est partis chasser ? demanda Steve. Quand on s'est tous dispersés en pleine nature ? Les autres avaient de vraies armes à feu, mais pas nous, parce que nous étions trop petits. On nous avait donné des fusils à air comprimé. Nous étions tout de même décidés à épater les autres. Je crois que c'est un de mes plus beaux souvenirs d'enfance, cette partie de chasse. En tout cas, un de ceux qui comptent le plus à mes yeux.

Matt s'efforça de paraître enthousiaste, mais le seul souvenir qu'il lui restait de ce moment, c'est qu'il lui avait déplu. Cherchant à dissimuler ses pensées, il demanda :

— Tu chasses toujours ?

— Oh, bien sûr. Presque tous les ans. On vit tellement près de la nature, ça vaut la peine de la découvrir.

Matt songea que tuer les animaux qui la peuplaient n'était pas la seule façon de découvrir la nature. Mais il savait que c'était une opinion minoritaire en Utah, où presque tous les hommes – son père compris – pratiquaient la chasse et la considéraient comme un droit inaliénable.

— Moi, je ne chasse pas, dit-il.

— Pas possible ! Tu ne sais pas ce que tu rates !

— Je n'ai pas un instinct de prédateur.

Steve sourit et regarda Matt droit dans les yeux.

— On en a tous un.

— Non, pas moi.

Steve le fixa sans ciller et sans cesser de sourire.

— C'est vrai ?

— Oui.

— On a tous un instinct de prédateur, insista Steve.

Matt se rappela que Hirsh avait utilisé les mêmes termes. Steve continua :

— On a tous cet instinct-là. Simplement, certains refusent de le reconnaître. Enfin… tu ne te souviens pas de notre première partie de chasse ? De la façon dont nous avons traqué ce cerf ? Ne me dis pas que tu ne voulais pas le tuer !

— Je ne m'en souviens pas très bien, concéda Matt.

Steve parut tomber des nues.

— Tu ne te rappelles pas qu'on était parvenus tout près de lui ? On était cinq gosses et deux adultes, et on avait réussi à suivre sa trace sans faire de bruit, jusqu'à ce qu'on déboule juste devant lui. Un sacré exploit, Matt ! Et tout ça grâce à ton père. C'était un bon chasseur, qui se débrouillait toujours pour débusquer un cerf.

Cela fit plaisir à Matt, qui sourit malgré lui.

— Dommage qu'il l'ait raté, précisa Steve d'une voix pleine de regrets.

C'est alors que Matt revit les images. Il comprit pourquoi c'était devenu pour lui un mauvais souvenir. Hirsh avait raté sa cible. L'événement s'était produit plus de vingt ans auparavant, mais Matt en rougissait encore. Hirsh avait visé, tiré et raté le cerf. La bête se présentait pourtant de profil, telles les figurines en carton sur lesquelles s'entraînent les tireurs débutants. Il marchait en éclaireur un peu au-devant des autres et M. Minelli lui avait fait signe de tirer. Le coup de feu avait déchiré le silence que tous observaient depuis si longtemps. Aussitôt, le cerf avait fait volte-face et s'était enfui. Il avait galopé, indemne, hors de leur champ de vision, dans un bruissement de broussailles écrasées. Après quoi, fort déçus, ils avaient perdu la trace de l'animal. Le ciel d'automne s'était assombri, l'air s'était rafraîchi. Marchant en file indienne, ils étaient retournés au pavillon presque sans se parler. De temps à autre, les fils Minelli échangeaient des blagues ou se chamaillaient, mais aucun d'entre eux, pas même Steve, n'avait adressé la parole à Hirsh ou à Matt – lesquels n'avaient pas ouvert la bouche durant tout le trajet de retour. Le visage de Matt s'était figé sous l'effet du froid et du silence. Plus tard, racontant à sa femme et à Hilly ce qui s'était passé, M. Minelli s'était moqué de Hirsh – acte inexcusable aux yeux de Matt. Son rire, telle la lame d'un couteau, avait un côté émoussé et un côté tranchant.

Sans que Matt l'y encourage, Steve parla de cette partie de chasse et lui rappela que c'était alors qu'ils avaient appris à se construire des planques dans les arbres. Et qu'il pensait avoir vu s'éloigner un ours brun, même si personne ne l'avait cru, et en dernier lieu son père. Le pavillon de chasse où ils avaient dormi était devenu un hôtel de luxe où Steve avait travaillé un été, du temps où il était étudiant. Il évoqua les couchettes superposées, la dispute qu'il avait eue avec son grand frère au sujet de l'endroit où il fallait ranger les armes pour la nuit, et le moment où il avait découvert que Flip avait négligé de décharger son arme.

— Tu te rappelles notre maison ? demanda Matt d'un ton prudent.

— Parfaitement, dit Steve. Je l'ai toujours bien aimée.

— Est-ce que tu as le souvenir qu'il y ait eu un piano, à un moment ?

Steve se concentra. Ses cheveux noirs étaient si courts que de prime abord on ne remarquait pas qu'il les perdait.

— Je ne crois pas, dit-il enfin.

— Il me semble revoir ma mère en train d'en jouer dans notre maison.

Il toussa. Sa voix, trop prudente et mesurée, lui parut trahir l'importance que cela avait pour lui. Il s'efforça de prendre un ton badin, mais ne parvint qu'à dévoiler davantage ses sentiments. Fermant les yeux, il se remémora les doigts de sa mère sur les touches, son corps ondulant, la fluidité musicale de ses gestes.

— Je la revois en train de jouer du Chopin. C'est bizarre, car je suis certain qu'on n'avait pas de piano.

— Ta mère jouait du piano ? demanda Steve d'un ton poli.

Matt fut suffoqué que Steve puisse ignorer un pan aussi important de son histoire familiale.

— Elle avait été concertiste, répliqua-t-il sèchement.

— Je ne savais pas. Chaque fois que je pense à ta mère, je la revois en train de rire… elle passait son temps à rire.

— Elle passait son temps à rire ? répéta Matt.

— Ah çà, oui. Elle aimait s'amuser.

— Possible. Mais elle avait aussi un côté plus obscur.

— Comme nous tous.

Matt le questionna au sujet de sa peinture.

— C'est de la photo que je fais en ce moment.

Puis, se redressant avec maladresse et révélant ainsi une certaine timidité, il tira une carte de sa poche.

— Je fais une expo au Grand Espace blanc. J'aimerais beaucoup que vous veniez, ce serait vraiment un honneur pour moi. Toi et ta femme, je veux dire. Le vernissage a lieu mardi en huit. Tu crois que cela vous sera possible ?

Son ton était devenu pressant.

Matt se hâta de le rassurer.

— Je ferai de mon mieux. Je suis sûr que Denise voudra venir si on arrive à dégoter une baby-sitter. Sinon, je peux en parler à deux de mes amis. L'un d'eux est fou d'art. Il est tout le temps sur la route et il va voir des expos partout où il passe.

— Amène-le ! dit Steve. Mais, Matt, faut que je te prévienne. Comme tu travailles à l'hôpital, il y a des tas de trucs que tu vas reconnaître, et il y a de fortes chances pour que tu te dises que ce n'est pas de l'art.

Baissant les yeux sur sa bière, il avait l'air mal à l'aise.

— Mais voilà…, poursuivit-il. C'est la tâche des artistes. S'inspirer du quotidien pour en exprimer l'essence.

— Qu'est-ce que je pourrais reconnaître ?

— Disons que ça te sera à la fois familier et mystérieux. J'aspire à cette dualité, en tout cas. Ce qui m'intéresse, c'est la quintessence du réel. Celui qui découvre mon travail doit avoir l'impression de porter les lunettes d'un autre et de regarder le monde à travers des verres grossissants. Un sentiment très intense et qui peut perturber. C'est ma conception de l'art. J'espère que tu ne trouves pas ça prétentieux.

Matt lui assura que non. Mais il rapporterait cette conversation à Denise, afin qu'elle l'éclaire de ses lumières. Il s'efforça de mémoriser les paroles de Steve, même si elles avaient tendance à lui échapper. *La quintessence du réel. Familier et mystérieux. Des verres grossissants.* Steve continua à parler d'une voix hésitante, comme s'il n'en avait pas l'habitude. Or, plus il parlait, plus ses paroles filaient.

Lorsqu'ils eurent fini leur bière, Matt dit qu'il devait rentrer. Il était déjà trop tard pour qu'Austin se précipite vers lui à son retour. Il serait couché. Mais Matt pouvait encore passer quelques heures avec Denise. Il se leva et, peut-être par crainte que les retrouvailles n'aient été décevantes, il se remit à évoquer le passé avec Steve, comme si le temps était compté. Le lac, leurs parents, les frères de Steve (Flip, Danny et Jo-Jo), la fameuse partie de chasse, les refuges de forêt, les balançoires installées entre les arbres, les courses de brouette, les vélos, le shérif Turner et le type du magasin qui n'avait ni dents ni cheveux.

— Je regrette vraiment qu'on n'ait pas quelques photos, dit Matt alors qu'ils quittaient le bar. Mon père a d'affreux films de famille, mais j'aimerais mieux avoir des photos, surtout de ma mère.

Il se rappela les clichés qu'il avait trouvés dans le grenier de Hirsh. Ce n'est pas à ce genre de souvenirs qu'il pensait lorsqu'il disait regretter de ne pas avoir de photos de sa mère.

— Oh, nous, on en a des photos ! dit Steve. En tout cas, on en avait des tas, y compris de ta famille. Ma mère les a sûrement gardées. Je lui poserai la question.

Il le regarda bien en face. Ses yeux sombres et ce front particulier, plus anguleux qu'arrondi, étaient si indiscutablement ceux de son vieil ami que Matt ne comprenait pas comment il avait pu ne pas le reconnaître immédiatement, même avec son masque.

— Ce serait chouette, hasarda Steve, que ton père et ma mère se revoient un jour.

— Mon père ne descend pas souvent en ville… mais je suis sûr qu'il ferait une exception pour ta mère.

— Elle n'a pas changé. Sauf qu'elle a rejoint l'Église des Saints des Derniers Jours.

— Elle est devenue mormone ?

— Après la mort de papa, elle a eu besoin de revenir à la religion. C'est comme ça que certaines personnes réagissent au désespoir. C'est une dévote. Mais les mormons veillent sur les veuves et elle fait partie d'une communauté formidable. Ce sont des gens bien. Surtout depuis qu'ils ont cessé de vouloir me convertir !

Matt, qui doutait déjà sérieusement que Hirsh prenne la peine de descendre de ses montagnes pour aller voir Mme Minelli, était désormais convaincu qu'il ne le ferait pas.

Lorsqu'ils quittèrent l'obscurité factice du bar, la nuit était tombée pour de bon. Elle leur parut rafraîchissante. L'air semblait flotter comme une étoffe tissée à la main. Les deux hommes se tenaient face à face, séparés par l'obscurité du soir.

— Matt… Tu as dit que tu te souvenais de la mort de mon père, fit Steve.

Matt déglutit.

— Tu te souviens vraiment de l'accident ?

Steve s'arrêta sur le mot « accident », comme on bute sur un petit animal posté en travers de la route.

Matt hocha la tête, de façon presque imperceptible. C'est donc ainsi qu'il avait pu échapper à la justice. La mort de M. Minelli n'avait pas fait l'objet d'une véritable enquête parce qu'on avait retenu, officiellement, la thèse de l'accident.

— En fait, reprit Steve, on n'a jamais bien compris ce qui s'était passé. Je veux dire, comment le coup a pu partir comme ça et tuer papa. Je n'étais qu'un gosse, évidemment, mais j'ai grandi avec cette incompréhension. Cette incertitude nous a tous marqués d'une manière ou d'une autre. Maman est devenue une grenouille de bénitier. Flip a épousé je ne sais combien de filles. Et moi, j'ai consommé tellement de substances que ça m'a pourri la santé. Quant à Danny… c'était trop pour lui. Un jour, il est parti et n'est jamais revenu. La cause de tout ça, je crois, c'est qu'on n'a jamais compris.

Il s'était rapproché de Matt et avait baissé la voix.

— Qu'est-ce que tu n'as pas compris ? demanda Matt.

Lui aussi s'était mis à murmurer, au point que sa voix tremblait un peu.

— Je n'ai pas l'habitude de parler de ça, mais vu que… Eh bien, vu qu'on se connaît depuis longtemps et que tu y as en quelque sorte assisté…

Steve examina le trottoir, puis fixa Matt.

— Je crois… nous croyons tous… que quelqu'un a tué notre père.

Matt sentit quelque chose se fermer en lui. Lorsque Steve et lui étaient gamins, ils s'amusaient à se faire peur en se racontant des histoires de fantômes. Ils s'étaient mis d'accord sur la marche

99

à suivre si, un jour, ils en rencontraient un : ils détourneraient les yeux, puis les poseraient à nouveau sur le fantôme. S'il était toujours là, ça voudrait dire que c'était un vrai. En entendant Steve dire que quelqu'un avait tué M. Minelli, Matt avait détourné les yeux, exactement comme s'il avait vu un fantôme, avant de fixer à nouveau son ami. Quand il avait vu le visage angoissé de Steve – lequel regardait le sol en se mordillant les lèvres –, Matt avait compris que ce fantôme-ci était bel et bien réel.

Matt se tenait là, interdit, incapable de prononcer le moindre mot. C'est Steve qui, le premier, se remit à parler :

— Il y a vingt-six ans que j'essaie de comprendre la mort de mon père. Je n'y parviendrai jamais, sans doute.

Son corps parut s'étioler, telle une plante qu'on aurait oublié d'arroser. Il tendit le bras vers Matt, et ils échangèrent une poignée de main. Celle de Steve semblait toute petite dans la grande main du médecin.

— Alors ? Tu viendras à mon expo ? demanda l'artiste d'une voix plus forte en affectant un ton jovial.

Matt le lui promit avec le même enthousiasme forcé. Steve hocha la tête et s'enfonça dans la nuit après avoir décoché un dernier sourire. Matt resta un moment planté sur le trottoir. Les bras et les jambes lui faisaient mal, comme si son ami d'enfance était reparti en lui laissant un poids bien trop lourd à porter.

7

Lorsque Matt proposa à Denise de l'accompagner à l'exposition de Steve, celle-ci émit quelques réserves :

— Ça me ferait vraiment plaisir de venir, mais mardi c'est le soir où Rosetta a son cours de danse jazz. (Rosetta était leur baby-sitter habituelle.) De toute façon, je préférerais aller y jeter un coup d'œil plus tard, quand ton ami n'y sera pas. C'est toujours embarrassant d'examiner une œuvre en présence de son auteur.

Denise faisait le poirier. Elle pratiquait le yoga tous les soirs juste après avoir couché Austin. Elle n'avait jamais demandé à Matt de ne pas lui parler pendant qu'elle s'étirait les bras et les jambes en des positions incroyablement esthétiques. Mais, lorsqu'il la regardait, plein d'admiration et parfois même de désir, il observait un silence respectueux, sauf si elle-même lui adressait la parole.

— Est-ce que tu as déjà dû abandonner tes cours de yoga parce que tu avais mal aux articulations ? s'enquit soudain Matt, oubliant son vœu de silence.

Le corps de Denise oscilla. Son mari pensa qu'elle allait garder la position, mais elle se remit debout.

— Non, pourquoi ?

Son visage était plus rose qu'à l'ordinaire.

— Jon Espersen y a fait allusion aujourd'hui. Il a dit que tu avais commencé à prendre des cours de yoga avec Christine mais que tu avais dû arrêter à cause de douleurs aux articulations.

Elle avait les joues rouges, le poirier, sans doute.

— Oh non... C'était le professeur. Trop énergique. J'ai préféré m'inscrire ailleurs.

Elle se remit sur la tête. Son visage était méconnaissable maintenant que le centre de gravité s'était inversé. On aurait dit le visage d'une autre, plus joufflue, moins satisfaite. Matt s'agenouilla et se baissa, le sommet de sa tête touchant le sol. Il regarda Denise. Ils avaient beau avoir tous les deux la tête à l'envers, Matt ne retrouvait toujours pas le visage de sa femme. Leurs regards se croisèrent. Les coins de la bouche de Denise retombèrent : elle lui souriait.

— C'est où, cette exposition ? demanda-t-elle.

— Au Grand Espace blanc. Tu sais où c'est ?

— C'est un très beau lieu, situé dans un endroit insolite... un petit centre commercial. Sur la Trente-Troisième Rue, je crois.

Sa voix aussi était modifiée. Une voix sens dessus dessous.

— Des tas d'expositions sont organisées là-bas, ajouta-t-elle.

— Quel genre ?

— Toutes sortes. Peinture, céramique, installations... Même du théâtre.

La position de Matt devenait inconfortable. Il se redressa et, l'espace de quelques secondes, la tête lui tourna.

— De la bonne peinture ? Du bon théâtre ?

— Très bons parfois. Mais, dans l'ensemble, c'est assez inégal.

Il tenta de se remémorer certaines réflexions de Steve au sujet de son art. Mais décidément ses paroles lui échappaient.

Il parvint toutefois à en restituer quelques-unes.

— Steve pense que l'artiste a pour fonction de... euh.. de redéfinir le quotidien... de façon à ce qu'il semble à la fois familier et mystérieux.

Denise éclata de rire et perdit l'équilibre. Elle s'assit et ses beaux traits reprirent leur aspect habituel.

— C'est pas facile de rire quand on fait le poirier.

Matt lui rendit son sourire et l'embrassa.

— Tu sens la bière, lui fit-elle remarquer.

Ils allèrent dans la cuisine. Denise commença à préparer le repas ; Matt ouvrit le congélateur.

— C'étaient des conneries, ce que je racontais sur l'art ? demanda-t-il. Je t'ai peut-être mal rapporté les paroles de Steve.

Elle partit d'un nouvel éclat de rire.

— Ce que tu as dit était très clair. C'est la manière dont tu l'as dit... Tu cherches quoi dans le congélateur ?

— On pourrait peut-être balancer tout ça à la poubelle, répondit Matt en sortant l'un des grands sacs de viande de cerf qui était tout au fond.

Denise demeura silencieuse, c'était prévisible. Se rappelant qu'il ne lui avait toujours pas raconté l'anecdote du poisson congelé, Matt le fit, mais cela ne sembla pas émouvoir sa femme outre mesure :

— Cette viande de cerf n'est pas là depuis vingt-cinq ans.

Matt jeta un coup d'œil à la date sur les sacs. Mi-octobre, trois ans plus tôt. La mort du cerf avait donc précédé celle de Weslake, peut-être de quelques jours à peine. Le premier époux, chasseur émérite, avait probablement abattu la bête. Garder cette viande au congélateur était un geste purement sentimental.

Matt se senti agacé, une fois de plus, par la façon dont Denise créait un no man's land autour de Weslake, comme s'il s'agissait d'un saint.

— On devrait soit le manger, soit le balancer, lâcha-t-il d'un ton sec.

Denise ne disait toujours rien. À croire qu'elle n'avait pas entendu. Elle hachait quelque chose avec la précision et la rapidité d'un appareil électrique. Matt avait l'estomac noué. Toutes les questions, même les plus anodines, touchant à la vie ou à la mort de Weslake avaient le même effet sur Denise. Elle se retranchait en elle-même, coupant court à toute discussion. Son silence à ce sujet et sa façon de sacraliser le souvenir de son ex-mari exaspéraient Matt et faisaient naître en lui une sorte de haine. Comment aurait-il pu ne pas détester l'homme que Denise avait aimé et dont elle était manifestement toujours éprise ? Bien sûr, elle aimait aussi Matt. Elle l'avait épousé. Mais il avait parfois l'impression que leur mariage lui avait été inspiré par le désespoir que lui avait causé la mort du beau et brillant Weslake et non par amour. Il referma la porte du congélateur.

Denise se figea devant la planche à découper et, ignorant délibérément la question à propos du gibier de Weslake, déclara :

— Si tu veux savoir si le travail de ton ami Steve vaut quelque chose, tu devrais emmener Jarvis.

— Jarvis ne sera sans doute pas là le soir du vernissage, mais je peux toujours inviter Troy.

Par chance Jarvis, était en ville le mardi soir. Il était camionneur et transportait souvent des liquides dangereux aux quatre coins du pays. Cette semaine-là, il n'avait que de courts trajets à effectuer et rentrait tous les soirs chez lui. Père de trois enfants, il revenait presque tous les week-ends à Salt Lake City, mais pas toujours à temps pour la bière du vendredi soir. Matt, Jarvis et Troy avaient coutume de se retrouver tous les vendredis depuis qu'ils avaient passé leur bac. À l'époque, Troy se destinait à la fac de droit, Matt à la fac de médecine, et Jarvis avait commencé à économiser pour payer l'acompte de son premier camion.

— Alors, c'est quel genre ce que tu nous emmènes voir ? demanda Jarvis tandis qu'ils roulaient en direction de la banlieue où était situé le Grand Espace blanc.

Troy était au volant et Jarvis à l'arrière, ce dernier ayant la réputation d'être le pire passager à l'avant.

— Des photos, j'imagine, répondit Matt. Il a dit que je trouverais son travail à la fois mystérieux et familier. J'ai cru comprendre que ça avait un rapport avec l'hôpital.

— Oh, non ! On va avoir droit à des cerveaux, des reins et toutes sortes de trucs baignant dans le formol, grogna Jarvis. Hé, Troy, fais gaffe à ce gars débraillé au volant de la Chevy toute cabossée. Il conduit n'importe comment.

— J'ai remarqué, dit Troy.

— Il fait n'importe quoi et il a le genre de tête à... Ne le quitte pas des yeux, insista Jarvis.

— Quel genre de tête ? s'enquit Matt.

Il s'efforça de garder un ton calme, mais être assis à côté du conducteur le stressait. En général, Troy roulait tellement vite et avec une telle fébrilité que Matt était sûr qu'il ne pourrait éviter un obstacle s'il s'en trouvait un en travers de la route.

— Une tête à mal conduire, répliqua Jarvis. Je les détecte à un kilomètre à la ronde.

— À quoi tu vois ça ? Au nez ? Au menton ?

— À une espèce de grimace. Et puis ils sont souvent assis très loin du tableau de bord.

Matt tourna la tête pour jeter un coup d'œil au chauffeur, mais ce dernier s'était fondu dans la circulation.

— Vous voyez ! rugit Jarvis. Il a remis ça ! Il dépasse pour rien et puis pour une raison tout aussi obscure il se déporte.

— Je sais, fit Troy.

Matt aurait aimé qu'il ralentisse.

— Et il monopolise la route. Soit il est saoul, soit il a besoin de lunettes, ce que son ego hypertrophié l'empêche d'envisager.

— Ouais, ouais, approuva Troy d'un ton résigné.

Au cours des années que Matt avait passées à l'étranger, Jarvis et lui s'étaient à peine vus. Dès le retour de Matt, tous trois avaient repris leur rituel du vendredi soir. Se retrouvant seul avec l'un, puis avec l'autre, Matt leur avait tour à tour demandé pourquoi ils y avaient renoncé durant son absence. Sans l'ombre d'une hésitation, Troy s'était contenté de rétorquer :

— Ce gars est trop pour moi tout seul.

Jarvis, quant à lui, avait passé une bonne minute à siroter sa bière avant de répondre. Un bien long silence pour une personne aussi volubile. Puis il avait fini par soupirer.

— C'est une question de dynamique des groupes. Est-ce qu'on peut disputer une partie d'échecs à trois ? Non. Jouer au basket à dix-sept ? Non. Conduire une voiture à deux. Non. Tout cela est impossible – du moins, sans grand intérêt.

— Ce ne serait pas qu'au fond tu ne l'aimes pas ? avait osé demander Matt à l'un puis à l'autre.

Chacun l'avait fixé avec stupéfaction, trop choqué pour protester. Et lorsqu'un camion fou était entré en collision avec celui de Jarvis sur l'autoroute à la sortie de Salt Lake City, Troy, livide et fou d'inquiétude, s'était rendu quotidiennement au chevet de Jarvis à l'hôpital, arrachant généralement Matt à ses devoirs pour qu'il l'accompagne.

— Sème-le ! lança Jarvis à l'adresse de Troy.

Matt espérait que Troy ignorerait ce conseil. Ils roulaient déjà beaucoup trop près de la voiture de devant.

— Donne un grand coup d'accélérateur, Troy, et sème cette face de rat. Il est dangereux, crois-moi !

— J'ai des douleurs dans la jambe droite, je ne suis pas d'attaque pour un rallye auto, répliqua Troy, éternel hypocondriaque, en jetant un coup d'œil à Matt.

— C'est ton appendicite chronique, grogna Jarvis, faisant allusion à l'une des inquiétudes les plus fréquentes de Troy – lequel demandait régulièrement à Matt de tâter son appendice. Elle a commencé à descendre le long de la jambe. Hé, Troy, fais gaffe à la Chevy !

— Ferme les yeux et laisse-moi conduire, Jarvis, dit Troy d'un ton las. Pour une fois.

Jarvis obtempéra.

— Alors, ce copain artiste, Matt… C'est quoi, déjà, son nom ? Steve comment ?

— Minelli. Je l'ai connu quand on était gamins. On ne s'était pas vus depuis vingt-six ans.

— Jamais entendu parler de lui. S'il avait des admirateurs à Salt Lake, on le saurait.

— Eh bien, il a passé les dernières années à Seattle. Mais s'il expose au Grand Espace blanc ça ne signifie rien ?

— Rien du tout. N'importe qui peut louer la salle. Je pourrais exposer Arnie si j'en avais envie.

Arnie était le nouveau camion de Troy. Un monstre de chrome, de peinture rutilante, de tuyaux et de soupapes.

Le Grand Espace blanc avait un parking commun avec un magasin de réparation automobile, une petite librairie religieuse, Le Niveau spirituel, et le café végétarien Osiris. Lorsqu'ils se garèrent, depuis la terrasse du café, de la musique d'ambiance mêlée au tranquille brouhaha des voix leur parvint aux oreilles

— Ce genre d endroit me donne envie de vomir ! s'exclama Jarvis. J'aimerais me bourrer la gueule et y foutre un souk d'enfer !

— Bonne idée, Jarvis, dit Troy. Et quand tu en auras marre de jouer au camionneur, tu viendras t'improviser critique d'art avec Matt et moi.

Jarvis ne s'empressa pas de prendre la défense des chauffeurs routiers.

— Parce que..., dit-il. Il n'y en a pas un ici qui pourrait se lever de sa chaise ergonomique en bois recyclé et en venir aux mains. Et vous savez pourquoi ? Parce qu'ils sont tous végétariens !

— Ils te tabasseraient peut-être, mais au moins ils ne te mangeraient pas après, en conclut Troy, tandis que Matt entraînait l'imposant Jarvis hors de la trajectoire d'une voiture qui roulait vers eux.

— Tu trouves que je marche normalement ? demanda Troy. Regarde-moi, Matt, et dis-moi si je boite du côté droit.

Il clopina jusqu'au trottoir d'en face.

— Tu ne boites pas. Ton portefeuille est trop rempli, c'est tout, affirma le médecin.

Vu du dehors, le Grand Espace blanc était aussi neutre qu'une bibliothèque. À l'intérieur, on leur tendit un dépliant où étaient résumées les biographies des six artistes exposés. Jarvis le saisit d'une main replète. Tout en se triturant les cheveux de l'autre, il lut à ses compagnons le paragraphe concernant Steve Minelli :

— *Steve a abondamment sillonné les autoroutes des États-Unis, et les nombreuses scènes auxquelles il a assisté, accidents ou hécatombes, l'on contraint à revoir ses idées sur la mort.*

Troy émit un ricanement et Jarvis prit une expression étonnée.

— Pourquoi des hécatombes, nom de Dieu ? Le gars roulait en sens interdit ou quoi ?

— Chut ! fit Matt.

Des gens buvaient du punch à proximité. Plusieurs têtes s'étaient tournées vers eux. Jarvis n'en poursuivit pas moins, beaucoup trop fort :

— *La première exposition de Steve, au Dépôt de Sable, à Seattle, donnait à voir quelques-unes de ces scènes. Il a pu pousser plus loin son étude de la mort et de son impact sur la vie...*

Jarvis et Troy éclatèrent de rire au même instant.

— Il est effectivement arrivé, à l'occasion, que la mort ait un impact sur la vie, dit Troy d'un ton plein de sagesse.

— On rapporte que, dans des cas extrêmes, la mort peut même avoir une issue fatale ! surenchérit Jarvis.

— Chut, souffla Matt. Voilà Steve.

— *Il a pu pousser plus loin son étude de la mort et son impact sur la vie,* reprit Jarvis, *en travaillant dans l'un des principaux hôpitaux de Salt Lake City, où la mort est monnaie courante.*

Matt grommela, et Troy s'esclaffa une fois de plus.

— Alors, c'est ce qui t'a valu la médaille du mérite ? dit-il à Matt. Vous tuez vite vos patients et vous les remplacez par d'autres. Toutes ces morts, quel rendement !

— Ohé, écoutez voir…, continua Jarvis. *L'intérêt que Steve porte à la mort s'est encore renforcé cette année, car il atteint désormais l'âge où son père, Arthur A. Minelli, est décédé.*

Matt sentit quelque chose dans son cou, comme si quelqu'un venait de se placer juste derrière lui. Il fit volte-face, mais il n'y avait personne. Ses poils s'étaient hérissés sur sa nuque. Était-ce l'allusion à la mort de M. Minelli qui le mettait mal à l'aise ? *Je crois… nous croyons tous… que quelqu'un a tué notre père.*

— Salut, Matt, je suis content que tu sois venu, dit Steve en lui tendant une main décharnée.

Matt présenta Troy et Jarvis.

— On vient de lire votre bio, déclara Jarvis. Votre tenue est tout à fait en accord avec votre travail.

Steve baissa les yeux sur ses vêtements noirs et ses traits s'affaissèrent un peu, comme s'il allait éclater en sanglots. Matt foudroya Jarvis du regard. Mais, à cet instant, le visage de Steve s'éclaira d'un sourire.

— La plaquette est épouvantable, non ? C'est le directeur du Grand Espace blanc qui l'a rédigée, elle ne me plaît pas du tout. Vous avez lu le passage au sujet de la mort et de son impact sur la vie ?

Troy pouffa de rire une fois de plus.

— Du moment que vous ne croyez pas à votre propre publicité, fit Jarvis.

— C'est un tissu de conneries, répliqua Steve.

Jarvis lui sourit chaleureusement. Steve fixa Matt droit dans les yeux et ajouta, d'un ton plus assuré :

— Cela dit, il est vrai que mon travail est marqué par la mort de mon père.

Il gardait les yeux rivés sur son ami d'enfance, comme s'il attendait que ce dernier dise quelque chose.

— Tu es au courant de toute l'histoire, dit-il, comme pour l'inciter à parler.

Matt se contenta d'acquiescer d'un signe de tête.

— Permettez-moi de vous offrir du punch, proposa Steve. Après, vous pourrez aller jeter un coup d'œil sur l'expo. Mes photos sont là-bas, à l'autre bout de la salle.

Il les conduisit à une table et leur versa à chacun un verre de punch.

— Dommage que ta femme n'ait pas pu venir, dit Steve à Matt. Mais si tu as envie de renouer les fils d'une vieille amitié, ma mère est juste là.

Steve la lui désigna du bout de la louche. Matt reconnut aussitôt Mme Minelli. Elle était toujours petite et rondouillarde – un peu plus que par le passé. Ses cheveux étaient gris. Elle tenait un verre d'eau et donnait comme par le passé l'impression de se suffire à elle-même. Elle aperçut Steve qui brandissait la louche, se dirigea vers eux et serra la main de Matt comme s'ils s'étaient croisés la semaine précédente. Elle ne fit pas le moindre commentaire sur sa taille, sur les années qui s'étaient écoulées depuis leur dernière rencontre ou sur sa ressemblance avec l'un ou l'autre de ses parents.

— Bonjour, Matt. Steve m'avait dit que tu serais là.

Son visage était reconnaissable entre mille. De grands yeux, une petite bouche, qui lui faisaient un visage triangulaire lorsqu'elle était jeune, mais dont les contours avaient été arrondis par l'âge.

Jarvis et Troy partirent en direction des photos pendant que Matt engageait avec elle une conversation laborieuse. Avait-elle toujours été si peu loquace ? Il lui posa des questions au sujet de Flip (« Il a très bien réussi dans l'immobilier, comme son père », répondit Mme Minelli) ; de Danny (« Nous pensons qu'il s'est installé quelque part en Californie ») ; et de Jo-Jo (lequel pratiquait la médecine alternative), et Matt ne chercha pas à en savoir plus. Elle ne manifesta pas le même intérêt pour lui, ne lui posant aucune question sur sa famille. Il lui raconta néanmoins avec force détails la mort de sa mère, la retraite de son père et son installation dans les montagnes. Elle l'écouta poliment.

— Steve m'a dit que vous aviez des photos, ajouta Matt. De vieilles photos du lac et de nos deux familles...

Elle parut surprise.

— Eh bien, je crois les avoir presque toutes jetées, répondit-elle avec lenteur. Mais je te promets de jeter un coup d'œil... tu voudrais les emprunter ?

— En tout cas, les regarder... et peut-être en faire des tirages, dit-il.

Il songea à la maison de Hirsh, à la façon dont ce dernier rangeait soigneusement tout ce qui avait trait à Hilly et au passé. Les films de famille protégés dans leurs boîtes métalliques, les sculptures qu'il avait respectueusement laissées se dégrader *in situ*, les projets qu'il avait tenté d'achever et de montrer.

— Mais... pourquoi les auriez-vous jetées ?

Mme Minelli se crispa légèrement, mais son ton resta le même.

— Eh bien, je n'ai pas gardé que de bons souvenirs de cette époque-là. Quoi qu'il en soit, donne-moi ton numéro de téléphone, et je t'appellerai si je trouve quelque chose.

Elle se mit à fouiller dans son sac à main, sous l'œil attentif de Matt. Elle portait deux bagues. L'une était une alliance classique, l'autre un solitaire. Matt se pencha un peu pour l'examiner de plus près. C'était un diamant monté sur une petite fleur d'or.

Il la reconnut immédiatement. Il aurait voulu lui demander pourquoi elle portait la bague de sa mère, mais c'eût été trop brutal. Il cherchait comment formuler sa question quand elle lui lança :

— J'ai vu les photos de Steve. Je dois rentrer assister à une réunion de ma congrégation, à présent, Matt.

Elle lui tendit un stylo et un carnet. Les yeux rivés sur la bague, Matt ne réagit pas.

— Donne-moi ton numéro, l'entendit-il articuler comme si elle parlait à un étranger ou qu'elle répétait ces mots pour la énième fois. Mais vraiment je suis quasiment certaine de les avoir toutes jetées.

Matt griffonna ses coordonnées et ils échangèrent une poignée de main un peu forcée. À cet instant, Matt sentit le diamant, le diamant de sa mère, appuyer sur sa paume. Lorsque Mme Minelli retira ses doigts, Matt continua à fixer la bague. C'était la même, il l'aurait juré, avec ses pétales légèrement incurvés, comme pour capter la lumière émanant du diamant.

Elle lui tournait déjà le dos. Avant qu'elle soit partie, Matt s'empressa de lui demander :

— Madame Minelli... votre bague. C'est ma mère qui vous l'a donnée ?

Elle baissa les yeux sur la bague, comme si elle venait de remarquer sa présence.

— Non, Matt, répondit-elle au bout de quelques secondes. C'est mon mari qui me l'a offerte.

Cette femme était si petite que Matt se sentait immense. Or, il avait moins le sentiment de dominer la situation que de prendre trop de place aux yeux de Mme Minelli. Il marmonna des excuses, dit qu'il se souvenait de sa mère portant une bague semblable à celle-ci. Elle partit sans même lui laisser le temps de finir.

Jetant un regard alentour, il chercha Steve des yeux. Il le trouva en train de discuter avec des visiteurs. Jarvis et Troy, eux, après avoir passé en revue les œuvres des autres artistes, s'apprêtaient à découvrir celles de Steve, à l'autre bout du bâtiment. Leur duo est comique à voir, songea Matt avec tendresse. Jarvis avait la forme et les proportions d'un matelas et ses épais cheveux partaient dans tous les sens. Troy était petit, chauve et nerveux. Lorsqu'il les rejoignit, Jarvis ne regardait plus les photos de Steve. Il fixait son verre de punch, le doigt plongé dans le mélange de fruits et de feuilles.

— Je sais qu'il y a du punch quelque part au fond du verre, mais je ne sais pas comment je vais réussir à le boire, avec toute cette satanée canopée.

Il renversa la tête et le torse en arrière et maintint son verre au-dessus de sa bouche.

— Fais attention, dit Troy, quelqu'un pourrait te prendre pour une sculpture et te proposer de t'acheter.

— Espérons, dit Jarvis, en attendant toujours l'arrivée du punch, que ce sera une riche héritière.

— On ne pourrait pas se planter devant ces fichues photos et faire au moins semblant de s'intéresser ? demanda Matt à mi-voix.

— Je les ai déjà regardées, rétorqua Jarvis.

— Je vous ai observés… ça fait deux minutes que vous êtes là !

— Un coup d'œil m'a suffi. C'est de la merdouille sensation-naliste. Je ne veux pas discuter de son travail avec lui, sauf si c'est pour lui conseiller de se dégoter un vrai boulot.

Matt et Troy échangèrent un regard, haussèrent les épaules et se tournèrent vers les photographies. Ils les examinèrent dans un silence uniquement ponctué par les exclamations de Jarvis :

— Une goutte. Deux gouttes. Trois gouttes. C'est incroyable ! Cette forêt tropicale est si dense qu'aucun liquide ne peut s'y insinuer et que ce punch défie les lois de la gravité !

— Ouh là là…, marmonna Troy en gardant les yeux rivés sur les photos. Tu n'as pas l'impression que quelqu'un a photographié le contenu de ta poubelle et décrété que c'était de l'art ?

Matt se rappela avoir rencontré Steve lorsqu'il était retourné au bloc opératoire pour y chercher ses notes. Il lui avait semblé sur le moment que Steve nettoyait la salle. Mais en fait il devait être en train de prendre des photos. Il y avait huit clichés de bloc opératoire dans sa sélection, pris juste après des interventions où les patients avaient beaucoup saigné. La table d'opération couverte d'un linge maculé, les flaques de sang, les bistouris et autres instruments chirurgicaux étalés un peu partout, les machines dont les valves pendaient dans le vide, les tampons d'ouate adhérant sur le sol à l'eau et au sang mêlés. Et, dans un récipient métallique, quelque chose qui ressemblait à des viscères.

Matt espérait que les photos n'avaient pas été prises après l'une de ses opérations. L'instrumentiste ne l'aurait pas autorisé à photographier cet état de choses.

— Eh bien..., dit Troy en fronçant les sourcils. Vous trouvez que c'est de l'art ?

— Non, répondit Jarvis, qui s'était joint à eux après avoir posé son verre de punch sur le sol, à l'envers. Comme je l'ai dit, c'est de la merdouille. Vous avez vu celles-ci ?

Troy et Matt examinèrent les photos que leur indiquait Jarvis.

— Merde, ils sont morts ? demanda Troy.

Matt était bouche bée.

— Non, ils sont sous anesthésie, répondit-il enfin. C'est la salle de réveil. C'est là que les patients reprennent conscience après être sortis du bloc. Il nous arrive d'être un peu débordés...

Nombreux étaient ceux qui se plaignaient au personnel infirmier de l'exiguïté de la salle de réveil. Située au centre d'un ensemble de blocs, elle pouvait contenir jusqu'à dix patients, mais en accueillait souvent davantage. Les chariots y étaient enchevêtrés les uns contre les autres.

— On dirait un suicide collectif, fit remarquer Troy, se rapprochant des photos pour les regarder de plus près.

— Je viens de te le dire, insista Matt. Ils sont sous anesthésie.

— Tu crois qu'il les a réveillés pour leur demander s'il pouvait les prendre en photo ? marmonna Jarvis. Eh, il n'y a pas de loi contre ça ?

Troy réfléchit à la question, les sourcils toujours froncés.

— Je suis sûr que je pourrais en trouver une, répondit-il. Si l'un de ces gars me demandait de le représenter...

— Contre ça, en tout cas, il doit y avoir une loi, fit Jarvis en montrant les dernières photos. Ne me dites pas que ceux-là sont sous anesthésie.

— Non, répliqua Matt à voix basse. C'est la morgue.

Les photos montraient, dans un noir et blanc contrasté, une rangée de corps d'âges divers. La plupart étaient nus. Quelques-uns avaient été recouverts de draps fins qui soulignaient leurs contours plutôt qu'ils ne les dissimulaient. Sur certains des clichés, le visage des morts était visible.

Plus tard, ils traînèrent un moment sur le parking, le temps que Jarvis et Troy fument une cigarette. Jarvis s'était placé juste devant la terrasse du café Osiris et levait la tête en soufflant la fumée de façon qu'elle s'élève au-dessus du muret et parvienne jusqu'aux clients végétariens.

— Ton pote Steve, il est tordu ou quoi ? demanda Troy.

— Eh bien, ç'a toujours été un gentil garçon. Et, visiblement, c'est toujours le cas.

— Il est gentil, reconnut Troy. Mais ça ne l'empêche pas d'être tordu.

— Il te stresse, nota Jarvis.

— Non ! protesta Matt.

— Je ne dis pas que tu as peur de lui. Je dis qu'il te stresse. Comme si tu lui devais quelque chose ou que tu avais quelque chose à te faire pardonner.

À cause de sa carrure de camionneur, on avait tendance à oublier la profonde perspicacité qui caractérisait Jarvis. Matt fut tenté de lâcher : « Je crois que j'ai tué le père de Steve. » Cela lui aurait fait du bien d'en discuter avec ses copains. Il aurait été soulagé de tout leur raconter : le corps inerte de M. Minelli, assis au volant de la voiture rouge ; l'impression qu'il avait, ces jours-ci, d'être poursuivi par deux voitures rouges, l'une resurgie de son passé et l'autre bien réelle. Cette dernière appartenait peut-être à un homme dont le père était mort à l'hôpital, à moins qu'elle ne soit le fruit de son imagination. Aucune de ces deux possibilités n'était agréable à envisager.

Il ouvrit la bouche, mais nul son n'en sortit. À croire qu'une main invisible l'empêchait de parler.

— Il se peut aussi, suggéra Jarvis (toujours aussi perspicace et conscient que toutes ses flèches atteignaient leur cible), que ton refus de la hiérarchie te pousse à en faire un peu trop. Parce que tu es un brillant médecin, alors que lui n'est qu'un mal-heureux agent d'entretien qui passe la serpillière dans les blocs opératoires après toutes ces morts qui sont prétendument monnaie courante...

Devant cette nouvelle évidence, Matt ne trouva rien à répliquer. Et puis se disputer avec Jarvis ne présentait guère d'intérêt puisqu'il avait toujours le dernier mot. Surtout quand il avait raison...

— On a passé je ne sais combien d'étés à jouer ensemble..., commença Matt.

— Oh, l'interrompit Jarvis d'un ton sarcastique. C'est pour ça que c'est ton ami... tous ces souvenirs en commun ?

Il exhala furieusement la fumée en direction du café Osiris, mais comme il n'y avait pas de vent ce soir-là elle se désintégra au-dessus de sa tête. Troy, lui, fumait en tirant de longues bouffées, une expression de plaisir sur le visage. Si Matt n'avait jamais été fumeur, il n'était pas du genre à sermonner ceux qui l'étaient. Sa propre mère avait fumé, parfois exagérément. Il était conscient, voire envieux, de la satisfaction que procurait à ses amis ce rituel silencieux et fraternel consistant à s'offrir des cigarettes puis à inhaler et exhaler lentement la fumée... La cigarette semblait amplifier la respiration, combler les silences. Il lui arrivait d'observer des membres du personnel lorsqu'ils allaient en griller une derrière les cuisines. On aurait dit que sans rien faire ils partageaient quelque chose. Une impression de camaraderie, sans doute.

— Steve Minelli, reprit Jarvis en soufflant la fumée comme si elle formait ce nom-là sous ses yeux. Il y a une chose que je peux vous dire à son sujet : il a l'air de vous servir du punch mais il ne vous sert rien du tout. Vous essayez de le boire, et dans votre verre il n'y a que des brindilles et des feuilles. Garde ça présent à l'esprit, Matt ! Alors, comme ça, vous étiez de grands copains, autrefois ?

— Si je me souviens bien, je n'ai jamais bu de punch avec lui. Mais on était très copains pendant les vacances d'été : ses parents possédaient un cottage à côté du nôtre. On a passé tous nos étés ensemble jusqu'à l'âge de... onze ans environ.

— C'était juste une amitié entre gamins, ou bien vos deux familles étaient proches, aussi ?

— Oh, nos familles ne se quittaient pas.

« Ne le répète pas à ton père », avait dit un jour M. Minelli à Matt. Tous deux étaient assis en silence les yeux rivés sur une fenêtre qui donnait sur le lac. Matt ne se souvenait plus exactement de ce qu'il était censé ne pas répéter. Il avait tout de même accepté, et quelle que soit la chose à ne pas dire il avait tenu parole. En ce temps-là, il s'en était terriblement voulu d'avoir fait cette promesse, et aujourd'hui encore il se le reprochait. Il avait le sentiment d'avoir trahi Hirsh.

— Les gamins et leurs parents ? Tout le monde était copain avec tout le monde ?

Matt se remémora les deux familles en train de déjeuner autour de la table de jardin des Minelli près du lac. Sa mère se tenait légèrement à l'écart, leur tournant le dos. Assise au bord de l'eau, elle fumait lentement. Elle demeurait si longtemps sans bouger le bras que la fumée de la cigarette s'élevait en ligne droite.

Il y avait un autre fumeur dans l'assemblée : M. Minelli. Leur dépendance commune les faisait appartenir à une sorte de club très fermé. Ils se passaient des cigarettes ou des briquets et, parfois, s'installaient à quelque distance des autres pour fumer. Or, dans ce souvenir précis, si Hilly était assise au bord de l'eau, M. Minelli occupait la place voisine de Matt à la table du jardin. Il racontait une histoire d'un ton assuré, le ton d'un homme qui sait qu'il va réussir, une fois de plus, à faire rire la galerie. Il avait une façon de tenir sa cigarette très différente de celle de Hilly et s'entourait de petites volutes qui faisaient tousser Matt. Il tirait bouffée sur bouffée et tapotait sans arrêt sur sa cigarette pour éliminer la cendre. Au bout d'un moment, Matt s'était demandé ce qui était le plus oppressant : la voix de cet homme ou la fumée de sa cigarette ?

Ce souvenir était si frappant que Matt mit un moment à se rendre compte que son téléphone vibrait dans sa poche, sa sonnerie reprenant les premières notes de « Waltzing Matilda » – mélodie qu'il n'associa à son portable qu'au moment où Troy s'en empara et l'ouvrit.

— Ne quittez pas, s'il vous plaît. Le Dr Seleckis est à mes côtés, toujours prêt à vous sauver la vie..., répondit-il sèchement avant de tendre l'appareil à Matt.

— C'est sans doute l'hôpital qui appelle à propos d'une de ces innombrables morts, dit Jarvis d'un ton grave.

Matt se dit que le collègue australien avait dû lui subtiliser son téléphone et reprogrammer la sonnerie sur « Waltzing Matilda ». Presque tout le monde dans le service y avait eu droit. Le couloir abritant les bureaux de chirurgie générale résonnait parfois d'une effrayante cacophonie de « Waltzing Matilda ».

— C'est moi, mon chéri. Ça va ?

La voix de Denise était plus sévère qu'à l'ordinaire, comme si le téléphone en gommait les inflexions les plus douces.

— Parfaitement, répondit-il.

— Matt, papa ne se sent pas très bien et... eh bien, il va sans doute falloir que j'y aille... j'ai attendu aussi longtemps que possible avant de t'appeler...

— Ne t'inquiète pas, rétorqua Matt en s'efforçant de cacher l'irritation qu'il éprouvait chaque fois que Clem le privait de Denise. Je suis sûrement moins loin que toi de Mason House. Tu ne veux pas que j'y aille, moi ? suggéra-t-il, certain qu'elle déclinerait la proposition.

— Je crois que c'est moi qu'il a besoin de voir. J'ai essayé de trouver une baby-sitter pour Austin, mais évidemment...

— C'est bon. On a vu l'expo, de toute façon.

— Tu en es sûr ?

De l'autre côté de la rue, des groupes de gens sortaient du Grand Espace blanc.

— Le vernissage s'achève, à ce qu'on dirait, répondit Matt. On a dû arriver parmi les derniers.

— Dis aux gars que je suis désolée. Tu pourrais peut-être les inviter à boire une bière à la maison ? Je m'en vais tout de suite. Belinda Lampeter a dit qu'elle assurerait l'intérim jusqu'à ton retour. Mais elle ne pourra pas rester plus d'une demi-heure.

Matt n'invita pas Troy et Jarvis à venir boire une bière chez lui. Il lui était arrivé de rendre visite à Troy dans son appartement et une fois ou deux il était passé chercher Jarvis dans sa banlieue, mais les trois hommes ne passaient jamais la soirée chez l'un ou chez l'autre.

Alors que Matt rentrait chez lui, quittant l'agitation des rues au profit du calme des zones résidentielles, il aperçut dans le rétroviseur une voiture qui effectuait exactement le même trajet. Pourtant, il ne suivait pas de grands axes, il coupait en diagonale à travers la ville, prenant Harvard Avenue à gauche, puis Yale Avenue à droite, avant de tourner de nouveau à gauche puis encore à droite. Une fois arrivé dans sa rue, il fut convaincu que la voiture le suivait. Avant d'atteindre sa demeure il ralentit, s'arrêtant presque. Au lieu de le dépasser avec impatience, comme l'aurait fait n'importe quel conducteur, celui de derrière ralentit lui aussi. Matt sentit le battement de son cœur s'accélérer. Malgré la lueur trompeuse des réverbères, il aurait juré que la voiture était rouge. Il aurait pu s'arrêter et observer l'attitude de l'automobiliste.

Mais Belinda Lampeter, qui avait dû le guetter par la fenêtre, sortit dans l'allée, obligeant Matt à s'y engager. Dans la rue, la voiture s'éloigna dans un ronronnement de moteur à peine perceptible.

— Désolée d'être obligée de filer comme ça, dit Belinda, mais Judy doit m'appeler de New York.

La fille de Belinda était rédactrice en chef de magazine, célèbre et débordée. Belinda passait sa vie à attendre ses coups de fil.

— Austin dort à poings fermés, précisa-t-elle.

— Merci, Belinda, nous vous sommes très reconnaissants de votre gentillesse, dit Matt.

Belinda s'apprêtait à foncer chez elle lorsqu'il ajouta :

— Vous avez vu cette voiture ? Celle qui a ralenti au même moment que moi ?

Belinda secoua la tête.

— Je ne crois pas avoir vu de voiture…, répondit-elle d'un ton distrait.

— Vous êtes sûre ?

Il avait tout imaginé ? Il fallait vraiment qu'il voie un psy.

— Oh, cela dit… maintenant que vous en parlez, il y avait effectivement une voiture derrière vous.

Soulagement. Son sang se remit à circuler.

— Vous n'avez pas trouvé l'attitude du conducteur bizarre ? demanda-t-il. Enfin… s'arrêter, comme ça, derrière moi, juste avant que je tourne…

Belinda parut confuse.

— Euh… non, Matt. Pas vraiment. Il s'attendait à ce que vous tourniez. C'est par politesse, j'imagine. Les automobilistes sont trop impatients, de nos jours. Les gens ne pensent qu'à doubler.

Matt hocha la tête et la remercia une nouvelle fois. Au moins, quelqu'un d'autre avait vu la voiture. Peut-être se montrait-il paranoïaque en interprétant les manœuvres du véhicule, mais il ne l'avait pas inventé de toutes pièces.

Il suivit des yeux Belinda. Elle descendit l'allée, fit quelques pas sur le trottoir, puis remonta sa propre allée. À sa place, Matt aurait coupé par la pelouse.

En garant la voiture, il se demanda si Belinda Lampeter était du genre à ne jamais couper par la pelouse ou si c'était par rapport aux voisins. Dans le quartier mormon où Denise avait vécu autrefois avec Weslake, les gens passaient leur temps à s'observer les uns les autres, et lorsque les fenêtres étaient ouvertes ils ne se gênaient pas pour écouter. Ils ne cherchaient pas à dissimuler leur curiosité, les membres de l'Église mormone étant tenus de signaler les manquements des autres membres. Quand Denise et Weslake avaient essayé d'avoir un enfant, tout le monde avait prié pour eux. Dans le quartier, dans les réunions, dans le chœur du Tabernacle, à ce que Matt avait cru comprendre. La communauté mormone ne respectant pas l'intimité de ses adeptes, les choses n'avaient pas été simples pour Denise quand elle avait rencontré Matt. Elle avait fini par abandonner l'Église des Saints des Derniers Jours, tel un serpent qui laisse sa vieille peau derrière lui. Et quitter l'Église signifiait forcément changer de quartier.

Matt alla dans la chambre d'Austin. Il remit un peu d'ordre dans ses couvertures enchevêtrées, puis contempla son enfant endormi. Le cœur débordant d'amour, il regardait les petits doigts d'Austin posés sur l'oreiller, ses joues rondes... Parfois, les exigences du petit garçon, ses sautes d'humeur, son incapacité à comprendre les besoins des autres et les limites de son existence agaçaient Matt, mais il ne ressentait en présence de son enfant endormi qu'un amour éperdu. Il avait fait en sorte de construire des murs solides autour de sa vie affective et professionnelle. Mais un seul regard de son fils suffisait à lui faire admettre sa propre fragilité.

Austin était un enfant miracle. Denise n'avait jusque-là jamais pu tomber enceinte. En dépit de toutes les prières et de l'assistance de la Clinique de la fertilité, Weslake et elle n'avaient pas réussi à avoir d'enfant. Et puis, à sa grande joie et à sa grande surprise, très peu de temps après avoir rencontré Matt et peut-être trop peu de temps après la mort de Weslake, Denise avait découvert qu'elle était enceinte. C'était la meilleure chose qui pouvait arriver à leur couple, Matt n'en avait pas douté une seconde. Il avait même parfois l'impression que c'était le seul point sur lequel il s'était montré plus fort que Weslake.

Il voulut veiller jusqu'au retour de Denise, mais elle tardait. Il songea à l'appeler et à lui demander sur un ton plein de sous-entendus si quelque chose l'avait retenue, mais il savait que Denise et Clem seraient irrités par son intrusion. Il y avait des zones privées dans la vie de sa femme : si Weslake était l'une d'elles, Clem en était une autre.

Matt finit par aller se coucher. Il ne parvint pas à s'endormir. Il resta étendu dans l'obscurité silencieuse à s'abîmer dans ses pensées en attendant Denise. Le chauffeur de la voiture l'avait-il suivi, ce soir, ou avait-il effectué par hasard le même trajet que lui ? Était-ce par politesse qu'il avait attendu derrière lui pendant qu'il s'engageait dans l'allée de sa maison ? Il se souvint de la façon dont Belinda Lampeter avait plissé le nez lorsqu'il l'avait questionnée sur l'attitude du conducteur et craignit une fois de plus d'être paranoïaque. En vérité, cela l'effrayait bien plus que le propriétaire de la voiture rouge.

Il repensa à la conversation qu'il avait eue le soir même avec Steve. *Je crois... nous croyons tous... que quelqu'un a tué notre père.*

120

Matt s'efforça de se rappeler la mort de M. Minelli. Il y mit tant d'acharnement que son corps, à un moment, sembla prendre le relais de son esprit épuisé. Il contracta le bras, la nuque, les muscles de ses jambes, comme s'il pouvait saisir à pleines mains ce souvenir qui lui échappait.

Une odeur de tabac lui parvint aux narines. Certes, la fumée des cigarettes de Troy et de Jarvis imprégnait sa chevelure et sa peau, mais cette odeur-là en évoquait une autre, rance et familière, comme si Matt était depuis des années un gros fumeur et que la nicotine collait à chacune de ses cellules.

« Ne le répète pas à ton père ! » avait dit M. Minelli en lui soufflant la fumée de sa cigarette au visage.

Tous ses pores exhalaient la puanteur du tabac. Son visage était lisse, rasé de près. Ils regardaient effectivement le lac, mais pas à travers une fenêtre, ainsi que Matt l'avait supposé plus tôt. Non. Tous deux se tenaient debout, sur la terrasse. M. Minelli fumait et, soudain, de façon surprenante, choquante même, il avait offert à Matt une cigarette. Matt l'avait fixée, interloqué.

« Allez, avait dit M. Minelli d'une voix aimable, voire enjôleuse. Si tu crois que je ne sais pas ce que vous traficotez, à l'école, de nos jours. »

Matt n'était pas encore en sixième. Il ne lui serait pas venu à l'esprit de fumer à l'école, ni de fumer tout court. Il savait à quel point Hirsh détestait voir fumer Hilly, combien c'était mauvais et n'avait aucune intention de s'y mettre. Et M. Minelli lui offrait une cigarette.

« Non, merci », avait-il répondu.

Il fallait de l'audace pour refuser ce que cet homme costaud et intimidant vous pressait d'accepter. M. Minelli prit ce non comme une réponse à la demande précédente : « Ne le répète pas à ton père ! » Alors, changeant simplement de position, il avait rendu sa carrure plus imposante. Et lorsqu'il s'était remis à parler, sa voix n'avait plus rien de doucereux :

« Ça va très mal se passer pour toi si tu parles à tort et à travers, mon petit gars.

— Je ne dirai rien », avait promis Matt.

M. Minelli avait hoché la tête et était resté sur la terrasse, le temps de finir sa cigarette. Il ne semblait pas pressé. Matt avait l'impression qu'il n'arriverait jamais au bout. Enfin, il écrasa le mégot sous sa semelle et retourna dans la maison sans mot dire.

Matt fut soulagé de se retrouver seul, mais il avait envie de vomir. Un petit bateau violemment secoué par le vaste monde tumultueux des adultes, voilà ce qu'il était. Écœuré par la promesse qu'il lui avait faite de garder le secret, il savait qu'il aurait dû s'insurger, lui dire qu'il ne cachait rien à Hirsh, et lui balancer ses cigarettes à la figure, à cette grande brute. Toutefois, M. Minelli avait commis une erreur. Il croyait que Matt était au courant d'un secret, mais ce n'était pas le cas. Il n'avait pas la moindre idée de ce qu'il était censé cacher à son père.

Quelque temps plus tard, M. Minelli était mort. Dissimulé entre les arbres, Matt avait observé la voiture rouge garée en contrebas et avait deviné qu'il s'agissait du dernier maillon d'une chaîne d'événements qui aurait pu être brisée s'il avait compris le secret et tenu tête à M. Minelli en racontant tout à son père. C'est à la suite de cette promesse que Matt avait commencé à se sentir coupable.

Il aurait bien voulu se rappeler quel était ce secret. S'il ne l'avait pas saisi alors, peut-être était-il en mesure de le comprendre à présent. Était-il le seul à y être mêlé ? Un homme avait été retrouvé dans sa voiture, abattu d'une balle. N'y avait-il pas eu d'accusations, d'enquête ? La police n'avait-elle pas sillonné la colline à la recherche d'infimes indices destinés au médecin légiste ? Avait-on interrogé Matt ? L'avait-on soupçonné ? Qui avait conclu qu'il s'agissait d'une mort accidentelle ?

Quand Matt avait raconté à son père la mort de M. Zoy, lors de sa dernière visite, il avait dit : « J'ai tué un homme », et Hirsh avait répondu, le fixant de son regard clairvoyant : « Je sais. » Peut-être Hirsh s'était-il imaginé que Matt allait enfin passer aux aveux au sujet de la mort de M. Minelli. Et puis, lorsque Matt avait demandé à Hirsh s'il allait avoir besoin d'un avocat dans l'affaire Zoy, Hirsh avait répliqué : « Pas cette fois-ci. » Un précédent avait donc existé ?

Matte se tourna et se retourna dans son lit. Pourquoi, lorsqu'il avait cherché ses parents ce jour-là afin de leur annoncer la mort de M. Minelli les avait-ils trouvés en train de pleurer ? Cela s'était passé un soir, il s'en souvenait maintenant. Matt revoyait parfaitement la lumière déclinante dans laquelle ils baignaient, ainsi que les derniers rayons du couchant perçant à travers les arbres, à l'ouest.

Hirsh et Hilly étaient-ils déjà au courant de la mort de M. Minelli ? Avaient-ils deviné que Matt y était mêlé ? Il soupira et se tourna encore dans son lit. La mémoire était ainsi : une eau polluée par les déchets d'innombrables autres naufrages. Mais les émotions qu'elle ressuscitait étaient intactes.

Matt était en nage. Il transpirait et se tortillait entre les draps, refusant d'affronter une vérité importune et désagréable qu'il savait pourtant inévitable. Il aurait voulu se convaincre d'oublier cet épisode, mais c'était impossible. Son passé d'enfant s'était immiscé dans son présent, et il allait devoir régler le problème en adulte. Dans les couloirs de l'hôpital, Steve le renverrait sans cesse à ce passé. La mort de son père avait brisé sa vie, celle de sa mère et de ses frères. Matt, lui, avait des rapports sereins avec son père, une situation professionnelle enviable et une femme qui le rendait heureux. Il n'y avait pas à tergiverser : il devait éclaircir les circonstances de la mort de M. Minelli, s'efforcer de comprendre quel rôle il y avait joué et en quoi il pouvait être responsable. Une fois le mystère élucidé, il pourrait tenter de compenser le mal qu'il avait fait à Steve et à sa famille.

Parvenu à cette conclusion, il se détendit un peu et entendit une clé tourner dans la serrure. Quelques instants plus tard, le corps de Denise bascula sur le lit. On aurait dit qu'il était plus lourd qu'à l'ordinaire, la fatigue, sans doute. Il l'entendit étouffer un bâillement.

— Je suis réveillé, lui dit-il doucement, et elle changea de position, venant se presser contre lui.

— L'exposition était comment ?

— Tu n'es pas trop fatiguée pour ça ?

— Non. Ça m'intéresse.

Après avoir décrit le Grand Espace blanc et évoqué le parcours de Steve, Matt lui parla des photographies. Le bloc opératoire, la salle de réveil et la morgue. Elle écouta avec une curiosité manifeste.

— Son travail respecte-t-il la dignité des morts et du corps humain ?

Matt se pencha sur la question, sans trouver de réponse.

Denise attendit, puis s'accouda pour scruter dans la pénombre le visage de Matt. Elle paraissait tout à fait alerte, à présent.

— À ton avis, il voulait provoquer quel genre de réaction ? Le rejet ? La peur ? L'incompréhension ? Le respect pour le genre humain ?

Matt soupira.

— Ce n'est pas à moi qu'il faut demander ça. Comme j'ai l'habitude de voir des corps, j'imagine que je réagis différemment des autres. Mais Steve est un si gentil gars. Discret et plutôt humble. J'ai du mal à l'imaginer en train de prendre ces photos.

— Et Jarvis et Troy, qu'est-ce qu'ils en ont pensé ?

— Troy était choqué, je crois. Il m'a demandé si Steve était tordu. Pour Jarvis, c'est de la « merdouille sensationnaliste » et Steve mériterait d'être poursuivi pour avoir joué les paparazzi dans les morgues.

Denise était dubitative. Il lui était arrivé, à l'occasion, d'accompagner Jarvis à des expositions.

— Eh bien, dit-elle, j'aurais tendance à respecter l'opinion de Jarvis…

— Tu veux savoir ce que j'ai ressenti ? demanda Matt en pesant ses mots. J'ai eu le même sentiment que ce jour, en Érythrée, où un journaliste anglais s'est pointé et a commencé à prendre des photos de mon hôpital de brousse. Quand je dis « hôpital », je veux parler de deux tentes maculées de sang et remplies d'une foule de blessés, dont certains étaient entre la vie et la mort. Je lui ai ordonné de foutre le camp mais il n'a pas voulu partir et j'étais trop occupé pour l'obliger à sortir. Il répétait que les gens avaient besoin d'être informés de ce qui se passait en Érythrée et que ces clichés les aideraient à comprendre.

Sur le moment, ça m'a rendu furieux. Mais après coup j'ai pensé que si ces photos avaient le pouvoir de choquer les gens quelque chose en ressortirait peut-être pour mettre fin à cette guerre absurde. Ou qu'au moins les gens enverraient des dons.

Haletant, le cœur battant, Matt sentit resurgir la colère qu'il avait éprouvée ce jour-là.

— En fait, cet Anglais ne songeait qu'à sa carrière. Il allait probablement obtenir en échange de ses clichés la reconnaissance et l'argent. L'argent… les associations humanitaires, elles, n'en ont jamais vu la couleur.

Denise demeura un instant silencieuse.

— D'accord… Mais ce ne sont pas des arguments valables sur le travail de Steve. À l'hôpital Sainte-Claudia, il n'y a pas de guerre absurde à dénoncer.

— Jarvis pense que Steve fait ça pour qu'on parle de lui. Mais ce n'est pas son style. Il avait un père très dominateur tandis que lui a toujours été sensible, discret, pas le genre à la ramener du tout. Un peu influençable, peut-être, parfois…

Un souvenir venait de s'imposer à lui, inopportun, dérangeant… Malgré le passage du temps, il restait douloureux. Un jour, les Minelli avaient fixé une balançoire en corde à la branche d'un arbre juste au-dessus du lac. Matt avait environ neuf ans et était loin d'être aussi bon nageur qu'eux. La corde oscillait et les grands frères de Steve se jetaient bruyamment à l'eau lorsqu'elle atteignait le point le plus éloigné. Or quand ce fut au tour de Steve la corde avait cassé. Ce dernier était tombé dans l'eau prématurément et de façon maladroite. Matt avait attendu, en se mordant la lèvre, qu'il resurgisse. En vain. Les frères Minelli étaient tous à bonne distance, près des rochers. Ils nageaient, poussaient des cris et ne s'étaient rendu compte de rien. Affolé, Matt s'était mis à l'eau et avait nagé jusqu'à l'endroit où Steve était tombé. Nulle trace de Steve, juste le siège cassé de la balançoire. Il avait paniqué. C'est alors qu'il avait entendu rire. Steve avait refait surface loin de la rive, là où étaient ses frères. Tous avaient été témoins de l'affolement de Matt et en avaient bien ri. Lorsque Steve avait nagé pour le rejoindre, il ne riait plus, mais souriait tout de même.

125

« Je ne voulais pas te faire peur. »

Matt avait regagné la rive, vert de rage. Steve était peut-être un gentil garçon, mais les derniers temps il s'était rallié à ses frères. Un jour, Hirsh avait trouvé son fils en larmes après une trahison de ce genre et lui avait expliqué qu'il ne s'agissait pas vraiment d'une trahison. Les liens du sang étaient les plus forts. Matt entendait cette expression pour la première fois et en avait été fasciné.

Denise pensait toujours à l'exposition.

— Peut-être que ses raisons sont purement artistiques…

— Ou bien…, hésita Matt, peut-être qu'il a un choc émotionnel à régler et qu'il se sert de ses œuvres pour l'exprimer. Un traumatisme, une tragédie personnelle…

— Tu as une idée de ce que ça pourrait être ?

— Euh… Son père est mort. Je ne me souviens pas précisément des détails.

Ces mots étaient si chargés de sens qu'il eut du mal à les articuler et se contenta de les marmonner. Bizarrement, Denise ne sembla pas s'en rendre compte.

— Je devrais peut-être aller voir cette exposition afin de juger par moi-même, dit-elle. J'en ai vraiment envie. J'essaierai d'y faire un tour cette semaine.

Cela ne manqua pas de surprendre Matt. Le dernier contact que Denise avait eu avec la mort avait été violent. Comment pouvait-elle avoir envie de voir les photos de Steve ? Matt se tourna de manière à lui faire face et lui effleura la joue.

— Ça risque de te choquer.

— On doit tous apprendre tôt ou tard à regarder la mort en face

Matt eut l'impression que la nuit et le silence gagnaient en intensité. Il n'y avait pas le moindre bruit : ni le lointain vrombissement d'une voiture ou d'un avion ni le ronron d'une chaudière ou d'un réfrigérateur.

— Tu as déjà regardé la mort en face, répliqua Matt.

Il discernait vaguement les contours de son visage.

— C'est peut-être que… je me sens tirée en arrière. Je veux dire… tant que je n'aurai pas accepté le passé.

Matt était bien placé pour savoir que les traumatismes ramènent vers le passé tant qu'on ne les a pas surmontés. Il comprenait que l'esprit ne pouvait guérir qu'en retournant à ce qui était insupportable, intouchable ou repoussant. C'est sans doute pour cette raison que la morgue attirait Steve. La première fois que Matt avait travaillé en zone de guerre, des centaines de morts avaient été traînés dans sa station de secours, telles des poupées de chiffon, et il s'était juré de ne plus revenir travailler là. Or il était revenu, encore et encore, jusqu'à ce qu'il soit capable d'opérer n'importe quel corps, si déshumanisé soit-il.

— Ce n'est pas la peine que tu voies ces photos, murmura-t-il. Plus de trois ans ont passé. Et maintenant tu m'as moi. Et tu as Austin.

Il se remit à haïr Weslake. Tout son corps se contracta sous l'effet de la jalousie. Denise aimait toujours Weslake. Elle venait de reconnaître qu'elle n'avait pas accepté sa mort. Elle avait dû se rendre sur sa tombe récemment, avec Christine. À cette pensée, Matt eut la chair de poule. Denise tendit alors les bras vers lui. Matt se détendit en respirant son odeur, tandis qu'elle pressait son corps contre le sien.

— Dieu merci, oui. Je t'ai toi, chuchota-t-elle en lui caressant le torse.

Il éprouva les premières manifestations de l'excitation. Elle vint tout contre lui, se lova comme un chat. Matt acheva de se décrisper, et sa haine pour Weslake disparut, submergée par l'amour et le désir que lui inspirait Denise.

Plus tard, alors qu'il savourait ce moment d'intense décontraction, ce bref intervalle entre le sexe et le sommeil, Matt se remémora la décision qu'il avait prise quelques heures avant : découvrir en quoi il était impliqué dans la mort du père de Steve et se racheter, par tous les moyens, auprès de la famille Minelli. La certitude que c'était la seule façon d'agir, même si ce n'était pas la plus simple, l'aida à trouver le sommeil.

— Weslake ! s'écria une voix terrifiée et effrayante. Weeeeeslaaaake !

Matt s'efforça de se redresser et de maîtriser Denise. Mais on aurait dit que le sommeil lui conférait une force prodigieuse. Agrippée à lui, elle le clouait au lit.

— Weslake ! hurla-t-elle.

Son désespoir résonna dans la chambre. Elle s'accrochait à Matt comme s'il était en train de tomber dans un précipice effroyable. Et elle pleurait, à présent, le corps secoué de violents sanglots. La douleur à l'état brut.

Matt prit le dessus. Il parvint à se redresser, la serra sans ses bras et lui murmura à l'oreille :

— Ça va, dit-il. Je vais bien, Denise. Tout va bien se passer.

Petit à petit, elle relâcha son étreinte, son corps se détendit, sa respiration reprit son rythme habituel. Matt resta assis dans la pénombre. Denise l'avait pris pour Weslake et il avait pu observer sa souffrance au plus près. Il l'avait réconfortée en se faisant passer pour lui. Il sombra dans un sommeil piteux, peuplé de pauvres rêves blafards – un sommeil fin et léger comme une couverture pleine de trous.

8

C'était l'anniversaire de Clem et Matt avait prévu, à la demande de Denise, de quitter l'hôpital plus tôt pour participer à la petite réunion qu'elle avait organisée à cette occasion. En regardant son planning, Matt constata qu'il avait rendez-vous avec Mme Zoy après ses consultations. D'une certaine façon, il n'était pas étonné que la lettre de l'agent du comité de contrôle n'ait pas suffi à enterrer l'affaire.

— Je suis désolée au sujet de Mme Zoy, dit sa secrétaire en entrant dans le bureau, un tournevis à la main. J'ai demandé aux assistantes de Mike Salinski et de Jon Espersen de se libérer une demi-heure, au cas où on aurait besoin d'eux.

Elle avait si bien saisi le problème. Matt en fut gêné.

— Mme Zoy a assuré qu'elle viendrait sans son fils, ajouta-t-elle.

— Qu'est-ce que vous faites avec ce tournevis ?

Elle sourit.

— Il y a eu des protestations au niveau de la maintenance.

— Encore le crétin chauve ?

— Il est chauve, ça, c'est certain. Mais pas aussi crétin que je le pensais.

Le rose lui vint aux joues tandis qu'elle montait sur la chaise.

— Ah oui ? Il nous empêche de respirer et vous décidez qu'il vous plaît ?

Elle fit signe à Matt de lui passer le châssis. Il le maintint en place pendant qu'elle le revissait.

— Je n'irais pas jusque-là. Ils ont fini par couper le chauffage et ils vont remettre la climatisation aujourd'hui. Je me suis donc engagée à refixer le châssis. Il a proposé de me donner un coup de main, mais évidemment j'ai refusé.

Matt scruta son visage.

— Il vous plaît vraiment, fit-il remarquer.

— Il se trouve qu'il vient d'Ellensburg, qui n'est qu'à quelques kilomètres de la maison de ma grand-mère.

— Lui aussi est originaire de l'État de Washington ?

— Ma cousine est allée à l'école à Ellensburg ! Ma tante Jessica s'y est mariée ! Quelle coïncidence ! On a décidé de sortir, un soir, pour parler de tout ça.

De rose, son visage était devenu cramoisi.

— Mais si la climatisation n'est pas rétablie, pas de rendez-vous. J'ai été claire là-dessus.

Après ses consultations, Matt remonta à son bureau. Il fut aussitôt sensible à la température, agréable et uniforme.

— Vous entendez ce doux ronron ? demanda la secrétaire. Vous sentez cet air délicieusement frais ? Il y a un chauve qui vient de se dégoter un rendez-vous ! J'hésite… je ne sais pas si je dois porter mon top rose moulant avec mon pantalon gris ou ma robe bustier bleu électrique.

— Mettez tout ! lui conseilla Matt.

Il se préparait à recevoir Mme Zoy mais sa secrétaire lui annonça que le rendez-vous était annulé. Il en éprouva un bref soulagement, avant d'en connaître la raison. Une lettre de l'agent du comité de contrôle indiquait que la famille du patient avait refusé sa recommandation d'abandonner l'affaire et comptait récuser la version des faits de Matt. Ils avaient fait part de leur intention de passer par le service des réclamations de l'hôpital – ce qui obligeait Matt à soumettre des preuves écrites et à assister à une audition, dont la date était fixée à début octobre.

Il lut la lettre à deux reprises. Les mots dansaient sur la feuille qui semblait prendre vie, animée de mauvaises intentions.

— Vous n'avez aucune raison de vous inquiéter, vous n'avez rien fait de mal, s'indigna sa secrétaire d'une voix haut perchée.

Elle dit cela d'un ton outré. Matt la regarda, remarqua ses yeux fiévreux et ses joues rouges. Le coin de ses lèvres tombait, ce qui lui donnait un air triste.

Jon Espersen déboula dans le bureau comme s'ils l'avaient appelé à l'aide. Matt lui tendit la lettre, mais Jon en connaissait déjà le contenu.

— Je suis désolé, Matt. Le fils est un emmerdeur de première. On arrive facilement à calmer le jeu quand on parle à la veuve éplorée. Mais dès que le fils s'en mêle c'est pour jeter de l'huile sur le feu.

Matt se demanda combien de fois Jon avait appelé les Zoy.

— Merci de me soutenir, marmonna-t-il.

— Il est rare qu'une affaire de ce genre parvienne jusqu'au tribunal. Mais on en a eu une il y a quelques années… un cas d'insuffisance rénale. Je me souviens qu'on a dû consulter un avocat.

Matt soupira.

— En principe, rien ne t'y oblige. Mais si les Zoy ne sont pas satisfaits des conclusions du tribunal de l'hôpital, ils peuvent décider de transférer le dossier devant un tribunal civil, où le juge examinera tout en détail. Il est donc préférable d'avoir recours dès maintenant à un avocat.

Matt hocha la tête. Il était sonné. Il voyait venir une interminable procédure judiciaire qui le contraindrait à répéter sous serment les petites contrevérités qu'il avait griffonnées sur le dossier du patient et dans le registre de la pharmacie. Dans un regrettable instant de faiblesse, il avait risqué sa carrière pour M. Zoy, qui n'était plus là pour le remercier.

— Je n'étais pas encore chef de service, mais on avait sollicité un très bon avocat dans cette histoire d'insuffisance rénale, reprit Jon. Je vais retrouver son nom. On a tout le temps pour ça, vu que l'audition n'aura pas lieu avant l'automne.

Le silence s'abattit dans la pièce. Matt savait qu'il était censé dire quelque chose, mais n'y parvint pas. En dépit de l'air conditionné, les joues de la secrétaire étaient à présent d'un rouge violacé. Enfin, scrutant le visage de Matt, Jon le pria de descendre déjeuner avec lui.

À la cafétéria, il ne toucha pas à son assiette.

— Écoute-moi, Matt. Tu agis comme un type qui a fait quelque chose de mal et qui sait qu'on va le démasquer. Ce n'est pas l'attitude à avoir.

Matt s'efforça de paraître innocent.

— Tu t'es comporté on ne peut plus humainement et généreusement avec un vieil homme mourant et désespéré, et voilà que sa famille s'en prend à toi. Cette histoire de tribunal est une absurdité. C'est une blague, tu le sais. Je te garantis que tu vas t'en tirer et que tous reconnaîtront que tu es un excellent médecin. Alors, calme-toi, nom de Dieu !

Matt demandait à Austin de se calmer lorsqu'il pleurait ou poussait des hurlements. Mais comment recommander la tranquillité à quelqu'un d'immobile et silencieux ?

— Le fils Zoy est une grosse brute. J'ai croisé des gars dans son genre. Il veut que tu te sentes broyé, Matt. Ne lui donne pas cette satisfaction. Évite de le voir ou de lui parler. Mais s'il parvient à se mettre en contact avec toi ne le laisse pas croire qu'il a le dessus.

Matt confia à Jon qu'il soupçonnait le fils Zoy de le filer.

— Tu en es sûr ?

Soucieux de ne pas avoir l'air paranoïaque, Matt répondit :

— Je suis sûr à cent pour cent d'être suivi par une voiture. Pas tous les jours, mais assez fréquemment pour m'en être rendu compte. Personne ne sort jamais du véhicule, et je n'ai pas pu voir qui était au volant à cause des vitres teintées.

— Tu as relevé la marque et le numéro d'immatriculation ?

— Je suis arrivé un matin à l'hôpital et il m'avait piqué ma place habituelle. Le parking était presque vide mais la voiture était stationnée à l'endroit précis où je me gare tous les jours. J'ai donc fini par noter tout ça.

Jon soupira, songeur.

— Mais tu n'as pas aperçu Zoy dans les parages ?

— Non, pourtant j'ai pris l'ascenseur ce jour-là, au lieu de l'escalier.

Jon continuait de le scruter.

— Et tu es certain que c'est toujours la même voiture ?

— Oui, quasiment certain, répondit Matt d'un ton ferme. Le peu que j'ai pu voir m'a fait penser à Zoy.

Nouveau soupir de Jon.

— C'est sérieux, on dirait. Tu as l'intention de porter plainte ?

— Je ne pense pas pouvoir faire grand-chose, à moins qu'il ne sorte de la voiture ou qu'il ne pousse le bouchon plus loin. Qu'il me menace, ou qu'il menace ma famille…

Matt déglutit. Il pensa à Denise et à Austin, et ses yeux s'embuèrent.

— Bizarrement, je ne le vois pas faire ça, dit Jon. Ce type cherche juste à te foutre la trouille. Il veut t'effrayer et t'intimider, mais sans avoir à craindre de représailles. Chaque fois que tu l'aperçois, je te conseille de noter la date, l'heure et le lieu. Et reste calme. Fais en sorte qu'il ne devine pas qu'il te met les nerfs en pelote.

Matt hocha la tête. Puis il se leva pour partir, sentant que Jon posait sur lui un regard soucieux.

— Tout ce tapage avec les Zoy te met sous pression. Essaie de ne plus y penser d'ici ton audition si tu ne veux pas que ça te gâche ton été.

Matt se tourna vers Jon.

— Je ne suis pas parano et je ne m'imagine pas des choses, dit-il en s'efforçant de paraître convaincant.

— Je te crois. Il faut juste qu'on trouve de quelle façon agir avec ce type. Dis à Denise que je suis désolé de ce qui se passe en ce moment chez Slimtime, ajouta Jon tandis qu'ils remontaient. Christine m'a montré l'article de la *Tribune*. Je suis presque soulagé que Weslake n'ait pas à vivre ça.

Matt se baissa pour refaire son lacet, de façon que Jon ne voie pas son visage.

— Oh, ça n'a pas l'air de troubler Denise.

Il se dit qu'il ferait des recherches sur Internet un de ces soirs, quand Denise serait couchée, pour savoir ce qu'il se passait au juste chez Slimtime.

Matt arriva chez Clem à seize heures. Il était essoufflé car il s'était dépêché pour ne pas être en retard. Son beau-père répondit à l'interphone et le fit entrer. Le vieil homme, bien calé dans son énorme fauteuil, semblait aussi petit qu'une marionnette dans la chambre somptueusement meublée. Denise et Austin n'étaient pas là.

— On n'avait pas dit seize heures, on avait dit seize heures trente, fit Clem.

Matt eut l'impression que le vieil homme s'était encore rabougri. Il flottait dans ses vêtements, qui paraissaient désormais ceux d'un autre. Cela signifiait qu'il passait presque toutes ses journées au lit. Clem l'accueillit avec chaleur et, lorsqu'ils se serrèrent la main, Matt trouva sa poignée toujours aussi ferme.

— Je suis enchanté que vous veniez avec nous en Ligurie, dit Clem, comme s'il était le mari de Denise et Matt le malheureux à qui l'on fait une faveur.

Matt se demanda si Weslake avait ressenti le même agacement vis-à-vis de Clem. Weslake était comme son beau-père un membre haut placé de l'Église mormone. Il entretenait donc des relations avec lui indépendamment de Denise. Il allait fréquemment seul à Mason House, et les deux hommes discutaient en privé des affaires de leur Église. Matt, en revanche, ne venait jamais sans Denise et ignorait de quoi il allait bien pouvoir parler. La religiosité de Clem lui était toujours apparue comme un frein à toute communication entre eux.

Clem était né dans une riche famille de Chicago. Denise avait eu une enfance et une éducation privilégiées. Puis Clem et sa femme s'étaient convertis. Quand Denise avait raconté cet épisode à Matt, il s'était représenté l'Église mormone comme une immense tapette à mouches qui se serait abattue sur Clem, son épouse et ses filles avec une violence inouïe. Ils avaient déménagé à Salt Lake City et s'étaient intégrés, apparemment sans heurt, à la communauté mormone. Mais ils se distinguaient et se distingueraient toujours des mormons de l'Utah. Ils connaissaient trop bien cet autre monde, à l'extérieur de leur Église.

— Eh bien, Matt, dit Clem, s'enfonçant à nouveau dans son fauteuil et dévisageant son gendre. Je suis content de passer quelques minutes en tête à tête avec vous, je tenais à vous dire à quel point je vous suis reconnaissant de rendre Denise aussi heureuse. Je n'aurais jamais cru qu'elle puisse retrouver le bonheur après la mort de Weslake, mais grâce à vous c'est le cas.

Surpris et embarrassé, Matt se sentit rougir.

— Le jour où je l'ai rencontrée, ici même, dans cette pièce... Ç'a été la chance de ma vie.

Clem sourit.

— Une chance que j'aie été malade ce jour-là, pas vrai ?

— Une chance que j'aie été de retour d'Afrique. Que j'aie accepté ce boulot de médecin suppléant. Que j'aie été de service ce soir-là...

Matt s'interrompit. Il avait parlé sans regarder où il allait. Et soudain il avait le sentiment effrayant de se trouver juste devant les portes de l'église. D'ailleurs, Clem arborait un sourire béat.

— Le Seigneur, dit-il d'un ton solennel en caressant sa petite barbe blanche. C'était là Son dessein, Matt.

Ce dernier se prépara à subir un sermon, mais le regard de Clem, vif et mobile, le rassura. Bien que son beau-père soit diminué, on n'avait pas de mal à se le représenter comme l'un des agents immobiliers les plus importants de Salt Lake City. Si son corps s'était dégradé, ses yeux – du même marron que ceux de Denise – lui donnaient l'air d'un vieux renard.

— Vous êtes un sacré veinard, Matt, aucun doute là-dessus. Elle a toujours eu des tas de soupirants. Jusqu'au jour où elle a épousé Weslake, il y a eu quelqu'un pour essayer de la faire changer d'avis. Mais je lui ai dit d'ignorer tous les autres, et elle a suivi mes conseils. Weslake était un beau garçon, charmant, qui venait d'une bonne famille. En l'épousant, elle se mariait à l'intérieur de notre Église. J'ai cru que c'était ce que désirait le Seigneur.

Matt trépignait. Clem, au début, s'était opposé à son propre mariage avec Denise, car il ne voulait pas que sa fille s'unisse en dehors de leur Église et prévoyait, à juste titre, qu'elle la quitterait une fois mariée.

— Mais, vous savez, à la lueur des événements extérieurs, il m'arrive de me demander si j'ai bien fait de lui conseiller d'épouser Weslake, dit Clem en pesant ses mots.

Matt était sur le point de faire une réflexion anodine sur les avantages de la sagesse rétrospective, mais son beau-père ne lui en laissa pas le temps.

— Elle l'aimait si fort, c'était une épouse si dévouée et elle avait tellement envie d'avoir un bébé que ç'a été une torture pour moi de la voir souffrir quand elle n'est pas parvenue à tomber enceinte et que le Seigneur a repris son homme. Weslake passait sa vie à travailler. Il était tout le temps dans sa clinique à mettre au point ses produits amincissants... qui, soit dit en passant, causent des soucis à l'entreprise. Son temps libre, il le consacrait à l'Église. Pas étonnant qu'il n'y ait pas eu d'enfant malgré nos prières. Pour faire un enfant, il est indiqué de se retrouver de temps en temps dans la même chambre.

Clem gloussa. Matt, qui avait cru détecter l'ombre d'une critique à l'égard de saint Weslake, resta parfaitement immobile. Le beau-père était plus acide qu'à l'ordinaire. En revanche, en présence de Denise, le vieil homme était tout miel.

— Denise ne s'en est pas remise, dit Matt. Elle rêve de lui la nuit et crie son nom.

Clem regarda Matt droit dans les yeux. Sa cravate paraissait disproportionnée sur son cou si frêle.

— Ça doit être très irritant pour vous, concéda-t-il. Je ne me souviens plus... vous le connaissiez ou pas ? Weslake n'était pas médecin à proprement parler, mais il travaillait dans le domaine médical. Vous auriez pu vous rencontrer.

Matt secoua la tête.

— Non, je ne le connaissais pas. Je l'ai vu à la télé.

Weslake, docteur en biochimie, avait eu des prétentions médicales. Tout jeune encore, il avait fondé une clinique destinée aux patients en surpoids, qui avait connu un succès spectaculaire. Ses traitements étaient fondés sur le bon sens et sur ses propres préparations. Lorsque Jon Espersen s'était mis à pratiquer, à

136

Salt Lake City, de nouvelles gastroplasties bien plus fiables que les anciennes, les patients étaient demeurés méfiants. Weslake lui avait souvent envoyé des clients, ce qui avait scellé l'amitié des deux hommes. En ce temps-là, Weslake s'était déjà lancé dans la commercialisation d'une gamme de produits amincissants, en utilisant les noms « Slimtime » et « Dr Smith ». Matt se souvenait d'avoir vu, avant son départ pour l'Afrique, des spots publicitaires sur les chaînes régionales où Weslake portait indûment une blouse blanche de médecin et où il vantait avec un sourire triomphant les mérites de sa propre marque. Récemment, Matt avait découvert parmi les vieilles cassettes vidéo de Denise une compilation de toutes les réclames de Weslake. Il les avait regardées avec Austin pendant que sa femme dirigeait un week-end de musicothérapie. Matt avait trouvé le personnage dérangeant, à mi-chemin entre le gentil médecin bien beau et le charlatan. Le comble, c'est qu'Austin était resté assis, les yeux rivés sur les spots publicitaires, comme envoûté par le charisme de Weslake.

Matt s'était rendu au drugstore et avait examiné une boîte bleu et blanc de Slimtime. L'étiquette indiquait que l'on pouvait perdre jusqu'à cinq kilos en deux semaines simplement en consommant Slimtime avant chaque repas. Matt doutait que ce soit possible. Il désapprouvait les promesses de Weslake, y voyant un abus de confiance et une exploitation des mauvaises habitudes alimentaires des personnes en surpoids. Il le soupçonnait par ailleurs d'avoir envoyé des patients à Jon Espersen dans le seul but de se faire reconnaître de la communauté médicale locale.

— Denise ne parle jamais de lui, dit Matt.

— C'est un sujet trop douloureux, répondit Clem, plein de bon sens.

— Tout ce qui touche à Weslake est sacré. Par exemple, cette viande de cerf qui est dans le congélateur – un cerf qu'il a abattu avant de mourir, je suppose –, eh bien Denise ne veut ni la manger, ni la balancer à la poubelle, ni même en parler !

— Ah, fit Clem en se calant dans son fauteuil. Ce cerf n'a pas été abattu, il a été percuté sur la route. Vous savez ce qui s'est passé à la mort de Weslake ?

— Il faisait son jogging dans la forêt de Yellow Creek quand une voiture l'a renversé…

— Il courait pour être en forme à l'ouverture de la chasse. Je ne suis pas chasseur, mais je sais qu'il faut être en forme. Il courait à la nuit tombée, après sa journée de travail. Il a été percuté par une voiture, qui a laissé très peu de marques sur son corps. Le légiste a conclu qu'il a été tué quasiment sur le coup. Le conducteur ne s'est pas arrêté. La police s'est démenée dans tous les sens. Pendant un temps, des barrages routiers ont été dressés, tous les automobilistes qui passaient par là étaient arrêtés, tous les véhicules examinés. Il y a même eu une enquête sur le passé de Weslake, qui s'est avéré irréprochable, bien sûr, puisque c'était un saint.

Matt avait beau être habitué à entendre les mormons s'auto-désigner comme des saints, cela ne lui en paraissait pas moins irritant.

— Et, bien sûr, ajouta Clem, la police a dû enquêter aussi sur Denise et a jeté un coup d'œil à la voiture. Quelques jours avant le drame, Weslake avait percuté un cerf sur la route. Il l'avait rapporté chez eux pour le mettre au congélateur. Un lot de consolation, en quelque sorte. Personnellement, je ne comprendrai jamais pourquoi les gens affrontent le froid et l'humidité pour abattre des cerfs quand il est si facile de leur rentrer dedans sans le faire exprès. Quoi qu'il en soit, vous imaginez les folles idées qu'ont eues les policiers en découvrant sur l'aile les traces de l'incident. Du moins jusqu'à ce qu'ils relient ça au cerf stocké dans le congélateur. Ce cerf a donc une certaine importance pour Denise. Parce que… Weslake a tué le cerf de la même façon qu'il a lui-même été tué, environ une semaine plus tard.

L'espace d'un instant, Matt eut l'impression de humer la forêt, la colline de son père… Weslake était mort dans un bois, avec dans les narines une odeur piquante et boisée.

— Je comprends que ce gibier ait eu une importance symbolique sur le moment. Mais je ne vois pas pourquoi Denise refuse de s'en débarrasser maintenant.

— Ah, les femmes ! s'exclama Clem en levant les yeux au ciel. Elles sont impossibles mais on les aime ainsi, n'est-ce pas ? Vous pourriez retirer discrètement la viande du congélateur. Je crois qu'elle veut s'en défaire mais qu'elle ne souhaite pas en assumer la responsabilité, si vous voyez ce que je veux dire.

— Mon père pourrait la manger, même si elle a été congelée il y a trois ans, déclara Matt.

— Qui ne gaspille pas ne manque jamais de rien, dit Clem avec son expression habituelle de vertu et de piété. Donnez-la à Hirsh, alors.

Au grand soulagement de Matt, Denise arriva.

— Nous venons d'avoir une conversation très agréable, glissa Clem à sa fille en gratifiant Matt d'un sourire de vieux renard.

— J'avais dit seize heures trente, mon chéri, tu es arrivé en avance on dirait.

Denise l'embrassa. Austin ignora son grand-père mais, à la grande joie de Matt, accueillit son père avec un vif enthousiasme. Clem les regardait, un peu tendu, comme s'il craignait qu'ils ne fassent tomber un bibelot ou une photo dans son cadre. Matt avait le sentiment que Clem attendait toujours d'Austin qu'il se conduise en adulte. Il paraissait chagriné de voir l'enfant grimper sur ses fauteuils ou s'emparer d'un énième biscuit. Aux yeux de Matt, la désapprobation de son beau-père rendait parfois Denise trop sévère à l'égard de leur fils.

Une femme corpulente en uniforme entra. Elle apportait le gâteau d'anniversaire et une infusion sans caféine que les mormons étaient autorisés à boire.

— À présent, prions.

Denise baissa la tête, et Matt essaya en vain de prendre Austin sur ses genoux pour le faire tenir tranquille.

Clem pria pour eux tous, pour que leurs vacances en Ligurie se passent bien et pour que le Président parvienne à résoudre la situation internationale complexe qui faisait la une des journaux. Matt, qui n'avait pas voté pour lui et désapprouvait sa politique internationale, rendit sa liberté à Austin à ce point-là de la prière. Le petit garçon disparut dernière le canapé en gloussant.

— Amen, conclurent Clem et Denise.

Matt n'aimait pas voir Denise observer si docilement la religion de son père en sa présence. Cependant, elle restait sereine lorsqu'il la questionnait à ce sujet. Elle répliquait qu'il n'y avait rien de mal à se soumettre et à obéir tout en conservant son indépendance, en son for intérieur : elle avait fait cela toute sa vie.

— Je ne suis pas opposée à cette Église, se contentait-elle d'expliquer. Je n'ai rien à lui reprocher. Seulement j'ai toujours su que je n'en faisais pas vraiment partie. Si c'est de l'hypocrisie, alors je suis une hypocrite.

Si Matt ne pensait pas que Denise soit une hypocrite, il soupçonnait Clem d'en être un. D'après Troy, il était très difficile de faire fortune dans l'immobilier dans cette région sans avoir recours de temps à autre à des pratiques douteuses. Troy racontait souvent à Jarvis et à Matt les histoires de corruption des délinquants en col blanc de Salt Lake City, et Matt aurait juré que Clem était capable de combiner croyances religieuses et manœuvres professionnelles immorales.

Perdu dans ces pensées il eut une illumination soudaine. Il venait de faire le lien entre deux facettes de sa propre existence jusque-là sans rapport entre Clem et M. Minelli. Durant toutes les années où Clem avait été dans les affaires immobilières, il avait forcément dû croiser M. Minelli. Quelqu'un, Mme Minelli ou Steve, n'avait-il pas dit que ce dernier travaillait dans ce milieu ?

Matt attendit patiemment que Clem et Denise aient fini de discuter de la Ligurie. Denise découpait le gâteau avec un long couteau, Austin agrippé sur son dos, un grand sourire aux lèvres.

Seule Denise pouvait conserver sa grâce dans de telles circonstances. Elle était vêtue de tons rouges et bruns. Ses vêtements flottaient autour d'elle et, sans être voyants, ils lui conféraient une allure exceptionnelle, que les gens remarquaient où qu'elle aille. Matt pensait qu'elle possédait la précieuse faculté de refuser de se compliquer l'existence et que cela se traduisait dans sa façon de s'habiller. Les autres femmes qu'il avait connues hésitaient chaque matin devant le miroir, essayaient telle robe, puis telle jupe, puis telle autre. En partant, elles se plaignaient, presque invariablement : les couleurs ne convenaient pas, ne s'accordaient pas, étaient trop vives ou mettaient leurs formes trop en évidence. Denise, elle, s'habillait tous les matins sans la moindre hésitation, puis semblait oublier ce qu'elle portait pour le reste de la journée.

Matt attendit que le sujet de la Ligurie soit épuisé, mais Denise et son père étaient intarissables. Ne trouvant pas le moment adéquat pour parler, il finit par les interrompre :

— Clem, avez-vous jamais croisé un type du nom de Minelli ?

— Arthur Minelli ?

Matt revit sa mère en train d'appeler Arthur Minelli. Elle se tenait là, à flanc de colline, et criait : « Arthuuur ! » Pourquoi l'appelait-elle ? Où se trouvait M. Minelli ? Comme la plupart des souvenirs qu'il conservait de sa mère, celui-ci était dépourvu de contexte. Ils flottaient dans une sorte d'immensité infinie.

— C'est ça, Arthur Minelli.

— Oh oui, dit Clem. Je m'en souviens bien.

Il se redressa, intéressé. La vive lumière de l'évocation du passé brillait au loin.

— Il avait une maison de vacances près de la nôtre, au bord du lac Arrow, dit Matt. Lui et sa femme étaient de très bons amis de mes parents.

Ne le répète pas à ton père ! Ça va très mal se passer pour toi si tu parles à tort et à travers, mon petit gars.

Clem hocha la tête.

— Il est mort de façon tragique.

L'odeur de la forêt, dense, putride, envahissante. Une voiture à peine entrevue. Rouge. Garée au milieu des arbres. Au volant, une ombre sans vie.

— C'était un homme plutôt agréable. D'excellente compagnie. Je me rappelle son rire, fit Clem.

Quelqu'un d'autre avait fait allusion à un rire… Steve Minelli s'était souvenu d'un rire, mais il ne s'agissait pas de celui de son père. Il s'agissait de celui de Hilly.

— Il riait un peu fort, si ma mémoire est bonne, fit observer Matt.

M. Minelli s'esclaffait toujours de façon soudaine et inattendue, et ses plaisanteries visaient invariablement à humilier quelqu'un. Et ce quelqu'un était souvent Hirsh. À ce souvenir, Matt reçut comme un coup à l'estomac.

— Oui, oui, dit Clem en passant son assiette vide à Denise.

— C'était une armoire à glace et un vrai boute-en-train. D'ailleurs, c'est grâce à lui qu'on a fait une si bonne affaire avec l'immeuble Rosebay. Il s'est donné beaucoup de mal. Beaucoup trop, à vrai dire. Parce que… il avait fait ses débuts dans le secteur immobilier résidentiel et, même s'il ne s'était pas mal débrouillé dans la vente de locaux commerciaux, il ne réalisait alors que de petites transactions avec ses associés. Dans la transaction Rosebay, il était seul et ne connaissait pas suffisamment les règles du jeu. Il a complètement outrepassé ses moyens et aurait pu avoir des ennuis avec la justice s'il avait vécu.

À l'évocation de l'immeuble Rosebay, son regard se fit plus pénétrant et Clem parut rajeunir.

— On voyait tous qu'il allait dans le mur. Je me souviens de cet été-là. Certains d'entre nous ont essayé de lui faire comprendre qu'il s'engageait sur la mauvaise route, mais il n'a pas voulu nous écouter. Il revenait de vacances, il était bronzé, décontracté, sûr de lui. Il devait penser qu'on avait d'autres motivations pour lui proposer de l'aider. Au final, il aurait été obligé, de toute façon, de nous laisser intervenir. Mais l'été s'est achevé et le Seigneur est intervenu.

Matt vivait depuis assez longtemps dans l'Utah pour ne pas être étonné par l'alliance entre affaires et religion.

— Il est mort en automne ?

— À la fin de l'été.

La fin de l'été. Lorsque les matins fraîchissaient et qu'on commençait à avoir l'estomac noué par les préparatifs de départ.

— Oui, répéta Clem, le Seigneur est intervenu à la fin de l'été.

À entendre son ton, l'intervention du Seigneur dans la transaction Rosebay était on ne peut plus claire.

— Ce devait être au début du mois de septembre, puisqu'on a conclu la vente en octobre, novembre : il a fallu quelques mois pour mettre de l'ordre dans ses affaires. Et la police a enquêté sur sa mort, évidemment.

Matt sentit se hérisser tous les poils de son corps. Il respira un parfum de feuilles écrasées. Il se tenait sur la colline et, de l'autre côté de la route, une voiture rouge était garée dans l'enchevêtrement des arbres qui bordaient le lac. La voiture ne bougeait pas, son occupant pas davantage, mais il y avait du mouvement. Quelqu'un courait vers la voiture. Quelqu'un d'autre suivait, moins rapide. Il y avait des voix, des cris qui se faisaient écho les uns aux autres comme des cris d'oiseaux, sans paroles articulées. Un bruit de moteur aussi, mais pas celui de la voiture rouge. Un autre véhicule s'approchait en vrombissant.

— Pourquoi la police a-t-elle enquêté ? demanda Matt.

Il eut le sentiment de parler dans une pièce vide, et non dans un salon où une mère tentait de convaincre son enfant de goûter sa verveine-menthe pendant que deux membres de l'équipe de nettoyage s'interpellaient dans le couloir.

Clem hésita. Il ferma les yeux pour mieux se concentrer. Matt attendit, respirant à peine afin d'inhaler le moins possible l'odeur de la forêt. La pièce était peu à peu envahie par des effluves de pâtisserie et de produits d'entretien. Enfin, Clem rouvrit les yeux.

— Il y a eu cet accident... un accident bizarre. Je ne me rappelle plus les détails. Il y avait une voiture, ça c'est sûr.

Les gens se regroupaient autour de la voiture rouge. Ils regardaient à l'intérieur, par les vitres, et l'un d'entre eux ouvrait très, très lentement la portière. C'était Hirsh. Sa lenteur était insoutenable. Pourquoi mettait-il tant de temps à ouvrir la portière ?

— Je ne me souviens plus précisément de ce qui s'est passé, reprit Clem. Mais il me semble qu'il a manipulé une arme à feu avec beaucoup d'imprudence. Minelli n'était pourtant pas un idiot : c'était un type intelligent, doué pour beaucoup de choses. Par exemple, c'était un merveilleux photographe.

Matt déglutit.

— Un photographe ? Il prenait quel genre de photos ?

— Des portraits, je crois, en noir et blanc.

Quand Matt s'était demandé qui était l'auteur des photos de sa mère, il en avait conclu que c'était son père. Elles semblaient plus pro que les autres clichés de Hirsh, mais Matt avait choisi d'ignorer ce détail. L'éventualité que M. Minelli en ait été l'auteur et que sa mère ait posé pour lui lui traversa soudain l'esprit. « Arthuuuur ! » C'était une pensée affreuse, inacceptable, que Matt avait chassée aussitôt. C'était un oiseau qui avait percuté une vitre – comme ceux qui se cognaient à la porte-fenêtre de la véranda que Matt et Steve avaient cassée. L'oiseau avait ricoché et était reparti, à tire-d'aile, dans la direction opposée.

—En ce temps-là, continua Clem, tout le monde faisait des photos couleur. Le noir et blanc était démodé mais Arthur m'en avait montré quelques-unes et il obtenait des résultats magnifiques.

Quelque chose vint tapoter la vitre ; on aurait dit un bec d'oiseau. C'était sans doute la pluie.

—Il s'agissait d'un hobby, mais il aurait pu en faire son métier. Il était vraiment doué. Oh, c'était un brave homme, j'imagine. Mais il ne faisait pas assez attention aux détails, il était un peu négligent. C'est ce qui lui a fait perdre Rosebay et, si ma mémoire est bonne, ce qui lui a coûté la vie.

9

Au début de l'été vint le moment de retourner voir Hirsh dans la montagne. Denise rappela à Matt qu'Austin et elle l'y accompagneraient.

— Ça a dû se réchauffer, là-haut, et il y a longtemps que Hirsh n'a pas vu Austin. Il va le trouver très changé, dit-elle.

Mais Matt se souvint que Hirsh avait l'intention de projeter les films de famille.

— Pas cette fois-ci, répliqua-t-il d'un ton ferme. Je ne veux pas faire courir de risques à Austin. Papa a eu de gros soucis avec les écureuils et il a mis de la mort-aux-rats partout. Vous viendrez plus tard.

Ce mensonge lui vint si facilement et si spontanément qu'il en resta stupéfait. À croire qu'il avait passé sa vie à mentir. Il réussit même à extirper la viande de cerf du congélateur et à la charger dans le coffre de la voiture sans que Denise s'en aperçoive, ce qui était aussi une sorte de mensonge.

Il sortit de la ville. Les montagnes se dressaient sur sa gauche, au loin. Les rangées de voitures sur les parkings des concessionnaires et les magasins d'usines avaient beau défiler à toute allure, il lui semblait ne pas avancer quand il regardait les montagnes pour mesurer la distance parcourue. Leurs versants immenses et lisses donnaient sur les plaines, vers le Grand Lac salé. Matt songea aux pionniers mormons venus de l'autre bout du pays en poussant leurs charrettes à bras : ils avaient traversé ces plaines infinies en direction des montagnes, probablement persuadés qu'ils n'atteindraient jamais leur but. Il était si impatient de changer d'altitude qu'il en avait des fourmis dans les doigts. Lorsqu'il était enfant, le trajet jusqu'au lac Arrow lui paraissait interminable tant il avait hâte d'arriver. À présent, il changeait de voie plus souvent que nécessaire, rejoignant puis quittant le flot des autres voitures parce qu'il éprouvait le besoin rassurant de sentir son véhicule répondre à ses manœuvres. Puis il laissa derrière lui la ville et l'autoroute, et attaqua l'alternance de montées et de descentes du premier col. Un télésiège vide apparut, se hissant lentement et silencieusement sur le versant de la montagne.

La route n'était pas désagréable. Ses nombreux lacets et l'apparition régulière des virages en épingle à cheveux relaxaient Matt, tout comme la perspective de voir Hirsh. Son père l'attendait. Le lac, aussi sombre et silencieux que le ciel du soir, attendait, lui aussi. Tout comme la maison en bois. Et la colline, ses grands arbres et les sculptures qui se décomposaient. Concentré sur sa destination, il oublia, pour une fois, de penser avec nostalgie à Denise et Austin en espérant qu'il leur manquait.

C'est alors qu'il vit dans le rétroviseur une voiture rouge.

Elle était loin derrière, si loin qu'il ne fit d'abord que l'entrevoir, et si furtivement qu'il se demanda s'il ne l'avait pas imaginée. Il continua à rouler, les yeux désormais rivés sur le rétroviseur. Pendant quelques minutes, la voiture ne reparut pas. Et puis, en l'un des rares endroits où la route dessinait une longue ligne droite, il remarqua avant de tourner une minuscule tache rouge. Il ralentit et, dans la ligne droite suivante, juste avant un virage, il la vit de nouveau.

Son cœur battit plus vite. Il existait de nombreuses voitures rouges. Il ne s'agissait pas forcément de la même. Toutefois, cette route était peu fréquentée et il était très inhabituel de voir un véhicule entreprendre la montée du col aussi tard dans l'après-midi.

Il la perdit de vue quelques instants mais, tandis qu'il gagnait en altitude et effectuait des virages de plus en plus serrés, il réussit à baisser les yeux et l'entraperçut, non loin au-dessous de lui. Elle gravissait le ruban d'asphalte avec la détermination d'une fourmi. Trois virages plus loin, elle resurgit. Matt parvint à une aire de repos et décida de s'arrêter pour la laisser passer.

Il attendit dans un silence que seul venait rompre le cliquetis du moteur encore chaud. La mise en garde de Jon lui revint à l'esprit : surtout, ne pas paraître inquiet. Il saisit son téléphone portable et fit semblant d'être en communication. Mais la voiture rouge ne passa pas.

Matt patienta. Il savait qu'elle ne tarderait pas. Nulle part elle n'avait pu tourner à gauche ou à droite – ni même s'arrêter.

Toute son attention était concentrée sur le coude rocheux, derrière lui, d'où il était certain que la voiture allait émerger. Le revêtement de la route était si vieux et délavé qu'il avait viré au gris et que les lignes jaunes étaient presque blanches. L'asphalte semblait vibrer légèrement, comme s'il exsudait un peu de la chaleur emmagasinée pendant la journée. La route le narguait, absolument déserte.

Matt s'était raidi. Il laissa tomber son téléphone portable et tendit l'oreille pour tenter de discerner le bruit d'un moteur. Mais, à mesure que les secondes s'écoulaient, il se sentait de plus en plus tendu. Il baissa sa vitre, pour mieux entendre. Dans l'air fraîchissant, un frisson courut sur sa peau.

La plate-forme était nichée contre la face abrupte de la montagne. Au-dessus de lui, des parcelles nues d'un sol friable apparaissaient, entre les rochers et les taches de verdure. De l'autre côté, un à-pic de plusieurs centaines de mètres propre à donner le vertige à quiconque y aurait plongé le regard. La voiture rouge n'avait pu monter ou redescendre ni faire demi-tour, vu l'étroitesse de la route. Où était-elle donc passée ? Même en roulant au pas, depuis le temps, elle aurait dû arriver.

Il avait les nerfs à vif et l'estomac noué par l'attente. Soudain, un bruit retentit, qui le fit sursauter.

Quelqu'un tambourinait sur le toit de sa voiture. Son cœur bondit dans sa poitrine et son sang se glaça dans ses veines. La partie de son esprit encore en mesure de fonctionner identifia la nature du bruit : on venait de lui jeter une poignée de cailloux. Le son cessa, aussitôt remplacé par un grondement lointain. Était-ce la voiture rouge qui, de façon incompréhensible, dévalait le flanc raide de la montagne pour venir heurter le toit de son propre véhicule ? Il sortit la tête et tendit le cou juste à temps pour voir débouler un rocher bien loin au-dessus de lui. Le rocher ricocha sur la végétation et les cailloux, projetant des fragments au-devant de lui. Une autre poignée de pierraille atteignit le toit de la voiture.

Matt mit le contact et démarra si précipitamment qu'il n'eut pas conscience, sur le moment, de son geste. Comme le jour où il s'était retrouvé hors de chez lui et s'était rendu compte, après coup, qu'un tremblement de terre venait d'avoir lieu.

Tournant la tête, il vit le rocher débouler vers l'endroit où il était garé auparavant et s'écraser violemment sur le sol, tandis qu'une pluie de pierres rebondissaient tout autour, telles des billes. Sans doute le rocher aurait-il manqué sa voiture. Matt en avait eu l'intuition, en le voyant dévaler la pente abrupte. Mais elle lui avait aussi soufflé qu'il risquait d'être atteint par les éboulis.

Le cœur battant la chamade, Matt poursuivit sa route. Il roula aussi vite qu'il le put, lançant sa voiture dans les virages sans se préoccuper que d'autres véhicules puissent surgir en sens inverse. Il jetait de fréquents coups d'œil au rétroviseur et s'arrêta même, à un moment, pour mieux scruter le ruban d'asphalte qu'il laissait derrière lui. Mais il était désert. Pour la première fois depuis des années, Matt prêta attention aux pancartes annonçant çà et là : ATTENTION ! CHUTES DE PIERRES.

Lorsqu'il parvint au lac Arrow, il faisait déjà sombre. À la périphérie de la petite ville, en bord de route, s'étalaient une multitude de maisonnettes en bois. Certaines étaient anciennes, avaient été peintes de couleur vive pour les rafraîchir. Quant aux maisons neuves, en bois sombre, on leur avait donné l'air ancien. Quelques-unes ne cherchaient pas à se donner des airs. Elles étaient envahies par la végétation et les objets de toutes sortes. Leurs vérandas croulaient sous la quincaillerie, de vieux jouets, depuis longtemps négligés, de vieilles casseroles posées là un jour, près des marches, et oubliées depuis. Au-delà de tout ce fouillis, les guirlandes lumineuses du dernier Noël papillotaient encore. Lonnie, une amie de Hirsh, vivait dans l'une de ces maisons, que Matt examina au passage. Des meubles s'entassaient sur la véranda, au milieu de frigos cassés et de morceaux de climatiseur, et Lonnie se frayait chaque jour un chemin au milieu, sans les voir, lorsqu'elle se rendait à l'établissement où reposait Robert, qui était plongé dans le coma.

Matt baissa la vitre et se pénétra aussitôt de l'air vif de la montagne. Il se gara sur le parking, sur la rive du lac où se trouvait la ville, et sortit afin d'observer la route derrière lui. Ici, il lui suffisait de respirer pour avoir le sentiment de se purifier les poumons. Tel un fumeur, il inhala de longues bouffées d'air qui lui firent l'effet d'une drogue : plus il en avait, plus il en voulait. L'obscurité gagnait le paysage environnant, les montagnes disparaissaient peu à peu dans la pénombre, tout comme la neige subsistant sur les pentes les plus élevées. Le lac lui-même reflétait la noirceur du paysage. En se retournant, Matt constata que les réverbères de style rétro étaient allumés et les vitrines des magasins illuminées.

Il surveillait la route, s'attendant encore, sans vraiment y croire, à voir passer la voiture rouge. Existait-elle seulement ? Il se rappela l'expression de Jon, lorsqu'il lui avaient parlé : Jon soupçonnait probablement son confrère d'être paranoïaque, ce qui n'était pas dénué de fondement. Par définition, si c'était le cas, Matt ne pouvait s'en rendre compte. Combien de temps la voiture rouge (réelle ou imaginaire) continuerait-elle à le suivre ? Jusqu'à ce qu'il soit parvenu, Dieu sait comment, à remonter le fil du temps et à comprendre quel rôle il avait joué dans la mort de M. Minelli ? Jusqu'à sa comparution devant le tribunal, à l'automne ? À cette seule pensée, il eut un pincement au cœur.

Aucun véhicule ne passa, à l'exception d'une camionnette sortie de l'une des allées proches. Au bout de dix minutes, Matt remonta dans sa voiture.

La maison de Hirsh était située à l'écart, sur une pente boisée, un peu au-dessus de la ville et du lac, mais bien au-dessous des neiges tardives. Elle avait été construite cinquante ans plus tôt par un architecte qui en avait fait sa résidence secondaire. Longue et basse, elle présentait les angles saillants caractéristiques de cette période. Mais les larges panneaux de bois et de verre avaient été travaillés par le climat qui sculptait les montagnes et par le vent qui fouettait les arbres – si bien qu'elle paraissait organique, comme si on l'avait plantée là il y a bien longtemps et qu'elle avait poussé lentement, au fil des ans.

Matt s'engagea dans l'allée, qui coupait à travers bois. S'approchant de la maison, il aperçut la voiture de Hirsh dans son abri, ainsi que deux autres véhicules garés près de la véranda. L'une d'elle était grosse et luisante, d'un modèle ancien. Si l'autre aussi était ancienne, son entretien laissait à désirer. Une aile était froissée, la carrosserie portait la trace de créneaux ratés et d'autres manœuvres hasardeuses ; la peinture se détachait par plaques. Elle ne pouvait appartenir qu'à Lonnie.

Pendant un instant, Matt demeura immobile, respirant l'odeur de bois et de feuilles, l'odeur du jardin de Hirsh. Sur le sol, près de la fenêtre de la véranda – celle que Matt et Steve avaient cassée autrefois en jouant au ballon –, gisait le cadavre d'un petit oiseau qui, trop pressé de trouver de la nourriture ou de bâtir son nid, avait percuté la vitre de plein fouet. Matt ramassa le corps froid et le posa délicatement sur la mousse.

Il ouvrit la porte de la véranda et cria « bonsoir ». Les lumières de la maison étaient éteintes, mais il entendit qu'on lui répondait, depuis le séjour. Dans la pénombre, il discerna trois silhouettes assises autour de la cheminée. Hirsh lui fit un grand sourire et commençait à lui parler lorsqu'une voix plus puissante recouvrit ses mots :

—Eh bien, c'est le jeune Dr Matt ! s'exclama le shérif Turner.

Il était assis près de Lonnie, une jambe raide et inerte étendue devant lui. Il s'agita, comme s'il allait se lever, mais Matt savait que ce n'était qu'un geste de politesse : le shérif n'avait aucune intention de se mettre debout. Matt joua le jeu, s'empressant d'aller au devant du vieil homme pour l'empêcher de s'extirper de son siège. Il eut l'impression que le shérif lui broyait la main en la lui serrant, comme lorsqu'il était enfant.

— Comment allez-vous, shérif ? demanda Matt.

Le titre lui était resté, bien que le shérif Turner ait pris sa retraite des années plus tôt.

— Il y a ce genou qui continue à me donner du fil à retordre. Ça a à voir avec le cartilage, ou un truc dans ce goût-là... Ton père m'a expliqué, une fois, mais pas facile de comprendre ce qu'il raconte depuis qu'il est devenu sénile !

Hirsh souriait toujours à Matt, qui se réjouit de constater que son père était heureux de le voir et de l'avoir chez lui.

— J'ai payé deux fois l'abonnement de mon magazine de chasse parce que j'avais oublié que je l'avais déjà fait, expliqua Hirsh. Depuis, Elmer prétend que je perds la tête.

— Désolé d'être celui par qui arrivent les mauvaises nouvelles, Hirsh, mais pour lâcher deux fois son fric faut vraiment avoir une case en moins, insista le shérif Turner.

— Salut, Lonnie, dit doucement Matt.

Si sa silhouette rondouillarde et charpentée n'avait pas esquissé un mouvement lorsqu'il était entré, elle ne l'avait pas quitté des yeux. Elle ne leva pas le bras quand il voulut lui serrer la main ; Matt se contenta donc de lui presser l'épaule. Hirsh l'avait prévenu : depuis que Robert était plongé dans le coma, Lonnie était de plus en plus apathique. Il disait que certains jours elle semblait vouloir nier l'existence de son corps tant elle se tenait immobile.

Elmer Turner voulait vraiment prouver la sénilité de Hirsh :

— Dis-moi, Hirsh... Il t'est déjà arrivé d'entrer dans une pièce et d'oublier ce que tu étais venu y faire ? Hein ? Ou de ne pas terminer une grille de mots croisés parce tu ne trouves pas ce fichu mot... pour finir te rendre compte que c'était un mot super-simple, du genre... je sais pas, moi... putois ou raton laveur ? Ou d'aller à la supérette acheter du lait et de revenir avec du sucre ?

— Il y a quarante ans que je fais toutes ces choses-là ! rétorqua Hirsh en gloussant.

— Tu es déjà resté assis dans la pénombre parce que tu n'avais pas vu qu'il faisait pratiquement nuit ? demanda Matt. Tu as déjà oublié de faire du feu parce que tu n'avais pas remarqué que la température avait baissé ? Tu as déjà négligé d'offrir une bière à ton fils alors qu'il vient de traverser la montagne en voiture pour venir te voir ?

151

Hirsh se remit à rire et entreprit de se lever, avec effort. Matt l'en empêcha.

— J'y vais, dit-il. J'ai un truc à mettre au congélateur tout de suite. Qui d'autre a envie d'une bière ?

— Faut que j'y aille, soupira le shérif Turner sans faire le moindre geste. Bon, je vais quand même prendre une bière avant.

— N'allume pas la lumière ! dit une voix rauque. Fais du feu, va chercher des bières, mais n'allume pas la lumière !

— Pas de problème, Lonnie, répondit Matt.

Malgré son ton décontracté, la voix de Lonnie l'attristait. On aurait dit que ses cordes vocales étaient rouillées faute d'exercice et que parler lui faisait mal.

Il alla d'abord chercher la viande de cerf. Il constata avec surprise que les parois du congélateur étaient tapissées d'une épaisse couche de glace. De retour avec les bières, il observa plus attentivement le visage de Lonnie. Dans la pénombre, il lui paraissait plus large et peut-être plus plat qu'autrefois. Si les cheveux grisonnaient, la peau était en revanche très peu ridée.

Faire du feu fut facile. Hirsh avait déjà tout préparé dans la cheminée : des feuilles de journaux torsadées puis nouées sur elles-mêmes, des brindilles par-dessus, recouvertes de fines branches, le tout disposé au cœur d'un amas de bûches.

Matt craqua une allumette et les flammes dévorèrent le papier avec avidité, puis faiblirent en atteignant les bûches avant de redoubler d'intensité et de mordre le bois. Tous assistaient au spectacle sans mot dire. Les flammes ayant gagné en puissance, Matt passa en revue les vieux visages que l'éclat doré de la cheminée semblait avoir rajeunis.

— Tu m'as l'air bien triste, ce soir, Lonnie, dit Matt. Les choses ne s'arrangent pas ?

La vieille femme poussa un soupir, les yeux au ciel.

— C'est bientôt l'anniversaire, fit-elle d'un ton neutre.

— Votre… euh… votre anniversaire de mariage ? demanda Matt.

Ce n'était pas la chose à dire, il le sentait. Mais comment trouver les bonnes paroles ?

— Non, rétorqua Hirsh, voyant le visage de Lonnie s'assombrir. L'anniversaire de l'accident de Robert.

Matt sursauta, réalisant soudain. Bien sûr, c'était désormais le seul anniversaire qui ait désormais un sens aux yeux de Lonnie.

— Ça fait combien de temps, maintenant… trois ans ?

— Cinq.

— Cinq. Cinq !

Perplexe, Matt répugnait à poser à Lonnie la question que tous les amis et commerçants lui avaient posée des centaines de fois :

— Et son état ne s'est toujours pas amélioré ?

— Non. Il est exactement dans le même état qu'il y a cinq ans, juste après l'accident. Même physiquement il n'a pas changé. Comme la Belle au bois dormant. Je n'ose pas vieillir, moi non plus. Je ne veux pas qu'il me prenne pour sa grand-mère quand il se réveillera.

— Tu penses sincèrement qu'il va se réveiller ? s'enquit Matt.

Il s'efforça de ne pas paraître incrédule ou sceptique, et de parler comme un médecin qui demande avec détachement son opinion à un confrère.

— Absolument, répondit Lonnie, catégorique. Récemment encore, en Californie, il y a un gars qui est sorti du coma au bout de neuf ans.

Matt aurait préféré que le gars en question reste dans le coma plutôt que de donner de faux espoirs à des milliers de familles qui hésitaient à maintenir artificiellement en vie un proche plongé dans un coma prolongé. Il aurait voulu dire à Lonnie que le patient de Floride constituait un cas sur un million, mais à quoi bon : elle se serait contentée de ça.

— Tu continues à lui rendre visite tous les jours ?

— Bien sûr. Et je lui parle. Je lui raconte tout. Je suis persuadée qu'il entend et qu'il comprend. Il ne peut pas répondre, c'est tout.

— C'est exactement ce qu'il faut faire, Lonnie, dit Hirsh avec douceur. Lui parler, lui faire écouter de la musique, lui raconter ce qui se passe ici. C'est ce qu'il faut faire, dans ces cas-là.

— Elle ne lui raconte pas tout, tu sais, glissa le shérif Turner d'une voix lourde de sous-entendus. Pas vrai, Lonnie ?

Elle soupira et regarda Matt.

— Je n'achète pas grand-chose, mais quand ça m'arrive je ne peux pas lui en parler. Il serait inquiet de me voir dépenser autant d'argent.

— Tu ne lui as pas encore dit que tu avais gagné au loto ? demanda Matt, stupéfait.

Effectuant un minimum de mouvements, elle secoua la tête. Par une cruelle ironie du sort, elle avait remporté le gros lot juste après que Robert fut tombé de son échelle alors qu'il taillait des arbres de leur jardin. Elle n'avait pas déménagé, ni même rénové sa maison. Elle voulait que Robert, à son réveil, retrouve tout comme il l'avait laissé. C'est pourquoi elle ne s'autorisait à acheter que des choses que Robert ne remarquerait pas ou qu'il aurait oubliées. Elle changeait régulièrement de réfrigérateur, de four à micro-ondes, de casseroles.

— Ça me fait mal au cœur de penser à tout cet argent qui moisit à la Wells Fargo, dit le vieux shérif. Quand j'y songe, mon genou me fait encore plus mal.

— Tous les ans je fais une donation à la recherche contre le cancer, rétorqua Lonnie, légèrement sur la défensive. Et je vous l'ai dit, les gars, je vous donne ce que vous voulez.

— Lonnie, on ne veut pas de ton argent, répliqua Hirsh d'une voix patiente, comme s'il avait refusé maintes fois la proposition.

— Je pourrais racheter ma jeunesse, avec ? demanda le shérif. C'est l'unique chose que je désire, or ça ne s'achète pas. Être jeune comme Matt, mais avec ma sagesse, voilà ce que je voudrais. Dis-moi, Matt, comment vous aimez passer du bon temps, vous, les jeunes d'aujourd'hui ?

Le shérif lui parlait comme s'il était célibataire et faisait tous les soirs la tournée des boîtes de nuit. À vrai dire, Matt ne se considérait plus comme jeune. Depuis son retour d'Afrique, il se sentait beaucoup plus vieux que ses confrères du même âge restés au pays.

Il haussa les épaules.

— Je passe presque tous mes moments de détente en compagnie de Denise et d'Austin. Mais je vais tout de même boire une bière avec mes potes environ une fois par semaine... La dernière fois, on est allés voir une expo. En fait...

Son cœur battit plus vite. Les Minelli. Le shérif et Lonnie se rappelleraient sûrement dans les moindres détails l'étrange accident qui avait coûté la vie à Arthur Minelli.

— ... En fait... Eh bien... je suis tombé sur un type, l'autre jour, à l'hôpital, dont vous vous souvenez peut-être... Steve Minelli. La famille Minelli passait ses étés dans une maison au bord du lac, tout près d'ici. Ça vous dit quelque chose ?

Il lui sembla détecter un mouvement involontaire et spontané chez ses trois interlocuteurs. Tous avaient tourné la tête vers lui, y compris Lonnie. Leur expression n'avait rien de candide mais ne révélait rien. Ils attendaient.

— On se souvient, déclara Hirsh d'une voix rauque.

Matt eut l'impression que le corps de son père était devenu raide comme une bûche. Son intuition lui souffla que, s'il aimait son père, il ferait mieux de s'arrêter là. Il aimait son père mais n'en continua pas moins.

— Ils avaient quatre fils et Steve était le cadet. C'était un bon ami à moi, on jouait tout le temps ensemble quand on était gosses. J'ai été enchanté de le croiser par hasard. Et vous savez quoi ? Il travaille à l'hôpital et c'est un...

Matt hésita. S'il avait été en voiture avec Jarvis, celui-ci aurait fait une brusque embardée, freiné à bloc et laissé tomber la tête sur le volant en entendant Matt appeler Steve un artiste.

— ... et il expose également ses photos en ville en ce moment. Il m'a invité à l'exposition.

— Il travaille dans le même hôpital que toi ? s'exclama Elmer Turner.

S'aidant de ses deux mains, le shérif changea la position de sa jambe engourdie. Puis, jetant un coup d'œil à ses compagnons, il ajouta :

— Drôle de coïncidence.

— Il a beaucoup changé ? interrogea Lonnie.

— Bien sûr qu'il a changé en vingt-six ans, mais... je crois qu'il est resté le même, intérieurement. Je crois qu'on a encore beaucoup en commun.

— C'est quoi son boulot ? demanda-t-elle.

— Oh, il fait partie de l'équipe d'entretien. Il nettoie les blocs opératoires, par exemple.

De même que la salle de réveil et la morgue, mais Matt se garda de le mentionner. Il contempla le feu de cheminée. Son père, Lonnie et le shérif échangeaient des regards.

— Et qu'est-ce que tu as pensé de l'exposition ? demanda Hirsh, de la même voix bourrue.

Matt hésita.

— L'art, c'est vraiment pas mon fort. Denise doit y aller bientôt et son jugement est plus fiable que le mien. Mais... est-ce que le père de Steve ne faisait pas de la photo, lui aussi ? Je veux dire... M. Minelli était également photographe, non ?

Il fut frappé par le son de sa propre voix, trop fort, trop exalté, comme s'il voulait attirer l'attention sur les photos cachées dans le grenier.

— Il me semble qu'il travaillait dans l'immobilier, dit le shérif.

— Eh bien, répliqua Hirsh en dévisageant Matt, il n'était pas pro, mais c'était un connaisseur avisé. Il possédait sa chambre noire. Je crois même qu'il s'était installé un petit studio, ici. Il avait des projecteurs et un peu de matos. Mais dans la vie de tous les jours il était agent immobilier.

Un petit studio, des projecteurs... Matt se surprit à espérer que sa mère ne faisait pas partie du « matos ». Il se tourna vers le feu pour ne pas laisser voir qu'il avait rougi.

— Je me souviens très bien de Steve, dit le shérif. Si la vie était un camion, Matt, dirais-tu qu'il a été broyé sous ses grosses roues ?

— Si la vie est un camion, rétorqua aussitôt Lonnie, alors nous sommes au volant et non sous ses roues, Elmer.

— Parle pour toi, Lonnie ! Steve était tout gosse quand il a perdu son père, reprit le shérif en haussant les sourcils, les yeux rivés sur Matt comme s'il attendait sa réponse. Et si ma mémoire est bonne Arthur Minelli a laissé des dettes et des tas de soucis d'argent. Toujours est-il qu'ils ont dû vendre leur maison de vacances. Alors, Matt, tu trouves qu'il s'en sort comment ?

— Pas si mal, j'imagine. Il a eu des problèmes de drogue dans le passé, mais j'ai l'impression qu'il a remis de l'ordre dans sa vie.

— Il t'a dit où il était passé pendant toutes ces années ? demanda Hirsh.

— À Seattle.

Un silence.

— Oh. À Seattle, répéta Elmer d'une voix impassible.

Matt s'adressa à Elmer :

— Tu étais shérif, quand M. Minelli est mort ?

Il se remémora les silhouettes qui s'agitaient autour de la voiture rouge garée dans les bois. Hirsh avait ouvert la portière côté conducteur. Lentement, trop lentement… Il y avait quelqu'un d'autre, des voix, puis le vrombissement d'une auto sur la route.

Le vieux shérif opina. Mais comme il baissa aussitôt la tête pour boire une gorgée de bière, Matt ne fut plus certain de l'avoir vu acquiescer. Il était conscient de ces signes et mises en garde discrets que les autres lui envoyaient – un geste de la main, une intonation inhabituelle – pour l'inciter à cesser de poser des questions sur les Minelli. Mais c'était plus fort que lui : il avait soulevé le couvercle et, désormais, il devait regarder au fond du puits.

— Je me rappelle qu'il a été tué par une arme à feu. Tu te souviens des détails ? demanda-t-il.

Matt eut le sentiment que l'atmosphère était devenue électrique, comme si le courant s'était échappé des prises murales et crépitait entre eux. Mais sans doute cela ne venait-il que de lui-même et du mélange d'anxiété et de nécessité qui le pressait à poser sur M. Minelli les questions qui l'aideraient à savoir quel rôle il avait joué dans sa mort. Son père devait être sensible à la tension qui émanait de lui, car il se leva soudain pour s'emparer des pinces à feu.

— Elle va tomber, dit-il, repoussant dans l'âtre la bûche rebelle en flammes.

S'agrippant à Matt et Lonnie, Elmer s'extirpait à présent de son fauteuil.

— Ça s'est passé il y a si longtemps que j'ai oublié les circonstances de l'accident. Je me rappelle seulement que c'était moche, ça oui. Et quel terrible choc pour la famille !

Il haletait à présent que ses jambes devaient à nouveau supporter son poids. Il penchait, et Matt, auprès de lui, ressemblait à un géant.

— Aide-moi à descendre, tu veux bien, Lonnie ?

Campés sur la véranda, Matt et Hirsh regardèrent les deux voitures s'enfoncer lentement dans la nuit. Lonnie avait oublié d'allumer ses feux arrière, si que bien que son véhicule parut s'évanouir dans l'obscurité. Le père et le fils demeurèrent un moment silencieux. Ils distinguèrent le bruit des moteurs jusqu'à ce que les voitures s'engagent sur la route et redescendent la colline, passant devant le lac et la maison de Stewart pour rejoindre la ville.

10

— Apparemment, Lonnie ne perd jamais espoir, fit remarquer Matt en rentrant avec son père dans la maison.

— Elle ne peut pas se le permettre... Sinon elle s'effondrerait, un peu comme les dépendances de la maison de John-Jack Perry quand il les a dynamitées.

Dans la cuisine, Hirsh se mit à préparer le repas. Matt s'assit à table et prit un magazine au hasard.

— Pourquoi John-Jack a-t-il dynamité ses dépendances ?

— Pour montrer à Anita à quel point il lui en voulait d'être partie, répondit Hirsh, comme si cela justifiait la destruction d'une tonne de bois et de métal. Lorsque John-Jack a déblayé tous les débris, il s'est retrouvé avec le seul terrain plat à la ronde, et il a pu s'installer ce petit champ de tir.

Baissant les yeux sur la revue qu'il tenait, Matt constata que c'était le fameux magazine de chasse auquel Hirsh s'était abonné deux fois.

— Pourquoi tu le reçois toujours ? demanda-t-il. Tu ne chasses plus.

— Bien sûr que si, protesta Hirsh. Un petit peu, du moins, histoire de garder la main.

— Tu tires encore des bêtes ?

— Des nuisibles, surtout. Elmer avait un putois qui traînait autour de sa maison et comme il a un peu la tremblote, ces derniers temps, je l'ai abattu pour lui. Sinon, quand je chasse, c'est seulement pour me nourrir.

— Tu chasses pour te nourrir ?

Matt éprouva un mélange de surprise et d'agacement. Les seuls moments où Hirsh l'irritait, c'était quand il jouait au pauvre.

— Le supermarché du coin est devenu trop cher pour toi ?

— Il n'y a pas meilleure viande que le gibier. C'est sain, pas gras du tout. Et c'est bon, aussi. Il y avait un cerf boiteux dans les parages. Le tuer, c'était presque lui faire une faveur. J'ai laissé faisander la viande un bon bout de temps, puis je l'ai fait cuire à feu très doux. Au dernier moment, j'ai ajouté de la crème allégée, des fines herbes, et les gars sont venus dîner…

Les gars… c'est-à-dire Elmer, Stewart et Lonnie. La vieille femme n'était certes pas un gars au sens strict du terme, mais elle faisait partie du groupe. Avant que le coma de Robert n'accapare toute son existence, elle se vantait de boire et jurer plus que n'importe quel type de la ville, bien qu'elle ne se soit jamais illustrée de manière très spectaculaire dans aucune de ces deux activités. Une fois, elle avait même prétendu pouvoir pisser plus haut que les autres mais avait également négligé d'en faire la démonstration.

— Et la viande était bonne ?

— Même si c'est moi qui le dis, crois-moi : elle était succulente.

— J'ai mis du cerf dans ton congel il y a un instant. De la viande congelée il y a trois ans. Tu peux la consommer, à tes risques et périls.

— En principe, on dit qu'il ne faut pas congeler le cerf plus de un an, mais ce n'est pas vrai. En fait, si l'on s'y prend bien, c'est une viande qui se conserve pour ainsi dire éternellement.

— On a eu à traiter un gars, aux urgences, qui avait mangé un poisson congelé il y a vingt-cinq ans.

— Si ç'avait été fait dans les règles de l'art, il n'aurait pas eu de souci, ricana Hirsh. T'en as amené beaucoup, de ce cerf tué il y a trois ans ?

— Je pense qu'en mettant les morceaux bout à bout on peut reconstituer presque tout l'animal. J'ai eu du mal à trouver de la place pour le ranger, cela dit. Ton vieux congélateur est plein de givre.

— Je sais, je sais, grommela Hirsh, c'est pas terrible. J'ai l'intention de le dégivrer depuis longtemps, mais je ne me décide jamais, parce que c'est compliqué de dégivrer le congélateur sans décongeler les aliments qu'il contient. Et puis, l'eau dégouline partout, il faut passer la serpillière.

Hirsh parlait comme un vieil homme qui pour la première fois de sa vie baissait les bras face à la complexité d'une corvée ménagère. Matt se rappela la bûche trop lourde.

— Tu pourrais t'en acheter un autre, à dégivrage automatique, suggéra Matt, anticipant la réaction de son père.

— Le vieux me convient très bien !

Matt sourit.

— Je te le dégivrerai demain, dit-il.

Il s'attendait à des protestations. Il s'attendait que Hirsh rétorque qu'il avait du temps à ne plus savoir qu'en faire et qu'il le dégivrerait un de ces quatre. Or, à la grande surprise de Matt, Hirsh accepta. Il en déduisit qu'il y avait peut-être d'autres tâches ménagères qu'il pourrait accomplir pour l'aider. Avant ce jour, toute proposition de ce genre aurait vexé son père. Était-ce le début d'un transfert de responsabilité progressif ? Matt finirait-il par tout faire pour un vieillard impotent, comme Denise avec Clem ?

Hirsh le questionnait au sujet de la viande de cerf.

— Elle vient d'où, d'abord ?

Matt expliqua que la bête avait été la dernière victime de Weslake. Son père l'écouta avec attention.

— Matt..., dit-il à voix basse.

Matt leva les yeux, déconcerté. Son père l'appelait rarement par son prénom. Hirsh baissa le feu sous la sauteuse et se tourna vers lui.

— Je voudrais te poser une question... As-tu jamais rencontré Weslake ?

Clem lui avait demandé exactement la même chose.

— Eh bien, je connaissais le personnage, bien sûr. Il faisait pas mal parler de lui, en ville, avec sa Clinique du poids et ses spots télévisés. Lorsqu'on a réalisé les premières gastroplasties, il nous a envoyé pas mal de patients.

161

— Mais vous vous êtes rencontrés ou pas ?

— Non.

— Alors que vous étiez tous les deux dans le domaine gastro-intestinal ?

— Il dirigeait une sorte de clinique mais n'était pas médecin. À part Jon Espersen, je doute que quiconque l'ait jamais pris au sérieux. Et encore, c'était avant tout parce que Weslake lui fournissait des cobayes pour nos gastroplasties. Il n'y avait donc pas de raison pour que nous nous rencontrions dans un cadre professionnel.

Matt était sur la défensive ; il s'en rendit compte au ton de sa voix. Hirsh le fixait, le regard acéré. Il en oubliait la cuisson de sa viande, qui commençait à sentir le brûlé. Matt se leva pour la retirer du feu, mais Hirsh, d'un geste vif, saisit le manche de la sauteuse. Matt se rassit en silence et feuilleta le magazine de chasse d'un œil distrait.

— Alors comme ça, Jon Espersen et Weslake se connaissaient, mais Weslake et toi vous ne vous étiez jamais rencontrés…

C'était sans doute une affirmation, mais ç'aurait tout aussi bien pu être une question – toujours la même, pour la troisième fois.

— Jon et Weslake étaient amis. Denise et Christine aussi. D'ailleurs, elles le sont toujours. Elles fréquentaient le même cours de yoga, ou un truc dans ce goût-là, dit Matt en se levant.

Il avait l'impression, tandis qu'il subissait les questions de Hirsh, de prendre trop de place, de rougir et d'être maladroit. Il n'avait qu'une idée en tête : quitter la pièce.

— Mais tout cela a eu lieu avant ma rencontre avec Denise, lança-t-il.

Il sortit de la cuisine d'un pas déterminé, comme s'il avait oublié quelque chose qu'il devait vite aller chercher. Dans le vestibule, il se figea. Il n'avait aucun but.

Il entra dans le salon, alluma la lampe et se mit à observer la pièce comme si elle allait soudain s'animer. Ses coins sombres semblaient dissimuler un monde de réminiscences issues des étés lointains qu'il avait passés ici, avec Hilly, pendant l'absence de son père. Matt ouvrit un tiroir secret de son esprit et en tira un souvenir : sa mère en train de jouer du piano. Il le déplia avec soin. Ses couleurs n'étaient pas totalement fanées. Son atmosphère faisait écho à l'atmosphère présente, celle du salon plongé dans la pénombre. Avait-elle joué à la tombée de la nuit ?

Le souvenir se précisait à peine quand Matt remarqua, dépité, le projecteur et l'écran discrètement calés sur le mur du fond. Une très longue soirée en perspective.

— Le dîner est prêt ! cria Hirsh.

Matt retourna dans la chaleur de la cuisine. Il repoussa le magazine.

— Steve Minelli m'a parlé de cette partie de chasse à laquelle on a pris part, avec son père et ses frères.

Cette fois-ci, Hirsh réagit assez paisiblement à l'allusion aux Minelli :

— Est-ce qu'il a mentionné le fait que j'ai loupé le cerf ? demanda-t-il en partageant inégalement le contenu de la sauteuse, de façon à servir la plus grosse part à Matt.

— C'est un garçon très gentil. Il ne l'a pas vraiment formulé de cette manière.

— Ils n'ont pas arrêté de me rebattre les oreilles avec ça. C'est vrai que je ne suis pas un bon tireur, mais si je n'avais pas été là pour repérer le terrain et traquer l'animal on n'aurait pas approché cette bête à moins d'un kilomètre. Et pour ce qui est de la reconnaissance et de la traque, je suis toujours bon.

— Ah oui ? Il y a combien de temps que tu as abattu ce cerf boiteux dans le jardin ?

— Il n'était pas dans le jardin quand je lui ai tiré dessus, corrigea Hirsh d'une voix patiente. Je l'ai vu dans le jardin, mais je l'ai traqué dans la montagne sur environ huit kilomètres avant de l'avoir. Parce que... il ne boitait pas à ce point-là !

— Sur huit kilomètres ?

On eût dit que Hirsh tentait, en vain, de réprimer un sourire.

— Ce n'était pas que de la montée, dit-il avec douceur.

— Mais ta hanche...

— J'ai eu mal après coup. Sur le moment, dans la montagne, j'étais tellement concentré sur la chasse que je n'ai rien senti. Ce qui prouve qu'une grande partie de la douleur est dans la tête.

— Comment as-tu ramené la viande ici ?

— Tu ne veux pas manger le bon repas que je t'ai préparé ?

Matt en prit une bouchée, comme si c'était une monnaie d'échange pour que Hirsh réponde à sa question.

— C'est bon, dit-il. Succulent même.

— Eh bien. Je l'ai traînée en lisière d'une route et je suis revenu la chercher avec la voiture.

— Quand ça ?

— Pas cet automne, mais celui d'avant. Cette année aussi j'ai un peu chassé. J'ai couvert pas mal de terrain – quelques kilomètres à chaque sortie. Je m'en suis plutôt bien tiré.

— Tu as tué des bêtes ?

— J'ai raté quelques bonnes occasions. En général, je mets en joue… et puis je commence à me poser des questions.

Hirsh s'interrompit pour manger. Matt avait l'impression que son père s'était dégarni depuis sa dernière visite. Et ses yeux n'étaient-ils pas plus profondément enfoncés dans leurs orbites ? Ils restaient toutefois d'un marron plein d'éclat.

— Je mets en joue et puis je me dis : « Hirsh, tu t'apprêtes à tuer une créature vivante, à lui arracher brutalement la vie. Peu importe que ce soit un animal… As-tu une raison valable pour commettre cet acte ? Tu l'as repéré, tu l'as traqué. Mais… éprouves-tu le besoin de le manger ? » Et, parfois, quand je n'ai pas faim, la réponse est non.

Matt regarda son père droit dans les yeux.

— Tu as peut-être seulement peur de le rater.

Hirsh haussa les épaules.

— Je sais que j'ai toutes les chances de le manquer, mais là n'est pas le problème. Non. Quand on vieillit, on n'a plus le même désir de tuer. Chez les enfants, c'est un sentiment assez fort, je crois. Quand on arrive à mon âge, le besoin est plus faible, même s'il est toujours là. L'instinct du prédateur. Beaucoup de choses peuvent le susciter, pas uniquement la faim.

Troublé par l'allusion à cet instinct chez les enfants, Matt répliqua d'un ton ferme :

— Je ne ressens pas le moindre désir de tuer.

164

Hirsh le fixa, les yeux brillants. Matt s'affaissa un peu sur sa chaise, puis ajouta .

— Enfin... je n'ai jamais compris pourquoi tu aimais tant la chasse.

Hirsh sourit encore une fois, de façon plus franche. Il avait de petites dents saines.

— Il faut se retrouver en pleine nature pour comprendre. Partir pour une véritable expédition, pas le genre de partie de chasse que certains font maintenant avec caravanes tout confort, téléphones portables et sachets chauffants dans les poches. C'est à mille lieues de ce que je fais moi, à savoir partir à pied à l'aube et revenir avant la tombée de la nuit. Il faut être au beau milieu de tout ça, dans le silence total, être en harmonie avec les éléments, sentir la nature, se fondre en elle. Et, quand tu ressens les premiers signes de la faim, tu sais qu'il n'y a qu'une seule manière de te nourrir. C'est alors que tu retrouves en toi l'instinct du prédateur.

Hirsh s'exprimait rarement aussi longuement sur un sujet. Une fois la table débarrassée, Matt jeta un coup d'œil au magazine de chasse en attendant que le café soit prêt. Les publicités pour les vêtements ou l'équipement spécialisés lui semblaient aux antipodes de l'expérience que venait de lui décrire son père.

Après le dîner, sans s'être concertés, ils se rendirent dans le salon pour y regarder les films de famille, comme ils le faisaient du temps où Hilly était vivante. Elle adorait les films en super-8.

Hirsh remit quelques bûches dans le feu faiblissant, puis le tisonna jusqu'à ce qu'il siffle et crépite de façon menaçante, avant de repartir de plus belle. Au bout de trois tentatives, Matt parvint à installer l'écran. Il aida Hirsh à positionner la table et l'encombrant projecteur, où son père inséra l'extrémité d'une pellicule.

Matt s'installa dans le fauteuil et attendit nerveusement le début de la projection. Tout à coup, contre toute attente, ses souvenirs et la réalité présente coïncidaient. Il revoyait cette pièce telle qu'elle avait été en ce soir lointain, envahie par les notes de Chopin, et telle qu'elle était aujourd'hui. Les deux images s'imbriquèrent comme les jouets en plastique d'Austin. Matt était assis dans ce même fauteuil mais dans l'autre sens, face aux portes-fenêtres donnant sur la terrasse. Les Minelli étaient vautrés sur le canapé, comme s'ils regardaient un match de foot à la télé, sauf que le canapé lui aussi avait été retourné, dos à la cheminée. Et le vieux fauteuil usé de Hirsh ? M. Minelli l'occupait, étrangement immobile. Nul ne bougeait, les seuls mouvements étant ceux qu'accomplissait Hilly. Il y avait également des gens à sa droite, figés eux aussi. Mais Matt n'avait-il pas levé les yeux pendant que Hilly jouait et n'avait-il pas été surpris de voir une autre personne, un retardataire, plantée sur le seuil ?... Matt se retourna brusquement, pour capturer dans un coin de son champ de vision le fantôme de cette personne.

Il passa en revue la pièce, comme s'il l'observait pour la première fois. Les meubles redonnaient vie et forme à son souvenir. Mais... le piano ? Il le chercha frénétiquement des yeux. Et soudain, il comprit. Évidemment ! Le piano se trouvait sur la terrasse. Il était dehors et les portes-fenêtres étaient grandes ouvertes. L'instrument faisait écran à la lumière, c'est pourquoi la pièce, dans son souvenir, était si sombre. La nuit n'était pas tombée, c'était le crépuscule.

— Papa..., dit Matt, malgré lui.

Il avait le souffle coupé tant il se réjouissait de son illumination et des déductions qui lui avaient permis de découvrir la vérité.

— Maman n'a-t-elle pas joué du piano, un jour, sur la terrasse ?

Matt imagina les notes du *Second Concerto* de Chopin naissant sous les doigts de sa mère, s'élevant sur la terrasse, flottant jusqu'aux bois, au lac et aux petites villes... pour retomber, telles des gouttes de pluies, sur le visage figé de gens regardant en l'air, ne comprenant pas.

— Un piano ? Sur la terrasse ? Il aurait été fichu en un rien de temps !

— On ne l'a peut-être laissé qu'un seul été, ou je ne sais pas...

— Un piano ! répéta Hirsh sur un ton qui rappela à Matt le tabou qui entourait ces instruments dans leur famille.

— On aurait pu le recouvrir d'une toile cirée..., hasarda Matt d'une voix de moins en moins ferme, son souvenir s'estompant peu à peu.

— Mais Hilly n'aurait jamais voulu d'un piano ! Il avait déjà été assez difficile de la décider à te laisser jouer de ce petit truc électrique dans ta chambre !

— Je croyais me souvenir de l'avoir vue jouer. Une seule fois. C'était là, sur la terrasse. Récemment, je suis allé à un concert avec Denise, j'ai reconnu la mélodie et je me suis rappelé maman en train de la jouer.

Les larmes qu'il avait versées lui revinrent à l'esprit, mais il se garda bien d'y faire allusion. Les images et les sons s'imposèrent à nouveau à lui. Hilly, ses longs bras hâlés (cela se passait donc en été !), ses doigts, ses mains, son corps entier possédé par la musique, son visage trahissant des émotions extrêmes... Fasciné et effrayé, Matt était demeuré immobile tandis que le corps de sa mère ondulait près de l'instrument, tel un serpent sous hypnose. Jusqu'au moment où, tournant brusquement la tête, il avait vu Hirsh planté sur le seuil.

L'expression qu'il avait lue sur son visage sévère l'avait frappé. On eût dit que ses traits anguleux s'étaient racornis et qu'il allait se liquéfier sous l'effet d'une puissante source de chaleur. Matt avait eu peur. Ce soir-là ses parents lui avaient donné une image d'eux-mêmes si différente de celle qu'il connaissait.

— Mais..., protesta-t-il. Tu étais là ! Tu t'en souviens forcément ! Le piano était sur la terrasse. Tu es arrivé en retard et personne ne s'est aperçu de ta présence. À part moi. Tu es entré et tu es resté planté là, sur le seuil, à observer...

Mais Hirsh, le paisible Hirsh aux traits si bien endurcis par l'âge que Matt avait peine à croire que le visage crispé et liquéfié dont il gardait le souvenir était celui du même homme, s'était remis à parler :

— C'est presque prêt. Pourvu que cette vieillerie n'aille pas brûler la pellicule...

Le téléphone sonna. Hirsh décrocha et salua chaleureusement la personne qui appelait.

— Des écureuils ? demanda-t-il. Eh bien oui… c'est vrai qu'on a pas mal d'écureuils… ça me revient, en effet, j'en avais un dans la toiture… Oh, bien sûr, j'ai mis de la mort-aux-rats. Euh… Matt est à côté de moi, je vous le passe tout de suite. On s'apprêtait à regarder des films de famille et il faut un petit moment **pour** que le projecteur chauffe.

Matt tressaillit.

— Bonsoir, dit-il d'une voix timide.

— Des films de famille ! s'exclama Denise d'une voix haletante, visiblement stupéfaite, sans prendre le temps de lui dire bonsoir. Vous avez des films de famille et tu ne m'en as jamais parlé ?

— On a en a quelques-uns, concéda Matt.

— C'est fantastique ! Ta mère est dedans ?

— Très probablement.

— Et toi ? On t'y voit quand tu étais petit ?

— Pas si petit que ça. J'avais huit ans au moins, ou plus, quand quelqu'un a refilé à papa cette vieille caméra…

La suite de la conversation se déroula comme il l'avait craint :

— J'aimerais vraiment les voir.

— Pas question !

— S'il te plaît, Matt !

— Inutile d'insister.

— Tu savais que Hirsh comptait les projeter aujourd'hui ?

— Oui.

— C'est pour ça que tu n'as pas voulu qu'on vienne ?

— Oui.

Un silence suivit. Matt s'attendait qu'elle se mette en colère. Or, c'est avec douceur et bienveillance qu'elle lui demanda :

— Tu as honte de ces films ?

— C'est possible.

— Tu as honte de toi quand tu étais gosse ? Ou de quelqu'un d'autre ?

— Probable. Mais il y a des années que je ne les ai pas vus. Je répondrai à ta question quand je saurai ce qu'on y voit.

Il fut frappé par le son de sa propre voix, qui était plus aiguë qu'à l'ordinaire et avait des intonations têtues comme celle d'un petit garçon boudeur. Il tenta de retrouver sa manière habituelle de parler.

— Vous allez bien, Austin et toi ?

Denise lui raconta qu'Austin s'était lié d'amitié avec un autre gamin, à Liberty Park, et qu'il l'avait conquis simplement en lui disant : « Bonjour. Tu joues avec moi ? » Matt sourit en l'écoutant.

— Bon, mon trésor, fit tendrement Denise. Va regarder tes films et tâche de ne pas trop souffrir !

— Est-ce que j'ai réussi à couvrir ton petit mensonge ? demanda Hirsh, le sourire aux lèvres, quand Matt reprit place dans son fauteuil.

Les lumières s'éteignirent.

— De la mort-aux-rats ! Franchement, pourquoi tu ne veux pas qu'elle voie ces films ?

Matt fut dispensé de répondre, car le projecteur se mit à siffler comme une locomotive à vapeur et la vive lumière blanche précédant les images envahit l'écran. Matt ne sursauta pas, n'essaya pas de reproduire avec les deux mains son canard en ombre chinoise ou le lapin agitant les oreilles dont sa mère avait le secret. Il attendit et elle lui apparut. Hilly était grande et se tenait droite. Agitant la main, elle descendait l'allée, le sourire aux lèvres, s'approchait de la caméra en balançant un peu les hanches. Sa jeunesse et sa beauté semblaient excessives. Derrière elle, on voyait beaucoup d'espace et de ciel, et les arbres n'étaient alors que des arbrisseaux. Le monde s'était tellement assombri depuis sa mort ! Lorsque Hilly descendait l'allée, la lumière du soleil envahissait tout, comme si elle repoussait les ténèbres.

Loin derrière elle, tout au bout du chemin, une petite silhouette, les mains obstinément enfoncées dans les poches d'un jean taillé en short et les cheveux en bataille, refusait de collaborer.

— Tu avais neuf ans. Tu venais de décider que tu n'aimais pas être filmé.

— Ce qui n'était pas le cas de maman, répliqua machinalement Matt d'une voix rauque.

169

— Comment ? cria son père pour couvrir le ronron du vieux projecteur.

— Maman aimait bien être face à l'objectif !

Hirsh demeura silencieux.

Quand, un quart d'heure plus tard, la pellicule sortit de la bobine et claqua frénétiquement jusqu'à ce que Hirsh parvienne à arrêter le projecteur, Matt savait pourquoi il détestait tellement ces films. Ce n'était pas à cause de ses propres singeries puériles. Il se comportait normalement pour un petit garçon. Son attitude n'était pas très engageante, mais elle était compréhensible. Non. Le problème, c'était sa mère. Il venait de la regarder courir, bondir pour attraper le ballon, nager, chanter, danser. Sur les images, elle n'était évidemment pas seule : lui ou les frères Minelli étaient avec elle. Mais tous en étaient réduits aux rôles de figurants. Ils n'étaient bons qu'à lui lancer le ballon ou à nager à ses côtés pour la mettre en valeur. Sur tous les plans elle leur volait la vedette. C'était une m'as-tu-vu, une midinette, à se demander si Hirsh n'avait pas acheté la caméra uniquement pour assouvir les besoins de son épouse. Ces films n'étaient pas le moins du monde des films de famille, mais des films sur Hilly.

Le projecteur émettait des sons rageurs. Hirsh inséra une autre bobine.

— Ça, c'est quelques années plus tard, s'égosilla-t-il.

Une rangée désordonnée de gamins, fusil à l'épaule, tels des soldats rejoignant le front, se dessina sur l'écran.

— Ah, voilà… c'est juste avant le départ pour cette fameuse partie de chasse…, annonça Hirsh.

La partie de chasse. Quand avait-elle eu lieu ? L'année de la transaction Rosebay ? L'été où, d'après Clem, M. Minelli était bronzé et trop sûr de lui ? L'été qui s'était achevé par sa mort ? Matt se racla la gorge et se concentra sur le film.

Les quatre frères Minelli et lui-même se tournaient, répondant à une injonction silencieuse, et s'avançaient vers la caméra. M. Minelli ouvrait la marche, avec sa carrure impressionnante. Matt examina le large sourire de l'homme et sa démarche – une vraie caricature. Il fut frappé par la répugnance que cet homme lui inspira et par le goût amer qui s'insinua dans sa bouche. Il se passa la langue sur les dents, mais la sensation de saleté subsista. Oui, M. Minelli avait été un homme détestable, avec son sourire entendu, sa grosse voix et sa façon de donner des ordres. Et puis il y avait son rire. Un rire monstrueux, qui éclatait au moindre secret, à la moindre faille, à la moindre erreur. Un rire perfide, un gouffre sans fond où les plongeait le moindre faux pas.

Steve était là, adorable, car il s'efforçait de prendre un air sérieux et important avec son fusil. Au milieu de ses frères, il avait toujours paru minuscule, comme si leurs moqueries et leurs brimades permanentes l'empêchaient de grandir.

Poussant une sorte de rugissement muet, le puissant M. Minelli ordonnait aux garçons de se tourner. Malgré l'absence de son, Matt eut le sentiment que son siège vibrait sous l'effet de ses vociférations. Steve sursautait légèrement. Matt se demanda quel effet ça pouvait lui faire à l'époque d'avoir pour père un homme qui criait sur les gens, les humiliait et finissait toujours par obtenir ce qu'il désirait. Il éprouvait une certaine satisfaction à comprendre la raison de sa propre colère. Voilà pourquoi il avait tant haï M. Minelli : c'était quelqu'un qui obtenait toujours ce qu'il désirait.

Ne le répète pas à ton père !

Matt avait promis. Il s'en était voulu de courber l'échine aussi facilement, mais avait eu la maigre consolation de lui refuser la cigarette qu'il lui offrait. En agissant ainsi, ce dernier avait commis une double erreur. D'abord, il s'était figuré que Matt était au courant de choses importantes touchant au monde des adultes, choses qu'il devait tenir secrète. Ensuite, il s'était imaginé que Matt était assez âgé pour fumer, à l'école, derrière les hangars à vélo. Sur ces deux points il s'était trompé. Du fait de sa grande taille, il avait cru Matt plus mûr qu'il ne l'était.

Les jeunes garçons se tournaient, dans un mouvement mal coordonné, et quittaient l'écran pour s'enfoncer dans la forêt. Matt fermait la marche, grand et empoté. Il tentait en vain de régler son pas sur celui des autres et tenait son fusil comme s'il risquait de lui exploser au visage.

— Je croyais que la chasse n'ouvrait qu'en automne, fit Matt.

Il avait la gorge nouée et parler lui sembla difficile.

— La chasse aux cervidés est autorisée en été pendant un laps de temps très limité. Mais c'est loin d'être aussi bon qu'en automne.

Je crois... nous croyons tous... que quelqu'un a tué notre père. Il était mort peu de temps après que ces images eurent été tournées. Le garçon peu dégourdi qui fermait le rang, incapable de marcher au pas et de tenir correctement son fusil, avait tué le monstre imposant qui menait la troupe. Et tous, à ce moment-là, ignoraient le tremblement de terre qui se préparait, et qui pourtant n'aurait lieu que quelques semaines plus tard... Matt scruta l'écran, y cherchant un indice de ce que réservait l'avenir. Mais, à supposer qu'il y en ait un, il ne put ni le trouver ni le déchiffrer.

Les garçons s'en allaient, marchant au pas, et l'on passait à une autre scène. M. Minelli conduisait, roulant vers la maison en agitant la main. Les garçons sortaient la tête par la fenêtre et Mme Minelli était assise sur le siège avant, raide comme un piquet. Matt déglutit. Cet épisode lui revint en mémoire. Arthur Minelli était arrivé à la montagne avec une nouvelle voiture. Ils s'y étaient tous entassés et s'étaient rendus chez les Seleckis afin de la leur montrer. C'était cette voiture-là : elle était rouge.

À présent, sur l'écran, on voyait un chariot construit avec de vieux pneus. M. Minelli y trônait et ses fils le traînaient, tels des esclaves, tandis qu'il jouait les empereurs romains et s'amusait à faire claquer, d'un geste conquérant, un fouet imaginaire. En voilà un autre de m'as-tu-vu, songea Matt. Dans ces films, M. Minelli et Hilly semblaient s'arracher la vedette. Semblable à un oiseau, les bras croisés et hochant la tête, Mme Minelli apparaissait parfois dans un coin.

Le père Minelli avait de toute évidence régné sur cet été-là. Il nageait, faisait la course, chassait, grimpait aux arbres, achetait une nouvelle voiture, manœuvrait un radeau, jouait les grands hommes. À la fin de la bobine, il commençait même à éclipser Hilly.

À deux reprises, Matt crut apercevoir au doigt de sa mère la bague en diamant que portait Mme Minelli le soir du vernissage. Hilly fumait dans le jardin, songeuse, inconsciente pour une fois de la présence de la caméra, et Matt put examiner ses mains. Il y trouva de quoi nourrir ses soupçons, mais pas de quoi les confirmer. Il essaya de se remémorer l'histoire de cette bague. Hilly l'avait souvent racontée, suscitant chaque fois la surprise de ses auditeurs. S'il parvenait à s'en souvenir, peut-être pourrait-il s'expliquer pourquoi Mme Minelli et sa mère portaient la même bague. Mais ça ne lui revenait pas. Il décida qu'il retournerait au grenier à l'insu de Hirsh, pour bien regarder la bague de Hilly sur les photos.

Matt apparaissait tout de même sur la bobine. On le voyait seul, en train de jouer du piano. Hirsh avait fait un gros plan sur ses mains, puis enchaîné sur son visage. Le garçon était si concentré que ses traits semblaient creusés, voire meurtris. Si l'on avait pu entendre la musique, ses efforts n'auraient sans doute pas paru si considérables. C'était l'étrange mutisme de l'instrument qui les mettait en évidence. Matt plaignait l'enfant qu'il avait été, visiblement le genre de gamin à tout prendre trop à cœur.

Zoom arrière. À sa surface patinée, on voyait à quel point le piano était ancien. De part et d'autre du pupitre, des bougeoirs. Lorsque la caméra recula davantage, il s'avéra que l'instrument se trouvait bien à l'extérieur.

— Tu vois ! s'écria Matt. Je te l'avais dit, papa ! Il y avait un piano sur la terrasse !

— Pas sur la nôtre, rétorqua Hirsh. Sur celle de Millicent et Elmer. Ils le sortaient parfois pour que Millicent puisse jouer en profitant de la fraîcheur.

Une fois le film fini, Matt n'éprouva pas le soulagement attendu. Quoique douloureux à visionner, ces vestiges familiaux étaient intéressants. Il avait oublié ce chariot fait de bric et de broc avec lequel les Minelli et lui avaient l'habitude de jouer. Oublié également les courses de radeau. Et puis se voir faire le clown avec son ami Steve lui faisait plaisir.

— On en regarde d'autres ? demanda-t-il en se tournant vers Hirsh.

Son père était en train de rembobiner. Il ne répondit pas, mais secoua la tête. Il se tenait au-dessus du projecteur et la lueur émanant de l'appareil éclairait son visage. Il semblait accuser le coup. Ses rides s'étaient assombries, comme soulignées au marqueur noir. Il avait des traits délicats mais fermes, que les années n'avaient pas altérés. À présent, on aurait dit que la peau s'affaissait, et ses yeux brillaient d'un éclat trop vif dans la lumière de la machine.

Matt détourna aussitôt la tête. Il n'avait jamais entendu son père critiquer sa mère sur quoi que ce soit, hormis son habitude de fumer ; il aspira toutefois à rassembler son courage pour poser une question à son père : Hilly avait-elle toujours été une midinette éhontée ou ne jouait-elle le jeu que devant l'objectif ? Mais, vu la tristesse du vieil homme, il jugea plus sage de se taire. Il fixa l'écran blanc sans dire un mot. Puis, pour laisser à Hirsh le temps de se ressaisir, il remit les meubles en place et abaissa l'écran, qui ne manqua pas de lui retomber brutalement sur les doigts.

Lorsque Matt se tourna à nouveau vers son père, les bobines et le projecteur étaient rangés dans leurs boîtes de métal et Hirsh avait retrouvé sa sérénité.

— Je jouais bien du piano ? demanda Matt d'une grosse voix, comme s'il ne s'en était pas servi depuis longtemps.

Le sujet était moins risqué.

— Eh bien, fit Hirsh avec la même intonation. Je ne suis pas le mieux placé pour en juger, mais je dirais que oui.

— Je regrette d'avoir abandonné. J'aimerais tellement pouvoir en jouer maintenant.

— Tu sais quel était le sentiment de ta mère vis-à-vis du piano. Elle a eu du mal à y renoncer et elle ne t'a guère encouragé, je crois.

La lune éclairait la terrasse tel un projecteur une scène de théâtre. Une fois de plus, passé et présent se confondaient... Matt revoyait sa mère en train de jouer du piano. La scène était si réelle, il aurait suffi qu'il ferme les yeux pour entendre la musique le submerger et distinguer le souffle bruyant de M. Minelli tout près de lui. Assis dans son fauteuil, Matt ne bougeait pas, veillant à ne pas rompre la fine membrane qui reliait passé et présent...

Hirsh signala à son fils que le vieux et pesant projecteur était prêt à être replacé sur son étagère, ce qui le fit revenir à la réalité. Rien, dans les films que lui avait montrés son père, n'aurait pu le rapprocher davantage de son enfance.

Une fois couché, Matt se dit que Hirsh se rappelait forcément la fois où Hilly avait joué du piano sur la terrasse. Il se souvenait très bien de son visage crispé, et même moite, de la façon dont il s'appuyait au chambranle, comme s'il n'avait pas la force de tenir debout. Impossible que Hirsh ait oublié la scène. Il ne voulait pas le reconnaître ouvertement, voilà tout. Toutes ces expressions indéchiffrables à la lueur du feu, tous ces longs silences et ces volte-face, c'était bien lui. Il ne ferait pas de confidences à son fils. Et si Matt désirait en savoir plus au sujet de sa mère, des étés passés en famille dans cette maison ou de la mort de M. Minelli, il devrait le découvrir sans son aide.

11

Le lendemain matin, Matt dégivra le congélateur. Hirsh commença par l'aider, puis, renonçant à se rendre utile, il se contenta d'apporter du café et de lui faire la conversation. Il alla également chercher de vieilles serviettes de toilette pour éponger l'eau. Enfin il sortit s'occuper des branches cassées.

Matt répandit les serviettes au sol. Le temps et le soleil en avaient usé le tissu et passé les couleurs, les motifs n'importaient guère, mais elles firent affleurer des souvenirs à son esprit. Elles en avaient vu, des étés au bord du lac. L'une d'elles représentait un grand poisson à l'expression avertie, presque coquine. Matt l'aimait particulièrement, car elle était grande et le couvrait de la tête aux pieds au sortir de l'eau froide. Enveloppé dedans, il remontait à la maison en coupant à travers bois.

Mais après le départ des Minelli, prendre ce raccourci cessa d'être chose aisée. Leur terrain était situé entre la meilleure plage du lac Arrow et la colline. Quand ils eurent vendu leur maison à des étrangers, Matt n'eut plus envie de traverser la colline. Il se sentait vulnérable, sans permission, dans le jardin de ces inconnus, emmitouflé dans sa serviette décorée d'un gros poisson bleu. Deux ou trois fois, il aurait pu remonter la route à pied pour rentrer chez lui, mais cela n'avait pas le même charme. De ces derniers étés, il se souvenait peu. Sa mémoire semblait se limiter au départ des Minelli.

Matt déversa les morceaux de glace dans le grand évier de la buanderie ; le bac en était plein, et sous une certaine lumière la glace étincelait comme des diamants.

C'est alors qu'il se rappela l'histoire de la bague de sa mère. Elle avait trouvé le diamant dans un congélateur, au super-marché. Son éclat lui avait tapé dans l'œil et elle l'avait ramassé. Matt, qui l'accompagnait, avait sursauté en entendant Hilly pousser un cri. Alors qu'elle examinait le diamant, l'enfant avait cru qu'il s'agissait d'un morceau de glace et avait soupiré. Mais lorsqu'il avait tenu la petite pierre dans sa main et observé ses facettes lisses et régulières, il avait été ébloui.

Sa mère avait expliqué toute l'affaire au directeur du magasin. Celui-ci avait relevé ses nom, adresse et numéro de téléphone et promis de l'appeler si on venait réclamer la pierre, ce qui, il en était certain, ne se produirait pas. La personne qui l'avait perdue ne saurait jamais où. Si le directeur n'appelait pas dans un délai de un mois, Hilly pourrait considérer qu'elle lui appartenait.

Elle avait placé le diamant dans du coton, à l'intérieur d'un petit écrin posé sur sa table de nuit. Elle attendit un mois entier, comptant les jours. Personne n'ayant appelé, elle le fit sertir. Hirsh aurait voulu s'en charger pour elle, mais la façon dont elle avait trouvé la pierre, alors que tant d'autres clients l'avaient manquée, lui conférait une valeur extraordinaire, et elle tint à s'en occuper elle-même. Matt croyait se souvenir que porter cette bague procurait à sa mère un plaisir particulier. Or, des années plus tard, cette même bague (ou une bague identique) était reparue au doigt de Mme Minelli, laquelle avait, d'une seule réplique laconique, séparé la bague de l'histoire de Hilly.

Lorsqu'il eut nettoyé et remis en marche le congélateur, puis replacé toute la nourriture à l'intérieur, Matt fourra les serviettes sales dans la machine à laver et alla trouver Hirsh, qui était cerné par les branches trop envahissantes qu'il avait taillées.

Son père ne l'avait pas entendu approcher et, pendant un instant, Matt le regarda travailler. Ses mouvements étaient lents et maîtrisés mais le vieil homme avait encore bien assez de force pour venir à bout d'une branche récalcitrante. Apercevant son fils, il se figea.

— J'ai fini de dégivrer.

— Eh bien, je te remercie.

Ils échangèrent un regard où se lisait une prise de conscience commune : Hirsh n'était plus capable de tout faire, mais jusque-là Matt n'avait pas voulu le reconnaître.

— Pendant que j'étais en train de dégivrer, dit Matt après un silence grave, je me suis rappelé la bague de maman.

— La bague de maman ? répéta Hirsh, visiblement perdu, en interrogeant son fils du regard.

— Le diamant qu'elle avait trouvé dans le congélateur. Tu te souviens ? Au supermarché ?

Hirsh parut soudain disparaître parmi les branches enchevêtrées.

— Le diamant qu'elle a fait monter en bague, répliqua sèchement Hirsh.

Son manque d'enthousiasme était étrange et ne s'accordait guère au caractère singulier de la trouvaille. Il eût été normal de sourire, de souligner à quel point cet événement était extraordinaire, ou de secouer la tête, incrédule, pour signifier combien la vie peut parfois être étrange ou merveilleuse. Or Hirsh ne faisait rien de tout cela.

— Je me souviens du cri qu'elle a poussé, dit Matt. Et puis elle l'a observé à la lumière et moi je croyais que c'était un morceau de glace. Tu te souviens comme elle pouvait se mettre dans tous ses états pour des choses que personne d'autre n'aurait remarquées ? Il a fallu que je le tienne dans ma main pour croire qu'il s'agissait bel et bien d'un diamant.

Il espérait amener Hirsh à réagir de la manière qui convenait.

— Ça s'est passé où, tu dis ? demanda Hirsh d'une voix dure.

Matt était perplexe. D'accord, il avait dégivré le congélateur à sa place, mais cela ne signifiait pas qu'il autorisait son père à plonger pour autant dans la sénilité.

— Au supermarché, papa, répondit-il patiemment. Au supermarché. Maman a trouvé le diamant dans le congélateur et l'a fait monter en bague… Tu te souviens ?

Avec un geste d'agacement qui ne lui ressemblait guère, Hirsh rétorqua :

— Mais tu n'y étais même pas.

— Au supermarché ? Quand elle l'a trouvé ? Bien sûr que si !

— Non, Matt. Tu n'y étais pas. Enfin, voyons, pourquoi l'aurais-tu accompagnée au supermarché ?

— Pour choisir mes céréales. C'est la seule chose que j'avais le droit de choisir.

— Pas cette fois-là.

— Papa..

— Tu n'y étais pas. Il n'y avait personne avec elle.

— Mais…

— Elle nous a raconté ça un soir, à la maison, après le dîner. On venait de finir de manger. Elle a dit : « J'ai trouvé quelque chose de très intéressant au supermarché. Cela fait un mois de ça, mais je ne voulais pas vous le montrer avant qu'il soit à moi pour de bon. » Et elle est allée chercher l'écrin. Il était rempli de coton. Elle en a soulevé un petit bout et il y avait ce diamant posé là. Elle nous l'a montré à tour de rôle et a demandé : « À votre avis, il m'a coûté combien ? » Alors elle nous a expliqué toute l'histoire. Je t'assure, tu n'étais pas avec elle quand elle l'a trouvé.

Matt se sentit brusquement très loin de son père, comme si les branchages qui les séparaient l'un de l'autre formaient une barrière infranchissable.

— J'étais au supermarché, je m'en souviens très bien, dit-il d'une voix de petit garçon.

— Non. Hilly a raconté l'histoire un si grand nombre de fois et à tellement de gens que c'est comme si tu l'avais vécue. Cela arrive, n'importe quel psy te le dirait. Nous sommes certains d'avoir vécu telle ou telle chose… mais nos souvenirs s'entremêlent avec ceux des autres, avec nos rêves, avec ce que nous avons entendu, lu ou vu à la télévision.

Matt était confus et vexé. Il y avait de la colère dans la voix de son père. Cela faisait des années que Hirsh ne lui avait pas parlé ainsi. La dernière fois qu'il avait employé ce ton, c'est lorsque Hilly était censée avoir arrêté de fumer et que Hirsh était tombé sur sa réserve secrète de cigarettes.

Le silence régnait dans le jardin. Dans la forêt, un oiseau en appela un autre, qui lui répondit. En bas, près du lac, un chien aboya.

179

Si l'on reconstituait son passé à partir de celui des autres, des rêves, des histoires lues dans les livres ou vues à la télévision, alors tous les souvenirs que Matt avait de Hilly étaient peut-être fabriqués de toutes pièces. L'image qui lui apparaissait quand il pensait à elle, une pure invention ? Et la fois où il avait dévalé la colline à la recherche de ses parents et les avait trouvés assis sur le banc en rondins ? Et la voiture rouge garée au milieu des arbres non loin de la route ? Toutes ces réminiscences provenaient-elles d'une série B diffusée dans son enfance ? Il se sentait blessé, assommé… Il repensa au piano. Il s'était rappelé la scène, sur la terrasse. Et la veille au soir, il l'avait vue dans l'un des films de famille, vue de ses propres yeux. Sur la terrasse, quoi que son père puisse prétendre. Ce n'était pas Matt qui reconstituait le passé, mais Hirsh. L'espace d'un instant, il se surprit à lui en vouloir. Mais il revit son père à la fin de la projection, les yeux embués de larmes…

— Quelle importance, après tout ? dit-il enfin. Qu'est-ce que ça change que j'aie été là ou pas quand elle a trouvé ce diamant ?

La barrière infranchissable se désintégrait. Hirsh soulevait sans effort à l'aide d'une fourche toute la partie qui se dressait entre eux.

Quand Matt alla remettre les films dans le grenier, il s'empara de l'enveloppe contenant les photos de Hilly et s'empressa de refermer la trappe derrière lui. Hirsh, qui s'affairait toujours dans le jardin, ne le vit pas la glisser dans sa voiture sous le siège du conducteur.

Un peu plus tard, le père rejoignit son fils dans la cuisine. Celui-ci avait préparé des sandwichs agrémentés de quelques feuilles de salade. Après avoir retiré ses gants de jardinage, Hirsh lança :

— J'ai beaucoup pensé à notre conversation d'hier au soir, au sujet de la chasse. Je me rends compte que j'ai été négligent. Tout père devrait initier son fils aux plaisirs du sport, je suis conscient d'avoir échoué dans ma mission.

— Pourquoi tout père devrait-il apprendre à son fils à tuer des créatures vivantes ? demanda Matt, irrité.

180

Hirsh hésita. Il essayait toujours de répondre de façon adéquate aux défis de Matt.

— C'est une sorte de rite initiatique, j'imagine.

Matt sentit grandir son exaspération.

— Ça ne m'a pas empêché de devenir un homme.

— Bien sûr. Mais tu as été privé de l'une des plus grandes expériences de l'existence. Être seul en pleine nature et ne pouvoir compter, pour te nourrir, que sur ta ruse et tes aptitudes physiques. Je sais que tu as vu et vécu des choses très dures en Afrique. Mais, désormais, tu roules dans une voiture climatisée et tu manges de la viande préemballée que tu achètes au supermarché. À vrai dire, j'ai pensé qu'il était encore temps de remédier à cela.

— Remédier à quoi ?

— Je me dis qu'il n'est pas trop tard pour qu'on parte quelques jours, toi et moi, répliqua Hirsh en pesant ses mots.

— Qu'on parte quelques jours ?

Le voyage en Ligurie lui traversa l'esprit.

— Qu'on parte chasser, précisa Hirsh.

— C'est une blague ?

— Non.

— Tu veux qu'on parte tuer des bêtes ?

— Et les manger. Tu manges bien la viande du supermarché. Des bêtes que quelqu'un d'autre a tuées, et de façon sûrement moins humaine qu'à la chasse, Matt.

— Tu veux vraiment partir ? Pour une vraie expédition ? Comme avec les Minelli ? Dans un pavillon de chasse ? Avec tout un tas de types qui sentent le bois, la bière et la poudre à fusil !

— Pas question. On partirait juste tous les deux. En pleine nature, trois ou quatre jours. Je pourrais te montrer de quoi il retourne. Il y a des années qu'on aurait dû faire ça.

Matt commença à mâcher son sandwich. Il ne trouvait rien à répondre. L'absurdité de la situation lui donnait envie de rire, mais il savait que son père ne plaisantait pas. Hirsh, qui n'avait jamais exigé de Matt qu'il lui rende visite, qui ne lui avait jamais rien demandé, qui n'avait pas même froncé les sourcils lorsque son fils avait paru renoncer à une carrière prometteuse pour aller travailler en Afrique, qui ne se mêlait jamais de ses affaires, mais qui le soutenait toujours lorsqu'il en avait besoin... Hirsh lui proposait aujourd'hui de partir avec lui chasser dans les étendues sauvages des montagnes Rocheuses. La vieillesse vous engageait-elle donc à vous lancer dans des expéditions hasardeuses ? D'abord, Clem et la Ligurie. À présent, Hirsh et la chasse !

— Voyons, papa..., finit par répliquer Matt avec douceur. À ton âge, tu ne vas pas aller déambuler au beau milieu de nulle part plusieurs jours d'affilée !

— Tout seul, j'en serais incapable.

Une fois de plus, Matt fut réduit au silence. Hirsh ne se contentait pas de lui proposer de partir. Il lui signifiait qu'il avait besoin de lui. Matt sentit sa gorge se serrer.

— Quand ça ? s'entendit-il dire d'une voix étrangement grave.

— À l'ouverture de la saison, en automne, se hâta de répliquer le vieil homme. Faudra qu'on te fasse obtenir un permis de chasse, bien que ce soit un peu tard. Mais, avec l'aide d'Elmer, ça ne devrait pas être trop difficile. Pour qu'ils te donnent le permis, tu risques de devoir prendre quelques cours de sécurité dans le maniement des armes à feu. À Salt Lake City, on peut suivre ce genre de cours toute l'année, je te donnerai un numéro où appeler. Il te faudra des vêtements adaptés, chauds et imperméables, qui, évidemment, ne font pas de bruit. Bien sûr, il te faudra un fusil. Tu pourras en emprunter un.

— Quel genre de provisions faudrait-il emporter ? demanda Matt afin que Hirsh ne voie pas dans ses questions une acceptation implicite de sa part.

Il prit un autre sandwich. Il était si facile de se faire un sandwich que l'idée de traquer puis de tuer un animal pour pouvoir le manger lui semblait d'une perversité quasi délirante.

— Le minimum, vu que la nourriture pèse très lourd. Des aliments riches en glucides et de l'eau, essentiellement. Quand aux protéines, c'est la montagne qui les fournira.

— Des sandwichs au beurre de cacahuètes ? Et des cannettes de bière ?

— Non. Des flocons de pomme de terre, du porridge, pourquoi pas du riz… Les sandwichs, juste pour le premier jour.

— Et imagine qu'on ne parvienne pas à tuer quoi que ce soit le premier jour ? Qu'est-ce qu'on mangera à part des flocons de pomme de terre ? demanda Matt, qui trouvait son sandwich délicieux.

— En général, dans de telles circonstances, on trouve de quoi manger, en premier lieu parce qu'on a faim, répondit Hirsh en gloussant.

— En général ? Et on s'y prend comment ? On substitue la cueillette à la chasse et on ramasse des noix et des baies ?

Hirsh éclata de rire. Évoquer cette partie de chasse le mettait visiblement en joie.

— Pourquoi pas ! C'est surprenant tout ce qu'on peut trouver à se mettre sous la dent dans les montagnes.

— Soyons réalistes, reprit Matt. Il faut prendre assez de nourriture pour tenir le coup pendant toute la durée de l'expédition. Parce que nous n'allons sans doute rien tuer du tout.

Il avait oublié d'employer le conditionnel, il s'en rendit compte avec un temps de retard. Il parlait comme s'il allait vraiment passer le peu qu'il lui resterait de ses précieuses vacances (après que Clem en aurait accaparé une bonne part) à se geler sur les sommets neigeux et à attendre qu'un cerf daigne s'avancer vers lui.

— Bien sûr que si ! C'est le but ! Partir là-bas et y survivre grâce à nos capacités mentales et physiques. Et ça signifie tuer ! Au moyen de collets, de fusils, ou en pêchant.

Matt poussa un grognement.

— Pour nous, pas de pavillons de chasse, ni de caravanes tout confort ! s'exclama Hirsh avec enthousiasme. On va chasser pour se nourrir. C'est ça la raison d'être de la chasse. Celle que m'a enseignée mon père.

— Grand-papa Flint était chasseur ?

L'homme dont Matt se souvenait était très malade et incapable de marcher tout seul. Mais peut-être cachait-il dans sa canne l'un de ces vieux fusils qu'on chargeait par la gueule ?

— Bien sûr. Quand il était jeune, comme la plupart des hommes.

— Il était encore chez les mormons ?

— Il a chassé avant son excommunication et il a chassé après.

Matt avait oublié pourquoi les mormons avaient excommunié son grand-père. Il savait simplement que ce n'était pas pour un motif scandaleux et fascinant comme le sexe ou la boisson. C'était pour une raison idéologique de divergences doctrinales. Après quoi son grand-père, médecin très apprécié dans la ville, ne s'était pas gêné pour dire tout le mal qu'il pensait des mormons. Hirsh n'avait donc passé que les premières années de sa vie au sein de leur Église.

— Je n'oublierai jamais notre première expédition, ajouta ce dernier. La fois où il m'a appris à chasser.

— Pourquoi ? Qu'est-ce qu'il s'est passé ?

— Eh bien, j'ai tenté d'abattre un élan et je l'ai loupé. Cela ne doit guère t'étonner. Sauf que je l'ai quand même touché. Il a donc fallu qu'on traque l'animal blessé. Et alors mon père lui a tiré dessus et l'a tué pour de bon. C'est comme ça que j'ai appris à chasser. À l'époque, on ne partait pas avec des sandwichs pour trois jours.

Ainsi, cette expédition avait trait au passé. Au passé de sa famille. Matt était-il censé poursuivre la tradition et emmener Austin chasser, un jour ? Comme bon nombre de traditions familiales, celle-ci disparaîtrait à la génération suivante.

— Tu avais quel âge ?

Hirsh pouffa.

— Eh bien, aujourd'hui tu dois être aussi vieux que l'était mon père quand il m'a emmené chasser pour la première fois. Dire que toi et moi avons un peu traîné serait un euphémisme.

— Dans ce cas, pourquoi ne pas l'avoir fait avant ?

Hirsh jeta un coup d'œil à son sandwich, comme pour y trouver la réponse. Puis il en prit une bouchée, qu'il se mit à mastiquer d'un air pensif.

— J'ai essayé. Mais comme un idiot j'ai essayé avec Arthur Minelli et ses quatre fils. Évidemment, ça n'a pas marché. On était trop nombreux, et Arthur était le genre de gars qui avait besoin de parader. Il était toujours en représentation. On ne peut pas à la fois traquer un animal et vouloir être le centre du monde. Ça ne va pas ensemble.

Effectivement, Arthur Minelli imposait sa présence massive, fanfaronnait dans la forêt, piétinait les branches, faisait craquer les brindilles, lançait des blagues à la ronde, prenait des photos…

— C'était l'été de sa mort, non ? demanda Matt.

Hirsh était en train de manger. Il lui fallut un bon moment pour avaler sa bouchée. Il paraissait avoir oublié la question.

— Oui, c'était cet été-là, dit-il enfin.

Cet été-là. Celui du film. L'été de la transaction Rosebay, du bronzage des adultes pleins d'assurance. L'été où sa mère avait joué du piano sur la terrasse. L'été des chariots bricolés avec trois fois rien et des baignades. L'été du diamant monté en bague. L'été de la mort.

— Je me rappelle que M. Minelli t'avait vraiment fichu en rogne pendant cette expédition. Quand on était dans le pavillon.

— Il n'a pas arrêté de me mettre en rogne pendant ces quelques jours. Il ignorait les règles essentielles de sécurité pour manier les armes à feu. Il était beaucoup trop bruyant et ne voulait plus quitter le pavillon de chasse.

— Il y avait une fille, dans le pavillon ! se remémora Matt. Une serveuse, peut-être… Il passait son temps à la baratiner, ça en devenait gênant.

Hirsh grimaça.

— C'est fort possible, dit-il en se levant et en traversant la pièce pour aller chercher la corbeille de fruits. C'était tout à fait son genre.

— Je croyais que vous étiez amis ? s'exclama Matt.

M. Minelli ne lui avait jamais plu, certes. Mais les deux familles semblaient toujours n'en former qu'une à la fin de l'été.

— On s'entendait plutôt bien. Mais il aurait mieux valu ne jamais chasser avec lui. Vraiment. La preuve, c'est que tu n'as plus demandé à y retourner.

— Parce que je n'en avais pas envie.

— C'est sûr, les choses avaient changé depuis mon enfance. Vous étiez gavés de dessins animés et de viande de supermarché. Tu ne pouvais pas comprendre quelle fierté j'éprouvais à ramener à la maison de la viande de premier choix.

Matt se mit à passer en revue toutes les raisons valables qu'il avait pour ne pas partir chasser. En octobre, il reviendrait à peine du séjour en Ligurie. Il ne voudrait pas quitter Denise et Austin. Il pourrait peut-être s'inscrire à un stage de formation : il en trouverait bien un s'il se donnait un peu de mal. Il se rappela aussi sa comparution devant le tribunal, dans l'affaire Zoy. Qui sait si ça ne tomberait pas au même moment ?

— Avant de partir chasser, il faut bien s'entraîner, poursuivit Hirsh. On va devoir s'exercer au tir. On a intérêt à être en pleine forme. Pour ça, il faut commencer tout de suite. On va suivre un programme de fitness.

Matt savait le moment venu de faire entendre ses objections mais, craignant de décevoir son père, il demeura silencieux. Le vieil homme était content. Prenant ce silence pour une approbation, il passa le reste de la journée à faire allusion à l'expédition prochaine.

Ils dînèrent tôt, afin que Matt puisse rentrer de bonne heure et embrasser Austin avant de le coucher. Ayant passé la journée dehors, ils mangèrent avec appétit. Hirsh était bon cuisinier, et pendant des années cela les avait sauvés, car sa femme, même si elle aimait cuisiner, avait facilement tendance à se laisser distraire pendant la préparation des repas : un coup de téléphone, une émission de télé, un ouvrage de couture qu'elle avait laissé traîner dans une autre pièce. Hirsh arrivait en général à temps pour transformer un ragoût à moitié cru ou trop cuit en plat convenable. Hilly s'appropriait pourtant la responsabilité des plats sauvés par son mari, ce qui avait fini par devenir une blague entre Matt et lui. Très souvent, quand Hirsh tardait à rentrer ou qu'il avait été appelé auprès d'un patient, Hilly se laissait si bien absorber par l'une ou l'autre de ses activités qu'elle oubliait carrément de préparer le repas. C'est ainsi que Matt était devenu un pro du sandwich.

— La prochaine fois que tu viendras, je cuisinerai ce gibier que tu as apporté, dit Hirsh. J'en mangerai tout l'été. Je tiens à ce que le congélateur soit vide en octobre, avec toute cette viande qu'on va ramener de notre expédition !

Matt soupira en l'entendant une fois de plus y faire allusion.

— On chassera dans les parages, n'est-ce pas ? demanda-t-il d'un ton plein d'espoir.

— Oh non ! On va aller dans un endroit où je ne suis allé qu'une seule fois. Il y a des années que j'ai envie d'y retourner.

— C'est là où on a chassé avec les Minelli ?

— Non, non. C'est beaucoup plus loin, beaucoup plus haut. Très haut. Trop haut pour la plupart des chasseurs. Je ne m'y suis rendu qu'en été et je n'avais pas de fusil. Mais j'ai vu que ce serait un endroit rêvé pour chasser une fois l'automne venu.

— C'est un été où tu as fait de la randonnée ?

— Oui, avec ta mère. Jusqu'à cet endroit qu'elle appelait la « Bouche de nulle part ».

12

Lorsqu'il partit de chez Hirsh, Matt emporta, sous son siège, parmi les jouets et les débris de biscuits, les photos de Hilly. Elles lui évoquaient quelque chose de corrosif dont les vapeurs de soufre se dégageraient jusqu'à ce qu'il puisse les examiner. Il voulait s'assurer que le diamant de Hilly était bien celui qu'il avait vu au doigt de Mme Minelli le soir du vernissage. Dans le fond, Matt espérait déceler un signe prouvant que l'auteur des photos était bien son père.

L'occasion de les regarder de plus près se présenta plus vite que prévu. Il avait quitté la montagne assez tôt pour pouvoir passer du temps avec sa femme et son fils, mais à son arrivée la voiture de Denise n'était pas là. La maison était plongée dans le silence. Sur la table de la cuisine, une note, rédigée d'une écriture claire et harmonieuse :

« Partis rendre visite à papa. De retour vers dix-neuf heures trente. Je t'embrasse. Denise »

Matt enfila un pull et retourna au garage. Il ne faisait pas froid, mais le lieu semblait générer sa propre fraîcheur inhospitalière, comme une personne qui vous tourne le dos. Matt alluma la lumière, hésita, jeta un coup d'œil autour de lui. La pelle à neige. Le râteau à feuilles. La tondeuse à gazon. Rangés avec soin le long d'un mur. Rien de tout cela ne lui appartenait. C'était le matériel de jardinage de Weslake que Denise avait apporté. L'ex-mari avait beau être mort, aux yeux de Matt, la pelle à neige était toujours celle de Weslake et Denise, et non la sienne.

Il prit sous le siège le pli contenant les photos. L'enveloppe, affranchie, avait été envoyée à Hirsh un an plus tôt environ, à son domicile. Son nom était soigneusement noté en lettres capitales. L'adresse de l'expéditeur était des plus lisibles : 3316, E. Craig, SLC.

Matt, qui avait sillonné la ville du temps où il faisait des remplacements, ne se rappelait pas où était situé East Craig. Peut-être était-ce d'ailleurs sans importance : Hirsh avait pu choisir cette enveloppe au hasard pour y ranger les photos.

Matt décida de les aborder sous un aspect clinique. Il y chercherait la bague, certes, mais aussi toute autre information concernant sa mère.

Il les étudierait de la même façon qu'un scanner ou des radios. Certains médecins gardaient les yeux rivés sur les clichés pour ne pas affronter le regard des patients. Il lui était arrivé d'agir ainsi lorsqu'il avait eu de très mauvaises nouvelles à annoncer.

Il commença par le verso, cherchant une date, un mot, des initiales. Il ne trouva rien, hormis quelques légères traces de crayon.

Quand il examina les photos elles-mêmes, il évita de regarder sa mère, se focalisant sur les arrière-plans. Il les scruta longuement, impitoyablement. Rien n'indiquait où elles avaient été prises, mais une chose était certaine : c'était en studio. On distinguait dans le fond les mêmes tentures, sur chacun des clichés, bien que disposées différemment. Matt en conclut qu'il y avait eu plusieurs séances de pose.

Enfin, il détailla le corps de sa mère. Il s'efforça de porter sur chacune des images un œil neuf, comme s'il avait chaque fois affaire à une patiente différente. Il examina le corps, les cheveux, les ongles.

Sur cinq photos elle portait aux oreilles les mêmes petits brillants, et les draperies, derrière elle, étaient disposées à l'identique ; toutes semblaient avoir été prises lors de la même séance. À de légères variantes dans la coiffure et dans la disposition des tentures, il identifia une deuxième séance. Puis une troisième.

Elles avaient eu lieu à la belle saison, probablement au cours du même été : celui de la partie de chasse ; celui où sa mère portait son diamant dans les films de famille ; celui qui s'était conclu, brutalement, par la mort de M. Minelli. Cet été-là.

Sur les premiers clichés, la peau de Hilly, récemment exposée aux rayons du soleil, rayonnait. Petit à petit, elle devenait de plus en plus hâlée, et les marques pâles, mais non blanches, laissées par le maillot de bain, ressortaient de plus en plus. Matt se remémora son trouble et son embarras quand, presque adolescent, il l'avait surprise un matin en train de faire du bronzage intégral sur la terrasse. Il s'était empressé de retourner dans la maison et, lorsqu'ils s'étaient croisés un peu plus tard, ni l'un ni l'autre n'y avait fait allusion.

La main gauche n'était visible que sur quatre clichés, où Hilly portait son alliance. Sur les photos prises lors de la troisième séance elle arborait, en plus de son alliance, la bague ornée du diamant à la main droite. Les pétales d'or étaient incurvés autour du cœur de diamant, dont l'éclat capturé par l'objectif formait une croix lumineuse. Elle était identique à celle que Matt avait vue au doigt de Mme Minelli. C'était la même. *C'est mon mari qui me l'a donnée.*

Sa dernière observation concernait le sein gauche de sa mère, au bas duquel, vers l'extérieur et bien au-dessous du mamelon, l'huile dont elle s'était servi pour faire briller son corps révélait un léger plissement de la peau. Bien qu'il ne soit pas visible sur tous les clichés (selon l'angle de vue choisi par le photographe) et qu'il soit presque imperceptible sur les premiers, Matt parvenait à discerner, sur les derniers, une rugosité minuscule mais sensible. L'espèce de froissement du sein en surface indiquant, aux yeux des spécialistes, la présence probable d'une tumeur.

Matt rangea les photos dans leur enveloppe, qu'il fourra à nouveau sous le siège. Il alla dans la cuisine se servir une bière. Il songea à ce petit pli. Les gens ne cessaient de lui répéter que son père avait été un médecin d'exception. Salt Lake City avait presque décrété une journée de deuil le jour où il avait pris sa retraite. Hirsh recevait encore les cartes et les coups de fil de patients reconnaissants qu'il avait réussi miraculeusement à mettre au monde ou qu'il avait sauvés, dans leur enfance, de maladies rares, souvent fatales. Matt avait entrepris des études de médecine en étant conscient qu'il n'inspirerait jamais autant d'affection ou de respect à ses patients. Et pourtant Hirsh n'était pas parvenu à détecter le cancer de sa femme ? Ou n'avait pu le détecter, car un autre jouissait à sa place, pendant cette période, des seins ou du corps de son épouse. Matt avala une autre gorgée de bière.

— On est drôlement en retard ! s'exclama Denise.

Elle venait d'entrer dans la maison, Austin endormi dans ses bras. Matt se leva pour l'aider. Il n'avait pas entendu la voiture, ni la porte du garage.

— Je suis revenu tôt exprès pour vous voir, lui dit-il sur un ton de reproche.

Elle le regarda, les sourcils froncés.

— Je suis désolée. Vraiment désolée. De vieux amis de papa sont passés. On s'est mis à discuter et…

Matt lui prit Austin des bras, et elle se débrouilla pour l'embrasser pendant la manœuvre. Il se pénétra de son parfum : chaud, fleuri, légèrement musqué. Quant à l'odeur d'Austin, c'était sans aucun doute possible celle des tapis de Mason House, une odeur chimique qui imprégnait toutes les chambres, tous les couloirs.

— Je vais le mettre au lit, fit Matt.

Lorsqu'il revint, Denise sortait de son sac à main des documents.

— C'est quoi ?

— Quelque chose que tu dois signer.

— Tu as rédigé mon testament ?

— Non, mon chéri. Ça vient de la compagnie d'assurances.

— Tu crois que ça me rassure ?

— C'est la compagnie d'assurances de papa. Pour le voyage en Ligurie.

— Ah, d'accord.

Décidément, ce voyage lui sortait tout le temps de la tête.

— J'ai dit qu'on serait accompagnés par notre médecin personnel, c'est pourquoi il faut que tu remplisses ce formulaire. Tu dois le signer, puis le renvoyer une fois que tu auras lu les dossiers médicaux de papa.

— Tu plaisantes ? Tous ses dossiers médicaux ? En remontant jusqu'au tout premier ? Il me faudrait au moins un mois !

— Juste ceux des cinq dernières années. J'ai appelé le centre médical de Wasatch Panoramica. Il suffit que papa signe un papier pour que tu y aies accès. Je vais m'occuper de tout cela.

Matt ramassa les formulaires de la compagnie d'assurances. Il y en avait beaucoup, ils étaient imprimés en tout petits caractères. Il les reposa et reprit sa bière. Denise parlait de la Ligurie, des hôtels climatisés, des plages et des tarifs…

— Mon père, lui aussi, a envie de partir, dit Matt. Avec moi.

Denise eut l'air surprise.

— Ah bon ?

Hirsh ne se déplaçait guère, répugnant même à venir jusqu'à Salt Lake City.

— Il veut aller chasser.

— Avec toi ? demanda Denise, de plus en plus étonnée.

Matt remarqua que ses joues rosissaient légèrement. La chasse avait été le sport favori de Weslake.

— C'est absolument insensé, concéda-t-il. Mais tu les connais, ces vieux gars, quand ils ont envie de quelque chose… Avec un peu de temps et de diplomatie, je saurai l'en dissuader.

— N'essaie surtout pas ! C'est une idée merveilleuse.

— Qu'y a-t-il de merveilleux à se geler lamentablement dans le seul but de tuer une bête innocente ?

— Weslake disait que quelques jours en pleine nature suffisaient à changer un homme.

Matt sentit la rage l'envahir. Ce n'était pas tant le nom de Weslake qui suscitait une telle réaction, mais la façon dont Denise avait rapporté son point de vue. Comme si, depuis la tombe, Weslake avait encore des leçons de sagesse à prodiguer.

— Tu as envie que je change ? demanda Matt.

— Non ! répliqua-t-elle avec un sourire en lui posant les mains sur les épaules. Mais je sais que c'est une expérience fantastique de partir en expédition dans les montagnes. Je veux dire, être en pleine nature, et employer toute sa concentration à trouver un cerf et à le tuer… C'est libératoire. Pour l'esprit, surtout. Une façon de le purifier de tous les petits soucis qui paraissent disproportionnés vus de la ville.

Denise n'ayant jamais chassé, Matt supposa qu'elle citait à nouveau Weslake. Il évita son regard.

— Et, poursuivit-elle, quelle plus belle expérience à partager avec ton père ? Il a la connaissance, et toi, tu as la force. Et puis, autour d'un feu de camp, vous aurez tout le loisir de vous dire les choses que vous avez toujours voulu vous dire.

— Tu sous-entends que pendant qu'on sera en train de mourir d'hypothermie je pourrai lui suggérer de venir s'installer en ville l'année prochaine ?

Denise prit le visage de Matt entre ses mains et l'obligea à la regarder.

— Arrête de faire exprès de tout comprendre de travers ! Je pense que vous pourriez vivre une formidable expérience tous les deux. Et que tu devrais vraiment y aller. D'ailleurs…, ajouta-t-elle d'une voix tendre, on a passé de bons moments, toi et moi, en pleine nature, non ?

Elle se pressa contre Matt, que la pensée des randonnées passées avec sa femme suffit à exciter. Leur premier été, celui où Denise était tombée enceinte, ils s'étaient promenés en montagne une semaine durant. Le silence plein de vie du paysage désert avait semblé les envelopper comme une couverture, les libérant d'une multitude d'inhibitions liées à la ville. Leurs randonnées avaient été des plus érotiques. Ils s'étaient arrêtés dans des forêts, au bord de lacs et à l'abri de rochers pour y faire l'amour. À présent, se remémorer ensemble ces moments… Denise se leva et l'attira vers la chambre à coucher, oubliant ses corvées du dimanche soir et négligeant d'éteindre la lumière de la cuisine.

— Ça n'a rien à voir avec ce que je peux m'attendre à vivre en pleine nature avec mon père, murmura Matt en sentant le corps mince et souple de sa femme glisser contre le sien.

Il songea que rien n'aurait d'importance – ni cette ridicule partie de chasse, ni les photos de sa mère, ni ce puits sombre qu'était la mort lointaine de M. Minelli, ni même Weslake – tant que le corps de son épouse répondrait si bien au sien. Denise et sa présence ondulante lui donnaient la sensation de se baigner dans un ruisseau et avaient le pouvoir d'amadouer le roc qu'il était devenu à force d'être confronté quotidiennement au malheur des autres.

Un peu plus tard, alors qu'elle s'endormait, il se rappela ses soupirs de plaisir. Chaque fois qu'il la satisfaisait sexuellement, c'était en quelque sorte une victoire sur Weslake. Une autre conception miraculeuse le serait encore davantage, bien sûr.

Le lendemain, à l'hôpital, Jon Espersen fit part à Matt de la rumeur qui courait : Slimtime fermerait la semaine suivante. Matt l'écouta avec attention, se gardant de révéler son ignorance à ce sujet. Les autorités sanitaires du pays avaient durci leurs réglementations en matière de produits amincissants et, au terme d'une enquête poussée, avaient décrété que Slimtime ne correspondait pas aux normes. La marque était devant une impasse. Matt eut l'impression que les ébats de la veille au soir y étaient pour quelque chose, comme si, en comblant Denise, il avait envoyé Weslake au tapis.

Matt s'en réjouit : avec Slimtime, un autre vestige de l'ex-mari disparaîtrait. Peut-être Denise pourrait-elle enfin commencer à oublier le terrible jour où la police était venue frapper à sa porte pour lui apprendre que son mari ne reviendrait pas de son jogging en forêt, ni ce soir-là ni aucun autre soir. Ses souvenirs de Weslake et de l'amour qu'elle avait eu pour lui s'évanouiraient peut-être enfin, remplacés par des images plus récentes et plus brillantes de Matt et Austin.

Ce matin-là, il parcourut les couloirs de l'hôpital en fredonnant joyeusement. Juste avant le déjeuner, croisant un homme en uniforme vert qui empestait le détergent, il reconnut Steve Minelli.

— J'ai des articles au sujet de mon exposition, lui dit Steve en réponse à ses questions. Elle a été pas mal controversée, mais, dans l'ensemble, les critiques sont bonnes. J'imagine...

Il hésita, puis reprit :

— J'imagine que tu es trop occupé pour aller manger un sandwich à la cafétéria ? Je pourrais te les montrer.

En déjeunant au vu et au su de tous avec un employé en uniforme vert Matt risquait fort de compromettre la cordialité que lui témoignaient depuis peu ses collègues. Aussitôt, cette pensée lui fit honte, et il s'empressa d'accepter la proposition de son ami.

Celui-ci lui montra des coupures du *Deseret News*, du *Salt Lake City Tribune* et de quelques hebdomadaires alternatifs. Matt les passa en revue. « *L'hôpital Sainte-Claudia rongé par un cancer* », « *Comment faire confiance aux travailleurs hospitaliers quand nos morts sont traités avec un tel manque de respect ?* », « *Du sensationnalisme qui cherche, avec succès, à choquer et à susciter le malaise* », « *Vivement déconseillé à toute personne ayant perdu un proche* », « *Fermeture immédiate de l'exposition exigée* ».

— Avec tout ça, les gens doivent se bousculer au portillon, commenta Matt.

— Eh bien oui, en effet, répliqua Steve d'une voix timide.

Il arborait une nouvelle coupe de cheveux, très courte, qui rendait son visage encore plus macabre. Il tendit à Matt un compte rendu très élogieux de l'exposition.

— Le gars qui l'a écrit, Sylvester Suzuki, est un critique d'art archiréputé dans la région ; il lui arrive aussi d'écrire sur les expositions new-yorkaises…

D'après Sylvester Suzuki, les photos apportaient une contribution majeure au débat sur le tabou dans l'art, elles ébranlaient les préjugés et révélaient les peurs des gens.

— J'ai été contacté par des galeries de Boston et du Nouveau-Mexique, annonça Steve.

Matt le félicita et se surprit à se réjouir pour lui, bien que, en son for intérieur, il trouve les clichés repoussants.

— Qu'est-ce que ta mère a pensé de l'exposition ? demanda-t-il.

— Pas grand-chose. L'art, ce n'est pas vraiment son truc. C'est une personne très pragmatique.

— Elle n'a pas du tout changé, après toutes ces années. Il m'a même semblé reconnaître la bague qu'elle portait.

— Une petite fleur en or ? Avec un diamant au milieu ?

Matt hocha la tête.

Tout autour d'eux, dans la cafétéria, s'élevait le brouhaha des voix et le cliquetis des couverts. Mais les oreilles de Matt parvenaient à filtrer ces sons parasites, comme si Steve avait haussé la voix, ou comme s'il s'attendait aux paroles qui allaient suivre.

— Ce diamant a une drôle d'histoire. Tu ne t'en souviens pas ? Mon père l'avait trouvé dans la supérette qu'on avait l'habitude de fréquenter, au carrefour en direction de Goat Bend, puis il l'avait fait monter en bague pour maman. Elle avait dû nous envoyer chercher un poulet congelé. Le diamant était là, dans le congélateur, au milieu de la glace. Personne n'y avait fait attention. Mais mon père avait un regard d'aigle. Je n'en revenais pas. Il a poussé une sorte de cri et l'a tenu dans la lumière pendant que je me disais : « Quel cirque pour un morceau de glace ! » Alors je l'ai regardé et j'ai réalisé qu'il s'agissait d'un **diamant**. Un diamant ! Dans le congélateur du supermarché ! Nom de **Dieu**. À son éclat, on voyait bien que ce n'était pas du verre ou une quelconque imitation.

Steve sourit à Matt. Ce dernier se souvint du sourire de son ami, ce fameux jour, au bord du lac. Le jour où les Minelli s'étaient tous moqués de lui et où il avait appris à ses dépens que les liens du sang étaient les plus forts. Il observa Steve, qui s'était mis à déchiqueter son sandwich.

Une fois de plus, Hirsh avait vu juste. La mémoire était un matériau tissé à partir de nos rêves, d'histoires glanées çà et là, de lointaines émissions de télévision, de choses lues un jour et que l'on avait crues oubliées. On pillait même la mémoire des autres pour s'approprier leurs souvenirs. Steve était avec son père lorsque M. Minelli avait trouvé le diamant. Dieu sait comment, Matt s'était approprié la scène.

Sauf que…

Si M. Minelli avait trouvé le diamant et offert la bague à son épouse, pourquoi Hilly la portait-elle sur les photos et dans les films de famille de cet été-là ?

— Tu avais oublié l'histoire, non ? reprit Steve. Tu te rappelais juste la bague, c'est ça ? Papa avait choisi cette monture en forme de fleur. Pas vraiment à mon goût, mais maman a adoré.

— Ça me dit vaguement quelque chose.

Matt raconta à Steve qu'il avait regardé de vieux films de famille, notamment celui où Hirsh les avait filmés alors qu'ils se préparaient à partir chasser. Une fois de plus, Steve s'emballa au sujet de cette partie de chasse et de la chasse en général.

— Papa m'a proposé de partir chasser quelques jours à l'ouverture de la saison, dit Matt.

Steve s'arrêta soudain de manger et le fixa.

— Partir chasser ? Avec ton père ? C'est une idée géniale ! Le père et le fils, seuls, en pleine nature, il n'y a rien de tel.

Décidément, tout le monde, excepté Matt, trouvait que cette expédition était une très bonne idée.

— Qui aurait envie d'errer en pleine nature avec un homme frôlant les quatre-vingt ans ? demanda-t-il.

— Mais tu m'as dit que ton vieux était en pleine forme ! Et puis il part accompagné de son médecin…

Voilà qui promettait de ressembler au voyage en Ligurie – le froid en plus.

— Ouais, approuva Matt d'un ton lugubre. Je serai là pour lui sauver la vie.

— Vois le bon côté des choses ! C'est une expérience qui va vous rapprocher, lui et toi. Tu as de la chance d'avoir un père avec qui vivre ce genre d'aventure.

Après quelques secondes de silence, Steve reprit :

— Quand tu diras aux gens que tu pars chasser, tous voudront te refiler leurs tuyaux. Je vais te confier ma règle d'or. Ça concerne les odeurs. Toutes ces bestioles ont un odorat plus développé que les chiens. Avant d'aller chasser, va faire un tour dans les bois équipé d'un couteau et d'un sac à fermeture hermétique. Entaille les résineux et récupère autant de sève que possible. Dès que tu auras besoin de dissimuler ton odeur, tu auras le nécessaire sous la main. Il y a des gars qui se servent de crotte de cerf. Personnellement, si je dois me tartiner de quelque chose, j'aime mieux que ce soit de sève de pin.

— OK, dit Matt. Merci du conseil.

— Écoute, tu vas devoir bien t'équiper. Il va te falloir des vêtements adaptés. Tu as ce qu'il faut de ce côté-là ?

— Non.

— Eh bien, j'ai tout ce dont tu pourras avoir besoin. Sauf que je ne te prêterai pas mon fusil, parce que... eh bien, parce qu'un mec ça ne prête pas son fusil. Mais ton père pourra t'en dégoter un. J'ai entreposé mes affaires dans la maison de maman, à East Craig. Il suffit que tu me préviennes un peu avant, et on y passera pour que tu puisses les essayer... Je suis plus petit que toi, mais tu trouveras bien quelque chose à ta taille.

— Ta mère. Tu as dit qu'elle vivait où ?

Matt eut le sentiment que sa propre voix résonnait.

— Tu prends la route de Riverdale sur plusieurs kilomètres, puis tu tournes à gauche, au niveau du grand centre commercial.

— C'est quoi, son adresse ?

— 3316 East Craig.

— Oh, fit Matt en se renversant en arrière et en posant les mains sur la table, comme si Steve lui avait donné quelque chose de trop lourd à porter.

— Tu connais ? demanda Steve.

— Ça me dit quelque chose... euh... tu as dit Riverdale, c'est ça ?

Il se rappelait à présent le quartier situé derrière Riverdale. De petites maisons aux jardins clôturés ; des flopées de gamins parcourant la large rue à bicyclette et, à un croisement, presque avalée par un immense parking, une église visiblement mormone en dépit de ses angles saillants et de son clocher bas, empruntés à d'autres cieux et à une autre religion.

— Je crois avoir pas mal sillonné le coin quand je faisais des remplacements, expliqua-t-il enfin.

— La majorité des habitants sont mormons.

— Ouais.

Matt avait hâte de commencer ses consultations de l'après-midi. C'était le moment d'examiner des radios ou des scanners, d'ausculter les patients, de les écouter décrire leurs symptômes, de parcourir les notes qu'il avait prises. Tout cela était un peu comme déchiffrer une partition lors des cours de piano de Mme Moran. Si étranges que puissent paraître les notes prises séparément, elles finissaient toujours, une fois réunies par composer quelque chose qui ressemblait à une mélodie. Or, les informations que Matt avait reçues ces derniers temps au sujet de sa mère refusaient de s'accorder, et l'ensemble demeurait obstinément dissonant.

Tandis qu'ils retournaient vers l'ascenseur, Steve lança :

— Ma mère ne s'est jamais vraiment remise de la mort de papa. Il lui avait donné cette bague juste avant de mourir, c'est pourquoi elle la porte constamment.

— Ç'a dû être un choc épouvantable pour elle, fit Matt, le cœur battant à tout rompre.

— Oh oui. Un sacré choc. Comme je t'ai dit l'autre fois, on n'a pas compris ce qui s'était passé. Sa mort était accidentelle, d'accord… n'empêche que tous ces gars, le shérif Turner, par exemple, ne nous ont pas donné beaucoup d'explication. Et c'était plutôt bizarre comme accident.

Matt sentit la panique l'envahir et son estomac se noua. Il dut se maîtriser pour ne pas tendre le bras vers le mur grisâtre du couloir, et ne pas tomber dans le puits sombre qui venait de s'ouvrir devant lui.

— Il est mort dans une voiture, non ?

— Il a été abattu dans la voiture. En bas, tout près du lac. Ils ont dit qu'il était mort parce qu'il n'avait pas déchargé son fusil, que le fusil était tombé et qu'un coup était parti… Essaie un peu, tu verras que c'est pas si simple.

Il y avait eu un seul coup de feu.

L'odeur de la forêt avait paru étouffante à Matt, bien plus qu'elle ne devait l'être en réalité. Ses parents étaient assis sur le banc en rondins. Il avait dans la main quelque chose de si lourd qu'il ne pouvait l'empêcher de frôler les feuilles à ses pieds. Sans doute était-ce un fusil. C'est lourd, un fusil, ça tombe et ça vient vous cogner les jambes. Un fusil… voilà qui aurait pu expliquer l'expression horrifiée de ses parents lorsqu'ils s'étaient tournés vers lui.

— Comme je te l'ai dit, on ne croit pas à la version de l'accident. On pense tous que papa a été tué. Mais par qui ? Et pourquoi ?

Matt avala sa salive.

— Est-ce qu'il avait des secrets ? Est-ce qu'il y avait des choses qu'il ne souhaitait pas que les gens découvrent ?

Steve secoua vivement la tête.

— C'était pas le genre à avoir des secrets. Il n'aurait pas su les garder et il n'avait rien à cacher.

— Tu as des soupçons sur une personne qui pourrait l'avoir tué ? Ç'aurait pu être lié à ses activités professionnelles ?

Steve fit à nouveau non de la tête, avant de répondre :

— Il était mêlé à un très important projet de construction. L'immeuble Rosebay. Tu connais ? C'est ce grand bâtiment imposant, en plein centre-ville. Mais je ne crois pas que... j'en sais rien. Bien sûr, maman a cherché à savoir, à l'époque, et des questions on en a évidemment posé, depuis. Un jour, Jo-Jo et moi sommes même allés voir un médium... Bref, on n'a jamais su ce qui s'était passé, et ça a rendu notre deuil encore plus difficile.

— La plupart des patients te diront que le doute est encore pire que la certitude d'une vérité pas toujours bonne à entendre.

Steve s'arrêta, Matt fit de même, obligeant les gens derrière eux à les contourner. Steve jeta à Matt un regard angoissé, puis il parla, d'une voix basse et pressante :

— Tu pourrais m'aider, Matt ? On peut peut-être tirer quelque chose de toute cette incertitude avec laquelle je vis depuis si longtemps.

— Eh bien... je t'aiderais, évidemment, si je le pouvais. Mais je ne vois pas...

— Tu pourrais poser des questions... tenter de recueillir des informations.

— Quel genre d'informations ?

— Toutes sortes. Tout ce dont les gens du lac Arrow pourraient se souvenir et te rapporter sur les circonstances de la mort de papa.

Matt se sentait oppressé. Un piège se refermait sur lui. Le piège du passé.

Jon Espersen le dépassa, en compagnie de trois collègues. Apercevant Matt et Steve, ils demeurèrent silencieux. Puis Jon lança :

— On se retrouve dans cinq minutes au service de consultation, Matt.

Quand les autres se furent suffisamment éloignés, Matt poursuivit :

— Steve, pourquoi ne pas aller toi-même au lac Arrow pour interroger les gens ?

Il avait parlé à voix basse, pourtant des têtes se tournèrent. Le ton de Matt était déplacé dans ce couloir d'hôpital. Il s'écarta, se plaqua contre un mur. Steve, lui, ne se préoccupait guère du va-et-vient des médecins.

— Je suis son fils, ils ne me diront rien. Mais devant toi… peut-être laisseront-ils échapper quelque chose.

Matt toussa. Il aurait voulu reculer, mais c'était impossible. Il ne pouvait que se tasser contre le mur.

— Si j'apprends quoi que ce soit au sujet de la mort de ton père, je t'en ferai part, bien sûr. Mais les gens ne se confient pas facilement.

— Tu pourrais les questionner, insista Steve. Juste poser quelques questions et les laisser parler.

Matt ne répondit pas. Il savait déjà que cela signifiait enquêter sur son propre degré de responsabilité dans cette mort. Il savait également qu'une fois tout cela éclairci il lui faudrait parler aux Minelli. Leur avouer la vérité. Ce serait à eux de décider de la marche à suivre, de ce qui serait le plus susceptible de les soulager. Au pire, ils intenteraient une action en justice.

Le ton de Steve devint suppliant :

— J'ai le sentiment que si on en savait un peu plus ça changerait beaucoup de choses pour nous. Quand papa est mort, tout a mal tourné. Toi, ta vie s'est poursuivie sans embûches, et aujourd'hui tu es médecin… mais pour nous le monde s'est écroulé. Nous vivons depuis vingt-six ans dans le chagrin et l'incertitude. Si cela changeait, alors, peut-être que… peut-être que le reste changerait aussi.

Steve s'était décomposé. Il avait l'air sur le point de fondre en larmes. On aurait dit un petit garçon brimé par ses frères aînés.

— Je ferai tout mon possible, dit Matt.

Le visage de Steve s'illumina. Il saisit la main de son ami.

— Merci, Matt. Quelle chance de t'avoir retrouvé ! J'ai l'impression que le passé va enfin nous livrer ses secrets.

Il souriait jusqu'aux oreilles. Comme le petit Steve qui s'était moqué de Matt, au bord du lac, le jour où Hirsh avait expliqué à son fils que les liens du sang étaient les plus forts. Matt se dirigea vers le service de consultation.

À son arrivée, la tête lui tournait, comme s'ils avaient arrosé leur déjeuner de bière extra-forte.

— Ce gars te cause des soucis ? demanda Jon Espersen en interceptant Matt, qui fonçait vers le cabinet de consultation, où attendaient déjà un certain nombre de patients.

— Quel gars ?

— Cet agent d'entretien avec qui tu parlais. Il te cause des ennuis ?

— Eh bien…, hésita Matt. Non.

— C'est un fauteur de troubles, dit Jon, l'air sérieux. Visiblement, il a photographié les blocs opératoires avant de les nettoyer et des patients en salle de réveil. Il aurait même pris des clichés de la morgue, nom de Dieu ! Les ressources humaines ont envisagé d'appliquer des mesures disciplinaires à son encontre. Mais en voyant les photos elles n'ont pas pu décider s'il convenait de l'envoyer devant un tribunal ou chez un psy. Est-ce qu'il t'enquiquine ?

Matt détecta chez Jon un mélange de curiosité et d'impatience. Il espérait que Matt lui fournirait les moyens de faire coincer Steve.

— On s'est connus quand on était gosses, c'est tout.

— Tu veux dire que c'est un ami à toi ? demanda Jon.

— Autrefois, oui. Quand on était gamins.

— Et à présent il voudrait que vous redeveniez amis, je parie. Eh bien, sache que ce gars a beaucoup nui à l'hôpital avec ses photos, et que le service de chirurgie générale vient d'émettre des critiques quant à l'état dans lequel nous laissons les blocs. Méfie-toi de lui.

Matt acquiesça. L'idée que Steve, petit, timide et torturé, puisse être perçu comme une menace par le tout-puissant service de chirurgie générale lui semblait absurde.

Jon s'éloignait déjà. Tout à coup, il s'arrêta.

— Au fait, tu as revu la voiture rouge ?

Matt hocha la tête avec lassitude.

— Est-ce que Denise l'a aperçue, elle aussi ? demanda Jon, soucieux.

— Eh bien, non. À vrai dire, je ne lui ai jamais posé la question, pour ne pas l'inquiéter. Mais une voisine l'a vue, un soir.

Belinda Lampeter avait pris l'attitude du chauffeur pour de la simple courtoisie, mais elle avait tout de même vu la voiture rouge. Cela suffisait à la rendre tangible, à la faire exister ailleurs que dans l'imagination de Matt.

— Mmm… Quand est-ce que tu as rendez-vous avec ton avocate ?

— Bientôt.

Matt préférait ne penser ni à l'avocate ni à l'affaire Zoy.

— Tu devrais lui demander conseil. Zoy n'est pas encore sorti de sa voiture, mais si ça continue il sera peut-être temps de prévenir la police.

13

Matt pensait laisser passer au moins un mois avant de retourner voir Hirsh. Mais, maintenant qu'ils avaient décidé de partir chasser, tous ses plans étaient bouleversés. Hirsh l'appelait fréquemment, pour lui donner le numéro de téléphone d'un cours de chasse, s'informer de sa pointure ou s'entretenir avec lui de leur programme de remise en forme.

— On a encore jusqu'au mois d'octobre ! protestait Matt, qui avait horreur des salles de gym et savait qu'il allait être obligé de se lever à l'aube pour faire du jogging s'il voulait éviter les heures chaudes de la journée.

— Tu t'y mets tout de suite ! lui conseilla Hirsh. Tu ne le regretteras pas. Moi-même, je vais marcher tous les matins. Choisis des terrains pentus !

— Il n'y a pas de terrains pentus à Salt Lake City.

— Bien sûr que si. Entre le temple et le bâtiment du parlement de l'Utah. Toute cette zone est en pente. Ce n'est pas loin du canyon de City Creek. Tu devrais aller courir là-bas quotidiennement.

Le jour de l'anniversaire de Denise, l'orchestre de l'opéra de San Francisco était en ville, et Matt accompagna sa femme au spectacle. Malheureusement, étant de garde ce soir-là, il fut contraint de laisser son portable allumé, et au beau milieu de l'aria la plus émouvante de l'opéra il sentit son téléphone vibrer contre sa cuisse. Il se glissa hors de son fauteuil, dérangeant une bonne quinzaine de personnes. Une fois dans le hall, il découvrit que c'était Hirsh qui l'appelait.

— Bonne nouvelle ! La boutique de sport de la Quarantième Rue débute ses soldes demain, avec des promotions sur les bottes. John-Jack dit qu'elles sont à moitié prix. Débrouille-toi pour y passer aussi tôt que possible demain matin, avant que toutes les bonnes paires soient parties.

— J'ai déjà des bottes, papa.

— Je les connais, elles font trop de bruit.

— Du bruit ? Elles sont imperméables et très confortables.

— Mais elles émettent une sorte de petit couinement. Je m'en suis rendu compte lors de ta dernière visite. Trop de chasseurs sont trahis par leurs bottes, Matt. Si tu en trouves avec des semelles de crêpe, c'est l'idéal. Apparemment, le reste des articles sera soldé dans deux semaines. Il va donc falloir que tu viennes ici dès que tu auras le temps, car les gars mettent tous leurs vêtements et tout leur équipement à ta disposition. Tu vas devoir les essayer pour savoir ce qu'il te faudra acheter au moment des soldes.

Matt avait hâte de retourner dans la salle.

— Je pourrai peut-être venir ce week-end, suggéra-t-il. Mais Denise avait l'intention de m'accompagner, avec Austin, la prochaine fois que je viendrais…

Il avait même consenti à ce qu'elle regarde les films de famille.

— C'est un week-end de préparation, dit Hirsh. Ça me ferait vraiment plaisir de les voir, mais une autre fois. Tu pourrais venir vendredi soir et repartir dimanche, après le déjeuner…

Plus tard, lorsque Matt en eut fait part à Denise, celle-ci répliqua :

— J'ai prévenu le centre médical que tu viendrais vendredi, après ta journée de travail, consulter les dossiers médicaux de papa. Ensuite, tu signeras le formulaire. Dès que la compagnie d'assurances aura donné son accord, je pourrai confirmer l'ensemble des réservations.

Le voyage en Ligurie était devenu le centre de ses intérêts. Certains soirs, il lui arrivait même de louper ses cours de yoga et de se précipiter sur son ordinateur, à peine Austin couché, pour approfondir ses connaissances sur l'Italie du Nord-Ouest. Les brochures de voyages constituaient désormais le joujou préféré de l'enfant qui les éparpillait dans toute la maison.

— Dans ce cas, je vais devoir lire les dossiers, signer les formulaires et filer aussitôt voir papa, dit Matt.

Ces voyages prévus en automne empiétaient désagréablement sur son été.

Le vendredi après-midi, il se rendit au centre médical de Wasatch Panoramica, où une secrétaire le fit entrer dans une petite salle. L'ordinateur était éteint. Il y avait un verre d'eau, une lampe de lecture et, sur le sol, quelque chose qui ressemblait à un cercueil.

Le médecin de Denise, Dan Murvitz, passa la tête dans l'entrebâillement de la porte. Matt et lui avaient fait leurs études de médecine ensemble et fréquenté le même groupe d'éthique, où ils s'étaient découvert des idées communes. Une amitié était née entre eux. Quand Dan était devenu généraliste et Matt chirurgien, ils avaient perdu le contact, puis s'étaient retrouvés lorsque Matt accompagnait Denise à la clinique, pendant sa grossesse.

— Nom de Dieu, dit Dan. J'ai entendu parler de ce voyage, et tout ce que je peux te dire, c'est que tu es un modèle d'époux et de gendre.

— Clem fait partie de tes patients ? demanda Matt.

— Non, répondit Dan avec une grimace suggérant qu'il ne le regrettait pas. C'est Barbara Van Essen, son médecin. Alors, l'Italie, hein ? On a séjourné dans les environs de Venise il y a deux ans. Tu sais la meilleure ? C'était au mois de mai et il y a eu cette fichue vague de chaleur. Pas moyen de trouver des établissements climatisés. On a bien tenté de s'immerger dans la culture locale, mais… Enfin, bref, on était contents de rentrer à Salt Lake City !

— On va en Ligurie, fit Matt d'un ton abattu. C'est au bord de la mer. J'imagine qu'ils ne la chauffent pas non plus.

— Vous avez envie de mer ? Pourquoi ne pas aller en Californie ? C'est à une heure de vol et même les cabines de plage sont climatisées.

— Clem a passé sa lune de miel en Ligurie. On part tous arpenter avec lui les chemins de son passé.

La secrétaire avait allumé l'ordinateur et tapotait sur les touches du clavier afin d'accéder au fichier de Clem.

— C'est quoi, ce machin ? demanda Matt.

— Les dossiers du patient, répondit la secrétaire.

— Ils ne sont pas informatisés ?

Matt interrogea Dan du regard. Celui-ci pouffa, entra dans la pièce et se mit à tripoter le couvercle de la boîte. Il avait beaucoup vieilli. Il n'avait pas perdu ses cheveux ni grossi, contrairement à Jon Espersen ; son visage s'était creusé et avait perdu son aspect poupin. Il portait désormais des lunettes dont la monture ne parvenait pas à dissimuler les nombreuses ridules qui s'étaient formées autour de ses yeux. Peut-être était-il simplement fatigué ? Cela doit fatiguer de vieillir, songea Matt. Avait-il, lui aussi, ces ridules autour des yeux ?

Dan retira le couvercle de la boîte. Elle était remplie d'une longue rangée d'épais dossiers.

— Bienvenue au XXe siècle ! dit Dan. Quand les ordinateurs et l'air conditionné ont été introduits aux États-Unis, on a informatisé tous les dossiers médicaux des patients. Mais on n'est pas remonté au-delà de 1945, parce que cela nous coûtait une fortune.

— Ce sont les dossiers médicaux de Clem antérieurs à 1945 ? demanda Matt. Je croyais que je ne devais m'occuper que des cinq dernières années.

— Les assureurs de Clem nous ont contactés pour nous préciser qu'il fallait que vous vous coltiniez toute la paperasserie, lui expliqua la secrétaire.

Matt gémit à la perspective d'un tel ennui, ce qui fit sourire Dan.

— Quand vous serez arrivé en 1945, tapez sur « Enter » et le reste s'affichera sur l'écran, ajouta la secrétaire en se levant. Je vais vous faire un café pour vous aider à tenir le coup.

— Il faut que tu les lises si tu veux avoir le feu vert des assureurs, dit Dan en tendant à Matt le premier dossier de la rangée patiné par le temps.

— À ma place tu te donnerais cette peine ? demanda Matt sur le ton rhétorique qu'ils avaient coutume d'employer jadis dans leur groupe d'éthique.

Dan soupira et fronça les sourcils, comme il le faisait alors.

— Euh… eh bien, comme je n'ai pas oublié le Pr Blake et son *Éthique du médecin*, je suppose que oui.

Matt demeurait réticent. Il avait espéré faire le trajet dans la montagne avant la nuit.

— Ai-je vraiment besoin de savoir qu'il a eu une amygdalite à cinq ans ?

— Au moins, si tu le sais, tu n'en diagnostiqueras pas une maintenant, dit Dan, sur le point de partir. Denise va bien ?

— La bonne santé incarnée. Grâce au yoga, sans doute, dit Matt, répondant à sa manière habituelle aux questions concernant sa femme.

— Pas d'hématomes ces temps-ci ?

— D'hématomes ? À cause du yoga ?

Matt, qui venait d'ouvrir le premier dossier, leva les yeux.

— En fait, je crois qu'elle a eu des douleurs dans les articulations, elle en faisait trop…

Lui avait-elle dit cela ? Non. C'était Jon Espersen.

— Dans mon souvenir, c'étaient des hématomes, insista Dan en scrutant le visage de Matt. C'est rare, mais pas impossible, avec ces positions de yoga tellement compliquées. Alors, qu'est-ce qu'elle dit de l'affaire Slimtime ? Elle a été surprise ou elle s'y attendait ?

Matt répugnait à reconnaître que Denise et lui ne parlaient pas de Weslake et qu'il ignorait ce qu'elle ressentait quant à l'effondrement de Slimtime.

— Ça n'a pas l'air de la perturber. En ce moment, seuls l'intéressent la Ligurie, son peuple, sa langue et sa culture.

Matt parcourut rapidement les dossiers médicaux de Clem enfant. Ils n'étaient pas dépourvus d'intérêt historique. En ce temps-là, les médecins s'exprimaient de façon plus énigmatique. Mais Matt ne perdit pas de temps à déchiffrer leurs termes ni à essayer de comprendre les abréviations. Il accorda à peine un regard à certaines pages. Néanmoins, il nota que Clem avait été envoyé chez un psychiatre à l'âge de dix ans, chose surprenante à cette époque. Plus étonnant encore, une lettre du psychiatre était jointe au dossier. Elle était tapée à la machine et les caractères variaient (le « s » était peu marqué, le « c » était au-dessus des autres lettres et le « b » au-dessous) presque autant que dans un courrier manuscrit :

Un an s'est désormais écoulé depuis le divorce de ses parents, et Clement est toujours accablé par la culpabilité. Comme souvent, chez les enfants issus de foyers éclatés, il pense être l'unique responsable de la séparation. Dans le cas de Clement, chacune des deux parties lui faisait part des manquements de l'autre. Quelle que soit la critique, Clement défend toujours la personne accusée, et prétend être partiellement, voire totalement, responsable de la faute reprochée à l'autre. L'enfant tente ainsi d'exercer une forme de contrôle sur des événements tumultueux et liés au monde des adultes qu'il ne peut ni infléchir ni comprendre. Ce cas ne fait qu'illustrer l'avis du médecin que je suis : le divorce a des effets pervers et destructeurs sur les enfants.

Quel moraliste ! Cependant, ses commentaires étaient intéressants. Matt ignorait que les parents de Clem avaient divorcé. Difficile d'imaginer Clem en petit garçon accablé par la culpabilité. Mais beaucoup moins de le voir, dès son plus jeune âge, exercer un contrôle sur les choses.

Il parcourut rapidement le reste des dossiers et s'apprêtait à se mettre sur l'ordinateur quand l'air de « Waltzing Matilda » retentit sur son téléphone.

— Bonsoir, mon chéri, c'est moi, dit Denise. Papa vient tout juste d'appeler. Il voulait que tu passes le voir à Mason House quand tu aurais fini de lire ses dossiers. Mais tu n'auras pas le temps, j'imagine…

Matt hésita. Clem n'était pas son patient, et ne le serait que le temps du voyage en Ligurie. Matt n'avait aucune raison de répondre à des questions médicales que son beau-père aurait dû adresser à son médecin traitant, le Dr Van Essen.

— Que veut-il ? C'est urgent ? J'espérais pouvoir faire la route dans la montagne avant la nuit.

— Je ne sais pas vraiment, mais à mon avis ça peut attendre un peu. Je lui dis que tu passeras dimanche à ton retour ?

— OK, fit Matt sans se donner la peine de cacher sa réticence. Mais pas question de prendre la place de son médecin traitant, sauf pendant les vacances.

— Merci, mon chéri.

Au ton de sa voix, il sentit qu'elle souriait.

— Tu vas me manquer, cette nuit, ajouta-t-elle.

Il faisait encore jour lorsque la voiture de Matt contourna le flanc de la première montagne. ATTENTION ! CHUTES DE PIERRES. Par réflexe, il jeta un coup d'œil au rétroviseur, au cas où la voiture rouge aurait été là. S'il ne l'avait pas vue depuis un moment, son absence n'offrait qu'un maigre soulagement, puisque Matt passait son temps à la chercher des yeux. Il était décidé à suivre les conseils de Jon : ne jamais regarder le conducteur en face et ne pas réagir à la présence du véhicule. Il avait également noté les dates et les lieux approximatifs de chacune des poursuites – ou supposées poursuites – dont il se souvenait.

Il lançait un bref regard dans le rétroviseur avant chaque nouveau virage. Comme il se rapprochait de sa destination et que la voiture rouge n'apparaissait pas, il commença à se sentir libéré d'une tension qui semblait désormais faire partie de sa vie. Il avait souvent eu envie de parler de la voiture à Denise, de lui demander si elle l'avait vue, mais il avait préféré se taire pour lui épargner de vivre dans l'angoisse et de se tenir constamment sur ses gardes.

Alors qu'il gagnait en altitude, Matt constata que l'été s'était aussi installé sur les hauteurs, et pas seulement parce que la neige avait cédé la place à la végétation. Des voitures prenaient lentement les virages en épingle à cheveux et les jambes nues des touristes pendaient des télésièges. Lorsqu'il levait les yeux, il apercevait çà et là des alpinistes, corps plaqué contre la roche.

Il songea aux dossiers médicaux de son beau-père. Dans les plus récents, rien de surprenant. Mais les plus anciens confirmaient en revanche que Clem était, comme l'avait toujours soupçonné Matt, un fieffé hypocrite. Pendant toute la période où il avait été un membre éminent de la communauté religieuse de la ville, il n'avait cessé de contracter des MST (*J'aimerais qu'il évite les bordels ou, du moins, qu'il se paie les services d'une putain plus propre !* avait griffonné son médecin de l'époque, excédé.) Qui plus est, tout en soutenant officiellement l'interdiction prônée par les mormons de boire de l'alcool, il s'était débrouillé pour dissimuler un sérieux penchant pour la bouteille.

Que Clem lui ait permis d'avoir accès aux dossiers était vraiment étonnant. Le vieux devait avoir une sacrée envie d'aller en Ligurie. Pour sa part, Matt aurait préféré ne rien savoir sur son beau-père dont il ne puisse faire part à Denise. Celle-ci, à n'en pas douter, serait choquée et blessée de connaître la vérité. Même s'il admettait mal la place que prenait le vieil homme dans la vie de Denise, il n'avait pas l'intention de le faire tomber de son piédestal.

Comme d'habitude, la route en lacet avait sur Matt un effet presque hypnotique. Des fragments du rapport du psychiatre lui tournaient dans la tête.

Accablé par la culpabilité. Manquements. Faute. Responsabilité. Clement pense être l'unique responsable de la séparation.

Peu à peu, la lumière changeait et devenait rougeoyante. Les montagnes prenaient la teinte rose des souvenirs d'enfance. Rapidement, leur innocence s'assombrit et leur couleur s'éteignit, remplacée par un gris granuleux.

La personne accusée. Les événements tumultueux et liés au monde des adultes qu'il ne peut ni infléchir ni comprendre. Ces mots ne lui avaient pas semblé particulièrement importants lorsqu'il les avait lus. Or, à présent que la lumière déclinait, donnant à l'air des hauteurs une fraîcheur et une pureté nouvelles, ils paraissaient chargés d'une signification particulière qui lui échappait encore.

Les montagnes virèrent au noir et disparurent.

Matt atteignit le lac Arrow et longea la maison de Lonnie. La lampe de la véranda éclairait tout son bric-à-brac. À l'intérieur, une seule lumière, à l'étage. Il s'imagina la vieille femme devant son ordinateur, surfant sur les sites médicaux, ou encore assise, apathique, devant la télé. Les amis de son père ne sortaient pas beaucoup une fois la nuit tombée. Tous restaient chez eux, seuls.

La lune se levait. Il passa devant le lac, la grand-rue, la petite église mormone. Il gravit la colline jusqu'à la maison de Hirsh et s'engagea dans l'allée, éteignit les phares, coupa le contact et laissa le véhicule glisser vers la maison, à la lueur de la lune.

En dépit de cette approche silencieuse, Hirsh apparut sur le seuil à peine la voiture arrêtée.

— Excellent timing ! Le dîner est prêt ! dit-il sans plus de cérémonie, comme si Matt revenait de faire une course à la supérette du coin. Il y a du gibier ce soir.

— Pas cette vieille viande de cerf ? Celui que Weslake a tué sur la route ?

— Ne t'inquiète pas. Si on sait congeler une bête, sa viande se conserve parfaitement. De toute évidence, Weslake s'y entendait en matière de congélation.

Matt se garda de tout commentaire et alla chercher son sac dans la voiture.

— Est-ce que ça ne sent pas délicieusement bon ? demanda Hirsh en lui servant la viande, qui baignait dans une sauce crémeuse aux champignons.

— Si on arrive à oublier que la nourriture date d'il y a trois ans...

Mais le goût était aussi bon que l'odeur était appétissante et, dès la première bouchée, Matt, qui commençait à avoir faim, cessa de se soucier de la date de congélation.

— Weslake ne tuait que les meilleures bêtes, fit remarquer Matt.

— En tout cas, il savait les découper. La plupart des gens laissent beaucoup trop de graisse et de moelle, et ça sent mauvais une fois congelé.

— Il n'y avait rien que Weslake ne sache faire. À la perfection.

Hirsh le dévisagea de son œil brillant.

— Si tu n'as jamais rencontré ce gars, je ne comprends pas comment tu peux le détester autant.

— C'est parce que Denise le trouvait merveilleux. Le trouve toujours merveilleux Elle ne veut pas prononcer son nom à voix haute, de crainte de le souiller, et passe son temps à se rendre sur sa tombe. Difficile d'être bien disposé à son égard dans un tel contexte.

— Alors, comme ça..., dit Hirsh en regardant son fils découper un morceau de viande, tu es jaloux ?

— Oui, reconnut Matt. Visiblement, Slimtime a des soucis avec les autorités sanitaires du pays, qui l'accusent de publicité mensongère, et ça me réjouit plus qu'autre chose.

Hirsh secoua la tête.

— Si tu lui en veux, c'est peut-être parce qu'elle l'a d'abord épousé lui.

Matt cessa de manger et fixa son père droit dans les yeux.

— Qu'est-ce que ça signifie ?

— Tu racontes aux gens que vous vous êtes rencontrés à ton retour d'Afrique. Or, je sais que ce n'est pas vrai.

Matt eut l'impression que son visage enflait, que ses joues étaient parvenues au niveau de ses yeux, déformant sa vision et faisant apparaître deux ou trois Hirsh attablés en face de lui, en train de manger tranquillement.

— J'ai vu Denise à l'aéroport, précisa Hirsh.

— Quel aéroport ? Quand ça ?

— Ne joue pas les innocents ! Je l'ai vue, de mes propres yeux. Le jour où tu es parti pour l'Afrique. Quand je suis allé à l'aéroport pour te dire au revoir...

— Mais... on s'était déjà dit au revoir. J'étais monté jusqu'ici la veille de mon départ. Tu ne m'as pas accompagné à l'aéroport !

— Après coup, j'ai réfléchi et je me suis dit que tu ne pouvais pas traverser seul l'aéroport, sans personne pour te saluer à la porte des départs. Je m'y suis donc rendu et je t'ai vu, mais il y avait une jeune femme avec toi. Je vous ai regardés vous dire au revoir, et j'ai réalisé que j'avais commis une erreur, une grosse erreur. C'est pourquoi je ne vous ai pas dérangés. Je me suis contenté de faire demi-tour et de rentrer chez moi.

La viande, dans la bouche de Matt, avait soudain perdu toute saveur, elle était sèche comme du carton.

— Peu de temps après ton retour d'Afrique, poursuivit Hirsh, tu m'as présenté la fille que j'avais vue à l'aéroport. Tu allais l'épouser. J'étais ravi, et d'ailleurs je pense que tu n'aurais pas pu trouver meilleure femme au monde. Mais je ne comprends pas pourquoi tu éprouvais le besoin de dire à tout le monde que vous veniez de vous rencontrer. À moins que vous n'ayez été amants pendant son mariage avec Weslake ? Ce qui aurait expliqué ton attitude.

Matt était sonné, comme si Hirsh l'avait frappé. Il se renversa sur sa chaise, repoussa son assiette. Il ne pouvait plus rien avaler.

— Voyons, dit le vieil homme. Ne fais pas un drame d'une simple vérité.

— Pourquoi avoir attendu tout ce temps pour en parler si tu es au courant depuis le début ?

— Quand je te vois dénigrer Weslake et te réjouir que sa compagnie ait des ennuis, ça te ressemble si peu que je suis bien obligé de me poser des questions. Et puis, comme tu es en général quelqu'un de droit, j'aimerais savoir pourquoi tu as menti au sujet de la façon dont tu as rencontré ta femme. Car tu ne l'as pas rencontrée au chevet de Clem quand tu étais remplaçant.

— C'est vrai que nous nous sommes retrouvés au chevet de Clem. Notre histoire a commencé pour de bon à ce moment-là, dit Matt à voix basse, sentant son visage s'empourprer.

— Ne me dis pas que vous veniez de vous rencontrer quand je vous ai vus à l'aéroport.

— Non. Nous venions de nous séparer. J'avais fait sa connaissance chez Jon et Christine Espersen. Ils donnaient une soirée et Weslake était malade. Denise était venue seule.

Bien que Matt ait ressenti pour elle une attirance immédiate, il lui semblait qu'à cette époque elle était moins belle que maintenant. Sans doute avait-elle les joues roses et rondes de la jeunesse et une abondante chevelure châtain... mais la femme qu'elle était devenue, avec son visage fin, ses pommettes saillantes et ses cheveux plus disciplinés, avait une sorte de dignité et de fragilité qui rendaient sa beauté bouleversante.

— Elle n'était pas encore mariée, mais déjà fiancée à Weslake. Je voulais qu'elle le quitte et qu'elle m'épouse, et elle a bien failli le faire.

Matt leva les yeux et vit que son père le fixait.

— Elle a failli le faire, répéta-t-il. Mais l'influence de Clem et de l'Église mormone l'a emporté, et elle a décidé qu'elle ne pouvait pas revenir en arrière.

— C'est pourquoi tu es parti recoller les morceaux de ton cœur brisé en Afrique.

— Je ne m'attendais pas à la voir à l'aéroport. Quand elle est venue me dire au revoir, ç'a été encore plus dur de m'en aller. C'était insupportable, à vrai dire, parce qu'on était toujours… Enfin, on savait que pour que son mariage fonctionne il valait mieux ne plus nous revoir, ne plus nous parler et couper tout contact. On s'est juré de le faire, là, à l'aéroport. Et on s'y est tenus.

— Tu as dû rentrer très peu de temps avant la mort de Weslake. Elle n'a pas essayé de te contacter pour te dire ce qui s'était passé ?

— J'étais rentré, mais elle l'ignorait. C'est pourquoi elle ne m'a rien dit.

Hirsh hocha la tête.

— Tu ne voulais pas que les gens sachent qu'entre toi et lui elle avait choisi Weslake ? C'est pour ça que tu as menti ?

— À mon avis, elle avait surtout laissé son père et l'église mormone choisir à sa place. Mais oui, c'est pour ça qu'on a menti.

— Et elle l'aimait ?

Les mots, dans la bouche de Hirsh, ne paraissaient pas naturels. Il n'avait pas l'habitude de parler de ce genre de chose.

— De toute évidence, répondit Matt avec un air sombre. Puisqu'elle ne s'est jamais remise de sa mort.

Un silence suivit ses paroles. Il regarda les restes de son repas se dessécher dans son assiette. Comment avait-il pu manger de cette viande ? Comment Hirsh pouvait-il en manger lui aussi ? Il évitait de regarder son père, conscient que ce dernier ne le quittait pas des yeux.

— Bien, dit Hirsh. Je suis content que nous ayons pu éclaircir tout ça. Ça me taraboust depuis un bout de temps et je crois que j'avais besoin de savoir. Après tout, il faut pouvoir faire confiance à un homme quand on veut partir avec lui en pleine nature.

Matt ignorait si Hirsh était sérieux ou s'il plaisantait. Son père continuait à manger. Soudain, il poussa un cri perçant qui fit bondir Matt.

— Papa ! Ça va ?

D'une main délicate, Hirsh sortit quelque chose de sa bouche.

— J'ai failli me casser une dent !

— Weslake a oublié son canif dans la viande ?

— Je ne sais pas ce que c'est…

Hirsh examina le petit éclat de métal en le faisant tourner entre ses doigts.

— Tu es sûr qu'il a tué la bête en la percutant avec sa voiture ?

— C'est ce que dit Clem.

— Il arrive qu'on trouve des balles dans des bêtes tuées sur la route, vu la quantité de crétins qui essaient d'abattre des cerfs avec des fusils ou des munitions inadéquates. Il devait déjà être blessé quand il s'est retrouvé devant la voiture.

Hirsh posa le bout de métal à côté de son assiette. Il semblait avoir oublié la discussion qu'ils venaient d'avoir et ne fit plus allusion à Weslake. Il annonça qu'ils déjeuneraient tous deux avec Elmer, le lendemain, et choisiraient des vêtements parmi ceux que ses amis mettaient à la disposition de Matt.

— Je suggère que nous nous entraînions sérieusement, demain matin. Tu as commencé, de ton côté ?

Matt avoua que non.

— On va chasser sur de longues distances, en haute altitude et dans des zones très abruptes, souligna Hirsh. La condition physique, voilà la clé de la réussite pour un chasseur.

— La semaine dernière, tu disais que la clé de la réussite c'étaient les bottes !

— Eh bien, les bottes aussi. Tu les as apportées, tes nouvelles bottes ? Parfait. Tu les mettras, on marchera jusqu'à Tungsten Head et puis on redescendra pour se baigner dans le lac.

Avant d'aller se coucher, Matt sortit contempler les étoiles. Comme l'air était pur, on les distinguait très nettement. Pas uniquement les grandes constellations, également visibles depuis la ville, mais aussi les millions d'étoiles éparpillées tout autour et, au-delà, d'autres encore et d'autres galaxies, infinies et insondables. Les regarder, c'était un peu remonter loin dans le temps, parfois jusqu'à la naissance de l'univers.

14

Le lendemain matin, Hirsh réveilla Matt de bonne heure.

— Mieux vaut aller marcher tant qu'il fait encore frais, dit-il.

— On se croirait à l'armée ! grommela Matt.

Une fois qu'ils se furent mis en train, sa sensation de fatigue s'en alla. La luminosité et la fraîcheur du matin le mirent en joie. Au loin, les montagnes se détachaient sur le ciel, semblables à des découpages faits par un enfant. Tandis qu'ils gravissaient la colline en coupant à travers bois, ils surprirent nombre d'animaux et d'oiseaux, parmi lesquels une biche et sa progéniture.

Bien que Matt soit plus rapide au départ, il dut reconnaître, vers la fin de leur marche, que son père était plus en forme que lui.

— OK, dit-il d'une voix essoufflée, comme si Hirsh venait de le défier. Tu as gagné. Je me remets au jogging la semaine prochaine.

— Et n'oublie pas tes cours de chasse !

C'est au bord du lac que se termina leur promenade. Ils y arrivèrent par la route, qu'ils avaient rejointe en sortant de la forêt à la hauteur de la maison de Stewart. À gauche, le lac était visible par-delà les arbres. Ils dépassèrent la piste étroite qui descendait jusqu'à la rive, cette piste où, pensait Matt, s'était trouvée la voiture rouge de M. Minelli, contenant son corps sans vie. Hirsh ne s'engagea pas sur la voie de terre, ne lui accorda pas même un coup d'œil. Il continua à marcher sur la route, sans dire un mot. À droite, c'était leur terrain, qui montait en pente abrupte jusque chez eux. Ils étaient sur le point d'atteindre l'ancienne propriété des Minelli quand Hirsh quitta enfin la route pour couper à travers bois.

— M. Minelli n'est pas mort dans les parages ? demanda Matt.

— Oh, je crois qu'on l'a retrouvé par ici, en effet.

— Qu'est-ce qui est arrivé ? Sa mort… ça s'est passé comment ?

— Ça arrive tous les ans. Il a fait la chose à ne jamais faire : il a roulé avec un fusil chargé, voilà l'erreur qu'il a commise. Il suffit qu'il y ait un cahot, que le fusil tombe, ou même qu'on le saisisse un peu trop violemment, et le coup part, et parfois la balle traverse le corps de quelqu'un.

Il faisait chaud à présent. On apercevait deux nageurs à l'autre extrémité du lac, du côté des rochers. À part eux, il n'y avait personne. Hirsh se déshabilla.

— Quelqu'un y était-il pour quelque chose ? reprit Matt.

— Non, si ce n'est Arthur lui-même, répondit Hirsh d'un ton irrité. Il n'y avait personne avec lui quand ça s'est produit. Toute sa famille était dans la maison, à part Steve, qui était chez nous, et qui jouait avec toi.

— Je jouais avec Steve, à ce moment-là ?

— Oui. Chez nous.

Matt enfila son maillot de bain. Il avait la sensation que son corps se réorganisait. Il jouait avec Steve quand M. Minelli était mort. Il n'était donc pas dans les bois, ni près de la voiture rouge.

Sa propre voix lui parvint aux oreilles, sensée, raisonnable…

— M. Minelli ignorait peut-être que le fusil était chargé. Quelqu'un l'aurait-il chargé sans le lui dire ?

Hirsh secoua vigoureusement la tête.

— C'est Steve qui t'a mis cette idée en tête ? demanda-t-il sans se retourner.

Matt ne répondit pas, car son père entrait dans l'eau, avançant à grandes enjambées, comme insensible au froid. Il se mit à nager sans hâte, avec des mouvements réguliers. Son corps fendait nettement la surface de l'eau, y dessinant un V.

Suivant l'exemple de son père, Matt entra à son tour dans l'eau. Il se rappela les cailloux se logeant entre les orteils ou piquant la plante des pieds. Il avançait prudemment, sentant les doigts glacés du lac se refermer sur lui, réclamer son corps, comme chaque été lorsqu'il était enfant. Une fois de plus, il eut la sensation bizarre que rien de ce qui s'était passé entre la baignade d'autrefois et celle d'aujourd'hui n'était réel. La réalité se limitait à la morsure de l'eau.

Il nagea et ses pensées devinrent aussi simples que celles d'un animal aquatique. Quand sa tête était immergée, les étranges bruits du monde sous-marin lui parvenaient, telles des milliers de voix secrètes. Quand il émergeait, il devinait la présence des arbres, du ciel et des montagnes sans même les voir. Il ne distinguait rien d'autre que la réfraction sur l'eau des rayons du soleil.

Le monde était simple, si on le réduisait au rythme de la nage. *Clement est toujours accablé par la culpabilité. Il pense être l'unique responsable de la séparation. Quelle que soit la critique, Clement défend toujours la personne accusée, et prétend être partiellement, voire totalement, responsable de la faute reprochée à l'autre.*

Matt se tourna sur le dos et se laissa flotter, les yeux clos.

L'enfant tente ainsi d'exercer une forme de contrôle sur des événements tumultueux et liés au monde des adultes qu'il ne peut ni infléchir ni comprendre.

Il vit Hirsh se faire sécher au soleil, étendu sur une serviette. Il se retourna et se mit à nager vigoureusement. Il reprenait son souffle toutes les trois brasses. Sentir l'air puis l'eau lui fouetter le visage, remplir et vider ses poumons donnait un rythme à ses pensées.

Cette culpabilité, cette impression d'être responsable de la mort de M. Minelli... Il se remit sur le dos et s'imagina qu'il la lançait à Hirsh, telle une énorme pierre, une pierre dont il avait trop longtemps porté le poids. Il la lançait à Hirsh, debout sur la rive, mains tendues, prêt à la recevoir.

Son corps lui paraissait plus léger, plus souple. Il flottait librement à la surface du lac, tel un bateau sans amarres.

M. Minelli était sur la terrasse, à côté de lui. Il avait dit : « Ne le répète pas à ton père ! » et posé un bras sur son épaule. Un bras trop massif, trop pesant pour que Matt puisse s'en dégager. Lorsqu'il avait tendu les cigarettes à Matt – dans un paquet de couleur pâle, où KENT était écrit en travers en lettres dorées –, celui-ci s'était fait tout petit sous le bras de l'homme. Comme si le paquet avait contenu une arme.

« Allez. Si tu crois que je ne sais pas ce que vous traficotez, à l'école, de nos jours ! »

Mais Matt avait refusé. M. Minelli avait fini sa cigarette et l'avait écrasée du pied. Puis il était retourné dans le séjour, où se trouvait Hilly. Elle n'en avait pas bougé, était restée là à attendre pendant que le père de Steve entraînait le jeune homme sur la terrasse pour lui parler.

Un peu plus tôt, Matt, qui la cherchait, avait déboulé dans le séjour et trouvé M. Minelli agenouillé sur le sol. Assise sur le canapé, non loin de lui, Hilly riait aux éclats. Elle avait expliqué à son fils qu'Arthur l'aidait à retrouver ses lentilles de contact. Matt avait jeté un coup d'œil à M. Minelli, qui allumait à présent une cigarette, et avait été frappé par la bêtise de son sourire. Sa mère se débrouillait pour que les autres passent leur temps à chercher ses lentilles. Il était arrivé que toute l'assemblée s'y mette. Et quand il ne s'agissait pas de ses lentilles, il s'agissait de ses lunettes, qu'elle retirait sans cesse et laissait traîner n'importe où. C'était une de ses manies les plus agaçantes. Mais, visiblement, ça n'irritait pas du tout Arthur.

Celui-ci avait tendu une cigarette à Hilly. Elle s'était alors penchée en avant, étirant son long cou, car l'homme était toujours agenouillé sur le sol. Leurs deux têtes étaient toutes proches. Leurs cigarettes se touchaient. Matt distinguait le petit rond rougeoyant au bout de la cigarette de sa mère. Puis Hilly s'était écartée pour aspirer une longue bouffée. Elle avait rejeté la tête en arrière et la fumée s'était élevée jusqu'au plafond, sortant de sa bouche sous la forme d'une volute épaisse, puis se transformant en spirale et, juste avant de toucher le plafond, en brume. Matt était resté là à les observer. Le silence s'était abattu sur la pièce. M. Minelli s'était alors levé d'un bond, avait passé un bras autour des épaules de Matt et l'avait entraîné sur la terrasse.

Un garçon plus âgé que lui ou plus perspicace, ou plutôt n'importe quel petit garçon américain à part lui aurait compris qu'Arthur n'était pas en train de chercher une lentille : il se trouvait par terre parce qu'il avait précipitamment quitté le canapé, où il était vautré avec Hilly à l'arrivée de Matt. Or l'enfant qu'il était n'avait pas soupçonné, à cet instant, la duplicité de sa mère. Et encore moins qu'elle riait de son propre mensonge et de la crédulité de son fils. Mais il se dit alors qu'elle riait peut-être simplement parce qu'elle était heureuse.

Il avait accepté de garder un secret qu'il ne connaissait pas, ne comprenait pas. Il supposait qu'il était question des cigarettes, de cette fusion délicate de leurs bouts embrasés et de l'étrange petit rond de lumière orange qui était passé de l'une à l'autre. Fumer était mauvais pour la santé, Hirsh le lui avait suffisamment répété. Et, quelques semaines plus tard, M. Minelli était mort. Matt avait les idées claires, à présent, aussi claires que l'eau d'un lac de montagne : il n'y avait aucun lien entre le secret et la mort de M. Minelli. En tout cas, rien qui aurait permis à Matt d'empêcher sa mort. S'il l'avait voulu.

Il fit demi-tour vers la rive. Ses pieds touchèrent le fond et, pendant les quelques secondes qu'il lui fallut pour se réadapter à sa condition d'animal terrestre, son corps lui parut gauche et engourdi. Lorsqu'il sortit de l'eau, il se sentit plus léger. Comme purifié.

Il s'assit sur sa serviette de bain, tout près de Hirsh. Celui-ci était silencieux. Certes, c'était dans sa nature. Mais ses silences avaient désormais une tout autre signification : il avait fait des choses dont il ne pouvait parler. Il portait un poids trop lourd pour lui, qu'il avait enveloppé de silence.

Ils demeurèrent un moment à lézarder au soleil, avant de se rhabiller et de remonter jusqu'à la maison en coupant par l'ancienne propriété des Minelli.

— Qui habite ici, maintenant ? demanda Matt.

— Des vacanciers, répondit Hirsh, laconique. Les derniers, c'était une famille suédoise. Je ne connais pas les nouveaux propriétaires. Mais quand ils me voient couper par ici, ils n'essaient pas de m'en empêcher.

Ils gravirent le flanc escarpé de la colline, traversant leur propre bois. Ils dépassèrent la série de sculptures de Hilly, le banc en rondins où Hirsh et elle étaient assis le jour de la mort de M. Minelli et la remise à bois. Ils ne tarderaient pas à rejoindre Elmer Turner pour le déjeuner.

— Tu te rappelles la fois où on a cassé la vitre, Steve et moi ? demanda Matt alors qu'ils entraient dans la maison par la porte-fenêtre de la véranda.

— Je n'ai jamais été certain que c'était vous, lança Hirsh par-dessus son épaule en se dirigeant vers la douche.

M. Minelli s'était tenu au-dessus d'eux, tel un gratte-ciel dont on ne voit pas le sommet.

« Allez, les gars ! avait-il dit. J'aime pas les poules mouillées. J'aime pas les gamins qui n'assument pas. »

Il était planté sur la véranda. Les cassures partaient d'un point situé juste derrière lui, comme s'il venait de traverser le verre.

« Ne m'obligez pas à devenir méchant ! C'est ce qui va se passer si vous ne me dites pas qui a cassé cette vitre ! »

Mieux valait avouer, quitte à mentir. Sinon ils auraient passé un sale quart d'heure. Luttant contre la sensation de rétrécir face à M. Minelli, Matt s'était écrié :

« C'est moi ! Avec la balle de base-ball ! J'ai cassé la vitre. »

Un grand sourire de mauvais augure était apparu sur le visage de M. Minelli, y creusant de grands sillons.

Pendant que Hirsh était sous la douche, Matt alla chercher l'enveloppe contenant les photos de Hilly, puis ouvrit la trappe du grenier. Après un dernier regard sur l'adresse, il remit le pli dans le placard. 3316, East Craig. Logique qu'elles aient été en la possession de Mme Minelli si son mari en était l'auteur ! Elles devaient se trouver parmi les effets de celui-ci à sa mort. Pourquoi les avait-elle envoyées à Hirsh vingt-cinq ans plus tard ? Par colère, par dégoût, par tristesse ? Matt espéra que ce n'était pas pour l'accuser…

Il sortit de la maison et dévala la colline jusqu'à l'endroit où M. Minelli était mort.

Une fois sur la piste où s'était trouvée la voiture rouge, il consulta sa montre, fit demi-tour, traversa la route au pas de course et gravit la colline, empruntant le chemin le plus court pour se rendre au banc en rondins. Il courut, puis marcha quand la pente fut trop raide, jusqu'à atteindre le banc. Il s'y laissa tomber et jeta un coup d'œil à sa montre. Trois minutes trente. Auquel il ajouta les quatre-vingt-dix secondes nécessaires pour reprendre son souffle. Cinq minutes. Cinq minutes après avoir abattu un homme, vous pouviez prendre place à côté de votre femme, sur votre propre banc et dans votre propre jardinet, et paraître sincèrement surpris lorsque votre fils venait vous annoncer la nouvelle. Ou bien vous pouviez dire « je sais », et permettre à votre fils d'en conclure que vous aviez entendu le coup de feu. Alors qu'en fait c'est vous qui aviez tiré.

Matt plongea son regard vers le lac, dissimulé par les arbres. Le Hirsh qu'il connaissait était calme, serein, sensé, incapable de tuer un homme, fût-il l'amant de sa femme. Mais il y avait un autre Hirsh, qui s'était tenu sur le seuil, le soir où Hilly avait joué du piano, ce fameux été... Ce Hirsh-là, aux traits décomposés par l'agitation et le désespoir, était capable de tout.

Il sortit de la salle de bains, les cheveux ébouriffés. Matt le regarda se diriger vers sa chambre, sans ses lunettes mais d'un pas assuré. Puis son fils se doucha à son tour et, tout en se prélassant sous le jet d'eau tiède, médita sur ses récentes découvertes et sur ces silences qui, désormais, ne manqueraient pas de s'insinuer entre son père et lui.

Il affecta un air décontracté et joyeux en regagnant la voiture.

— On déjeune chez Elmer ? demanda-t-il.

— Non. À la Patte de lion.

Hirsh semblait éreinté après leur matinée sportive. Il y avait une raideur dans sa démarche du côté droit.

— Qu'est-ce qu'on mange à la Patte de lion ?

Matt avait envie d'un chili con carne mais doutait qu'ils en servent.

— Je crois qu'Elmer prend systématiquement soit un steak-frites, soit les macaroni au fromage du menu enfant, avec une salade.

— C'est un habitué ?

— Il y mange tous les jours. Le personnel l'a quasiment adopté.

Millicent, l'épouse d'Elmer, était morte. Quant à ses enfants – il les mentionnait rarement –, ils ne lui rendaient jamais visite.

— Il me semble qu'ils font une très bonne soupe à l'oignon. Mais c'est surtout à ses tartes que le restaurant doit sa réputation.

— Quel genre de tartes ?

— Oh, des tartes très sucrées et très caloriques.

Ils s'étaient arrêtés devant la voiture de Matt.

— On prend la mienne, annonça Hirsh d'un ton bourru en se dirigeant vers le garage.

Matt le fixa, les mains sur les hanches.

— Oh oh ! fit-il.

Cette question de savoir qui des deux conduirait empoisonnait leurs relations depuis que Matt était adulte. Hirsh n'aimait pas et n'avait jamais aimé la façon dont son fils conduisait.

— Papa, je suis père d'un enfant, je suis médecin, je passe mon temps à pratiquer des opérations difficiles. Quantité de patients me remercient de leur avoir sauvé la vie. Je me débrouille, Dieu sait comment, pour véhiculer ma famille et moi-même aux quatre coins de la ville. Nom de Dieu ! Fais-moi confiance et laisse-moi rouler deux kilomètres sur une route de campagne !

Il prit conscience qu'il avait changé de ton. Il n'avait pourtant pas élevé la voix, n'était pas parti dans les aigus… Alors qu'est-ce que c'était que cette note d'agressivité ? De la colère ? De la frustration ?

Arrivé à sa propre voiture, Hirsh se tourna vers Matt. Les deux hommes, campés chacun devant son véhicule, se fusillèrent du regard. Et puis Hirsh éclata de rire et revint vers la voiture de son fils.

— Après tout, dit-il en ouvrant la portière du côté passager, je ne suis pas une cargaison si précieuse.

Matt monta à son tour. La voiture avait absorbé toute la chaleur de la matinée. On aurait dit une étuve.

— Bien sûr que si, répliqua Matt. C'est pourquoi je vais conduire prudemment.

Il mit la voiture au point mort. Elle glissa vers un arbrisseau qui poussait en lisière de l'allée et qui ploya sous le poids de l'auto.

— Merde ! Merde ! Merde ! s'exclama Matt.

Hirsh éclata de rire une nouvelle fois, et son rire tonitruant finit par gagner Matt.

— D'habitude, je ne fais pas ça ! En général, j'enclenche la marche arrière quand je veux reculer !

— Il n'y a rien de mal à vouloir essayer autre chose, dit Hirsh, riant de nouveau.

En vérité, Matt n'était pas un très bon conducteur. Sa voiture était cabossée ou rayée à deux ou trois endroits, là où elle avait heurté portails ou trottoirs. Jarvis, qui de notoriété publique était un passager détestable, refusait de monter en voiture si Matt conduisait.

Il franchit le portail et roula en direction du lac. Hirsh tournait la tête de gauche à droite, comme s'il était au volant et s'engageait sur une autoroute très fréquentée.

— On a fait combien de kilomètres à pied ce matin ? Seize ? Vingt ?

— À peine dix, fit Hirsh.

Matt s'apprêtait à prendre un virage et, bien que la voiture roule au pas, la jambe de Hirsh se tendit machinalement vers un frein imaginaire.

— Tu es toujours aussi pénible en voiture ou c'est juste avec moi ?

— Je suis stressé quand je ne conduis pas. Je n'ai jamais voulu laisser le volant à ta mère, ça c'est certain.

Matt s'apprêtait à répliquer mais, comme s'il venait de voir un gros mammifère en travers de la route, son père s'écria :

— Ralentis !

— Je suis à trente à l'heure !

— Jette un coup d'œil au parking, derrière la Patte de lion. S'il est complet, gare-toi dans la rue devant l'agence immobilière. Tu devras peut-être faire un créneau, ce qui risque de te contraindre à reculer. Dans ce cas-là, pense à passer la marche arrière…

Cette fois-ci, Matt ne rit pas. À travers la vitrine de la Patte de Lion, Elmer leur adressait de grands signes, la jambe calée sur une chaise basse.

— Ne lui rends pas son salut tant que tu es au volant ! lui cria Hirsh.

C'est dans un silence de mort qu'ils se garèrent en double file devant l'agence immobilière. Matt, qui en général n'avait pas trop de mal à faire des créneaux dans de tout petits espaces, était nerveux et fut soulagé d'y arriver du premier coup.

— Tu conduisais ! C'est toi qui conduisais, je t'ai vu ! brailla l'ancien shérif à l'adresse de Matt, lorsque son père et lui le rejoignirent dans le restaurant.

— Je n'en reviens pas qu'il t'ait laissé conduire ! Quel honneur ! Quelle confiance il t'accorde !

Matt et Elmer se serrèrent la main. Hirsh salua son ami en levant les yeux au ciel.

— C'était assez stressant, reconnut Matt.

— Je l'ai reconduit chez lui, une fois, quand sa voiture était en réparation, il y a environ quinze ans. J'étais tellement crispé qu'aujourd'hui encore je suis tout tendu quand j'y repense, dit Elmer sur le ton de la confidence, assez fort néanmoins pour que Hirsh l'entende. Ça vient de quoi, à ton avis ? D'une envie de tout contrôler ?

Matt étudia la question.

— Non, je ne pense pas. Il n'a pas ce côté dirigiste dans d'autres domaines.

— Une voiture est une arme redoutable, dit Hirsh. Une simple négligence quand on est au volant peut avoir des conséquences considérables.

— C'est vrai, concéda Elmer. On donne leur permis à des gamins comme on leur donnerait des bonbons. La plupart d'entre eux n'ont pas conscience des drames qu'ils peuvent causer. Du moins, pas avant qu'il soit trop tard.

— Et leurs victimes ne sont pas seules à souffrir, répliqua Hirsh. Celui qui a tué ne sera plus jamais la même personne.

Matt le fixa. Il attendit que son père en dise davantage, mais celui-ci s'était absorbé dans la lecture du menu. Elmer leur désigna une ardoise indiquant le plat du jour et leur recommanda les macaroni au fromage du menu enfant. Prête à prendre leur commande, la serveuse se lécha un doigt pour mieux tourner les pages de son bloc-notes.

Celui qui a tué ne sera plus jamais la même personne, se répétait Matt.

À défaut de chili con carne, il se surprit à accepter la version pour adultes des macaroni au fromage accompagnés d'une salade mixte. Puis la serveuse s'éloigna et les deux vieux se remirent à parler conduite.

— Le jour où Matt a obtenu son permis de conduire, je lui ai demandé de s'asseoir et je lui ai décrit tous les accidents auxquels j'avais assisté.

C'était vrai. Hirsh lui avait fait des descriptions épouvantables. La collision frontale du type qui avait voulu doubler avait été pénible à entendre, l'histoire de la fille décapitée lorsqu'elle avait cherché à éviter un camion tout en tournant le bouton de son autoradio était atroce, et le récit de la voiture percutant un piéton et continuant à rouler était le pire de tous. Hirsh lui avait-il décrit le visage horrifié de la victime, visible à travers le pare-brise alors que le corps était sur le point d'être catapulté ? Ou Matt avait-il ajouté ces détails par la suite ?

— Si tu t'étais trouvé au volant de cette voiture, tu en rêverais toutes les nuits jusqu'à la fin de ta vie. Il y a au moins deux victimes dans la plupart des accidents graves. Le gars qui l'a subi et celui qui l'a provoqué. Chacun devrait garder ça en tête et conduire avec prudence.

La nourriture arriva.

— Ça m'a l'air délicieux, Marcie, dit Elmer à la serveuse.

— C'est ton jour de chance. On a Nat en cuisine, répliqua-t-elle en contournant avec adresse la jambe d'Elmer.

— Il va comment, le petit gars ?

— Oh, il a encore rompu avec Michelle. Du coup, Tiff en profite un max.

Elle se volatilisa et reparut à l'autre bout de la salle.

— Ah, ces jeunes ! s'exclama Elmer d'une voix affectueuse.

Matt songea à la vie solitaire d'Elmer. Oublié par une famille vivant à l'autre bout du pays, limité dans ses déplacements du fait de sa jambe malade, il avait pour seules distractions la télévision et la vie amoureuse des employés du restaurant.

— C'est bon ? demanda Elmer d'un ton soucieux.

Matt, qui n'avait pas touché à ses macaroni encore trop chauds, lui assura que oui.

— On ira prendre le café chez moi, pour que vous puissiez tous deux jeter un coup d'œil à mon équipement de chasse. J'ai tout préparé pour vous.

— Merci, Elmer, fit Matt.

— Tu pourras emporter tout ce que tu voudras, docteur Matt. On est tous fous de joie à l'idée que tu emmènes ton vieux père affronter les éléments.

— Du moment que je suis pas obligé de le porter.

— J'ai une civière de sauvetage, si ça t'intéresse, proposa Elmer. Mais ça risque de prendre beaucoup de place dans ton sac

— Non, rétorqua Hirsh. On emporte le strict minimum.

— Eh bien, j'ai tout ce dont tu pourras avoir besoin, même des sous-vêtements de chasse, si tu n'es pas trop difficile, dit Elmer en mangeant son steak.

— Matt va peut-être pas descendre jusqu'aux sous-vêtements.

— Joue pas les dégoûtés ! Attends de voir ce que coûtent les véritables caleçons longs en laine, et tu changeras d'avis.

— Tu es sûr qu'ils m'iront ? demanda Matt.

Elmer lui adressa un sourire.

— Je n'ai pas toujours eu cette silhouette, jeune homme. Je n'ai pas toujours eu de l'arthrose. Tu as oublié que j'étais shérif ici ? Tu as oublié que j'étais un gars plutôt mince ?

Matt se rappelait surtout le shérif en train de faire sa ronde, son énorme ventre coincé derrière le volant.

— Je voulais dire que tu as quelques centimètres de moins que moi, nuança Matt.

— Ça, on l'avait remarqué. Et par mesure de précaution j'ai invité Stewart à venir prendre le café avec nous, vu que vous faites la même taille. Il va t'apporter ses affaires ; Lonnie aussi, peut-être.

Matt n'avait pas revu Stewart depuis des années. Lors de leur dernière rencontre, celui-ci venait à peine de subir une transplantation cardiaque et n'avait cessé d'en parler de façon compulsive et obsessionnelle. Il avait énuméré avec désinvolture les médicaments qu'il était obligé de prendre et leurs effets secondaires, discuté de ce que l'on éprouvait à vivre avec le cœur de quelqu'un d'autre et demandé à Matt son avis au sujet du régime alimentaire et de l'entraînement à suivre.

— Alors comme ça tous les habitants du lac Arrow apportent leur équipement chez toi cet après-midi ? dit Matt. Je croyais que la saison n'ouvrait pas avant des mois.

Phrase qui donna aux deux hommes l'occasion de lui faire la leçon sur la nécessité de débuter les préparatifs en été lorsqu'on partait chasser en automne. Matt supposait que ce n'était que le premier d'une longue série de sermons.

— Vous n'avez pas de fusil pour moi ? demanda Matt.

Pour la première fois, il eut un silence.

— Alors, les amis, vous prenez quoi comme tarte ? demanda Marcie en apparaissant devant la table, prête à noter leur commande.

— Pour moi, comme d'habitude, dit Elmer.

Il regarda les deux autres avec une expression désolée.

— Je prends presque chaque fois la pomme cannelle. Millicent faisait la meilleure tarte pomme cannelle au monde.

Matt se souvenait bien de Millicent Turner. Il ne l'avait jamais connue que discrète, petite et grisonnante. À ses yeux, elle avait toujours eu le même âge, de l'époque où il était petit garçon au jour elle était morte, il y avait cinq ans.

Lorsqu'ils eurent fini leurs tartes et déclaré qu'elles étaient délicieuses, comme si Millicent les avait cuisinées et était assise là, à leur table, ils partirent à deux voitures chez Elmer. Sur le siège passager, Hirsh commença à s'agiter :

— Fais bien attention ! En cette période, le danger vient des touristes. Ils ne savent pas où ils vont. Ils cherchent une auberge ou Dieu sait quoi, pour acheter des cartes postales, et ils oublient de regarder la route.

— Et le danger, en hiver, vient du verglas et des gens pressés de rejoindre les stations pour aller skier. Des risques, il y en a tout le temps, répliqua Matt.

— Eh bien, mieux vaut en être conscient.

— Il va vraiment falloir que je chasse avec les vieux caleçons du shérif Turner ? demanda Matt, comme ils s'engageaient dans l'allée d'Elmer.

Il vivait tout près de chez Lonnie, dans l'une des maisons de bois situées en lisière de la ville.

— Tu peux porter les tiens. Choisis-en qui absorbent l'humidité et l'éloignent de la peau et prévois une couche ou deux de laine par-dessus.

— Pourquoi Elmer ne propose pas de me prêter un fusil ?

Matt coupa le contact. Ils restèrent assis, en silence. Devant eux, luttant avec son genou, Elmer s'extirpait du siège conducteur de sa voiture.

— On ne devrait pas l'aider ? s'enquit Matt.

— Non. Ça le vexerait. Écoute, ce n'est pas facile, pour un homme, de prêter son fusil à quelqu'un d'autre. Elmer aime le sien et en prend bien soin, même s'il ne s'en sert quasiment plus.

— Il craint que je n'y fasse pas assez attention ?

— Ce n'est pas le problème. Au fil des ans, on finit par avoir l'impression que le fusil s'est fait à la forme de notre corps, qu'il est pétri de nos peurs et de nos faiblesses de chasseur. Ça devient un vieil ami. Difficile de laisser quelqu'un d'autre s'en servir, surtout si ça oblige à reconnaître qu'on ne s'en servira plus jamais soi-même.

— J'ai une idée ! suggéra Matt, soudain joyeux. Je pourrais ne pas emporter d'arme. Je porterai les vivres et l'équipement, pendant que tu tireras les bêtes.

Hirsh émit l'un de ses gloussements habituels.

— Non, Matt. Tu pars pour chasser, pas pour jouer les sherpas.

— Mais où est-ce qu'on va me trouver un fusil ?

— On t'en trouvera un.

231

— Il venait d'où, celui que j'avais, quand on est partis chasser avec les Minelli ?

Hirsh se pencha un moment sur la question, en se frottant le menton.

— Je crois que tu l'avais emprunté à Jason.

Jason était le fils d'Elmer et Millicent. Il était parti dans l'Est à l'âge de dix-huit ans. Au fil du temps, son prénom avait été prononcé de moins en moins souvent, jusqu'à disparaître complètement du vocabulaire d'Elmer.

— Allez les gars ! rugit le vieux shérif. (Il était sorti de la voiture et y prenait appui d'une main, tandis qu'il refermait la portière.) On va pas moisir ici à papoter toute la journée. C'est qu'on en a des caleçons longs à essayer !

Stewart et Lonnie arrivèrent. Comme Matt, Stewart était grand et mince. Il avait travaillé en ville en tant qu'ingénieur électricien, mais s'était installé dans les montagnes et avait trouvé un emploi à la centrale hydro-électrique après être tombé amoureux de Mara. Celle-ci n'avait jamais partagé ses sentiments et avait fini par déménager dans le Colorado pour être plus près de ses petits-enfants. Stewart avait décrété qu'il avait le cœur brisé. À la même époque, il était en attente d'une greffe cardiaque et on lui avait trouvé un donneur. Sitôt la transplantation effectuée, il avait rencontré Mona.

Stewart et Matt se serrèrent la main et passèrent quelques minutes à remonter le temps pour situer leur dernière rencontre.

— Alors, le vieux t'emmène chasser ? Ou bien c'est le contraire ?

— Non, s'empressa de répliquer Matt. C'est uniquement à papa que revient l'idée de cette expédition.

Stewart hocha la tête. Il retira ses lunettes, puis les remit.

— Hirsh a bien du courage. Même avec mon cœur flambant neuf je n'irais pas dormir sous la tente en automne comme vous allez le faire.

Il tapota fièrement sa poitrine. Impossible de discuter ne serait-ce que quelques minutes avec Stewart sans qu'il mentionne son nouveau cœur.

— On va dormir sous la tente ? demanda Matt d'un ton plein d'espoir.

232

— Probablement, concéda Hirsh. Ou peut-être juste sous une bâche.

— Si vous partez avec un cheval de bât, il vous faudra emporter tout l'équipement qu'on a ramené de chez Stewart. Il remplit tout le coffre.

Ils transportèrent les affaires de la voiture de Stewart à la véranda d'Elmer.

— C'est vraiment gentil de votre part de nous prêter tout ce matériel, dit Matt.

— En échange, vous allez nous ramener du bon gibier, répliqua Elmer en cherchant les clés dans sa poche.

— On ne va pas chasser le cerf, précisa Hirsh à voix si basse qu'au début personne ne l'entendit. On va chasser l'élan.

Un silence suivit, puis Elmer grogna :

— Tu parles sérieusement ?

— L'élan, hein ? dit Stewart en retirant ses lunettes.

— Eh bien, c'est délicieux en tout cas, fit Lonnie.

— Je n'ai jamais tué d'élan. J'en ai traqué, mais ils sont toujours parvenus à m'échapper. Une fois, je chassais avec mon père et j'en ai blessé un. Une autre fois, j'ai visé et manqué mon coup alors qu'on traquait la bête depuis des heures. Lorsqu'on l'a retrouvé, un autre chasseur était en train de l'éviscérer. Voilà, rayon élan, j'ai pas réussi à faire mieux, déclara Hirsh. C'est ma dernière chance, j'imagine.

Le shérif arborait un grand sourire.

— Tu ne crois pas que c'est un peu ambitieux de vouloir abattre un élan, à ton âge et vu à quelle vitesse tu déclines, Hirsh ?

Hirsh le regarda droit dans les yeux et sourit.

— Il faut être ambitieux dans la vie, Elmer.

— Qui peut éclairer ma lanterne à propos des élans ? Est-ce qu'ils sont encore plus durs à chasser que les cerfs ? demanda Matt.

— Eh bien, disons qu'ils sont plus gros, répondit Stewart.

— Et donc, plus faciles à viser ! lança Hirsh d'une voix joyeuse.

Tout en parlant, Elmer réajusta de ses deux mains la position de sa jambe. Matt ne l'avait jamais vu, auparavant, faire ce geste en étant debout.

— L'élan. Poids moyen : trois cent cinquante kilos. Taille moyenne : un mètre cinquante au garrot. Vitesse de déplacement : plus de cinquante-cinq kilomètres à l'heure quand il galope, mais cette bestiole peut aussi passer la journée à trotter à trente kilomètres à l'heure quand ça lui chante. Habitat : au fin fond des forêts et à haute altitude, loin des routes, des maisons ou des pavillons de chasse. Taux de probabilité pour qu'un type de l'âge de Hirsh traque et abatte un élan : zéro pour cent.

Matt dévisagea chacun de ses interlocuteurs. Tous affichaient une drôle d'expression, comme s'ils attendaient sa réaction.

— Oh ! s'exclama-t-il enfin.

— Il est âgé, insista Elmer en désignant Hirsh – lequel arborait un sourire radieux. Raisonne-le, Matt. Et n'oublie pas de réquisitionner un hélicoptère de sauvetage !

Lonnie pressa le bras de Hirsh.

— Hirsh sait ce qu'il fait, j'en suis sûre, affirma-t-elle. Je l'admire de s'imposer un tel défi.

Stewart remit ses lunettes et ajouta :

— Tu seras avec lui, Matt, Dieu merci. Comme ça, on ne s'inquiétera pas.

Mais, contrairement à Stewart, Matt doutait de son aptitude à empêcher sa tête de mule de père d'encourir les risques d'hypothermie et autres... Elmer, dans un geste théâtral venait d'ouvrir la porte. Le séjour exigu était encombré d'habits et de matériel de chasse.

— Bon, dit-il. On va commencer par les vêtements de dessus. Je ne sais pas ce que te propose Stewart, sur la véranda, mais tu ne trouveras pas de meilleure veste de chasse que celle-ci. Achetée en ville il n'y a pas si longtemps que ça. Du goretex pour l'étanchéité, un revêtement extérieur en laine pour étouffer le bruit. Chaude comme le pain qui sort du four.

— Si tu prends sa veste, prends mon pantalon doublé, proposa Stewart en lui lançant un jean à doublure de laine.

— Bigre, l'après-midi va être long, maugréa Lonnie, se glissant lentement dans la cuisine pour faire du café.

234

Hirsh employa la quasi-totalité des heures qui suivirent à refuser du matériel.

— Un appeau à élan... et quoi encore ? Les appeaux, ça n'a jamais été mon truc. Je prends le fil de nylon, vu que je n'arrive pas à remettre la main sur le mien. Mais j'ai suffisamment de lampes de poche, deux très bons couteaux, une super-boussole, et on ne va pas pouvoir emporter cette hache, bien que ce soit une très belle hache, Elmer. Soyons réalistes... ces chaussettes ont visiblement rétréci au lavage et n'iront jamais à Matt. Quant aux chapeaux...

Dans un coin, près de la véranda, derrière l'équipement de chasse, Matt distingua un piano. Il s'en approcha. C'était celui qu'il avait vu dans les films de famille, celui sur lequel il jouait en étant si concentré. Le piano qui s'était trouvé sur leur terrasse, un soir d'été, et sur lequel Hilly avait interprété du Chopin. Il le reconnaissait aux bougeoirs.

Lorsque le tri s'acheva enfin, Matt eut le sentiment qu'il en avait plus qu'il n'en fallait, de quoi passer tout l'hiver en pleine nature. Sauf qu'il n'avait toujours pas de fusil. Il plia les vêtements et les transporta en deux fois jusqu'à sa voiture. Dire que cet automne, dans les montagnes, il enfilerait tous ces habits les uns sur les autres...

Il aida Stewart à charger dans son coffre les affaires qu'il ne prenait pas.

— Soyez sûrs que je vous envie, les gars, dit Stewart. Ça va être une super-expérience de chasser l'élan là-haut. Je vous demanderais bien de m'emmener avec vous, mais je ne veux pas trop exiger de mon cœur. Ma donneuse n'est pas morte pour que je détraque son cœur comme j'ai détraqué le mien. Je suis un entraînement très spécifique, et une expédition de chasse, ce serait dépasser les limites.

— Tu m'as l'air en pleine forme, pourtant, fit remarquer Matt.

— Je crois que suis tout près du but, murmura Stewart sur le ton de la confidence, en se penchant vers lui. Hirsh t'a fait part de ma quête ?

Matt secoua la tête.

— Ma donneuse... ou sa famille, du moins.

— La donneuse du cœur qu'on t'a greffé ?

— C'est une femme. Elle vivait quelque part dans l'Utah, peut-être même à Salt Lake City. Elle est morte à trente-neuf ans. Un accident du travail. Je ne sais pas encore où elle travaillait, mais je le saurai bientôt.

— On ne t'a pas demandé de ne pas te mettre en contact avec sa famille ?

— On ne nous donne pas les coordonnées de la famille. Juste quelques détails sur le donneur : l'âge, le sexe. Ils s'imaginent que ça suffit. Mais pas pour moi. Et ils te donnent une carte postale. Tu griffonnes des remerciements sur quelques centimètres carrés et ils les transmettent à la famille. Mais ça ne suffit pas non plus.

— Pour qui ? Pour toi ou pour la famille ?

— Il se peut qu'elle ait des gosses, Matt. Il se peut qu'ils soient adolescents aujourd'hui et qu'ils arrivent à un âge où ils auront besoin de mon aide.

— Il y a peut-être des gosses et ils ont peut-être besoin d'aide. Mais pas forcément de la tienne. Il y a des gens qui ne rêvent pas de rencontrer le gars qui se balade en portant dans sa poitrine le cœur de leur mère.

— Il faut que je sache, insistait Stewart. Si je peux leur rendre une partie de ce que je leur dois, faut que je le fasse. Elle m'a donné son cœur et j'ai l'intention de l'écouter. J'ai toujours écouté le mien. Je l'ai écouté quand je suis venu m'installer dans ces montagnes, après avoir rencontré Mara. Et maintenant, ce cœur bat pour Mona.

Il extirpa du coffre une mallette à fusils. Ils s'en retournèrent lentement dans la maison. Stewart la transportait avec précaution, comme si les fusils étaient chargés.

— Comment va-t-elle ? s'enquit Matt.

— C'est la lumière de ma vie, dit Stewart avec fougue.

Lonnie les attendait devant la porte, manifestant une impatience inhabituelle.

— Qu'est-ce qu'on a donc ici ? demanda Elmer, s'interrompant au milieu d'une histoire de chasse à l'élan.

236

Lonnie fit signe à Stewart de déposer la mallette métallique sur la table, et ils la regardèrent en silence sortir une clé de sa poche.

— À présent, tu as tout l'équipement nécessaire, dit-elle d'une voix tremblante, comme si tout ce suspense dont elle était à l'origine commençait à l'effrayer. Mais pas de fusil. Que va faire Matt, là-haut, sans fusil ?

— Eh bien, j'ai pensé qu'on finirait bien par en trouver un, expliqua Hirsh.

Lonnie avait déjà ouvert la mallette toute grande. À l'intérieur, il y avait deux fusils. Tous se rapprochèrent. Lonnie toucha la crosse de bois de l'un d'entre eux. D'un geste délicat, presque une caresse.

— Celui-ci est à Robert.

— Je le reconnais, lui dit Elmer.

— Moi aussi, ajouta Hirsh. Je m'en suis servi. Une carabine Winchester, très agréable à manier.

— Je ne peux pas te la prêter, Matt, déclara Lonnie, regardant l'arme avec tendresse. Au cas où Robert se réveillerait et en aurait besoin. Ce serait bien son genre : se réveiller, réaliser que la chasse est ouverte et s'emparer aussitôt de son fusil.

Elmer et Stewart hochèrent la tête.

— Oui, ce serait son genre, approuvèrent-ils en chœur.

Lonnie défit délicatement les courroies qui maintenaient l'autre arme en place et la sortit de la mallette.

— Mais je veux bien que tu prennes celui-là, si Hirsh pense qu'il peut te convenir. Robert l'a utilisé quelquefois, et l'a aussi prêté. Moi-même je m'en suis servi. Pour peu que je puisse en juger, c'est un bon fusil. Il l'a acheté il y a une éternité. En fait, je crois bien que c'est à toi, Elmer.

Elle lui jeta un coup d'œil, mais Elmer avait les yeux rivés sur l'arme. Les autres aussi. Un silence oppressant s'était abattu sur la pièce. Personne ne fit un geste pour prendre le fusil des mains de Lonnie. Matt vit qu'Elmer avait rougi. De ses yeux écarquillés, il regardait Hirsh. Celui-ci, pâle comme un linge, ne lui rendit pas son regard. Il crispait la mâchoire, ce qui déformait tous ses traits, les aplatissait comme s'il avait plaqué son visage contre une vitre.

Malgré son calme habituel, Lonnie était déconcertée. Ses yeux, comme ceux d'un oiseau craintif, passaient d'un visage à l'autre. Et, comme personne ne pipait mot ou ne prenait l'arme en main, elle la tendit à Matt.

C'est alors qu'une voix s'éleva.

— Repose ce fusil, Matt !

Hirsh avait dit cela d'une voix rauque, un peu tremblante.

— Remets-le tout de suite dans cette mallette !

Matt fut tellement interloqué qu'il obéit.

Lonnie interrogea le vieux médecin du regard. Mais celui-ci, comme les deux autres hommes, fixait Matt avec inquiétude tandis que, d'une main peu experte, il replaçait le fusil dans la mallette. On aurait dit qu'à leurs yeux l'arme était vivante et ne se laisserait pas ranger sans résistance.

— Merci, Lonnie, d'avoir proposé de nous le prêter. J'apprécie ton geste, crois-moi, grommela Hirsh sur un drôle de ton. Mais ce fusil ne convient pas à Matt. Il est trop sophistiqué pour un débutant et trop léger pour chasser l'élan.

Lonnie demeura silencieuse. Elle consulta Elmer et Stewart du regard, dans l'espoir qu'on lui en dirait plus. Mais nul ne dit mot.

— Dommage que ça ne convienne pas à la chasse à l'élan, Lonnie, c'est vraiment un beau fusil, lui assura Matt – comme si l'expression « beau fusil » avait une signification pour lui dont les doigts ne pouvaient décidément pas s'habituer à cet assemblage de bois et de métal.

Voilà que Lonnie virait à l'écarlate. Elle paraissait sur le point de fondre en larmes. Et le silence s'éternisait.

Enfin, Elmer le brisa :

— Eh bien, c'est très gentil de ta part, Lonnie, mais ce fusil est malheureusement trop léger pour chasser l'élan. Le cerf, oui. Mais pas l'élan.

Lonnie referma la mallette. Les fermoirs métalliques cliquetèrent dans le silence de la pièce.

— J'aurais juré que Robert l'avait prêté à quelqu'un qui allait chasser l'élan, marmonna-t-elle.

— Il faut qu'on y aille à présent, dit Hirsh.

Sa voix n'avait pas encore retrouve sa tessiture habituelle.

On aurait dit que des oiseaux au bec acéré avaient picoré ses cordes vocales, y laissant plein de trous.

—Je tiens à tous vous remercier de nous avoir prêté, ou d'avoir proposé de nous prêter, toutes ces affaires…

Hirsh jeta un coup d'œil à Lonnie et, à la vue de son visage cramoisi, se hâta de détourner le regard.

— Nous vous en sommes vraiment reconnaissants. Je ne suis pas sûr que, sans votre aide, nous aurions pu envisager cette expédition.

Sur ce, il tourna les talons. Matt n'eut d'autre choix que de le suivre, après les avoir tous remerciés une dernière fois et avoir serré affectueusement les épaules de Lonnie. Lorsqu'il salua le shérif, il vit que son visage rougi trahissait un grand embarras, et le vieil homme semblait avoir avalé sa langue.

15

Dehors, il commençait à faire sombre. Comme un début de soirée où l'orage menace. Au-dessus de leur tête, le ciel était clair. Dans l'air immobile, pas un souffle de vent. Mais par-delà les montagnes on voyait l'orage approcher, tel un poing brandi dans la colère.

Hirsh était déjà assis dans la voiture, raide comme un I. Matt monta et mit le contact. Alors qu'ils gravissaient lentement la route, il lança :

— Qu'est-ce qui clochait, avec ce fusil ?

— Je te l'ai déjà dit. Ce n'est pas une arme pour un débutant. Et elle n'est pas assez puissante pour abattre un élan.

— C'est tout ?

— C'est tout.

Matt savait que ce n'était pas vrai, mais Hirsh s'obstinait à se taire.

— J'ai l'impression que Lonnie a été blessée, fit enfin observer Matt.

— Je l'appellerai ce soir, grogna son père en guise de réponse

Matt arrêta la voiture pour admirer la lune qui se levait au-dessus du lac. Elle étincelait, et son reflet, sur la surface de l'eau, était si fidèle à l'original qu'on aurait pu les confondre.

— Il m'a semblé que tu le reconnaissais, insista Matt.

Après un long silence, Hirsh finit par dire, d'une voix très calme :

— C'était le fusil d'Arthur Minelli. À présent, cesse de me poser des questions.

La tempête éclata pendant le dîner. D'abord vint le vent, puis la pluie, et enfin la grêle… On aurait dit que les grêlons cherchaient à perforer la toiture. Les précipitations cessèrent et le silence régna durant quelques instants. Matt en fut soulagé. Mais aussitôt il se remit à grêler de plus belle, à croire qu'un géant bombardait de pierres la maison. La pièce était fréquemment illuminée par la lueur glaçante des éclairs. Le tonnerre rendait toute conversation presque impossible. Matt songea à ce que ça devait être en hiver, là-haut, en pleine nature, lorsque éclatait l'un de ces impitoyables orages de montagne. Comme la tempête se calmait, il s'en ouvrit à Hirsh, qui parut trouver l'idée réjouissante.

— C'est tout l'intérêt de la chasse, Matt. Prendre conscience que les éléments sont plus forts que nous.

— Ça, je le sais déjà, protesta Matt. Je n'ai pas besoin de risquer ma vie pour le découvrir.

Hirsh se contenta de sourire et, une fois le dîner fini, alla chercher les cartes.

Sur l'une d'elles à petite échelle, il montra à son fils leur itinéraire. Matt ne reconnaissait aucun des points de repère et ne savait pas où situer leur destination par rapport au lac Arrow. La carte ressemblait à du papier peint. Elle était couverte de courbes serrées indiquant le relief. Matt demanda des précisions à Hirsh, qui lui rétorqua en désignant un point en dehors de la carte :

— Le lac Arrow ? Là, tout en bas !

Il déplia une autre carte, à plus grande échelle.

— C'est une carte de l'Office des eaux et forêts. Pour traquer un élan, ces cartes sont, de loin, les plus fiables. Le premier jour, on va se diriger vers le nord et on grimpera quasiment tout le temps. Puis on s'acheminera vers l'est. Cet itinéraire nous fera traverser de grandes forêts trouées de clairières, où il pourrait y avoir des élans.

— Mais on va partir d'où ?

Hirsh retira ses lunettes et se frotta l'arête du nez, là où la monture avait imprimé sa trace.

—Je voulais qu'on parte d'ici, afin d'effectuer la totalité du trajet à pied. Malheureusement, après mûre réflexion, j'ai dû admettre que nous mettrions beaucoup trop de temps pour arriver là où nous voulons aller. Je vais demander à Elmer ou à Stewart de nous conduire un peu plus haut, à l'orée de la forêt, en direction de Goat Bend. L'endroit s'appelle Knee Heights.

—On s'oriente donc vers un point donné ? Je croyais qu'on allait juste errer de-ci, de-là, à la recherche d'un original à abattre.

—Je te rappelle qu'on part chasser l'élan, Matt, et non l'orignal.

Matt n'était pas certain de bien faire la différence. Peut-être devrait-il s'acheter un livre sur le sujet, un fois de retour à Salt Lake.

—Si on repère des élans dans les parages, alors il faudra en traquer un, je suis d'accord, continua Hirsh. Mais il est bon d'avoir un but. On a besoin de se fixer une destination reculée, loin de ces chasseurs du dimanche qui soufflent dans leur appeau sans quitter leur voiture et font fuir les bêtes. Faudra qu'on dresse le camp quelque part. Un endroit qui nous servira de base, lors de nos missions de reconnaissance.

—Où ça ?

Hirsh tendit la main vers la carte topographique. Il l'étala sur la table, par-dessus toutes les autres cartes. Les deux hommes s'y accoudèrent. On aurait dit que le monde était plat, Matt s'appuyait sur une pile épaisse de sites géographiques. Il se rappela alors que Hirsh lui avait fait part de leur destination plusieurs semaines auparavant.

—La Bouche de nulle part, dit-il sans laisser à son père le temps de répondre.

Il regarda l'endroit que Hirsh avait désigné du doigt. Au premier coup d'œil, il ne remarqua rien de particulier, juste davantage de courbes concentrées autour d'un point précis, évoquant les rides cernant les yeux d'une personne très âgée. Mais, en y regardant de plus près, il reconnut la version topographique du tableau de Hilly qui se trouvait au grenier. Une vallée entourée de montagnes imposantes.

— Ce pic a une drôle de forme, fit remarquer Hirsh. On l'appelle la Vieille Demoiselle. On dirait qu'elle regarde de haut la Bouche de nulle part.

La vallée était, par rapport aux reliefs environnants, relativement peu profonde. Un ruisseau ou une rivière la traversait, longeant l'un de ses versants. À l'une des extrémités, quelques points et lignes droites suggéraient des habitations.

— Ce sont des maisons ?

— Des puits de mine, essentiellement. Il y a bien eu des cabanes en rondins il y a très, très longtemps, mais ces lignes indiquent qu'il n'y en a plus beaucoup. La dernière fois que j'y suis allé, elles étaient en ruine, et c'était du temps où ta mère vivait encore. Il ne doit plus rester grand-chose à présent.

— Une ville fantôme…

— Tout au plus les cabanes où les mormons fondamentalistes s'étaient installés pour pouvoir pratiquer tranquillement la polygamie, entre autres coutumes qu'ils jugeaient en accord avec leur foi.

— Qu'est-ce qui leur est arrivé ?

— Qui sait ? répondit Hirsh, dans un haussement d'épaules.

— La Bouche de nulle part, répéta Matt, sans vraiment aimer le nom que sa mère avait donné à cet endroit.

— J'ai exploré les lieux, il y a bien des années, pour voir si c'était une région à élans. J'en ai conclu qu'on devait pouvoir en trouver une quantité, l'automne venu. Le paysage comporte tout ce qu'ils aiment : pentes abruptes, pâturages, forêt, ruisseaux. J'ai décidé que j'y reviendrais avec toi, un jour, pour la chasse. Je ne comprends pas pourquoi j'ai attendu si longtemps.

Mais Matt soupçonnait que la Bouche de nulle part lui évoquait Hilly et pas seulement les élans. S'ils s'y rendaient, c'était aussi pour tenter une dernière fois de la retrouver.

— Si c'est une région à élans, on ne risque pas de rencontrer d'autres chasseurs ?

Hirsh secoua la tête.

— Il n'y a pas de routes, pas de pistes assez larges pour leurs 4 × 4 climatisés, pas d'emplacements pour caravanes de luxe, pas de ces jolis petits pavillons de chasse coûtant la bagatelle de quelques centaines de dollars la nuit, où l'on sert le gibier abattu par d'autres. Par conséquent, il n'y a pas d'autres chasseurs.

.

Cette nuit-là, Matt rêva que Hirsh et lui exploraient la forêt. Or c'était Hilly qu'ils traquaient et non un élan. Et pas la discrète Hilly, mais la pin-up effrontée qu'elle était devenue pendant sa très probable aventure avec M. Minelli. Ils ne parvenaient guère à apercevoir leur proie, mais découvraient des indices de sa présence : un foulard accroché à une branche, un diamant étincelant dans une rivière glacée, des sons provenant d'un élan, à moins que ce ne soit son rire à elle… Soit son rêve se concluait ainsi, soit il se réveilla avant de l'avoir fini.

Le lendemain, après une nouvelle promenade éreintante, le père et le fils déjeunèrent de bonne heure d'un sandwich. Puis Matt prit sa voiture.

Il roula jusqu'à la Patte de lion, se garant sans difficulté devant l'agence immobilière. Dans le restaurant, il trouva le shérif Turner à sa table habituelle, devant une assiette de macaroni au fromage.

— Matt, quel plaisir de te voir ! beugla Elmer, si fort que tous les gens se figèrent. Tu n'as pas pu résister à une autre assiette de macaroni, pas vrai ? Le vieux ne te nourrit donc pas, là-haut ?

Matt lui expliqua qu'il était juste passé prendre le café avec lui. Elmer lui commanda aussitôt un café et une part de tarte aux pommes.

— J'aimerais que tu goûtes ça. On croirait vraiment la tarte de Millicent, dit-il.

Elmer avait fait la même remarque la veille, mais Matt hocha la tête comme s'il l'entendait pour la première fois.

— Oui. Ça y ressemble vraiment. Il n'y a que cinq ans qu'elle est morte, et je ne suis pas certain de pouvoir faire la différence entre sa tarte et celle de la Patte de lion. C'est comme ça qu'on perd vraiment les êtres chers. On finit par oublier tous les petits détails. Mais je ne t'apprends rien. Toi aussi, tu as dû connaître ce genre de choses à la mort de ta mère.

— Oui, acquiesça Matt. J'essaie constamment de me souvenir de détails oubliés. Et quand certains me reviennent en mémoire je ne suis pas sûr qu'ils aient réellement existé.

Il songeait à Hirsh, qui lui avait conseillé de ne pas se fier à ses souvenirs, constitués de vieilles histoires glanées çà et là, d'épisodes volés à la vie des autres et de bribes d'émissions de télé. Et à Hirsh encore, qui lui avait certifié qu'il ne se trouvait pas avec sa mère le jour où elle avait découvert le diamant dans le congélateur du supermarché.

— Eh bien, Matt, il y a une chose dont tu peux être certain : ta maman était très belle et très gentille. Elle m'intimidait, elle était tellement belle – mais toujours amicale. Ce rire qu'elle avait… Je me demandais si c'était pas ça qui causait les feux de forêt. Ah, ce rire…

Steve Minelli aussi avait mentionné son rire.

— Écoute, elle était vraiment différente des autres, continua Elmer. Bien sûr ! C'était une pianiste réputée, elle avait donné des concerts au Carnegie Hall. Bien sûr qu'elle était à part. Elle faisait beaucoup de choses avec toi, Matt. Sans doute n'était-elle pas toujours la maman la plus patiente du monde, mais elle te consacrait beaucoup de temps et d'énergie. De l'énergie, elle en avait à revendre. La plupart des gens parlent sur un ton monocorde, inexpressif. Ta mère, chaque fois qu'elle ouvrait la bouche, on aurait dit qu'on venait de craquer une allumette.

Matt hocha la tête. Il connaissait cette facette de sa mère en société. Lorsqu'elle était seule avec lui, ou seule avec Hirsh et lui, il lui arrivait de passer de longs moments sans dire un mot. Mais dès que quelqu'un leur rendait visite elle irradiait et retrouvait sa voix. Matt se souvenait d'avoir assisté, ébahi, à la métamorphose. Il avait toujours su que cette sémillante créature n'était qu'une invention destinée aux autres. Sa mère à lui était une personne douce et calme.

Elmer termina son assiette. Les tartes et les cafés se matérialisèrent presque tout de suite devant eux. Matt n'avait pas vu s'approcher la serveuse ; il avait simplement senti, à un moment, comme le battement d'ailes d'un oiseau.

— J'ai aperçu le piano chez vous, hier, dit Matt.

— On n'y a quasiment pas touché depuis cinq ans. C'est Millicent qui en jouait. Je devrais m'en débarrasser, mais je ne m'y résous pas. Il appartenait à sa grand-mère. Il a encore ses bougeoirs d'origine.

— Je l'ai déjà vu… Ma mère n'a pas joué sur ce piano, une fois ?

Elmer lui jeta un coup d'œil pénétrant.

— Eh bien, il me semble me souvenir que ta mère avait donné une sorte de concert improvisé…

Il choisissait ses mots avec soin, parlant plus bas qu'à l'ordinaire.

— Un concert improvisé ? Pour qui ?

— Je ne me rappelle plus bien les détails, fit Elmer, remuant son café pour la troisième fois. Millicent était d'accord, moi pas. Des types étaient venus emporter le piano pour la soirée et l'avaient ramené le lendemain après déjeuner. Dieu merci, il n'avait pas plu dessus. C'était un concert en plein air, ou quelque chose dans ce goût-là, vu qu'il n'y avait pas moyen de faire entrer le piano dans la maison.

— Elle était dehors. Nous étions à l'intérieur et maman jouait sur la terrasse. J'étais là, avec les Minelli, et papa s'était pointé au beau milieu du concert.

— C'est parce que nous l'avions appelé, dit Elmer. Nous avions décidé, Millicent et moi, de l'appeler en ville. Et nous lui avons dit de rappliquer immédiatement.

Ainsi, l'idée de Matt comme quoi son père avait été « convoqué » par les notes de piano n'était pas si extravagante.

— Pourquoi ? demanda-t-il. Pourquoi avoir appelé papa ?

— Eh bien… parce que nous pensions… nous avions le sentiment…, balbutiait Elmer. Ça ne nous paraissait pas convenable.

— Ma mère avait une aventure avec Arthur Minelli, lâcha Matt.

Ainsi formulés, les mots étaient choquants. Comme si quelqu'un, dans le restaurant, venait d'arracher leurs vêtements aux deux hommes. Elmer avait l'air mal à l'aise. Il avait légèrement rougi.

— Sans doute Arthur l'avait-il persuadée de jouer et s'était-il occupé du transport du piano, mais cela ne signifie pas que… Matt, elle était vraiment séduisante, et Arthur ne pouvait qu'être attiré par elle. Des tas d'hommes l'étaient, et je crois qu'elle s'en amusait. Mais je ne sais pas ce qui s'est passé entre eux. Je ne pourrais rien affirmer.

M. Minelli était agenouillé sur le sol, le corps tendu vers Hilly qui inclinait la tête. Leurs cigarettes s'étaient touchées, produisant un minuscule rond de lumière rougeoyante.

— Ils avaient une aventure, insista Matt.

— C'est possible, approuva le vieux shérif. Arthur était un homme à femmes, pas de doute là-dessus. Je me rappelle les rumeurs, après sa mort, au sujet d'une maîtresse qu'il aurait eue, en ville.

— Une autre femme que maman ?

— Bon, ce n'étaient que des rumeurs. Et des tas de rumeurs avaient circulé, cet été-là, à propos d'Arthur et ta mère. J'imagine qu'une femme pareille avait besoin de mener une vie un peu passionnée.

— Oui, répliqua Matt avec amertume. Je me demande comment mon père vivait cela.

— Il ne laissait rien paraître, rien du tout. Hirsh est impénétrable, tu le sais. Mais il n'est pas difficile, pour nous deux, d'imaginer ce qu'il ressentait.

De la jalousie, songea Matt. Une jalousie semblable à celle que lui-même éprouvait à l'égard de Weslake – bien que celui-ci soit mort.

— Écoute, quoi qu'elle ait fait avec Arthur, elle n'en aimait pas moins ton père.

— Ce fusil, celui que Lonnie a sorti de sa valise, hier. Et dont vous avez prétendu qu'il était trop léger pour la chasse à l'élan…

— Il aurait très bien convenu, dit Elmer. Un bon coup dans les poumons avec un Remington Mountain, et ton élan tombe raide mort.

Matt prit sa cuillère, sans se résoudre à attaquer sa tarte.

— C'était le fusil d'Arthur Minelli.

— Oui, le fusil qui a causé sa mort. Personne ne voudrait d'un fusil avec une histoire pareille. Je l'ai acheté une bouchée de pain à sa veuve, parce qu'elle ne voulait plus en entendre parler, et qui peut l'en blâmer ? Et puis Robert me l'a racheté quelques années plus tard. Il n'avait pas connu Arthur Minelli.

— Vous pourriez me dire comment il est mort, au juste ? Et où, précisément ?

Matt avala sa salive. Il avait le sentiment d'être à l'étroit dans ses vêtements et respirait avec peine.

— Arthur Minelli monte dans sa voiture avec son fusil, qui est chargé. Une énorme bêtise, à mon avis, mais des tas de crétins le font sans conséquences tragiques. Pourquoi a-t-il emporté son fusil ? Eh bien, il a dit à l'un de ses fils, Jo-Jo, si ma mémoire est bonne, qu'il avait vu le vieux coyote se diriger vers la propriété de John Jack Perry et que c'était sa dernière chance de le choper cet été-là. Le coyote avait fait des dégâts, mis les poubelles sens dessus dessous, tué le chat des voisins, ce genre de choses… Bref, il arrête sa voiture sur cette piste qui mène au lac, en coupant par la forêt, juste à côté de chez Stewart.

Matt hocha la tête.

— On ne saura jamais pourquoi il s'est arrêté, poursuivit Elmer. Peut-être avait-il aperçu le coyote, ou voulait-il voir s'il était dans les parages ? Il s'apprête à sortir de sa voiture, son pied heurte le fusil. Il n'avait même pas mis le cran de sûreté, nom de Dieu, et le coup est parti, droit sur son cœur. Bang !

Elmer engouffra un morceau de tarte et le mastiqua, l'air songeur.

— Il n'y a rien de plus à dire. Mange ta tarte, Matt. Elle doit déjà être froide.

— Il y avait quelque chose qui clochait dans ce fusil ? demanda Matt.

Sa propre voix lui parut lointaine, comme s'il suivait la conversation depuis l'autre bout du restaurant.

— C'est un bon fusil. À la détente facile. C'est ce qui était écrit dans le rapport. Du point de vue technique, il était tout à fait normal.

— Qui a trouvé le corps ?

— Stewart. Si bien que quand Lonnie a sorti l'arme de la mallette, on l'a tous les trois reconnue pour l'avoir vue dans la voiture avec Arthur. C'est pour ça qu'il y a eu un froid. Pauvre Lonnie ! Après votre départ, on lui a tout expliqué.

— Mais comment Stewart a-t-il trouvé M. Minelli ?

— Il était chez lui quand le coup de feu a retenti. Il l'a trouvé inhabituel, comme si le son était étouffé. Alors, il est sorti. Il a jeté un coup d'œil à l'intérieur de la voiture et n'a même pas ouvert la portière. Il s'est précipité chez lui pour appeler Hirsh.

— Pourquoi ne pas avoir alerté les secours ?

Elmer sourit, dévoilant ses grandes dents.

— Faut que tu comprennes que les secours, *c'était* Hirsh. Il arrivait beaucoup plus vite sur place qu'une ambulance en provenance de Goat Bend et il était beaucoup plus qualifié que l'ambulancier de base. Stewart a évidemment composé le 911 et m'a bien sûr appelé. Mais en cas d'accident grave c'est toujours Hirsh qu'on prévenait en priorité.

— Qui a répondu au téléphone ?

— Toi. Je ne sais pas trop où était ta mère.

Matt fouilla dans ses souvenirs. Il se rappelait avoir pris, à plusieurs reprises, des appels d'urgence pour Hirsh. Il se revoyait foncer dans le jardin, dévaler puis remonter la colline en hurlant le nom de son père.

— Je crois bien que Hirsh m'a dit que tu lui avais apporté sa trousse de secours. Excellent réflexe, Matt. Tu as fait vite. Tu as pris l'appel, saisi la trousse et tu es allé retrouver ton père, en bas de la colline, pour qu'il puisse courir auprès d'Arthur, en coupant par le jardin.

— J'ai saisi la trousse de secours, répéta Matt, machinalement.

Évidemment. Ce n'était pas un fusil qui l'avait entravé ce jour-là, mais une trousse médicale. Elle était très encombrante, en cuir, un vieux cuir desséché. Voilà pourquoi elle lui frappait douloureusement les mollets. Comme il courait à travers bois, il devait sans cesse la faire passer d'une main à l'autre. Il y avait quelqu'un d'autre dans les bois, qui dévalait aussi la colline, un peu plus loin sur la droite.

— Maintenant que j'y pense, tu as eu encore plus de présence d'esprit, ajouta Elmer. Il y avait un des frères Minelli chez toi quand c'est arrivé. Le plus jeune, Steve, celui dont tu nous disais que ç'avait été un si bon ami à toi. Après avoir répondu au téléphone, tu l'as renvoyé chez lui, en t'assurant qu'il ne prenne pas un chemin d'où il pourrait apercevoir la voiture de son père. C'était drôlement avisé. La plupart des gosses auraient tout raconté. Mais pas toi.

Steve était chez eux. Matt et Steve étaient en train de jouer, le téléphone avait sonné... Puis Matt avait dit d'une voix prudente, tout en cherchant partout la trousse de secours : « Il faut que j'aille tout de suite aider mon papa, on se voit plus tard. » Vingt-six ans plus tard, en fait.

Il avait conseillé à Steve de prendre le raccourci pour rentrer chez lui, puis avait descendu la colline au pas de course. Pendant quelques instants, chacun était demeuré dans le champ de vision de l'autre. Même lorsqu'il avait cessé d'apercevoir Steve, Matt avait continué à le sentir tout près, dans la forêt. Il s'était dirigé vers le banc en rondins, avait trouvé Hirsh et s'était étonné qu'il ne soit pas seul. Hilly aussi était là. Elle avait passé la journée dehors, et Matt ignorait qu'elle était rentrée.

Il avait éprouvé une brève satisfaction à voir sa mère et à ce que ses parents soient tendrement enlacés sur le banc. C'est avec réticence qu'il les avait dérangés. Il avait appelé son père, et ses parents s'étaient retournés. Leur visage, assombri par la tristesse, était baigné de larmes. Étaient-ils déjà au courant de ce qu'il s'apprêtait à leur annoncer ?

Matt avait lâché la nouvelle, de but en blanc, et son père avait rétorqué quelque chose – un « je sais », si sa mémoire était bonne. Puis Hirsh s'était levé lentement, avait pris la trousse et avait redescendu la colline. Matt l'avait suivi, passant devant sa mère sans un regard, sans lui adresser la parole. Il avait suivi Hirsh jusqu'au lieu de l'accident.

—Tu es venu aussi, dit Elmer. Mais ton père t'a aussitôt renvoyé.

Hirsh avait ordonné à son fils de faire demi-tour. Mais Matt s'était arrêté à mi-hauteur et avait observé la voiture rouge au travers des arbres. Il avait attendu, espérant surprendre un mouvement à l'intérieur. Stewart et Hirsh s'étaient dirigés vers le véhicule, et le médecin avait ouvert la portière très, très lentement. Il y avait eu aussi un bruit de moteur et puis des voix, des cris : Elmer était arrivé. Quelqu'un – Elmer ? Stewart ? – avait levé les yeux et vu Matt et lui avait hurlé de s'en aller. Écœuré par ce qu'il avait vu, Matt était à la fois désireux de rester et soulagé de partir.

— En fait, Arthur n'était pas encore mort, reprit Elmer. Il avait tout de même perdu connaissance. Ton père lui a presque sauvé la vie. Quand je dis « presque », je n'exagère pas. Il a fait l'impossible pour le maintenir en vie.

— Il a fait quoi ?

Sa voix lui paraissait provenir de très loin. À l'intérieur de son corps, des continents se réorganisaient, d'immenses masses de territoire se frottaient les unes contre les autres. Il se remémora la remise à bois, lorsque les délicats rayons du printemps avaient filtré par le toit et illuminé la sciure, le jour où il avait parlé à Hirsh de l'affaire Zoy. « Tu as déjà tué quelqu'un ? » avait-il demandé. « Oh, oui », lui avait répondu Hirsh, avant de faire volte-face et de se remettre à empiler les bûches.

— Eh bien, je crois qu'il a commencé par un massage cardiaque. Il y avait beaucoup de sang mais, à ce que j'ai compris, il avait déjà conclu que la balle avait traversé le corps d'Arthur. Le médecin légiste l'a retrouvée, plus tard, à l'arrière de la voiture. Si je me souviens bien, ton père a fourré une espèce de tube dans la gorge d'Arthur. Je n'en suis pas certain parce que j'étais occupé à autre chose – comme t'ordonner de décamper ou détourner les voitures venant dans notre direction. Quoi qu'il en soit, Arthur était entre de bonnes mains. Mais il a suffi que je lui jette un coup d'œil pour comprendre qu'on était en train de le perdre. Hirsh a annoncé qu'il arrêtait le massage – qui ne faisait qu'empirer son état. Il a dit que la balle avait juste effleuré le cœur, puis il a envoyé Stewart chercher son couteau de cuisine. Et, Matt… je n'ai jamais vu personne tenter ce que ton père a tenté, ni avant ni après.

Matt avait envie de vomir. Il avait l'impression que le vieux shérif et lui flottaient, côte à côte, sur une grande étendue d'eau ;

251

le plancher de la Patte de lion était un radeau qui affrontait une mer démontée.

— Il a plongé le couteau dans le corps d'Arthur ! Comme ça, d'un coup. Mon Dieu, Matt, si j'avais été plus rapide et si ç'avait été quelqu'un d'autre que Hirsh, je l'aurais arrêté ! Je n'avais encore jamais vu un homme enfoncer un couteau dans les côtes d'un autre. Et puis il a fait tourner le couteau, tu crois ça ?

— Non, répondit Matt, si bas qu'Elmer n'entendit sans doute pas.

— Le sang a jailli comme d'une fontaine, ton père a fourré le doigt dans la blessure et je te jure qu'une minute plus tard, non, moins d'une minute ! j'ai cru qu'Arthur Minelli allait s'en sortir. Il n'avait plus le visage gonflé. J'ai tâté son pouls, senti qu'il revenait et je me suis écrié : « Tu l'as sauvé, Hirsh ! Bordel, j'ai cru que tu étais en train de le tuer alors que tu lui sauvais la vie ! » Il a fallu trois quarts d'heure aux secours pour arriver, depuis Goat Bend. Arthur, alors, était de nouveau à l'agonie. Hirsh est monté avec lui dans l'ambulance. Il m'a dit qu'il était mort à mi-parcours.

Les gens des autres tables ne se gênaient plus pour écouter son récit.

— Ah ! C'était un grand médecin ! s'extasiait Elmer. Pas vrai que c'était le meilleur ?

Matt demeura silencieux. Toute sa vie, il avait entendu chanter les louanges de Hirsh. Lorsqu'il avait commencé ses études de médecine, c'était avec le sentiment qu'il ne parviendrait jamais à la cheville de son père. Or M. Minelli était mort. Et Hilly aussi.

— S'il y avait eu une montagne de moins entre ici et Goat Bend, je suis prêt à parier qu'Arthur Minelli ne serait pas mort, ajouta le shérif d'une voix tonitruante.

Matt aurait voulu répliquer, mais un grand poids maintenait sa voix à l'intérieur de son corps, l'empêchant de remonter à la surface.

— Bien entendu, la police a enquêté sur sa mort, reprit le vieux shérif. Dans le rapport, on pouvait lire que ce que ton père avait tenté était incroyable, voire inconsidéré pour un généraliste. Il y a un terme médical savant pour définir ça, Matt ?

— M. Minelli était dans un état critique, suite à un phénomène très grave appelé « tamponnade ». La balle ayant éraflé le cœur, cela a provoqué des épanchements à chaque battement. Le sang s'est accumulé dans la cavité péricardique, comprimant ainsi le cœur. Mon père a fait un trou dans la membrane entourant la cavité responsable de la compression, pour permettre au sang de s'échapper.

— Est-ce si insensé pour un généraliste de tenter une chose pareille ?

Matt tressaillit.

— Oui, parce qu'on risque facilement d'enfoncer un peu trop le couteau, de percer le cœur et de tuer le patient. Et plupart des gens ont tellement peur de frapper au cœur qu'ils n'osent pas pousser le couteau assez loin. Je n'en reviens pas que mon père ait réussi du premier coup.

— Ça, c'est Hirsh ! s'exclama Elmer. Le meilleur médecin du coin ! Tu as déjà eu à te coltiner un de ces trucs péricardiques, Matt ?

— Une tamponnade, oui. Dans les hôpitaux de brousse, lors de conflits armés. Ça m'est arrivé une fois ou deux.

Dans des zones de guerre, où la mort talonnait les blessés, il n'y avait pas grand-chose à perdre à tenter une ponction du péricarde. Les chirurgiens cardiologues aussi y avaient recours, mais dans des blocs opératoires immaculés, et avec l'aide d'anesthésistes, d'infirmières et de matériel de réanimation. Hirsh, sans expérience de la chirurgie et équipé en tout et pour tout d'un couteau de cuisine, en avait tenté une avec succès, un jour de septembre, près des eaux silencieuses du lac Arrow...

— Et tu as réussi ?

Matt acquiesça.

— J'ai réussi, mais il n'y a rien de plus stressant...

La première fois, le scalpel n'était pas suffisamment enfoncé, mais la seconde tentative avait été la bonne. L'intervention suivante, plusieurs mois plus tard, il avait complètement raté la cavité péricardique. Là encore, il lui avait fallu s'y reprendre à deux fois.

— C'était mon boulot d'annoncer à la famille qu'Arthur était décédé, malgré tous les efforts pour le sauver. Tu parles d'un boulot... Quelle idée d'être shérif ! Matt, tu n'as pas touché à ta tarte.

— Prenez-la, shérif, dit Matt. Je ne pourrais pas en avaler une bouchée.

Quittant le café, il ne se dirigea pas vers la montagne. Il tourna devant l'agence immobilière et reprit lentement la route menant chez son père. Une fois de plus, il s'arrêta juste avant la maison de Stewart et s'engagea sur la piste où Arthur Minelli avait trouvé la mort. L'été s'installait, le feuillage avait gagné en densité : il y avait à peine la place pour se garer désormais.

Matt resta assis sans bouger. Il baissa les vitres. À travers les arbres, il distinguait une masse lumineuse : le lac, reflétant l'éclat du soleil. Le monde s'était assoupi dans la tiédeur de l'après-midi. Même dans l'ombre des branches, pas un battement d'ailes, pas un cri d'insecte. Aucun mouvement, aucun bruit.

À supposer qu'Arthur Minelli se soit garé là pour abattre le coyote, il aurait probablement coupé le contact et ouvert la portière avant de saisir le fusil. Celui-ci devait être calé contre le siège du passager, le canon orienté vers le haut puisque, d'après Elmer, on avait retrouvé la balle à l'arrière de la voiture. Peut-être M. Minelli l'avait-il posé contre la boîte de vitesses ?

Matt ramassa un bâton, d'une taille comparable à celle d'un fusil et essaya sans succès de le caler contre la boîte de vitesses. Il le plaça dans toutes les positions possibles. Il s'assit au volant, se pencha en avant, tel un homme voulant saisir son arme, et dut se rendre à l'évidence : il était quasiment impossible d'orienter le bâton de façon à viser le cœur. Il aurait fallu que l'arme soit sur le tableau de bord pour que la balle puisse l'atteindre – si le fusil tombait, par exemple. Mais qui aurait l'idée de conduire avec un fusil chargé sur son tableau de bord ? Steve avait vu juste : il n'était vraiment pas facile de recevoir, par accident, une balle dans le cœur.

Matt sortit de la voiture. Après avoir entendu le coup, Stewart avait dû mettre deux minutes à arriver. Sans doute avait-il surgi à l'angle de sa propriété, juste à l'entrée de la piste. Il avait jeté un coup d'œil à l'intérieur du véhicule et avait couru chez lui téléphoner à Hirsh. Cinq minutes – ou dix, tout au plus – s'étaient écoulées depuis le coup de feu, lorsque Matt avait trouvé Hirsh et Hilly assis sur le banc en rondins. Or Matt avait établi que cinq minutes auraient suffi à Hirsh pour remonter la colline et reprendre son souffle.

Les branches des arbres dominant la piste paraissaient vouloir le retenir captif. Il retira des feuilles de ses cheveux. Des brindilles s'accrochaient à ses vêtements. Il tentait de se désenchevêtrer, mais ses gestes étaient lents et ses membres comme ankylosés par un chagrin aussi paralysant qu'une crise de rhumatismes. Se tournant alors vers la voiture, il vit quelqu'un se tenir tout à côté, une silhouette longue et mince que, dans un moment de folie, il prit pour Arthur Minelli.

— Oh, salut, dit Stewart, manifestement soulagé de voir Matt. C'est ta voiture ?

— Je ne me suis garé là que pour quelques minutes, Stewart. Ça ne te dérange pas, j'espère ?

— Pas de problème. Ça me rend un peu nerveux, en général, que les gens se mettent là. Mais toi, c'est pas pareil, Matt.

— Stewart… C'est ici qu'Arthur Minelli a trouvé la mort, pas vrai ? demanda Matt.

Stewart le dévisagea, ses yeux pâles agrandis par le verre de ses lunettes.

— Oui, reconnut-il. C'est pour ça que je flippe quand je vois une voiture à cet endroit.

— À ton avis, pourquoi s'était-il garé là ? Il n'y a presque pas de circulation sur la route, il aurait pu s'arrêter sur la chaussée.

Stewart soupira, l'air songeur. Il retira ses lunettes. Lui surgissait du présent, tandis que Matt venait, l'espace d'un quart d'heure, de remonter vingt-six ans en arrière. Les pensées et les sensations de Matt avaient évolué dans un autre espace : le passé.

— Eh bien…, dit lentement Stewart. Il a vu une bestiole, j'imagine. Peut-être un putois ou un coyote. Je sais qu'il avait l'intention d'abattre le vieux coyote avant de retourner en ville. J'ai entendu la détonation et, encore aujourd'hui, je ne saurais pas dire à quoi j'ai compris que quelque chose clochait. Une sorte d'instinct, je suppose. Le son était étouffé, mais seulement en partie. J'ai mis du temps à déterminer d'où venait le coup, vu que le bruit s'est répercuté, pendant une éternité, d'une montagne à l'autre. Il m'a fallu deux bonnes minutes pour le trouver.

— Sa voiture était à peu près là où est la mienne, non ?

— Au centimètre près.

— Il était dans quelle position, Stewart ? Penché en avant ? Penché comme s'il avait voulu saisir son fusil ?

Stewart remit ses lunettes, déglutit et se gratta la tête.

— Mmm… eh bien, non. Il était vautré sur le volant, le corps plaqué contre la portière, si ma mémoire est bonne.

Stewart prétendait perdre la mémoire, mais Matt savait que ce genre de scène, on ne l'oubliait jamais. Il avait dû la revivre mille fois depuis, en rêve ou en pensée.

— La portière était ouverte ? demanda-t-il.

— Pardon ?

Stewart recula d'un pas. Il retira à nouveau ses lunettes et en essuya les verres avec un pan de sa chemise.

— La portière de la voiture, elle était ouverte ? Je croyais qu'il s'apprêtait à sortir quand le coup est parti ?

— Eh bien, non. Ce qui s'est dit à l'époque, c'est qu'il a été touché en voulant saisir son arme. Mais ça s'est produit avant qu'il n'ouvre la portière.

— Tu as tout de suite appelé mon père ?

— Je n'ai pas touché Arthur, je n'ai pas ouvert la portière. Je me suis contenté de faire demi-tour et de courir téléphoner. Je savais que je risquais, en le touchant, de lui faire plus de mal que de bien. Et que Hirsh était la seule personne, à condition qu'il puisse venir tout de suite, susceptible de le sauver. On pouvait toujours compter sur lui. C'était un si bon médecin.

Matt hocha machinalement la tête en entendant ce énième compliment sur son père.

— Et après ? Quand mon père est arrivé ?

— La première chose qu'il a faite, c'est de te donner l'ordre de rentrer. Tu le suivais et tu venais de débouler sur la route, il me semble. On s'est dirigés vers la voiture, lui et moi, et on a ouvert la portière très, très lentement. Arthur a glissé sur le côté J'ai maintenu son corps en place pendant que Hirsh contournait la voiture pour sortir le fusil par le côté passager, en prenant soin de remettre le cran de sûreté. Puis il est revenu vers moi. Nous avons extirpé Arthur du véhicule et l'avons étendu par terre, à peu près à l'endroit où tu te tiens. Hirsh a retourné son corps et déclaré que la balle avait dû frôler le cœur et était ressortie de l'autre côté. Et que dans ce cas il restait un espoir. Alors il a commencé à s'affairer. Il s'est vraiment mis en quatre pour faire en sorte que le cœur continue de battre. Il a tenté un truc terrifiant avec mon couteau de cuisine – soit dit en passant, je ne m'en suis plus jamais resservi. Elmer est arrivé au milieu de tout ça, je ne sais plus quand exactement. Ce dont je me souviens, c'est qu'il a cru que Hirsh avait sauvé la vie d'Arthur. À un moment, on a tous cru au miracle. Et puis j'ai compris qu'Arthur était à l'agonie. Il est mort pendant son transport à l'hôpital.

Matt fixa le sol, là où Hirsh avait fait l'impossible pour sauver la vie d'un homme qu'il avait peut-être essayé de tuer dix minutes plus tôt. Ça ne collait pas.

— Matt ? Matt ?

Celui-ci se tourna vers Stewart, les yeux dans le vague.

— Matt, pourquoi tu me poses toutes ces questions ?

— Je voulais savoir ce qui s'était passé.

— Ç'a été un drame épouvantable. Et vois-tu Arthur n'a pas simplement perdu la vie. Il a également détruit un cœur en parfait état. Si c'était une autre blessure qui avait causé sa mort, eh bien on aurait pu récupérer son cœur. Et cela aurait donné une nouvelle vie à quelqu'un. Ce coup de fusil dans le cœur a donc emporté deux vies, en quelque sorte.

— Les transplantations cardiaques existaient à peine, il y a vingt-six ans, objecta Matt.

Il avait hâte, à présent, de remonter dans la voiture. Sans doute avait-il reculé vers la forêt pendant que Stewart lui parlait,

257

car des brindilles lui picotaient le lobe des oreilles et se prenaient dans ses cheveux et une grosse branche le frappa à la jambe. Mais Stewart tenait à aborder son sujet de prédilection.

— C'est vrai, reconnut-il, l'air pensif. Je voulais simplement dire, Matt, que je n'aime pas l'idée que les gens puissent gâcher des cœurs en parfait état de marche.

Il se mit à lui parler avec ferveur de sa quête pour retrouver l'identité de sa donneuse.

— Je pense l'avoir retrouvée, Matt. Ce matin même. Après des mois de recherches sur Internet. Je crois vraiment avoir découvert qui c'était. Bientôt, je saurai tout sur elle, sur sa vie...

— Elle n'aurait peut-être pas souhaité que tu saches qui elle était.

— Quand on accepte le cœur de quelqu'un, il faut accepter les responsabilités qui vont avec.

— Tu ressentirais la même chose si elle t'avait donné sa cornée ou son foie ? Parce que après tout le cœur n'est jamais qu'un gros muscle qui pompe le sang. Tu ne serais pas influencé par les connotations sentimentales que tout le monde lui confère...

— Ne me dis pas, marmonna Stewart, que tu ne crois pas au cœur brisé. Ça existe, tu sais. Évidemment que les connotations sentimentales du cœur ont leur importance, Matt.

— Et le cœur n'aurait-il pas droit à ses secrets ?

Stewart haussa les épaules.

— Le cœur n'a pas de secrets.

Matt se dépêtra des feuilles et des branchages qui paraissaient vouloir l'enserrer. Il remercia Stewart pour son aide et remonta dans la voiture. Planté sur la route plongée dans les ombres et le silence de l'après-midi, Stewart regarda Matt s'en retourner vers la ville. Au moment de prendre le virage, Matt s'empara du bâton dont il s'était fait un fusil et le balança au-dehors.

16

— Tu as l'air fatigué, dit Denise en dévisageant Matt. Et tu as des feuilles et des brindilles dans les cheveux.

Matt s'agenouilla et laissa Austin détruire les preuves de sa conversation au bord du lac. Quand il eut fini, l'enfant se mit à amasser les brindilles en petits tas, sur le tapis du séjour. Dans son pyjama imprimé de minuscules trains et bateaux, il était adorable. Chaque fois que Matt le revoyait après s'être absenté, même très peu de temps, il était surpris par sa grande taille et ses bonnes joues. Car dès qu'il était loin de son fils il l'imaginait encore bébé.

— Je connais un truc qui te détendait autrefois, dit Denise.

— Moi aussi, répliqua Matt en lui jetant un coup d'œil enflammé.

Elle éclata de rire et quitta la pièce. Étendu sur le tapis, Matt ferma les yeux. Il avait tellement réfléchi ce jour-là qu'il en avait la migraine. Sans compter les courbatures, liées à son manque d'entraînement physique.

Austin babillait, plongé dans ses occupations d'enfant. Matt entendit Denise ouvrir le placard de leur chambre. Sans elle, la pièce n'était plus la même, comme si les molécules qui la composaient s'étaient déplacées en son absence. Le départ d'un être cher fait toujours cet effet-là, songea Matt, même s'il ne part pas longtemps, même s'il ne va pas loin. Quand Hilly était morte, il avait eu le sentiment, des mois durant, que les pièces de leur maison de Salt Lake lui étaient devenues étrangères. Et il n'était pas certain que les lieux aient jamais retrouvé leur composition moléculaire d'origine.

Denise revint, sa flûte entre les mains.

— Je vous préviens, je suis un peu rouillée.

Matt contempla ce spectacle avec ravissement. La flûte était un peu comme une vieille amie partie vivre ailleurs.

— Pourquoi on ne se voit pas plus souvent ? demanda-t-il à la flûte.

Austin regardait avec curiosité Denise adapter son embouchure. Lorsqu'elle se mit à jouer, il la fixa franchement. Matt s'assit sur le canapé. Austin grimpa sur ses genoux, les yeux toujours rivés sur sa mère, à croire qu'il doutait que Denise et la joueuse de flûte soient une seule et même personne.

Comme la musique l'enveloppait tout entier, Matt se souvint d'une chose qu'avait dite Elmer, au sujet des élans : les mâles aimaient se rouler dans les sources, au printemps, jusqu'à être totalement couverts de boue.

Et voilà que Matt avait la sensation d'être un élan, sur ce canapé avec son fils couché sur lui, tandis que la musique le pénétrait par tous les pores de la peau. Lorsqu'il se relèverait, ce serait avec une nouvelle peau, tissée à partir des notes de musique. Cette peau, il la porterait le plus longtemps possible.

Il se mit à observer Denise avec la même intensité qu'Austin. Elle se concentrait. Ses paupières étaient baissées et son visage traversé par des expressions que Matt connaissait à peine. Il se remémora Hilly jouant du piano, le visage transfiguré par la musique. Cela l'avait effrayé : sa mère avait déjà tant de facettes. Peut-être était-ce pour les mêmes raisons qu'Austin regardait ainsi la sienne ? Mais on peut faire confiance à Denise, se dit Matt avec satisfaction, alors que la musique s'élevait et retombait par vagues, s'emparant de son esprit pour le libérer presque aussitôt, car Denise, elle, était toujours la même personne. Il ferma à nouveau les yeux et se laissa envahir par la complexité de la composition. Quand la musique se tut et le délivra de son influence, il se rappela qu'il avait promis de rendre visite à Clem.

— Je dois vraiment y aller ce soir ? demanda-t-il à Denise tandis qu'elle remettait sa flûte dans son étui.

Il se sentait à la fois trop épuisé et détendu pour prendre la voiture et traverser la ville.

— Je crois que ça ferait plaisir à papa.

— Qu'est-ce qui le tracasse ?

— Je ne sais pas. Sérieusement. Je ne le lui ai pas demandé. J'imagine qu'il s'agit de ses dossiers médicaux.

Matt soupira. Il alla coucher Austin et prit la clé de la voiture, sur le crochet où elle était suspendue.

— Promets-moi de ne pas t'endormir avant mon retour, dit-il.

Elle éclata de rire. Lorsqu'elle riait, ses pommettes remontaient. Il l'embrassa.

À Mason House, la réceptionniste du soir le fit entrer en affichant un sourire radieux.

— Que c'est gentil de votre part, de venir rendre visite à Clem ! s'exclama-t-elle.

Le mot « gentil » revenait sans cesse ici. Lorsqu'il y avait travaillé comme remplaçant à son retour d'Afrique (où la majorité de ses patients étaient prêts à s'entre-tuer), Matt n'avait guère supporté de voir les mormons toujours de bonne humeur, et en train de sourire.

En se rendant au deuxième étage, Matt tendit l'oreille pour distinguer des bruits de vie humaine – des gens qui parlent en jouant aux cartes, une télé réglée un peu fort, de l'eau s'écoulant dans les tuyaux, signe qu'un robinet est ouvert… –, or il régnait, à Mason House, un silence de mort.

Il frappa à la porte. Un bourdonnement indiqua que Clem l'avait vu sur l'écran de l'interphone et lui ouvrait. Matt savait qu'il valait mieux ne pas être pressé. Après ce son, il fallait attendre que la porte s'ouvre, lentement, comme par l'opération du Saint-Esprit. Puis, à peine étiez-vous entré, elle se refermait derrière vous sans un bruit.

Il pénétra dans l'appartement. Celui-ci était encombré de meubles, de même que la plupart des appartements de Mason House. Les gens s'installaient dans ces logements de deux ou trois pièces après avoir vécu dans de grandes maisons et apportaient généralement trop d'affaires avec eux. Du temps où il était remplaçant, il avait appris à prendre garde où il mettait les pieds chaque fois qu'il arrivait dans l'une de ces pièces.

— Bonsoir, lança Clem d'une voix fluette.

Il était couché. Matt s'avança dans la chambre, tel un médecin effectuant une visite à domicile.

— Merci d'être venu, dit Clem.

La pièce, pourtant spacieuse, était presque entièrement occupée par un lit, une armoire et un fauteuil disproportionné et visiblement impossible à déplacer. Assis sur le lit massif, dos calé au dossier, dans un pyjama de flanelle, Clem constituait la seule tache lumineuse dans toute cette pénombre. Il était si petit que Matt eut le sentiment que sa propre corpulence suffirait à blesser le vieil homme malgré lui.

— Eh bien, il fallait que je vous voie, maintenant que vous avez lu mes dossiers médicaux.

Matt se demanda si son beau-père allait mettre ses MST à répétition sur le compte des sièges des toilettes publiques.

— Je sais ce que vous allez me dire, continua Clem, ne vous gênez pas. Dites-le qu'il faut annuler le voyage en Ligurie !

Matt était si stupéfait qu'il se laissa tomber dans le fauteuil, à côté du lit.

— Ce n'était pas du tout mon intention.

— Vous devez penser que je risque ma vie. Enfin... le vol, le changement de pression, le décalage horaire, le climat...

Matt s'attendait à tout, sauf à cela.

— Eh bien, le voyage va évidemment vous causer des soucis et vous imposer des contraintes auxquelles vous n'êtes pas habitué...

— Lesquelles pourraient être fatales ?

— Personne ne peut le dire, Clem. Il y a des gens que cela tuerait de passer toutes leurs journées à Mason House. (Hirsh, à n'en pas douter, et Matt aussi.) Le changement d'air et la stimulation sont aussi susceptibles de prolonger votre existence que de l'abréger.

— Je crains de prendre beaucoup trop de risques. Des risques inconsidérés.

Bien qu'il soit tenté de demander au vieil homme s'il se croyait immortel, Matt demeura silencieux.

— Plus j'y pense, plus ça m'effraie, insista Clem. Vous avez dû être suffoqué, en parcourant mes dossiers médicaux, à l'idée que je puisse envisager un tel voyage.

Matt parla lentement, choisissant ses mots avec soin afin de dissimuler un brusque élan d'euphorie. Ainsi, le voyage en Ligurie pourrait peut-être ne pas avoir lieu !

— Ça dépend de votre désir de partir. Si vos inquiétudes vous gâchent le plaisir, alors mieux vaut vous abstenir.

— Mais Denise...

— C'est pour vous que Denise organise ce voyage, Clem. Si vous sentez que c'est au-dessus de vos forces, elle sera la première à le comprendre.

— Bien sûr que j'ai envie d'y aller... mais mon cœur. J'ai ressenti des douleurs dans la poitrine aujourd'hui...

— Seulement aujourd'hui ?

— Ce week-end. C'est arrivé tout d'un coup.

— Vous devriez prévenir le Dr Van Essen, répliqua Matt avec fermeté.

— Je commence à penser que ce voyage est très déraisonnable et qu'il faut l'annuler. J'étais certain que vous approuveriez ma décision après avoir pris connaissance de mon histoire médicale récente, dit Clem.

Il avait l'air furieux. Il remonta ses couvertures jusqu'au cou. On devinait facilement, à présent qu'il était en colère, à quoi devait ressembler le vieil homme avant que son visage ne devienne flasque et que la peau ne se ride. On l'imaginait donnant des instructions, prenant des décisions, intimidant les autres. Et emportant le morceau, vingt-six ans plus tôt, dans la transaction Rosebay.

— Je vous approuve jusqu'à un certain point, Clem. Car, dans un cas pareil, c'est au patient de décider ce qui est préférable pour lui. Si vous vous faites trop de souci pour ce voyage, il faut bien évidemment l'annuler.

— À cause de mon cœur, insista Clem. Il faut l'annuler à cause de mon cœur.

— Disons… parce que vous vous inquiétez pour votre cœur.

— C'est la même chose ! s'exclama Clem, triomphant, d'une voix haut perchée.

— Eh bien…

— J'ai un problème au cœur, répéta le vieil homme avec un sourire de satisfaction. C'est pour ça que je ne peux pas partir. Je vous suis tellement reconnaissant d'avoir été honnête, Matt, et de ne pas avoir cherché à m'épargner la vérité. Même si ça m'a fait un choc !

Matt se leva.

— C'est votre cœur, c'est vous qui décidez.

— Sachant que ma décision est fondée sur votre avis médical, précisa Clem d'un ton joyeux. Vous pourrez en parler à Denise ce soir, à votre retour chez vous ? Dites-lui que j'ai protesté mais que, pour finir, j'ai dû m'en remettre à l'avis du docteur.

Matt dévisagea Clem. Celui-ci ne chercha pas même à éviter son regard. Le vieil homme croyait déjà à sa propre version des faits.

— Clem… N'avez-vous jamais eu envie d'aller en Ligurie ? Avez-vous toujours éprouvé ce que vous éprouvez maintenant ?

Clem écarquilla les yeux.

— Bien sûr que j'avais envie d'y aller. Et j'en ai toujours envie. Il n'y a rien que je ne souhaite plus au monde : des vacances en famille, avec Denise, là où Dora et moi avons passé notre lune de miel, il y a tant d'années. Avec mon médecin personnel ! Que peut-on imaginer de plus merveilleux ? Je suis catastrophé que vous jugiez préférable d'annuler.

Constatant que, de gendre, il avait été relégué au rôle de médecin de famille, Matt estima inutile de protester.

— Bonne nuit, Clem.

Pendant le trajet du retour, il s'interrogea sur les raisons qui avaient brusquement poussé Clem à ne pas partir.

Denise avait tenu parole et ne dormait pas. Assise à la table de la cuisine, elle rédigeait des listes. Matt ne savait trop comment lui annoncer la mauvaise nouvelle. Il s'attendait qu'elle lui pose des questions. Il lui expliquerait alors ce qui s'était passé. Mais, une fois de plus, il avait sous-estimé la discrétion de Denise, oublié qu'elle n'abordait pas certains sujets…

Il ouvrit bruyamment une cannette de bière et s'installa à côté d'elle.

— Ce sont des listes pour les vacances ? demanda-t-il.

— Non. Celle-ci, c'est une liste de courses. Celle-là, la liste des gens qui veulent des cours de musicothérapie en plus. Et puis il y a la liste des choses que je dois dire à Rosetta. Au sujet des repas d'Austin et ce genre de chose…

— Oh.

Il prit une gorgée de bière. Un long silence. Matt toussa.

— Clem et moi avons eu une conversation intéressante ce soir.

Denise leva les yeux et sourit.

— Tant mieux, dit-elle. Je suis contente que vous vous entendiez bien.

Il espérait qu'elle allait lui demander de quoi ils avaient parlé, mais elle n'en fit rien. Elle était déjà retournée à ses listes.

— On a discuté du voyage en Ligurie, reprit Matt. Et ça l'inquiète beaucoup.

Elle leva de nouveau la tête, mais ses yeux étaient plus perçants. Son regard noisette s'assombrit, comme si elle devinait ce qui allait suivre.

— Il ne m'a fait part d'aucune inquiétude, répliqua-t-elle d'un ton légèrement soupçonneux.

— Il a des douleurs au thorax et craint que son cœur ne supporte pas le voyage.

Denise écarquilla les yeux :

— Vraiment ?

Elle était sur la défensive à présent.

Matt lui prit la main.

— Ça ne va pas être facile pour toi, après tout le mal que tu t'es donné. Il m'a annoncé qu'il préférait ne pas aller en Ligurie.

Sa main demeura inerte. Elle le fixa. Ne fit pas un geste.

— Papa… papa a dit qu'il ne voulait pas partir ? Ou bien c'est toi qui a fait en sorte de le convaincre ?

— Non, non. Ça ne s'est pas passé comme ça. Je n'ai rien fait pour l'influencer. Il m'a confié ses inquiétudes, et j'ai fini par reconnaître que si ça l'angoissait à ce point, les bienfaits du voyage risquaient d'être contrebalancés par...

Elle avait bondi sur ses talons et paraissait plus grande, plus mince qu'à l'ordinaire. La colère crispait son visage.

— Tu lis ses dossiers médicaux des cinq dernières années, et aussitôt voilà qu'il change d'avis !

— J'ai lu ses dossiers médicaux des soixante-dix dernières années ! Mais je ne vois pas ce que ça a à voir...

— Soixante-dix ans ! s'écria Denise, comme si Matt venait de la frapper.

— La compagnie d'assurances a informé la clinique qu'il fallait que je lise tout pour...

— Tu as demandé à papa si ça le dérangeait ?

— Non ! J'ai supposé que la clinique l'avait fait.

Denise était livide. Ses joues avaient perdu leur éclat habituel. Elle se rassit. Matt commença à soupçonner que le contenu des dossiers médicaux ne lui était pas inconnu, mais elle n'y fit pas davantage allusion. Lorsqu'elle reprit la parole, ce fut avec une lenteur et un calme forcés.

— J'ai vu papa il y a quelques jours à peine et il se réjouissait toujours autant de partir. Lacy et Don Chelwell lui ont rendu visite, et il leur a raconté où on allait et ce qu'on allait y faire... Tu lis ses dossiers médicaux et, soudain, il décide qu'il se fait trop de souci pour partir ! Tu as dû lui dire quelque chose qui l'a inquiété.

— Bien sûr que non ! Pourquoi j'aurais fait une chose pareille ?

— Parce que tu n'as pas envie qu'on parte. Dès le début, tu as été clair à ce sujet.

Sa voix était haletante, privée de son rythme et de sa musicalité habituels.

— Tu as abusé du fait que tu connaissais son histoire médicale, ajouta-t-elle.

— Comment ça, abuser ? hurla Matt, se levant brusquement.

Il réalisa que c'était leur première dispute. Certes, ils avaient déjà eu des désaccords, mais ce degré de colère et de reproche était une nouveauté. Seuls lui étaient familiers le sentiment d'être dans son bon droit et la conscience de l'injustice de l'autre. Lorsqu'il s'entendit dire à Denise qu'elle imposait à son père un voyage qu'il n'avait pas envie de faire, Matt songea qu'il valait mieux s'en tenir là.

Des disputes, il en avait connu dans son passé, avec des femmes qu'il avait aimées, et il lui était arrivé de surprendre des scènes entre ses parents ou d'autres couples. Toutes lui semblaient reproduire le même affreux canevas. Oui, toutes avaient le même goût. Denise brisa net elle aussi en quittant la pièce. Le déplacement des molécules était très sensible. Matt avait la sensation que son corps était froid et engourdi, comme s'il neigeait depuis un moment et qu'il venait juste de s'en rendre compte.

Une fois qu'il eut éteint les lumières et vérifié que toutes les portes étaient bien fermées, il se faufila dans la chambre. Couchée dans la pénombre, Denise, immobile, respirait régulièrement. Il ignorait si elle dormait déjà ; elle était de toute façon inaccessible, murée dans son propre silence.

Il se glissa entre les draps glacés, songeant à l'importance qu'elle avait à ses yeux. Elle était tout pour lui. Ils formaient une boule d'amour et de complexité : une famille. Matt, Denise et Austin. Hirsh était aussi sa famille, mais il était âgé et, d'ici à quelques années, il disparaîtrait. L'avenir de Matt était auprès de Denise, d'Austin et, bien qu'il sache que les chances étaient quasiment nulles, auprès des autres enfants qu'ils pourraient avoir.

Quant à Denise, elle avait Clem. Ainsi que ses trois sœurs aînées, qui vivaient dans l'Est. Après que Clem et son épouse s'étaient convertis et avaient déménagé à Salt Lake City, leurs filles n'étaient pas restées longtemps attachées à la foi mormone. Dès qu'elles avaient été en âge de partir, elles étaient retournées dans l'Est, où elles s'étaient mariées hors de la communauté, consommaient du café et de l'alcool et ne passaient pas le lundi soir en famille, comme l'ordonnait l'église mormone. Des centaines de kilomètres les séparaient, mais si vous traciez une ligne droite entre New York et Chicago, elle reliait leurs trois demeures. Dans les images satellites de la météo, la même neige tombait sur le toit de leurs maisons. Elles étaient indissociables les unes des autres, mais pas de Denise. À la mort de leur mère, elles avaient pressé leur sœur de les rejoindre. Mais son lien, voire sa dépendance, à son père était déjà si fort qu'elle n'avait pas quitté Salt Lake.

Matt roula sur le côté, tournant le dos à Denise. Il avait cessé de surveiller sa respiration.

Même si les sœurs se rappelaient les anniversaires et échangeaient volontiers des conseils sur l'éducation des enfants, elles étaient très différentes de Denise. Vivant à l'est, elles nourrissaient un sentiment de supériorité à l'égard des gens vivant à l'ouest et, lors de leurs rares visites, ne cachaient guère leur mépris. En fait, Denise était presque aussi seule que Matt. Ce qui ne les avait pas empêchés de se disputer. À présent, ils étaient étendus côte à côte, dans le silence et la colère.

Il se tourna vers elle et s'apprêta à tendre le bras. Mais elle s'était endormie et rêvait déjà. Matt était impatient de sombrer lui aussi dans le sommeil. Mais, en repensant à ce qui s'était passé, il se mit à en vouloir à Clem qui, en décidant pour une obscure raison de ne pas partir en Ligurie, avait provoqué sa dispute avec Denise. Pire encore, le vieil homme allait sans doute dire à Denise que c'était Matt qui lui avait conseillé d'annuler le voyage, étant incapable d'assumer lui-même cette décision.

La colère étant l'ennemie du sommeil, Matt ne put s'endormir avant plusieurs heures. Il eut le sentiment, quand retentit la sonnerie du réveil, qu'il venait tout juste d'y parvenir.

17

Le vendredi, après sa journée de travail, Matt passa chercher Troy à son bureau. La ville changeait du tout au tout, au plus chaud de l'été. Ce n'était pas lié au soleil de fin d'après-midi, aux feuilles, aux touristes se promenant autour du temple ou aux tenues légères exposées en vitrine. C'est à la démarche des gens qu'on s'en rendait compte. Ils avançaient d'un pas languissant, les épaules rentrées.

Matt patienta, garé en double file, devant le bureau de Troy, situé à deux blocs du temple. Sur le trottoir d'en face, il reconnut le bâtiment Rosebay. Il était assez élevé pour que Matt, assis au volant, ne puisse en distinguer le sommet. Sa façade de grès rose et son style néoclassique imposant suggéraient que seules des affaires importantes, licites et sérieuses y étaient traitées.

La portière s'ouvrit, côté passager. Troy y pénétra avec force contorsions. Il était vêtu d'un costume impeccable.

— Désolé pour le retard. J'ai passé la journée au tribunal, dit-il d'une voix rendue métallique par les longues séances d'audience.

Jarvis prétendait que pour supporter pendant huit heures les turpitudes du monde des affaires il fallait nécessairement, à un moment ou à un autre, se transformer en robot. Troy, qui y travaillait quasiment tous les jours, arrivait souvent à leurs rendez-vous du vendredi avec le corps aussi raide que s'il était couvert d'une carapace. Mais ses muscles se détendaient dès la première bouffée de cigarette. Même la peau de son crâne dégarni, habituellement tendue à bloc, semblait légèrement se relâcher.

269

— Tu peux fumer dans la voiture, si tu baisses la vitre, dit Matt.

Troy consulta sa montre.

— Je ne fume jamais avant dix-neuf heures. C'est quoi ce truc que Jarvis nous emmène voir ce soir ? Pas un de ces succès du box-office, j'espère ?

— Je crois que le film a fait une belle carrière au Japon, répliqua Matt.

— Il nous emmène voir un film japonais ? grogna Troy. Ne me dis pas qu'il est en VO ?

— Il l'est !

Ils retrouvèrent Jarvis à la terrasse d'un café, près du cinéma. Ils le repérèrent sans mal, sa table étant la seule d'où s'élevait de la fumée. Elle formait une colonne bien droite comme la hampe d'un drapeau. Des cheveux dépassaient de l'arrière de sa casquette de base-ball et son corps informe débordait de part et d'autre de la chaise.

— Tu as vu ce qui s'est passé avec l'exposition de ton copain Steve ? demanda-t-il à Matt. Ils ont fini par la fermer. Bon sang de bonsoir, les journalistes n'ont toujours pas pigé qu'en criant au scandale ils font la pub de ce qu'ils dénoncent ?

— Il a eu aussi des critiques positives, fit remarquer Matt.

— Ah ouais ? hurla Jarvis.

Troy consulta sa montre et plaça une cigarette devant lui, sur la table.

— Il est sept heures moins dix, expliqua-t-il à Matt.

— Des critiques positives ? répéta Jarvis sans cesser de vociférer. J'en reviens pas ! Qui les a écrites ?

— Sylvester Suzuki, répondit Matt.

— Sylvester Suzuki ? rugit Jarvis. C'est un crétin, un crétin inculte !

— D'après lui, les photos de Steve apportent une contribution majeure au débat sur le tabou dans l'art.

Jarvis eut une exclamation de mépris. Troy émit un son semblable au froissement de tôle que l'on entend en passant devant un garage, la vitre baissée. Matt y reconnut le rire bruyant de son ami et vit que les clients des tables voisines avaient sursauté en l'entendant.

Le serveur apparut. Matt commanda un verre de vin.

— Je suis désolé, monsieur, mais la législation fédérale m'interdit de vous servir du vin non accompagné de nourriture, récita le serveur d'une voix mécanique. Cet établissement est un restaurant et non un débit de boissons. Vous devez donc commander quelque chose à manger et moi je suis tenu de vous donner ceci.

Il lui fourra une carte sous le nez, l'informant des dangers liés à l'alcool pour le consommateur et pour les autres.

— J'avais oublié cette loi, reconnut Matt. J'ai si peu l'habitude de commander du vin. Je vais prendre des bretzels.

— Selon les lois fédérales, ça ne suffit pas. Puis-je vous suggérer la bruschetta ?

Matt hocha la tête, tandis que Jarvis rétorquait d'une voix tonitruante :

— Quand allons-nous enfin nous rebeller, nous autres non-mormons, contre les restrictions insensées que nous impose ce fléau qu'est l'Église mormone ?

Le serveur, visiblement nerveux, retourna précipitamment dans le bar.

Matt se demanda si c'était par hasard que les tables se vidaient à présent autour d'eux.

— Pas aujourd'hui, dit Troy. Nous allons nous contenter de commander des bruschette, c'est plus simple.

Matt savait que Jarvis mangerait sa part de bruschette même s'il ne voulait pas en entendre parler. En effet, à peine furent-elles sur la table qu'il en saisit une et se mit à mastiquer fébrilement.

— Denise n'a pas eu envie de venir ce soir ? demanda-t-il à Matt.

Faisant une entorse au protocole, Jarvis lui avait suggéré d'inviter Denise à se joindre à eux, supposant qu'elle saurait mieux apprécier le film que ses deux amis.

— Je ne lui ai pas proposé, reconnut Matt. Ce n'est pas la bonne semaine pour ça. La température de la maison a baissé d'un coup.

— Ça devrait vous faire faire des économies sur la climatisation, plaisanta Troy.

Il prit la cigarette entre ses doigts mais ne l'alluma pas.

— Es-tu en train de nous dire que les deux tourtereaux que vous êtes se sont disputés ? demanda Jarvis.

Matt hocha piteusement la tête. Chaque fois qu'il avait adressé la parole à Denise, depuis leur scène de l'autre soir, elle lui avait répondu de façon correcte mais glaciale. Quand, dans leur lit, il avait essayé de se rapprocher d'elle, elle était demeurée impassible. Il la trouvait injuste et détestait cette colère froide qui lui donnait le sentiment d'être terriblement seul.

Jarvis engouffra une autre bouchée de bruschetta, tandis que Matt leur résumait la situation.

— Alors ? s'enquit Troy. C'est vrai que le vieux est trop malade pour voyager ?

— Eh bien, je ne le lui recommanderais pas. D'un autre côté, je ne tenterais pas non plus de l'en dissuader. Mais il a déjà assuré à Denise que c'est sur mon conseil qu'il a annulé le voyage. Et je ne peux rien répondre à cela sans traiter son père de menteur.

— C'est ce qu'il est, dit Troy.

— Il croit à ses propres mensonges, nuança Matt, se trouvant bien indulgent.

Visiblement songeur, Jarvis mastiquait bruyamment.

— Mmm... Qu'est-ce que ça cache ? Pourquoi a-t-il souhaité annuler le voyage ?

— Je crois savoir pourquoi, lança soudain Troy.

Ils se tournèrent vers lui. Il était dix-neuf heures et Troy alluma sa cigarette, en aspira une longue bouffée. Matt regarda la satisfaction s'inscrire sur son visage. Jarvis l'observait, lui aussi.

— Tu devrais essayer un de ces quatre, dit-il à Matt.

La patience de Matt avait ses limites.

— Alors ? Pourquoi Clem a-t-il décidé d'annuler ?

Troy exhala lentement la fumée.

— Il ne peut plus s'offrir le voyage.

Matt émit un ricanement. Clem était loin d'être pauvre, tout le monde le savait. Il suffisait, pour s'en rendre compte, de jeter un coup d'œil au bâtiment Rosebay.

— Les marchés boursiers se sont effondrés ? demanda Jarvis.

— Non, mais Slimtime a coulé et poussé son dernier soupir, officiellement, la semaine dernière.

Matt fixa Troy.

— Et alors ?

— Clem avait peut-être investi beaucoup d'argent dans Slimtime.

— Ouais, renchérit Jarvis qui avait depuis longtemps perçu l'hostilité que Weslake inspirait à Matt. Fallait bien que quelqu'un paie pour ces horribles boîtes bleu et blanc. Fallait bien que quelqu'un paie pour que Weslake passe à la télé, avec son menton en galoche et son sourire mielleux.

C'était Jarvis tout craché : pour vous soulager du fardeau de la haine, il était prêt à détester vos ennemis pour vous, quitte à en remettre une couche, par loyauté.

— Quand Clem a-t-il changé d'avis ?

— Dimanche. Mais il voulait déjà me voir vendredi.

Troy eut un sourire de satisfaction.

— Eh bien, nous y voilà... Ça s'est passé vendredi dernier. C'est ce jour-là qu'il est devenu plus pauvre.

Matt poussa un long sifflement.

— Tu penses que Clem soutenait Weslake dans ses opérations ?

— Et Denise, elle n'a pas investi dans la société ? interrogea Troy.

Rougissant un peu, Matt admit qu'il n'en savait rien.

— Permets-moi de te répéter ce qui se raconte en ville, dit Troy... Les autorités sanitaires ont décrété que les effets vantés par Weslake reposaient sur des cautions médicales bidon. Slimtime a déposé le bilan cette semaine. Beaucoup de petits actionnaires ont perdu leurs billes, ainsi qu'un gros investisseur privé.

— Sans doute un Smith. Ce sont des mormons. Ils doivent avoir au moins six enfants par foyer et, vu que la famille remonte à des générations... ça doit faire, tous les cinquante ans, environ deux cents beaux Smith à menton en galoche... une foule d'investisseurs.

Troy tira une bouffée de sa cigarette.

— C'est peut-être un Smith. Mais à mon avis c'est Clem.

— Si tu as raison et que Clem a vraiment perdu une fortune, pourquoi ne nous en parle-t-il pas ? demanda Matt.

Nul ne trouva rien à répondre. Matt se remémora le rapport du psychiatre, selon lequel le jeune Clem cherchait à exercer un contrôle sur le monde qui l'entourait. Qui sait si Clem, en investissant dans Slimtime, n'avait pas cherché à contrôler Weslake ?

Jarvis et Troy se mirent à parler d'une exposition qui se tenait à Baltimore. Jarvis avait souhaité s'y rendre, mais il n'y avait pas de places de parking assez grandes pour Arnie à proximité de la galerie.

— C'est de la discrimination ! hurla Jarvis. De la discrimination à l'égard des camionneurs amateurs d'art !

Si Clem avait trouvé ce moyen pour contrôler Weslake, sans doute Denise l'ignorait-elle. Dans ce cas, Clem avait intérêt à garder secrètes les raisons qui le poussaient à annuler le voyage. Matt s'efforça, au prix d'un grand effort d'imagination, de se représenter le fringant Weslake Smith en pantin de son beau-père.

— Tu as loupé l'expo, alors ? demanda Troy.

— Tu rigoles ? Moi, louper une expo ? Je me suis garé juste devant la galerie. Comme elle est construite tout en verre, je pouvais voir le reflet d'Arnie sur certaines photos !

— Je suis certain que ça ajoute une dimension supplémentaire à l'exposition.

— N'importe où tu te gares, tu peux être sûr qu'un bouffon en uniforme va essayer de te coller une contredanse. Alors, tu sais ce que j'ai fait quand j'en ai vu un commencer à tourner autour d'Arnie ? Je me suis précipité hors de la galerie, l'air consterné. Je lui ai expliqué qu'à l'intérieur il y avait cette installation à la noix qui exigeait l'usage de produits chimiques, que je trimballais un chargement d'antidote et que les pompiers m'avaient demandé de rester une demi-heure dans les parages, jusqu'à ce que l'installation soit prête. Je suis malin, quand même !

Jarvis se félicita en reprenant une cigarette.

Troy avait l'air impressionné.

— Les services judiciaires ont une sacrée veine que tu n'aies jamais décidé de devenir un criminel de grande envergure.

Matt se rappela ce qu'avait dit Stewart, au sujet du cœur humain, que l'amour n'avait pas de secrets. Clem aimait Denise, et pourtant Matt avait découvert qu'il lui cachait beaucoup de choses. Denise aimait Matt, mais elle aussi avait ses secrets.

— Et le type en uniforme est devenu archicompréhensif. Mon pauvre gars, qu'il a dit, être obligé de regarder ces conneries expérimentales pendant une demi-heure !

Stewart pensait que posséder le cœur d'une autre lui donnait le droit de s'ingérer dans son existence, de connaître ses secrets. Autrefois, Matt aurait pu l'approuver, mais il savait maintenant que Stewart avait tort. L'amour pouvait être très cachottier.

Durant le trajet jusqu'au cinéma, ses amis lui demandèrent où en étaient les préparatifs de l'expédition de chasse. Il était déçu que les deux hommes se montrent aussi enthousiastes que tout le monde. Jarvis, qui n'aurait jamais eu idée de traquer quelque chose de plus gros qu'un Big Mac, ne cessait de répéter que c'était une idée merveilleuse et que Hirsh était un homme formidable.

— Dire qu'il faut que je m'entraîne ! dit Matt d'une voix sinistre. J'ai couru tous les matins, cette semaine.

Il avait espéré que Denise s'y opposerait, Weslake étant mort lors d'une séance de jogging. Mais la nouvelle Denise ne lui avait témoigné qu'une indifférence glaciale.

— Tu t'entraînes ! C'est génial ! Ça ne peut que te faire du bien ! s'extasiait Jarvis, qui n'avait jamais soulevé un haltère de sa vie.

Devant une telle mauvaise foi, Troy poussa un grognement.

— Tu devrais essayer la colline, derrière le temple, et courir jusqu'au Capitole.

— Je l'ai déjà fait, déclara Matt avec fierté. Je vais courir là-bas environ deux fois par semaine.

— J'y allais tous les matins, dit Troy. Mais... eh bien, il y a quelque chose qui cloche chez moi, en ce moment. La prochaine fois qu'on se verra, faudra que je te demande d'évaluer mon rythme cardiaque et de palper mon foie.

Ce fut au tour de Jarvis de grommeler. Matt, qui au fil des ans s'était penché sur les innombrables maladies fantômes de Troy, lui demanda :

— Qu'est-ce qui te fait penser que tu as un problème au foie ?

— Ça me fait un peu mal, le soir, quand je suis au lit.

— Un peu… je vois. Euh… où est-ce que tu situes ton foie, au juste, Troy ?

Troy se posa la main sur le ventre, grimaçant comme si c'était douloureux. C'était bien la place du foie. Matt n'était plus parvenu à le coincer depuis que Troy avait prétendu ressentir les symptômes d'une appendicite aiguë tout en désignant le côté gauche.

Ils étaient arrivés. C'était un petit cinéma d'art et d'essai dont les portes venaient d'être ouvertes pour le film. Une file de gens entrèrent en traînant les pieds. Parmi eux, Matt reconnut Steve. Il se sentit une envie coupable de l'éviter. À cet instant précis, Steve l'aperçut.

— Salut les gars. Salut Matt.

Jarvis l'accueillit sentencieusement :

— Félicitations pour la fermeture de l'exposition.

— Merci, dit Steve. Elle reprend dans deux semaines, au Nouveau-Mexique.

— C'est formidable, Steve, sourit Matt.

Il s'écarta, avec Troy et Jarvis, pour faire la queue. Mais Steve l'arrêta en lui posant une main sur le bras.

— Tu n'as encore rien découvert ?

— Eh bien, des détails, c'est tout. Rien qui puisse nous avancer.

— Des faits, c'est exactement ce que je veux ! Tu es libre lundi midi pour manger un sandwich ?

Matt hésita, comme si cela demandait réflexion.

— Descends à la cafétéria à midi et demi, je tâcherai de t'y retrouver.

Il alla rejoindre les autres au bout de la file.

— Je n'en reviens pas que tous ces gens aient envie de passer une chaude soirée d'été à regarder un film en japonais, ronchonnait Troy.

— Ils savent qu'ils vont vivre une expérience mémorable, rétorqua Jarvis.

Matt se dit qu'il allait croiser Steve souvent, vu le goût de Jarvis pour les films d'art et d'essai. Ça ne l'emballait guère de le rencontrer en compagnie de ses amis. Ça ne l'emballait guère de voir Steve, un point c'est tout. Chercher à découvrir la vérité sur l'affaire Minelli parce qu'il se croyait responsable, c'était une chose. Si Hirsh était impliqué, c'était une tout autre histoire.

Quand ils entrèrent dans la salle obscure, Matt ne chercha pas Steve des yeux mais l'aperçut tout de même quelques rangs derrière eux. Matt avait le sentiment que Steve lui souriait dans le noir.

— Le film était comment ? demanda Denise lorsqu'il rentra.

C'était la première fois de la semaine qu'elle lui témoignait de l'intérêt.

— Très bon. Jarvis a bien fait d'insister pour que nous y allions. Même Troy a reconnu que Jarvis a eu raison de nous convaincre.

— Je veux que nous redevenions amis, Matt, dit Denise.

Elle s'avança, l'enlaça et se pressa contre lui. Elle n'était plus une stalactite. Son corps était à nouveau doux et docile.

Il l'entoura de ses bras. Cela lui faisait du bien, ce contact physique, cette chaleur, cette femme qui était la sienne.

— Je ne comprends pas pourquoi tu m'en voulais autant.

— J'ai cru que tu avais lu les dossiers médicaux de papa et… que tu t'en étais servi, d'une façon ou d'une autre.

Il se dégagea, blessé. Elle tendit une nouvelle fois les bras vers lui.

— Tu ne vas pas t'y remettre…

Le sentiment d'injustice qu'il avait réprimé toute la semaine réapparaissait malgré lui.

— Pourquoi aurai-je fait quelque chose de si méchant et d'aussi contraire à la déontologie ? Écoute, Denise, c'est Clem qui a tenu à annuler le voyage, pas moi. C'est lui qui a demandé à me voir alors que j'étais en train de lire ses dossiers médicaux. C'est lui qui a insisté pour que je passe dimanche. Moi, je n'avais rien d'urgent à lui dire.

— D'accord, fit-elle, rassurante, lui caressant les épaules. D'accord, Matt, je te crois. Mon père n'a pas une auréole au-dessus de la tête, j'en suis consciente, et depuis un bon bout de temps.

Il la dévisagea. Savait-elle quelque chose des beuveries et des putains qui hantaient le passé de Clem ?

— C'est juste qu'un jour papa était fou de joie à l'idée de partir en Ligurie et le lendemain voilà qu'il ne part plus. Il m'a semblé que tu avais pu influencer sa décision, que tu t'étais servi de ses antécédents médicaux pour… Toujours est-il qu'à présent je comprends tout. C'est l'évidence même, j'aurais dû m'en douter plus tôt.

Elle pressa la tête contre la poitrine de Matt. Il caressa ses cheveux soyeux et se demanda ce qui était l'évidence même et de quoi elle aurait dû se douter plus tôt. Si la fin de Slimtime avait contraint Clem à changer d'avis, Denise avait-elle toujours su que son père était associé aux intérêts de la compagnie ? C'était le moment de lui poser la question, puisqu'elle était tendre et confiante. Mais il se laissa attirer vers la chambre et, une fois de plus, il perdit l'occasion d'aborder le sujet Weslake.

Plus tard, tandis qu'ils étaient étendus et discutaient à voix basse, Matt eut le sentiment que, privé de l'affection de Denise, il n'avait pas réellement vécu ces derniers jours. Elle lui raconta ce qu'Austin avait dit et fait, et Matt parla de son travail. Mais tout en bavardant il prit conscience que quelque chose clochait dans l'atmosphère de la maison. Il s'interrompit, tendit l'oreille et réalisa que le bourdonnement qu'il percevait était trop fort pour provenir du réfrigérateur et trop grave pour être imputé à la climatisation. Aussitôt, il comprit qu'il y avait une voiture dehors. Il se dépêtra des draps et bondit hors du lit.

— Qu'est-ce qui se passe, mon chéri ? demanda Denise, perplexe. Tu attends quelqu'un ?

C'était la voisine, Belinda Lampeter, qui manœuvrait avec difficulté pour pénétrer dans son garage. Il sourit de sa frayeur, retourna se coucher et enlaça Denise. Il aurait voulu lui demander si elle avait aperçu une voiture rouge dans les parages. Il craignait toutefois de lui donner un motif d'inquiétude.

— Non, dit-il.

Elle l'invita à en dire davantage.

— Je sens battre ton cœur. Il bat en morse. Court court long long court… il dit… oui, je crois qu'il me dit que tu as cru entendre quelqu'un parce que tu t'attendais à entendre quelqu'un.

Il s'efforça de paraître rassurant.

— Enfin, Denise, qui pourrais-je attendre un vendredi soir à cette heure-ci ?

Elle poussa un soupir. Il y eut un silence.

— Quand tu travailles tard le soir, quand tu sors avec tes copains et surtout quand tu vas courir, dit-elle enfin, je fais en sorte de m'occuper. Je fais ce que je suis censée faire. Je ne m'inquiète pas vraiment. Mais, sans en être pleinement consciente, je redoute d'entendre sonner à la porte.

Matt attendit sans faire un geste, respirant à peine. Comme elle se taisait, il la pressa :

— Cela te rappelle le jour où Weslake est mort ?

— Il suffit de vivre ça une fois… Après, pendant le reste de ta vie, tu te prépares à entendre cette sonnette dès qu'un être que tu aimes met le nez dehors. Tu te prépares à aller ouvrir et à répondre aux questions des agents. Ils sont plantés là, dans l'entrée, avec cette expression sur le visage. De la compassion mêlée à de la tristesse, vu qu'ils sont sur le point de t'apprendre une mauvaise nouvelle.

— Qu'est-ce que tu faisais quand ils ont sonné ? demanda Matt avec douceur.

Denise secoua la tête dans l'obscurité. Matt ne distinguait pas ses traits mais sentait, à sa façon de secouer la tête, qu'elle cherchait à se libérer de la douleur.

— Oh, j'avais déjà commencé à m'inquiéter. Il était tellement en retard. Au début, ça allait. Quand je suis rentrée du travail, tout était comme d'habitude. Weslake…

Elle prononça le prénom d'une voix claire, mais d'un ton étrange.

— Weslake n'était pas là, et j'en ai conclu qu'il était à une réunion de sa communauté. On venait de lui confier un poste à responsabilité dans la congrégation, et il passait son temps en réunion. Je me suis dit qu'il était sans doute allé courir, qu'il était aussitôt ressorti assister à sa réunion et n'allait pas tarder à rentrer. J'ai préparé le repas et il n'arrivait toujours pas. Au début, je lui en voulais de ne pas m'avoir laissé un mot ni téléphoné et d'être injoignable sur son portable. J'ai fini par manger seule. Il n'arrivait toujours pas. J'étais partagée entre la rage et l'inquiétude. J'ai passé un coup de fil à son bureau. Bien sûr, personne n'a répondu. Je ne voulais pas me mettre à appeler des gens pour leur demander s'ils savaient où il était. Ç'aurait pu paraître... enfin, tu me comprends. Je n'ai donc appelé personne. Je me suis contentée de faire un peu de ménage, un peu de lessive... bref, les tâches habituelles. Mais pendant tout ce temps j'attendais. J'étais de plus en plus furibarde. Puis j'ai réalisé que s'il était allé courir et était repassé par la maison pour se doucher, ses affaires de jogging seraient forcément dans la machine. Elles n'y étaient pas. C'est alors que l'inquiétude a pris le pas sur la colère. Je suis partie à sa recherche. J'ai parcouru les rues où il avait l'habitude de courir. Il faisait nuit et je n'ai vu personne. Je n'ai pas songé à aller à Yellow Creek. Je ne sais pas pourquoi il est allé courir là-bas, ce soir-là. Au moment où je suis rentrée j'étais sûre de le trouver. Mais comme il n'était pas là j'ai décidé d'appeler sa famille, sans me soucier de ce que pourraient penser les gens. J'avais une boule à l'estomac et je savais qu'il lui était arrivé quelque chose. Des tas de pensées folles me traversaient l'esprit. J'étais en train de décrocher le téléphone quand on a sonné à la porte.

Sa voix était tendue à présent, comme les cordes d'un instrument. Elle parlait d'un ton monocorde, le souffle court. Matt distinguait ses yeux dans la pénombre et son corps immobile.

— Je suis allée ouvrir. Deux policiers se tenaient sur le seuil et j'ai tout de suite compris. J'ai mis la main sur les yeux de façon à ne plus voir l'expression de leur visage et je me suis exclamée : « Oh, mon Dieu, non ! » L'un d'eux m'a demandé : « Êtes-vous l'épouse du Dr Weslake Smith ? » Ils ont déclaré avoir quelque chose à m'annoncer et m'ont demandé si je voulais m'asseoir. « Dites-moi juste, dites-moi juste ce qui est arrivé », j'ai dit. Ils m'ont à nouveau priée de m'asseoir. J'étais comme pétrifiée. Je n'ai même pas pu fermer la porte, c'est eux qui l'ont fait. « Il est mort, n'est-ce pas ? Weslake est mort. » Un des policiers a hoché la tête et le ciel m'est tombé sur la tête. Pour finir, ils m'ont tout raconté là, dans le vestibule : « Madame, votre mari était en train de courir dans la forêt de Yellow Creek quand il a vraisemblablement été percuté par une voiture. Le conducteur ne s'est pas arrêté. On a trouvé votre époux gisant sur la route. Il était déjà mort. — Non, non, j'ai répondu, il n'est pas mort, il est seulement blessé, c'est pas possible qu'il soit mort, je vais aller le chercher. » Alors l'autre a dit : « Madame, il faut que je vous informe que le corps de votre mari a déjà été transporté à la morgue. »

Denise se tut. Elle pleurait. Tout son corps était secoué de sanglots, son visage était mouillé de larmes, ruisselant sur son corps et sur l'oreiller. Matt alla chercher une serviette dans la salle de bains.

Lorsqu'elle eut cessé de pleurer et qu'il la serrait tendrement dans ses bras, elle reprit :

— Ils ont posé des tas de questions. Ils ont examiné ma voiture. Je leur ai fait voir les marques à l'endroit où Weslake avait percuté le cerf et je leur ai montré la viande dans le congélateur. Ils m'ont interrogée, il fallait qu'ils le fassent. Il fallait qu'ils enquêtent sur toutes les personnes connues de Weslake. Ils étaient déjà certains qu'il avait été percuté par un inconnu qui, saisi de panique, était aussitôt reparti. Le rapport de police dit qu'il a été percuté par-devant. Il a dû mourir quasiment sur le coup…

— Par-devant ? Alors il a sans doute vu…

— Il a dû voir le conducteur, oui. Leurs regards ont dû se croiser, dit Denise.

Elle recommença à sangloter et, cette fois-ci, Matt eut le sentiment que ça ne cesserait jamais. Jusqu'à ce qu'elle s'endorme enfin.

18

Le lundi suivant, Jon Espersen entra dans le bureau de Matt.

— Ça te dit, un sandwich à la cafétéria ?

Matt déclina à contrecœur la proposition. En bas, son chef de service ne tarderait pas à constater que Matt avait refusé son invitation au profit d'un déjeuner avec Steve...

— Je peux vous ramener quelque chose ici, proposa sa secrétaire. Je pars maintenant.

— Je descends moi aussi, répliqua Matt, consultant sa montre.

Il était midi et demi.

— Je dois voir quelqu'un.

— Moi, je ne mange pas à la cafétéria. Si je le fais, je risque de craquer pour un brownie. Je vais juste prendre une pomme et un pot de cottage cheese et filer aussi sec. Ce n'est pas pour me vanter, mais j'ai déjà perdu plus de deux kilos.

Matt était presque sûr que son régime était en rapport avec le crétin chauve de l'administration, qui venait au moins deux fois par jour sous des prétextes fantaisistes, comme vérifier la cloison ou chercher des anomalies dans le filtre à air.

— Moi, je vous trouvais bien, avant.

Elle secoua la tête.

— J'ai encore au moins quatre kilos à perdre, répliqua-t-elle d'un ton ferme.

Située en sous-sol, la cafétéria était vaste et bruyante. À peine entré, Matt repéra Steve, comme si celui-ci était seul dans la salle. Steve l'aperçut également et agita la main. Le médecin prit la file d'attente avec sa secrétaire pour acheter son sandwich et son café.

— C'est lui, le type que vous devez voir ? demanda la secrétaire.

— Oui.

— Il fait partie de l'équipe d'entretien.

— Je sais.

— C'est le type qu'ils veulent virer. Il a pris ces photos...

— Je sais. Je les ai vues.

— L'hôpital a fait fermer l'exposition, mais elle va reprendre à Hawaï ou Dieu sait où...

— Au Nouveau-Mexique.

— Quoi qu'il en soit, l'hôpital essaie d'empêcher qu'elle ait lieu. Ils lui ont notifié son licenciement, pour avoir rompu les termes de son contrat et violé l'intimité des patients. Il proteste et a fait appel à la commission d'arbitrage. Vous le connaissez ?...

— On se connaissait quand on était gosses.

Sa secrétaire sembla stupéfaite.

— Pas possible !

— Ses parents et mes parents étaient très amis.

Sa secrétaire prit un air songeur. Matt devina qu'elle pensait à Hirsh qui, lors d'une de ses rares expéditions en ville, était passé visiter le service en coup de vent. Les collègues de Matt s'étaient montrés amicaux et quelques-uns se souvenaient encore du médecin qu'il avait été. Matt voyait, à son expression, que sa secrétaire n'aurait jamais imaginé que Steve Minelli puisse venir d'une famille ayant fréquenté celle de Hirsh.

— Ils ont déménagé et je ne l'ai pas revu pendant de nombreuses années. Et soudain il est réapparu dans ma vie, précisa Matt.

— Des tas de gens le trouvent vraiment bizarre, continua la secrétaire, baissant la voix. Je veux dire... bizarre inquiétant. Keri, au matériel hygiénique, dit qu'il ne cligne jamais des yeux.

— Je n'ai jamais remarqué. Et je ne le trouve pas spécialement bizarre.

Lorsque sa secrétaire fut remontée et qu'il rejoignit Steve à sa table, il songea qu'elle n'avait pas tort. Steve était assis droit comme un I, le visage blême. Il salua Matt et lança aussitôt :

— Alors, il s'est passé quoi quand tu es allé voir ton père ?

Matt retira l'emballage de son sandwich. Puis il combina en un seul récit les versions qu'Elmer, Stewart et son père lui avaient données de la mort de M. Minelli. Le coup de feu, l'appel téléphonique, l'arrivée de son père sur les lieux du drame. Il décrivit en détail comment Hirsh avait tenté de sauver son père, lui expliqua ce qu'était une tamponnade et souligna que son père avait fait preuve de discernement et de courage en effectuant une ponction du péricarde. Matt fit en sorte que la force du coup de couteau nécessaire au succès de l'opération passe pour une petite incision.

Steve écouta avec attention. Puis il se mit à poser les questions que Matt avait lui-même posées, au sujet de la position de la voiture et de la place du fusil.

— Personne ne semble s'en souvenir, dit Matt.

Il ne voulait pas dire à Steve qu'il s'était arrêté à l'endroit même où s'était garé son père pour reconstituer toute la scène.

— Personnellement, je suppose que le fusil était sur le tableau de bord. Ton père l'avait peut-être posé là pour l'avoir à portée de main au cas où. Il est tombé par terre et c'est sans doute comme ça que le coup est parti.

— Y avait-il une vitre baissée ? demanda Steve. Quelqu'un aurait-il pu l'abattre depuis l'extérieur ?

Matt mastiquait son sandwich, qu'il trouvait insipide.

— Avec son propre fusil ? Je n'imagine pas ton père passant son fusil à quelqu'un pour pouvoir se faire abattre.

— S'il connaissait bien la personne, il avait peut-être une autre raison de lui passer son arme ? Et qu'est-ce qu'on savait, il y a vingt-six ans, en matière de balistique ? Je veux dire… étaient-ils suffisamment calés pour s'assurer que la balle venait du Remington Mountain de papa et non d'un autre fusil ?

Matt haussa les épaules. Ses connaissances sur les armes à feu se limitaient aux informations glanées dans les romans policiers de son adolescence.

— Je n'ai pas demandé si une vitre était baissée, reconnut-il. Mais, Steve… quelqu'un avait-il une raison de vouloir tuer ton père ?

Steve hocha vigoureusement la tête.

— Des raisons, il y en aurait eu… Ses affaires marchaient fort. Tu as déjà bien regardé le bâtiment Rosebay, en centre-ville ? Il est immense et ses lignes sont magnifiques. C'est un chef-d'œuvre, comparable à certaines grandes constructions de l'Antiquité. Certains disent que c'est le plus bel exemple d'architecture du XXᵉ siècle de tout l'État. Eh bien, des tas de gens s'intéressaient à cet immeuble, et si mon père avait vécu assez longtemps pour signer le contrat il serait devenu très riche. À sa mort, d'autres que lui ont dû s'enrichir. Et puis, il y avait des choses d'ordre plus personnel…

Il jeta à Matt un regard lourd de sous-entendus. Matt détourna immédiatement les yeux, car il était clair, à ce regard, que Steve savait que sa mère avait eu une liaison avec M. Minelli. Matt se sentit aussi embarrassé qu'en observant Hilly dans les films de famille. Sa mère jouait les stars en voulant toujours être le centre d'attraction. Elle n'aurait jamais dû abandonner sa carrière de concertiste. Elle était venue vivre à Salt Lake, où elle était toujours en quête de quelque chose… Cette quête l'avait conduite à l'improbable Arthur Minelli et, fatalement, à un désespoir qui resurgissait vingt-six ans plus tard, comme une bombe à retardement qu'elle leur aurait laissée.

— Je ne vois pas ce que je peux faire d'autre, dit Matt. J'ai demandé des informations à tous ceux qui ont été impliqués…

— Ton père s'est vraiment donné du mal pour sauver la vie de papa.

Matt fixa Steve et constata que Keri, du matériel hygiénique, avait raison : Steve clignait rarement des yeux.

— Bon…, ajouta Steve, il a tenté l'impossible.

— C'était très courageux de sa part, approuva Matt. Personnellement, je crois que je n'oserais pas effectuer une ponction du péricarde avec un couteau de cuisine.

— Il suspectait peut-être que quelqu'un avait essayé de tuer papa. C'est pourquoi il tenait tellement à ce qu'il ne meure pas :

ton père ne voulait pas que cette personne soit accusée de meurtre.

Matt regarda Steve droit dans les yeux.

— Tu insinues quoi, au juste ?

Il en avait assez des allusions. Il voulait que Steve lui fasse franchement part de ses soupçons.

— Ce que je viens de te dire. Ton père avait deviné qui avait essayé de tuer papa. Et, pour protéger cette personne, il a fait tout son possible.

Matt secoua la tête.

— Mon père était un médecin hors pair. Il aurait fait tout son possible pour sauver n'importe quelle personne malade ou blessée. Il n'avait pas besoin d'une raison pour ça, précisa Matt d'une voix crispée et plus faible qu'à l'ordinaire.

— Tu pourrais peut-être en parler avec lui…, suggéra Steve.

Son corps et son visage étaient parfaitement immobiles, mais ses yeux paraissaient plus grands.

— Pas évident d'aborder ce genre de choses avec mon père.

— Ce sera plus facile pendant votre partie de chasse, autour du feu de camp, par exemple.

Denise aussi avait affirmé qu'il était plus aisé de discuter autour d'un feu de camp. Était-ce pour cela que les hommes de l'Utah partaient chasser ensemble tous les automnes ? Pour échanger des confidences autour d'un feu ?

— Vous allez chasser où ? s'enquit Steve.

Il avait adopté un ton enthousiaste, comme tous ceux qui s'exprimaient sur l'expédition, à l'exception de Matt. En ce moment, néanmoins, Matt préférait évoquer ce sujet plutôt que la mort de M. Minelli. Les mots de Steve, ses insinuations le plongeaient dans un profond malaise.

— Ton paternel a déjà décidé où vous allez ?

— Oui… au milieu de nulle part. Je ne sais pas bien où c'est, mais ça m'a l'air très accidenté.

— Tu espères tirer un cerf porteur de trophée ?

— J'espère surtout m'en tirer vivant. Mon père voudrait choper un élan.

— Un élan ! s'écria Steve. Un élan ! Waouh ! Un élan !

286

— Pourquoi est-ce que tout le monde réagit comme ça quand je dis qu'on va chasser l'élan ? demanda Matt anxieux.

— Tuer un élan, c'est un peu comme décrocher le gros lot. D'abord, il faut de la pluie pour que tout verdoie. C'est ce qui fait sortir de la forêt le mâle, qui vient alors tourner autour des femelles. Du coup, sa trace est beaucoup plus facile à suivre. Et souviens-toi qu'il a l'ouïe fine. Il t'entend mieux que tu ne t'entends toi-même. Si tu fais le moindre bruit en respirant, c'est fini. Quant à son odorat, on en a déjà parlé.

— La sève de pin, acquiesça Matt. Faut que j'aille entailler les pins pour en récupérer la sève et me parfumer avec.

Steve lui raconta quelques anecdotes au sujet de la chasse. Il y était question de traquer l'élan, voire de le blesser, mais surtout de le mettre à mort.

— Mais toi et ton vieux papa, vous ne choperez pas un élan en fuite. Parce qu'un élan effrayé n'arrête pas sa course de la journée. Vaut mieux que vous le repériez et que vous lui tendiez une embuscade. Je veux dire… que vous l'abattiez tout de suite, dès qu'il est dans votre rayon de tir. Tuez-le, ne restez pas là à le regarder. C'est ce que font certains gars. Ils fixent l'élan pendant quinze secondes, et c'est quatorze secondes de trop. Débrouille-toi pour que ton fusil soit prêt et tire. Concentre-toi sur cette pensée : je suis ici pour tuer l'élan.

— Pigé, dit Matt.

Steve proposa une nouvelle fois à Matt de lui prêter des affaires, mais celui-ci lui assura qu'il en avait déjà trop. Il lui parla de son programme de remise en forme et des cours de chasse qu'il s'apprêtait à suivre, dans un lycée du coin. Steve accueillit toutes ces nouvelles avec un plaisir manifeste.

— Et l'entraînement au tir ? demanda-t-il lorsqu'ils se levèrent pour partir.

— Eh bien, je n'ai pas encore de fusil. Mon père est en train de s'en occuper.

Au moment de se séparer, dans le hall situé à proximité du service de chirurgie, Steve se tourna une dernière fois vers son ami d'enfance.

— Merci de t'être informé pour moi, Matt. J'apprécie vraiment. Tout ce qui m'aide à balayer le passé afin de pouvoir un jour le ranger dans un coin est très important, vois-tu. Il y a d'autres choses que j'aimerais savoir. Ce que sait ton père, par exemple.

Matt eut le sentiment que Steve était toujours un garçonnet de onze ans prisonnier du passé et s'efforçant de comprendre le monde des adultes, sur lequel il n'avait aucun contrôle.

— Je ferai de mon mieux, promit-il.

Lorsqu'il rentra, Denise lui suggéra de prendre quelques jours de congé.

— Même si on ne part plus en Ligurie, on peut envisager quelques jours de vacances, cet été. Tu en **as** bien besoin. Si tu veux mon avis, cette histoire de procès te turlupine davantage que tu ne veux bien l'admettre.

— Oh non, mentit Matt. Ça ne m'inquiète pas du tout.

Mais Denise insista :

— On pourrait, tout en restant ici, partir tous les jours en balade. Aller marcher dans la chaîne des Wasatch, par exemple. Ou rendre visite à Hirsh. J'adorerais me baigner dans le lac Arrow et je parie qu'Austin aussi. Cela me donnerait l'occasion de voir enfin ces fameux films de famille ! On irait piqueniquer…

Matt hésita.

— Je ne sais pas trop quand je pourrai prendre quelques jours…

— Essaie, tu verras. Il fait un temps splendide. Les fleurs sauvages sont incroyables en ce moment et tu as besoin d'une pause.

— On ne va pas aller marcher avec Austin ?

— On trouvera un sac à dos porte-bébé…

— Ce n'est plus un bébé. Il passe son temps à crapahuter.

— Eh bien là-haut on le laissera se dépenser un peu. Et puis l'air pur l'endormira tout de suite, et ce sera comme si on n'était que tous les deux.

Matt se remémora l'été où Denise était enceinte et leur expédition dans les montagnes, lyrique et euphorisante. Denise était incroyablement heureuse et sereine, et Matt – qui se réhabituait peu à peu à l'Amérique et à l'hôpital Sainte-Claudia – se retrouvait dans le même état, pour la première fois depuis des années. Ils avaient beaucoup marché et peu parlé, et le ventre arrondi de Denise lui apparaissait comme une sorte de perfection. Lorsqu'ils s'arrêtaient pour faire l'amour dans une vallée verdoyante, les montagnes semblaient les protéger. Après l'amour, ils contemplaient les montagnes blanches et dentelées, le ciel bleu. Les couleurs possédaient une intensité nouvelle. À croire que la vie de Matt, auparavant, avait été en noir et blanc.

Le lendemain il s'arrangea pour obtenir quelques jours de congé.

— Très bien, approuva Jon Espersen. Tu as besoin de t'arrêter un peu. Tu ne dois pas voir ton avocat dans l'affaire Zoy, cette semaine ? Tu veux que je t'accompagne ?

— Non. Je suis sûr que ce sera une simple formalité.

Le cabinet de l'avocate se trouvait précisément dans le bâtiment Rosebay. Matt resta un moment dans la rue, à admirer la façade rose de l'immeuble, les colonnes classiques de l'entrée et leurs chapiteaux ornés de fleurs, de feuilles et de fruits, et les linteaux de fenêtres au dessin compliqué.

— Le plan de la façade est censé s'inspirer de la maison du Trésor, à Pétra, en Jordanie, lui expliqua l'avocate. Malheureusement, ça y ressemblait aussi à l'intérieur : dépouillé jusqu'à la négligence. Je suis bien placée pour le savoir, je suis allée à Pétra. Il a fallu tout réaménager quand on s'est installés ici, il y a deux ans.

Elle fit signe à Matt de s'asseoir. Sur son bureau, il y avait un dossier à son nom. Matt fut surpris par son épaisseur.

— J'ai lu les rapports, et les choses ne se présentent pas trop mal pour nous, Matt. Mais nous allons avoir besoin de témoignages, d'un maximum de témoignages – collègues, patrons, professeurs, étudiants, patients... bref, tous ces gens avec qui vous avez eu des contacts professionnels. J'ai déjà mené ma petite enquête à votre sujet, et tout le monde trouve que vous êtes un médecin formidable   donc, de ce côté-là, ça ne devrait pas être difficile.

— Qui va se charger d'obtenir ces témoignages ?

— Moi. Ou Jon Espersen peut s'en occuper, si vous préférez.

— Quelle serait la pire issue possible dans cette affaire ?

— Ils peuvent vous donner un blâme. C'est ce qu'on s'efforce d'éviter. Dans les vingt-quatre heures qui suivent le blâme, le conseil d'administration de l'hôpital décide de l'action à entreprendre, laquelle varie au cas par cas. Le pire qui pourrait vous arriver, c'est d'être exclu de l'équipe médicale. La suspension peut durer six mois. Mais le plus souvent ils se contentent d'un avertissement. S'ils vont jusqu'au blâme, l'hôpital peut être contraint de payer des dédommagements au patient ou à sa famille. Et si le patient veut vraiment vous nuire il n'en restera pas là. Il traînera l'affaire devant un tribunal civil.

Matt poussa un grognement.

— Je ne pense pas qu'ils vous donneront un blâme, dit l'avocate sur un ton qui sembla à Matt moins assuré que ses paroles.

Ils discutèrent en détail des événements entourant la mort de M. Zoy. Matt lui donna sa version expurgée des faits, et cela parut la satisfaire.

— On va très certainement gagner cette affaire. Mais ne soyons pas trop sûrs de nous. Je suppose que le fils du patient était très en colère après la mort de son père. S'il ne s'est pas calmé d'ici octobre, on aura intérêt à avoir un dossier en béton.

— Je crois qu'il est toujours fou de rage, rétorqua Matt. À vrai dire, je le soupçonne même de vouloir m'intimider.

L'avocate portait ses cheveux gris relevés sur la tête, en une coiffure semblant défier les lois de la gravité. Elle dévisagea Matt.

— Vous intimider ?

Matt lui parla de la voiture rouge. Elle l'observait avec attention, immobile, plissant juste un peu les yeux. Matt savait qu'elle cherchait à évaluer sa lucidité.

— Quelqu'un d'autre a vu cette voiture ? demanda-t-elle.

— Ma voisine. Mais je la vois surtout quand je roule tout seul, répondit Matt.

Il ouvrit son attaché-case.

— Jon Espersen m'a conseillé de noter, chaque fois, l'heure, la date et le lieu.

Il sortit une feuille sur laquelle il avait imprimé ses observations.

— Certaines dates sont approximatives, reconnut-il.

L'avocate examina le document, visiblement satisfaite par sa clarté et sa précision. Si elle avait douté de la lucidité de Matt, ce n'était plus le cas.

Il la laissa lire sans l'interrompre. Par la fenêtre, on apercevait d'autres immeubles de bureaux du centre-ville et, bien au-delà, on entrevoyait le dôme gothique du temple. Au-dessous d'eux, la rumeur incessante de la circulation. Une fois dans le bâtiment Rosebay, on se serait cru dans n'importe quel autre immeuble de bureaux, les promoteurs ayant opté pour un style résolument moderne.

— Mmmm… Je dirais qu'il s'agit d'une violation caractérisée de la vie privée, dit-elle sans cesser d'étudier le document. Pourriez-vous affirmer avec certitude que le conducteur de cette voiture est M. Zoy ?

— Non, admit Matt. Je n'ai aperçu que sa silhouette, car les vitres sont teintées. Mais je ne vois pas qui pourrait vouloir m'intimider, à part lui.

— Vous avez pu noter le numéro d'immatriculation.

— Une fois. J'ai relevé la marque, le modèle et le numéro d'une voiture à l'arrêt que je pense être la sienne.

L'avocate était songeuse. Elle avait un visage intelligent, aux yeux perçants.

— Matt, il faut que je vous dise une chose. C'est censé être confidentiel, mais je vais tout de même vous le dire. Attention ! que cela reste entre nous, sinon je vais perdre tous mes clients et ma vie privée en sera chamboulée. Presque toutes les affaires sur lesquelles je travaille, négligences médicales ou demandes de dédommagements, ne dépendent pas de ce que le médecin a fait ou n'a pas fait. Elles dépendent des sentiments du patient – ou de sa famille – à l'égard du médecin, du jugement qu'il porte sur la manière dont celui-ci a géré son cas. Si on ne s'est jamais rencontrés, vous et moi, c'est parce que vous êtes un type extrêmement bienveillant qui fait preuve d'un vrai respect pour ses patients et leurs problèmes. Ça, j'en suis sûre. Or M. Zoy, Dieu sait pourquoi, se sent malmené par vous...

— Je ne le connaissais même pas avant la mort de son père ! protesta Matt.

— Je n'ai pas dit que vous l'aviez malmené. J'ai dit que c'est le sentiment qu'il a eu. D'après mon expérience, docteur Seleckis, les médecins qui ne communiquent pas du tout, ou pas assez, sont les premiers à se retrouver dans mon cabinet.

— Il a déboulé dans mon cabinet de consultation le matin qui a suivi la mort de son père, et je ne l'ai pas jeté dehors, alors qu'il y avait des patients qui attendaient. J'ai passé un bon moment à discuter avec lui et il me semble avoir fait montre de compassion...

— Écoutez, il s'agit de son sentiment, pas des faits. Je ne suis pas psychiatre mais je vais risquer une théorie. Ce qu'il fait, c'est se placer en permanence sur votre route sans jamais permettre le moindre contact entre vous. À mon avis, c'est sa façon de vous exprimer son désir de communiquer avec vous. Si vous parvenez à le satisfaire, cette affaire peut changer du tout au tout. Il pourrait même abandonner les poursuites.

— Il ne permet pas la moindre confrontation.

— Dans ce cas, voyez si vous ne pouvez pas faire un pas vers lui sans que cela ait l'air d'une confrontation, conseilla-t-elle.

— S'il a vraiment envie qu'on discute, pourquoi ne téléphone-t-il pas comme tout le monde ?

— Eh bien, les choses sont allées trop loin. On ne s'appelle pas pour avoir des conversations d'homme à homme quand on a décidé d'attaquer quelqu'un en justice. Cela dit, s'il se place en travers de votre chemin et que vous parvenez à communiquer directement avec lui, il lui sera difficile de continuer à vous suivre.

Matt soupira.

— Je croyais que vous alliez me dire d'appeler la police et que vous alliez identifier le numéro d'immatriculation.

Elle secoua la tête.

— Vous n'êtes pas certain que ce soit toujours la même voiture. Vous n'êtes pas non plus certain des dates. Vous n'avez pas vu son visage... Et cette voisine, elle a vu quoi, au juste ?

— Pas grand-chose, avoua Matt, l'air piteux. La voiture me filait depuis des kilomètres sur un trajet en zigzag, mais la voisine ne l'a aperçue qu'après mon arrivée... ça ne pèse pas lourd, je suppose.

— Donc, il n'est jamais sorti de sa voiture pour vous menacer, physiquement ou verbalement ?

Matt songea à mentionner la chute de pierres. Mais il y avait des pancartes, avisant du danger, tout le long de la corniche. S'il suggérait que le fils Zoy avait escaladé la montagne pour lui lancer une grosse pierre, l'avocate recommencerait probablement à le regarder d'un drôle d'œil.

— Continuez à noter chaque rencontre et relevez le numéro de plaque, même s'il diffère d'une fois sur l'autre. Et essayez de vous dégoter un témoin. Pour le moment, il n'y a pas suffisamment de preuves pour faire quoi que ce soit.

Matt était déçu. L'avocate s'en rendit compte.

— Vous avez l'impression que cet homme constitue un réel danger ? demanda-t-elle.

— Eh bien, non, reconnut-il.

— Dans ce cas, contacter la police ne pourrait qu'envenimer une situation déjà délicate. Pour le moment, mieux vaut donc ne rien faire.

Un sourire éblouissant éclaira soudain son visage, donnant une harmonie nouvelle à ses traits.

— À moins, dit-elle sans cesser de sourire, que vous n'aperceviez une arme à feu dans la voiture.

Environ une semaine plus tard, Matt, Denise et Austin roulaient en direction de l'un des parcs nationaux pour leur première grande promenade à pied. En voyant une pancarte ATTENTION ! CHUTE DE PIERRES, Matt, déjà attentif à une éventuelle apparition de la voiture rouge, se mit à jeter des coups d'œil plus fréquents au rétroviseur. Il se réjouissait de cette balade et n'avait aucune envie de voir son poursuivant leur gâcher la journée. Il s'était adapté à cette nouvelle source d'angoisse, de même que sa famille avait jadis accepté le cancer de Hilly. Mais ce jour-là, la route étant totalement déserte, il sentit peu à peu son angoisse le quitter.

Plus dépouillées et totalement inhabitées, les montagnes du parc national ne ressemblaient pas aux montagnes où vivait Hirsh. C'était une succession de saillies rocheuses, de lacs cachés, de paysages lunaires. À l'approche du parc naturel proprement dit, ils virent les premières pentes recouvertes de fleurs sauvages couleur de feu.

— C'est merveilleux ! s'exclama Denise d'une voix joyeuse.

Matt regretta en son for intérieur qu'ils ne puissent se livrer aux mêmes plaisirs que la dernière fois, puisque Austin était avec eux.

Ils se garèrent à proximité d'une route envahie par la végétation et laissèrent l'enfant vadrouiller un peu sur son tricycle. Puis Denise fit la course avec lui à plusieurs reprises, afin de l'épuiser davantage. Austin propulsait son petit corps en avant et courait en se balançant d'un pied sur l'autre, couvrant très peu de terrain. Denise faisait semblant de courir, pour le laisser gagner. Même lorsqu'elle jouait, ses mouvements conservaient leur grâce et leur fluidité naturelles. Une fois de plus, il vint à l'esprit de Matt qu'elle était la musique même. Finalement, il se dit que la balade serait encore plus belle que celles que Denise et lui avaient effectuées seuls parce que leur fils était avec eux.

C'est dans cette humeur qu'ils se mirent en route. Du haut de son sac à dos, Austin tripotait les cheveux de son père.

— Attends un peu, l'air de la montagne va bientôt l'assommer ! dit Denise.

— À moins qu'il ne m'assomme avant, souffla Matt, le sentier étant très raide dès le départ.

— Considère que ça fait partie de ton entraînement pour l'expédition de chasse !

— C'est vrai que j'ai besoin de faire un peu de grimpette, concéda-t-il. La colline du Capitole deux fois par semaine, ça ne suffit sans doute pas.

Ils s'arrêtèrent dans la montée, se retournèrent pour évaluer la distance parcourue. Le parking et leur voiture leur parurent tout petits, à leur grand plaisir. Ils escaladèrent la première crête et contournèrent une vallée. Ils ne tardèrent pas à reconnaître le silence propre aux montagnes et surent qu'ils étaient absolument seuls. La seconde crête les mena à un petit lac entouré de grosses pierres et de fleurs sauvages.

— Il dort, dit Denise en commençant à défaire les courroies du sac à dos.

— Qu'est-ce que tu fais ? demanda Matt.

— Je vais retirer le sac à dos et le poser très, très délicatement, de manière à ce qu'il ne se réveille pas.

— On va déjà déjeuner ?

— Non. On va faire l'amour.

Matt se tourna vers elle, la regarda. Elle lui sourit.

— Ah oui ? demanda-t-il, sentant déjà le désir le gagner.

Ils parvinrent à poser le sac à dos sans réveiller Austin. Une fois sur l'herbe, l'enfant se roula en boule d'un mouvement machinal.

— J'en veux un autre, dit Denise, qui retirait déjà ses vêtements. Pas toi ?

— Un autre quoi ? demanda Matt.

Les yeux rivés sur elle, il se disait qu'elle avait une poitrine parfaite, volumineuse mais ferme.

— Un autre bébé. Pourquoi on n'en ferait pas un ici ?

Matt poussa un soupir. La première grossesse de Denise lui avait fait l'effet d'un miracle et, bien qu'il ne perde pas espoir, il était guère probable que les ovaires de Denise, peu généreux par nature, libèrent un second ovule au bon endroit et au bon moment. Sa faible propension à ovuler n'avait pas été renforcée par les stimulants artificiels et, à l'époque de la mort de Weslake, le couple envisageait d'avoir recours à la fécondation in vitro.

— Tu crois que l'altitude augmente les chances ? demanda Matt.

Sans doute Denise avait-elle lu quelque part que la conception était plus facile là où la pression atmosphérique était moins forte.

— L'altitude et un décor de rêves ! répondit Denise.

L'espace d'un instant, Matt tenta d'imaginer ce que Weslake avait dû vivre… Faire l'amour non pour le plaisir, mais dans le seul but de concevoir un enfant. Dans la clinique de la Fertilité où il avait jadis travaillé, des maris angoissés lui avaient raconté comment le sexe devenait un fardeau lorsqu'il se trouvait réduit à un acte utilitaire. Matt regarda Denise et sourit à l'idée que faire l'amour avec elle puisse jamais devenir une corvée.

— Le plus beau décor du monde, c'est toi, dit Matt.

Elle était si belle à présent. Totalement nue, ses seins, sa taille fine et ses hanches larges l'invitant à l'amour. Elle lui tendit les bras et on eût dit qu'elle enlaçait le lac, les rochers et le ciel au-delà des montagnes. Matt se pencha sur elle, d'abord avec ses mains et sa bouche. Jusqu'à ce qu'il éprouve le désir, le besoin, de sombrer totalement en elle. Il ne portait pas beaucoup de vêtements et, après, ne se rappela pas les avoir retirés. Denise riait de plaisir devant l'intensité de son désir.

Redevenus enfin immobiles, le soleil caressant les parties jamais exposées de leurs corps encore enchevêtrés, ils échangèrent un long regard. Matt songea qu'il était l'homme le plus heureux sur terre. Pourquoi avoir perdu tant d'énergie à être jaloux de Weslake, furieux contre Clem, angoissé par une voiture rouge ? Et troublé par l'aventure que sa mère, morte depuis longtemps, avait eue avec un homme, mort depuis plus longtemps encore ? Ici, dans les montagnes, serein et comblé, il était prêt à accepter que Hirsh meure un jour, qu'Austin grandisse et que lui-même vieillisse et finisse par mourir à son tour. C'était le cycle normal de l'existence. On ne pouvait l'interrompre. Il fallait, au mieux, s'y résoudre avec élégance.

— Parfait, dit Denise en souriant et en lui caressant les cheveux. Ça devrait marcher.

Matt savait à quoi elle faisait allusion.

— Ça n'a pas d'importance si tu ne tombes pas enceinte. On y a pris du plaisir, on s'aime, on a Austin, la vie est merveilleuse.

Elle lui sourit de plus belle.

— Oh, mais je suis enceinte, affirma-t-elle en riant un peu à cette idée. Je le sens déjà.

Ils restèrent étendus là, laissant le soleil et le ciel les envelopper. Même les cimes des montagnes paraissaient bienveillantes, se dressant autour d'eux comme des parents pleins de fierté penchés au-dessus d'un berceau. Toutes les morts, celle de M. Zoy, de M. Minelli, de Hilly et de Weslake perdaient leur caractère tragique, ici, dans les montagnes. Leur disparition semblait faire partie d'un tout qui dépassait l'espèce humaine. Un médecin devait être conscient de ses limites. Il pouvait adoucir le passage de la vie à la mort et finissait lui aussi par se trouver confronté à des impasses.

« Pas vrai que ton père était un grand médecin ? » avait dit le shérif Turner. « Pas vrai que c'était le meilleur ? » C'est ce que tout le monde affirmait, mais Matt savait que Hirsh n'était pas dupe. Peu de temps après la mort de Hilly, ébranlé par l'échec de la médecine et par sa propre impuissance à la sauver, Hirsh avait pris sa retraite. Matt ferma les yeux, se sentant, l'espace d'un instant, plus sage que son père. Hirsh aurait dû accepter avec plus d'élégance ses limites et les deuils imposés par la vie.

Enfin, sans s'être consultés mais sachant le moment venu, Denise et Matt se redressèrent. Il regarda sa femme se rhabiller.

— Il m'arrive de craindre, dit-elle, que tu n'aies pas réellement envie d'un autre enfant. Quand je m'en vais le week-end et que je te laisse seul avec Austin, je vois bien que tu m'en veux.

— Je suis un bien meilleur père quand tu es à nos côtés, reconnut Matt.

Denise rassemblait les vêtements disséminés sur les rochers.

— Mais j'adorerais avoir un autre enfant, ajouta-t-il. Je n'ai jamais voulu qu'Austin soit un enfant unique, comme je l'ai été moi-même.

— Tu te sentais seul ? demanda Denise.

— Parfois, oui, j'imagine. C'est pourquoi j'étais si content de passer mon temps avec Steve Minelli, au lac Arrow.

À ce moment-là il eut l'impression que leur amitié avait vraiment compté à ses yeux et qu'il devait au moins à Steve de l'aider à découvrir la vérité sur la mort de son père, si désagréable soit-elle.

Ils hissèrent Austin, somnolent, sur le dos de Matt. Ils contournèrent le lac et traversèrent des bois de pins. Les arbres exhalaient une sirupeuse odeur de sève. Leur parfum, la chaleur de l'air, le rythme de la marche et la présence de Denise à ses côtés exerçaient sur Matt un effet bienfaisant. Il se rappela que Steve lui avait recommandé d'entailler l'écorce des pins à l'aide d'un canif et de recueillir la sève dans un sac hermétique, en vue de son expédition de chasse. Matt avait apporté le nécessaire mais ne souhaitait pas interrompre sa marche.

Le lendemain, ils firent une autre balade à pied. Le troisième jour, ils partirent de bonne heure afin de rendre visite à Hirsh. Ils passèrent une excellente journée. Denise et le vieil homme furent enchantés de se voir, et Austin émerveilla son grand-père, qu'il traita comme un ami de longue date – c'était la première fois qu'il semblait le reconnaître. Ils se promenèrent dans les bois, main dans la main, dans l'espoir cependant déçu de voir des animaux.

— Laissons-les se découvrir l'un l'autre et allons nous baigner ! suggéra Matt.

Denise et lui descendirent la colline et firent l'amour au bord du lac.

— Au cas où tu ne serais pas déjà tombée enceinte, dit Matt.

— Oh, mais je suis sûre d'être enceinte, répliqua Denise.

Matt songea avec tristesse que probablement elle se trompait.

Ils allèrent nager. L'eau du lac était plus chaude en cette saison. Matt laissa Denise somnoler sur le rivage et remonta la colline pour aller chercher Hirsh et Austin. Il ne prit pas le chemin qui croisait la piste où M. Minelli avait garé sa voiture et était mort, mais celui qui longeait sa propriété.

Matt s'était attendu à ce que Steve insinue que Hirsh avait tué son père, ou du moins n'avait pas fait tout son possible pour le sauver et qu'il avait effectué une opération bien trop risquée. Bref, que son père ne tenait pas vraiment à ressusciter M. Minelli. Au lieu de cela, Steve avait porté une accusation différente et effroyable : Hirsh s'était démené pour sauver le blessé afin que son agresseur ne soit pas accusé de meurtre.

Bien sûr, une seule personne avait pu inspirer à Hirsh un silence de vingt-six ans.

Matt s'arrêta sur la route goudronnée séparant la propriété des Minelli de celle de son père. Il la balaya du regard. La piste où M. Minelli avait garé sa voiture était située à quelques centaines de mètres. Il se rappela sa surprise, ce jour-là, en découvrant son père en compagnie de sa mère dans le jardin. Il ignorait où elle avait passé la journée. Où était-elle allée ? Pourquoi n'était-elle revenue que quelques instants avant le coup de fil ? Et pourquoi n'était-elle pas entrée dans la maison pour les prévenir de son retour ?

Si elle était avec Arthur près du lac, qu'une dispute avait éclaté et qu'un coup de feu avait été tiré, elle aurait eu le temps de rouler jusqu'à leur maison, de garer la voiture et de descendre rejoindre son mari dans le jardin. Lorsque Matt leur avait apporté la trousse de secours et la mauvaise nouvelle, elle avait déjà tout raconté à Hirsh. Elle était horrifiée par l'acte qu'elle avait commis, d'où son visage baigné de larmes. Ni l'un ni l'autre n'avait été surpris par l'arrivée de l'enfant ou par ce qu'il venait leur annoncer. Hilly était demeurée assise sur le banc pendant que le père et le fils dévalaient la colline.

Matt tenta de se souvenir de son retour, après que Hirsh lui eut ordonné de quitter les lieux du drame. Que lui avait-elle dit, alors ? À partir de là, il ne se souvenait plus de rien, hormis des silences de sa mère.

Exaltée, passionnée, Hilly était bien plus susceptible que Hirsh d'avoir abattu Arthur Minelli. Peut-être celui-ci avait-il voulu mettre un terme à leur aventure, ou avait-il une autre maîtresse en ville, comme l'avait suggéré quelqu'un ? Quoi qu'il en soit, Hilly avait commis une grosse erreur et Hirsh s'était efforcé de la tirer d'affaire.

Matt remonta la colline, s'arrêta devant le banc et observa les tristes vestiges des sculptures de sa mère. Il distingua des voix derrière lui et se retourna, exactement comme Hilly et Hirsh s'étaient tournés vers lui ce jour-là.

— Papa, papa, papa ! s'écria Austin en s'élançant vers lui avec son enthousiasme habituel, bien que leur séparation n'ait pas duré moins de quarante minutes.

— Venez, on descend au lac ! leur lança Matt.

Tous trois se frayèrent un chemin à travers les arbres. Austin tenait la main de son père et marchait en piétinant l'épais tapis de feuilles, comme Matt avait coutume de le faire, à l'époque.

Dans l'après-midi, Elmer et Lonnie passèrent apporter des jouets à Austin.

— Je savais qu'ils trouveraient un prétexte pour passer, grommela Hirsh.

— Et ça, c'est pour toi ! s'exclama Lonnie.

Elle tendit à Matt un sac congélation plein d'une chose grisâtre.

— Euh… merci Lonnie. On dirait des moutons de poussière… c'est quoi, au juste ?

— C'est de la peluche que je récupère dans mon sèche-linge. Je la mets de côté pour toi depuis que Hirsh nous a parlé de votre expédition. Même s'il tombe des cordes, ça s'enflamme et tu es sûr de pouvoir faire un feu de camp.

— Quelle bonne idée ! dit Denise. Je n'avais encore jamais entendu parler de ça.

— Ça marche à tous les coups, assura Lonnie. Mon mari emporte toujours un sac plein de peluches quand il part chasser.

— Ça ne prend pas de place et ça ne pèse rien, ajouta Elmer.

— Quelques gouttes de sève de pin sur une boule de peluche, rien de tel pour faire un bon feu de camp ! dit Lonnie.

— Pour ça, il faut déjà trouver du bois sec ! fit remarquer Matt, d'un ton sinistre.

Denise éclata de rire, puis annonça qu'elle allait préparer du café. Lonnie l'accompagna. Leurs voix parvenaient aux oreilles de Matt depuis la fenêtre de la cuisine. Il se demanda ce que Lonnie, en général peu loquace, pouvait bien lui raconter.

Stewart apparut, un fusil à la main. Matt consulta sa montre : il lui donnait cinq minutes pour se mettre à parler avec Denise de sa transplantation cardiaque.

— Ceci n'est pas un joujou ! dit Stewart à Austin.

Comme mû par l'instinct, l'enfant avait tendu la main vers l'arme à feu, ce qui fit rire Hirsh.

— Je l'ai apportée pour toi, Matt, dit Stewart. Tu t'entraîneras avec, et tu finiras sûrement par l'apprécier. La carabine Winchester 30-06 est une des armes les plus efficaces jamais conçues pour la chasse au gros gibier.

— C'est une proposition en or ! Pour la chasse à l'élan, il n'y a pas mieux, si tu veux mon avis ! approuva Hirsh.

— Mais, précisa Elmer, ce n'est pas pour les novices !

Quand Matt la prit dans ses mains, la carabine lui parut aussi froide qu'un bistouri. Les couteaux et les armes à feu, songea Matt, ne sont que des outils destinés à faire un travail parfois épouvantable. Seul l'usage les réchauffait un peu, tout comme ils réchauffaient les mains qui s'en servaient.

— Ça tombe mal, je suis novice, protesta Matt.

Il était pressé de rendre la carabine à Stewart, mais celui-ci gardait les mains dans les poches. Il esquissait un sourire, visiblement content de lui.

— Entraîne-toi et tu n'en seras plus un ! rugit Elmer. Nom de Dieu, Matt, on était tous novices avant de s'y mettre !

— Il a raison. À présent que tu as une arme, il faut qu'on s'entraîne sérieusement. Si tu ne veux pas qu'on meure de faim, là-haut, en pleine nature, l'un d'entre nous au moins doit être capable de tuer une bête !

Hirsh s'empara de la carabine et, la tenant au niveau de l'épaule, visa un point en direction de la fenêtre. Matt fut dégoûté de constater qu'Austin l'observait d'un œil fasciné.

— Elle est agréable à manipuler, commenta Hirsh. Pour le gros gibier, tu ne trouveras pas plus léger. Mais évidemment, elle a un sacré recul. Il va falloir que tu t'y habitues.

— Elle a du recul, reconnut Stewart. Mais elle a aussi un frein de bouche et de bons amortisseurs. Il y a des gens qui te diront que les amortisseurs dernier cri sont beaucoup plus efficaces. Tu pourras toujours les remplacer si tu le souhaites.

— Tu es vraiment décidé à prêter ta carabine à Matt ? lui demanda Hirsh.

Stewart hocha énergiquement la tête.

— Tu en es vraiment sûr ? insista Hirsh. Tu es aussi vigoureux que nous autres. Tu pourrais t'en servir toi-même, cette année.

— Pour chasser le cerf, oui. Mais Matt va pouvoir s'entraîner avec cet été et l'emporter avec lui pour chasser l'élan. Je vais te la nettoyer et tu la prendras la prochaine fois que tu viendras au lac Arrow. Fais de ton père le plus heureux des hommes, Matt ! Tue un élan avec !

— Quelle responsabilité ! s'exclama Matt.

— Il prétend ne pas avoir l'instinct du prédateur, expliqua Hirsh avec un sourire.

— Attends qu'il ait traqué un élan mâle cinq heures durant et qu'il ait l'estomac dans les talons ! rétorqua Stewart. On a tous l'instinct du prédateur.

Le vieux shérif hocha la tête.

— Tu te vois peut-être comme un bon gars. Et tu préfères ignorer le côté violent de ta nature. Tu ne veux pas y penser, ni même reconnaître qu'il existe. Mais il existe, Matt. On a tous ça en nous. La chasse est un sport vrai, qui nous rappelle nos instincts violents et nous aide à les accepter.

— Quoi qu'il en soit, dit Hirsh, c'est très gentil et généreux de ta part de nous prêter ta Winchester, Stewart. Merci infiniment.

— Une inconnue m'a fait le plus grand des cadeaux, répliqua Stewart en posant la main sur son cœur. Après ça, comment hésiter à prêter à quelqu'un et pour une courte période ce dont il a besoin ?

Denise apparut et annonça que le café était prêt. Stewart ajouta alors à son intention :

— Vous l'ignorez sans doute, Denise, mais le cœur qui bat dans ma poitrine n'est pas celui avec lequel je suis venu au monde.

Quatre minutes et trente-huit secondes...

Ils prirent le café sur la terrasse. Au lieu de contempler la vue, ils regardaient Austin jouer avec un bol d'eau, une petite bassine de copeaux de bois et des tasses en plastique. Il versait, écopait et touillait, sans se rendre compte de l'attention dont il était l'objet.

Elmer et Hirsh commencèrent à raconter des histoires de chasse. Lonnie s'y mit elle aussi, citant quelques-unes des anecdotes de Robert. Au cours de leurs vies, ils avaient beaucoup perdu : des épouses, un mari (vivant mais désormais réduit à l'état de légume), des enfants partis dans l'Est et jamais revenus, et même un cœur. Ils savaient ce que c'était que la perte et tentaient de s'en protéger. Ils menaient une existence réglée comme du papier à musique : ils faisaient du sport, mangeaient sainement, faisaient des recherches sur Internet et peuplaient soigneusement leur petit monde – les uns avec les autres et avec les jeunes employés du restaurant, la famille d'une donneuse de cœur, ou le personnel de la clinique où se trouvait Robert, plongé dans son coma. Ils faisaient l'impossible pour se préserver contre de nouvelles pertes. Mais la perte était inévitable et tous le savaient.

Il surprit le regard de Denise. Elle lui sourit.

Après le départ de leurs visiteurs, ils dînèrent de bonne heure. À la nuit tombée, Matt et Hirsh installèrent le projecteur.

— Matt, dit Denise. Ne regarde pas ces films si ça doit te rendre malheureux !

Il se rappela comment, après la mort de Hilly, Hirsh et lui avaient espéré, en visionnant ces films, retrouver un peu la femme qu'ils avaient perdue. Cependant, après coup, la déception qu'avait ressentie Matt n'avait fait qu'accroître son chagrin. La projection terminée, il avait eu l'impression d'être une créature marine échouée à marée haute sur une plage aride, avec la certitude que la mer ne l'atteindrait plus jamais. Hirsh s'était levé et avait entrepris de rembobiner les films. Matt avait la bouche pâteuse, le corps vidé de ses fluides, les os séchés et décolorés par le soleil. Alors, son père avait rallumé la lumière. Son visage était ruisselant de larmes, et Matt lui avait envié cette aptitude à pleurer.

— Ils ne me rendent plus aussi malheureux qu'avant, dit-il. Mais ce soir je crois que j'aime mieux aller contempler les étoiles.

Denise et Hirsh furent donc seuls à regarder M. Minelli jouer les gladiateurs et Hilly nager et jouer au ballon avec une bague sertie d'un diamant, dont Matt avait cru se souvenir qu'elle l'avait trouvé dans le congélateur d'un supermarché. Il s'assit dehors sur la terrasse et guetta les étoiles filantes en compagnie d'Austin. Il sentit son petit corps s'alourdir entre ses bras, comme le sommeil le gagnait. De l'intérieur, mêlées au ronronnement du projecteur, des voix lui parvenaient dans un murmure : Denise posant des questions ou Hirsh donnant des explications. Matt n'écoutait pas. Il observait les étoiles, heureux de sentir son fils assoupi sur ses genoux. Un croissant de lune fin comme une lame n'éclairait pas grand-chose. On ne distinguait pas les montagnes mais on devinait leurs pics, là où le ciel parsemé d'étoiles en était dépourvu.

— Ta mère avait beaucoup de présence, dit Denise, le rejoignant sur la terrasse. Cette énergie, cette élégance... elle a su quoi en faire quand elle a abandonné la scène ?

— Non, dit Matt. Elle aurait dû rester concertiste.

Il attendit de voir si Denise allait en dire davantage. Mais, debout derrière lui, elle se contentait de regarder les étoiles.

Pendant le trajet du retour, Matt lui demanda :

— De quoi vous parliez avec Lonnie, dans la cuisine ?

— De Robert. Je voulais savoir si elle avait jamais envisagé d'arrêter de le maintenir en vie artificiellement.

Il fut tellement estomaqué qu'il faillit appuyer sur la pédale du frein.

— Tu as dit *ça* ? Personne n'a jamais dit ça à Lonnie !

— Parce que vous trouvez plus facile d'entretenir ses illusions que de discuter de ses choix, fit Denise de cette voix posée qui donnait toujours le sentiment que rien n'était plus simple que la vérité.

— Alors, qu'est-ce qu'elle a répondu ? Et toi, tu lui as dit quoi ?

— Elle a dit qu'on n'avait pas le droit, à ses yeux, d'abréger la vie de quelqu'un. J'ai répliqué que débrancher une prise ce n'était pas la même chose qu'empêcher un malade de se soigner, par exemple. Et qu'il faut parfois mal agir pour permettre à de bonnes choses d'advenir.

Matt y réfléchit.

— Mais que ferait Lonnie, si elle ne passait pas son temps à attendre que Robert se réveille ?

— Elle vivrait.

Matt admirait la pénétration de Denise face à des questions morales complexes. Cette complexité, elle ne l'ignorait pas. Elle était réellement capable de la surmonter.

— Mais comment pourrait-elle bien vivre, si Robert meurt et qu'elle se sent responsable ?

— Pour le moment, ils sont vivants tous les deux, mais ils sont dans le coma. Si elle cesse de le maintenir en vie, il mourra, et entre la mort et le coma il n'y a pas une grande différence. Lonnie, elle, vivra pour de bon, ce qui est très différent du coma. Elle a tout à y gagner. Il n'est pas facile de prendre le mauvais chemin pour parvenir au bon endroit, mais c'est parfois la seule solution.

Matt médita un bon moment sur ces paroles.

— Ça t'est déjà arrivé de prendre le mauvais chemin pour parvenir au bon endroit ?

Elle ne répondit pas. Matt lui jeta un coup d'œil mais ne put voir si elle s'était assoupie. Ils roulèrent donc en silence, serpentant entre les montagnes sombres et invisibles mais dont ils sentaient la présence. Enfin, ils prirent un virage et la ville se déploya devant eux, comme sur un immense plateau, étendant à perte de vue ses lignes lumineuses.

19

Un vendredi, quelques semaines plus tard, Matt quitta Salt Lake City pour aller s'entraîner au tir avec son père. On était au plus chaud de l'été. Un nuage jaune de pollution recouvrait la ville tel un couvercle hermétique. Matt s'en rendit compte lorsque la voiture eut pris de l'altitude. L'atmosphère se purifiait, l'air fraîchissait. Comme il contournait une crête, il aperçut le téléférique, prisonnier de son éternel aller-retour entre base et sommet. Des roues de bicyclette sortaient de ses cabines.

Il dépassa la maison de Lonnie, puis le lac. Il y avait des nageurs, une barque et deux radeaux gonflables – qui en troublaient à peine la surface, lisse comme un miroir.

Il s'arrêta chez Stewart pour y prendre la carabine.

— J'ai resserré les vis, je l'ai nettoyée et graissée. Bref, elle est prête à l'usage, lui annonça Stewart en le conduisant à son bureau. Et drôlement belle !

Dans un coin de la pièce, le voyant lumineux d'un ordinateur attira le regard de Matt. Il se rappela l'intérêt que portait Stewart à la famille de sa donneuse.

— J'en suis aux manœuvres d'approche, confia Stewart.

— Aux manœuvres d'approche ? Tu es sûr que c'est légal ?

— Eh bien, je ne vais tout de même pas frapper à leur porte et me présenter comme la personne qui vit avec le cœur de leur mère. Je veux me renseigner avant. Je pourrais trouver autre chose, pour m'insinuer dans leur vie et faire en sorte qu'ils m'acceptent comme un nouvel ami, un ami généreux.

— Alors, c'était qui ta donneuse ?

— Elle vivait à Salt Lake City, dans un quartier pauvre mais respectable, au sud de la ville. Elle s'appelait Rosalie Jandak et elle est morte d'un accident du travail, dans une blanchisserie. Elle avait un cousin cuisinier et elle lavait sa tenue de boulot avec des produits chimiques très toxiques dont on se sert dans les blanchisseries. Comme c'était pour la famille, elle en a rajouté un chouia. Trop, puisque les émanations l'ont tuée. Voilà le genre de femme que c'était. Rien n'était trop bon pour sa famille. J'aime me dire qu'elle avait bon cœur, puisque je vis avec son cœur.

— Elle avait des enfants ?

— Trois, plus ou moins grands, maintenant. L'un d'entre eux au moins mène une existence marginale et sans repères. J'ai l'intention de leur rendre visite et de voir ce que je peux leur apporter.

— J'espère qu'on ne t'arrêtera pas, dit Matt.

— J'ai le bon cœur de Rosalie et je fais ce qu'elle aurait voulu faire à ma place.

— Tu ne la connaissais pas, lui rappela-t-il.

Il aurait voulu dire à Stewart qu'il se trompait en prétendant que le cœur n'avait pas de secrets. Mais celui-ci n'était pas prêt à entendre ça.

— Je comprends que tu considères, en tant que médecin, que nous donnons trop d'importance au cœur, Matt. Mais je suis sûr que celui avec lequel je suis né était brisé. Je n'ai pas arrêté de le lancer à Mara comme une grosse balle en caoutchouc et, pour finir, il a éclaté en mille morceaux. À présent, j'ai Mona et je n'ai pas l'intention de malmener ce nouveau cœur. Mona en prend bien soin et je m'en sers comme Rosalie Jandak aurait voulu s'en servir : pour faire du bien à ceux qu'elle aimait.

Stewart tendit la carabine à Matt et l'encouragea à la tenir au niveau de l'épaule et à viser comme s'il s'apprêtait à tirer. Il corrigea la position de ses doigts, les dépliant pour les placer autrement, d'une façon qui paraissait encore plus incongrue à l'apprenti chasseur, puis il ajusta la crosse du fusil contre son épaule.

— Parfait, dit-il. Tu as une sacrée allure ! Souviens-toi de la tenir fermement pour maîtriser le recul.

Matt n'était pas du tout à l'aise. Il avait l'impression qu'on tentait de lui enseigner une position de yoga particulièrement compliquée.

— Les coudes collés au corps, les jambes légèrement écartées ! ordonna Stewart.

Matt s'exécuta, mais ça ne l'aida pas à se sentir moins gauche. Ç'avait été pareil quand il avait onze ans. Le fusil à air comprimé, un jouet en comparaison, lui avait fait l'effet d'un membre supplémentaire, encombrant et importun.

— À présent, écoute-moi bien ! N'oublie jamais le cran de sûreté et n'approche le doigt de la détente que si tu as l'intention de tirer. C'est la règle d'or, en matière de sécurité. Si tu trébuches ou que tu changes de position, pense immédiatement à orienter la bouche de l'arme vers le haut. Comme ça, personne, ni toi ni quelqu'un d'autre, ne sera dans la ligne de tir. Ne dépose jamais ton arme contre un arbre, une voiture, une clôture, tout endroit d'où elle serait susceptible de glisser et de se déclencher. Et surtout, traite-la toujours comme si elle était chargée. Là, bien entendu, elle ne l'est pas. C'est Hirsh qui a les munitions. Mais imagine que je te dise ça et que j'aie été assez bête pour y laisser une cartouche... On n'est jamais sûr de rien. C'est pourquoi tu dois toujours manier ton arme comme si elle était chargée, Matt.

— OK, dit-il d'une voix faible, en songeant à Arthur Minelli.

Stewart lui sourit.

— Ton père ne t'a pas encore envoyé à un cours de chasse ?

— Je commence la semaine prochaine.

— Pour être franc, il y a pas mal de morts, je veux dire parmi les hommes, pendant la saison de la chasse, mais il est étonnant qu'il n'y en ait pas davantage. Avec tous ces gars qui portent des semi-automatiques... tous ces gars qui déraillent dès qu'ils ont une arme entre les mains.

Il prit la carabine, en ouvrit la culasse puis la rendit à Matt. La tenant avec précaution, celui-ci suivit Stewart hors du bureau.

— Dès l'ouverture de la saison, il suffira que tu sortes dans le jardin pour sentir la testostérone, dit Stewart en franchissant la porte d'entrée. Il y a des gars on ne peut plus normaux qui changent du tout au tout dès qu'on les laisse se balader librement avec un fusil.

Stewart accompagna Matt à sa voiture, qui se figea soudain.

— Tu peux me rendre un service et vérifier que l'arme n'est pas chargée ? demanda-t-il.

Le vieil homme le dévisagea, derrière ses verres épais cerclés de métal.

— C'est-à-dire… quand je repense à Arthur Minelli…

Stewart hocha la tête et montra à Matt comment vérifier que l'arme n'était pas chargée, ce qui était bien le cas.

— Il vaut toujours mieux s'en assurer, en effet, dit-il. La mort d'Arthur Minelli n'est pas un drame isolé. Il y a plein de types qui roulent avec un fusil chargé, au cas où ils pourraient tirer une bête sans avoir à sortir de leur 4 × 4.

Matt monta en voiture et déposa soigneusement le fusil sur la banquette arrière.

— Pourquoi tu t'intéresses tellement à Arthur Minelli ? C'est vrai que tu as retrouvé un de ses fils ?

— Steve. Il travaille à l'hôpital.

— Il t'a parlé de la mort de son père ?

Matt abaissa la vitre.

— Faut croire…, reconnut-il.

— Il devrait essayer d'oublier le passé et vivre ce qu'il a à vivre, fit remarquer Stewart. Il est venu nous poser des questions. C'est un type plutôt sinistre. Sans doute un peu instable.

— Steve Minelli est venu ici ? Papa ne m'en a jamais parlé.

— Il doit avoir ses raisons. Quant à moi, je ne vois pas pourquoi je ne te le dirais pas. C'était l'été dernier. Il est resté tout l'automne et même jusqu'en hiver. Je suppose qu'il devait parfois rendre visite à sa mère, en ville. D'après les gens d'ici, il campait quelque part, du côté de chez John-Jack. Le climat n'était vraiment pas adapté et les gens se sont plaints parce qu'il passait son temps à traîner dans les parages, toujours armé d'un fusil. Il n'arrêtait pas de poser des questions au sujet de la mort de son père, comme si ça pouvait changer quoi que ce soit.

Ainsi, Steve avait déjà mené son enquête sur la mort de M. Minelli. Il avait interrogé son ami d'enfance au sujet du lac Arrow, de Hirsh et des amis de Hirsh, sans jamais laisser entendre qu'il connaissait déjà les réponses à ses questions. Matt se sentait manipulé, voire trahi. Sa secrétaire avait raison : Steve était bizarre.

Lorsque Matt arriva enfin chez Hirsh, ce dernier, impatient, l'attendait sur le seuil, son fusil à la main. Un autre petit signe de vieillesse, songea Matt. Il ne se souvenait pas que son père ait jamais manifesté, autrefois, une telle impatience.

— Stewart t'a tenu la jambe ? demanda-t-il d'un ton irrité, avant même que son fils soit sorti de la voiture.

— Si on veut.

— Ce gars ne s'arrange pas avec l'âge ! Tu es d'attaque, pour aller directement au champ de tir de John-Jack Perry tant qu'il nous reste un peu de lumière ?

Matt acquiesça et Hirsh monta dans la voiture, côté passager. Ils se dirigèrent vers le petit champ de tir que John-Jack s'était aménagé après avoir dynamité ses bâtiments pour l'amour d'Anita. Ils dépassèrent la maison de Stewart et l'endroit où les arbres s'écartaient pour laisser place à la piste. Celle-ci, tout juste assez large pour une voiture et vierge de traces de pneus, quittait la route pour s'enfoncer dans la forêt. Matt ne put s'empêcher d'y jeter un coup d'œil. Hirsh s'en rendit probablement compte mais ne fit aucun commentaire, tout occupé qu'il était à parler munitions et vitesse du vent.

Le terrain de tir consistait en une simple carrière balisée, à intervalles réguliers, par des sacs de sable. On voyait les traces de balles laissées par des tireurs dans les troncs qu'ils avaient visés. Depuis, des cibles de fortune avaient été érigées devant les arbres.

Hirsh se livra au même rituel que Stewart un peu plus tôt, puis tendit à Matt des protège-oreilles.

— D'abord, on va ajuster le point de mire de ton arme.

Il montra à Matt comment charger la carabine.

— OK, pose l'avant-bras et la semelle de la crosse sur les sacs de sable. Tiens bien la position. Regarde la cible, place-la au centre du réticule. Expire. Décontracte-toi. Quand tu auras fini d'expirer, appuie sur la détente.

Dans le viseur, la cible paraissait énorme et semblait enfler sous le regard de Matt. Hirsh avait placé un carré de ruban adhésif en toile au centre de la cible et, grâce à l'effet grossissant, Matt en distinguait la trame. Il expira et serra les doigts. Il eut la sensation que l'arme explosait entre ses mains avec un fracas terrible, une lumière éblouissante. Il éprouva une vive douleur à l'épaule. L'espace d'une minute, il demeura sous le choc. C'était comme si un animal habitait son corps : sauvage, vicieux, incontrôlable.

— OK, c'est bon, dit Hirsh qui se tenait près de lui, un tournevis à la main. Je ne vais pas avoir besoin de ça. La visée est bien réglée, à ce qu'on dirait. Stewart a dû s'en charger. Je pourrais la rajuster avant le départ, vu que tu n'approcheras sûrement pas un élan à moins de cinquante mètres. Mais je ne t'imagine pas capable de tirer la bête à plus de deux cents mètres. Bon, commençons l'entraînement. On ne naît pas bon tireur, on le devient !

Il pensait avoir oublié tout ce qu'il avait appris, enfant, sur le tir au fusil, pourtant ce qui s'ensuivit lui parut vaguement familier : les aphorismes que Hirsh et M. Minelli semblaient sortir de leur gibecière à tout instant, les ordres lancés d'une voix ferme, les réprimandes, les cris de surprise et de joie mêlés et la sempiternelle conjonction d'un bruit assourdissant et d'une terrible douleur à l'épaule.

Hirsh le fit tirer, le fusil calé sur les sacs de sable. Il lui demanda ensuite de se coucher sur le ventre, la carabine appuyée sur un tronc d'arbre. Puis Matt dut s'agenouiller. Enfin, il adopta la position que Stewart lui avait montrée plus tôt, sans rien pour soutenir son arme. Cette fois-ci, il manqua la cible à tous les coups.

— Eh bien... rien n'est plus difficile que de tirer sans préparation, dit Hirsh. Si tu veux t'éviter cette déception, tente de te trouver un appui. À présent, ton arme a chauffé et je crois que ça déplace les balles vers le haut. Contente-toi donc de me regarder tirer jusqu'à ce qu'on n'ait plus assez de lumière.

Matt se tint en arrière, laissant Hirsh viser la cible à trois cents mètres. Ce dernier mit dans le mille presque à chaque coup. Mais lorsqu'il changeait de position ses gestes étaient raides et sa lenteur faisait peine a voir.

— Le tir à la cible, c'est bien, mais ça n'a aucun rapport avec la chasse, déclara Hirsh sur le trajet du retour, une fois la séance d'entraînement terminée.

— N'empêche, il faut tout de même que j'apprenne à viser ! protesta Matt.

— À trois cents mètres, tu ne vois pas l'élan avec assez de netteté pour pouvoir le tuer. Abstiens-toi si tu ne peux pas tirer au moins deux coups. Mieux vaut le laisser filer que le blesser. Tu comprendras mieux ce que je veux dire demain, quand on simulera les conditions naturelles lors de notre séance de tir à la cible.

Matt passa le reste du week-end à s'entraîner au tir, à courir, à nager et à étudier les textes sur les mœurs des élans que Hirsh lui tendait à la fin de chaque repas.

— Je me serais cru dans un camp d'entraînement militaire, raconta-t-il à Denise le dimanche après-midi.

Il était étendu sur le ventre, à même le sol du séjour. Denise le massait avec délicatesse. Austin l'imitait, avec plus de vigueur. La télévision diffusait une émission pour enfants qui attirait de temps à autre son attention ; et il cessait alors d'agiter ses petites mains.

— Tu as encore mal aux épaules ? demanda Denise en palpant le haut de son dos.

— Aux épaules, aux jambes, aux reins, aux bras, au cou… Y a-t-il une partie de mon corps que j'ai oublié de mentionner ?

— Que t'a donc fait Hirsh, ce week-end ?

— Il m'a fait peur. Les cartes topographiques commencent à signifier quelque chose à mes yeux, et je réalise à quel point cette chasse à l'élan va être pénible. Non seulement il va me falloir grimper des kilomètres dans des montagnes enneigées, chargé d'un sac à dos et d'un fusil, mais je vais devoir faire en sorte que mon père y arrive aussi. Il a décidé qu'il ne voulait même pas emporter de tente, juste une bâche. On va passer quatre longues journées gelés et trempés jusqu'aux os. On est censés aller dans ce village minier en ruine qu'il a visité il y a environ vingt ans. De là, il nous faudra trouver la piste d'un élan et le suivre où qu'il aille, même sur la cime des montagnes ! Et, Dieu sait comment, l'un de nous va devoir tuer cette satanée bestiole. Et puis on le découpera, on le mettra dans la bâche, et ce sera à moi de le traîner jusqu'en bas et de le ramener dans le monde civilisé. Et si j'échoue en quoi que ce soit, je serai le pire des fils et le dernier des hommes !

Denise demeura silencieuse mais, au contact de ses doigts, Matt devina qu'elle souriait.

— Et ce n'est pas tout… Quand j'ai dit que j'aurais mon portable en cas d'urgence, papa m'a rétorqué qu'il n'en était absolument pas question ! Lui n'en avait pas quand il chassait avec son père, je n'ai donc pas le droit d'en avoir un.

— Tu peux le prendre et ne rien lui dire, suggéra Denise.

— C'est ce que j'ai l'intention de faire. Et je compte emporter trois fois la quantité de nourriture autorisée et une trousse de secours dernier cri avec un analgésique très puissant.

— Tu en as déjà besoin, à ce qu'on dirait.

— C'est ma faute si j'ai mal partout. Quand j'ai compris ce qu'il attendait de moi, j'ai paniqué, je me suis levé tôt et j'ai parcouru les pentes au pas de course. Je ne suis pas assez entraîné pour ça. Puis je suis allé nager dans le lac jusqu'à me transformer en bloc de glace.

— Et Hirsh ? Qu'est-ce qu'il t'a fait faire ?

— Encore du tir. Il a fixé une cible à un vieux pneu et lui a fait dévaler la colline à travers bois. J'étais censé le toucher à environ deux kilomètres de distance !

— Tu y es parvenu ?

— Eh bien… il y avait beaucoup d'arbres entre la cible et moi et c'est surtout eux que j'ai atteints.

Il se retourna sur le dos pour regarder Denise. Austin se percha sur lui, mais Matt la voyait tout de même. Elle était pâle sous son hâle estival et avait les traits tirés.

313

— Et ici, comment ça s'est passé ? C'est la première chose que j'aurais dû te demander.

— J'ai quelque chose à t'annoncer.

Matt se redressa aussitôt, alerté par le ton de sa voix. Il tenta de retenir Austin près de lui, mais l'enfant se dégagea, lui préférant momentanément l'écran de la télévision.

— Je suis enceinte, dit Denise.

Matt la fixa, à la fois ravi et incrédule.

— Tu... tu en es sûre ?

— Eh bien, on peut s'en assurer si tu veux, il y a un deuxième test dans le kit. Mais le premier était positif.

— Tu es enceinte ! s'écria-t-il. Tu es enceinte !

Elle éclata de rire.

— Je te l'avais dit : rien de tel que l'altitude !

Matt l'enlaça. Elle avait vu juste, une fois de plus. Elle était miraculeusement tombée enceinte une seconde fois. Et ce à cause d'un changement de pression atmosphérique ! Si cela venait à se savoir, des tas de couples viendraient faire l'amour dans les montagnes...

— Ça te fait plaisir ? demanda-t-elle.

— Tellement plaisir que j'ose à peine le croire. Viens, on va tout de suite faire le second test du kit !

Austin les suivit à l'étage. Denise entra dans la salle de bains et referma la porte derrière elle. Austin et Matt l'attendirent dehors, assis par terre. Elle ressortit, un bâtonnet en plastique à la main.

— Dans quelques secondes, si cette petite fenêtre devient bleue, on sera tous fous de joie.

Matt et Austin regardèrent la ligne bleue apparaître dans la fenêtre.

— Tu vois ! s'exclama Denise. C'est bleu ! On est fous de joie !

Austin et son père sourirent.

— Ça, on peut le dire ! fit Matt en les serrant tous deux contre lui. Tu veux que je t'apporte quelque chose... je ne sais pas, moi... à boire, ou des toasts, ou un truc dont tu aurais envie ?

Elle éclata de rire.

Le bébé naîtrait en avril. Matt songea qu'il ferait mieux d'annuler la partie de chasse du mois d'octobre. Quitter Denise cinq jours entiers, alors qu'il la voyait déjà de moins en moins à cause de son entraînement quotidien, matin et soir, et que Hirsh avait prévu d'autres week-ends consacrés au tir ! Pour la première fois, l'expédition lui parut réellement risquée. Si jamais il lui arrivait quelque chose, là-haut ? Denise se retrouverait seule avec Austin – et enceinte. Mais lorsqu'il exprima ses craintes elle se contenta d'en sourire.

— Oh, tout va bien se passer avec Hirsh, dit-elle. Il veillera sur toi.

— Je croyais que si j'y allais c'était pour pouvoir veiller sur lui !

— N'abandonne pas l'entraînement, n'abandonne pas ce projet ! Tu es en pleine forme, ces temps-ci. Ça te fait du bien, tout ce sport.

— C'est peut-être ça qui me rend si incroyablement fécond ! suggéra Matt avec fierté.

— Qui sait ?

— L'expédition peut attendre l'année prochaine.

Denise demeura inflexible.

— Hirsh ne sera peut-être plus là l'année prochaine, Matt. Il faut que tu y ailles.

20

C'était la fin de l'été. Matin après matin, le timide soleil de septembre retardait son lever. Moins haut en soirée, il allongeait les ombres chaque jour davantage.

Les gens étaient revenus de vacances. À peine redescendus des montagnes ou débarqués de leurs avions, ils avaient repris le cours de leur existence. On voyait à nouveau des files interminables de voitures devant les feux de signalisation. À proximité des établissements scolaires, des pancartes clignotantes rappelaient aux conducteurs de ralentir. Les écoles avaient rouvert leurs portes, les voitures s'arrêtaient devant et des enfants en sortaient, équipés de sacs à dos flambant neufs. Des mères de famille débordées et distraites faisaient leurs courses en vitesse après leur journée de travail.

Peut-être à cause de sa prochaine comparution devant le tribunal médical, Matt avait l'estomac noué. Cette sensation lui rappelait l'angoisse qu'il ne manquait jamais d'éprouver, enfant, à la fin de l'été. Tous les matins, il regardait avec attendrissement les gamins sortir des bus de ramassage scolaire pour s'engouffrer dans les cours de récréation. Ils paraissaient les mêmes d'une année sur l'autre, ces élèves de CP et de CE1, et pourtant chaque année les transformait – ils étaient déjà plus grands, plus raisonnables. Et ces enfants qui ressemblaient tant aux élèves de CP de l'année précédente avaient encore tout à apprendre...

Les amis et les collègues de Matt manifestaient de plus en plus d'intérêt pour son expédition prochaine. Il s'efforçait désormais d'éviter Steve et y parvenait plutôt bien. Néanmoins, lorsqu'il leur arrivait de se croiser dans le couloir, Steve ne pouvait s'empêcher de faire référence à la chasse, en proposant de lui prêter une bonne boussole, par exemple, ou un couteau de chasse, ce que Matt déclinait invariablement. On ne cessait de lui donner des tuyaux, venant parfois de personnes dont il n'aurait jamais imaginé qu'elles puissent aimer la chasse. Même Jon Espersen, qui avait chassé avec Weslake mais n'y était pas retourné depuis la mort de celui-ci, y était allé de son conseil : il avait recommandé à Matt d'emporter les dosettes de café, de lait et de thé de la cafétéria.

Denise insista pour que Matt l'accompagne lorsqu'elle alla annoncer sa grossesse à Clem. Un dimanche, ils se rendirent donc à Mason House. Clem se montra ravi et stupéfait. Matt eut le sentiment qu'aux yeux du vieil homme il prenait du galon. Il avait accompli l'impossible, et à deux reprises !

Clem désirait parler à Matt de son traitement. Il désigna une rangée de fioles sur le rebord de la fenêtre. Il y en avait une bonne quinzaine.

— Le Dr Van Essen a remplacé l'un de mes médicaments pour le cœur par du Chasacon. Je ne suis pas sûr que ce soit une bonne idée…

— Le Chasacon est un très bon médicament, Clem. Barbara Van Essen sait sans doute très bien ce qu'elle fait.

— À vrai dire, j'ai essayé le Chasacon il y a une dizaine d'années et ça m'a causé des problèmes digestifs. Elle me l'a prescrit quand même et je me sens déjà barbouillé.

Matt se remémora les dossiers médicaux de Clem.

— Il y a dix ans, votre médecin a noté que les troubles digestifs étaient certainement dus à un autre médicament. C'est à votre demande qu'il a supprimé le Chasacon. À présent, vous devriez continuer le traitement, c'est vraiment un bon produit.

Un silence s'ensuivit.

— Comment savez-vous cela ? demanda Clem d'un ton glacial.

Matt, qui portait Austin sur les genoux, transféra son poids d'une jambe sur l'autre.

— Parce qu'il est médecin, papa, s'empressa de répondre Denise.

— Bien que je ne sois pas spécialiste du cœur, ajouta Matt.

— Je veux dire… Comment savez-vous qu'on m'a prescrit ce traitement il y a dix ans ?

Clem était sur le qui-vive, ses yeux brillaient.

Matt et Denise échangèrent un regard. Denise se mordit la lèvre. Matt dit :

— J'ai dû consulter vos dossiers à la clinique, Clem. Vous vous souvenez, pour la compagnie d'assurances ?

Clem frémit légèrement et répliqua d'une voix plus haut perchée qu'à l'ordinaire :

— Je n'ai pas autorisé la clinique à vous donner accès à tous mes dossiers médicaux. En tout cas, certainement pas ceux d'il y a dix ans. Je me rappelle très bien que la compagnie d'assurances a exigé que vous lisiez les dossiers des cinq dernières années et j'ai accordé mon autorisation pour les cinq dernières années, pas une de plus !

À présent qu'il était en colère, on aurait dit un vieux renard dont la fureur laissait deviner l'animal qu'il avait dû être autrefois et qui était sans doute allé jusqu'à contrôler Weslake et sa compagnie.

— Je suis désolé, Clem, dit Matt. Lorsque je suis allé à la clinique, on m'a dit que la compagnie d'assurances exigeait que je lise tout, et c'est ce que j'ai fait.

— Et pourquoi on ne m'a pas demandé mon avis ? s'écria le vieil homme.

— Papa, calme-toi ! dit Denise d'une voix qui n'avait rien de réconfortant.

— Alors comme ça, vous avez lu tous mes dossiers ? À partir de… à partir du tout début ?

— À vrai dire, je ne me suis pas trop attardé sur l'enfance et la jeunesse, mais vu que la compagnie exigeait que je lise tout et que je m'étais engagé par écrit…

Clem le regarda et Matt ne chercha pas à éviter son regard.

— La plupart des gens se seraient contentés de lire les dossiers médicaux des cinq dernières années et de signer, rétorqua Clem.

S'il n'avait pas croisé Dan Murvitz, son vieux camarade du groupe d'éthique, ce jour-là, il aurait probablement fait de même. Il préféra se taire.

— Je suis désolée, papa, dit Denise, visiblement nerveuse. Je ne sais pas ce qui est arrivé. Je leur ai donné le formulaire que tu avais signé...

Clem redevint tout miel :

— Ne t'inquiète pas, ma chérie. Je suis sûr que tu n'y es pour rien.

Il n'en continua pas moins à foudroyer Matt du regard, comme si celui-ci était responsable.

À peine étaient-ils rentrés chez eux que le téléphone sonna. C'était Clem, pour demander à Matt de repasser le voir.

— Je viendrai dans la semaine, après le boulot, fit Matt d'une voix lasse.

Mais, entre le travail, les séances d'entraînement et les cours de chasse, il n'eut guère de temps à consacrer à son beau-père. Il avait promis à Hirsh de retourner dans les montagnes le vendredi, pour reprendre les exercices de tir. Finalement, il ne lui resta que la pause-déjeuner ce jour-là pour se rendre à Mason House. Lorsqu'il arriva, une employée vêtue d'un uniforme marron remportait la vaisselle du repas.

— Il aime faire la sieste après le déjeuner, expliqua-t-elle à Matt.

— Je n'avais pas d'autre moment libre.

Assis sur le canapé, Clem venait visiblement de s'arracher à sa somnolence. Des brochures religieuses, que Clem avait dû laisser tomber en s'assoupissant, jonchaient le sol à ses pieds.

Le vieil homme l'accueillit assez froidement.

— Il fallait que je vous parle. C'est au sujet de mes dossiers médicaux. Vous avez vraiment tout lu ?

— Oui.

— Avez-vous discuté, d'une façon ou d'une autre, de leur contenu avec Denise ?

— Bien sûr que non.

Bien que Clem ne l'ait pas invité à s'asseoir, Matt prit une chaise. Le vieil homme ne le quittait pas des yeux.

319

— Alors ? dit-il. Qu'avez-vous l'intention de faire de ces informations ? J'ai l'impression de vous avoir involontairement tendu un bâton de dynamite. Avec ça, vous pourriez me réduire en miettes.

Matt secoua la tête, déconcerté.

— Je n'ai nullement l'intention de faire usage de ces informations.

Cela ne sembla pas rassurer Clem.

— Vous comprenez, il vaut mieux que Denise ignore certains aspects de mon passé. Ça ne pourrait que la rendre très malheureuse, la déprimer. Je veux à tout prix lui épargner cela. Je ferais n'importe quoi pour qu'elle ne sache pas.

Matt se rappela ce qu'avait dit Denise au cours de leur dispute. Il avait dû abuser du fait qu'il connaissait les dossiers médicaux de Clem, ou quelque chose dans ce goût-là. Avant même de s'être réellement posé la question, il se surprit à demander :

— Quelqu'un a-t-il essayé de vous faire chanter, Clem ?

Et il comprit, en voyant le corps du vieil homme se contracter, qu'il avait mis dans le mille.

— Je ne ferais jamais une chose pareille, le rassura Matt avec douceur. Je ne menacerais jamais de répéter vos secrets à qui que ce soit et surtout pas à Denise. D'abord, parce que ce serait mal. Ensuite, parce que je l'aime.

Clem le fixa, puis promena un regard songeur autour de la pièce.

— Parce que vous l'aimez, répéta-t-il lentement. Peut-être Weslake n'aimait-il pas Denise ? Enfin, je croyais que c'était le cas. Et elle, je sais qu'elle l'aimait…

— Weslake ? Vous avez dit Weslake ?

— Il détenait les mêmes informations que vous à mon sujet. J'ignore qui a pu lui raconter certains épisodes de mon passé, dont j'ai honte aujourd'hui… bien qu'à l'époque je me sois amusé et que les souvenirs que j'en garde me mettent parfois du baume au cœur…

Matt se souvint que son médecin avait écrit alors : *J'aimerais qu'il évite les bordels ou, du moins, qu'il se paie les services d'une putain plus propre.*

— N'empêche, poursuivit Clem, que j'ai mal agi et bafoué les préceptes de mon église. Dieu sait comment, Weslake a découvert les secrets de mon passé. Il a menacé de tout révéler à mes amis, à l'Église mormone, à la communauté. Tout ça, j'aurais pu le supporter. Mais alors, il a menacé de tout dire à Denise. Denise m'aime, elle m'admire et elle est loin d'être aussi forte qu'elle l'imagine. Ça l'aurait brisée d'apprendre ainsi les faiblesses de son père. Je ne supportais pas l'idée qu'elle puisse souffrir, Matt.

Se remémorant le choc que Denise avait éprouvé en réalisant qu'il connaissait le passé de Clem et son allusion au fait que son « père n'avait pas toujours eu une auréole au-dessus de la tête », Matt en conclut qu'elle était probablement déjà au courant de ce passé. Qui sait si ce n'était pas elle, dans un moment de folie amoureuse, qui en avait fait part à Weslake ? Ce dernier était-il immoral au point d'avoir menacé de révéler à Denise des informations qu'elle-même lui avait confiées ?

— Weslake vous a-t-il extorqué de l'argent ? demanda Matt.

Clem hocha la tête. Tout devenait clair.

— Pour Slimtime, c'est ça ? L'investisseur principal, c'est vous ?

— Oui, répondit Clem d'une voix macabre.

— C'est pour ça que vous avez changé d'avis, à propos de la Ligurie ? dit Matt. Parce que Slimtime a coulé ?

— Ce sont mes relevés bancaires qui ont changé, pas mon avis.

Matt s'était mépris sur Weslake : il était loin d'avoir été aussi impuissant qu'il l'avait cru, face à son beau-père. Ce dernier avait été contraint de lui verser de l'argent, et Weslake avait eu les coudées franches sur sa compagnie.

— J'avais réellement des douleurs au cœur, précisa Clem, sur la défensive. Ce que je vous ai dit est vrai. Comment ne pas avoir mal au cœur, en perdant autant d'argent ?

— Weslake vous a fait chanter pour que vous investissiez dans sa compagnie, dit lentement Matt, d'un ton incrédule.

— Il venait de créer Slimtime et il avait besoin d'investisseurs. On pourrait objecter, et Weslake ne manquerait sans doute pas de le faire, qu'il n'était pas un escroc puisqu'il avait l'intention de me rendre cet argent, avec des intérêts. Sauf qu'il ne l'a jamais fait.

— Mais vous ne pouviez rien dire à Denise, puisqu'elle ignorait que vous souteniez Slimtime depuis le début.

— Je ne pouvais rien dire à Denise. Je ne voulais pas qu'elle apprenne mon passé et je ne voulais pas non plus qu'elle apprenne la vérité au sujet de Weslake. C'était son mari et elle l'adorait. Mieux valait qu'elle ne sache rien.

Denise a été trompée par les deux hommes de sa vie. Elle mérite mieux que ça, songea Matt.

— Ce soupirant, cet homme qui voulait l'épouser alors qu'elle était déjà fiancée à Weslake… c'était vous, n'est-ce pas ?

Matt avala sa salive.

— Oui. Je suis parti pour l'Afrique après qu'elle a refusé de changer d'avis. Elle craignait de vous décevoir, Clem, elle pensait que vous vouliez la voir épouser Weslake.

— C'était le cas. Il avait l'air d'un saint respectable, il venait d'une très bonne famille mormone de Salt Lake City. Nous ne sommes que des convertis de Chicago, souvenez-vous-en, ce genre de chose comptait donc beaucoup à mes yeux. Weslake paraissait le mari idéal. Quant à vous, non seulement vous n'apparteniez pas à notre Église, mais votre famille s'était publiquement opposée à notre foi. Denise aimait énormément Weslake, comme toute épouse doit aimer son mari. Elle a souffert quand il est mort, mais je crois désormais avoir fait une erreur. Et j'en suis désolé.

Matt se leva. Sans doute aurait-il dû trouver des paroles bienveillantes pour accepter les excuses du vieil homme, mais rien ne lui venait.

— Il faut que je retourne à l'hôpital, dit-il enfin. Ne vous inquiétez pas pour vos dossiers médicaux. Je n'en parlerai à personne.

Ce soir-là, il fut particulièrement tendre avec Denise. Il la tint serrée dans ses bras, la couvrit de baisers, lui parla avec tout l'amour qu'il était capable d'exprimer, posa les mains sur son ventre comme s'il sentait déjà bouger le bébé. Il voulait contrebalancer les erreurs de Clem, l'avidité de Weslake. Tous deux l'avaient trahie, chacun à sa façon.

21

C'était le dernier week-end que Matt passait avec Hirsh avant l'ouverture de la saison de la chasse.

— Alors, ce cours de chasse ? demanda Hirsh, tandis qu'ils se rendaient chez John-Jack pour s'exercer au tir.

— On nous a parlé de trucs incroyables, les PPC, les plats prêts à consommer. Ils ont été conçus pour les cosmonautes, mais ça s'achète maintenant dans le commerce. Ce sont des plats cuisinés et aussitôt conditionnés, de façon à pouvoir être conservés pendant des années. Il y a des recettes succulentes, le bœuf sauce teriyaki, par exemple. Et une gamme invraisemblable de desserts. Il suffit de les réchauffer dans leurs sachets et...

— Ça suffit ! s'exclama Hirsh. Pas question d'emmener du bœuf sauce machin-chose dans les montagnes, nom de Dieu !

— C'est pour le cas où on ne trouverait rien à manger sur place.

— Non. C'est absolument contraire à l'esprit de la chasse... enfin, telle que je l'ai toujours pratiquée. C'est donc ça qu'on enseigne aujourd'hui, dans les cours ?

— Dans celui où on nous apprend comment survivre en pleine nature.

— Ils feraient mieux de vous apprendre à capturer le petit gibier s'ils tiennent à votre survie.

Plus tard, ils se remirent à étudier les cartes et, dans le jardin de Hirsh, visèrent des cibles mouvantes en adoptant toutes les positions de tir possibles – y compris debout et sans appui.

— Relaxe-toi ! hurla Hirsh sur un ton qui n'avait rien de relaxant. Quand tu tires sans appui, adopte une position où le fusil est soutenu par ta structure osseuse et non par un effort musculaire ! Tout est dans la main gauche, Matt ! La main gauche ! Relâche-la !

— Si je la relâche, le fusil va tomber, protesta Matt.

— Relâche sans cesser de maîtriser ! rugit Hirsh.

Son père l'obligea à charger et décharger son arme plusieurs fois de suite, à la saisir et se mettre rapidement et silencieusement en position de tir. Puis ils firent un peu de reconnaissance dans la forêt.

— Trop bruyant ! disait Hirsh chaque fois que Matt écrasait une brindille.

Les cerfs étaient en rut depuis peu. Hirsh ouvrait la marche, s'arrêtant çà et là pour désigner des traces ou des empreintes. Il faisait, en se déplaçant, aussi peu de bruit qu'un fantôme. Seul son souffle était perceptible. À peine gravissaient-ils la moindre côte que Hirsh se mettait à respirer péniblement. Matt trouvait son père on ne peut plus vigoureux, pour un homme de soixante-seize ans, et constatait qu'il était encore plus athlétique après l'entraînement de cet été. Mais le souffle lui manquait et, à la fin de journée, il présentait indéniablement des signes de raideur du côté droit.

— Tu es sûr que ces crampes disparaissent pendant la nuit ? demanda Matt d'une voix inquiète.

— Systématiquement.

— Même si tu passes la nuit dans un sac de couchage avec une simple bâche entre toi et les étoiles ?

— Pour peu que je me sois reposé, je suis toujours en pleine forme le matin, insista Hirsh.

Ils étalèrent presque tout leur équipement dans le bureau de Hirsh, puis tentèrent de le fourrer dans le grand sac à dos de Matt. Ça ne rentrait pas. Le sac était plein à craquer, sans compter la nourriture et la trousse de secours que Matt avait l'intention d'emporter en douce.

— On a le choix, dit Hirsh. Soit on laisse des choses ici, soit je prends un sac moi aussi.

— On laisse des affaires ici, s'empressa de répliquer Matt.

Or Hirsh lui montrait déjà un petit sac, suffisant pour transporter quelques provisions et un sac de couchage.

— On devrait y arriver, dit Hirsh. À condition de ne pas trimballer trop de nourriture. Je parle sérieusement, Matt. Oublie tes sandwichs au beurre de cacahuètes, tes cannettes de bière, tes bonbons et tes paquets de biscuits. Et aussi ces fameux repas conçus pour que les cosmonautes puissent s'empiffrer dans leurs stations spatiales ! On va se contenter de quelques sandwichs pour le premier jour, de pas mal de barres diététiques et de sachets de flocons d'avoine, de riz et de flocons de pommes de terre. Et, à la limite, un ou deux plats tout prêts, en cas de nécessité. Mais si on veut des protéines, soit on tendra des collets pour le gibier, soit on le tuera nous-mêmes.

— Je peux emporter un livre ? demanda Matt d'un ton plein d'espoir.

Hirsh le fixa.

— Un livre ? Quel genre de livre ?

— En général, j'emmène toujours un bon livre quand je pars en vacances.

— Tu ne pars pas en vacances. Tu pars tuer un élan en pleine nature !

— Alors ? lui demanda Denise lorsque Matt fut de retour en ville. Ça y est ? Vous êtes prêts à partir ?

— Je ne serai jamais prêt pour ce genre d'expédition, dit Matt.

Cependant, il se sentait fort et en pleine santé, et ce week-end lui avait paru contraignant, mais moins fatigant que le précédent.

Matt avait eu l'impression, au cours des quelques semaines précédant l'ouverture de la chasse, que la ville était prise de folie. Il découvrait pour la première fois la quantité de chasseurs qui s'y trouvaient. Partout où il allait, les gens discutaient calibres, comparaient les mérites des balles à bout rond et des balles à bout pointu, ou s'inquiétaient des conditions climatiques, de la limite des neiges éternelles ou de la menace d'une invasion de culs-blancs – quand ils ne s'entretenaient pas de la psychologie du cerf mâle. Il profita de l'une de ses pauses-déjeuner pour se rendre dans une boutique d'articles de chasse, afin d'acheter quelques-uns de ces repas tout prêts qu'il cacherait dans son sac et ne sortirait qu'au moment où Hirsh et lui mourraient de faim.

Le mois d'octobre arriva, et avec lui le jour de la comparution de Matt. La veille, son avocate l'appela et l'invita à passer à son cabinet afin de préparer ses réponses. Elle lui posa des questions détaillées sur ce qui s'était passé le soir de la mort de M. Zoy, sur leur ultime conversation et sur le moindre de ses gestes dans la pharmacie. Matt tenta de s'en tenir à sa première version, mais parfois il dérapait.

— Le patient vous a-t-il dit qu'il souhaitait mourir ? demanda l'avocate avec gravité.

— Oui.

— Non, non, non ! s'écria-t-elle.

Matt la regarda, déconcerté. Était-elle toujours son avocate, ou jouait-elle le rôle de la partie adverse, le préparant pour sa comparution du lendemain ?

— Matt, cette affaire est un champ de mines et vous venez juste de sauter. Bornez-vous à répéter les termes de votre déposition. Dites : « Le patient m'a fait savoir qu'il se sentait prêt à accepter la mort quand elle viendrait. »

— Ah oui, j'avais oublié.

Une fois la répétition terminée, l'avocate lui dit :

— Vous comparaissez à midi. Vous faites quoi, avant ?

— J'opère.

— Parfait, parfait, répliqua-t-elle gaiement. Vous porterez cette tenue ample, par-dessus vos vêtements ?

— Ma blouse de chirurgien ? Eh bien, pour opérer, oui. Mais, bien sûr, je les...

— Ne vous changez pas. Venez directement du bloc comme si vous aviez passé la matinée à sauver des vies humaines.

— Vous voulez que je vienne au tribunal avec ma blouse de chirurgien ?

— Tout à fait. Mais évitez à tout prix les taches de sang !

— Je suis censé garder mon masque, aussi ?

Le visage de l'avocate se modifia de façon radicale, comme chaque fois qu'elle arborait un sourire.

— Inutile d'aller jusque-là !

Matt se levait à présent pour partir.

— M. Zoy vous importune toujours ? demanda-t-elle.

Matt hocha la tête.

— Je crois l'avoir vu à plusieurs reprises.

— Êtes-vous parvenu à entrer en contact avec lui ?

— · C'est impossible. Il fait en sorte de m'éviter.

— Toujours pas de témoins ?

— Aucun.

Elle parut songeuse.

— · Si vous le voyez, ne serait-ce qu'une seule fois après votre comparution, nous entamerons des poursuites, dit-elle d'une voix décidée.

Comme il s'en allait, elle ajouta :

— Ne vous faites pas de souci. N'ayez pas l'air anxieux, au cours de l'audience, et n'oubliez pas : c'est à vous qu'on fait du tort et non le contraire. Parce qu'on va gagner demain, c'est clair ? Vous vous en sortirez sans blâme et avec une réputation intacte.

Matt hocha la tête. Mais à peine retrouva-t-il son bureau que toute son assurance le quitta. Il dormit mal cette nuit-là et, le lendemain matin, Denise le regarda d'un air préoccupé.

— Dieu merci, ce soir tout cela sera fini, dit-elle.

Comme par réflexe, Matt jeta un coup d'œil à la fenêtre.

Pas de voiture.

— J'aimerais pouvoir t'accompagner au tribunal.

Elle l'entoura de ses bras. Elle avait insisté pour assister à l'audience, mais Matt avait prétendu que le règlement l'interdisait. Il lui avait également défendu de lire sa déposition écrite. Avec son intuition peu commune, Denise n'aurait pas tardé pas à deviner sa culpabilité.

Il était soulagé de devoir passer la matinée à opérer. Au moins, pendant trois heures il serait trop absorbé pour songer à sa comparution. Mais dès qu'il sortit du bloc l'angoisse reprit le dessus.

Il retourna dans son bureau, où l'attendait Jon Espersen, la mine livide.

— Je suis sûr que tout va bien se passer, dit-il d'une voix trop forte, avec une gaieté exagérée.

— Bonne chance ! lui lança sa secrétaire, d'une voix faible.

C'est tout juste si elle leur parvint, tandis qu'ils franchissaient le seuil et, comme Matt allait la remercier, il s'aperçut que sa bouche et ses lèvres étaient trop sèches pour qu'il puisse parler. Il se contenta donc de se retourner et de lui adresser un signe. Elle tenait sa main contre sa joue, manifestement inquiète.

— Je n'en reviens pas que l'avocate t'ait demandé de venir avec ta tenue de chirurgien ! marmonna Jon alors qu'ils approchaient de la salle d'audience. Imagine… moi qui ai mis une nouvelle cravate, à côté de toi, je me sens endimanché !

— Une cravate sans taches de sang, j'espère. L'avocate a bien précisé : surtout pas de sang !

Ils pénétrèrent dans le vestibule où on les avait priés de patienter. Jon en profita pour vérifier qu'il n'y avait pas, sur la tenue de Matt, la moindre tache de sang.

Matt ne cessait de bâiller, signe chez lui de nervosité. Jon, lui, consultait constamment sa montre.

— Qu'est-ce qui se passe, là-dedans ? Où est-ce qu'ils sont ? demanda Jon, visiblement irrité. Ils ont commencé sans nous ? Pourquoi la porte est-elle fermée ?

— Sans doute une réunion du comité qui dure plus longtemps que prévu, dit Matt.

Il saisit un magazine. C'était une revue auto, il la reposa aussitôt. Il appréhendait sa comparution depuis de longs mois et voici ce moment arrivé. Il avait un sentiment d'irréalité, comme s'il n'était pas vraiment présent.

— Dans ce cas, on ne devrait pas être les seuls à attendre, objecta Jon. Ils doivent être dans la salle. Je vais voir.

Il frappa bruyamment à la porte et l'ouvrit. Des voix parvinrent aux oreilles de Matt, depuis l'intérieur.

— Le Dr Seleckis est là, lança Jon dans la salle du conseil d'administration.

Quelqu'un dut l'inviter à entrer car il s'engouffra dans la salle, refermant la porte derrière lui. Matt demeura seul dans le vestibule. Il jeta un coup d'œil aux autres magazines, sans parvenir à se concentrer sur aucun. Son regard se posa alors sur la fenêtre donnant sur le parking : des gens le traversaient pour aller rendre visite à des parents hospitalisés, les bras chargés de bouquets, impatients d'avoir des nouvelles de leurs proches. Matt tenta d'éprouver de la compassion envers eux, mais il avait l'impression de regarder des pantins. À vrai dire, il était incapable de ressentir quoi que ce soit, si ce n'est de l'agacement vis-à-vis de son avocate, qui aurait dû se trouver près de lui à cet instant précis.

Les voix redoublèrent d'intensité et la porte de la salle du conseil d'administration s'ouvrit toute grande. Son avocate apparut, flanquée de Jon Espersen. Elle souriait. Sa démarche était enjouée, ses boucles d'oreilles tintinnabulaient à chacun de ses pas.

— Asseyez-vous, Matt, ordonna-t-elle.

Matt se laissa tomber dans l'un des fauteuils bas, près de la fenêtre.

— Les nouvelles sont bonnes. Excellentes, même. On a réussi à persuader Mme Zoy d'abandonner les poursuites.

Matt la fixa :

— Et son fils ?

— Mme Zoy a convaincu son fils de faire machine arrière. C'est elle qui a demandé qu'une réunion préliminaire ait lieu ce matin, pendant laquelle elle a décidé de tout laisser tomber.

Matt se sentit submergé par une vague de soulagement.

— De laisser tomber ?

— Ta comparution est annulée, insista Jon avec un grand sourire.

— Il faudra juste que vous acceptiez de rencontrer la mère en privé, précisa l'avocate. Vous vous en tirez sans une égratignure et sans que votre réputation soit entachée en quoi que ce soit.

Matt sentit un sourire s'esquisser sur son visage, le premier de la matinée. Il approcha la main, se toucha les lèvres. Oui, il souriait jusqu'aux oreilles.

— Vous en êtes sûrs ? ne cessait-il de demander.

— Tout à fait sûrs ! répondirent-ils.

Il se leva et son avocate l'entraîna vers la porte.

— Descendons à votre bureau, afin que vous vous entreteniez en privé avec Mme Zoy, dit-elle. Je suppose qu'il faudra vingt minutes pour régler les dernières formalités avant qu'ils vous l'amènent.

— On aurait gagné, de toute façon, affirma Jon, serrant soudain la main de Matt, mais il vaut mieux que ça se soit passé comme ça.

Par la porte entrouverte de la salle du conseil d'administration, Matt entrevit Mme Zoy, en pleine conversation avec un membre du comité d'éthique. Elle lui parut plus petite et plus vieille que dans son souvenir.

Une fois en bas, il eut à peine le temps d'appeler Denise pour lui annoncer la bonne nouvelle et de manger, avec son avocate et Jon, une part du gâteau apporté par sa secrétaire pour fêter sa victoire.

— Je l'ai fait hier soir, avoua-t-elle timidement, parce que je savais que vous gagneriez.

— Que vous a dit Mme Zoy, au sujet de son fils ? dut demander Matt à deux reprises, avant qu'on daigne lui répondre.

— Il a toujours posé problème. Il a tendance à péter un câble de temps à autre. Mais elle va essayer de faire en sorte qu'il reste calme, finit par répliquer Jon.

Il sembla à Matt que Jon et l'avocate échangeaient un regard, entre deux bouchées de gâteau.

— Nous avons accepté de nous montrer compréhensifs quant à ses problèmes…, commença l'avocate, d'une voix prudente.

— Comment ça, compréhensifs ? Et de quels problèmes voulez-vous parler ? rétorqua Matt.

— Il a eu des troubles psychiatriques, par le passé, dit Jon.

— Quel genre de troubles ?

— Oh, légers, assura Jon. Très légers.

— Mme Zoy tient à ce que la police n'apprenne pas qu'il a cherché à vous intimider, précisa l'avocate en terminant sa part de gâteau.

Matt éprouva une sorte de démangeaison. Il avait oublié que, même dans un bureau climatisé, on pouvait sentir son corps grouiller d'insectes.

— Alors comme ça, il va continuer à me filer le train ?

— Nous espérons que non, déclara l'avocate. Sa mère va tenter de l'en empêcher. Si vous l'apercevez, il faudra nous en parler. Mais n'appelez pas la police, à moins qu'il ne représente une menace pour vous ou votre famille.

Le visage de Matt s'empourpra. Il avait espéré que sa comparution devant le tribunal médical mettrait un terme à ses démêlés avec la famille Zoy. Or ce n'était pas tout à fait le cas.

— On ne peut pas dire qu'il ait menacé votre famille, jusqu'à présent, reprit-elle en le dévisageant. Et, vu qu'il n'est pas sorti une seule fois de sa voiture, son comportement à votre égard est plus énervant que réellement hostile.

— On ne te demande pas de faire comme si de rien n'était, s'empressa d'ajouter Jon. Mais ce gars est, de toute évidence, un peu perturbé et on a promis de se montrer aussi compréhensifs que possible.

Le téléphone sonna. La secrétaire décrocha.

— Mme Zoy arrive, accompagnée d'un membre du comité d'éthique, souffla-t-elle en se hâtant de faire disparaître le reste de gâteau, les couverts et les miettes.

Elle fit entrer Mme Zoy.

Tous se serrèrent la main et s'adressèrent des paroles aimables. Puis tout le monde se retira, laissant Mme Zoy et Matt seuls dans le bureau.

— Dieu merci, tout cela est fini, soupira-t-elle.

Ils échangèrent un sourire. Il avait remarqué combien sa poignée de main était ferme. Il se réjouissait maintenant de constater qu'elle parlait d'une voix forte et claire.

— Docteur Seleckis, je vous dois des excuses. Tout ce scandale autour de la mort d'Anthony, les accusations, la colère, les tracas que nous vous avons causés… Je pense que nous ne sommes plus nous-mêmes, dans des moments pareils. Comme mon fils s'est absenté pour quelque temps, je m'apprête à embarquer seule pour le long voyage du deuil…

Sa voix se brisa et, l'espace d'une minute, elle fut incapable de poursuivre.

— Le chagrin est un long tunnel, dit Matt. Mais tôt ou tard il faut le franchir, il n'y a pas d'autre moyen de s'en sortir.

Mme Zoy hocha la tête.

— Le chagrin, ajouta Matt, c'est le prix que nous payons pour l'amour.

Les yeux de Mme Zoy se mouillèrent de larmes. Matt lui offrit un mouchoir en papier.

— Votre fils est parti ?

— Pour quelque temps seulement. Il a des affaires à régler à San Diego. Et après, il reviendra s'installer ici.

— Quand a-t-il quitté Salt Lake City ? demanda Matt, en tentant de se remémorer la dernière apparition de la voiture rouge.

— Hier.

Il éprouva une soudaine euphorie, si déplacée qu'il la dissimula en tendant un autre mouchoir à Mme Zoy. Son fils avait quitté la ville pour un certain temps et, malgré ce que Jon avait décrit comme de « légers troubles psychiatriques » il aurait probablement renoncé, à son retour, à sa campagne contre le médecin.

— Cela m'aiderait à franchir le tunnel de savoir ce qui s'est passé, enfin… ce qui s'est réellement passé, la nuit où mon époux est mort.

Matt eut un léger mouvement de recul.

— Je sais que vous ne voulez pas me le dire. Désormais, vous êtes sur la défensive. Les lettres, les avocats, ce terrible tribunal médical… J'aurais voulu que ça n'aille pas jusque-là. Seulement, mon fils était tellement décidé à vous faire incriminer ! On aurait dit une vague déferlante, personne n'aurait pu l'arrêter. Je suis consciente qu'il vous a rendu la vie impossible.

Elle le regarda avec pénétration, malgré ses larmes.

— Ç'a été une terrible épreuve pour lui. Peut-être, alors, a-t-il un peu perdu la tête… Votre père est toujours en vie, monsieur Seleckis ?

— Oui.

— Quand il mourra, il y a beaucoup de choses que vous ne vous serez pas dites. C'est toujours comme ça. Parfois ce sont ces silences, ces non-dits, qui font le plus de mal.

Matt avait un goût amer dans la bouche, qu'il associa en pensée au fils de M. Zoy : il le revit dans son bureau, le visage gonflé par le chagrin et la colère, cette même colère qui l'avait poussé à surveiller en silence ses allées et venues. Il songea à tout ce que M. Minelli n'avait jamais dit, à ce silence qui avait hanté Steve toute sa vie.

— Je crois comprendre, dit Matt. Mon père est en vie, mais j'ai perdu ma mère.

— Ah.

Matt pensa à la longue randonnée de ses parents jusqu'à la Bouche de nulle part, peu avant la mort de sa mère. « Nous avons parlé, parlé, parlé. On avait tellement de choses à se dire », avait confié Hirsh. Or Matt n'avait pas eu droit à ces mots si importants. Hilly et lui n'avaient pas parlé, parlé, parlé… Il l'avait regardée s'éteindre en silence, impuissant et désespéré, et elle n'avait rien fait pour rompre ce silence. Lorsque Hirsh et lui atteindraient la Bouche de nulle part, en quête de leur élan, peut-être y trouveraient-ils Hilly et toutes ces paroles jamais prononcées.

— Je suis heureuse que vous compreniez à quel point ç'a été dur pour mon fils. Et j'espère qu'il ne vous a pas trop harcelé.

— Il me semble l'avoir vaguement aperçu une fois ou deux, dit Matt avec prudence.

— Il ne serait jamais allé jusqu'à menacer réellement de vous faire du mal, poursuivit Mme Zoy. J'espère juste qu'il n'a pas réussi à vous intimider. Il suffit qu'on ait quelques failles dans son existence pour que la moindre intimidation les ouvre toutes grandes.

Matt détourna les yeux. De nombreuses failles s'étaient révélées, à cause de la présence silencieuse de la voiture rouge.

— Pardonnez-lui donc, je vous en prie. J'essaierai de faire en sorte qu'il ne vous importune plus. Mais s'il le fait, je suis sûre que vous saurez réagir de façon généreuse, comme à votre habitude. À présent, je vais vous demander de me faire confiance. Rien de ce que vous me direz ne sera jamais répété à mon fils, ou à qui que ce soit, je vous le promets. Pas un mot ne sortira de cette pièce. Je vous supplie de me raconter la mort d'Anthony. Je crois que j'aurais moins de mal à retrouver la paix si je connaissais la vérité.

Matt choisit de lui faire confiance. Il lui relata, aussi précisément que le lui permettaient ses souvenirs, sa dernière conversation avec M. Zoy. Son récit achevé, Mme Zoy ne fit pas un geste. Elle marqua un long silence, avant de protester :

— Mais nous nous étions promis que j'y assisterais ! Nous nous étions promis qu'il ne mourrait pas seul !

— Pour finir, il en a décidé autrement.

— Nous ne nous sommes pas dit adieu.

— Il s'en sentait peut-être incapable. Il arrive souvent qu'un patient meure pendant les quelques minutes où un parent dévoué a quitté son chevet. J'en suis venu à la conclusion que les malades souhaitent franchir ce pas seuls, dans la paix et le calme.

— Il va falloir que j'accepte ce choix, dit-elle d'un ton réticent.

Elle se retira après l'avoir remercié d'avoir fait preuve de courage et d'humanité. Matt aurait voulu lui exprimer l'angoisse générée par son acte, lui raconter comment, pour avoir mis fin à la vie d'un homme, il avait été confronté à une terrible culpabilité, laquelle en avait réveillé une autre, plus ancienne. Il aurait voulu lui dire que l'intrusion de son fils dans son existence avait transformé des failles en blessures béantes… Mais, comme il espérait désormais ne plus jamais recroiser l'homme ou sa voiture rouge, il se tut.

22

Jon donna à Matt son après-midi. En roulant vers chez lui, il retrouvait peu à peu le moral. Pas de voiture rouge dans son rétroviseur. La semaine prochaine il partirait chasser avec son père et, une fois cette épreuve passée, il pourrait enfin souffler. Et Denise accoucherait en avril.

Il abaissa sa vitre. Le temps était clément, l'air frais sans être froid. Le soleil d'octobre frappait de ses rayons les montagnes lointaines, illuminant leurs grands versants laminés par les siècles et façonnés par les glaciers. « La vie est belle », songeait Matt.

Il resta l'après-midi chez lui. Après avoir joué un moment avec Austin, il sentit une terrible fatigue l'envahir. Denise lui conseilla d'aller dormir.

— Tu décompresses. Il y a un bout de temps que tu es tendu à cause de cette histoire. Et soudain, c'est fini.

Matt aurait aimé être tout à fait certain que le fils Zoy cesserait de se manifester. Quoi qu'il en soit, pour le moment, l'affaire était réglée. Il alla s'étendre dans la chambre et le sommeil s'empara aussitôt de lui. Il se réveilla avec une seule pensée en tête : aller courir.

— Vas-y ! l'encouragea Denise. Tu es toujours tellement serein à ton retour.

— Jarvis est en ville et j'ai rendez-vous avec lui et Troy. Ils tenaient à me dire au revoir avant l'expédition. Rien de tel pour me décontracter, dit-il.

Ce qui ne pouvait le dispenser de sa séance de jogging, il en était bien conscient. Pas question de renoncer à son entraînement quotidien, si près du départ. Denise lui tendit son survêtement avec un grand sourire.

— Dès que tu commenceras, ça te paraîtra moins dur.

Il savait qu'elle avait raison. Mais ses jambes, aujourd'hui, refusaient de se glisser dans son pantalon et ses pieds ne rentraient plus dans ses baskets. À croire qu'ils avaient enflé tant il lui fallut tirer et forcer pour parvenir à les enfiler. Il faisait presque nuit lorsqu'il se dirigea, à travers le centre-ville, jusqu'au canyon de City Creek.

En sortant de la voiture il fit ses étirements et eut l'impression qu'il lui faudrait un treuil pour le traîner jusqu'à la piste du parc. D'autres joggeurs, retournant à leur véhicule comme l'obscurité s'intensifiait, laissaient derrière eux une légère odeur de transpiration. Une femme salua Matt au passage. Il l'avait connue autrefois, elle était médecin dans un autre hôpital. Incapable de retrouver son nom, il admira néanmoins la souple élégance de ses foulées. Un joggeur le dépassa, sa vitesse dépassant à peine celle de la marche. Sous l'effort, ses coudes et ses genoux remontaient vers le torse, comme si la course à pied était une chose à extirper de son corps. Matt l'observa. Il espérait ne pas avoir la même dégaine lorsqu'il courait. Mais si l'homme ne lui ressemblait pas physiquement, en revanche il illustrait parfaitement son humeur du moment. Il reconnaissait l'épuisement qui précède la délivrance, mais qui n'en est pas moins de l'épuisement.

Il marcha au-delà de Liberty Bell, mais il lui fallut une bonne minute pour se décider à courir mollement. Il commença par tourner autour du parc. Il vit un chien bondir dans l'eau du lac pendant que son propriétaire attendait, tranquillement assis dans l'herbe.

Matt s'attaqua ensuite à la colline, escomptant que l'effort et le rythme de ses foulées le libéreraient du joug de ses pensées négatives, de ses soucis habituels. Peu à peu, comme il gagnait de la vitesse, l'avocate, Mme Zoy et son fils lui semblaient de plus en plus étrangers à sa vie, tels les habitants d'un pays lointain.

Il continua à accélérer. Lorsqu'il eut atteint la pente du canyon, les arbres que l'automne n'avait pas encore dépouillés de leurs feuilles passèrent devant lui comme des flèches. Quand ses pensées et ses gestes furent enfin au diapason, il grimpa jusqu'à la route, en haut du canyon. Là, par-delà une immense étendue de gazon se dressait le Capitole, son grand dôme illuminé se découpant sur le ciel de plus en plus sombre.

Matt traversa la rue et courut sur l'herbe qui la longeait. Des phares l'éclairaient par intermittence. Gras et bien arrosés, les brins d'herbe faisaient l'effet de ressorts miniatures sous ses pieds. Cet espace vert onduleux était ouvert au public, sans être réellement un parc. Il ne bénéficiait pas des installations les plus élémentaires et, depuis un récent ouragan, n'offrait que de rares coins d'ombre. Derrière Matt, le bruit et la lumière des voitures s'atténuèrent lorsqu'il pénétra dans Marmalade District, le « Quartier des confitures », où les rues portaient le nom du fruit que les pionniers mormons y avaient cultivé. Denise était incollable sur l'histoire de Salt Lake City. Ils avaient sillonné le quartier ensemble, montant par State Street, pour redescendre par les rues de la Prune, du Coing et de l'Abricot, et contempler les demeures des nababs du XIXᵉ siècle et celles, plus modestes, des premiers habitants du quartier.

Les rues étaient à présent désertes et silencieuses. Quelques maisons étaient illuminées et leurs rideaux tirés. Les foulées régulières de Matt, sa respiration profonde, le battement de ses semelles sur le trottoir et l'impression que ses muscles s'allongeaient à chaque enjambée lui procuraient une agréable sensation de bien-être. Il ne savait plus depuis combien de temps il courait.

Une voiture s'approcha. Il ne la remarqua pas tout de suite. Il était parvenu à faire le vide dans son esprit. Mais à un moment – quand, au juste ? – son instinct lui signala en un éclair que la voiture ne l'avait pas dépassé ; elle le suivait lentement, tandis qu'il remontait la rue.

Il ne ralentit pas, ne se retourna pas, même s'il était sur le qui-vive. Pas de doute, il était pris dans la lumière des phares. Derrière lui, assez près pour le propulser en haut de la colline, ronronnait le moteur d'une voiture roulant au pas. Une fois la dernière maison atteinte, Matt ne jeta pas le moindre coup d'œil en arrière mais traversa aussitôt la rue pour rejoindre l'étendue herbeuse entourant le Capitole. Il n'y avait plus de circulation. À part le bourdonnement discret de la voiture, qui, comme Matt, prit sur la droite, l'endroit était désert.

Dans cet espace public, voyant le dôme du Capitole se dresser majestueusement au-dessus de lui, Matt se dit qu'il n'avait rien à craindre. Il ralentit un peu le rythme. Pour éviter la voiture, qui semblait gagner du terrain, il lui suffisait de s'écarter rapidement de la rue. C'est pourquoi il plongea droit dans la grande pelouse sombre. L'espace d'un instant, il respira, se croyant protégé par l'obscurité, avant d'être débusqué par les phares du véhicule. Au son des pneus, Matt comprit qu'il s'était engagé sur le trottoir.

Matt ralentit le pas. L'angoisse lui coupait le souffle. Bien que cela fût interdit, la voiture roulait au beau milieu de la grande étendue d'herbe du Capitole. Et il n'y avait ni policiers, ni gardiens, ni sirènes d'alarme, ni haut-parleurs hurlant des ordres. Rien. Rien, hormis Matt et la voiture. Il n'y avait pas de planque possible, ni à droite ni à gauche, et il ne pouvait espérer atteindre sain et sauf les bâtiments officiels, distants de plusieurs centaines de mètres. Il se maudissait : pourquoi ne s'était-il pas, dès qu'il avait perçu derrière lui le bruit du moteur, engagé dans l'enchevêtrement réconfortant des arbres et des maisons de Marmalade District ? Il se retrouvait maintenant complètement isolé, à parcourir cette immense pelouse plongée dans l'ombre, sans possibilité d'esquiver les phares de son poursuivant.

Malgré tous ses efforts, il commençait à flancher. Et, comme il ralentissait, le moteur de la voiture lui paraissait redoubler d'intensité. Dans un sursaut désespéré, se servant de ses bras et de ses jambes comme de pistons, il se propulsa vers la gauche, trop brusquement pour que le conducteur du véhicule ait pu anticiper son intention et l'intercepter. Matt distinguait à présent le carrefour de la North Main Street, le musée des

Pionniers, la lueur des réverbères et quelques arbres disséminés çà et là. Si seulement il parvenait jusqu'à eux... Ceux-ci pourraient peut-être retarder la progression du véhicule et lui permettre de dévaler la colline et de se faufiler parmi les maisons.

Il sentit que la voiture se rapprochait, lentement mais inexorablement. Quoique le terrain soit désormais très légèrement en pente, ses poumons étaient deux ballons dégonflés qu'il tentait en vain de remplir d'air. Ses pieds martelaient douloureusement le sol. Il avait les jambes si engourdies qu'elles ne semblaient plus lui appartenir. Sans se retourner, sans en avoir la preuve tangible, Matt savait que la voiture ne s'arrêterait pas une fois qu'elle l'aurait heurté. Elle continuerait comme si de rien n'était et lui roulerait sur le corps.

Les yeux exorbités, le corps brûlant, le cœur battant à tout rompre, il fit en sorte d'accélérer afin de se rapprocher des arbres. La voiture essaya de lui barrer la route, mais il l'esquiva d'un mouvement machinal et imprévisible. Comme elle slalomait entre les troncs d'arbres, Matt s'élança vers la route et gagna le trottoir opposé. Puis il dévala la pente abrupte, en direction de Center Street et des rues de l'Abricot et de l'Amande. Là, il s'engouffra dans un jardinet plongé dans l'obscurité.

La voiture s'était efforcée de le suivre, faisant une brusque embardée au moment où Matt avait traversé la rue, mais trop tard : il était désormais à l'abri et la voiture descendit la colline en le dépassant. Au carrefour suivant, elle prit sur la droite, pendant que Matt attendait, dans la pénombre et le silence du jardin, de voir si elle allait contourner le pâté de maisons. Alors qu'elle remontait la colline, il avait pu entrevoir, en un éclair, la couleur et la plaque d'immatriculation : elle était rouge et la plaque comportait les lettres MMV.

Il resta quelques instants dans le jardinet, reprenant peu à peu son souffle. Pas une voiture ne passa. Il se trouvait du côté de la maison où les rideaux n'étaient pas tirés. Il s'autorisa à jeter un coup d'œil aux fenêtres illuminées. Une femme svelte cuisinait ; à côté un enfant regardait la télévision et un autre, plus âgé, était attablé, occupé peut-être à faire ses devoirs. Un bébé, couché sur un tapis d'éveil, agitait gaiement les jambes.

Cette scène d'harmonie familiale l'aida à récupérer son rythme cardiaque. Il demeura encore une dizaine de minutes ainsi tapi dans l'ombre. À un moment, un piéton passa devant le jardinet avec son chien ; celui-ci flaira Matt, mais son propriétaire ne s'en aperçut pas. Le petit chien fixa Matt puis se remit à trotter. Lorsque Matt fut certain que la voiture n'était pas embusquée quelque part dans les parages, il regagna en courant très vite le canyon de City Creek.

Il roula jusque chez lui, pour se doucher et se changer avant d'aller retrouver Jarvis et Troy. En début de journée il n'avait cessé, par réflexe, de chercher des yeux la voiture rouge dans son rétroviseur. À présent, c'était une appréhension justifiée qui l'y poussait.

— Alors, ça ne t'a pas fait du bien de courir ? demanda Denise à son retour.

Tandis qu'il montait prendre sa douche, il cria, depuis les escaliers, qu'il se sentait merveilleusement bien. Il eut l'impression que sa voix, faible et ébranlée, démentait ses paroles. Mais Denise ne sembla pas s'en rendre compte. Il s'abandonna un bon moment sous l'eau chaude, comme si elle avait le pouvoir de le débarrasser de sa peur et de sa confusion. Le fils de Mme Zoy était censé être à San Diego. Et même s'il était toujours en ville, Mme Zoy avait assuré qu'il ne tenterait en aucun cas de faire du mal à Matt. Sa détresse et sa déception étaient telles qu'elles le ramenaient à son enfance et à l'époque où le monde des adultes était pour lui inintelligible.

Lorsqu'il pénétra dans le bar où ses amis l'attendaient, ceux-ci l'interrogèrent aussitôt du regard, ils s'imaginaient qu'il avait passé tout l'après-midi devant le tribunal médical. Il n'avait pas encore atteint leur table que Jarvis et Troy avaient cru deviner que ça n'allait pas.

— Oh là là, ça s'est mal passé, lança Jarvis. Garçon, apportez un demi à cet homme !

— Merde ! s'exclama Troy. Tu as reçu un blâme, c'est ça ?

— Non, dit Matt. Ils ont retiré leur plainte.

Il regarda ses amis se réjouir, comme s'ils étaient les amis d'un autre, se réjouissant de la bonne fortune d'un autre.

— Alors… c'est quoi le problème, mon pote ? demanda Jarvis, en le dévisageant.

Matt respira un grand coup et, pour la première fois, leur parla de la voiture.

— Et avant que vous me posiez la question, précisa-t-il, je peux vous assurer que je me suis sérieusement demandé si tout cela n'était pas pure imagination de ma part, si je n'étais pas parano, en fait.

— On n'avait pas l'intention de te poser la question, protesta Jarvis.

— Quand est-ce que ça a commencé, déjà ? interrogea Troy.

— Au printemps. Et il est possible, je dis bien « possible », que ce ne soit pas la première fois qu'il essaie de me tuer.

Matt leur raconta la chute de pierres, alors que sa voiture était arrêtée sur l'accotement.

Jarvis expira bruyamment.

— Merde ! Bordel de merde ! La mère le croit peut-être parti à San Diego, alors qu'il est resté en ville pour te tuer.

— Jarvis ! rétorqua Troy d'une voix acerbe. Garde ce genre de réflexion pour toi !

Puis, s'adressant à Matt :

— Pourquoi ne pas nous en avoir parlé avant, Matt ?

Matt poussa un soupir.

— J'ai failli le faire, à plusieurs reprises. J'ai même failli le dire à Denise. Mais je ne voulais pas l'inquiéter. Même si elle ne l'avait pas vue, elle n'aurait pas pu s'empêcher de guetter son apparition, à tout moment de la journée. Quant à vous, les gars, je craignais de passer pour parano.

— On n'aurait jamais pensé une chose pareille, déclara Jarvis.

Mais Matt se rappelait comment Jon l'avait regardé, comment l'avocate l'avait scruté…

— Moi-même, j'ai cru que je l'étais. Ç'a été le pire moment. Et puis, cet été, une voisine a aperçu la voiture et j'ai su qu'elle existait pour de bon. Elle m'avait bel et bien suivi jusque chez moi.

— Tu n'as pas imaginé ce qui s'est passé ce soir, affirma Troy.

— Non, dit Matt. Je n'ai pas imaginé ce qui s'est passé ce soir.

— Et ton avocate a conclu ce marché, c'est ça ? Mme Zoy laisse tomber l'affaire si tu ne vas pas te plaindre à la police du comportement menaçant de son fils ?

Matt hocha piteusement la tête. Il but une gorgée de sa bière, qu'il trouva aigre.

— Je ne sais pas si la police me prendrait au sérieux, de toute manière. Mes preuves sont plutôt minces.

— Tu as le numéro de la voiture ? demanda Troy.

— J'ai le numéro d'immatriculation d'une voiture rouge. Je ne parviens jamais à bien voir la plaque... du moins, pas en entier.

— Donne-moi ce numéro, je vais essayer de trouver le propriétaire, fit Troy. On arrivera bien à le coincer, ce Zoy.

Matt le regarda, incrédule.

— Tu as le droit de faire ça ? Je croyais que seule la police y était autorisée.

Troy prit un air mystérieux.

— Il y a quelques agents de police à qui j'ai rendu service, dit-il.

— Le propriétaire de la voiture rouge est peut-être un type que tu ne connais pas, fit remarquer Jarvis. Un dingue qui choisit ses proies au hasard.

— Dans ce cas, nous l'identifierons, répliqua Troy. Ne te fais pas de souci, Matt. Tes vieux copains vont te sortir de ce pétrin. Une fois établi qu'il s'agit bien de Zoy, on décidera de la marche à suivre.

— Ce cinglé se venge parce qu'il s'imagine que tu as tué son père ?

— J'ai administré à M. Zoy un analgésique puissant, parce qu'il était mourant et qu'il souffrait. Je pense que le comportement de son fils est avant tout lié à ses rapports avec son père, les non-dits, les affaires non réglées, tout ce qui aurait pu être... C'est de là que vient sa colère. Il ne sait pas quoi en faire, alors il la dirige contre moi.

— Eh bien, peut-être qu'il décidera de diriger sa putain de colère contre quelqu'un d'autre, si on lui donne à voir Arnie de très près, dans son rétroviseur ? suggéra Jarvis.

Troy et Jarvis se mirent à se chamailler quant au fait de répondre à la violence par la violence. Matt se surprit à sourire en les écoutant. Il commençait à se relaxer. Il y a longtemps qu'il aurait dû leur parler de la voiture rouge ; il savait qu'il pouvait compter sur leur soutien. Jetant un coup d'œil à la ronde, il constata qu'autour d'eux les gens ne parlaient que de chasse. À l'autre bout de la salle, un petit groupe était plongé dans l'étude de cartes topographiques.

Jarvis et Troy abordèrent le sujet de son expédition prochaine. Un peu inquiets, ils se montraient particulièrement attentionnés – comme si c'était son anniversaire, ou qu'il partait pour une mission des plus dangereuses, dont il risquait de ne pas revenir. Matt en conclut que l'expédition devait leur paraître risquée. Troy le mit en garde, citant les cas de chasseurs morts d'hypothermie dans les Rocheuses parce qu'ils étaient trop fiers pour rentrer sans trophée. Jarvis conseilla à Matt d'emporter deux trousses de secours, une pour lui et une pour Hirsh. Tous deux lui répétèrent, au moins à deux reprises, de prendre son téléphone portable, en dépit des protestations de Hirsh. Jarvis le pressa d'emmener également des fusées de détresse.

— Ce qui est certain, c'est qu'on ne mourra pas de faim, dit Matt. J'ai découvert des plats prêts à consommer, les PPC, et j'embarque en douce assez de bœuf sauce teriyaki pour nous nourrir une semaine.

Lorsqu'ils se séparèrent ce soir-là, Jarvis le pressa fortement dans ses bras massifs, et Troy lui serra la main avec une raideur excessive.

— Je recommence à m'inquiéter pour mon foie, dit-il. Tu pourras m'arranger un rendez-vous pour une échographie, à ton retour ?

— Il faudra d'abord nous confirmer que c'est bien ce taré de Zoy qui le harcèle, répliqua Jarvis. Pas d'information, pas d'échographie, hein, Matt ?

La journée du lendemain était la dernière que Matt passait à l'hôpital avant son départ. À la cafétéria, il aperçut Steve Minelli, assis seul à une table, qui lui fit signe de se joindre à lui.

— Je tenais à te dire au revoir. Tu pars quand ?

— Je vais chez mon père ce soir.

— J'espère que ce sera une chouette expérience, Matt.

— Je te remercie.

Steve terminait une grosse assiettée de nourriture. Il vit que Matt la fixait.

— J'ai besoin de me requinquer, expliqua-t-il. Je suis de service en heures sup jusqu'à quatre heures du matin. En théorie, c'est pas légal. Mais l'hôpital manque tellement de personnel qu'on nous laisse faire si ça nous arrange.

Il ouvrit un pot en plastique contenant une substance gélatineuse, dans laquelle il plongea une cuillère en plastique.

— Ça va comment, le tir à la cible ?

— Plutôt bien, à ce qu'il semble. On s'est entraînés dans le petit champ de tir de John-Jack Perry.

Après sa conversation avec Stewart, Matt n'avait pas l'intention de jouer le jeu de Steve, qui prétendait ne plus connaître les environs du lac Arrow.

— Super. Ton père va bien ?

— Il est en forme et tire assez bien.

— Tu emportes une trousse de secours ?

— Et comment !

— Et ton téléphone portable ?

— Oui, bien que mon père s'y oppose.

— Alors comme ça, vous y serez pour l'ouverture de la chasse à l'élan ?

— On se met en route samedi.

— Vous partez d'où ?

— D'un endroit sur la route de Goat Bend. Ça s'appelle Knee quelque chose…

— Knee Heights ? demanda Steve.

— C'est possible, répondit Matt d'un ton évasif.

— Je connais le coin. J'y suis allé. Un peu escarpé pour ton vieux père, mais les élans adorent. Et le couvert végétal est dense quand on monte et qu'on s'éloigne du monde civilisé. C'est quoi, votre destination ?

Matt fut pris d'une soudaine appréhension à l'idée de révéler à Steve tous les détails de l'expédition.

— Pour commencer, on va se diriger vers le nord, vu qu'on n'a pas le choix. Ensuite, on doit passer une crête et traverser une forêt, à l'ouest.

Les mots étaient sortis spontanément de sa bouche. Hirsh lui avait désigné sur la carte la Bouche de nulle part, située très à l'est. Il n'aurait su expliquer quel mouvement instinctif l'avait empêché de dire la vérité ou de décrire la Bouche de nulle part.

— Mmm... D'abord au nord et puis à l'ouest... Ce ne serait pas vers Cold Kitchen ?

Matt fit mine de se pencher sur la question.

— Le nom me dit vaguement quelque chose, dit-il enfin.

— Il y a un bon pavillon de chasse par là-bas. Le pavillon de Cold Kitchen. Tu as quoi, comme fusil ?

— Une carabine Winchester calibre 30-06.

— Eh, c'est du poids plume. Faudra que tu la charges avec des balles d'au moins douze grammes.

— C'est mon père qui s'est occupé des munitions.

— Tu as besoin d'autre chose ? Un fourreau pour ta carabine ? Une couverture de survie ? Du ruban électrique à mettre autour de la gueule de ton arme, pour éviter que la neige ne s'y engouffre ?

— Merci, Steve, mais les amis de mon père nous ont déjà prêté le nécessaire. À mon avis, on est suréquipés.

— Tu as une bonne veste ?

Matt hocha la tête.

— J'emprunte sa vieille veste de chasse au shérif.

Il se garda de mentionner les sous-vêtements en laine.

— Vous partez pour combien de temps ?

— Probablement quatre jours.

— Matt, n'oublie pas ce dont nous avons parlé plus tôt. Tu pourras poser des questions à ton paternel pendant cette expédition ?

Matt hocha la tête, d'un geste las.

— Je te souhaite bonne chance. Puisses-tu ramener une bête d'une demi-tonne et faire la couverture de *Chasse et Gibier* !

Mais n'oublie pas. Ce n'est pas un jeu. Dans les montagnes, c'est une affaire de vie ou de mort. Surtout avec ton vieux père. Je parle sérieusement... Sois prêt à tirer à tout moment. Fais bien attention à toi.

Steve fixait Matt en prononçant ses mots, tandis que celui-ci sortait son sandwich de son emballage.

— Merci, Steve.

Steve se pencha soudain vers lui.

— Je voulais te dire quelque chose, Matt. Quelque chose dont je me suis souvenu. Quelque chose...

Il baissa les yeux, visiblement embarrassé.

— ... quelque chose que je voudrais t'avouer, en quelque sorte.

Matt scruta le visage de Steve et le trouva trop maigre – l'homme ne devait pas s'alimenter assez souvent.

— M'avouer ? répéta-t-il.

Steve l'entraînait sur un terrain glissant.

— Oui. Un vieux délit, si vieux, à vrai dire, que tu ne t'en soucies sans doute plus. Tu y as fait allusion à notre première rencontre... enfin, à nos retrouvailles... au printemps dernier. Depuis, je n'ai pas cessé d'y penser et je crois me rappeler ce qui s'est vraiment passé.

— C'est en rapport avec la mort de ton père ?

— Oh non, ça n'a rien à voir. C'est au sujet de cette grande fenêtre en verre, juste à côté de la porte, sur la véranda de tes parents. Celle à laquelle les oiseaux n'arrêtaient pas de se cogner.

— Celle qu'on a cassée ?

— Matt, c'est moi qui l'ai cassée, pas toi. Ça s'est passé un matin alors que je poireautais devant chez toi en attendant que tu reviennes de je ne sais où. Je me souviens encore du bruit que ça a fait : un grésillement, puis une crépitation, comme lors d'un tremblement de terre. Je lui resté là à regarder... j'imaginais peut-être que la vitre allait se réparer comme par magie. Ce qui ne s'est pas produit, bien sûr. Alors, j'ai pris ma batte de base-ball et je me suis mis à dévaler la colline jusque chez moi, pour que personne n'en sache rien. Plus tard, nos pères nous ont accusés tous les deux et ils sont parvenus à te convaincre que c'était toi qui avais cassé la vitre. Mais ce n'était pas toi. C'était moi.

« Allez, les gars ! » avait dit M. Minelli. Il se tenait au-dessus d'eux, et la cruauté de son expression avait terrifié Matt. « J'aime pas les poules mouillées. J'aime pas les gamins qui assument pas. » M. Minelli s'était alors balancé d'un pied sur l'autre, se donnant l'air encore plus menaçant. Au point que Steve, déjà chétif à côté de Matt, s'était fait tout petit.

« Ne m'obligez pas à devenir méchant ! Et c'est ce qui va se passer si vous ne me dites pas qui a cassé cette vitre ! »

Steve était tellement terrorisé qu'il se cachait derrière Matt, pour échapper à la fureur de sa grande brute de père.

Et Matt, s'efforçant de garder la tête haute entre Steve et M. Minelli, avait fini par dire :

« C'est moi. Avec la batte de base-ball. C'est moi qui ai cassé la vitre. »

La grosse brute avait souri.

Et à présent, vingt-six ans plus tard, Matt sentait son visage s'empourprer sous l'effet de la colère.

— Tu m'en veux, fit remarquer Steve avec tristesse. Tu m'en veux de ne pas te l'avoir dit à l'époque.

— Je ne t'en veux pas, Steve.

— Je crois que j'ai avoué la vérité à Jo-Jo. Mais à toi je n'ai pas osé.

Les liens du sang étaient les plus forts, une fois de plus. Matt demeura silencieux.

— Tu es furieux, Matt, je le vois bien, reprit Steve d'un ton piteux.

— Ce qui me rend furieux, c'est la façon dont ton père nous a accusés et s'est mis à nous hurler dessus.

Steve leva les yeux de son pot en plastique.

— Papa n'a pas hurlé, objecta-t-il très calmement.

— Il était dans tous ses états. Il nous a crié dessus, nous a traités de poules mouillées et a menacé de devenir très méchant si nous n'avouions pas. On a eu très, très peur.

— Papa ne me faisait pas peur, protesta Steve d'une voix pleine de fureur contenue.

Matt comprit qu'il ferait mieux d'en rester là, mais n'en poursuivit pas moins :

— J'ai avoué parce qu'il me faisait peur et parce que tu étais tellement affolé que tu t'étais caché derrière moi. Ça m'était insupportable. Je voulais juste que ça s'arrête. Alors, j'ai dit que c'était moi qui avais cassé la vitre. Je ne me souviens plus en quoi consistait la punition, mais ça ne pouvait pas être pire que de se faire hurler dessus de cette façon.

Le visage de Steve s'était crispé.

— Je n'ai jamais eu peur de papa. C'était un type formidable. Il lui arrivait de s'énerver uniquement parce qu'il savait faire preuve de fermeté. C'est comme ça qu'on élève les garçons.

Steve se leva. Il se pencha sur Matt de telle manière que celui-ci se sentit tout petit. Son visage s'était modifié, révélant des pommettes et une mâchoire saillantes. Ses yeux marron brillaient d'un éclat nouveau. Pour la première fois, Matt lui trouva une ressemblance avec son père.

— C'était un type formidable et sa mort est la plus grande tragédie qu'on puisse imaginer. Toi, tu vis une putain de vie de rêve, tu vas chasser avec ton père... et tu crois que tu peux te permettre de critiquer mon père. Tu ne lui arrives pas à la cheville et ton père non plus !

Steve pivota sur ses talons et se fraya un chemin entre les gens qui faisaient la queue au self-service, les vieilles personnes qui s'extirpaient avec difficulté de derrière leurs tables, les poussettes qui n'avaient pas été rangées et les groupes de médecins en tenue de travail. Matt le suivit des yeux jusqu'à ne plus pouvoir le distinguer parmi les employés vêtus de vert.

Quand vient l'heure de manger, songea Matt, l'être humain quitte les hauteurs où il se complaît, afin de se mêler à d'autres membres du troupeau et de consommer une nourriture principalement constituée de glucides. Lorsqu'il est rassasié ou en colère, il regagne rapidement les hauteurs, souvent contraint pour cela d'affronter un terrain hostile.

Il plongea la tête dans ses mains. Il n'était pas fier de lui. Il n'aurait jamais dû approcher la vérité de si près. De quel droit retirait-il à Steve ses illusions – illusions sur lesquelles celui-ci avait bâti sa vie entière ? Même si Steve y était allé un peu fort, sa colère était justifiée.

Sa secrétaire interrompit le cours de ses pensées en s'asseyant à côté de lui.

— Vous acceptez ma compagnie ?

— Seulement si vous prenez un brownie au chocolat avec glaçage à la vanille, répondit Matt.

— Je n'y vois aucune objection.

— Et votre régime, alors ?

— J'en ai ma claque.

Elle retira de son emballage un petit pain généreusement garni de fromage frais.

— De quoi vous avez votre claque ? Du régime ou du chauve de la maintenance ? demanda-t-il.

Elle éclata de rire.

— Je m'intéresse davantage aux ressources humaines, ces jours-ci. Qui plus est, elles disposent d'un tas d'informations fascinantes sur chacun d'entre nous. À vrai dire, certaines devraient vous intéresser. Au sujet du gars qui vient de partir, l'agent d'entretien… votre ami d'enfance…

Matt s'arrêta de manger.

— Steve… qu'est-ce qu'il a fait ?

— Vous savez pourquoi vous ne l'avez jamais revu, pendant tant d'années ?

Matt haussa les épaules.

— Nous n'avons pas suivi le même parcours.

— La sien l'a mené droit à la prison de l'Utah.

— Oh non. Il était à Seattle, ce qui n'est pas du tout la même chose.

— Il était en prison, ici, à Salt Lake City. Il y a purgé une longue peine. Il n'est sorti que l'été dernier.

Matt déglutit. Stewart lui avait dit que Steve avait déboulé au lac Arrow l'été dernier, qu'il y avait sans doute planté sa tente et était resté jusqu'en hiver.

— Je sais que c'est vrai, Matt, dit la secrétaire en l'observant avec attention.

Il soupira.

C'était peut-être vrai. Il se pouvait qu'un simple coup de feu, tiré vingt-six ans plus tôt au lac Arrow, ait propulsé Steve jusqu'à la prison de l'Utah.

— Vous voulez savoir pourquoi il était en prison ? lança-t-elle d'une voix enjouée.

Elle était manifestement ravie de posséder ces informations.

— Ne me dites rien, répondit Matt. Je préfère aller le lui demander moi-même.

23

Matt termina tôt sa journée de travail. Au lieu de repasser aussitôt chez lui prendre son sac et se mettre en route pour la montagne, il partit à la recherche de Steve.

— Comment savoir dans quel service trouver Steve Minelli ? demanda-t-il à une employée vêtue de vert.

Elle retira son masque et, avec un sourire, tendit la main vers un porte-bloc, sur le côté de son chariot.

— Pour ça, il suffit de consulter mon tableau de service, répondit-elle avec l'accent espagnol, en parcourant des yeux la feuille. Oh, le veinard, ce soir il est au service maternité. C'est mon préféré, le seul où les patients sont contents !

Matt la remercia et se dirigea vers la maternité. En avril, Denise et lui en franchiraient à nouveau les portes. Denise aurait un ventre énorme et appliquerait les techniques de respiration du yoga pendant les contractions. À cette pensée Matt sourit. Puis il se rappela la raison de sa présence ici.

Reconnaissant Matt, deux infirmières le saluèrent d'un geste de la tête. Il longea le couloir jusqu'à ce qu'il aperçût, devant la porte de l'une des chambres, le chariot d'un agent d'entretien. À l'intérieur, il trouva Steve.

— Hé ! lança Matt, depuis le seuil.

Steve n'avait pas encore levé la tête, mais de toute évidence il était contrarié, comme s'il ne supportait pas d'être interrompu. En voyant Matt, ses traits ne se détendirent pas. Il se remit à la tâche, sans se donner la peine de lui renvoyer son salut.

— Je peux te parler deux minutes ? demanda Matt.

— Pourquoi ?

— Parce que j'ai des choses à te dire. Pour commencer : pardonne-moi.

Steve continua à s'affairer, le dos tourné.

— Allez, Steve. Il faut qu'on parle. Accorde-moi ne serait-ce que quelques minutes.

— Je ne suis pas censé parler pendant mon service.

— Ce n'est pas l'heure de la pause ?

Steve demeura silencieux.

— Il y a bien un endroit où tu peux aller boire un café de temps en temps ? insista Matt.

Steve hésita quelques instants, avant de répondre d'une voix faible :

— Il y a l'espace détente du personnel de salle.

Il précéda Matt dans le couloir, sans lui accorder un regard. Matt remarqua son expression crispée, semblable à celle qui l'avait frappé à la cafétéria. Dans le sillage de Steve, il suivit le corridor, descendit un petit escalier et se retrouva dans les entrailles du bâtiment, où les murs étaient recouverts de tuyaux et de canalisations qui, s'ils acheminaient de l'air frais aux étages supérieurs, n'en fournissaient pas ici. Steve poussa une porte sans aucune indication et ils déboulèrent dans une pièce dont Matt ignorait l'existence jusqu'à ce jour. Dénuée de fenêtres, elle comportait en tout et pour tout quelques chaises en bois et un tapis élimé. On aurait dit un parloir de prison.

Il y avait un distributeur de boissons dans un coin. Sur la machine, une note mal orthographiée indiquait qu'elle ne livrait plus que du café et du thé glacé. Au lieu d'être climatisée, la pièce était comme surchauffée. L'air y était trop étouffant pour donner envie de café. Matt prit deux thés, pour lui et pour Steve. L'espace d'un instant, il craignit un refus de la part du nouveau Steve, plein de colère et de haine. Or celui-ci tendit sa main vers la tasse en plastique.

— Steve, dit Matt. Je suis désolé d'avoir critiqué ton père. Je suis impardonnable, mais j'espère malgré tout que tu ne m'en voudras pas. Ta famille et la mienne ont partagé des tas de moments de bonheur au lac Arrow, et nous avons passé des étés merveilleux, toi et moi. Bien sûr, il y a eu de bons et de mauvais moments, mais il y en a surtout eu des bons, et rien de ce qui s'est produit par la suite ne peut les effacer.

Steve avait le regard plongé dans les profondeurs glacées de sa tasse.

— Je regrette simplement que tu n'aies pas été plus sincère avec moi lorsque nous nous sommes revus, poursuivit Matt. En ce qui concerne ton passé.

Pour la première fois, Steve leva vers lui des yeux toujours brillants de colère.

— Comment ça, mon passé ?

— C'est vrai que tu sors de la prison de l'Utah ?

— Qui t'a raconté ça ?

— Pas toi. Je regrette que tu n'aies pas eu suffisamment confiance en moi pour me le dire, Steve. Mais puisque je le sais, je voudrais te dire… que je suis désolé. Je suis désolé que tout ait été si terrible pour toi depuis la mort de ton père. Je comprends à quel point il comptait pour toi et combien tout a été dur pour toi depuis qu'il est parti.

Steve poussa un soupir. Ses traits anguleux se détendirent momentanément.

— Ce n'était pas moi, dit-il. (Son débit était rapide à présent, même s'il parlait à mi-voix.) Je suis allé en prison à la place d'un autre.

— Pour quel crime ? Ils t'ont accusé de quoi, Steve ?

— Je me droguais, comme tu le sais. J'ai accepté de participer à un vol à main armé. J'étais accro à la came, il me fallait de l'argent, beaucoup d'argent. J'étais seulement censé faire le guet, mais un gardien s'est fait buter. J'y étais pour rien. Et ils m'ont condamné. C'est tout, Matt. J'ai passé la moitié de ma putain de vie en prison, alors que j'étais même pas coupable.

— Je suis désolé…, répéta Matt.

Steve changea de nouveau d'expression. Il était décomposé. Matt vit qu'il allait se mettre à pleurer.

— Comment avouer à un ami d'enfance qu'on a passé tant d'années en prison ? demanda Steve d'une voix pleine de rage.

Des larmes se mirent à couler sur ses joues, mais il continua sur le même ton, comme s'il ne les sentait pas :

— Comment avouer ça aux gens, quand on essaie de refaire sa vie ?

Matt lui tendit un mouchoir en papier et réalisa que ce n'était pas suffisant. Il se leva pour lui passer un bras sur l'épaule. Pendant une seconde, il sentit le corps étonnamment noueux de Steve, avant que ce dernier ne le repousse avec une force considérable.

— Je ne veux pas de ta putain de pitié ! Facile, pour toi, de faire preuve de compassion quand tu as tout ce dont un homme peut rêver : un père qui part chasser avec toi, une gentille famille, une grande maison, un métier prestigieux et le respect de tous ceux que tu croises.

À présent, il n'y avait pas que de la colère dans sa voix. Il y avait aussi de la haine.

— Mais n'oublie pas que si tu as tout ça, c'est parce que ta famille a détruit la mienne !

Matt voulut protester mais constata aussitôt que c'était inutile. Steve était comme pétrifié. Il ne regardait pas Matt. Ses yeux ne bougeaient pas. Et il parlait presque sans bouger les lèvres.

— Tu sais à quel point il m'est difficile de te voir partir chasser avec ton père ?

Matt se laissa tomber sur l'une des chaises en bois.

— J'imagine, dit-il.

— Allons donc ! rugit Steve, qui avait toujours les joues mouillées, bien qu'il ait cessé de pleurer. Tu ne sais rien de rien ! Tout se serait passé différemment si mon père avait vécu. C'était le meilleur, le plus fort et le meilleur ! Il avait les idées, l'énergie, il finissait toujours par dominer les autres ! S'il avait vécu, nous aurions possédé une grande maison dans un beau quartier et nous aurions fréquenté les écoles les plus chics, comme toi, Matt. J'aurais probablement secondé papa dans ses affaires, et il m'aurait enseigné tout ce qu'il savait, et il en savait des choses ! C'était un type formidable, un grand type !

Soudain, chose étonnante, Steve sourit. Matt connaissait ce sourire. Il signifiait « les liens du sang sont les plus forts ».

— Ton père, c'est un moins que rien comparé au mien ! dit-il en souriant toujours, mais sans aucune jovialité. Il n'a même pas pu réussir à tirer ce cerf, alors qu'il était tout près. Papa s'est bien moqué de lui, pour ça et pour tout le reste. C'est ton père qui aurait dû mourir, Matt, pas le mien. C'est ton père qu'on aurait dû retrouver dans cette voiture, ce jour-là.

Tous deux se fixèrent en silence. Pleins de haine, les yeux de Steve envoyaient des éclairs. Matt encaissait. En venant chercher Steve dans le service le plus gai de l'hôpital, il était loin de s'attendre à ça, bien qu'a posteriori cela lui paraisse inévitable.

La porte s'ouvrit brusquement sur un petit groupe de femmes de l'équipe d'entretien. Parmi elles, celle qui avait montré à Matt sa feuille de service.

— Ah, c'est super, vous l'avez trouvé ! s'exclama-t-elle d'une voix chaleureuse à l'adresse de Matt.

Les femmes se dirigèrent vers le distributeur de boissons, ignorant les deux hommes. Elles discutaient en espagnol. Matt comprit qu'elles parlaient de la machine et de son choix trop limité, et comparaient les mérites du thé glacé et du café chaud. Il les observa d'un œil distrait. Lorsqu'il se tourna à nouveau vers Steve, celui-ci était en train de sortir.

Matt se leva lentement et reprit le couloir étouffant tapissé de canalisations. Il remonta par le premier escalier qu'il trouva et émergea au service de radiologie. À partir de là, il savait comment retourner au parking. Pendant le trajet de retour chez lui, il se dit qu'il avait commis une erreur en voulant renouer avec Steve. Trop d'années s'étaient écoulées. À part ces lointains étés, ils n'avaient plus rien en commun. Matt avait bêtement tenté de ressusciter le passé et n'était sans doute parvenu qu'à leur faire du mal à tous deux.

Il fut déçu de constater que Denise et Austin étaient sortis. Il avait espéré passer un moment avec eux avant son départ. Son sac était prêt, mais il y ajouta tout de même quelques affaires. Il sentait son humeur s'assombrir. Le lendemain, Hirsh et lui vérifieraient qu'ils avaient pensé à tout, déferaient et referaient probablement leurs sacs. Et puis, très, très tôt le jour suivant, Stewart viendrait les chercher afin de les déposer plus haut dans la montagne. Ils sortiraient de la voiture et s'enfonceraient dans la forêt sombre et froide. Et lorsqu'ils auraient cessé de distinguer le bruit du moteur de Stewart, ils prendraient l'entière mesure de leur solitude.

Quand Matt songeait à tout cela, le battement de son cœur s'accélérait. Si seulement c'était une soirée comme les autres et qu'il pouvait le lendemain, comme tous les matins, se rendre à l'hôpital !

Le téléphone sonna. C'était Dan Murvitz, du centre médical. Ils se saluèrent chaleureusement.

— C'était comment ce voyage en Italie ? demanda Dan.

Matt dut lui expliquer qu'ils y avaient renoncé.

— Tant mieux ! s'exclama Dan. Si j'en crois mon expérience, il vaut mieux ne pas soigner sa famille, quand on est médecin.

— Tu veux que je laisse un message à Denise, Dan ?

— Eh bien, j'appelais juste pour lui rappeler de venir chercher son Subgynon. Je ne l'ai pas vue depuis un bout de temps et, si j'en crois mon ordinateur, elle va bientôt être à court. À moins, bien entendu, qu'elle n'ait pris la décision d'arrêter la pilule ? Vous essayez d'avoir un autre bébé, ou quoi ?

Matt resta si longtemps silencieux que Dan s'en inquiéta.

— Matt ?

— Désolé, fit Matt.

Il s'efforçait de réfléchir et de réagir rapidement, sans y parvenir.

— Ça va, Matt ?

— Oui, oui, très bien. C'est juste que je croyais qu'elle était passée à la clinique et qu'elle t'avait déjà dit... Visiblement, ce n'est pas le cas.

— Qu'elle m'avait déjà dit quoi ?

— Elle est enceinte.

— C'est merveilleux ! Alors, elle avait vraiment décidé d'arrêter la pilule. Eh bien, félicitations ! Envoie-la-moi, pour les examens de routine.

— Je n'y manquerai pas.

— Pour ce qui est du Subgynon, ça fait des années qu'elle le prend, sauf quand vous avez eu Austin, bien sûr. Je pense qu'il aurait été temps d'en changer, de toute façon. Aujourd'hui, il existe de nouvelles pilules, meilleures que les anciennes. Il faudra qu'on en discute après la naissance du bébé.

— Je te l'enverrai, Dan. C'est gentil de t'être donné la peine d'appeler.

Quand Denise arriva, les bras chargés de sacs de courses, Matt était assis à la table de la cuisine.

— Désolée de rentrer aussi tard. Des files d'attente dans les supermarchés, des files de voitures aux feux rouges. On a passé un temps fou à faire la queue quand on avait qu'une envie : être ici avec toi !

Elle le regarda avec une attention particulière et l'embrassa tendrement. Matt vit que tous ses gestes étaient empreints de la conscience qu'elle avait de son départ imminent.

— Tu n'as même pas allumé la lumière, le gronda-t-elle. Austin s'est endormi dans la voiture, comme d'habitude. Tu veux aller le chercher ?

Elle paraissait épuisée.

— Assieds-toi, dit Matt. Je ramène Austin et les courses.

— J'ai vomi toute la journée, annonça-t-elle avec un grand sourire. C'est bon signe, non ?

— Formidable ! approuva-t-il.

Il retira sa veste et serra Denise contre lui. Il y avait beaucoup de choses à son sujet qu'il ignorait ou ne comprenait pas, mais ça ne changeait rien à l'amour qu'il éprouvait pour elle. Quels que soient les mensonges qu'elle avait racontés à Weslake, quelles que soient les raisons pour lesquelles elle avait menti, ce n'était pas le moment de la questionner.

— Dan Murvitz a appelé. Il voulait te rappeler un examen de routine, ou je ne sais plus quoi. Je lui ai dit que tu étais enceinte et que tu comptais de toute façon passer le voir.

— J'irai cette semaine, promit-elle.

Matt la serra de nouveau contre lui. Il aurait voulu ne jamais cesser de l'embrasser. C'était la première fois qu'ils se séparaient pour plus d'un week-end. Il alla chercher Austin dans la voiture et le pressa lui aussi contre son cœur. Il supportait mal l'idée de devoir les quitter. Puis, après s'être assuré qu'il n'avait rien oublié, il fourra son sac à dos dans le coffre. Il enlaça et embrassa sa femme et son fils une dernière fois puis monta dans la voiture et démarra. Tournant la tête, il les vit à la fenêtre lui adresser de grands signes. Il eut le sentiment que son corps s'éloignait d'eux, mais qu'il avait laissé une partie essentielle de lui-même, son cœur peut-être, sur la table de la cuisine.

Comme il traversait les banlieues et se dirigeait tranquillement vers les montagnes, il remarqua les garages illuminés et les 4 × 4 arrêtés dans les allées. Des adolescents transportaient du matériel. Des hommes chargeaient les véhicules. Matt en vit au moins deux équipés de fusils. La ville entière semblait se préparer à affronter la nature et les éléments. C'était l'ouverture de la saison de la chasse.

La chasse

24

Les ténèbres l'enveloppaient comme une couverture quand Hirsh vint le réveiller, le matin de l'expédition. Ce n'était pas encore l'aube, avec ses lueurs et ses mouvements, et la nuit paraissait ne jamais devoir s'achever. Matt prit une douche en baissant la tête, de sorte que l'eau chaude ruisselle sur la totalité de son corps : il ne connaîtrait plus cette sensation avant plusieurs jours. Même après s'être douché, il n'avait toujours pas l'impression que c'était déjà le matin.

Il récupéra son portable sous son lit, où il l'avait discrètement mis à recharger, et le fourra dans sa poche.

La cuisine était allumée. Hirsh poussa une tasse de café vers lui. Matt la prit, l'entourant de ses doigts pour en capter la chaleur.

— Mange ! ordonna Hirsh en lui mettant sous le nez des fruits et du porridge.

— Je ne suis pas sûr de pouvoir, rétorqua Matt – mais il savait que c'était idiot.

Il goûta à contrecœur une cuillerée de porridge. Les céréales d'aspect peu engageant libérèrent des arômes d'épices et de fruits secs. Une saveur de framboise puis de figue lui emplit le palais ainsi qu'une touche de cannelle.

— C'est bon, pas vrai ? dit Hirsh, les yeux fixés sur lui. C'est le fin du fin, en matière de porridge. Je le garde pour les petits déjeuners exceptionnels.

Matt se demanda ce qu'était, pour Hirsh, un petit déjeuner exceptionnel. Peut-être le shérif Turner passait-il à Noël, ou toute la bande se réunissait-elle en été pour manger le porridge et boire le café sur la terrasse ?

Stewart arriva. Dans l'éclairage de la véranda, il avait l'air blafard. Matt et Hirsh enfilèrent leurs bottes et leurs vestes. Matt tâta la poche intérieure de celle que lui avait prêtée le shérif Turner : il y avait glissé subrepticement une grande quantité des sandwichs au beurre de cacahuètes proscrits par Hirsh. Il ne comprenait pas pourquoi son père les trouvait si contraires à l'esprit de leur expédition.

Hirsh alla chercher leurs armes. Leurs sacs à dos attendaient près de la porte. Matt rassembla ses forces afin d'endosser le sien, qui était bourré de PPC de bœuf sauce teriyaki. Il fut surpris par l'aisance avec laquelle il le souleva.

— Tout y est, Hirsh ? Tu es certain de n'avoir rien oublié ? lança Stewart, comme si la question se posait.

Hirsh proposa de s'asseoir à l'arrière, histoire d'épargner au conducteur sa présence infernale côté passager.

— Pour ce qui est de revenir vous chercher, on va récapituler, dit Stewart. Vous allez passer trois jours dans la montagne. Mardi, à supposer que vous ayez dressé le camp là où vous avez prévu de le faire, vous repartirez en direction de Rockroll et vous téléphonerez à l'un d'entre nous depuis la station d'essence. Lonnie, Elmer ou moi. On viendra aussitôt vous chercher là-bas.

— C'est bon, Stewart, assura Hirsh. Ce n'est pas toi qu'on appellera, pas un mardi. On appellera l'un des deux autres.

Matt se rappela que Stewart se consacrait systématiquement et exclusivement à Mona les lundis et mardis, jours où elle fermait son restaurant et venait le rejoindre dans les montagnes.

— Oh, ne t'inquiète pas, dit Stewart. Mona viendra vous chercher avec moi. À présent, notre plan d'urgence...

— Quel plan d'urgence ? demanda Hirsh.

— Si on n'a toujours pas de nouvelles de vous mardi soir, on commencera à s'inquiéter mais on n'entreprendra rien. Si on n'en a pas mercredi matin, j'appelle les secours.

Si Hirsh n'avait pas été dans la voiture, Matt aurait rassuré Stewart en lui confiant qu'il avait son portable dans la poche.

— Tu n'appelleras pas les secours, rétorqua Hirsh d'un ton bourru. Vous aurez des nouvelles de nous mardi.

— Je n'en doute pas, dit Stewart. (Matt trouvait sa gaieté un peu forcée.) Je suis sûr que vous allez vous éclater comme des fous. La météo prévoit des pluies fines, ce qui est idéal. Mais vous aurez sûrement de la neige en altitude. Et quand je viendrai vous chercher vous trimballerez une énorme carcasse d'élan.

Le père et le fils demeurèrent silencieux. Matt songeait que les chances qu'ils avaient de découvrir, d'approcher, de tuer, puis de traîner un élan jusqu'à Rockroll étaient quasiment nulles, à moins que celui-ci n'ait l'obligeance de se précipiter là-bas et de se laisser abattre tout près de la route. Il se demanda à quoi pensait Hirsh.

Ils atteignirent Knee Heights en un rien de temps, sembla-t-il à Matt. L'endroit consistait en un petit restaurant et en une maison attenante, aux fenêtres murées. Ils les dépassèrent et parcoururent encore deux kilomètres. Et puis, trop tôt pour Matt, Hirsh annonça :

— Tu tournes deux fois... Tu continues un peu... Là, c'est cette clairière !

Il avait dû repérer le terrain. Matt distinguait à peine la clairière. Stewart, lui aussi, eut du mal à trouver la brèche entre les arbres.

— Tu es certain de savoir où tu vas ? demanda Stewart d'une voix inquiète.

Hirsh ne daigna pas répondre.

— La route est assez large pour que tu puisses effectuer un demi-tour, Stewart, dit-il. Merci de t'être réveillé si tôt. Et de nous avoir prêté ta carabine. On fera en sorte d'avoir de bonnes histoires à vous raconter mardi.

— Faites attention là-haut ! lança Stewart.

Lorsque Matt ouvrit la portière, la lumière éclaira le visage de Stewart, plus pâle et plus tendu qu'à l'ordinaire.

— Tout va bien se passer, dit Matt d'un ton mal assuré.

— Chhhh..., siffla Hirsh.

Dès qu'ils sortirent de la voiture, Matt fut sensible à la différence d'altitude, à la fraîcheur de l'air raréfié. Il rabattit son chapeau sur ses oreilles, mais le releva aussitôt : il ne voyait déjà pas grand-chose, pas question en plus de ne rien entendre.

Ils prirent leurs sacs et leurs armes sans dire un mot. Matt referma la portière aussi discrètement que possible. Stewart n'avait pas fait demi-tour qu'ils s'enfonçaient déjà dans la forêt obscure. Matt se demanda comment Hirsh parvenait à discerner quoi que ce soit. Il talonnait son père, en attendant que ses yeux se familiarisent avec les formes environnantes. Mais c'est tout juste s'il apercevait le vieil homme devant lui.

Le sol était rocailleux. Ils suivaient vraisemblablement un sentier ou le lit d'une rivière asséchée. Il s'élevait depuis la route en pente abrupte. Pour marcher silencieusement, il fallait avoir les yeux rivés sur ses pieds ou faire appel à un sixième sens et détecter les grosses pierres qui se dressaient en travers du chemin.

Matt entendit la voiture de Stewart faire demi-tour. Elle avait l'air déjà loin. Puis il s'arrêta et se retourna. À travers les arbres, au-dessous de lui, les feux avant du véhicule diffusaient une lumière blanche qui s'éloignait. Les feux arrière devinrent deux petits points rouges, puis on ne distingua plus rien. Matt écouta le bruit du moteur jusqu'à ce qu'il cesse d'être audible. Dans le silence absolu uniquement rompu de temps à autre par les pas de Hirsh, Matt fit volte-face et s'engagea sur le sentier abrupt.

L'aube ne poignait toujours pas, mais l'obscurité semblait se désintégrer au fur et à mesure que Matt s'y accoutumait. Devant lui, la montée à flanc de colline. Autour de lui, d'interminables troncs d'arbres. Il n'eut pas de mal à rattraper Hirsh. Son père se déplaçait lentement, sans doute désireux d'économiser ses forces. Le petit sac à dos donnait à sa silhouette un aspect plus carré : un carré d'humanité dans ce monde vertical.

Ils marchèrent pendant ce qui parut à Matt une éternité. Pour Hirsh, ils ne pourraient passer aux choses sérieuses en fait de chasse qu'une fois débarrassés de leurs sacs à dos, et Matt le savait pressé d'arriver là où ils devaient dresser le camp. La pente s'adoucit enfin, et la forêt devint plus dense. Sans avertissement, Hirsh quitta le lit de la rivière et prit sur la droite. Matt tituba dans son sillage. Il était soulagé de ne plus avoir à grimper. Il s'était entendu haleter dans les dernières longueurs de la montée et les animaux avaient dû percevoir son souffle à des kilomètres. Le frottement des bretelles de son sac à dos lui avait rappelé leur présence. Sa peau était couverte de sueur et il avait l'impression que son corps était emmailloté dans des couches et des couches de laine, de coton et de goretex.

Ils firent une première halte à l'orée d'une clairière.

— L'aube, dit Hirsh. Elle commence à poindre. On va se reposer un petit moment.

Hirsh s'assit sur son sac, le dos appuyé contre un arbre. Matt était heureux de pouvoir se délivrer de cet énorme poids. Pour un peu, il aurait eu envie de faire comme Austin qui se mettait à courir partout dès qu'on le descendait de sa chaise haute. Matt agita les bras comme des hélices, en avant, puis en arrière, remua la tête dans tous les sens et roula les épaules.

— Plus tôt on dressera le camp, mieux ce sera, dit Hirsh.

Il parlait toujours à voix basse et sa voix paraissait demeurer en suspension dans l'air, telle la fumée d'une cigarette par un jour sans vent.

— Tout ce barda nous encombre, ajouta-t-il.

Il plongea la main dans sa poche et en tira deux barres aux céréales. Matt prit la sienne et s'assit. Lorsqu'il ouvrit l'emballage, le son lui fit l'effet de déchirer l'air raréfié. Sans doute les bêtes l'entendaient-elles mastiquer sa barre aux céréales à des centaines de mètres de là.

Dès qu'il l'eut terminée, il eut envie d'un café. C'est alors qu'il prit conscience que le monde alentour était en train de changer. Peu à peu, il se recréait. L'aube n'était encore qu'un soupçon de sourire, à l'est, et si sa lueur ne les avait pas encore atteints la forêt semblait sentir son approche. Elle bougeait, changeait, déployait ses membres. D'abord discret, puis franchement tapageur, le bruit leur parvint. Bruissements, pépiements, grattements, tapotements. Plus immobile que les arbres, Matt regardait advenir la lumière. Il avait beau savoir qu'elle provenait de l'est, il aurait juré qu'elle émanait uniformément de la terre elle-même. Petit à petit, le paysage se définit au-dessous d'eux : des flancs de vallée abrupts et boisés ; parmi les pins sombres, les taches de couleur des feuillus, pas encore dorés même s'ils n'étaient plus verts ; au loin, des rochers dressés, aux cimes émoussées par les nuages.

Ils restèrent assis en silence. Le ciel chargé parut se rapprocher d'eux.

— Il va pleuvoir, murmura Hirsh en se relevant.

Ils entendirent des coups de feu, de beaucoup plus bas.

— Ah, c'est parti ! Les coups d'envoi de l'ouverture de la chasse, constata Hirsh.

— On est censé faire un vœu ?

Hirsh ne répondit pas. Il plongea son regard au-delà de la vaste étendue des arbres.

— Ces gars sont à des kilomètres. Beaucoup trop bas pour les élans.

— Combien de temps faut-il pour arriver à la Bouche de nulle part ? demanda Matt, bien qu'il ait auparavant décidé de ne pas désigner l'endroit par le nom que sa mère lui avait trouvé, nom extravagant, bien sûr, comme toutes les inventions de Hilly.

Hirsh se pencha sur la question.

— Eh bien, nous y serons avant la nuit, finit-il par répondre.

Matt hissa de nouveau le sac sur ses épaules. Il vacilla légèrement tandis qu'il tentait d'enfiler la bretelle gauche.

— Tu veux que je te prenne quelques affaires ? Il me reste encore de la place.

Matt secoua la tête, même si le sac lui semblait beaucoup plus lourd à présent. Il ajusta un peu les bretelles.

— Inutile de sortir la boussole, on sait où est l'est, dit Hirsh.

Matt fixa le point, dans le ciel, où était apparue la faible lueur de l'aube. Au-dessous d'eux, le flanc de la montagne dévalait, en pente raide, vers le sud.

— Je suppose, fit Hirsh en lui jetant un coup d'œil par-dessus son épaule, que tu as remarqué certaines traces de frottement sur les arbres.

Matt ne répondit pas. Bien que Hirsh lui ait décrit la façon dont les cerfs et les élans mâles frottaient contre les arbres une glande à odeur située sur leur tête afin d'attirer les femelles, bien qu'il lui ait aussi montré de vieilles traces laissées par des cerfs, non loin de chez lui, Matt n'avait pas été capable de les identifier. Hirsh lui désigna le tronc d'un arbuste qui avait été ainsi dépouillé de son écorce à plus de un mètre du sol.

— Les traces sont beaucoup trop basses et beaucoup trop petites pour être celles d'un élan. Ce sont celles d'un cerf. Ouvre l'œil et tu les verras, toi aussi.

Ils s'étaient remis à monter, et Matt aurait eu honte d'avouer qu'il avait du mal à être aux aguets tout en gravissant la montagne, chargé d'un sac à dos aussi lourd. Il était obsédé par l'idée de boire un café. De temps à autre, il croyait même en sentir l'odeur.

— Les traces sur les arbres sont parmi les meilleurs indices qu'un élan nous donnera jamais de sa présence, murmura Hirsh. Il faut que tu prennes l'habitude de les chercher en permanence.

Matt s'aperçut que son père respirait avec difficulté. Ils firent halte dans la montée.

— C'est à l'aube que l'élan va le plus volontiers brouter, reprit Hirsh. Si je pensais qu'il pouvait y avoir des élans dans le coin, on ne s'agiterait pas autant. C'est la règle d'or : quand ta cible bouge, tu restes immobile ; quand ta cible fait un somme, tu bouges.

Ils continuèrent. À un moment, ils surprirent un petit groupe de cerfs. Les animaux disparurent en bondissant dans la forêt. À deux reprises, Hirsh s'arrêta pour sortir la carte et la boussole. Il indiqua à son fils où ils étaient et où ils allaient. Matt eut l'impression que même sur le papier la distance à parcourir était grande. Il ne dit rien mais, devinant ses pensées, Hirsh précisa gentiment :

— Ce sont des cartes à très grande échelle.

Il leur fallut descendre une pente particulièrement longue et abrupte pour pouvoir attaquer la montée suivante. Matt sentait protester les muscles internes de ses cuisses. Il regrettait de ne pas s'être davantage entraîné en montagne. La colline du Capitole ne l'avait pas préparé à ça.

Petit à petit, le silence de la nature pénétra son cœur. Il avait trouvé le bon rythme de marche. Des rayons de soleil trouaient les nuages et les irremplaçables parfums de la forêt lui parvenaient aux narines : odeurs douces ou piquantes, odeurs d'herbe et de sève… Il contemplait le paysage changeant et gonflait ses poumons d'air pur. Ce n'était pas si terrible, la chasse. Ça ressemblait à une randonnée pédestre, sauf qu'il fallait chercher des traces sur les troncs d'arbres. Tout en bas, en ville, Denise et Austin pensaient peut-être à lui et parlaient d'élans en prenant le petit déjeuner. Soudain, une vague de bonheur l'envahit. Il était débordant d'amour pour cette famille qui attendait son retour.

Ils firent une halte pour manger des sandwichs. Consultant sa montre, Matt vit qu'il était presque midi. Il s'efforça de ne plus penser au café pendant qu'ils examinaient les cartes. La distance semblait avoir un peu rétréci.

Peu après leur remise en route, Hirsh remarqua sur un arbre une trace récemment laissée par un élan, bien plus haute que les précédentes. Elle était aussi haute que Matt et le dépassait même. Le bois avait été dénudé de son écorce sur au moins trente centimètres. Un peu de sève s'en écoulait.

— Un beau trophée est passé par ici il n'y a pas longtemps ! murmura Hirsh. Je ne pensais pas trouver aussi rapidement un élan. Voyons si nous pouvons suivre sa piste.

Au sol, en effet, des empreintes de sabot attirèrent l'attention de Hirsh. Il en mesura la taille et l'écartement, et sa façon de les étudier stupéfia Matt.

— Il n'allait pas au pas. Il ne courait pas non plus, mais il n'allait pas au pas.

De temps à autre, Hirsh se figeait et flairait l'air.

— Je crois sentir son odeur, lâchait-il dans un souffle.

De nouvelles empreintes et traces de frottement apparaissaient çà et là. On voyait, à certains endroits, que les broussailles avaient été piétinées.

— Les élans se déplacent-ils toujours en ligne droite ? chuchota Matt.

Il s'étonnait que l'élan n'ait pas encore tourné d'un côté ou de l'autre. Hirsh marchait droit devant et retrouvait toujours sa piste un peu plus loin.

— J'imagine que oui, à moins que quelque chose ne les oblige à changer de trajectoire, marmonna celui-ci.

Matt vit que son père était tout excité. Bien que ses mouvements soient aussi prudents qu'à l'ordinaire, Matt sentait le vieil homme stimulé par l'adrénaline. Avant qu'ils n'aient repéré les traces de l'animal, la silhouette carrée de Hirsh penchait sérieusement de côté. À présent, il s'était redressé. Suivre la piste de l'élan agissait comme un anesthésique et Hirsh n'éprouvait plus de douleur à la hanche droite. Cela reviendrait, songea Matt, une fois achevée leur longue traque silencieuse.

Ils marchèrent longtemps à travers la forêt. Ils s'arrêtaient souvent mais avançaient vite, plus vite qu'ils ne l'avaient fait jusqu'alors, et avec une discrétion et une agilité nouvelles. Matt perdit la notion du temps. Il se rappela qu'Elmer Turner avait dit que l'élan pouvait se déplacer à plus de trente kilomètres à l'heure pendant presque toute une journée.

— Tu sais où nous sommes ? demanda Matt à voix basse, à un moment.

Mais son père progressait sans faire un bruit, en examinant l'écorce des arbres, en flairant l'air, et il ne parut pas l'entendre. Matt n'osa pas élever la voix.

La piste déboucha soudain sur une clairière qui descendait en pente abrupte vers une prairie herbue. Hirsh se mit à l'abri des arbres, mais stoppa si brusquement que Matt faillit lui rentrer dedans.

— Jetons un petit coup d'œil ! souffla-t-il. J'ignore où nous sommes, mais il se pourrait qu'il y ait de l'élan dans les parages. On le dirait bien, en tout cas.

Hirsh porta les jumelles à ses yeux. Il fixa un point précis, puis les passa à Matt. Celui-ci aperçut des formes vagues, aux couleurs de l'automne, puis les cimes lointaines. Plus près d'eux, là où la forêt reprenait ses droits, il distingua, entre les lignes verticales des arbres et des cimes, des lignes horizontales.

— Ce sont des cerfs ou des élans ?

Matt prononça ces mots dans un souffle, même s'il aurait juré que les bêtes, distantes de plusieurs centaines de mètres, ne pouvaient l'entendre.

Hirsh le tira vers l'arrière, à couvert des arbres, avant de lui répondre.

— Trop grands pour des cerfs... Faut qu'on se rapproche assez pour être sûrs de notre coup et encore davantage pour tirer, chuchota Hirsh, d'une voix légèrement tremblante. Je ne m'attendais pas à les débusquer si vite, le paysage ne semblait pas encore assez sauvage.

— Ils ne savent peut-être pas encore que la chasse est ouverte, suggéra Matt.

— Ils ne vont pas tarder à le savoir, répliqua Hirsh avec un petit sourire. Et je crois qu'il y a un autre élan mâle qui surveille le troupeau et nous a mené droit jusqu'à lui.

— Il est où, cet élan mâle ?

— Il se cache quelque part dans les bois. Étonnant qu'il n'ait pas bramé pour alerter les autres.

— Et comment fait-on pour s'approcher sans qu'ils nous voient ?

— De la même manière dont eux nous défient. En passant par la forêt. Tu vois comme elle s'incurve légèrement vers l'intérieur de la clairière ? À cet endroit, la lisière est à moins de cent cinquante mètres des élans. Si on reste sous le couvert de la forêt, qu'on se déplace en silence et qu'on parvient à atteindre ce point, on aura une bonne chance d'en tuer un, à condition d'être rapides et prêts à tirer.

Matt regarda autour de lui.

— Il va falloir qu'on fasse demi-tour et qu'on grimpe un peu, pour l'approcher d'en haut. C'est son point faible. Il s'attend toujours à ce que le danger vienne du bas, pas du haut.

Ils se retournèrent et s'éloignèrent de leurs proies. Lorsque les arbres furent suffisamment rapprochés, ils firent volte-face et marchèrent en direction des élans. La végétation était dense et les broussailles peu abondantes, le sol était recouvert de branches mortes qui craquaient sous leurs pas. Hirsh se figea.

— Il faut qu'on fasse moins de bruit, dit-il.

— Pas facile avec un sac à dos. Tu ne veux pas que je t'attende ici avec les affaires, pendant que toi tu vas tirer ?

Et si Hirsh chopait un élan et que leur expédition s'arrêtait là, tout de suite ? Ils se débrouilleraient Dieu sait comment pour ramener la carcasse à Knee Heights, Stewart viendrait les chercher et, ce soir, ils dormiraient dans leur lit !

— Non, répondit Hirsh. Je veux que toi, tu puisses tirer un élan mâle. Une telle opportunité ne se représentera peut-être pas.

— Je croyais que c'était *toi* qui tenais à tuer un élan. Tu n'en auras peut-être plus jamais l'occasion.

— Tu veux vraiment qu'on reste là, à se disputer ? siffla Hirsh.

Ils poursuivirent leur progression à travers la forêt, d'un pas plus lent. Il y avait d'autres traces sur les arbres, mais Hirsh ne prenait plus la peine de les examiner. Soudain il se figea, l'air dubitatif.

— Je ne me rends pas compte de la distance qu'on a parcourue. Je ne veux pas trop m'approcher, ou ils nous flaireront, faute de nous entendre, murmura-t-il le plus doucement possible. Si on descend la colline maintenant, tu crois qu'on va se retrouver là où on avait l'intention d'aller ?

Matt réfléchit quelques instants.

— Je continuerais un peu, dit-il enfin.

Ils gardèrent le cap pendant deux ou trois minutes, puis entreprirent de redescendre. Hirsh s'arrêta pour poser son sac à dos. Matt fit de même avec le sien, qu'il plaça derrière un tronc d'arbre. Tenant leurs fusils, ils s'avancèrent, lents et furtifs. Sans fardeau, tout était beaucoup plus simple. On maîtrisait plus aisément les gestes, les sons, le souffle. Les broussailles se faisaient plus nombreuses. Matt évitait les brindilles, se courbait et slalomait pour contourner les branches.

C'est alors qu'il éprouva, pour la première fois, l'excitation du chasseur. L'élan était une grande bête sauvage vivant dans les régions inhabitées, qui comprenait la nature et les éléments et se soumettait à leurs lois. Et il faisait de même en cet instant, se déplaçant parmi les arbres tel un animal. Tel un lion approchant sa proie.

Le battement de son cœur s'accéléra. Il avait les mains moites. La lisière de la forêt s'étendait devant eux ; ils avaient atteint le point qu'ils s'étaient fixé. Ils se mouvaient désormais au ralenti et faisaient des haltes fréquentes. À une centaine de mètres, entouré de femelles au repos, se trouvait un grand élan mâle. Il leur apparaissait de profil, avec les yeux mi-clos.

Hirsh fit signe à Matt de tirer, mais celui-ci réalisa qu'il ignorait comment s'y prendre. S'il cherchait un appui, s'il s'accroupissait dans les broussailles, s'il faisait quoi que ce soit hormis rester où il était et tirer debout, l'élan décèlerait sa présence. Or Matt ratait systématiquement sa cible quand il tirait sans appui.

Hirsh lui toucha le bras avec douceur et lui désigna une branche d'arbre suffisamment basse pour y appuyer son fusil. Elle ne se trouvait qu'à quelques mètres. Matt avança vers elle, aussi lentement qu'il en était capable. Il ne regardait pas l'élan et, suivant les conseils d'Elmer, gardait le visage tourné de côté. Elmer lui avait dit que fixer un animal c'était comme fixer quelqu'un dans la foule : la personne s'en rendait forcément compte.

Matt atteignit la branche. Il y cala la carabine et releva le cran de sûreté. Dans le viseur, la bête paraissait énorme, son cuir impénétrable. Mais l'animal avait détecté quelque chose. Ses yeux étaient bien ouverts à présent. Il était sur le qui-vive.

— Tire ! chuchota Hirsh.

Matt fit en sorte que le réticule coïncide avec la zone du cœur et des poumons. Il suspendit son souffle. Son corps était immobile, à l'exception de sa main : délicatement, il commença à crisper son doigt sur la détente. À cet instant précis, il sentit une vibration dans la poche de son jean.

Waltzing Matilda, Waltzing Matilda, you'll come a-Waltzing, Matilda with me !

L'élan se retourna et s'enfuit en bondissant. Une détonation assourdissante, un éclair de lumière, la douleur du recul dans l'épaule de Matt… Mais l'élan était déjà loin.

Les femelles s'étaient déjà redressées et, en l'espace d'une seconde, voire d'une fraction de seconde, toutes disparurent dans la forêt. Si vite qu'elles semblaient s'être évaporées.

You'll come, a-Waltzing Matilda with me !

— Merde, merde, merde ! s'exclama Matt.

Il tritura sa poche pour en extirper son portable.

— Remets le cran de sûreté ! hurla Hirsh.

Matt comprenait que son père ait besoin de se défouler. Il remit le cran de sûreté et porta le téléphone à son oreille. La mélodie aux accents métalliques s'interrompit.

— Oui ? demanda-t-il.

Matt sentait encore les effets de l'adrénaline, son cœur battait à tout rompre et sa main tremblait.

— OK, OK, pas la peine de crier !

C'était la voix de Jarvis. Matt entendait, en arrière-fond sonore, rugir le moteur d'Arnie.

— Ne me dis pas que tu étais sur le point de tuer un élan !

— J'étais sur le point de tuer un élan, répliqua Matt d'une voix qui lui parut celle d'un mort, quand tous les élans des environs étaient, quant à eux, bien vivants !

— Et moi, je m'appelle Andy Warhol. Écoute, je voulais juste m'assurer que tu avais bien emporté ton portable comme tu avais prévu de le faire et que tout se passait bien pour vous.

— Nom de Dieu, Jarvis, on est à peine partis !

— J'ai pensé à toi parce que je suis en train de franchir le col du Mandlemass et tu sais ce que j'ai vu ? Un énorme élan, rien que ça ! Et il avait l'air féroce ! Mais Arnie lui a fait beaucoup d'effet. C'est tout juste s'il n'a pas levé la patte pour qu'on le prenne en stop. La morale de l'histoire, c'est que tu n'as pas besoin d'aller chercher des élans au fin fond de la cambrousse. Un petit tour sur l'autoroute et tu peux abattre de quoi faire le meilleur des élanburgers !

Matt soupira.

— Merci du conseil, Jarvis.

— Comment se porte le paternel ?

— À merveille.

— Tant mieux. Écoute, j'ai un truc à te dire. Ça ne va pas te plaire.

— Denise va bien ? demanda aussitôt Matt.

— Ça n'a rien à voir avec Denise. C'est au sujet de la voiture rouge. Troy a découvert à qui elle appartient.

— Et c'est qui ?

— Ça ne va pas te plaire, répéta Jarvis

— C'est qui ?

— Un certain Steve Minelli.

Long silence, juste rompu par des grésillements.

— Tu es toujours là ? hurla Jarvis.

— Oui.

— Je t'avais dit qu'il était tordu. Dès le soir du vernissage, je te l'ai dit.

— Ouais, répondit Matt d'une voix atone. À cause des photos.

— Pas à cause des photos. À cause du punch. Tu te souviens du punch ? C'est à ça que j'ai su que ce type craignait.

— Tu avais raison.

— Ça, tu peux le dire… surtout que Troy a découvert autre chose à son sujet. Ce n'est pas à Seattle qu'il a vécu, mais à Draper, dans l'Utah. Tu sais ce qu'on trouve, à Draper ?

— La prison de l'Utah. Je savais déjà qu'il y avait passé du temps.

— Pour homicide volontaire. Il a descendu un mec. Un acte cynique et prémédité, exécuté de sang-froid.

— C'est suffisamment dramatique comme ça, Jarvis. Pas la peine de rajouter des clichés.

— Ce ne sont pas les miens, c'est ceux du juge. Troy a mis la main sur un compte-rendu du procès, ce sont les paroles du juge.

— Oh.

— Je voulais juste me rendre utile. Enfin… je pensais qu'il valait mieux que tu saches. Tu pourras passer tes longues nuits d'insomnie sous les étoiles à te demander comment tu vas gérer le fait d'être persécuté par un tueur cynique et calculateur.

Matt poussa un soupir.

— Au moins, tu n'as pas à t'en inquiéter pour le moment, dit Jarvis. Il ne peut pas te poursuivre en voiture dans les montagnes.

— Même s'il le pouvait, il ne nous trouverait pas. Je lui ai dit qu'on allait vers l'ouest, alors qu'on se dirige vers l'est. Je ne sais pas ce qui m'a pris.

— L'intuition. On réglera tout ça dès ton retour, Matt. Troy veut t'accompagner au commissariat central à la seconde où tu seras redescendu. En attendant, garde ton calme. Et sois prudent.

Il y eut un « clic ». Jarvis avait raccroché. Puis le silence de la forêt s'abattit sur eux. Il fallut un moment à Matt pour oser faire volte-face et affronter le regard de Hirsh. Quand il le fit, son père avait déjà gravi la moitié de la colline. Matt s'empressa de le poursuivre et l'avait presque rattrapé lorsque son portable sonna à nouveau. Hirsh ne s'arrêta pas mais Matt crut déceler du dégoût dans sa façon de rentrer la tête dans les épaules.

Il décrocha et salua son interlocuteur d'une voix sèche. Sans doute Jarvis le rappelait-il pour lui annoncer qu'il venait de voir un autre élan.

Il y avait de la friture sur la ligne. On ne percevait pas le bruit du moteur d'Arnie, mais on sentait la vie alentour, la présence de quelqu'un au bout du fil.

— Allô ? répéta Matt

Il entendit respirer, mais l'interlocuteur ne parlait toujours pas. Assis seul dans la forêt, son portable collé à l'oreille, Matt eut une sensation de picotement sur la nuque. Il s'administra une petite tape, pour le cas où une araignée se serait glissée dans la veste d'Elmer, mais il savait qu'il n'en était rien. Si le duvet de sa nuque s'était hérissé, c'est parce que quelque chose, dans les sons qui parasitaient le silence de la ligne, indiquait que l'auteur du coup de fil était tout proche.

Affolé, Matt jeta des coups d'œil autour de lui. Il ne vit personne, pas même Hirsh, désormais trop loin. L'appel s'était interrompu brutalement et son téléphone avait émis un bourdonnement irritant. Matt voulut relever le numéro de son correspondant, mais celui-ci l'avait masqué.

Lorsqu'il rattrapa enfin Hirsh, il était parvenu à se convaincre que l'appel venait d'un crétin de collègue qui avait oublié qu'il ne fallait pas chercher à le joindre cette semaine.

— OK, je suis désolé. J'ai emmené mon portable, en cas d'urgence, dit Matt, à bout de souffle. Seulement, j'ai négligé de l'éteindre.

Hirsh ne souffla mot, ce qui était chez lui un signe de colère. Il attrapa son sac à dos, s'assit sur un tronc d'arbre et sortit une carte qu'il se mit à étudier avec attention.

— Papa ? dit Matt d'une voix piteuse. Je te le répète, je suis désolé.

Hirsh leva les yeux vers lui.

— Tu ne l'aurais pas tiré, de toute façon.

— Ah oui ?

— Non. Tu n'en avais pas assez envie.

— C'est faux ! protesta Matt en se remémorant le contact de son doigt moite sur la détente.

Il ne voulait pas admettre, fût-ce intérieurement, que Hirsh n'avait peut-être pas tort. Matt avait aimé pister l'animal et ç'avait été un sacré défi de se mettre en position de tir sans attirer son attention. Mais, une fois ces objectifs atteints, avait-il voulu mener aussi vite l'expédition à sa conclusion naturelle ? Lorsque l'air de « Waltzing Matilda » avait fait fuir l'élan avant même qu'il n'ait appuyé sur la détente, n'avait-il pas éprouvé un soupçon de soulagement ?

— Tu n'as pas l'instinct du prédateur parce que tu n'as pas la motivation pour ça, reprit Hirsh sans cesser d'examiner la carte. Je veux dire… tu n'éprouves ni passion, ni colère, ni jalousie, ni même l'envie d'exhiber un beau trophée. Et on a mangé trop de sandwichs pour que tu aies assez faim pour vouloir la viande.

Matt demeura silencieux.

— Mais ça, ça va changer.

Matt songea à tous les plats prêts à consommer glissés en douce dans son sac à dos. C'est certain, il ne craignait pas d'avoir faim au cours de leur expédition.

— Tu finiras par avoir faim, je le sais, continua Hirsh d'une voix sereine. Étant donné que j'ai retiré tous ces plats sous vide de ton sac.

— Hein ?

— Je t'avais dit de ne pas les apporter, dit Hirsh en posant le doigt sur un point de la carte, avant de relever les yeux. Les véritables chasseurs ne font pas ça, ils ne se déplacent pas avec des réserves de nourriture pour la semaine. Ce n'est pas une façon d'affronter la nature et les éléments.

— Tu as sorti les PPC de mon sac à dos ? Quand ça ?

— Hier soir, pendant que tu dormais. Ils sont dans les tiroirs de mon bureau, pour le jour où tu voudras les récupérer et les remporter en ville.

Matt sentit le sang battre dans ses veines, comme s'il venait de surprendre un autre élan.

— Tu as retiré quoi d'autre ? demanda-t-il d'un ton rageur.

— Rien. J'ai laissé la trousse de secours là où elle était. Après tout, mieux vaut être prévoyant, même si elle m'a semblé un peu chargée. J'en ai une, moi aussi, mais elle prend beaucoup moins de place.

Matt restait silencieux.

— Je n'ai pas sorti *tous* les sachets de nourriture ! précisa Hirsh. J'en ai laissé deux en cas d'urgence.

— Il nous reste quoi, alors, comme réserves ?

— Des flocons de pommes de terre, des flocons d'avoine, des barres aux céréales, du riz. Et tout ce qu'on tuera nous-mêmes. C'est comme ça qu'on chasse pour de bon !

— C'est une gamme conçue par la NASA, l'armée américaine ne jure que par elle. Et on y trouve les plats les plus raffinés, le bœuf à la sauce teriyaki, par exemple. Mais les PPC ne sont pas assez bons pour toi !

— Si on était des cosmonautes, j'aurais rien contre, rétorqua Hirsh.

Matt soupira. Il se rappela que son sac à dos lui avait paru plus léger ce matin.

Il balaya des yeux la clairière déserte. Pas un rayon de soleil ne l'éclairait. Le ciel était obscurci par la pluie. Ils l'entendaient tambouriner sur les conifères. Mais, pour le moment, ils n'étaient pas encore mouillés.

— C'est inutile d'essayer de suivre les élans ?

— Totalement, confirma Hirsh.

Matt, qui avait cessé de songer au café pendant tout le temps où ils pistaient l'élan, sentit son envie redoubler. Il voulut suggérer de faire du feu, mais réalisa qu'il leur faudrait au moins une heure pour ramasser le bois, l'allumer et faire chauffer l'eau. Il ne serait jamais devenu accro à la caféine s'il lui avait fallu exécuter ce rituel chaque fois qu'il voulait boire un petit noir au lieu de se diriger vers le distributeur le plus proche.

— Alors, on est où ? demanda-t-il.

Hirsh avait sorti la boussole.

— Je crois qu'on a bifurqué vers l'est, dit-il. Et qu'on est loin de la destination qu'on s'était fixée.

Matt s'assit sur le tronc d'arbre, à côté de Hirsh, et prit la carte où la Bouche de nulle part était indiquée.

— On n'est pas sur cette carte-là, dit Hirsh. À mon avis, on est plutôt par ici. Regarde cette crête. Elle devrait être à l'ouest par rapport à nous.

Ils passèrent les cinq minutes suivantes à comparer cartes et points de repère.

— Je n'avais pas réalisé qu'on avait autant marché, fit remarquer Matt.

— Cet élan nous a ramenés en lisière des régions sauvages. Regarde, il y a des maisons qui sont signalées, tout près d'ici.

C'était vrai. Alors qu'ils avaient passé la journée à s'éloigner du monde civilisé, l'élan les avait entraînés vers l'est et vers les zones habitées. En guise de confirmation, un coup de feu lointain se fit entendre, un autre, puis un autre, suivi par toute une pétarade.

— Quelqu'un ne va pas tarder à éviscérer notre élan mâle, dit Hirsh d'une voix sinistre. On est si proches d'une bande de chasseurs qu'on devrait porter des brassards fluorescents. Et je n'en ai même pas pris.

— Cold Kitchen, lut Matt. C'est dans ce coin-là qu'on est.

Le nom lui disait quelque chose. Il se rappela que Steve l'avait mentionné, à la cafétéria. Matt avait voulu l'induire en erreur en prétendant que Hirsh et lui se dirigeraient vers le nord-ouest et Steve en avait déduit qu'ils passeraient par Cold Kitchen. Et à présent, voilà qu'ils se trouvaient non loin de l'endroit en question.

— Il n'y a pas un pavillon de chasse, à Cold Kitchen ? demanda-t-il soudain.

Hirsh ne daigna pas répondre.

Matt parcourut la clairière des yeux. Le ciel s'était assombri et la pluie était de plus en plus forte. Il consulta sa montre, à peine visible étant donné la faible luminosité, et se remémora le mystérieux appel qu'il venait de recevoir.

— Papa. Il est plus de quinze heures. On ne va pas aller à la Bouche de nulle part, il est trop tard pour ça. Il pleut. Il fera bientôt complètement nuit. On est partis très très tôt ce matin et on a besoin de se reposer.

— Et alors ? grogna Hirsh. Tu proposes quoi ?

— Je propose qu'on passe la nuit au pavillon de chasse, vu qu'il se trouve, sans doute, tout au plus à quelques heures de marche, qu'on se mette en route à la première heure demain matin et qu'on se dirige droit sur l'endroit où on doit dresser le camp, sans s'arrêter pour suivre des traces, des odeurs ou des empreintes. Ensuite, on pourra se mettre en quête des élans.

Hirsh continua à étudier la carte, comme si sa seule volonté pouvait les rapprocher de la Bouche de nulle part.

— La seule alternative, précisa Matt d'un ton posé, c'est de dresser le camp ici. Mais c'est perdre son temps que de s'installer si près du monde civilisé et d'une bande d'autres chasseurs. Même moi, je sais ça. Le mieux, c'est qu'on aille au pavillon.

Hirsh respirait avec difficulté. Il paraissait épuisé.

— Non, dit-il, mais Matt sentait sa résistance faiblir.

— Papa, je crois que c'est ce que nous devrions faire.

— De toute façon, ils n'auront pas de chambre libre au pavillon de Cold Kitchen. On va se farcir tout le trajet pour se retrouver devant une pancarte annonçant « complet ».

— Papa, je suis vraiment désolé d'avoir oublié d'éteindre mon portable et je suis désolé que Jarvis ait appelé. Mais vu que j'ai embarqué ce truc, autant m'en servir.

Il ressortit le téléphone. Sa lumière produisait un effet insolite dans la forêt.

— C'est pas croyable ! se lamenta Hirsh.

Mais Matt composait déjà le numéro des renseignements. Puis il appela le pavillon. Hirsh secouait la tête pendant que Matt demandait s'ils avaient une chambre de libre.

379

— Oh, pas de problème, disait Matt. Un lit gigogne, ça fera très bien l'affaire. Il faut réserver pour le restaurant ? (Derrière lui, il entendit Hirsh pousser un grognement.) OK, ça m'a l'air très bien.

Il donna son nom, puis ferma le portable. Hirsh demeurait assis sur son tronc d'arbre, comme assommé.

— Papa ?

— J'aurais dû me douter qu'il était vain de tenter une telle expérience avec un citadin comme toi.

Matt trouva cela injuste, mais ne protesta pas. Il repliait les cartes, certain de pouvoir trouver son chemin jusqu'à Cold Kitchen. Il se sentait attiré par cet endroit comme si on l'y menait au bout d'une corde.

— Allez papa. Faut repartir. Il leur restait juste une chambre, avec un lit double et un lit gigogne. Ce serait dommage qu'elle nous passe sous le nez, pas vrai ?

— C'est ça, dit Hirsh.

Il se leva avec effort. Il n'avait plus rien de l'homme qui s'était fondu entre les arbres en pistant un élan, à peine une heure plus tôt. Il paraissait beaucoup plus âgé. Matt se sentit soudain conforté dans l'idée d'avoir pris la bonne décision.

— Écoute, papa, dit-il en aidant son père à remettre son petit sac à dos. Dans l'un des livres sur la chasse que tu m'as prêtés, on lit que l'une des règles essentielles c'est de savoir reconnaître ses limites. Je sais qu'après avoir marché une ou deux heures de plus, on aura besoin d'un bon lit, d'un bon repas et d'une bonne nuit de sommeil. Et puis on se mettra en route de bonne heure demain matin, pour atteindre notre camp l'après-midi. Il fera encore jour et on pourra aussitôt se mettre en quête d'élans.

Il attaqua la montée. Il se retournait fréquemment. Hirsh le suivait, lentement. En haut de la colline, Matt fit halte. C'était à Hirsh d'ouvrir la marche. Il l'attendit, puis se régla en silence sur le pas de son père.

Hirsh s'arrêtait fréquemment. La première fois, il le fit sans avertissement. Il pivota brusquement sur ses talons et demanda :

— Pourquoi ton portable sonne-t-il sur l'air de « Waltzing Matilda », nom de Dieu ?

— C'est un collègue australien. Une plaisanterie qu'il nous a faite... Il a réglé tous les portables sur cet air.

— Ha, ha, fit Hirsh, sans joie aucune. Et la deuxième fois, c'était qui ?

— Sans doute encore Jarvis, mais il roule en montagne et ça a coupé.

Ils marquèrent rapidement une troisième pause car ils avaient entendu tirer, non loin d'eux. Hirsh s'arrêta une nouvelle fois pour s'asseoir.

— Jarvis... pourquoi est-ce qu'il t'appelait ?

— Pour me dire qu'il avait vu un gros élan traverser l'autoroute au niveau du col de Mandlemass.

Hirsh pouffa.

— C'est là qu'il faut qu'on aille !

Lorsqu'ils parvinrent au pavillon, il faisait noir. Hirsh jeta un coup d'œil au prix des chambres pendant que Matt remplissait les formulaires d'usage.

— Tu as vu un peu les prix ? marmonna Hirsh.

— Papa, c'est moi qui paie ! rétorqua Matt d'un ton ferme.

— Votre table sera prête dans quelques minutes, leur annonça la réceptionniste. À quelle heure désirez-vous partir demain matin ? Que diriez-vous d'emporter un de nos paniers repas « spécial chasseur » ? Ils sont digestes, nourrissants et équilibrés.

Hirsh grogna, tandis que Matt en commandait deux.

— Nous vendons aussi la dernière gamme des PPC, savoureux et d'excellente qualité, ajouta-t-elle.

Matt jeta un coup d'œil à Hirsh. Il était livide.

— Non merci, dit Matt. Mais je boirais bien une tasse de café.

— Vous trouverez tout ce dont vous avez besoin dans votre chambre, monsieur, répliqua-t-elle en lui tendant la clé.

Une corne de cerf portant le numéro de chambre faisait office de porte-clés. Ils se hâtèrent de franchir les couloirs, au sol recouvert de moquette en s'efforçant de ne pas cogner leurs sacs à dos contre les murs.

— On a vraiment l'air d'andouilles, à se balader là-dedans avec notre équipement de grands aventuriers ! maugréa Hirsh.

— C'est bon, personne ne nous a vus. Et il fera sombre, demain matin. Les autres gars partiront au volant de leurs 4 x 4 alors que nous n'aurons qu'à traverser la route pour nous enfoncer dans la forêt, comme des élans !

— S'il y a de l'élan au menu, je n'en commande pas, prévint Hirsh.

Il penchait à nouveau d'un côté lorsqu'il marchait. Une fois assis au bord du lit, il donna l'impression de ne jamais plus vouloir se relever.

— Allons dîner tout de suite, histoire de pouvoir se coucher tôt, dit Matt après avoir bu le mauvais café qu'ils s'étaient préparé.

La raideur de la hanche de Hirsh était très visible et semblait même s'être accentuée. Il marchait vers le restaurant comme si on lui avait soudé les articulations.

Ils étaient entourés de chasseurs au visage rougi par le grand air. La plupart paraissaient douchés de frais, avec leurs cheveux humides bien coiffés, leurs habits secs et sans traces de boue. Il y avait un brouhaha de voix qui parut s'amplifier pendant le dîner. Des hommes échangeaient des récits de chasse. Des groupes riaient aux éclats. Deux personnes se disputaient.

Il y avait plusieurs autres couples père-fils. Certains des fils avaient la mâchoire carrée et l'allure de Weslake qui, Matt n'était pas sans le savoir, avait souvent chassé en compagnie de son père et de ses frères.

Pour les tenir éveillés en attendant leurs plats, Matt raconta à Hirsh comment Weslake avait fait chanter Clem, tout en tâchant de ne pas révéler les secrets de jeunesse de son beau-père.

— Enfin, ce n'est pas vraiment du chantage s'il a investi l'argent dans sa compagnie et qu'il avait l'intention de le rembourser avec des intérêts…, objecta Hirsh.

— Papa ! Ça s'appelle de l'extorsion de fonds ! Et Clem a perdu jusqu'au dernier sou !

Hirsh bâilla largement et pria Matt de l'excuser.

Puis il dit :

— Pourquoi es-tu revenu à Salt Lake City, Matt ?

Celui-ci fut si déconcerté par la question qu'il mit un moment à la comprendre.

— Après ton retour d'Afrique. Tu as reçu de très belles propositions dans le domaine de la chirurgie endocrinienne. Pourquoi as-tu continué à traîner à Salt Lake en attendant que Jon Espersen te prenne en pitié ?

Matt rougit, un peu ébranlé. Il était difficile de poser à son père des questions personnelles, mais tout aussi difficile de répondre quand les rôles étaient inversés… Hirsh poursuivit :

— Es-tu revenu à Salt Lake City parce que Denise y vivait ? Parce que enfin… tu es revenu et Weslake est mort presque aussitôt après. Est-ce que tu es resté dans l'espoir que Denise allait t'épouser, cette fois-ci ?

Matt sentait son visage s'embraser. Il devait être rose vif.

— Non, répondit-il doucement. Ce n'est pas pour ça que je suis resté dans l'Utah.

— Tu savais que Weslake était mort ?

Si Hirsh avait les traits tombants, ses yeux étaient toujours aussi vifs.

— Non. (À présent, il avait les joues en feu.) Je te l'ai déjà dit. Je ne l'ai su que lorsque j'ai revu Denise, à Mason House, c'est-à-dire des mois plus tard. Elle était déjà veuve depuis plus de six mois.

— Tu n'avais pas essayé de la contacter avant ?

Matt trouvait bizarre que Hirsh, qui lui posait en général si peu de questions sur sa vie privée, manifeste un tel intérêt pour la triste période qui avait suivi son retour d'Afrique – période qu'il aurait préféré oublier. Il poussa un soupir.

— Je t'ai déjà expliqué tout ça, papa. Je n'étais pas parvenu à la convaincre de m'épouser. Je ne la croyais pas amoureuse de Weslake. Je pense qu'elle faisait cela pour Clem, pour compenser le fait que ses sœurs étaient reparties dans l'Est et y avaient épousé des non-mormons. Mais je n'ai pas pu la convaincre de faire machine arrière et nous sommes convenus de ne jamais chercher à nous contacter. Jamais. Sage décision, visiblement, car sans moi dans les parages, le mariage paraissait fonctionner.

En quatre ans, leur union s'est épanouie de façon spectaculaire... du moins en apparence.

Hirsh appuya le menton sur ses mains, comme s'il craignait, sans cela, de s'endormir sur la table.

— En apparence ? demanda-t-il dans un bâillement. Comment ça, en apparence ? Qu'est-ce qui te fait penser que quelque chose n'allait pas dans ce mariage ?

Matt hésita.

— Oh, tout allait bien, j'imagine, dit-il enfin.

À part que Weslake avait trahi Denise en faisant chanter son père et que Denise avait trahi Weslake en prenant la pilule alors qu'elle prétendait vouloir un enfant à tout prix. Matt secoua la tête, déconcerté.

La nourriture arriva. Ils mangèrent rapidement et en silence. Si Matt était parti chasser avec Hirsh, c'est parce qu'il y avait beaucoup de choses dont il souhaitait discuter avec lui. Denise n'en faisait pas partie.

De retour à la chambre, Matt proposa à Hirsh de lui faire couler un bain.

— Ça soulage les courbatures, dit-il.

— Matt, c'est une très bonne idée, mais si j'entre dans une baignoire, je crains de ne pouvoir en ressortir avant demain matin.

Lorsqu'ils furent couchés dans le noir, Hirsh ajouta :

— On se fiche pas mal des désagréments quand on dresse le camp en pleine nature, car quand on est aussi fatigué qu'à présent, on ne s'en rend même pas compte.

— Tu crois que ça ira demain matin ? demanda Matt.

Il commençait à se faire du souci pour son père. Il regrettait qu'ils aient pisté l'élan aussi loin, au lieu de se conformer à leur plan d'origine. À présent, Hirsh allait devoir affronter une deuxième journée de marche avant de pouvoir se reposer.

— Je suis vieux, c'est tout, dit Hirsh. Mais pas si vieux, puisqu'il me suffit d'une bonne nuit de sommeil pour me remettre...

Il articula à peine les deniers mots et s'endormit avant d'avoir fini sa phrase.

— ... d'aplomb ? compléta Matt, à sa place.

Seul le souffle de Hirsh lui répondit. Matt tendit la main vers son téléphone portable et appela aussitôt Denise. Elle avait une voix ensommeillée. Dans un chuchotement, il lui fit part des évènements de la journée, lui racontant sa tentative ratée pour tuer l'élan et le coup de téléphone de Jarvis, sans préciser ce que celui-ci lui avait appris au sujet de Steve Minelli. Il répéta à Denise combien il l'aimait et combien elle lui manquait. Avant de raccrocher, il demanda :

— Tu ne m'aurais pas appelé, aujourd'hui ? En milieu d'après-midi, peu de temps avant la tombée de la nuit ?

— Non.

Il haussa les épaules dans l'obscurité.

— Quelqu'un a essayé de me joindre. C'est sûrement sans importance.

En raccrochant, il songea qu'il ferait bien d'éteindre son portable afin d'en préserver la batterie. Mais il sombra dans le sommeil avant d'avoir pu le faire.

25

Les chasseurs de la veille au soir descendirent prendre leur petit déjeuner avant l'aube. Dehors, il faisait encore noir et tous avaient les yeux cernés. La nuit leur avait dérobé leurs joues rouges et leur loquacité. Dans la salle à manger, on n'entendait que le cliquetis des couverts sur la porcelaine.

— Ces gars n'iront pas plus loin que ne le permettront leurs jeeps, marmonna Hirsh, tandis qu'un chasseur particulièrement grassouillet tentait de se glisser derrière la table voisine.

Matt jeta un coup d'œil alentour et constata que la majorité des hommes présents étaient en surpoids. Il était en effet peu probable qu'ils aient pour destination des lieux aussi sauvages et éloignés que la Bouche de nulle part.

Hirsh termina le premier son petit déjeuner et retourna à la chambre. Matt profita de son absence pour demander quatre PPC à la réceptionniste. Il n'y avait pas de bœuf sauce teriyaki et il dut se contenter de spaghetti bolognaise et de saumon sauce citronnée. Hirsh était dans la salle de bains lorsqu'il regagna la chambre, ce qui lui laissa le temps de fourrer les sachets dans une poche de son sac à dos.

Ils se mirent en route, s'enfonçant dans la forêt, leurs repas « spécial chasseur » calés dans les poches de leurs vestes. Tout autour d'eux, on entendait le claquement des portières de jeeps et le ronronnement des moteurs qu'on laisse tourner pour les chauffer.

Il faisait plus frais que la veille. Le sol, sous leurs pieds, était gelé et inhospitalier. Mais Matt avait l'impression que sa vision nocturne s'était améliorée. Matt constata avec plaisir que son père marchait d'un pas régulier et se tenait bien droit, malgré une certaine raideur.

Leurs bottes patinaient un peu sur la boue durcie. Des brindilles craquaient bruyamment. Matt trouvait qu'ils faisaient autant de bruit qu'un régiment.

L'aube commença à poindre et, presque aussitôt, des coups de feu retentirent, parfois un coup isolé, parfois toute une salve. Cette fois-ci, ils ne prirent pas le temps de regarder le monde s'illuminer. Bien que le terrain ne leur soit pas familier, chaque détonation le faisait paraître plus peuplé. Ils pressèrent légèrement le pas. Nous sommes des élans, songeait Matt. Des élans qui s'enfuient vers des lieux plus sauvages, plus élevés, plus difficiles à atteindre. Cela dit, les élans, eux, n'ont pas de terribles envies de café.

C'est alors qu'ils tombèrent en plein milieu d'un groupe de chasseurs étendus autour d'un misérable feu de camp, engoncés dans leurs sacs de couchage. Il n'y avait pas la moindre tente ou autre type d'abri. Les fusils traînaient çà et là ou étaient posés contre des troncs d'arbres.

— Bonjour, lança Hirsh en entreprenant de les contourner.

— Eh, une minute ! cria l'un d'eux. Attendez, les gars !

C'était une voix juvénile et, à peine son père et lui eurent-ils fait halte, que Matt comprit que ces chasseurs-là n'avaient rien à voir avec les hommes d'un certain âge et leurs fils BCBG, croisés au pavillon de chasse. Matt observa un visage après l'autre et, dans tous, lut la détresse consécutive à la consommation d'alcool ou, plus probablement, de drogue. L'un d'eux s'était levé. Il déambula jusqu'à un arbre, derrière Matt et Hirsh. Matt se demanda ce qu'il avait l'intention de faire. Il craignait que le jeune homme ne leur barre la route.

Le gamin urina contre l'arbre. Près du feu de camp, un autre éclata de rire. Matt remarqua qu'un troisième tremblait de tous ses membres. Ceux qui restaient couchés, emmitouflés dans les sacs de couchage, n'avaient pas bougé d'un millimètre. Matt en était certain, à présent : ces gars étaient affamés, transis et sans doute d'assez méchante humeur pour pouvoir être dangereux.

Le jeune homme qui les avait appelés ramassa son fusil.

— Eh bien, qu'est-ce que vous voulez ? demanda Hirsh.

À son ton impatient, Matt comprit que son père, si prompt à détecter les traces et à flairer les odeurs animales, n'avait pas su détecter ce danger-là.

— Vous allez où, les mecs ? leur lança le gamin avec insolence.

Sous son gros bonnet, son visage conservait les rondeurs de l'enfance. Il arborait un demi-sourire, que Matt ne trouvait nullement rassurant. Il se l'imaginait quelques années plus tôt, un gosse de riche rondouillard jouant avec ses pistolets d'enfant.

— Vers l'est, grommela Hirsh, en se retournant pour repartir.

Mais, comme le redoutait Matt, celui qui avait pissé contre l'arbre leur barrait la route.

Matt s'efforça d'adopter le ton détaché et amical auquel il avait dû si souvent avoir recours, aux urgences, avec les patients susceptibles d'être violents.

— Dites-moi, les gars… si vous voulez chasser, vous feriez mieux de bouger. Tout ce vacarme pousse les bêtes à s'enfoncer plus loin dans la forêt.

— Ah ouais ? demanda le gamin qui tenait le fusil.

Il ne semblait pas très reconnaissant du conseil.

Étant donné qu'il leur était difficile de poursuivre leur chemin, avec ce gosse qui les en empêchait et qui, comme Matt le constata, tenait à présent lui aussi un fusil, Matt comprit qu'il lui fallait continuer à discuter.

— Ça va, les gars ? Vous avez dormi à la belle étoile, hier soir ?

— Ouais. Ce qu'on s'est caillés, putain ! répondit un garçon, qui tremblait de la tête aux pieds.

— On veut tuer des animaux, mais vous êtes les premiers fils de pute qu'on voit dans le coin !

Ce n'était pas du goût de Hirsh, cette façon de parler. Matt, qui surveillait son langage quand il était avec lui (sans toujours y parvenir, d'ailleurs) se sentit, de manière incongrue, outré pour son père.

— Si vous avez envie de chasser, vous feriez mieux de bouger, insista Matt.

Étant d'une génération à ne pas tolérer ce genre de comportement, Hirsh dit :

— Vous rentrerez bredouilles si vous laissez traîner vos fusils ainsi, sur la terre glacée. C'est pas une façon de traiter des armes à feu !

Aussitôt, le gamin au fusil se mit en position de tir. Sans appui. Il ne les visait pas vraiment, plutôt la forêt, au-delà.

— Voyons si ce joujou marche encore, dit le gosse, ses mots déformés par la crosse.

— C'est pas possible, une telle idiotie ! s'exclama Hirsh.

Mais avant même qu'il eût fini de parler, une détonation se fit entendre, si puissante que Matt s'étonna, après coup, d'être encore sur pied. C'est donc cela qu'avait vu passer l'élan, la veille, lorsque Matt l'avait loupé ! Toute la violence d'un orage de montagne concentrée dans un tout petit espace et dans une fraction de seconde…

Matt jeta un coup d'œil à Hirsh et vit à son expression que le vieil homme était très ébranlé. La colère l'envahit soudain : comment ces gamins osaient-ils faire peur à son père ?

Il se dirigea d'un pas ferme vers le gosse au fusil et se pencha sur lui. Le gamin tremblait légèrement, cramponné à son arme. Matt n'essaya pas de la lui retirer des mains. Il se contenta de remettre le cran de sûreté.

— C'est dangereux, dit Matt d'une voix calme, dénuée de toute agressivité. Les gens font ce genre de chose quand ils ont besoin d'aide. Je crois que tu as besoin d'aide. Qu'est-ce que je peux faire pour toi ? Il vous reste de quoi manger ?

L'ado le regardait sans faire un geste, les yeux écarquillés. Matt put discerner dans ses pupilles dilatées une récente prise de drogue.

Il plongea la main dans la poche de sa veste, d'où il extirpa son volumineux repas « spécial chasseur », qu'il jeta aux pieds du gosse. Un bruit sourd accompagna son geste et Matt réalisa que son père avait fait de même. Avant que le gamin ait pu ouvrir la bouche, Matt avait retiré son sac à dos et en avait extrait les quatre PPC achetés un peu plus tôt au pavillon de chasse. Il les laissa tomber sur les genoux de l'ado. Dans le lointain, une salve de coups de feu se fit entendre, puis une autre.

— Mangez tout ça jusqu'au dernier sachet, recommanda-t-il, comme s'il prescrivait un médicament au goût particulièrement infect. Refaites du feu, réchauffez-vous. Si votre copain tremble encore dans une demi-heure, couvrez-le davantage et partez par là. (Il désigna la direction d'où son père et lui venaient.) Vous tomberez sur une route. C'est là que se trouve le pavillon de Cold Kitchen. Vous y entrerez, vous reprendrez quelque chose à manger et vous vous réchaufferez. On est en pleine nature, c'est l'automne, le maniement des armes à feu est une chose sérieuse et la chasse n'est pas un jeu d'enfants.

Il remit son sac à dos, fit volte-face et entraîna Hirsh. Ils dépassèrent le gosse qui se tenait debout ; il ne tenta pas, cette fois-ci, de leur barrer la route. Ils marchèrent d'un pas vif sans s'adresser la parole une seule fois durant une trentaine de minutes. Matt se retournait fréquemment pour regarder son père. Il avait la tête baissée, comme s'il se concentrait très fort sur ses pieds. Enfin, Matt entendit une petite voix, qui disait :

— J'ai besoin de faire une pause, Matt.

Hirsh s'était déjà laissé tomber sur un tronc d'arbre pourrissant. Il suivit des yeux Matt qui revenait sur ses pas et s'assit à côté de lui sans déposer son sac à dos.

— Chapeau pour la manière dont tu t'es comporté là-bas ! dit Hirsh, d'une voix à la fois faible et bourrue. Tu as vraiment bien géré la situation. Le vieil encroûté que je suis n'a fait que jeter de l'huile sur le feu. Heureusement que tu étais là, ou Dieu sait ce qui aurait pu se passer.

Matt accepta en silence le compliment, Hirsh en faisait si peu.

— Par chance, ils étaient trop bêtes pour deviner ce que je transporte dans ma trousse de secours, dit-il.

— Tout de même... Comment les parents peuvent-ils laisser leurs gosses se balader comme ça, en pleine nature ?

— Les parents ne sont peut-être pas au courant, ou bien ça leur est égal.

390

— Mais, dis-moi... c'est quoi, ce que tu leur as donné à manger, à part les repas « spécial chasseur » ?

Matt sourit.

— J'ai racheté des PPC ce matin, au pavillon, pour remplacer quelques-uns de ceux que tu as retirés de mon sac.

Hirsh lui rendit son sourire.

— Tu as bien fait, dit-il. Ils se sont avérés vraiment utiles, pour finir.

— Décidément, il y a un truc avec ces PPC... Ils ne veulent vraiment pas rester dans mon sac !

Cette fois, c'est Hirsh qui ouvrit la marche, imposant une cadence beaucoup plus lente. À chacun de ses pas, Matt ressentait une vive douleur au talon. Une ampoule. C'était embêtant, mais supportable.

Soudain, Hirsh s'arrêta. Non loin d'eux, un froissement de broussailles, des craquements d'arbustes que l'on frôle... Machinalement, Matt se retourna, craignant de voir derrière eux un gosse armé jusqu'aux dents. Or le bruit provenait d'ailleurs, de quelque part sur le côté. Des élans, tout un troupeau d'élans étaient en train de fuir un autre fusil que les leurs. Les deux hommes se figèrent. Hirsh s'empara de son fusil, mais les élans les aperçurent et tous bifurquèrent d'un même mouvement vers la droite. Quelque part dans la masse mouvante de lignes verticales, Matt distingua une paire de bois magnifiques. Hirsh avait mis en joue et l'élan se présentait quasiment de profil. Mais il y avait trop d'arbres et trop de femelles et les bêtes étaient trop rapides, bien que bruyantes, dans leur stupéfiant numéro de disparition. Elles s'enfoncèrent dans l'obscurité de la forêt.

Hirsh laissa retomber son arme et remit le cran de sûreté.

— Si seulement j'avais été plus vif..., dit-il.

— Tu n'aurais jamais pu isoler le mâle dans une agitation pareille. Tu aurais blessé une femelle, on aurait passé la journée à essayer de retrouver sa trace et adieu la Bouche de nulle part !

Hirsh soupira.

— Tu as peut-être raison. Tu commences à t'y connaître, du moins pour ce qui est de la théorie.

— J'aimerais que la théorie comprenne une tasse de café.

— Quand on aura atteint notre camp, promit Hirsh.

Ils repartaient lorsque le portable de Matt sonna.

— Je croyais que tu avais éteint ce machin ! râla Hirsh.

— Moi aussi, je le croyais, rétorqua Matt en ouvrant le téléphone.

— Eh bien dis donc ! tonna une voix qui semblait toute proche. Les élans vous sont passés sous le nez et vous n'avez même pas eu le réflexe de tirer ! Vous vous relâchez, les gars !

Matt regarda autour de lui. Il balaya la forêt des yeux mais ne vit personne.

— Hier, vous avez loupé votre coup. Et aujourd'hui, vous n'avez même pas tiré. Vous allez devoir faire des progrès si vous voulez manger de l'élan.

— Qui est au téléphone ? demanda Matt, sans cesser de jeter des coups d'œil autour de lui.

— Tu ne devines pas ? T'as même pas une petite idée ? Très bien, je vais te donner un indice en te racontant une histoire. Les histoires, il y a rien de plus chouette quand on chasse ! Celle-ci concerne une femme que j'ai connue. En fait, c'était une putain. Elle paraissait bien comme il faut, mais au fond c'était une putain. Elle se jetait au cou des hommes. Un jour, un homme qu'elle voulait a trouvé un diamant. Il l'a trouvé dans un congélateur, au supermarché. Elle aussi voulait le diamant. Elle voulait le faire monter en solitaire. Mais comment expliquer ça à sa famille ? Parce que enfin… un diamant, ça ne sort pas de nulle part. Alors, tu sais ce qu'elle a fait ? Elle a prétendu avoir trouvé elle-même le diamant dans le congélateur du supermarché. Nom de Dieu, tu aurais dû l'entendre raconter l'histoire. Tout le monde l'a crue. Mais c'était un mensonge. Ce diamant, il appartenait bel et bien à l'homme qui l'avait trouvé dans le congélateur ! Ça t'en bouche un coin, non ? Eh bien, Matt, j'espère que mon histoire t'a plu. Essayez donc de deviner qui est la femme, toi et ton paternel ! Je t'ai donné un sacré paquet d'indices, je te rappellerai bientôt pour savoir si tu as la solution. Oh, un dernier petit conseil… Fais gaffe ! Et recommande à ton paternel de faire très attention lui aussi ! Au revoir, Matt.

Matt avait cessé de scruter les arbres et fixait à présent son portable. On ne s'était pas seulement immiscé dans leur partie de chasse. On s'était aussi immiscé dans ses souvenirs, attaqué à ses pensées...

Hirsh l'observait.

— C'était qui ?

Matt mit un moment à répondre.

— Aucune idée, prétendit-il.

— Eh bien... qu'est-ce qu'il voulait ?

— Rien.

Matt promena son regard alentour.

— On ferait mieux de continuer, papa.

Hirsh paraissait décidé à rester sur place tant qu'il n'aurait pas reçu une explication satisfaisante. Mais Matt repartit d'un pas décidé avant que son intuition lui dicte que son père serait moins exposé s'il marchait devant. Il s'arrêta donc et attendit que celui-ci le dépasse, ce qu'il fit sans dire un mot. Matt fut effrayé par la lenteur avec laquelle il progressait.

— Tu ne peux pas accélérer, papa ? finit-il par demander, sans lever la voix.

Bizarrement, plus ils marchaient lentement, plus son ampoule lui faisait mal. Elle grossissait.

— Non, dit Hirsh.

Avant le coup de fil, Matt avait commencé à apprécier la marche à pied. Il aimait sentir son esprit se vider, jusqu'à ne plus se fixer sur aucune idée précise, pas même celle des ampoules.

Sans doute les élans vivaient-ils ainsi, uniquement préoccupés de trouver de la nourriture ou un abri, ou de se reproduire en temps voulu. En dehors de ça, ils ne devaient pas penser à grand-chose – s'inquiéter du climat, par exemple, ou se demander pourquoi l'herbe était moins abondante que l'année précédente. Ils acceptaient leur existence, point final.

Matt était loin d'en faire autant : il ne cessait d'inspecter les alentours. Il faisait constamment volte-face pour regarder derrière lui mais ne voyait rien. De temps à autre, il s'arrêtait et tendait l'oreille mais ne distinguait que le bruit des pas de Hirsh. Il laissa son père prendre de l'avance, puis écouta à nouveau. Mais voir Hirsh marcher tout seul dans la forêt lui fit courir des frissons le long de l'échine et Matt se hâta de le rattraper.

Hirsh parut plusieurs fois sur le point de s'arrêter. Matt le pressa de continuer, sans relâcher son attention. Puis, haletant après avoir gravi des pentes abruptes, ils finirent par arriver en lisière de la forêt. Devant eux, de grandes étendues à découvert s'élevaient vers les cimes.

Hirsh avança de quelques pas en vacillant un peu, puis s'exclama :

— On n'a même pas mangé une barre aux céréales, nom de Dieu, Matt. Et puis je voulais jeter un coup d'œil à la carte.

Ils s'assirent sur des rochers froids afin d'avaler leur en-cas et de se désaltérer un peu. L'air fraîchissait et un ciel de plomb cachait toutes les cimes à l'exception des plus proches.

— Il va neiger ? demanda-t-il à son père.

— Sans doute, répondit Hirsh en dépliant la carte. Nous sommes assez haut pour ça.

Ces hauteurs dénuées d'arbres n'offraient pas l'aspect dentelé des crêtes. Elles étaient rocheuses et labourées par de grandes incisions qui, à l'exception d'un énorme cratère situé au centre, étaient trop petites pour être des canyons et trop grandes pour des crevasses. Marcher sur un terrain pareil prendrait un temps fou, songea Matt, car il faudrait contourner le cratère central, ainsi que chacune des failles. Et puis, pas moyen de se cacher. Il y avait bien quelques grosses pierres rondes, mais la plupart des rochers étaient plats et tapis dans le paysage comme des animaux au repos. Matt tressaillit. Il scruta encore une fois la forêt. Toujours rien.

C'est alors que, de façon aussi soudaine qu'inattendue, un coup de feu retentit. Matt en ressentit tout d'abord les effets, sans réaliser qu'une balle avait été tirée, ou sans avoir eu le temps d'y penser : le déplacement de l'air, l'impression d'une vélocité immense et surnaturelle. Presque aussitôt, avant même qu'il ait pu se demander ce qui se passait, la détonation se fit entendre. Elle résonna parmi les montagnes, à trois reprises peut-être, son écho faiblissant chaque fois, comme celui d'un petit train disparaissant entre les cimes lointaines.

Hirsh se coucha ventre à terre. Un rocher arrondi offrait un maigre rempart. Matt se redressa et fouilla le bois des yeux, cherchant à apercevoir le tireur.

— Baisse-toi ! siffla Hirsh. Il y a un crétin qui tire sur des bêtes de l'autre côté du canyon et il n'a pas vu qu'on était au beau milieu !

Matt se mit à plat ventre, à côté de son père.

— Comment sais-tu que ce n'est pas nous qu'il vise ?

— Bien sûr que ce n'est pas nous qu'il vise ! Si seulement j'avais apporté ces brassards fluorescents !

Matt fut ragaillardi par l'assurance de son père. Le coup de fil de Steve était certes tordu. De même que ses actes, s'il était bien le conducteur de la voiture rouge. Sans parler de leur dernière conversation à l'hôpital. Mais Steve n'était quand même pas fou au point de leur tirer dessus ?

Matt s'attendait à entendre une nouvelle fois l'air de « Waltzing Matilda », mais, son téléphone demeurant silencieux, il en conclut que Hirsh avait raison. Un chasseur isolé avait visé un point lointain sans prêter attention aux deux minuscules silhouettes progressant sur cette vaste étendue.

Au bout de quelques minutes, ils se relevèrent prudemment. Tout en jetant des coups d'œil à la ronde, ils commencèrent à contourner le cratère. À part quelques touffes d'herbe surgissant çà et là entre les rochers, dans sa désolation l'endroit évoquait un paysage lunaire. L'imposant spectacle des sommets pointus était dissimulé par un épais rideau de nuages. La neige tombait. Pas de bons gros flocons comme on en voit sur les cartes de vœux de Noël, mais de petits flocons méchants comme des grêlons. Matt sentait le vent gifler son visage exposé. Il rabattit son bonnet sur ses oreilles et remonta son écharpe.

Le terrain était trompeur. Il n'était pas difficile d'éviter le cratère, mais les failles apparaissaient soudain dans la roche, sans qu'ils les aient vues à l'avance. Il leur fallait alors revenir sur leurs pas et en faire le tour. Matt se dit qu'ainsi ils facilitaient la tâche à Steve si celui-ci les pistait. En effet, un éventuel poursuivant n'avait qu'à les regarder s'égarer pour choisir le plus court chemin.

Matt se retournait souvent, sans jamais apercevoir personne. Au bout d'une heure, cependant, il distingua dans le lointain une forme sombre, mince et très estompée par la neige, peut-être une silhouette. Alors, la colère l'envahit, une colère bien plus grande que celle que lui avait inspirée les gamins de ce matin. Hirsh et lui pistaient des élans et, pendant tout ce temps, eux-mêmes avaient été sans s'en douter traqués comme des animaux.

Ils finirent par se retrouver sur un versant moins exposé au vent. Même si la neige tombait toujours, l'endroit était plus agréable : quelques arbres en bordure de clairières ; de l'eau qui cascadait le long des pentes. Petit à petit, les deux hommes se retrouvèrent à nouveau dans une forêt de conifères. Ils surprirent deux cerfs en train de se battre, bois entremêlés, puis toute une horde de cerfs à queue noire.

— Ces lascars ont du bol qu'on n'ait pas de permis de chasse au cerf ! dit Hirsh.

Quelques minutes plus tard, il désigna une trace de frottement :

— Un élan, à coup sûr ! décréta-t-il en la regardant d'un œil avide.

— Non ! Il faut qu'on atteigne notre camp ! protesta Matt.

Toute la journée, il avait associé le fait de dresser le camp à celui d'être en sécurité. C'est précisément à la sécurité qu'il songeait lorsque son téléphone sonna une nouvelle fois.

— Tu ne l'as toujours pas éteint ? demanda Hirsh.

— On est censé me rappeler.

Il décrocha.

— Ohé ! dit une voix. Je vous ai fichu une sacrée pétoche là-bas, dans les rochers, pas vrai ? J'ai cru apercevoir deux élans en train de manger des barres aux céréales !

— À quoi tu joues, bordel ?

— Eh, Matt. Ne sois pas si impatient ! C'est un jeu qui a ses règles, avec des indices et tout le reste ! Alors, tu as discuté du dernier indice avec le vieux ?

Matt ne répondit pas.

— Alors ? demanda la voix.

Elle était sournoise, pleine de sous-entendus. Et, pire que tout, elle paraissait proche.

— Je n'ai pas l'intention de jouer aux devinettes avec mon père, dit Matt.

— Oh, mais ce jeu est on ne peut plus sérieux, Matt. La vérité ou les conséquences... rien de plus réel. OK, si le vieux ne devine pas qui a pris le diamant, on va essayer une autre question. Tu es prêt ? Qui a posé nue pour mon père, couverte en tout et pour tout de quelques petites feuilles de rien du tout ?

Steve se tut, comme s'il attendait une réponse. Matt se rappela l'enveloppe trouvée dans le grenier et comprit qu'elle avait été envoyée par Steve.

— Certaines femmes, continua Steve, feraient n'importe quoi pour attirer l'attention d'un honnête homme. Elles rencontrent un homme comme mon père et se comportent telle la femelle de l'élan quand elle est en chaleur. Sauf que les femelles élans ne font ça que quand elles sont en chaleur, alors que ce genre de femmes est en chaleur douze mois sur douze ! Alors, c'était qui ? Je pense que tu le sais, Matt. Non, je sais que tu le sais ! Mais pose quand même la question au vieux, histoire d'être sûr de la réponse. Je te rappelle bientôt pour que tu me la donnes.

— Fiche-nous la paix ! cria Matt, mais il n'y avait plus de tonalité.

Il pressa immédiatement le bouton « rappel », mais toujours rien. Il secoua le portable. Le secoua encore. Il composa le numéro de chez lui, en vain. Un voyant rouge s'alluma, à côté de l'antenne.

— Oh, merde ! J'ai plus de batterie. Ou de réseau. Ou les deux.

Soit les ondes étaient trop faibles, soit ils se trouvaient dans l'un des rares endroits au monde sans couverture réseau.

Matt soupira et remit le mobile dans son sac à dos.

— Qu'est-ce qui se passe ? demanda Hirsh.

— Avançons, dit Matt. Enfonçons-nous un peu dans les bois et je t'expliquerai tout.

Hirsh vit que Matt jetait des regards furtifs autour de lui tout en marchant mais se garda de tout commentaire.

Lorsqu'ils furent en pleine forêt, il fit halte.

— On devrait manger quelque chose. Ce doit être l'heure de déjeuner.

Matt rechignait à l'idée de s'arrêter. Il consulta sa montre.

— On a l'impression qu'il est tard mais en fait il n'est que onze heures. Et on a mangé des barres aux céréales.

— On est partis depuis plus de cinq heures. Déjeunons donc. Et pendant ce temps tu me raconteras ce qui se passe.

Matt s'accorda un moment de réflexion.

— On mange, à condition de repartir aussitôt après. On file droit vers la gauche ou la droite, comme les élans l'ont fait ce matin et on ne laisse pas de traces.

— Pas de traces, pas d'empreintes, pas d'emballages de barres aux céréales ?

— Pas même une brindille cassée.

Hirsh le scruta pendant quelques instants puis marcha quelques minutes en direction du sud.

— Il faut que je m'arrête, Matt, dit Hirsh.

Matt s'y attendait. Le vieil homme avait ralenti et boîtait de plus en plus.

— Parle à voix basse ! lui recommanda Matt. Dommage qu'on n'ait plus nos « spécial chasseur » !

— Il reste un sandwich qu'on peut partager. Deux pommes abîmées. Des noisettes. Et encore des barres aux céréales.

Mais au mot « sandwich » Matt se remémora le stock secret, ceux qu'il avait cachés dans la poche intérieure de la veste d'Elmer.

— Attends de voir ça ! murmura-t-il.

Les sandwichs étaient spongieux. Le beurre de cacahuètes avait imbibé le pain. À peine débarrassés de leur emballage, ils dégagèrent une odeur reconnaissable entre mille.

— On doit pouvoir les flairer à des kilomètres, dit Hirsh d'un ton désapprobateur, tout en les regardant avec appétit.

— Chut ! siffla Matt.

Alors qu'ils mastiquaient depuis un bon moment déjà, Hirsh demanda :

— Alors, qui est-ce qui passe ces coups de fil ?

Il y eut un silence. Matt avait résolu, durant leur pénible ascension, de dire la vérité à son père, mais maintenant il hésitait.

— Steve Minelli, dit-il enfin.

Hirsh conserva une expression impassible. Il passa une pomme à Matt.

— Il veut quoi ? reprit-il après un temps.

— Il nous suit à la trace. Il sait que j'ai raté un élan hier. Et il sait aussi qu'on n'a même pas fait feu sur la horde qu'on a vue ce matin.

Ils terminèrent de manger en silence.

— Ça fiche la pétoche, dit Hirsh. Tu te crois seul en pleine nature alors qu'il y a un type qui te piste.

— Papa... Steve Minelli... Il s'imagine que...

Matt avait du mal à poursuivre. Comment formuler des choses que l'on évite, délibérément et douloureusement, de dire depuis des mois ?

— ... S'il nous suit, c'est sans doute parce qu'il s'imagine que...

— Oh, je sais qu'il est très perturbé, interrompit Hirsh. Il est venu dans la montagne, l'année dernière, nous bombarder de questions sur la mort de son père. Il est passé me voir, ainsi qu'Elmer et Stewart... et Dieu sait qui d'autre. Une vraie plaie !

— Pourquoi ne pas m'en avoir parlé avant ?

— Tu semblais si content de l'avoir retrouvé. Tu pensais que c'était un type normal.

— Tu aurais pu éclairer ma lanterne, protesta Matt d'un ton amer. Il t'a importuné ? Il est venu chez toi ?

— Il a importuné tout le monde. Quand tu as dit qu'il exerçait un boulot de nettoyage à Sainte-Claudia, je me suis demandé si c'était une coïncidence, ou s'il avait fait exprès de choisir ton hôpital. Il porte un intérêt malsain à la mort de son père. Je dis que c'est malsain parce que ça paraît lui éviter d'avoir à vivre sa vie.

— C'est lui qui nous a tiré dessus sur les rochers, papa. Il ne voulait peut-être pas nous toucher... juste nous faire peur. Je

399

n'en suis pas certain. Les gosses de ce matin étaient dangereux à cause de leur bêtise. Steve est dangereux parce qu'il est...

— ... fou ? demanda Hirsh.

Matt se souvint du vernissage : les cadavres à la morgue, les blocs opératoires qui semblaient avoir été le théâtre de batailles sanglantes, les patients inertes de la salle de réveil, impuissants à s'opposer à l'objectif du photographe... Sans doute était-ce plus proche de la folie que de l'art...

— Il est sorti de prison l'année dernière, dit Matt. Il y a passé un sacré bout de temps, pour meurtre avec préméditation.

Hirsh hocha la tête. Un long silence s'ensuivit. Autour d'eux, le calme régnait dans la forêt. À part les bruissements des animaux voire, de temps à autre, le battement d'ailes d'un oiseau, on ne distinguait aucune présence. Mais c'était une impression trompeuse. Il y avait là un autre être humain qui les cherchait, les traquait, flairait leur piste comme Hirsh avait flairé les élans.

— Et si j'ai bien compris on ne peut pas se servir de ton téléphone pour appeler à l'aide..., fit Hirsh.

Matt rougit un peu et hocha la tête.

— Ils ne fonctionnent pas quand il n'y a pas de signal, surtout quand ils sont presque déchargés.

Matt ne rappela pas à son père que celui-ci lui avait, pour commencer, interdit d'emmener son portable

— Qu'est-ce que tu penses faire au sujet de ce gars ? demanda Hirsh.

— Tu peux m'attendre ici ?

— Tu as l'intention de l'affronter ?

— En quelque sorte.

— Laisse ton fusil ici ! s'exclama Hirsh d'une voix trop forte.

— Impossible si je veux qu'il me prenne au sérieux, murmura Matt.

Il se sentait à présent animé d'une colère froide, glacée comme le sol glissant et traître sous ses pieds. Comment Steve Minelli avait-il osé pourchasser Hirsh, d'abord chez lui puis ici, où il était exposé, sans recours possible, à tous les dangers ? Matt se rappela comme l'atmosphère du séjour était devenue bizarrement électrique le soir où il avait évoqué ses retrouvailles avec Steve Minelli devant Elmer, Hirsh et Lonnie et où il les avait questionnés sur la mort d'Arthur Minelli. « Drôle de coïncidence ! » s'était exclamé le shérif Turner en apprenant que Steve travaillait dans le même hôpital que Matt. Mais c'était une remarque ironique. Si Steve s'était fait engager à Sainte-Claudia, c'est parce que Matt y travaillait. C'était lui, la voiture rouge dans le rétroviseur de Matt. Il avait envoyé à Hirsh les photos d'Hilly, avait guetté l'arrivée de Matt à la cafétéria... Steve ne s'était pas contenté de poursuivre Matt, il l'avait avant tout manipulé.

Matt se fraya lentement un chemin dans la forêt. Il progressait avec la prudence d'un chasseur à l'affût, en marquant des arrêts très fréquents. Il allait en silence d'un arbre à l'autre. Il savait qu'en rebroussant chemin il finirait par trouver celui qu'il cherchait

Il s'approcha de l'arbre marqué par les bois d'un élan, à partir duquel Hirsh et lui s'étaient dirigés vers le sud. Matt regarda à droite puis à gauche mais ne vit pas Steve. Il commença à refaire, en sens inverse, le chemin parcouru. Il retourna vers l'ouest, vers le versant exposé. Le silence était tel, dans la forêt, qu'on se serait cru à des milliers d'années-lumière du monde civilisé. Il n'y avait personne d'autre dans la montagne, dans l'univers entier...

Lorsqu'il s'avisa de ce qu'il s'était trop éloigné de Hirsh, Matt fit volte-face et reprit le chemin de l'arbre à l'écorce arrachée. Peut-être avait-il raté Steve ? Pendant qu'ils s'empiffraient de sandwichs au beurre de cacahuètes, Steve avait très bien pu continuer vers l'est.

Une fois parvenu à l'arbre, Matt s'apprêtait à rejoindre Hirsh lorsqu'il perçut un mouvement infime qu'il prit pour l'envol soudain d'un oiseau. Il ne s'en immobilisa pas moins, ainsi que son père le lui avait appris, en cas de manifestation non identifiée. Quelques instants plus tard, le dos de Steve surgit de derrière un arbre. Il avait dû se débrouiller, Dieu sait comment, pour passer sans que Matt détecte sa présence, et découvrir qu'ils avaient bifurqué vers le sud depuis l'arbre, car il marchait maintenant en direction de Hirsh et des sacs à dos. C'était un chasseur instinctif, expérimenté et sensible qui savait traquer une proie au moindre son et à la moindre odeur. Comparé à lui, Matt avait l'impression d'être lourd, gauche et bruyant.

Matt se mit précautionneusement en position de tir, visant le dos de Steve. Il n'avait plus qu'à retirer le cran de sûreté et à crisper délicatement les doigts de la main droite sur la détente. Il pourrait affirmer qu'il s'agissait d'autodéfense. L'idée était séduisante, mais Matt se savait incapable de la mettre à exécution : il n'avait pas l'instinct d'un tueur.

— Matt, Nom de Dieu !

La voix de Hirsh tonna comme un coup de feu dans le silence de la forêt. Pris dans la ligne de mire, Steve fit volte-face. Il vit le canon de la carabine et Matt eut la satisfaction de voir la stupéfaction et l'horreur se peindre sur le visage de Steve. Il réalisa que c'était là tout ce qu'il désirait.

Émergeant de derrière les arbres, Hirsh s'avança à grands pas, paraissant plus grand et plus fort qu'à l'ordinaire.

— Il faut que je te parle, Steve, dit-il. Je vous serais très reconnaissant à tous deux de bien vouloir déposer vos armes. Je ne sais pas dans quel mauvais film vous vous croyez.

— Vous voulez me parler de quoi ? rétorqua Steve d'un ton impavide, très différent de la voix méprisante et assurée qu'il avait eue au téléphone. Son visage était comme redessiné, ses traits plus anguleux, sa bouche une simple fente… Les yeux étaient cernés de noir, à croire qu'il ne dormait jamais.

— Il y a des choses qu'il faut que je te dise. Mais c'est personnel. Par conséquent, Matt, si tu veux bien nous laisser seuls…

— Pas question de te laisser seul avec lui ! répliqua celui-ci.

La bouche de Steve se tordit en un vague sourire. Comment Matt avait-il pu ignorer le sens de ce sourire ? Il y avait pourtant eu droit chaque été ? Ce que ce sourire exprimait (outre que les liens du sang étaient les plus forts) c'était le peu de cas qu'il faisait de Matt et le peu de cas qu'il faisait de qui que ce soit, sans doute. Ce n'était pas un sourire véritable, mais le rictus glaçant d'un manipulateur cynique.

— Éloigne-toi, Matt ! ordonna Hirsh.

Matt recula de quelques pas.

— Plus que ça !

Hirsh attendit que Matt se soit suffisamment écarté à son goût, afin que Steve et lui puissent parler sans être entendus.

Cependant, Matt s'était assuré de les avoir dans sa ligne de mire malgré l'éloignement, et il distinguait par instants les paroles de Steve, quand celui-ci élevait la voix. Mais c'était surtout Hirsh qui parlait. Rien dans l'attitude des deux hommes ne laissait deviner leurs propos. La conversation dura longtemps. Matt sentait son corps se refroidir, ses membres se rigidifier. Le bras qui tenait l'arme était aussi dur que la carabine elle-même.

Pour finir, Hirsh s'avança vers la silhouette plus frêle de Steve Minelli. Matt leva son arme, mit en joue mais l'abaissa aussitôt en voyant Hirsh prendre Steve dans ses bras. Matt détourna les yeux, essayant de se rappeler quand, pour la dernière fois, son père l'avait ainsi serré contre lui. Or Hirsh venait d'effectuer ce geste avec naturel, comme s'il était coutumier du fait.

La conversation se poursuivit et, brusquement, Steve pivota sur ses talons, prêt à repartir. Hirsh le rappela, plongea la main dans sa poche et en sortit quelque chose, des barres aux céréales, très probablement. Matt vit Steve les prendre avant de chercher des yeux Matt, parmi les troncs d'arbres. Lorsqu'il l'eut trouvé, il le fixa. Matt soutint son regard, même si celui-ci le fit tressaillir. Une telle haine y brillait que Matt se sentit gelé, miné et vidé. À partir d'aujourd'hui, il lui faudrait vivre avec la haine de cet homme comme on doit vivre avec une cicatrice ou une jambe boiteuse, avec la conscience qu'il en sera toujours ainsi.

Alors, Steve se fondit dans la végétation en direction de l'ouest. Matt s'efforça de suivre des yeux la fine silhouette sombre, mais Steve était un chasseur et il disparut dans la forêt en un instant.

Quand Matt rejoignit son père, ce dernier remettait son sac à dos.

— Qu'est-ce que tu as fait ? demanda-t-il, en l'aidant à enfiler l'une des bretelles.

— Grâce à toi, j'ai appris deux ou trois petits trucs ce matin. En te voyant gérer la situation avec les gamins.

— Mais tu lui as raconté quoi ?

— La vérité. C'est toujours la meilleure solution, même si elle est parfois douloureuse. J'aurais préféré qu'il n'ait pas d'arme, c'est certain. Quoi qu'il en soit, remettons-nous en route. Il ne faudrait pas qu'on arrive à la Bouche de nulle part trop tard pour ramasser du bois.

— Tu ne vas rien me dire ? demanda Matt.

— Ce n'est pas le moment, rétorqua Hirsh, les yeux sur la carte.

— Tu crois qu'il est parti pour de bon ?

Mais tout en posant la question Matt savait que Steve ne cesserait jamais de le hanter.

— En tout cas, on en est débarrassés pour l'instant, répondit Hirsh. Nous sommes ici, dit-il en désignant un point sur la carte. Et la Bouche de nulle part se trouve là. Tu vois ? Encore deux ou trois crêtes et on devrait y parvenir.

— Il y a une sacré quantité de courbes de niveau, entre nous et cette vallée…, commença Matt.

Mais Hirsh s'était déjà mis en route et, tout en repliant la carte, se dirigeait vers l'est.

26

Il neigeait toujours, mais les flocons ne passaient guère sous le couvert de la forêt. Matt était conscient que la température avait chuté et, pour ne rien arranger, un vent glacé s'était levé. Si les arbres protégeaient en grande partie les deux hommes, le vent ouvrait parfois une brèche à travers les troncs et venait les frapper, précis et cruel comme un coup de couteau.

L'ampoule de Matt était de plus en plus douloureuse. À chacun de ses pas, on aurait dit que le frottement décollait une nouvelle fine couche de peau.

À deux reprises ils crurent apercevoir des élans ou leurs traces mais Matt insista pour poursuivre. Il avait remarqué que Hirsh penchait de plus en plus d'un côté. À un moment, ils dévalèrent une pente abrupte, recouverte d'herbe en bas de laquelle se cachait un ruisseau. Hirsh tomba en plein dedans. Il en émergea avec une jambe trempée.

— Seulement jusqu'au genou ! dit-il, en permettant à son fils de lui prendre le bras et de le hisser sur l'autre rive.

Matt savait que, vu la température et leur degré de fatigue, une jambe mouillée pouvait avoir des effets dramatiques. Il surveillait Hirsh tout en marchant dans la forêt. Il ressentait en lui-même la douleur que son père éprouvait au côté droit et, par malheur, c'est la jambe droite qui était mouillée. Quoi qu'il en soit, même si ses épaules n'étaient pas au même niveau, il gardait le rythme.

Ils s'arrêtèrent pour manger. Hirsh parla à peine.

— Ça va, papa ? demanda Matt.

— Très bien. Je ne sens plus que je suis mouillé, tellement je m'y suis habitué.

— Moi, j'ai une ampoule.

— Tu veux quelque chose pour ça ? J'ai apporté des pansements seconde peau.

— Quand on sera arrivés à destination.

Ils se remirent en route et le froid finit par engourdir le pied endolori de Matt au point qu'il ne le sentit plus. La forêt s'assombrissait, non parce qu'il était tard, mais parce que le ciel était couvert. Matt savait, pour avoir lu la carte, que tout près d'eux et de toutes parts des montagnes dressaient leurs cimes. Mais il ne distinguait rien alentour.

La Bouche de nulle part ne devait plus être bien loin. Tout à coup, il vit Hirsh, devant lui, cesser de marcher droit et vaciller légèrement.

— Papa ! s'écria-t-il.

Et puis, d'une voix plus forte :

— Papa !

Mais Hirsh ne semblait pas l'entendre. Matt courut vers lui et lui passa un bras sur l'épaule.

Hirsh s'arrêta et pivota sur ses talons. Il frissonnait, pas énormément, mais c'était tout de même perceptible.

— Papa, tu as froid, dit Matt.

Hirsh secoua la tête. Il eut un large sourire, un sourire qui ne lui ressemblait pas.

— Mais non, rétorqua-t-il. Je vais très bien.

Matt ne comprenait pas pourquoi Hirsh avait l'air si joyeux. Ils cheminaient en terrain hostile, à des kilomètres de tout (sauf des élans, avec un peu de chance). Il leur avait fallu deux jours au lieu d'un pour approcher leur destination et, lorsqu'ils y parviendraient, il ne resterait sans doute rien de la ville fantôme. Qui plus est, il neigeait de plus en plus... Matt rêvait d'un café. Son ampoule avait éclaté et devait suinter du sang.

— Je t'assure, insista Hirsh, toujours souriant. Je me sens merveilleusement bien.

Il continua à marcher et, comme il paraissait à présent mieux campé sur ses pieds, Matt le suivit en silence. Un peu plus loin, il le vit se débattre avec son sac à dos.

— Qu'est-ce que tu fais, papa ? demanda-t-il.

— Il faut que je me débarrasse de ce truc. J'ai trop chaud.

— Trop *chaud* ?

Hirsh laissa tomber son sac à dos et se remit à marcher. Matt ramassa le sac. Il était assez léger pour qu'il puisse le porter d'un seul bras. Il réalisa qu'il aurait dû proposer de le faire avant.

Or, voilà que Hirsh retirait sa veste.

— Papa, ne fais pas ça !

— Arrête de t'inquiéter pour moi. Je suis en pleine forme. J'ai juste un peu chaud, c'est pour ça que j'enlève ma veste.

Il titubait, tel un ivrogne.

— Papa... Tu n'as pas chaud. Tu frissonnes. Laisse-moi toucher tes mains.

Matt glissa les doigts à l'intérieur des gants de son père. Les vieilles mains étaient frigorifiées, la peau formait des plis épais. Hirsh grelottait de plus en plus.

— Désolé mais je dois insister, papa. Remets ta veste ! ordonnat-il d'un ton sévère, tout en soutenant Hirsh pour l'empêcher de tomber.

— Matt, ne sois pas insolent ! protesta Hirsh, d'une voix dénuée de colère.

— REMETS CETTE VESTE ! rugit Matt. Et moi, je vais poser ces sacs à dos, t'entourer de mes bras et tenter de te réchauffer.

— Je viens de te dire que j'ai pas froid, reprit Hirsh d'un ton grognon, mais il s'exécuta tout de même.

Matt avait plongé les bras dans la veste de son père et l'étreignait. Ils étaient plantés dans cette forêt glaciale, entourés de cimes gelées auxquelles Matt n'aurait pas pu donner un nom, et l'hiver se déchaînait autour d'eux. Matt serrait fortement son père contre lui et tâchait de lui communiquer sa chaleur, par un simple effort de volonté. Il n'était pas du tout certain de pouvoir y parvenir. Ironie suprême, tous deux portaient trop de vêtements pour que ce vieux truc puisse marcher.

Au bout de quelques minutes, Hirsh se dégagea.

— Faut qu'on y aille, à présent. Hilly va s'inquiéter.

Matt eut l'impression qu'un immense rocher lui roulait sur le corps. Il obligea Hirsh à refermer sa veste, mais celui-ci résistait.

— Hilly va vraiment s'inquiéter, répéta-t-il, lorsqu'elle verra qu'il neige et qu'on n'est toujours pas rentrés.

— Elle serait encore plus inquiète de savoir que je n'ai pas essayé de te réchauffer un peu, objecta Matt, et cela parut convaincre son père de se laisser faire.

Après quelques minutes, il se dégagea à nouveau.

— J'étais sur le point de m'endormir ici, annonça-t-il. Mais je me suis réveillé, parce que tu étais en train de m'étouffer.

Matt tâta le visage de son père. Il s'était réchauffé un peu.

— Désolé, papa. Mais tu as trop froid…

— On n'a pas le droit de tuer les gens, comme ça. C'est pas possible. Même si tu étais fou amoureux d'elle…

Hirsh s'éloigna en titubant. Matt ramassa les sacs et s'élança à sa poursuite. De son bras libre, il aida son père à se maintenir debout. Hirsh s'appuya aussitôt sur lui et Matt chancela sous son poids.

— Tu ne l'aurais pas fait, s'il ne s'agissait que de toi. Sauf par amour, je te connais, Matt. Mais tu ne peux pas tuer quelqu'un et t'attendre à rester le même. Même si personne n'est au courant, tu n'es plus le même homme. Et puis, percuter un homme ainsi, avec sa voiture… C'est une chose qu'on n'oublie pas…

Un flot de paroles incohérentes jaillissait de la bouche de Hirsh, auxquelles Matt prêtait à peine attention. Il se demandait quoi faire. Pour finir, il entraîna son père à l'abri d'un grand résineux sous lequel il l'installa.

— Bon, qu'est-ce qu'on fait ici, au juste ? s'enquit Hirsh.

Il était querelleur et insatisfait, comme l'était parfois Clem, quand Denise refusait de lui rendre visite à sa demande.

— Je ne vois vraiment pas pourquoi on s'est arrêtés, insista-t-il.

— Juste pour se reposer un peu, papa.

Il aurait voulu pouvoir sortir son portable et appeler le monde civilisé, de l'autre côté de la montagne. Mais c'était impossible.

Hirsh parlait toujours, comme n'importe quel vieil homme, excepté Hirsh lui-même.

Matt porta la main à sa tête.

— Tu veux bien te taire une minute ? Il faut que je réfléchisse.

— Oui, bien sûr.

Les frissons qui agitaient le vieillard étaient plus violents. Ses dents claquaient. Matt savait qu'il lui restait environ une demi-heure pour réchauffer son père avant que l'hypothermie modérée ne devienne sévère.

Il tendit le bras vers la carte. Ses propres mains tremblaient tant qu'il avait du mal à la tenir.

— Je ne comprends pas pourquoi on n'y est pas encore, dit-il.

— On ne va pas arriver avant un bout de temps. On est encore loin de la maison, l'informa Hirsh, cherchant à se rendre utile. Personnellement, ça m'est égal, je me sens tellement bien.

— On ne va pas à la maison. On va à la Bouche de nulle part, papa.

— Ah, la Bouche de nulle part. Je me suis dit que ta mère nous attendait peut-être là-bas. Elle va se demander où on est passés.

Matt se leva. Il commença à retirer le jean doublé de laine que lui avait prêté Stewart et qu'il avait accepté car il était large, bien qu'un peu court au niveau des mollets, et pouvait se superposer à plusieurs caleçons long.

— Tu vas te coucher ? demanda Hirsh.

— Ôte tes habits mouillés, ordonna Matt.

Il tira des sacs à dos sa couverture de survie puis celle de Hirsh et en recouvrit son père.

— Enlève tout ce que tu portes au-dessous de la taille, dit-il.

— Je risque d'attraper froid, se plaignit Hirsh, dans un éclair de lucidité.

Mais c'est sans se faire prier qu'il chercha à s'extirper de son pantalon.

—Je ne m'en tire pas très bien, reconnut-il au bout d'un moment, sans montrer la moindre irritation.

Matt défit la fermeture éclair du pantalon mouillé et tira sur les épaisseurs de caleçons longs. Tous étaient trempés au niveau de la jambe droite. Puis, comme Hirsh l'observait avec un certain détachement, Matt enleva son propre caleçon long (celui d'Elmer, en pure laine). Il avait beau en porter un autre en dessous, il eut la sensation d'être nu en pleine forêt. Le froid l'enveloppa telle une feuille glacée.

Il s'empressa de revêtir Hirsh du caleçon long, tant qu'il retenait sa propre chaleur corporelle. Puis Matt sortit des sacs deux caleçons supplémentaires et, par-dessus toutes ces épaisseurs, tenta de lui faire enfiler le jean doublé de laine de Stewart. C'était pire qu'habiller Austin. Au moins, Austin collaborait de temps à autre, alors que Hirsh regardait Matt s'activer comme s'il ne s'agissait pas de son propre corps. Matt tirait sur les vêtements en poussant des jurons. Il fallait expérimenter la difficulté d'habiller quelqu'un d'autre pour découvrir que les vêtements n'étaient pas conçus pour le corps humain…

Les chaussettes mouillées adhéraient comme une couche de givre aux pieds de Hirsh. Matt parvint tout de même à l'en débarrasser. Puis il retira ses gants et s'efforça de réchauffer les pieds glacés de son père en les serrant entre ses mains. Mais les flocons de neige qui tourbillonnaient autour d'eux venaient dérober le peu de chaleur qui leur restait, et les pieds de Hirsh étaient toujours aussi froids. Matt les emmitoufla dans deux paires de chaussettes.

Il ôta sa veste et la bise lui fondit dessus comme une bête à l'affût. Quand il retira son pull de dessus, la bête laissa voir ses crocs et se délecta de sa chair, jusqu'à ce qu'il ait remis et reboutonné sa veste. Il força Hirsh à enfiler son pull et, chose étonnante, celui-ci endura tout cela sans protester. Puis il l'entoura de la première et de la seconde couverture de survie et, au prix d'un grand effort, réussit ensuite à le faire entrer dans un sac de couchage.

—Je ne peux pas bouger ! gémit Hirsh.

Matt fut angoissé en l'entendant se lamenter comme un enfant.

— Très bien. Moins tu gaspilles de forces, plus vite tu te réchaufferas. À présent, bois ça !

Il garda quelques instants une bouteille d'eau sous sa veste afin qu'elle soit moins fraîche. Maintenant, c'est lui qui commençait à avoir froid ! Il dévissa le bouchon, maintint la tête de son père en arrière et lui donna à boire comme il avait donné le biberon à Austin bébé. Quand Hirsh se mit à se débattre, Matt le mit en garde :

— N'essaie pas de te servir de tes mains ! Laisse-les dans le sac de couchage !

Hirsh cessa de boire. Matt la glissa dans le sac de couchage, à côté de son père, afin de la réchauffer. Puis il plongea la main dans son sac à dos et en tira un vieux pantalon de survêtement qu'il avait eu la bonne idée d'y fourrer, à la dernière minute, parce qu'il ne pesait rien. Il l'enfila et, l'espace d'un instant, le froid se retira pour resurgir aussitôt, plus féroce que jamais. On aurait dit qu'il s'insinuait sous sa peau et pénétrait ses os et ses fragiles organes internes. Matt savait qu'il lui fallait bouger pour produire de la chaleur, mais le froid s'accrochait à lui, ralentissait ses gestes, le clouait sur place.

— Papa...

Il claquait des dents et ses mains tremblaient.

— ... Attends-moi ici. Ne bouge surtout pas. Je laisse les sacs à dos ici, avec toi.

Hirsh l'observait sans dire un mot.

— Je ne vais pas tarder à revenir. D'après la carte, on devrait avoir déjà atteint la Bouche de nulle part. Je pars vérifier où on est et je reviens tout de suite. Pigé ?

Matt espérait que ses mots sortaient dans le bon ordre. Sa bouche avait tellement de mal à les former.

Hirsh ne répondit pas. Il ferma les yeux. En tout cas, les frissons semblaient avoir cessé.

Matt jeta un coup d'œil alentour. Plus vite il serait parti, plus vite il serait revenu. Mais il ne se décidait pas à laisser son père seul en pleine forêt. Il tourna autour de lui, scrutant les arbres à la recherche du moindre signe, – mouvement, ligne horizontale, tache de couleur, battement d'ailes d'un oiseau effrayé, – qui aurait trahi la présence feutrée de Steve Minelli. Il ne vit rien et cela le réconforta. Derrière lui, la forêt sombre et silencieuse couvrait une distance infinie, recelant des secrets et des dangers innombrables. Matt ramassa des fagots, des feuilles et des brindilles et entreprit de camoufler Hirsh. Son père, visiblement assoupi, ignora l'opération.

Matt emporta la boussole, la carte, les jumelles et, après un moment d'hésitation, prit aussi son arme. Ses mains se glacèrent à son contact, comme s'il ne portait pas de gants.

Il s'interdit de se retourner vers son père, dissimulé sous un tas de branchages. Emmitouflé dans des couches et des couches de vêtements et de couvertures et les verres de ses lunettes couverts de neige, Hirsh serait, face à l'attaque d'un homme ou d'une bête, aussi démuni qu'un nouveau-né. Si Matt put continuer à s'éloigner, c'est seulement parce qu'il distinguait une clairière, au-devant, et sentait que la marche réchauffait un peu ses os.

Matt n'attendait guère que la Bouche de nulle part, déjà en état de délabrement avancé vingt ans plus tôt, lorsque Hirsh et Hilly l'avaient découverte, ne leur fournisse un abri. Mais il suffirait d'une demi-toiture et d'un peu de bois sec pour qu'il soit préférable d'y dresser le camp plutôt que dans la forêt.

Sa montre indiquait trois heures. Matt se donna jusqu'à trois heures et quart pour trouver la ville fantôme. Cela signifiait laisser Hirsh seul pendant trente minutes, pas une seconde de plus.

Il regarda derrière lui. Caché par une centaine de troncs, Hirsh était déjà invisible. Soudain Matt se figea, prenant conscience d'un autre risque. Il tira de la poche de la veste d'Elmer un vieil emballage de barre aux céréales et le coinça dans le tronc d'un grand arbre, souillant délibérément la nature. Il resta un moment immobile, aux aguets, l'oreille tendue. Rien n'indiquait qu'un autre être humain soit jamais passé par là.

Matt espérait qu'une fois la prairie atteinte une longue descente lui succéderait, comme indiqué sur la carte, qui mènerait jusqu'à la Bouche de nulle part. Son cœur battit plus vite en s'en approchant, mais il ne trouva qu'une vaste étendue blanche, rien de plus qu'une immense trouée parmi les arbres.

Il marqua son chemin avec un second emballage et commença à traverser la prairie. Il comprit vite que rien ne l'attendait à l'autre extrémité, hormis une forêt de résineux sombre et profonde comme une grande gueule ouverte. Matt aurait voulu crier ou pleurer tant sa déception était forte. Il consulta sa montre. Quinze heures six. Il lui restait neuf minutes pour découvrir la ligne d'intersection des deux versants. Il avait de nouveau froid. Il essaya de courir au prix d'un immense effort, car son corps s'y refusait, n'aspirant qu'à s'arrêter et à s'étendre là, dans la neige. Le froid engourdissait ses articulations mais il parvint à prendre sur lui et à trottiner à petites foulées. Il penchait d'un côté, tel un animal blessé. Il s'efforça d'accélérer et, peu à peu, comme à contrecœur, son corps trouva son rythme. Il eut la sensation d'un dégel de ses os, de son cœur, de son foie et de sa rate.

La neige était plus épaisse, ici, sans la protection des arbres. Au sol, des enchevêtrements de tiges et de broussailles affleuraient çà et là, l'obligeant à ralentir. Il y avait aussi des endroits tourbeux qui prenaient le coureur au dépourvu chaque fois que la glace qui les recouvrait cédait brusquement sous ses pieds. Mais Matt courait. Son rythme était le mât auquel il s'était attaché. Il savait que s'il le perdait l'immensité environnante allait le submerger.

Tout en courant, d'horribles inquiétudes le taraudaient. Et s'ils avaient mal déchiffré la carte ? S'ils étaient très loin du lieu où ils croyaient être ? Après tout, Hirsh avait ouvert la marche et souffrait peut-être d'hypothermie depuis déjà un bon moment. Qui sait s'ils ne s'étaient pas carrément trompés de carte ? Et s'ils se trouvaient au beau milieu de nulle part ?

Saisi de panique, il s'arrêta. Il sentit aussitôt son corps se refroidir. Le silence hurlait. Matt était fatigué, non, plus que fatigué. Il était accablé par une lassitude sans nom. Il se demanda s'il tenait à continuer, à revenir, ou s'il tenait à quoi

413

que ce soit. Il songea alors à Denise, à Austin et à Hirsh, tout emmailloté dans la forêt. Il fut soulagé à la pensée que lui-même ne souffrait pas d'hypothermie car il était loin d'éprouver la sensation de bien-être associée à cet état : il était conscient d'être épuisé et d'avoir froid. Le premier symptôme ne consiste-t-il pas à être incapable d'estimer sa propre température corporelle et à ressentir une trompeuse sérénité ? D'ailleurs Hirsh avait entrepris de retirer sa veste parce qu'il croyait avoir trop chaud. L'hypothermie est une forme de délire qui se caractérise par le fait que ceux qui en souffrent ne s'en rendent pas compte. Ils se contentent, tout doucement, de mourir de froid. C'est leur incapacité à estimer leur condition qui les tue.

Rassuré de se sentir aussi mal, Matt tenta, avec des gestes gauches, lents et imprécis, de ressortir la boussole et la carte. Des flocons de neige tombaient sur son cadran, rendant ses indications encore plus floues. Quinze heures treize. Impossible de trouver la Bouche de nulle part d'ici deux minutes. Il ferait mieux de revenir sur ses pas en suivant la piste indiquée par les emballages de barres aux céréales, de rejoindre Hirsh, de confectionner un abri, de se débrouiller pour faire un feu de camp afin de mettre à sécher leurs vêtements mouillés, vu qu'ils n'avaient plus rien de sec dans leurs sacs à dos. Mais il savait que tout cela requerrait trop d'efforts : c'était irréalisable.

Matt fut submergé par une vague de désespoir. Il leva les yeux. De petits flocons fonçaient sur lui. Ils venaient de très, très haut et tombaient par millions. On ne voyait pas le ciel, on ne voyait rien d'autre que ces petites bombes glacées. Il suffisait de lever les yeux pour être envoûté par la beauté de tous ces petits points blancs grossissant au fur et à mesure qu'ils se rapprochaient de vous. Matt ouvrit la bouche et ferma les yeux comme s'il recevait la communion. Il sentit, sur sa langue, le froid contact des flocons.

Planté dans la neige, les yeux clos, il reconnut que leurs chances de survie étaient de plus en plus minces. Steve Minelli ne devait pas être bien loin mais, même sans lui, ils s'étaient débrouillés pour mettre leur vie en danger. Stewart ne contacterait pas les secours avant mercredi, il serait déjà trop tard. Et pas question pour Matt de se traîner seul jusqu'en bas : il ne pouvait abandonner Hirsh.

Il songea à Denise et Austin, sans doute ensemble à cette heure-ci dans la chaleur de leur foyer. À des millions d'années-lumière de cette sinistre montagne. Pourquoi Denise l'avait-elle encouragé à entreprendre une expédition aussi casse-cou ? Elle s'en voudrait à jamais de ne pas le voir revenir. Pourtant, c'était la faute de Hirsh, qui aurait dû reconnaître qu'il était bien trop âgé pour entreprendre une telle expédition, et de Matt, qui aurait dû refuser d'y participer pour faire plaisir à son père. Hirsh avait toujours eu raison sur tout, du moins jusque-là, et ni l'un ni l'autre n'avait voulu admettre que c'était au tour de Matt, dorénavant, de prendre les décisions et d'avoir le dernier mot. Cette erreur, ils la paieraient très cher. Probablement de leur vie.

Matt poussa un soupir résigné. Ils s'étaient amusés de cette confrontation avec les éléments et avaient sous-estimé le pouvoir de la nature. Et maintenant ils assumaient les conséquences de leur faiblesse et de leur imprudence. Matt sentait le froid darder sur lui sa langue glacée. Il le sentait au-dedans de lui, en dehors de lui, tout autour de lui. Il ne parvenait même pas à replier la carte. Ses doigts ne lui étaient d'aucune aide.

Il rouvrit les yeux : un voile nuageux se soulevait, à deux ou trois kilomètres de distance. Il avait cru qu'il s'agissait d'une sorte de couverture de grisaille, mais il constatait que, comme la neige, cette couverture était en fait composée de divers éléments. Non loin de là, étrangement illuminés par les rayons d'un soleil improbable et lointain, deux nuages se séparaient, révélant une cime étrange, longue et pointue. Hirsh avait mentionné le nom de ce pic. C'était quoi, déjà ? Matt regarda de nouveau la carte mouillée. Son nom indien était clairement indiqué, mais les pionniers blancs lui en avaient donné un autre. Ça y est, il se souvenait… La Vieille Demoiselle ! Hirsh avait dit que la Vieille Demoiselle donnait l'impression de regarder la Bouche de nulle part de haut, en pointant sur elle son long nez fin.

Il sut alors avec certitude que la ville fantôme était tout près. Prenant la Vieille Demoiselle comme repère, il conclut qu'il devait se diriger vers le nord, c'est-à-dire traverser la prairie dans l'autre sens, vers son extrémité invisible.

Quinze heures quinze. Il était temps d'aller retrouver Hirsh.

Le cœur battant à tout rompre car il savait sa décision très risquée, il tourna vers le nord. Incapable de replier la carte il se contenta de la froisser, tel un papier à jeter. Il s'obligea à marcher puis, avec raideur et inclinant violemment d'un côté, à courir. Son corps lui faisait l'effet d'une grosse et lente machine de métal. À un moment, il tomba. Se relever lui coûta plus de force et d'habileté qu'il n'en pouvait rassembler mais il se remit debout et reprit sa course. Il se donnait encore cinq minutes pour trouver la Bouche de nulle part. C'était ça ou faire demi-tour.

Son ampoule au pied lui hurlait de s'arrêter mais il l'ignorait. La douleur intense qu'elle lui causait s'intégrait très bien dans sa nouvelle vision du monde qui, associée au froid, constituait désormais presque un mode de vie. Il lui fallait atteindre en moins de cinq minutes l'extrémité de la prairie...

La ligne d'horizon, incurvée comme un froncement de sourcils, paraissait ne jamais devoir se rapprocher. Matt était un navire voguant sur une mer blanche et illimitée. Plus il naviguait, plus l'horizon se dérobait à lui.

Quinze heures dix-huit. Dans deux minutes, il lui faudrait rejoindre Hirsh.

Quinze heures vingt. Tout de suite. Il lui fallait rebrousser chemin tout de suite. Sa poursuite obstinée d'un but hasardeux mettait la vie de son père en danger

Quinze heures vingt-deux. Ses joues tressautaient au rythme de ses foulées de même que les arbres bordant la prairie ; les cimes lointaines enneigées en faisaient autant et, plus près de lui, la Vieille Demoiselle tressautait elle aussi...

Quinze heures vingt-trois. Il arrivait. Ce qui semblait être la ligne d'horizon ne l'était pas mais simplement l'extrémité d'un autre plateau : leur lieu de repos n'était qu'un palier parmi tant d'autres. Soudain, il manqua de faire un pas de trop et de plonger droit dans la vallée au-dessous.

La pente était très escarpée mais ne faisait pas plus de trente mètres. En bas se trouvait la Bouche de nulle part. Matt reconnut immédiatement le paysage peint par sa mère. La vallée était abritée du vent et des éléments déchaînés, arrosée par un large ruisseau dont le lit rocailleux révélait qu'il grossissait toujours au printemps. Il était bordé d'arbres au tronc blanc et aux larges feuilles rouges et or. On distinguait parfaitement les ruines des maisons des pionniers. Matt en comptait trois, situées près du ruisseau, là où se rencontraient le versant boisé de la montagne et la prairie. Il n'eut pas besoin de porter les jumelles à ses yeux pour constater que la toiture de l'une des maisonnettes suffirait à leur fournir un abri inespéré en forêt.

Ragaillardi, il fit demi-tour et entreprit de retraverser la prairie neigeuse. Il ne suivit pas ses propres empreintes mais prit la décision périlleuse de couper en diagonale le trajet qu'il avait suivi après avoir tourné vers le nord. Il essaya d'estimer à quel niveau il avait émergé de la forêt. En parcourant l'étendue blanche et désolée il avait la sensation de faire du surplace, comme si l'effort dévorait toute son énergie, l'empêchant de parvenir où que ce soit. Il constata cependant qu'il était tout près. Et, avec une inquiétude grandissante, il commença à songer à Hirsh, prisonnier de son sac de couchage dans la forêt, à la merci de tous les dangers...

Il scruta les troncs d'arbres, cherchant les emballages de barres aux céréales. Incapable de les retrouver, il longea l'orée de la forêt. Était-il allé trop loin ? Avait-il loupé l'endroit ?

La panique planait au-dessus de toutes ses pensées et de ses décisions et il entendait battre ses ailes, tel un oiseau de mauvais augure. Il aperçut alors l'emballage et tourna dans la forêt. Il venait de traverser la prairie en six minutes à peine, quand il lui en avait fallu vingt pour s'y aventurer, connaître le désespoir, changer de direction et découvrir la ville fantôme.

Il n'eut pas de difficulté à retrouver son chemin. Là où les arbres étaient assez espacés, les empreintes de ses pas étaient encore visibles dans la fine couche de neige. Il dépassa triomphalement le second emballage, comme s'il s'était agi d'un commissaire de course. Mais ce sentiment de victoire ne suffisait pas à faire taire son inquiétude, au fur et à mesure qu'il avançait vers le lieu où il avait abandonné Hirsh. Moins de six minutes plus tard, il arrivait. Un coup d'œil à sa montre lui apprit qu'il était quinze heures quarante. Il s'était absenté quarante minutes, pendant lesquelles Hirsh était peut-être mort. Matt tenta de se préparer au pire, mais il n'aurait pu s'attendre à ce qu'il découvrit...

Le sac de couchage de Hirsh était bien au même endroit, et pareillement bombé. Toutefois, quelque chose clochait. Matt passa en revue les indices qu'ils avaient laissés de leur présence en ce lieu. Les brindilles servant au camouflage étaient tombées à terre, des vêtements mouillés étaient dispersés çà et là sur les branches, son propre sac à dos avait été renversé alors qu'il l'avait posé bien droit contre un tronc. Il ne voyait nulle part le fusil de Hirsh. Il y avait deux couvertures de survie dans l'arbre. Matt fonça vers le sac de couchage : Hirsh n'était plus dedans. Il le saisit et commença à le tâter comme si son père avait rétréci pendant ces quarante minutes. Mais le sac de couchage était vide.

Le cœur battant, il examina la scène. Il n'était pas impossible que son sac à dos soit tombé tout seul. Peut-être Hirsh avait-il eu la présence d'esprit d'étendre les habits mouillés ? Il était plus difficile d'expliquer ce que les couvertures de survie faisaient suspendues aux branches, quand il aurait mieux valu les ranger dans le sac à dos pour les tenir au sec. Et Hirsh, le Hirsh qu'il avait connu toute sa vie, n'aurait pas laissé un sac de couchage traîner sur le sol, à moins d'avoir été dérangé par quelque chose ou quelqu'un. Par conséquent, soit son père avait été surpris, soit il avait quitté le camp un peu perturbé, mais pas totalement délirant. Et s'il était capable de s'éloigner, son état avait dû s'améliorer.

Matt jeta un coup d'œil alentour. Il regarda entre les arbres. Tendit l'oreille. Huma l'air. Chercha des empreintes. Mais rien ne lui révéla où était parti Hirsh et pourquoi.

Son sang battait dans ses veines, frappait fort contre ses tempes. Seul dans la forêt, souffrant d'hypothermie, équipé d'un fusil mais sans carte et sans boussole, Hirsh n'avait aucune chance de s'en tirer.

Matt respira profondément, s'efforçant de résister au froid. Depuis qu'il avait cessé de courir, sa sueur devenait glacée. Il sentait, sur son talon, la chair à vif.

Il scruta le sol à la recherche de traces, dans un rayon de plus en plus large autour du sac à dos de Hirsh. Il finit par trouver les lunettes de son père tordues mais non cassées. C'était l'unique indice. Il avait délibérément choisi de laisser le vieil homme dans un endroit où la végétation était si dense qu'elle le protégeait de la neige. Il le regrettait à présent. Pas de neige, pas d'empreintes.

— Papa ! Papa ! appela-t-il d'une voix rauque et affaiblie.

Il s'éclaircit la gorge, afin que sa voix porte mieux

— Hiiiiiiirsh Seeeeeeleeeeeeckiiiiiiis ! J'appelle le docteur Hiiiiiiiiirsh Seeeeeeleeeeeeckiiiiiiis !

Il attendit, l'oreille aux aguets. Il lui semblait n'avoir jamais entendu un tel silence.

Il tenta de se rassurer. Hirsh portait plusieurs couches de vêtements secs, plus un gros pull, sa veste épaisse, un bonnet et des gants. Il ne pouvait pas distinguer grand-chose sans ses lunettes. Et il portait un fusil, quoi qu'il n'en ait sans doute pas la force.

Matt élargissait toujours son rayon de recherche, jusqu'à ne plus être en mesure de distinguer les sacs à dos. Une idée lui traversa alors l'esprit : et si Hirsh avait, sans réelle logique, décidé de rentrer chez lui ? Matt retourna à leurs affaires, prit à l'ouest et se mit en route. Il marcha, courut, mais n'ayant toujours pas trouvé d'empreintes dans la neige au bout de dix minutes il revint sur ses pas.

Le jour commençait à décliner. Désemparé, Matt regagna leur camp. Juste avant de l'atteindre, il aperçut vaguement une silhouette d'homme entre les troncs d'arbres. Aussitôt, il se cacha derrière un arbre en retenant son souffle. Sortant la tête avec prudence, il vit que la silhouette avait disparu. Ce devait être

Steve. Hirsh était incapable de s'évaporer ainsi, pas l'autre déséquilibré...

La silhouette resurgit. Matt sentit son cœur bondir dans sa poitrine, et un immense soulagement envahit son cœur lorsqu'il reconnut son père.

— Papa ! hurla-t-il.

La silhouette se figea. Matt se précipita vers elle.

— Papa ! Qu'est-ce que tu fais ?

Hirsh avait les bras pleins de fagots.

— Je ramasse du bois pour faire du feu, répondit-il.

— Je t'ai cherché partout !

— On a besoin de bois sec.

— Oui, oui, bien sûr, approuva Matt. Tu ne m'as pas entendu t'appeler ?

— Oui, mais ç'aurait pu être Steve Minelli, j'ai préféré ne pas répondre.

Matt tiqua un peu mais préféra laisser passer. Il tendit à Hirsh ses lunettes. Celui-ci les chaussa, puis regarda autour de lui, comme si elles pouvaient l'aider à comprendre ce qui se passait.

— Papa, j'ai trouvé la Bouche de nulle part. C'est à environ un quart d'heure de marche. Il y a une vieille cabane où s'abriter. Tu te sens capable d'y aller ?

— Évidemment que je m'en sens capable. Je vais très bien, assura-t-il.

Ces paroles étaient loin de tranquilliser Matt. Il remarqua toutefois que son père marchait d'un pas régulier, même s'il boitait encore.

— Où est ton fusil ? demanda-t-il comme ils s'approchaient de leur camp.

— Steve Minelli est venu me le prendre. Ça m'a mis hors de moi. Tu sais depuis combien de temps je l'ai, ce fusil ? Cinquante ans ! Cinquante ans, et il a fallu qu'il vienne me le piquer... et moi, j'ai rien pu faire pour empêcher ça, parce que j'étais saucissonné dans mon sac de couchage !

— Steve Minelli est venu, répéta Matt d'une voix faible. Et il t'a pris ton fusil.

— Il n'est bon qu'à suivre les gens à la trace et à poser des tas de questions sur Arthur, toujours Arthur...

Hirsh était-il ou non sorti de son délire ? Matt se souvint du regard haineux que lui avait lancé Steve le matin. Animé d'une telle haine, il ne se serait pas éloigné. En trouvant sa proie seule et sans défense dans la forêt, il était étonnant que Steve se soit contenté de voler un fusil et de s'en aller.

— Comment es-tu sorti du sac de couchage ? demanda Matt.

— Il m'a fallu un bon moment. J'ai dû drôlement me trémousser.

Hirsh attendit que Matt ait mis les vêtements mouillés dans un sac en plastique. Ils rentraient largement dans le sac à dos, ainsi que les deux couvertures de survie. Matt eut même la place d'y mettre les fagots qu'avait ramassés son père. Puis il enroula le duvet et l'attacha à l'extérieur de son sac. Il prit sa carabine et jeta un dernier coup d'œil à la ronde, au cas où Steve serait dans les parages, avant de retraverser la forêt, ouvrant la marche.

Lorsqu'ils atteignirent la clairière, Hirsh montrait déjà des signes de faiblesse. Matt lui donna à boire puis, son père prenant appui sur lui, coupa à travers la prairie en direction du nord. À un moment, il repéra une empreinte partielle qu'il supposait être la sienne, mais il craignait désormais qu'elle n'appartienne à Steve. À part cela, le paysage neigeux ne laissait rien apparaître hormis quelques buissons. La neige avait cessé de tomber, mais le vent en avait lissé la surface avec une précision quasi mécanique.

Le ciel s'était dégagé. Quelque part, le soleil se couchait. Il n'était pas visible, mais les cimes les plus élevées baignaient dans son éclat rosé. Les autres s'étaient fondues dans l'obscurité, qui guettait, toute proche, comme un mauvais garçon au coin d'une rue.

La prairie lui parut très vaste cette fois-ci, bien plus vaste que lorsqu'il l'avait parcourue seul. Il remarqua, à l'autre bout, vers la forêt, un immense élan mâle qui les suivait des yeux. Il espérait que Hirsh ne le verrait pas tant il était absorbé par la marche.

— On y est presque, ne cessait de lui répéter Matt.

Hirsh, qui s'appuyait de plus en plus fort sur lui, ne lui répondait pas.

Lorsqu'ils parvinrent à l'extrémité de la prairie et que la pente escarpée se déroba devant eux, ils eurent le sentiment d'arriver au bout du monde.

La Vieille Demoiselle était plongée dans les ténèbres. Matt distinguait la silhouette des arbres dorés, au-dessous d'eux. Les cabanes des pionniers étaient visibles, pour peu que l'on sache où regarder.

— Tu vois, papa ? Tu te rappelles ?

Hirsh observait un silence de mauvais augure.

Matt aida son père à descendre la pente, opération nécessitant de contrôler leur allure et d'éviter les rochers saillants, puis remonta chercher son sac et sa carabine. En redescendant, il trouva son père qui patientait, assis sur un rocher, frissonnant.

Ils suivirent le lit du ruisseau, là où il était asséché, jusqu'à la petite cabane délabrée que Matt leur avait choisie pour abri depuis là-haut.

Ils s'arrêtèrent devant la porte.

— Salut ! s'écria Matt.

Une vieille habitude conservée de l'époque lointaine où il vivait dans le monde civilisé, où les gens avaient coutume de s'annoncer dès qu'ils franchissaient le seuil d'une maison, fût-ce le seuil défoncé d'un taudis en ruine.

— Tu t'attendais à ce que ta mère soit là ? demanda Hirsh.

— Ça nous aurait fait une belle surprise, répondit Matt.

Il poussa la porte et l'un de ses gonds tomba. Il promena à l'intérieur le faisceau de sa lampe de poche et constata qu'ils n'étaient pas les premiers à être passés par là. Hirsh aimait s'imaginer que personne, à part lui, ne connaissait la Bouche de nulle part. Or, il était loin d'être le seul à avoir noirci sa vieille cheminée en pierre ou dormi sur ses planchers pourris depuis le départ des derniers pionniers. Certains avaient habillé les murs de graffiti hauts en couleur, d'autres avaient laissé des cannettes de Coca-Cola vides et des emballages cartonnés jaunis par le temps. Il n'existe plus au monde d'endroit assez sauvage pour qu'on n'y trouve pas de cannettes de Coca, songea Matt.

— C'est génial ! s'exclama-t-il avec enthousiasme.

À la lueur de la lampe de poche, il examina les coins et les recoins de la cabane. La toiture était affaissée au centre comme si elle avait dû affronter, un jour, une très violente tempête de neige. À part cela, elle leur offrait l'abri qu'il avait espéré. Qui étaient-ils ceux qui avaient passé ici leur morne existence ? Qu'avaient-ils souffert sur ce terrain hostile ?

— Papa, je crois que tu as encore froid, dit-il. Je vais glisser mon sac de couchage dans le tien et ensuite je te demanderai de te mettre à l'intérieur.

Hirsh ne protesta pas mais, comme auparavant, il ne fit pas grand-chose pour aider Matt lorsque celui-ci s'affaira. Matt utilisa le petit sac de Hirsh comme oreiller et obligea son père à se coucher avant de rajouter les deux couvertures de survie par-dessus les sacs de couchage. Hirsh demeura étendu dans le noir, parfaitement silencieux.

Matt entreprit ensuite de faire du feu en se servant de la sève de pin de Hirsh, de la peluche que Lonnie avait récupérée dans son sèche-linge et des brindilles que son père avait ramassées plus tôt. La peluche s'avéra être un combustible exceptionnel : à peine avait-il craqué l'allumette qu'une flamme s'éleva. Quelques minutes plus tard, il ajoutait les plus grosses branches qu'un visiteur attentionné avait laissées en réserve dans un coin de la pièce. Lorsque le feu eut bien pris dans la grande cheminée en pierre, Matt demanda :

— Papa, tu es réveillé ?

— Mmm…, fit Hirsh d'une voix ensommeillée.

— Je sors ramasser encore du bois. Je reviens tout de suite.

Près de la cabane, il trouva de grands galets ronds qu'il transporta à l'intérieur. Il en mit quelques-uns à réchauffer près du feu et plaça les plus volumineux dans l'âtre. Puis il remplit d'eau leur petite casserole en aluminium et la cala sur les pierres. Enfin, il déploya la bâche au milieu de la pièce, là où la toiture était affaissée. Dehors, il ne neigeait plus et la nuit était claire et glaciale. Dans l'immense silence de la nature, Matt distinguait par instants le bruissement du ruisseau.

Il s'aida de sa lampe de poche pour chercher des branches mortes. Il y avait du bois un peu partout, mais il semblait mouillé. Matt le ramassa tout de même. Il en eut bientôt amoncelé tout un tas devant la maison, qu'il emporta à l'intérieur pour le faire sécher près du feu.

— Papa ? dit-il.

Pas de réponse. Matt sentit ses tempes battre sous l'effet de la panique. Il se dirigea vers la silhouette étendue et se mit à la secouer vigoureusement.

— Papa !

— Qu'est-ce qu'il y a ?

— Je vais faire chauffer nos repas de secours, dit-il d'une voix calme. Ce sera prêt dans cinq minutes.

Il tâta le visage et la nuque de son père. Ils étaient toujours froids comme du marbre. Matt prit un galet près du feu.

— Retire ce jean, papa, et mets ça entre tes jambes.

— Je ne peux pas retirer quoi que ce soit. Mes doigts ne m'obéissent plus.

Matt tira sur le sac de couchage et plaça un galet chauffé entre les jambes de Hirsh, un autre sur son ventre et un sous chacun de ses bras. Puis il les recouvrit des vêtements et sortit chercher d'autres cailloux. Ils étaient lisses comme le sont les pierres caressées et polies par l'eau depuis des millénaires. Il était doux de les avoir en main, et leurs contours émoussés paraissaient bienveillants.

Matt trouva les deux PPC que Hirsh avait laissés dans son sac à dos, en cas d'urgence, la veille de leur départ.

— Super, dit-il. Bon choix, papa. Tu as laissé un bœuf sauce teriyaki et un chili con carne macaroni. Lequel tu veux ?

Hirsh ne répondant pas, Matt en conclut qu'il préférait le chili.

Il versa une partie de l'eau chaude dans une tasse, sur des aiguilles de pin qu'il venait de cueillir. Puis il mit les sachets dans la casserole et attendit cinq minutes. Le premier moment de la journée, se dit-il, où il restait cinq minutes sans bouger. Il contempla le feu de camp. Leurs chances de survie avaient considérablement augmenté depuis leur arrivée à la cabane. Si Matt parvenait à venir à bout de l'hypothermie de son père sans que celui-ci en garde des séquelles, le manque de nourriture serait leur prochain souci. Il préféra ne pas y penser.

Il ouvrit les sachets et en répandit le contenu dans leurs assiettes.

— Miam… ça sent bon ! dit-il. Il est temps de te réveiller, papa. Papa, réveille-toi !

Hirsh ne réagissant pas, ou ne donnant pas le moindre signe qu'il avait entendu, Matt fut de nouveau saisi de panique. Il manqua de peu de renverser le bœuf sauce teriyaki, dans son empressement à réveiller son père. Il réussit enfin à l'arracher au sommeil et faillit en pleurer de soulagement. Il le força à se redresser dans son sac de couchage, retira les galets refroidis et les remplaça par d'autres, bien chauds. Puis il tendit son assiette à Hirsh, qui la fixa sans comprendre. Matt fut donc contraint de le nourrir. Pendant que Hirsh mastiquait, il engouffrait lui-même de temps à autre une bouchée de son bœuf sauce teriyaki, comme il avait vu faire Denise avec Austin.

— C'est bon ? demanda Matt.

— Oui.

— Tu te sens un peu réchauffé ?

— Je n'ai jamais eu froid. Mais toi, tu n'es pas très habillé, Matt. Tu devrais faire attention. Tu risques de faire de l'hypothermie sans même t'en rendre compte.

— C'est juste. Mais tu es là pour veiller sur moi.

— En effet.

Il grimaça à sa première gorgée de tisane aux aiguilles de pin, qu'il but tout de même.

— C'est un peu comme boire du détartrant, non ? demanda Matt.

— En général, le détartrant se consomme frais.

À cette remarque, Matt partit d'un long éclat de rire. Non que ce soit si drôle. Mais c'était la première fois depuis des heures qu'il retrouvait le Hirsh qu'il connaissait.

Il se rappela les vêtements mouillés et les étendit devant le feu, regrettant de ne pas y avoir pensé plus tôt. Il termina son bœuf sauce teriyaki et se dit qu'il n'avait jamais rien mangé de plus succulent de toute sa vie. C'était encore meilleur que la soupe au poulet et aux légumes de Denise. Hirsh l'observait, immobile.

— Papa, je vais me glisser avec toi dans le sac de couchage. Je comprends que ça risque de te paraître un peu trop intime, mais c'est la seule façon de te maintenir au chaud tout au long de la nuit.

— Le feu est assez chaud.

— Il ne va pas le rester et le genre de froid dont tu souffres vient de l'intérieur.

— Tu suggères que je souffre d'hypothermie ? demanda Hirsh d'une voix glaciale, comme si tout le froid de son corps était passé dans ses cordes vocales.

— Tu en as eu quelques symptômes, oui, dit Matt d'un ton prudent. Mieux vaut prendre toutes les précautions possibles. N'oublie pas : la victime ne s'en rend pas compte.

Hirsh garda le silence.

Matt alimenta le feu en petit bois, puis ajouta les plus grosses bûches, les plus humides aussi, en espérant qu'elles se consumeraient lentement pendant la nuit. Enfin, il retira tous ses vêtements de dessus et parvint à s'introduire dans le sac de couchage de Hirsh.

— Tu sens le bœuf sauce teriyaki, dit Hirsh.

— Et toi le chili con carne, mais est-ce que je me plains ? À présent, essaie de dormir !

C'était étrange d'être ainsi couché près de son père, à le couver comme un petit enfant. Étrange d'être ainsi couché près d'un homme et quasiment collé contre lui. Matt s'efforça, comme il l'avait fait plus tôt, de communiquer à Hirsh sa propre chaleur corporelle. Il aurait voulu pouvoir lui insuffler son énergie, sa force et sa jeunesse tout en en conservant suffisamment pour lui-même.

Ils y étaient parvenus, à la vallée de Hilly ! Matt écoutait le souffle de son père endormi, conscient de lui avoir sauvé la vie.

Sans doute ne le saurait-il jamais mais sa mère, où qu'elle soit, le savait peut-être, elle... Matt était attentif aux bruits des montagnes : le bruissement du ruisseau, le cri d'un hibou, le vent agitant les branches d'arbres proches. Peut-être était-ce ainsi que les morts s'adressaient à vous. Peut-être tous ces sons étaient-ils la voix de Hilly, sa voix qui lui murmurait qu'il avait bien agi aujourd'hui.

27

À leur réveil, tous deux avaient très chaud.

— Tu veux bien m'expliquer ce que font tous ces cailloux dans le sac de couchage ? demanda Hirsh.

Matt s'en extirpa. Dans la cabane, il faisait un froid terrible, palpable.

— Oh, c'est pas possible, un froid pareil !

Il supposait que Hirsh n'avait plus besoin de deux sacs de couchage. Il retira celui du dessus comme s'il s'agissait d'une seconde peau et se glissa aussitôt à l'intérieur. Il n'avait pas bien dormi. Il avait vite eu trop chaud et avait passé la nuit à surveiller la respiration et la température de son père.

— C'est déjà l'aube, dit Hirsh. On dormait quand les meilleures opportunités étaient là-dehors, à brouter ! Quel genre de chasseurs on est donc ?

Matt manqua d'éclater de rire. Hirsh n'était décidément pas conscient d'avoir, la veille, frôlé la mort.

— J'ai dit quelque chose de drôle ? demanda Hirsh.

— Il y a des moments où le sommeil compte plus que tout.

— Ça signifie quoi, au juste ?

— Tu te souviens de ce qui s'est passé hier ?

— C'est un peu flou, concéda Hirsh. Je devais être épuisé.

— Je le crois.

— Tu m'as donné quelque chose ?

— J'aurais pu te donner un antalgique, vu que tu avais sans doute mal à la hanche. Mais ça n'aurait pas été bon, étant donné les circonstances.

— Quelles circonstances ?

Matt était tiraillé entre le désir de dire la vérité et celui d'épargner l'orgueil de son père.

— Eh bien, tu as parlé. Et j'ignorais si tu avais rêvé ou réellement vécu les choses dont tu parlais.

— Quoi par exemple ?

Matt déglutit.

— Tu as dit que Steve Minelli était venu et qu'il t'avait pris ton fusil.

Long silence.

— Tu l'as vécu ou rêvé ? finit par demander Matt.

— À vrai dire, je ne sais plus trop, reconnut Hirsh. J'étais si fatigué... J'ai le souvenir que Steve Minelli m'est apparu. Mais ça me semble aussi flou que dans un rêve.

— Après que tu lui as parlé dans la forêt, quand j'étais là ?

— Oui, bien après. Tu m'avais laissé tout seul, je ne sais plus où, et c'est là qu'il s'est manifesté. Il a pris mon fusil et je n'ai pas pu l'en empêcher car j'étais comme coincé dans un sac de couchage et les verres de mes lunettes étaient embués. Matt, je ne sais plus trop si c'est réellement arrivé.

— Ton fusil a disparu, ça c'est certain.

— Je l'avais depuis cinquante ans, ce fusil !

— Ouais, dit Matt en roulant sur le côté. Je le sais.

Il se trémoussa jusqu'au feu. Les vêtements n'étaient toujours pas secs. Encore un jour à porter son pantalon de survêtement.

— Ce serait pas mal qu'on sache si Steve Minelli est dans les parages, dit-il. Tu te sens comment aujourd'hui, papa ?

— En pleine forme.

— Hier aussi tu disais que tu étais en pleine forme, alors que c'était loin d'être le cas.

— Que veux-tu, à mon âge, on évite d'énumérer toutes ses petites douleurs chaque fois que quelqu'un demande comment ça va. On suppose que la personne n'a pas vraiment envie de le savoir.

— Moi je veux savoir.

— Eh bien... j'ai une légère migraine et je me sens un peu plus faible qu'à l'ordinaire. C'est peut-être lié à la fatigue.

— Et ta hanche ?

— En général, je ne la sens pas quand je me réveille. Mais aujourd'hui, je dois avouer que je sais qu'elle est là.

— Tu vas te relaxer, dit Matt. Pendant ce temps, je vais ranimer le feu. Pense au délicieux porridge qu'on va se préparer avec nos flocons d'avoine !

Il enfila le plus de vêtements possible en un minimum de temps.

— Pourquoi tu ne mets pas le jean à doublure de laine de Stewart ? demanda Hirsh.

— Parce que tu l'as sur toi.

— Ah bon ? Comment ça se fait ?

— Ton jean était mouillé. Voilà une bonne raison pour faire repartir le feu. Il y a encore quelques braises. Je vais commencer avec le bois qui nous reste puis j'irai en ramasser davantage.

Pour pouvoir entrer dans la cabane et en sortir, il fallait désormais soulever la porte. Une fois dehors, Matt remarqua que l'herbe de la prairie était brillante. Elle reflétait la lumière. Il leva les yeux et vit que le ciel était bleu. La prairie, le ruisseau et les montagnes environnantes baignaient dans la lumière si précise du soleil automnal. Tout lui apparaissait avec une telle netteté qu'il se sentait comme submergé par la fraîcheur et la beauté du paysage. À moins d'un kilomètre de là, à l'autre bout de la vallée, se trouvait un troupeau d'élans.

— Papa, chuchota-t-il.

Il fut contraint d'élever la voix, Hirsh ne l'ayant pas entendu. Il fallut une minute ou deux à son père pour s'extirper du sac de couchage, mettre les mains sur ses lunettes et sur les jumelles et parvenir jusqu'à la porte. Mais c'était sans importance, les élans n'ayant pas perçu leur présence. Ils broutaient l'herbe de la prairie.

Matt et Hirsh les observèrent en silence.

— Tu vois des bois ? finit par demander Hirsh.

— Oui. Alors on fait quoi ?

— On réfléchit.

— Tu n'as qu'à prendre ma carabine, enfin… la carabine de Stewart, vu que la tienne a disparu.

Hirsh secoua la tête.

— Il ne serait pas judicieux de sortir la carabine maintenant. On ne pourra pas les approcher sans qu'ils nous voient, et on les perdra pour de bon. Non, on va attendre qu'ils reviennent. Et c'est par la chasse à l'affût qu'on les aura.

— Tu veux dire… qu'il faut qu'on les laisse partir ? demanda Matt.

Il en éprouva une vague déception. La veille, ils étaient passés devant de nombreuses traces et Matt avait même aperçu un élan mâle isolé. À présent, il y en avait toute une horde, et ils étaient censés faire comme si de rien n'était…

— C'est la patience qui fait un bon chasseur ! décréta Hirsh. Ils ne vont pas tarder à aller se coucher dans la forêt. Ils reviendront, et on sera là pour les attendre.

— Et s'ils ne revenaient pas ?

— Du moment qu'ils se croient en sécurité ici, ils reviendront. Sans doute ce soir. Ou demain, à l'aube. Allez, rentre, qu'ils ne flairent pas le danger.

— Et le bois pour le feu ?

— Ça peut attendre un petit moment.

Il leur restait assez d'eau et probablement assez de bois pour faire du porridge. Mais ils n'avaient aucun moyen de nettoyer leurs assiettes, s'ils ne voulaient pas que les élans détectent leur présence.

— On aurait dû aller les laver hier soir au ruisseau, dit Hirsh – remarque qui prouvait bien qu'il n'avait aucun souvenir des événements de la veille. Il faut toujours laver ces trucs avant que la nourriture ne se dessèche.

Matt constata en jetant un coup d'œil au-dehors que les élans n'étaient plus là. Il s'enfonça dans la forêt pour y ramasser des branchages. Le soleil matinal parvenait à s'y insinuer. Là où les arbres étaient espacés, de massives colonnes de lumière se calaient entre les troncs, écrasant la fine couche de neige qui recouvrait encore le sol dans ces intervalles.

Il n'eut pas de mal à trouver du bois et revint à la cabane les bras chargés de fagots. Hirsh n'y était pas. Matt commença par s'en inquiéter. Puis il regarda autour de lui et distingua une

431

silhouette lointaine, penchée au-dessus du ruisseau. Son père nettoyait la vaisselle. Il observa le vieil homme, ses gestes lents et maîtrisés. Il se servait d'une pierre, ou d'un petit bâton, comme d'une éponge à récurer. On aurait dit qu'il parlait à quelqu'un. À Hilly, peut-être ?

À l'intérieur, Matt raviva le feu et suspendit les vêtements humides sur le fil de nylon, assez près du feu pour qu'ils sèchent et assez loin pour qu'ils ne s'enflamment pas. Le fil ployait. Le jean de Hirsh était particulièrement alourdi par l'eau.

— Regarde-moi ça ! cria une voix depuis le seuil. Je n'ai même pas eu besoin de ligne pour l'attraper !

Hirsh tenait un bol dans chaque main. Dans l'un d'entre eux scintillait une truite, petite mais charnue.

— Elle a sauté dans le bol en te suppliant de la manger ? demanda Matt.

— Je l'ai chatouillée.

— Elle n'a pas l'air de rigoler, pourtant.

— Pour les attraper avec les mains, il faut les chatouiller. C'est mon père qui m'a appris ça, mais il y a des années que je n'ai pas essayé. Je n'en reviens pas d'avoir réussi du premier coup. La chance du débutant, j'imagine. Je t'apprendrai comment faire plus tard. On tâchera d'en attraper une autre, et on se fera un de ces festins !

Ils mangèrent leur porridge. Quand Matt eut fini le sien, il sortit les dosettes de café, de sucre et de lait de la cafétéria, que Jon Espersen lui avait conseillé d'emporter.

— Ça va prendre un petit moment de faire bouillir l'eau pour ça, dit Hirsh.

Matt alla chercher la carte.

— Est-ce que Steve Minelli ne risque pas, selon toute logique, de se diriger par ici ?

— Pas forcément. À moins qu'il ne connaisse le coin. Rappelle-toi que ces cabanes sont très mal indiquées, on voit surtout les anciens puits de mine.

Matt examina la carte. Elle ne lui faisait plus l'effet d'un agglomérat indéchiffrable de courbes de niveau. Elle lui était désormais aussi familière que la rue où il habitait, ou le parking de l'hôpital. Sur le papier, la nature était prévisible, intelligible, maîtrisable. Mais il suffisait de jeter un coup d'œil au-dehors, de voir une lointaine tempête de neige ou un surplomb rocheux menaçant pour comprendre qu'il n'en était rien.

— Lui aussi a besoin d'un endroit abrité, dit Matt en passant le doigt sur les courbes de niveau. Parce que... hier le climat était terrible et il n'avait qu'un petit sac à dos.

Hirsh avait coutume de manger lentement. Ce jour-là, il était plus lent que jamais. Il en était seulement à la moitié de son porridge.

— Ce garçon est habitué à vivre à la dure.

— Comment tu le sais ?

— Eh bien, quand il traînait vers chez nous, on a fini par découvrir qu'il avait dressé une sorte de camp dans les bois. Et l'hiver dernier a été spécialement rigoureux.

— Tu lui as raconté quoi, hier ? Quand on a cru qu'il allait repartir ?

Hirsh soupira.

— Je te le dirai. Mais d'abord je crois que tu ferais bien d'aller chercher mon fusil à la lumière du jour. Parce que s'il a vraiment disparu, c'est sans doute que Steve Minelli l'a pris.

— Je croyais que si maman appelait cet endroit la Bouche de nulle part, c'est parce que vous y aviez beaucoup parlé, reprit Matt en se levant.

— C'est surtout elle qui a parlé.

— Et elle a raconté quoi ?

— Ça aussi, je te le dirai, répondit Hirsh avec un sourire. On parlera, Matt. Ne te fais pas de souci pour ça. Mais d'abord, tu ferais mieux d'aller jeter un coup d'œil dans les bois. Je commence à me sentir mal à l'aise sans mon bon vieux fusil.

— Tu vas te reposer ? demanda Matt, tendant le bras vers son arme à lui.

— Je vais rester ici et essayer de chatouiller une autre truite. Et je voudrais aussi poser des collets. J'ai peu d'espoir de parvenir à attraper quelque chose avant demain matin, mais j'aimerais tenter le coup.

433

Matt n'avait guère envie de laisser Hirsh seul, mais il ne voulait pas non plus le traîner sur le plateau plus élevé et le laisser parcourir la forêt à la recherche de son fusil. Avant tout son père avait besoin de se reposer et de se réchauffer près du feu quand la température fraîchirait. Demain ils commenceraient leur longue marche jusqu'à Rockroll, où ils retrouveraient Stewart ou Elmer. Il faudrait que Hirsh soit en forme.

— Je devrais peut-être te laisser ma carabine, dit Matt.

— Tu crois que Steve Minelli erre dans la montagne et vole les carabines laissées sans surveillance ?

— Je crois surtout qu'il nous déteste, papa.

Hirsh demeura silencieux.

— Il pense qu'on est comme lui et comme son père aurait été s'il avait vécu, ajouta-t-il.

Hirsh poussa un soupir.

— Il aurait pu essayer de me tuer, hier, dans les bois. Mais il pensait que tu étais dans les parages et que tu me couvrais – comme tu l'avais fait le matin pendant que je discutais avec lui.

— C'est ce qu'il a dit ?

— Il n'arrêtait pas de demander où tu étais, et moi je lui répétais que tu étais tout près. Il a pris le fusil parce que de la neige s'était insinuée dans le canon du sien. Il s'est dépêché de filer, sans cesser de jeter des coups d'œil par-dessus son épaule. Du moins, c'est ce qu'il me semble. Je n'en suis pas sûr. C'est comme si tout s'était passé dans un brouillard épais. Il est possible que je l'aie rêvé, après tout.

— Si tu as rêvé, je retrouverai ton fusil.

Le soleil brillait toujours lorsque Matt traversa la prairie à grands pas. Le ruisseau et l'herbe étincelaient, les feuilles dorées des arbres à tronc blanc tremblaient légèrement. Mais c'était un soleil trompeur, qui répandait sa lumière sans fournir aucune chaleur. Quant à la brise qui agitait si délicatement les feuilles, elle glaçait la peau. Matt se demanda si la nature était jamais capable de bonté.

Tournant la tête, il vit Hirsh qui, depuis le seuil de la cabane, lui adressait un signe de la main. Ce geste, la conscience de la vulnérabilité de son père dans ce paysage grandiose, la crainte

434

que Steve Minelli ne soit lancé sur la piste de cet homme si bon lui nouaient l'estomac, et il éprouva une soudaine envie de pleurer.

Comme Matt partait, Hirsh lui avait lancé :

— Ne passe pas trop de temps là-bas. En montagne, quand le ciel est aussi dégagé le matin, ça veut dire que le temps ne va pas tarder à se dégrader.

Matt n'avait pas l'intention de s'attarder plus que nécessaire loin de son père. Il gravit la pente en haletant jusqu'à la prairie du haut. Il se rappela alors qu'il avait oublié de faire du café.

Le plateau était toujours recouvert d'une couche de neige, mais des touffes d'herbe et des buissons surgissaient çà et là, lui donnant l'apparence d'un vieux tapis élimé. Il constata que le vent avait une fois de plus effacé la trace de leurs pas et s'en réjouit. Il préféra faire un grand détour afin d'être le moins possible à découvert, pour ne pas indiquer à Steve le chemin de leur vallée.

Il finit par parvenir au premier papier d'emballage balisant son parcours de la veille. Il se souvint comment la panique avait fondu sur lui par instants. Tout lui paraissait si différent aujourd'hui. Aujourd'hui, un seul danger les menaçait. Il ne provenait pas de la nature ou des éléments, mais d'un homme, armé d'un fusil, ayant accumulé vingt-six années de colère.

Non sans peine, il retrouva le papier d'emballage signalant l'arbre auprès duquel il avait laissé Hirsh. Il ne restait aucune trace de leur passage. Comme il l'avait fait la veille quand il avait cherché Hirsh il décrivit des cercles dans un rayon de plus en plus étendu. Il espérait que son père avait cru voir des élans, s'était élancé à leur poursuite et avait laissé tomber son fusil quelque part.

Une heure et demie plus tard, il n'avait toujours pas mis la main sur l'arme. Mais il avait découvert une empreinte de pas. Ce n'était pas une des siennes. Elle était bien plus petite que les siennes et, craignait-il, que celles de Hirsh. Pire encore, il avait depuis une quarantaine de minutes la désagréable impression d'être observé. Il s'efforça d'abord d'ignorer ce sentiment, puis de le maîtriser. Il distingua alors un son semblable au craquement d'une brindille. N'étant pas armé, il décida d'abandonner les recherches.

Cette fois-ci, il retira les emballages puis entreprit de rentrer par la forêt, ce qui l'obligea à marcher un bon moment dans la mauvaise direction, à contourner la clairière et à rejoindre le bois de l'autre côté. Il était impossible d'éviter totalement la grande prairie neigeuse ou de l'empêcher de trahir sa présence, tel un enfant gaffeur qui trahit un secret. Il dépassa la vallée en laissant volontairement des traces de pas puis, regagnant la forêt, il revint vers la vallée. Il regrettait de n'avoir pas pris, à l'allée, un chemin aussi alambiqué.

Il traversa le ruisseau, sautant de rocher en rocher. Hirsh avait fait un petit feu de camp derrière la cabane.

Remarquant que Matt avait les mains vides, il se garda de tout commentaire et ne laissa pas voir sa déception.

— Je suis en train de préparer le poisson, expliqua-t-il. Je ne veux pas que ça sente dans la cabane et je ne veux pas non plus que la fumée imprègne l'herbe où les élans viennent paître.

— Tu as chatouillé d'autres truites ?

— Non, bien que j'aie essayé toute la matinée. Mais j'ai posé des collets dans la forêt et j'ai trouvé un affût formidable pour guetter le retour des élans.

— Quand est-ce qu'on va s'y poster ?

— Cet après-midi. Ils vont sûrement revenir au crépuscule.

Hirsh regarda le ciel, qui s'était couvert comme il l'avait prévu. Les nuages grossissaient.

Les deux hommes se firent de la purée instantanée dans la gamelle et la mangèrent avec la truite. Ils étaient assis sur des rochers, près du ruisseau, les assiettes en équilibre sur leurs genoux. Matt aurait juré qu'il n'avait jamais rien mangé d'aussi bon. Le bœuf sauce teriyaki de la veille était une nourriture de détresse et d'urgence. Le poisson, lui, avait été pêché ici, et c'était merveilleux de le manger au cœur de ces montagnes et à proximité du ruisseau qui le leur avait fourni.

— C'est une belle vallée, très bien abritée, dit Hirsh en jetant un regard satisfait autour de lui, une fois son repas fini. Ils ont fait le bon choix, ceux qui ont construit leurs maisonnettes ici.

— Tu crois qu'il s'agissait de ces mormons polygames qui se sont séparés de l'Église de Salt Lake City ?

Hirsh hocha la tête.

— J'imagine que c'était un lieu de prière et de reproduction.

— Dans seulement trois cabanes ?

— Il y en avait bien davantage. Si tu grimpes un peu sur le versant arboré, tu arrives à une clairière où tu pourras observer les ruines. C'est là qu'était le puits de mine. Bien sûr, c'est pas parce qu'il faisait bon vivre ici que la mine était forcément féconde, elle aussi.

Ils burent enfin un café en sachet de Matt. Il avait le goût de la montagne et non plus celui de la cafétéria de l'hôpital.

— C'est quoi ta pointure de bottes ? demanda Matt.

— Je ne sais plus bien. Pourquoi ?

Matt se contenta de hausser les épaules.

En début d'après-midi, Hirsh fit la sieste. Matt en profita pour vérifier les semelles des bottes de son père. Elles étaient différentes de celles dont il avait vu l'empreinte et paraissaient plus grandes. Pour en être certain, il aurait dû emporter le mètre ruban et mesurer la trace de pas, tout comme Hirsh avait mesuré les empreintes de sabots quand ils pistaient les élans.

Assis devant la cabane, sur un rocher, il regarda les nuages s'amasser autour des montagnes. Peut-être amènerait-il sa famille ici, quand Austin et le bébé à venir auraient un peu grandi et qu'il serait temps de leur apprendre que les formations nuageuses sont plus intéressantes que la télé.

Matt retourna dans la forêt. Les collets posés par Hirsh, toujours vides, décoraient presque tous les arbres. Au bout de quelques minutes, Matt tomba sur les vestiges d'autres cabanes : des cheminées en pierre presque complètement affaissées. Sans doute des visiteurs avaient-ils brûlé le bois de toutes ces cabanes pour faire du feu. Le puits de mine avait été condamné, mais il subsistait une partie de son étrange système de poulies échelonnées. Il y avait une série de poutres destinées à supporter le poids du minerai extrait par les pionniers. Matt les examinait quand les poils se hérissèrent soudain sur sa nuque. Il pivota sur ses talons, certain d'avoir perçu un mouvement fugace, une ombre lointaine. Il garda longtemps les yeux rivés dans cette direction mais tout était calme. Il en conclut que ce devait être le battement d'ailes d'un oiseau.

Il retourna ensuite à la cabane, ferma la porte et garda sa carabine à portée de main jusqu'au réveil de Hirsh.

Il avait le sentiment que quelqu'un était passé par là – une intuition inexplicable, semblable à l'instinct des animaux sauvages.

Le silence régnait dans la cabane. Hirsh respirait profondément, ce qui rassura Matt.

Comme affût, vu qu'ils n'avaient qu'une arme pour deux, Hirsh avait choisi un immense arbre à tronc épais, déjà dépouillé d'une grande partie de son feuillage mais pourvu de deux très grosses branches.

— Si le gars qui tient la carabine n'a pas un bon angle de tir, il pourra la passer à l'autre, dit Hirsh.

— Prends-la, toi. Après ce bon déjeuner, je crois que je n'ai pas assez faim pour me découvrir l'instinct d'un tueur.

À l'initiative de Hirsh, ils avaient enduit leurs vêtements de sève de pin. Lorsqu'ils se postèrent à l'affût, il commençait à pleuvoir. Matt aida son père à grimper à l'arbre, avant d'y grimper lui-même. Le vieil homme prit la carabine. Ils attendirent.

Au début, Matt était sur le qui-vive. Il était sensible au moindre son de la forêt. Comme un animal traqué, il jetait des coups d'œil de tous côtés.

Le soir tombait et les élans n'apparaissaient pas. La pluie était de plus en plus forte. Perché sur sa branche, Hirsh ne bougeait pas. Matt pas davantage. À rester aussi longtemps immobile, on finit par entrer dans un état second. Au bout d'un moment, on n'éprouve plus le besoin de se gratter si ça démange ou de changer de position. Quand il fit nuit, Matt avait le sentiment de faire corps avec l'arbre. Entre lui et la nature, la ligne de séparation n'était plus très nette. Lorsque Hirsh annonça soudain qu'il faisait désormais trop sombre pour les élans et qu'il était temps de retourner à la cabane, Matt ne réagit pas. Bien qu'il ait cessé de guetter les élans depuis un bon moment, il avait fini par s'accoutumer à sa propre immobilité.

Ils se dirigeaient vers leur refuge d'un pas tranquille quand ils entendirent un cri étrange et grave.

Hirsh fit volte-face.

— C'était quoi ? murmura Matt.

— Un élan qui brame. Il y a un ou deux nouveaux mâles qui tournent autour de la horde.

— Ça venait d'où ?

— De là où on était postés. On aurait dû attendre dix minutes de plus.

— On y retourne ?

— Non. Mieux vaut se lever très tôt demain et se mettre à l'affût avant l'aube.

— C'est sacrément frustrant de chasser !

— Seulement si on est impatient. La chasse n'est pas faite pour les gens impatients, bruyants ou violents, bref, pour la plupart des gens d'aujourd'hui.

Lorsqu'ils se furent suffisamment éloignés de la partie de la forêt fréquentée par les élans, ils allumèrent leurs lampes de poche et passèrent les collets en revue. Hirsh fut bien plus étonné que Matt de trouver un écureuil pendu à l'un d'entre eux.

— Incroyable ! s'exclama Hirsh. J'aurais jamais imaginé qu'une de mes petites boucles fonctionnerait si vite !

— On va vraiment manger cette pauvre bestiole ? demanda Matt.

Toutefois, il avait suffisamment faim pour ne pas chipoter.

— Tu veux apprendre à dépouiller et à désosser ? demanda Hirsh.

— Non. Je vais m'occuper du feu et lancer la cuisson du riz.

Il entra dans la cabane et vida entièrement le grand sac, puis le petit, sans parvenir à trouver le riz. Le feu était prêt, l'eau était bouillante, mais le riz avait disparu. Persuadé d'en avoir vu deux sachets le matin même, il se remit en quête, s'aidant de sa lampe de poche.

Hirsh entra.

— Ne te balade jamais dans la nature sans papier aluminium ! dit-il tout en enveloppant la viande d'écureuil avant de la mettre à rôtir sur le feu.

Matt l'observa, le visage anxieux.

— Et on ferait mieux de retirer les collets avant de partir. Sinon, dans quelques jours, le coin pourrait ressembler au Golgotha !

— Papa, tu as déplacé le riz ? Ou tu t'en es servi ?

— Non, on a mangé de la purée à midi.

— Il ne reste plus que des flocons d'avoine et de la purée déshydratée. C'est tout. Pas de riz.

— Eh bien, dit Hirsh sur un ton décontracté en retournant l'écureuil à l'aide de deux pierres. On a dû oublier de le mettre dans le sac.

— Mais je l'ai vu ce matin encore !

— Ce sera donc un dîner purée.

— Il y avait aussi une boîte entière de cachets pour purifier l'eau, insista Matt. Je ne sais pas non plus où elle est passée.

Hirsh sourit.

— C'est moi qui l'ai, dit-il en la sortant de sa poche. Qu'est-ce que tu as à être aussi nerveux ?

— Steve Minelli, se contenta de répondre Matt. Après tout, je n'ai pas retrouvé ton fusil.

— Tu crois qu'il a pu venir nous voler du riz pendant qu'on chassait à l'affût ?

— Oui. S'il avait faim et l'intention de faire du feu.

Hirsh ne se laissa pas impressionner.

— S'il a faim, qu'il vienne partager notre écureuil, mais qu'il nous laisse les meilleurs morceaux.

Un lourd silence s'abattit sur eux. Ils contemplaient le feu et, de temps à autre, Hirsh retournait l'écureuil. Matt se dit qu'il allait devoir lancer la discussion. Hirsh attendait qu'il prenne l'initiative. Ne lui avait-il pas assuré qu'ils allaient pouvoir se dire un tas de choses, ici, à la Bouche de nulle part ? Leur silence dura à tel point qu'on croyait le sentir peser non seulement dans la cabane mais aussi dans la vallée entière.

— Papa, déclara Matt. Je crois que le problème de Steve Minelli, c'est qu'il est obsédé par la mort de son père.

Il dit cela si brusquement que Hirsh le fixa d'un air surpris.

— C'est le moins qu'on puisse dire.

— Enfin…, reprit Matt d'une voix plus hésitante. Ce qui l'obsède, c'est que les circonstances de sa mort lui semblent suspectes. Et il se peut… il se peut qu'elles le soient, en effet.

Une fois prononcés, les mots étaient écrasants. Comme toutes ces choses à présent plongées dans l'obscurité : le ruisseau, la vallée, les montagnes…

Hirsh ne dit rien, mais jeta à Matt un regard perçant. Les flammes faisaient briller ses yeux sombres.

— L'instinct du tueur…, continua Matt. Tu prétends que pour tuer il faut y être poussé. Par la faim, par le désir d'exhiber le trophée de la bête qu'on a tuée ou par… la jalousie. Je sais que ça peut être un sentiment très violent… dévastateur, même. Un des motifs qui peuvent pousser un homme à tuer.

Hirsh était assis sur le rebord de pierre qui entourait la cheminée, les yeux toujours rivés sur Matt. Son expression ne laissait rien paraître. Matt aurait voulu que son père parle, pour lui éviter d'avoir à poursuivre.

Enfin, Hirsh prit la parole.

— Matt, si tu cherches à me dire que tu as tué un homme parce que tu étais jaloux… je le sais déjà. J'ai des soupçons depuis un bout de temps. Si c'est ça que tu cherches à me dire, eh bien, discutons plutôt de ce qu'il convient de faire maintenant.

Matt en resta bouche bée.

— Il m'a fallu longtemps pour accepter que la mort de Weslake n'était pas un banal accident. Mes soupçons ne m'ont pas fait plaisir, Matt. Ils m'ont causé beaucoup de souffrance.

— Tes soupçons ? répéta Matt.

— C'est toi, n'est-ce pas le chauffard qui l'a percuté ?

— Jamais de la vie !

— Matt. Le moment est venu de se dire la vérité.

— Mais ce n'est pas vrai ! Ce n'est tout simplement pas vrai !

Hirsh soupira et scruta le visage empourpré de Matt.

— Alors ce serait pure coïncidence que Weslake soit mort juste après ton retour d'Afrique ?

— Je te l'ai dit, papa. Je n'étais pas au courant de sa mort. Je n'ai revu Denise que bien plus tard, alors que Weslake était décédé depuis des mois !

441

Certes, du fin fond de son Afrique, il avait songé à tuer Weslake. Mais il supposait à cette époque que Denise devait déjà être la maman comblée d'au moins quatre petits Weslake.

Hirsh ne quittait pas son fils des yeux.

— Je ne comprends toujours pas pourquoi tu es revenu à Salt Lake City à ton retour d'Afrique. On t'avait proposé un poste formidable à Boston, et tu es revenu ici travailler comme remplaçant avant de pouvoir être embauché à l'hôpital Sainte-Claudia. Ça ne rime à rien. Si tu es revenu, c'est que tu voulais te rapprocher de Denise.

— Je l'aurais fait si j'avais eu le moindre espoir, rétorqua Matt. Mais ce n'était pas le cas.

— Matt, Denise savait peut-être que Weslake faisait chanter son père. Et il y avait peut-être d'autres problèmes dans leur ménage, vu qu'ils n'avaient pas d'enfant.

Matt évitait le regard de son père.

— Elle ne t'a pas contacté pour te dire à quel point les choses allaient mal ? Elle ne t'a pas incité à penser que tu pourrais peut-être vous débarrasser de Weslake ?

Matt s'était calmé. D'une voix plus douce, il dit :

— Non, rien de tout ça n'a eu lieu. Je ne vois pas comment tu as pu imaginer une chose pareille, papa. Je ne vois pas comment tu as pu avoir l'idée que j'avais tué Weslake.

Hirsh retourna encore une fois la petite forme entourée de papier alu. Il demeura silencieux. Matt était choqué par les accusations de son père et désireux de continuer à proclamer son innocence.

— Tu te souviens quand j'ai obtenu mon permis de conduire et que tu m'as raconté ce qui se passait si une voiture heurtait un piéton ? Eh bien, ce récit m'a hanté. J'ai toujours redouté que ça m'arrive par inadvertance. Comment est-ce que j'aurais pu, de sang-froid, aller percuter un type de plein fouet ?

Hirsh se redressa.

— Je suis soulagé d'entendre ça, Matt. Cela dit, tu me soupçonnes de la même chose depuis un bout de temps, pas vrai ?

Matt le regarda sans rien dire, le souffle coupé.

— Tu m'as soupçonné d'avoir tué Arthur Minelli, reprit Hirsh. Tu m'as accusé en silence, et il se peut même que tu m'aies pardonné. Mais tu ne m'as jamais demandé ce qu'il en était.

Matt baissa la tête. Il ramassa l'un des gros galets qu'il avait fait chauffer et glissé dans le sac de couchage de son père la veille au soir, alors que celui-ci était vieux, vulnérable et gelé, bien différent de l'aigle puissant qui lui faisait face à présent. Du bout des doigts, il caressa la surface de la pierre, polie par l'eau et les années. Il la pressa entre ses paumes, passa la main sur ses courbes parfaites.

— C'est ce que j'ai pensé pendant un temps. Maintenant, je pense plutôt que c'est maman qui l'a tué.

Hirsh le fixa droit dans les yeux, puis rejeta la tête en arrière, promena son regard autour de la pièce et, s'adressant à l'obscurité, dit :

— Tu entends ça, Hilly ? Tu entends ça ?

— Elle a eu une aventure avec Arthur Minelli, non ?

— Oui. Assez brève. Ça n'a duré qu'un seul été. Ça m'a plongé dans une souffrance indicible, répondit Hirsh d'une voix étranglée.

Un inconnu ne se serait pas rendu compte de ce changement de timbre presque imperceptible, mais cela n'échappa pas à Matt, qui n'en eut que plus de difficulté à poursuivre. Il jeta un coup d'œil à l'obscurité environnante, invitant Hilly à assister au chagrin de Hirsh.

— Tu n'as rien fait pour l'en empêcher, parce que tu ne voulais pas risquer de la perdre, dit Matt.

— Qu'est-ce que j'aurais pu faire ? Je ne pouvais que regarder et attendre. Crois-moi, Arthur Minelli était un sacré charmeur, les oiseaux seraient descendus de leurs branches pour venir l'écouter. C'était un de ces hommes qui obtiennent toujours ce qu'ils veulent. Il avait trouvé un diamant dans le congélateur d'un supermarché et il voulait le lui offrir. Mais, bien sûr, comment en expliquer la provenance ? Il a fallu qu'elle raconte à tout le monde un gros bobard, comme quoi c'était elle qui l'avait trouvé au supermarché. Il voulait qu'elle joue du piano, elle était réticente, alors il a fait livrer un piano sur notre terrasse et elle a donné un récital. Il voulait jouer au ballon, tout le monde jouait au ballon. Il voulait aller nager, tout le monde allait nager. Il voulait avoir une aventure avec elle, ils ont eu une aventure.

Hirsh parlait tranquillement, du ton détaché de quelqu'un qui prononce des mots écrits par un autre.

— Elle aurait pu refuser, objecta Matt avec douceur.

— J'aurais préféré. Mais c'était une femme qui mordait la vie à pleines dents, toujours en quête de nouvelles expériences. Arthur a été son unique amant, à ma connaissance. Elle s'est vite lassée de ce petit jeu. De ses exigences, de son côté chien fou. Même pour elle, c'était trop. Jusque-là, je n'imaginais pas qu'elle puisse se lasser de l'attention de qui que ce soit. Mais il faut croire qu'elle aussi avait ses limites. En août, elle en avait assez.

— Maman a mis fin à leur liaison ?

— Elle y a mis fin, oui. Elle lui a rendu la bague, dont sa femme a dû reprendre possession, je suppose.

— Elle la porte toujours. Steve prétend que c'est le dernier cadeau que lui ait fait M. Minelli.

— Ha ! s'exclama Hirsh. Elle a toujours joué à l'autruche, même quand ça sautait aux yeux qu'ils avaient une aventure.

— Elle a pris la bague et fait comme si tout ça n'avait jamais existé. M. Minelli aimait-il vraiment maman ou était-ce juste…

— … du désir physique ? Non, je crois qu'il a été sincèrement et follement amoureux d'elle pendant un temps. Et n'oublie pas : il obtenait toujours ce qu'il voulait. Ça ne lui a donc pas plu que ce soit elle qui décide d'arrêter.

Matt regarda son père sortir du feu l'écureuil et retirer délicatement le papier aluminium dans lequel il avait cuit.

— Le jour de sa mort, c'est moi qui ai répondu au téléphone quand Stewart a annoncé qu'Arthur Minelli avait été blessé par une balle, dans sa voiture. J'ai aussitôt renvoyé Steve chez lui, j'ai pris ta trousse et je suis allé te chercher sur la colline. Maman avait passé la journée dehors, et c'est pourquoi j'ai été surpris de vous voir tous les deux assis sur le banc en rondins.

Puis j'ai remarqué que vous aviez pleuré. Quand je t'ai parlé de l'accident, tu m'as dit : « Je sais. »

— Et tu en as conclu que si je savais c'est parce que je l'avais tué ? Ou, nuance, parce que ta mère l'avait tué ?

— Elle aurait pu le retrouver en bas, près du lac, tirer sur lui et remonter aussi sec à la maison...

Il y eut un long, un interminable silence. Hirsh plaça la viande d'écureuil dans leur assiette et ajouta quelques cuillerées de purée.

— C'est la version à laquelle croit Steve Minelli, dit Matt. Enfin, il croit que si tu as tout fait pour sauver son père, c'est parce que tu ne voulais pas que ta femme soit accusée de meurtre.

— Oh, dit Hirsh. Très intéressant, comme théorie.

Matt ajouta du bois dans le feu. Ils se mirent à manger sans échanger une parole.

— Matt, ce n'était pas un accident. Pour ça, Steve a vu juste, dit enfin Hirsh.

— Oh, papa.

La voix de Matt trahissait sa déception, tous ses soupçons étaient sur le point de se trouver justifiés. Une immense tristesse s'abattit sur lui.

— Je ne l'ai pas tué, dit Hirsh en fixant Matt droit dans les yeux.

— Alors, ce n'était pas toi ?

— Ni ta mère, nom de Dieu ! Le rapport de police a conclu à un accident, et on a fait en sorte que ça ait l'air d'un accident. Steve a raison : dans une certaine mesure, on a falsifié les preuves... enfin, pour ce qui est de l'angle de tir et ce genre de choses. Mais c'était juste pour épargner sa famille qu'on a caché la vérité. On s'est juré de ne jamais la révéler à personne, et c'est ce qu'on a fait pendant toutes ces années.

— Et c'était quoi, la vérité ?

— Il s'est suicidé. Je l'ai su à la seconde où j'ai ouvert la portière. Stewart et Elmer l'ont vu eux aussi. La main d'Arthur était toujours sur la détente.

— C'était à cause de maman ? Il s'est tué parce qu'elle avait rompu avec lui ?

— Je ne pense pas. En septembre, sa vie avait changé du tout au tout. Une transaction immobilière avait très mal tourné pour lui, en ville, il était sérieusement endetté et il risquait des poursuites. Quelques semaines plus tôt, Hilly lui avait clairement fait comprendre qu'elle n'avait aucunement l'intention de remettre le couvert, et la rumeur voulait qu'il ait une liaison avec une autre femme. Qui sait ce qu'il avait dans la tête et dans le cœur quand il a appuyé sur la détente...

— Il n'a pas laissé de lettre ?

— Non. J'aurais aimé qu'il écrive quelques mots tendres et aimants à sa malheureuse épouse. S'il l'avait fait, on n'aurait pas pu maquiller le suicide en accident. J'ai passé des nuits blanches à me demander si on avait pris la bonne décision, si on n'aurait pas mieux fait de lui dire la vérité, mais on l'avait déjà altérée et il était trop tard pour revenir en arrière.

— As-tu dit à Steve que son père s'était tué, hier, dans les bois ?

— J'ai eu le sentiment que c'était la seule chose à faire. Ses soupçons et son ressentiment le rendent très, très dangereux. Mais il a tort. Son père s'est suicidé, et il s'acharne à en vouloir à quelqu'un. Il devrait commencer par en vouloir à son père.

— Il t'a cru ?

— Ça lui a fait un tel choc que, sur le moment, il n'a pas mis ma parole en doute. Mais quand il est revenu plus tard, à supposer qu'il soit revenu, je crois qu'il avait décidé de ne pas me croire. Le fait que j'aie avoué qu'on avait touché aux preuves a sans doute confirmé ses vieux soupçons. Il a dû se dire qu'on avait maquillé un crime, et pas un suicide...

Matt mangea sans prêter attention à ce qu'il avait dans son assiette. Il regretta ensuite de ne pas se rappeler quel goût avait l'écureuil. Il avait toujours imaginé que ça avait un goût de noisette. Or, il ne se souvenait de rien.

— Je sais que tu as tenté de sauver M. Minelli. C'est Elmer qui me l'a dit. De traiter une tamponnade péricardique à l'aide du couteau de cuisine de Stewart.

Hirsh hocha la tête.

— D'un point de vue strictement technique, c'est peut-être, de toute ma carrière, ce dont je suis le plus fier.

Il sourit à Matt, un peu embarrassé.

— Je ne suis pas doué comme toi, Matt. Je ne suis pas chirurgien.

— Je ne suis pas doué, papa, répliqua Matt avec surprise.

— Oh, mais si. Bien sûr que si. C'était visible dès ton plus jeune âge. Tu as des mains de chirurgien. Même quand tu jouais du piano, ça se voyait. Tu as des mains habiles, une tête bien faite et les antennes nécessaires pour découvrir ce qui se cache derrière les paroles d'un patient. Tu es un bon médecin, Matt, un très bon médecin. Et je suis fier de toi.

En entendant les louanges de son père, Matt sentit les yeux lui picoter et s'embuer de larmes. Jamais auparavant son père n'avait laissé entendre que Matt faisait brillant dans sa profession. Matt avait toujours eu l'impression de n'être qu'un pâle reflet de Hirsh, un fils écrasé par la stature de son père. Il ouvrit la bouche pour parler mais ne trouva pas les mots. Hirsh s'en rendit compte, car il dit :

— Tu n'aurais pas eu trop de mal à remédier à la tamponnade. Tu l'as fait de nombreuses fois, je suppose. Mais, crois-moi… je ne sais pas comment je suis parvenu à enfoncer ce couteau dans la cavité péricardique. Le couteau de Stewart, nom de Dieu… Arthur faiblissait à vue d'œil et je me suis dit que je n'avais rien à perdre.

— Ça t'a fait quoi de planter un couteau dans le cœur de ton rival ?

Hirsh eut un grand sourire.

— Eh bien, ça ne m'a pas fait plaisir, si c'est ce que tu sous-entends.

— Mais maman était sa maîtresse ! Tu devais le haïr ! Pourquoi avoir tout fait pour le sauver ?

— Leur liaison était finie et je le plaignais, à vrai dire, même si je n'ai pas eu de sentiments très tendres à son égard, cet été-là. La meilleure raison que j'aurais eue de ne pas le sauver, à mes yeux, c'est qu'il avait choisi de se tuer. C'était sa décision. Après des années d'exercice de la médecine, j'estime que les gens ont le droit de mourir s'ils en ont envie. Si nous croisions un homme sur le point de se suicider, là, dans la forêt, ça me poserait un vrai dilemme éthique : faut-il s'interposer ou faut-il respecter sa décision ? Ça a dû t'arriver de sauver des gens du suicide et de les entendre te maudire après !

Matt hocha la tête.

— Arthur était à l'agonie et il souffrait, poursuivit Hirsh. Il pouvait aussi avoir voulu attirer l'attention et non se tuer pour de bon, c'était bien son genre. Et puis, il fallait penser à sa famille et aux gens qui étaient au courant de son aventure avec Hilly. Je ne tenais pas à ce qu'ils racontent que je n'avais pas essayé. C'est pourquoi, au bout du compte, j'ai fait de mon mieux. Hilly m'a toujours soupçonné du contraire. On n'en a pas parlé pendant des années. Jusqu'à ce qu'on vienne ici, peu de temps avant sa mort, et qu'on se dise toutes ces choses qu'on aurait dû se dire avant. Je lui ai expliqué que j'avais fait tout mon possible. Ça l'a rassurée, je crois.

Matt regarda autour de lui, comme s'il s'attendait à voir Hilly assise avec eux près du feu.

— Vous êtes venus dans cette cabane-ci ?

— Non. On a campé dans la prairie. Et on a parlé. Mon Dieu, ce qu'on a parlé !

— Pourquoi étiez-vous si malheureux le jour de la mort d'Arthur Minelli ? Quand je vous ai surpris sur le banc, vous sembliez avoir pleuré avant même que je vous aie annoncé la nouvelle. Et alors, tu as dit : « Je sais. »

— Je savais qu'il s'était passé quelque chose, à cause du coup de feu, mais j'ignorais qu'il s'agissait d'Arthur. Et si on était malheureux, c'est parce que Hilly revenait de sa journée en ville. Elle avait voulu aller seule à l'hôpital. Je suis resté avec toi.

— À l'hôpital ?

— Pour les Minelli, c'est l'été où ils ont perdu Arthur. Pour moi, c'est l'été où j'ai su que j'allais perdre Hilly.

— C'est cet été-là qu'on a découvert son cancer ?

— Elle m'avait interdit l'accès à son lit à cause d'Arthur, si bien que je n'ai détecté la tumeur qu'en août. À ce moment-là, on la voyait déjà quasiment à l'œil nu. Début septembre, on a appris qu'elle était maligne.

Matt demeurait silencieux tandis que son père rajoutait du bois dans le feu avant de s'engouffrer dans son sac de couchage.

— Ça te fait de la peine de revenir ici ? demanda-t-il enfin.

— Non. Nous y avons passé de bons moments. À se dire toutes ces choses. Et c'est une des raisons pour lesquelles je souhaitais revenir avec toi. Je savais qu'on aurait à se parler et que la Bouche de nulle part serait l'endroit propice à recueillir nos confidences.

Hirsh s'allongea et ferma les yeux. Il resta si longtemps sans parler que Matt le crut endormi. Il s'étendit, lui aussi, mais ne parvint pas à trouver le sommeil. Lorsque, bien plus tard, il entendit son père raviver le feu, il rouvrit les yeux.

— De quoi d'autre avez-vous parlé, maman et toi, quand vous campiez ici ?

— Eh bien, voyons… On a parlé du piano.

— Elle n'aurait jamais dû arrêter.

— Elle s'est toujours tenue à sa version des faits, comme quoi elle avait cessé d'étudier avec Ozolins pour m'épouser et venir s'installer à Salt Lake City ; qu'elle avait sacrifié sa carrière pour nous. Mais ici, dans les montagnes, elle m'a avoué la vérité. Ozolins avait renoncé à l'avoir pour élève parce que d'après lui elle n'aurait jamais fait une bonne concertiste.

Matt fut si choqué de cette atteinte à la mythologie familiale qu'il se redressa aussitôt.

— Elle ne jouait pas assez bien pour être pianiste ? demanda-t-il.

— Si. Elle jouait très, très bien. Mais pas assez pour appartenir au groupe restreint des pianistes solistes. Ou peut-être Ozolins a-t-il réalisé qu'elle n'avait pas la ténacité nécessaire. Quoi qu'il en soit sa vie s'est effondrée le jour où il l'a rejetée mais elle n'en a jamais parlé à personne. Sauf à la fin de sa vie, quand nous sommes venus ici.

Hirsh se rallongea. Bientôt le silence s'abattit sur la pièce. Le vieil homme semblait assoupi. Peut-être Matt somnola-t-il un peu lui aussi. Mais plus tard, lorsqu'il rouvrit les yeux, il vit, à la lueur du feu mourant, que son père avait également les yeux ouverts.

— Tu ne dors pas ? demanda Matt.

— Non.

— Si j'ai refusé ce boulot à Boston et que je suis revenu m'installer à Salt Lake City à mon retour d'Afrique, ce n'est pas à cause de Denise. C'est à cause de toi.

— De moi ?

— J'aime bien vivre près de toi.

Un long silence suivit ses paroles.

— Eh bien merci, dit Hirsh d'une voix rauque. Ça ne me serait jamais venu à l'esprit.

— Tu croyais que j'avais tué quelqu'un. Et je croyais que tu avais tué quelqu'un.

— Je suis très heureux que nous nous soyons tous les deux trompés.

À la lueur du feu, ils échangèrent un sourire.

— Je n'aurais jamais pu faire une chose pareille, dit Matt. Je n'ai pas l'instinct du tueur, un point c'est tout. J'ai toujours été jaloux de Weslake, mais je n'ai jamais songé sérieusement à le tuer.

— C'est ce qui m'inquiète, dit Hirsh.

— Hein ?

— Eh bien, si tu ne l'as pas tué, quelqu'un d'autre s'en est chargé.

Matt cessa totalement de bouger. Au plus léger mouvement, le sac de couchage risquait de produire de petits sons feutrés autour de ses oreilles et l'empêcherait de bien distinguer l'explication de Hirsh. Or nulle explication ne vint. Matt ressentit soudain une très grande fatigue. Ses yeux semblaient s'être enfoncés dans leurs orbites. Peut-être même s'assoupit-il un court laps de temps.

— Tu vois…, reprit Hirsh d'une voix douce. (Matt sursauta légèrement.) Il se trouve que Weslake n'a pas été tué accidentellement par un chauffard. Il a été tué par quelqu'un qui voulait s'en débarrasser.

— Qui, par exemple ?

450

Pendant le long silence qui suivit, Matt se demanda qui aurait pu souhaiter la mort de Weslake.

— Weslake aurait saigné Clem à blanc, s'il avait vécu. Je suppose donc que sa mort a profité à Clem... Mais vu que le pauvre vieux parvient à peine à se lever de son lit... quant à conduire une voiture !

— Réfléchis encore, dit Hirsh.

Matt passa en revue toutes les personnes liées à Weslake auxquelles Denise avait jamais fait allusion. Il songea même à Jon Espersen, avant de rire de cette pensée.

— Je ne vois personne.

— Matt, tu te rappelles cette viande de cerf que tu m'as apportée, qui était dans le congélateur de Denise ? Ce cerf que Weslake a percuté sur la route ? Ce cerf qui a laissé la trace trouvée par la police sur l'aile de la voiture de Denise ?

— Oui ?

— Il n'a pas été percuté par une voiture. Cet animal a été tué par une balle. J'ai failli me casser la dent dessus.

Le feu crépita. Matt ne savait que faire de cette information.

— Je me souviens que tu t'es fait mal à la dent. Mais tu avais dit que c'était juste un éclat de métal... Que quelqu'un avait utilisé des munitions inadéquates et blessé le cerf...

— C'est ce que je croyais quand tu m'as dit qu'il avait été tué sur la route. Mais en en cuisinant un autre morceau, je suis tombé sur la totalité de la balle. Une balle de gros calibre, logée dans l'animal. Aucun doute là-dessus : le cerf a été abattu.

— Alors... ?

Matt s'efforçait de comprendre ce que cela impliquait.

— Alors la voiture n'a pas percuté de cerf avant la mort de Weslake, dit Hirsh.

— Mais l'aile était éraflée.

— Par le corps de Weslake. Il revenait à peine d'une partie de chasse. Il avait ramené une carcasse de cerf. Denise s'est servie de ça pour expliquer l'éraflure laissée par le corps de son mari. Elle a répandu du sang de cerf sur l'aile pour masquer la preuve existante.

— Non, papa, tu fais erreur !

— Je ne pense pas.

— Écoute ! Denise adorait Weslake. Elle le vénérait. Elle ne peut même pas parler de lui parce qu'elle…

— … parce qu'elle redoute de laisser paraître ses véritables sentiments ? suggéra Hirsh.

Nouveau silence. Une flamme lécha une branche mouillée, qui laissa échapper un sifflement.

— Elle a eu des hématomes, avoua Matt. Du moins, c'est ce que m'a dit son médecin. Il m'a regardé droit dans les yeux et m'a dit qu'elle avait eu des hématomes, autrefois, suite à ses séances de yoga. Jon Espersen m'a répété la même chose. Mais je ne crois pas qu'on puisse se faire des bleus parce qu'on se met dans la position du lotus. Je crains que les hématomes n'aient été causés par autre chose.

Hirsh ne fit aucun commentaire. Matt s'entendit poursuivre, avec lenteur, comme si quelqu'un lui arrachait les mots de force :

— Elle prenait la pilule. Elle prétendait vouloir un bébé et avoir du mal à tomber enceinte, mais elle prenait la pilule. J'ai découvert ça la semaine dernière.

— Elle ne voulait donc pas d'enfant avec ce gars. On ne peut pas savoir pourquoi. Mais on peut en conclure qu'elle ne l'aimait peut-être pas. À mon avis, Denise aurait pu tout accepter, tant qu'il ne s'agissait que d'elle, y compris les hématomes. Mais si elle a appris qu'il faisait chanter Clem… ça m'étonnerait qu'elle l'ait supporté.

Après leur dispute, Denise avait dit à Matt : « Je croyais que tu avais profité du fait que tu connaissais son histoire médicale. » La remarque l'avait surpris et blessé. Ce jour-là aussi, Denise avait laissé entendre qu'elle savait, depuis des années, que son père n'était pas un saint.

Pourtant, Matt secouait vigoureusement la tête.

— Papa, Denise aimait Weslake.

— D'où tiens-tu cette certitude ?

— Eh bien… c'est ce qu'affirme Clem.

— Elle n'aurait pas voulu l'accabler davantage en lui révélant que son mariage était malheureux, et qu'elle était au courant de ses secrets et du chantage que Weslake exerçait sur lui. Si Denise et son père avaient été francs l'un avec l'autre, Weslake n'aurait pas pu soutirer de l'argent à Clem. Mais chacun a voulu en faire trop pour protéger l'autre.

Le feu émit un nouveau sifflement. Hirsh respirait régulièrement.

— Denise est incapable de tuer un homme, papa. C'est impossible. Elle s'efforce toujours de bien se comporter…

Mais, avant d'avoir fini sa phrase, il se rappela les mots de Denise s'adressant à Lonnie : il fallait parfois emprunter le mauvais chemin pour parvenir au bon endroit. Denise était la seule personne à avoir jamais osé suggérer à Lonnie de cesser de maintenir artificiellement Robert en vie.

— Tu crois qu'elle ne l'a pas, ce vieil instinct qui pousse à tuer, hein ? demanda Hirsh en souriant. Tu penses ne pas l'avoir non plus. Mais dans certaines circonstances tu serais étonné de le découvrir en toi. Et j'imagine que Denise a dû, malgré elle, prendre conscience qu'elle l'avait, quand il s'est agi de défendre son père. Ç'a dû être très difficile pour elle. Il y a des tueurs qui ont ça dans le sang, pas Denise.

— Toute cette théorie, tu l'as bâtie à partir d'une balle trouvée dans de la viande de cerf congelée il y trois ans ?

— Oui, reconnut Hirsh. C'est la douleur à la dent qui m'a fait réfléchir.

Pour sa part, Matt ne voulait plus réfléchir. Il avait envie de dormir.

— Je suis désolé de t'avoir fait part de mes soupçons au sujet de ta femme, Matt…

Celui-ci émit un son étrange à mi-chemin entre le grognement animal et le ronflement.

— … mais si tu penses qu'elle a tué un homme il va falloir que tu décides ce que tu vas faire de tes soupçons, poursuivit Hirsh, ses paroles tambourinant sur les oreilles de Matt comme une pluie légère mais insistante.

Un dilemme d'ordre moral. Il faudrait que Matt en discute avec Denise. C'était la personne rêvée pour parler de ce genre de choses. Vous lui soumettiez tous vos problèmes d'ordre moral, et elle s'y attaquait avec une rigueur et une application sans pareilles.

— Chacun de nous a soupçonné l'autre, papa, et nous nous sommes trompés, marmonna-t-il.

Avait-il vraiment prononcé ces mots ? Il en douta, jusqu'à ce que son père réponde :

— C'est probablement parce que je me suis trompé sur ton compte que je suis sûr de ne pas me tromper au sujet de Denise.

Sans doute Matt s'endormit-il. Un son au-dehors, semblable à un bruit de pas, le réveilla. Le feu s'était éteint et Hirsh respirait profondément. Matt resta étendu dans l'obscurité, l'oreille tendue. Il se dit qu'il ferait mieux de sortir jeter un coup d'œil à la ronde puis, vu le froid, ne se résolut pas à quitter son sac de couchage. Il tendit la main vers la carabine et la coucha à côté de lui. Lorsqu'il entendit à nouveau le son, il fut certain qu'il s'agissait d'un bruit de pas, un pied glissant légèrement sur les rochers... Il se leva aussitôt et s'accroupit devant la porte, immobile et sur le qui-vive. Au bout de cinq minutes de silence, il retourna se coucher, mais son cœur battait toujours à tout rompre. Il était sur ses gardes. Prêt à tout.

Si l'inconcevable s'était produit et que Denise avait réellement tué Weslake, que fallait-il qu'il fasse, que fallait-il qu'il dise ?

Il finit par se rendormir et, se réveillant en sursaut, trouva Hirsh en train de s'habiller.

— Il est temps d'aller se mettre à l'affût, dit celui-ci. On va tuer un élan.

Matt se remémora leur conversation de la nuit passée. Denise avait tué Weslake. Mal mariée à un homme qui la battait peut-être et faisait chanter son père, elle avait emprunté le mauvais chemin pour parvenir au bon endroit.

Il demeura quelques minutes allongé, à tenter de vaincre la fatigue – une fatigue profonde qui semblait sourdre de la moelle même des os. Il avait très peu dormi et avait la migraine.

— On a le temps de se faire un café ?

— Non, rétorqua Hirsh. L'odeur suffirait à faire grimper nos élans jusqu'au sommet de la Vieille Demoiselle.

Matt tenta de s'habiller sans sortir de son duvet, mais, devant la difficulté de la tâche, il s'en extirpa à regret. Tous les vêtements avaient séché et il put remettre le jean doublé de laine de Stewart.

— Que faut-il que je fasse au sujet de Denise ? demanda-t-il à son père. Que faut-il que je dise ?

Hirsh marqua un temps de réflexion.

— Dans la plupart des cas, quand on pense qu'un meurtre a été commis, on prévient la police.

— Tu croyais que j'avais tué Weslake et tu ne t'es pourtant pas empressé de téléphoner au shérif Turner ou à la personne qui l'a remplacé dans ses fonctions.

— J'ai trouvé préférable d'en parler d'abord avec toi, mais j'ai eu du mal à trouver par où commencer.

— C'est une bonne chose qu'on soit venus ici, à la Bouche de nulle part. La carabine est chargée ? Tu as les munitions ?

Ils se frayèrent un chemin dans la forêt, jusqu'à l'endroit où ils allaient tenir l'affût. Il faisait encore très sombre, mais Matt avait affiné sa vision nocturne au cours des derniers jours.

— Tu es sûr qu'il n'est pas trop tôt ? bâilla-t-il.

— Oui.

Ils reprirent position dans l'arbre glacé. Matt sentait sa chaleur corporelle s'évaporer dans l'air matinal et attendait avec impatience les premières lueurs du jour. Tapi entre les branches, il ne guettait pas l'apparition des élans – ils lui étaient même sortis de l'esprit. C'est à Steve Minelli qu'il songeait. C'était sûrement lui qu'il avait entendu marcher dehors en s'endormant. Puis ses pensées se portèrent sur Denise. Elle avait percuté Weslake avec sa voiture. Le regard du conducteur et celui de la victime s'étaient-ils croisés, dans un moment de pure horreur ? Denise avait-elle souffert, en cet instant précis ? Ou s'était-elle fermement raccrochée à la conviction selon laquelle il fallait parfois prendre le mauvais chemin pour parvenir au bon endroit ?

« Dans la plupart des cas, quand on pense qu'un meurtre a été commis, on prévient la police », tels avaient été les termes employés par Hirsh.

Le ciel se déchira un peu et, à travers la brèche, l'aube fit son apparition. Les élans vinrent avec ses premières lueurs. On les entendait piétiner les broussailles, marteler le sol de leurs sabots. Quelques femelles surgirent avec leurs petits. Puis d'autres. Enfin arriva l'élan mâle, entouré par tout un groupe de femelles.

L'élan arborait avec fierté ses bois magnifiques, comme si leurs pointes pouvaient toucher le ciel. Sa taille était impressionnante, ses flancs fermes, son pelage lisse et brillant. Il se déplaçait avec l'aisance des créatures pleines de vigueur. Ses grands yeux marron étaient alertes. Matt n'aurait jamais imaginé voir un animal sauvage d'aussi près et avec une telle netteté sans avoir recours à ses jumelles. Il jeta un coup d'œil à Hirsh. La carabine était bien calée, il ne restait plus qu'à tirer.

La horde passa un moment à brouter tandis que le soleil se levait. Lorsque l'herbe fut d'un vert étincelant, les bêtes migrèrent vers le ruisseau. Elles s'arrêtèrent sous l'un des grands arbres à tronc blanc. Au-dessus d'elles, les feuilles brillaient telles des bannières dorées. La robe brune de l'élan chatoyait. Les petits folâtraient aux pieds de leurs mères. Le mâle s'agenouilla comme dans un geste de dévotion et se mit à boire. Puis il grimpa sur un rocher dans le ruisseau, dressa sa grande tête et balaya la vallée du regard, la gueule ruisselante d'eau pure et limpide. Matt se dit qu'il n'avait jamais vu plus beau spectacle que ces animaux au soleil. Mais il était conscient que l'élan venait d'exposer ses poumons à la charge meurtrière du fusil.

Levant à nouveau les yeux vers son père, Matt constata avec stupéfaction que celui-ci avait abaissé son arme et observait l'élan, fasciné. Quand le mâle eut fini de boire, la horde regagna la prairie et continua à paître et à batifoler tout en se déplaçant peu à peu vers la forêt. Une fois que le cerf eut pénétré sous le couvert des arbres, après être passé tout près de celui où Hirsh et Matt tenaient l'affût, ce dernier interrogea son père du regard. Hirsh se détourna, jusqu'à ce qu'ils aient tous deux mis pied à terre.

— Ton instinct de prédateur…, dit Matt. Il a disparu ?
Hirsh hocha la tête.

— Je suis content que tu n'aies pas tiré, fit remarquer Matt. Très content.

Ils se dirigèrent lentement vers la cabane.

— Il y a des moments où on détient le pouvoir et où la meilleure décision à prendre, la plus courageuse aussi, c'est de ne pas en faire usage. De ne rien entreprendre du tout.

Matt n'était pas certain que Hirsh voulait parler des élans. Cela pouvait aussi bien concerner Denise. Après tout, si elle avait emprunté un mauvais chemin, ce n'était pas pour elle mais pour Clem. Et, à présent, la meilleure décision à prendre, la plus courageuse aussi, serait de ne rien entreprendre.

Tandis qu'il ravivait le feu pour faire bouillir l'eau du café, une grande joie l'envahit. Ils repartaient aujourd'hui. Demain, il verrait Denise et Austin et pourrait poser la main sur le ventre arrondi de sa femme.

Il apporta son café à Hirsh, qui méditait près du ruisseau.

— Tu penses à maman ? demanda Matt.

— C'est possible.

— Merci de m'avoir confié son secret. Au sujet du piano.

Hirsh lui sourit. Il paraissait las.

— Je ne t'ai pas confié le mien.

— Le tien ?

— Quand elle m'a avoué qu'Ozolins pensait qu'elle ne ferait pas une bonne soliste, je lui ai confié mon secret à moi.

Matt attendit, fixant son père par-dessus sa tasse de café.

— C'était quoi ton secret, papa ?

— Que je le savais. Que je l'avais toujours su.

— Durant toutes les années où vous avez été mariés, tu savais que…

— Je voulais vraiment qu'on se marie. À l'époque, je faisais mon internat à New York, où je soignais les nécessiteux. Mais il y avait un boulot qui m'attendait ici, à Salt Lake City. Je n'en suis pas revenu quand elle m'a annoncé qu'elle comptait renoncer à sa carrière pour me suivre dans l'Utah et devenir ma femme. D'une main tremblante, j'ai composé le numéro du grand Ozolins. Je lui ai dit que je trouverais le moyen de rester à New York, même s'il me fallait pour ça travailler dans une station-

457

service, s'il tenait vraiment à ce qu'elle continue à étudier avec lui. C'est alors qu'il m'a dit la vérité.

Ils fixèrent l'eau du ruisseau, son incessant cheminement à travers la vallée. L'eau contemplée la veille se trouvait déjà à des kilomètres de là, mais le ruisseau était le même.

— Il y en avait, des secrets, dans votre mariage ! dit enfin Matt.

— Il en va souvent ainsi des mariages les plus réussis.

Ils se regardèrent et échangèrent un sourire.

— Je ne vais rien dire à Denise. Ce n'est pas parce qu'on détient le pouvoir qu'on doit forcément en faire usage.

Hirsh eut un nouveau sourire et Matt sut que son père partageait son avis.

— Eh bien, nous voici une fois de plus obligés de nettoyer le matin notre vaisselle de la veille, fit Hirsh. Je m'en charge, je prépare le porridge et je commence à ranger les affaires. Toi, va retirer les collets. Si tu n'en ramasses pas trente, c'est que tu en as oublié.

Hirsh emporta les tasses et se dirigea vers la cabane. Matt s'empara de la carabine. Il s'enfonça parmi les arbres. Dix minutes plus tard, il avait retrouvé vingt-quatre collets. Il jeta un coup d'œil à la prairie depuis la lisière de la forêt et vit Hirsh penché au bord du ruisseau, qui, comme la veille, frottait la gamelle à l'aide d'une pierre ou d'un bâton et semblait parler ou approuver les propos de quelqu'un. Conversait-il avec Hilly ? Il semblait perdu dans le vaste paysage. Les montagnes faisaient l'effet de vagues immenses, au-dessus de sa minuscule silhouette affairée. S'il était toujours le même, ce paysage pouvait varier à l'infini. Les montagnes, la vallée, la prairie, tout cela serait encore là au prochain millénaire, contrairement à Hirsh et lui.

Il aurait voulu, dans cet endroit que sa mère avait en quelque sorte fait sien, ressentir davantage sa présence. Certes, il avait appris beaucoup de choses sur elle, mais il ne se sentait guère plus proche d'elle que des pionniers qui avaient érigé les cabanes. Peut-être cette expédition lui démontrait-elle qu'il ne pourrait jamais espérer la connaître mieux : elle appartenait tout entière à Hirsh. Les expressions de son visage, sa façon de bouger son corps, une phrase par-ci, par-là, des bribes de souvenirs... elle ne serait jamais davantage tangible que cela, quoi qu'il puisse apprendre à son propos. Matt se mit à parcourir des yeux la vallée comme s'il pouvait l'y surprendre.

Et, dans un coin de son champ de vision, il surprit effectivement un mouvement. Il retint son souffle et, le cœur battant plus vite, s'efforça d'en saisir l'origine. Là-haut, là où la vallée se heurtait à la montagne, quelque chose se déplaçait furtivement. Matt tira les jumelles de sa poche. Un animal. Matt devina, à sa souplesse et à sa discrétion, qu'il s'agissait d'une bête traquant sa proie, un puma peut-être. Lorsqu'il fit le point, il vit que c'était un homme.

Steve Minelli. Il avait donc toujours été là, tapi dans la forêt, à les surveiller, à traîner autour de la vallée la nuit venue, à sortir en douce pour leur chiper un sachet de riz avant de disparaître à nouveau dans les ténèbres.

Steve était armé d'un fusil. Il se mouvait lentement, avec la prudence, la détermination, l'habileté à se dissimuler des chasseurs. L'espace d'un instant, Matt eut l'impression qu'il s'était fondu dans la forêt. Mais il émergea plus loin, là où les pentes devenaient abruptes et où les arbres se resserraient en descendant sur la vallée. Steve sortit ses jumelles. Il observait sa proie, en bas dans la prairie. Puis il continua à avancer parmi les arbres, ne laissant à Matt la possibilité de déterminer sa direction que grâce à des mouvements fugaces, çà et là.

Matt balaya des yeux la prairie. Il n'y avait pas d'animal. Seulement Hirsh, qui raclait leurs gamelles en discutant avec son épouse décédée.

Matt fut envahi par une sensation de peur et de colère qu'il ne se donna pas le mal d'analyser. Il ne pensait plus du tout. Il se déplaçait silencieusement dans la forêt, maîtrisant son souffle. Son corps était souple et détendu... c'était le corps d'un homme habitué à se baisser et à rouler sur lui-même, le corps d'un homme capable de se faufiler dans le sous-bois sans trébucher ou casser des brindilles. Il progressait rapidement à présent. Pour la première fois, il sentait ses forces physiques concentrées sur un seul objectif : traquer sa proie. Son sang, ses os, sa peau et chacune de ses cellules étaient focalisés sur Steve. Il se figea sous le couvert des arbres et vit, dans la courbe que formait la forêt en bordure de la montagne, quelque chose qui lui faisait l'effet d'un œil qui clignait : c'était Steve, qui pointait les jumelles sur la prairie, avant de s'enfoncer de nouveau dans la fûtaie. Matt regarda la prairie, son étendue verdoyante et son ruisseau. Mais il n'y avait toujours pas d'animal à tuer. À part Hirsh.

Steve reparut, encore un peu plus bas. Il prit position puis, d'un geste lent et précis, épaula son arme. Le canon était dirigé sur le ruisseau. Steve s'était placé juste au-dessus de Hirsh, qui lui tournait le dos. Il fallut une fraction de seconde à Matt pour comprendre que son père était en plein dans la ligne de mire et une autre fraction de seconde pour mettre, lui aussi, en joue.

Dans le viseur, il reconnut le fusil de Hirsh. Il distinguait le visage de sa proie, trop pâle, trop tendu, trop maigre… Matt sut que, cette fois-ci, ce n'était pas une mauvaise blague destinée à effrayer ou à intimider. Steve s'apprêtait à tuer Hirsh. Tout comme ils avaient pisté l'élan et s'étaient mis à l'affût, le fou les avait poursuivis, lui aussi. Maintenant, il était à l'affût. Hilly était donc là, avec eux, à la Bouche de nulle part. Sa liaison avec Arthur Minelli (quel que soit son rôle dans le suicide de ce dernier) avait été à l'origine d'une succession d'événements qui trouvait sa conclusion ici, Hirsh étant sur le point d'être abattu par son propre fusil…

Matt fut envahi par une fureur sans nom, une rage intense qui grondait en lui sauvagement. Elle provenait d'une sombre et insondable cavité, si bien enfouie en lui que même le plus brillant des chirurgiens n'aurait pu la trouver. C'était une de ces rages qui font serrer les dents, trembler les mains, pousser des cris hideux. Mais il était contraint de se maîtriser : il devait rester tout à fait immobile, viser avec soin, retirer le cran de sûreté, faire en sorte que la silhouette de l'homme qui avait été son ami demeure prisonnière du réticule, tel un papillon épinglé. Il fallait qu'il soutienne la carabine de la main droite sans lui imprimer de tension, puis qu'il appuie sur la détente. Il fallait qu'il tire, sans laisser le temps à Steve de tirer sur Hirsh.

Le coup de feu résonna plus d'une fois dans la vallée. Deux fois, peut-être, ou bien à l'infini... Il continua à résonner dans la tête du tireur bien après que le silence eut recouvert la vallée.

Le regard de Matt passa de Hirsh à Steve, puis de Steve à Hirsh. Il retenait son souffle. Il s'attendait à voir tomber l'un d'entre eux ou, pire, les deux. Puis, si loin qu'aucun son n'accompagna sa chute, le corps de Steve sembla glisser plus que tomber sur le sol. Au bord du ruisseau, le vieil homme leva les yeux et, hébété, jeta un coup d'œil alentour.

Matt savait que Steve était mort. Il ne se dirigea pas immédiatement vers lui mais traversa la prairie pour aller à la rencontre de son père, qui le regardait s'avancer. Le sol était moelleux sous ses pieds, l'herbe brillait sans les rayons du soleil, que les montagnes imposantes au-dessus d'eux laissaient passer. Un long moment s'écoula avant que Matt puisse sentir le bruit des cailloux sous ses pieds en atteignant le lit du ruisseau. Il entendit l'eau babiller et glousser dans son long voyage vers le niveau zéro.

Hirsh se tenait debout, courbé, confus, mais indemne. Il ne quitta pas son fils des yeux tandis que celui-ci s'approchait. Il attendait patiemment qu'il lui explique tout. Il observait et attendait, parce que Matt était son fils et qu'il avait confiance en lui. Et il paraissait savoir que ce fils, à peine parvenu jusqu'à lui, lui passerait un bras sur l'épaule.

Remerciements

Je remercie chaleureusement les cousins Beverley, Louise Moore, Marc Lukas, Peta Nightingale et Nicki Kennedy. Merci également à Franklin Johnson et à Ed Jackson, ainsi qu'à James Monroe, du Collège royal des chirurgiens, qui m'ont si généreusement fait partager leurs connaissances – sans se douter qu'elles ont constitué pour moi une précieuse source d'inspiration. Je tiens à remercier tout particulièrement le Dr Deirdre Wright – pour laquelle *La Saison de la chasse* est devenue le plus exigeant des patients. J'assume l'entière responsabilité des erreurs et imprécisions éventuelles, ainsi que des omissions délibérées.

Collection Belfond noir

Achevé d'imprimer sur les presses de

BUSSIÈRE

GROUPE CPI

à Saint-Amand-Montrond (Cher)
en septembre 2007

Composé par Nord Compo
à Villeneuve-d'Ascq

N° d'édition : 3995. — N° d'impression : 073040/1.
Dépôt légal : octobre 2007.

Imprimé en France